嗜血制药

PHARMA

GREED, LIES, AND THE POISONING OF AMERICA

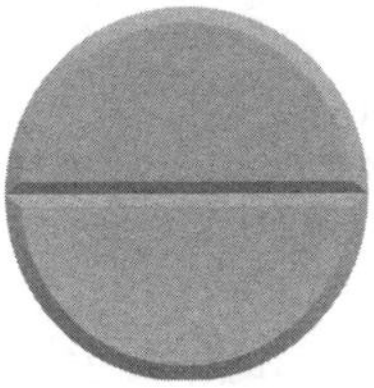

[美] 杰拉尔德·波斯纳 著
Gerald Posner

何文忠 桂世豪 吴梦涵 译

中信出版集团 | 北京

图书在版编目（CIP）数据

嗜血制药 /（美）杰拉尔德·波斯纳著；何文忠，桂世豪，吴梦涵译 . -- 北京：中信出版社 , 2024. 12.
ISBN 978-7-5217-6930-2

I . I712.55

中国国家版本馆 CIP 数据核字第 2024KP3324 号

嗜血制药
著者：　［美］杰拉尔德·波斯纳
译者：　何文忠　桂世豪　吴梦涵
出版发行：中信出版集团股份有限公司
（北京市朝阳区东三环北路 27 号嘉铭中心　邮编　100020）
承印者：　北京通州皇家印刷厂

开本：787mm×1092mm 1/16　　印张：32.25　　字数：477 千字
版次：2024 年 12 月第 1 版　　印次：2024 年 12 月第 1 次印刷
京权图字：01–2020–2910　　书号：ISBN 978–7–5217–6930–2
定价：88.00 元

服务热线：400–600–8099
投稿邮箱：author@citicpub.com

致特丽莎，我的缪斯与永恒之爱

一切皆有可能

只因有你

目　录

前 言

传奇调查记者詹姆斯·菲兰（James Phelan）给了我灵感——写一本有关20年前制药行业的书。20世纪90年代，穿着老式皮鞋的菲兰和我因为同一个图书编辑罗伯特·卢米斯（Robert Loomis）而结识。菲兰因揭秘大案而声誉卓著，《纽约时报》称他为“美国最优秀的调查记者之一”。他最轰动的独家报道是揭露“克利福德·欧文伪造霍华德·休斯的自传”这个骗局。

我在创作《结案：李·哈维·奥斯瓦尔德与约翰·肯尼迪遇刺案》（*Case Closed: Lee Harvey Oswald and the Assassination of JFK*）时认识了菲兰，这本书是我对肯尼迪遇刺事件的重新调查。20世纪60年代后期，菲兰的独家报道揭露了新奥尔良地区检察官吉姆·加里森（Jim Garrison）在调查肯尼迪遇刺事件是否“存在惊天阴谋”时伪造了证据。

1997年夏天，我打电话给菲兰，征求他对我所调查的马丁·路德·金遇刺事件的建议。我们还谈到了调查新闻的状况。菲兰不是一个怀旧之人，他回忆说，如今的情况变得越发糟糕。他认为，现在的趋势是期限越来越短，记者难以进行长期调查。哪怕优秀的记者，也可能一连数月都没有突破，最后无功而返。菲兰举了一些自己的经历，其中一个是军事调查员强迫空军军官签署虚假的谋杀认罪书，另一个是加利福尼亚按摩师谎称已将病人治愈并从病人那里诈骗了数百万美元。接受这些调查任务时，菲兰没有把握一定能够揭秘真相。最初引起其注意的提示和证据，可能已经变成了死胡同。

“这种风险是大多数杂志和报纸编辑不再愿意承担的，”他说，“但你至少仍然可以在一本书中做到这一点，你在书中有时间和篇幅来深入讲述一个好故事。”

我问菲兰什么样的主题具有挑战性，他毫不犹豫地答道："制药行业，这就像朝镖盘扔飞镖。"

菲兰说他已经是85岁高龄，无法进行如此庞大的项目。他没有告诉我他病得厉害。几个月后，我得知他死于肺癌。最后这一次与他的交谈使我有了现在的想法——总有一天要写一本有关制药行业的书。然而，在出版行业中，好的创意往往要花费数年才能产生成果。

那是在2016年1月，我向编辑本·勒嫩（Ben Loehnen）发送了一份写作计划，标题简洁——《美国制药业历史》（"A History of the American Pharmaceutical Industry"）。那时，我已读了几十本好书，每本都是我希望完整报道的故事的一部分。其中有流行病和大流行的历史、实验室鼓舞人心的开创性发现、传奇科学家和制药行业高管的传记，还有一些公司的商业历史。不过，没有任何一本书，能够涵盖19世纪万能的"奇迹疗法"时代和如今年销售额高达100亿美元的庞大制药集团时代。

我将写作计划发给本·勒嫩时，还没有开始认真研究。写作计划有时只不过是选择书的主题，与实际完成的书稿可能会截然不同。《嗜血制药》被证明是一个经典的调查故事。很少有人会感到惊讶，调查中面临的一个重大阻碍是制药业竭力保守其秘密。这迫使我去寻找愿意交谈的药企高管、科学家和政府监管人员，其中一些人从未公开发声。其他人则担心遭到雇主或业内的报复，只同意匿名提供帮助。除了这些采访之外，要发现本书的核心信息，还需要筛选成千上万页被忽视的政府监管文件，寻找埋藏在海量药品诉讼案件中的证据，以及核查几乎无人问津的私人档案。

我没指望会找到一个人或者一个家庭来提供叙事线索，去审视第二次世界大战后该行业的爆炸性增长。正是在战后70年间，制药行业转变为大型行业。

礼来家族、默克家族、施贵宝家族和强生家族成长为大型企业集团后，不再专注于制药行业。"大型制药公司"（"Big Pharma"）一词最早出现在20世纪60年代的新闻报道中，用以描述少数主导公司。[1]后来出现了新巨人，但都是在生物技术革命后很晚才出现的。我一直想用一章内容讲述萨克勒家族三兄弟亚瑟·萨克勒、莫蒂默·萨克勒和雷蒙德·萨克勒的故事。他们最广为人知的事迹，是在 1952 年收购一家小型制药公司普渡·弗雷德里克（Purdue Frederick），该公司于 1996 年开始生产阿片类镇痛药盐酸羟考酮控释片（商品名：奥施康定）。

我在研究中发现，从 20 世纪 40 年代开始，萨克勒家族在药品交易中就发挥了广泛的作用，而且通常是在关键时刻。萨克勒家族鲜为人知的背景故事，在访谈中和尘封多年的文件中鲜活起来。我申请了信息公开，美国联邦调查局的解密文件揭示出萨克勒家族激进的左翼政治倾向，以及联邦调查局对其是否忠于美国的怀疑。1962 年美国参议院委员会的笔记和备忘录，详细记录了调查人员发现的隐秘的“萨克勒帝国”。2018 年底，一小批珍贵文件寄到了我的办公室。文件装在一个密封的普通马尼拉信封中，盖着纽约市的邮戳，没有寄出地址，里面是美国食品药品监督管理局（FDA）和美国缉毒局（DEA）文件的副本，对一些长期存在的问题给出了答案，即萨克勒家族是如何崛起并拥有如此巨大的权力和财富的。

《嗜血制药》打开了一个罕见的局内人窗口，展现了科学家和高管之间如何围绕药品和金钱展开内部斗争。本书讲述了那些家喻户晓的公司不为人知的秘密世界，以及它们对“重磅炸弹级”药品的寻求是如何削弱和扭曲该行业最初的治病救人的使命的。

在《嗜血制药》中出场了很多“英雄”和“反派”，其中有出色的科学家、令人信服的企业高管、合规的政府监管者和勇敢的举报人。科学家意外发现的救命药物与罪恶的价格操纵行为、制药公司掩盖受污染药品的阴谋以及监管系统充当违法违规行为橡皮章的行为，形成了鲜明对比。

制药行业真是一个与众不同的行业。

01 “零号病人”

“现在就把病人隔离起来。”医生命令道。患者是内华达州里诺市附近一位 70 多岁的妇女。几天前她被送到急诊室，当时已经神志不清，还发着烧。那天的气温达到 37.8℃，热得让人喘不过气来。对于因炽热的黑岩沙漠而出名的内华达州而言，2016 年的夏天显得酷热难耐。

得知病人最近从印度旅行回来后，医生们怀疑 20 多个小时的辛苦飞行，加上炎热的天气，使她严重脱水。[1] 静脉输液几天，她应该就能恢复如初。

然而，第二天医生们变得惊慌起来。病人的体温升至 38.9℃，脉搏快要超过每分钟 100 次，呼吸困难，血液检查提示白细胞数量异常。医生对此做出了新的诊断：全身炎症反应综合征（SIRS）。医生们无法识别潜在传染源，认为很可能是病人自身的极端免疫应答，在某种程度上引起的血液污染。他们通过静脉注射抗生素来防止病人不可逆转的器官损伤。

然而病人的症状没有任何好转。又过了 36 个小时，医生决定进行更多检查，寻找入院时血液和体液检查中遗漏的“罪魁祸首”。检查结果令医生大为震惊。感染是由碳青霉烯类耐药肠杆菌科细菌（CRE）引起的，这是一种良性肠道细菌，但是在进入血液或肺部以后会变成危险的超级细菌，随后摧垮人体的免疫系统。[2]

这一诊断令人震惊。2008 年，CRE 首次在印度新德里被发现，不到 10

年时间，已经成为一种致命的超级细菌，杀死了一半被它感染的病人。[3] 食品药品监督管理局的负责人称它为“超级细菌”。随着时间的推移，CRE 会变异为新的菌株，其中一些菌株增强了通常作为最后一道防线的抗生素的耐药性。[4]

十几年来，医生们都知道超级细菌的存在。但是在 CRE 变异之前，大多数医生已经排除了其潜在威胁。医药界没人敢再无视超级细菌。医学期刊上一系列令人震惊的报道揭示了其传播速度和破坏程度。[5] 2010 年，即美国建立可靠统计数据的第一年，超级细菌感染 200 多万美国人，导致 23 000 人死亡。三年后，美国疾病控制与预防中心（CDC）发出警告，指出感染率的增速远远超过流行病学家的预期。美国传染病学会主席将 CRE 称为美国医疗保健系统的“紧迫威胁”[6]。与美国面临的严重危机相比，由于环境卫生状况持续恶化，超级细菌在许多贫困国家肆意蔓延，情况更加糟糕。[7]

内华达州的医生明白医院和疗养院是诸如此类细菌的温床。这些地方是感染高危患者的超级细菌的理想繁殖环境，因为高危患者的免疫系统被其他疾病或药物疗法削弱了。超级细菌也很容易通过呼吸机、注射针头、导管甚至血压计袖带传播。CRE 在所有物体表面肆意繁殖，从电灯开关、门把手、厕所，到医务工作者未曾清洗的双手。[8]

通常，用于治疗细菌感染的 5 ～ 7 天剂量的口服抗生素对 CRE 没有作用，因此医生必须使用某一类特殊级抗生素，通过静脉注射的方式，来迅速控制并消除所有的感染症状。但是检测显示，破坏该病人身体的 CRE 菌株对医院储存的全部 14 种抗生素都有耐药性。此时，内华达州的主治医生们由关切转为担忧。

该州高级流行病学家向位于亚特兰大的 CDC 总部递送了这种细菌的样本。在那里，进一步检测证明，超级细菌菌株对另外 12 种抗生素有耐药性，包括一些从未失效过的抗生素，这让科学家们十分恐慌。[9] 内华达州的医生对此束手无策，随着病情恶化，患者进入感染性休克，最终在急诊室救治了两个星期后去世了。

公共卫生官员将“零号病人”的死亡报告推迟到2017年1月公布。超级细菌对各种抗生素产生耐药性的新闻引起轰动，以“世界末日”标题充斥小报的头版头条。耐药性超级细菌掩盖了当月发生的另一个相关案例。2017年1月，各州已开始报告前一年药物服用过量的统计数据。这些数据证实，美国多年的阿片类药物成瘾危机已经恶化。2016年超过63 000人死亡，比上一年增加20%，这本身就创下一个纪录。2016年死于阿片类药物的人数比死于车祸、枪支暴力或艾滋病的人数还要多。[10] 24个州宣布进入紧急状态，但这似乎没有什么用。各州用药过量致死率上升了两位数。[11] 2/3的死亡人数与处方阿片类镇痛药有关。

阿片类药物成瘾无关贫富、肤色和性别，它影响了大城市（费城法医报告了三天内35人死亡的可怕记录）以及阿巴拉契亚山脉最贫穷的地区。

媒体对“零号病人”和不可战胜的超级细菌感到震惊，在此之前，《华盛顿邮报》已经刊出了阿片危机系列的最后一期报道。该报道说的是俄亥俄州历史名城奇利科西。这是一个拥有21 000人口的小镇，坐落在赛欧托河边。[12] 当地人过去称其为“梅伯里”，夸口说这是美国小镇生活中最好的一张名片。容易获得的处方阿片类药物彻底改变了这个小镇。当地一位开“药丸磨坊”的医生被判处4次连续无期徒刑，原因是他不计后果过度开药，造成了“病人”死亡。在当地，人们可以用现金购买镇痛药，医生不会询问任何问题，也不对病人做任何检查。2016年，奇利科西发生破纪录的40例药物死亡案例，这一数字是几年前的三倍。

城市验尸官说，他害怕与“一个又一个失去孩子的父母交谈”。消防队员、急救人员、医生、警察、医务工作者、受害者家属都被“阿片”弄得精疲力竭。一位验尸官甚至将其描述为“僵尸末日”，有一天他差点就撑不下去了。当天，奇利科西的警察和护理人员已处理13起药物服用过量事件。一个加油站的加油员拨打报警电话说，一名妇女在一辆未熄火的汽车的驾驶座位上昏倒了。警察到达时，在后座发现了一个女婴。那个孩子是当天送到儿童福利院的7名10岁以下儿童之一。

奇利科西连带着受到损害，阿片类药物不仅酿造了美国最致命的公共健康危机，还在20年里几乎不受控制地泛滥成灾。它的起源可以追溯到150年前的制药业，当时的成瘾性药物是核心成分。如今一些最大的制药公司就是通过销售当时合法的阿片类药物起家的，这些药物带来的利润惊人。

然而，金钱只是答案的一部分。制药业跟美国联邦监管机构——食品药品监督管理局的关系时而争吵不休，时而过于融洽。60年来，在关于实验室发现是否应该获得药物专利保护和长期垄断权的激烈争辩中，制药业始终占了上风。最重要的是，制药业已经把美国变成一个“嗑药社会”。几十年来，所谓的特效药（有些是真的，有些是炒作的）浪潮成功带来了巨额利润，同时也创造了数千万依赖药物的病人，他们在等待下一种药丸，来解决不断恶化的病痛。

大型制药公司喜欢把自己描绘成一个以治病救人为宗旨的准公共信托机构。利润虽然很多，但研发成本很高。批评者认为制药公司是一个名副其实的邪恶帝国，在这个帝国中，金钱胜过健康。疯狂的阴谋论大行其道：该行业开发但隐藏了一种治疗癌症的方法，或者推出了导致孤独症的疫苗，所有这些都是为了赚取更多金钱。

要了解当今制药公司的真相以及激励它们的真正原因，就得探究其起源和成长历史。理解当今占主导地位的大型制药公司是如何发展的，就能解释为什么创造性科学——曾经是这个行业的标志——越来越受到攻击。[13] 大型制药公司处于公共卫生和私人企业的交汇点，只有了解其历史，才有可能充分认识到崇高抱负和嗜血贪婪之间是一场永久的冲突。

02 “试毒小组”

美国制药业兴起于19世纪中叶，以满足作战部队对抗菌剂和镇痛药空前大的需求。1848年结束的美墨战争，给了美国一个沉痛的教训。药品掺假意味着前线士兵遭受了不必要的死亡，针对痢疾、黄热病、感染和霍乱的失败的治疗，最终导致87%的死亡比例。[1] 幸存下来的人也遭受了不必要的痛苦，因为用于治疗战争创伤的镇痛药通常带有缺陷，那个时代最有效的镇痛药是吗啡，可当时没有一家美国公司能够大规模生产。

在这场战争爆发40多年前，一位21岁的德国药剂师从罂粟中提取了生物碱。他将新成分称为“墨菲斯”，这是古希腊神话中的梦之神。新发现发表在一份阅读量很小的医学杂志上，几乎不被人们关注。[2] 10年后，一位法国化学家才意识到其重要性。20世纪20年代，海因里希·伊曼纽尔·默克（Heinrich Emanuel Merck）在设立于德国达姆施塔特的天使药房出售标准剂量的吗啡。吗啡生产成本低廉，成为德国几家新的家族性企业的关键药品，比如恩斯特·克里斯蒂安·弗里德里希·先灵（Ernst Christian Friedrich Schering）开在柏林的同名公司，以及弗里德里希·拜耳（Friedrich Bayer）开在伍珀塔尔的化工厂。[3]

美墨战争一年后，一对移民美国的德国表兄弟，用2 500美元储蓄和1 000美元抵押贷款成立了查尔斯·辉瑞制药公司（Charles Pfizer and Company）。

这是一家位于布鲁克林巴特利特街一栋两层砖楼里的化工企业。[4]兄弟俩抓住了机遇——美国内战爆发后，辉瑞就无法满足市场对吗啡的需求了。

辉瑞的竞争对手是爱德华·鲁滨孙·施贵宝（Edward Robinson Squibb），他在布鲁克林开了一家制药工厂——爱德华·鲁滨孙·施贵宝父子公司。施贵宝意识到药品生产中稳定的药品质量的重要性。战争期间，他在美国海军部担任外科医生，他曾将一箱箱送往前线的不合格药品扔进大海。[5]内战爆发一年后，药剂师兄弟约翰·惠氏（John Wyeth）和弗兰克·惠氏（Frank Wyeth）在费城开了一家药店并且提供药品配送。他们为联邦军队提供药品，合同利润丰厚，战后他们卖掉了自己的药店，专注于大规模生产药品。[6]

吗啡是极为有效的镇痛药，但并非唯一。底特律卫生局局长塞缪尔·皮尔斯·杜菲尔德博士（Dr. Samuel Pearce Duffield）曾向联邦军队出售过一种乙醚与乙醇的混合物。曾经的铜矿商人赫维·科克·帕克（Hervey Coke Parke）在 1871 年退休后成为投资商，与 26 岁的公司推销员乔治·所罗门·戴维斯（George Solomon Davis）组建了帕克–戴维斯制药厂。

化学家伊莱·礼来（Eli Lilly）错过了内战期间利用吗啡赚钱的机会，但作为联邦军队的一名上校，他明白药物对于战争有多重要。他离开军队时确信，他的未来在于 1876 年以他的名字设立的制药实验室。[7]另外两名美国药剂师，西拉斯·梅因维尔·宝来（Silas Mainville Burroughs）和亨利·所罗门·惠康（Henry Solomon Wellcome）也看到了行业机遇。他们认为英国的竞争比美国小，1880 年，他们在伦敦成立了惠康制药（Burroughs Wellcome），生产从鱼肝油、麦芽制剂、面霜到阿片类镇痛药的各种产品。[8]

这些人是最早一批进入制药行业的，他们生产的药品极易上瘾，再加上没有政府监管，在市场销售时畅通无阻。他们还受益于当时人们的无知——人们并不知道疾病和慢性病的病因以及如何治疗。一百多年前，法国化学家路易斯·巴斯德（Louis Pasteur）通过对变质的肉类和变酸的牛奶做的一系列实验，证明了存在肉眼无法看到的微生物。“细菌理论”的出现，即看不见的微生物可能致病，在19世纪受到了极大的质疑。即使人们相信其真实性，科学家也不知道如何应对。

直到1882年，一位德国细菌学家才发现细菌是结核病致病的原因。在那之前，人们认为结核病是一种遗传性疾病。[9]在美国，人们一度认为霍乱是由移民，尤其是爱尔兰移民带来的疾病。（1891年的《移民法案》要求对所有入境的移民进行体检，以排除“所有智能障碍者、精神病患者、穷人、可能被公众指控，以及患有令人厌恶的疾病或危险的传染病的人”[10]。）1900年，当美国军医沃尔特·里德（Walter Reed）证实蚊子是传播黄热病的媒介时，人们还认为黄热病只有通过与被感染的人接触才能传播。[11]

1900年，美国尚不存在一部全国通用的医生执业法规。在大多数州，任何人都可以自称为“医生”，开诊所、治病人。[12]缺乏基本的医学知识，意味着人们可以不受限制地推广药品。第一种廉价但强效的中枢神经系统兴奋剂可卡因，就是在这一背景下应运而生的。一位德国博士发现了可卡因，其化学博士论文是关于如何从古柯叶中提取生物碱的。他将这种化合物命名为“可卡因”（*cocaine*）——源自拉丁语 *ina*（from），简而言之，就是来自古柯（*coca*）。这位博士后来发明了第一次世界大战中最致命的化学战毒剂“芥子气”。[13]

默克是最早专注于可卡因市场的公司之一，它在各种场景中不遗余力地宣传可卡因，从麻醉药到治疗消化不良和痔疮的药物，甚至作为眼科手术的辅助手段（可卡因可以收缩血管以减少出血）。[*, 14, 15]可卡因曾是美国花粉症协会正式认可的治疗药物。[16]美国卫生局局长称可卡因能够有效治疗抑郁症。烟草商出售掺有225毫克可卡因的雪茄帮助“舒缓神经”，牙医兜售含可卡因的药片来治疗牙痛，哮喘患者购买鼻吸可卡因，并被告知“按需使用”。[17]每克纯可卡因在药店的平均售价为25美分。[18]当时最大的邮购公司——西尔斯·罗巴克公司出售一种皮下注射器（这是由一位苏格兰医生早几十年发

* 许多著名的公众人物——西格蒙德·弗洛伊德、教皇利奥十三世、罗伯特·路易斯·史蒂文森、维多利亚女王等，都因可卡因产生的能量和短暂的兴奋感变得狂热。它在娱乐场所的滥用从19世纪下半叶开始激增。

明出来的）和少量可卡因，售价为 1.5 美元。[19]

在两年的时间里，含可卡因成分的药品市场一片繁荣，默克公司从每年生产不到 1 磅*的可卡因，发展到每年生产超过 18 万磅的可卡因。[20]帕克-戴维斯药厂的化学家发明了一种精制工艺，提高了可卡因的纯度，还延长了保质期。帕克-戴维斯药厂引进了古柯雪茄、古柯卷烟和一种酒精与可卡因混合的糖浆，这些都被称为"真药"（*Medicamenta Vera*）。[21]施贵宝合成并销售一种溶解在透明液体基质中的浓度最高的可卡因，用作酊剂。不到 10 年时间，可卡因成为美国五种最畅销的药物之一。

仅仅因为可卡因变得流行，并不意味着美国制药公司就失去了对阿片类药物的热情。默克公司吹嘘粉状吗啡的纯度，其最受欢迎的产品之一是含有鸦片成分的止咳糖。[22]施贵宝和辉瑞销售了十几种不同的鸦片酊。[23]

默克、施贵宝、辉瑞等制药公司相互竞争。然而，它们最激烈的竞争来自所谓的专利药，大约有五万种自制药物被当作"神药"推销。[24]它们实际上没有专利，美国直到 1925 年才开始授予化学专利。[25]

因为没有法律规定药品必须证实它所宣称的作用（就像今天的保健品行业一样，其声称的效果都是未经检验的），制药商利用人们的恐惧和无知进行了无耻的宣传。使问题更加复杂的是没有对成分、纯度或一致剂量的控制标准。"神药"（未经科学证明有效的江湖药）商人利用知识产权法来保护药物名称、药瓶形状甚至标签设计，同时，他们都对处方秘而不宣。当时在美国，任何药物都不需要处方，也没有必要为了用药去看医生。[26]

最畅销的"神药"公司在报纸和杂志上刊登海量广告，向消费者宣传神奇的治愈能力。[27]私下里制药商为那些令人喘不过气来的推荐信付费，并在成千上万的路边广告牌、农舍围栏上的海报甚至临时搭建的庭院的标识牌上，为"神奇的灵丹妙药和补品"做广告。[28]

最受欢迎的专利药的所有者获得了巨大的个人财富。德裔美国人威

---

* 1 磅等于 16 盎司，合 0.453 6 千克。——编者注

廉·拉丹（William Radam）通过号称“治愈所有疾病”的专利药致富。这种被称为“微生物杀手”的粉红色液体是用红葡萄酒和稀释的硫酸混合而成的，每瓶利润高达60倍。[29]同样的致富案例还有贵格会废奴主义者莉迪亚·平卡姆（Lydia Pinkham），她在马萨诸塞州林恩市的地窖里，将磨碎的草药和酒精合成为一种神奇的女性药物进行售卖。[30]雅各布·霍斯泰特医生（Dr. Jacob Hostetter）家喻户晓的家庭自制药“霍斯泰特胃药”，利用了人们普遍错误的认知，即威士忌能杀死细菌。[31]这种药品从市场上销售的蔬菜中提取出一种物质，泡在47°的威士忌中，宣称能彻底排毒，并且可以预防或治疗数十种疾病。[32]康涅狄格州的一名街头小贩和得克萨斯州的一名农场工人，在巡回表演吞火和神枪手比赛中售出成千上万的“印第安神水”来“净化血液”，这是由私酿酒和花园中常见的草药混合而成的。[33]

当时20%的孩子活不到5岁，因此父母很容易受到“神药”的影响。[34]销量最大的被称为“婴儿考普的朋友——婴儿安抚剂之王”，开发该药的公司通过查看出生公告，向新妈妈们发放了免费样品，其秘密配方是1/3含量的纯鸦片液。随着时间的推移，它导致了数十起因过量服用而致命的案例。[35]

大多数药剂师和医生都把专利“神药”贬低为像贩卖蛇油和旅行药一样低劣的行径。《药剂师通报》等业内刊物揭露了一些最危险的药物。然而，由于医学专业刊物发行量很小，这些出版物丝毫没有减少美国狂热的普通消费者的需求。[36]尽管遭受许多医生和药剂师的普遍鄙视，但对一些囤积畅销“神药”并抬高价格的人来说，赚钱太诱人了。[37]拥挤肮脏的贫民窟是19世纪后期快速发展的城市的副产品，已经成为流行病蔓延的温床，例如天花、结核病、斑疹、伤寒、黄热病、霍乱等。每种流行病都引出大量利润可观的新型“神药”，宣称具有前景诱人的速效疗法。

1890年，美国药师协会（APhA）出版了第一部《美国药典/国家处方集》（*USP/NF*）。化学测试和机器制造的进步使得美国制药公司能够生产出纯度更高、质量更可靠的药物。[38]《美国药典/国家处方集》是大约200种

“伦理药品”*的基本清单，旨在成为医生和药剂师的黄金标准。[39, 40] 该清单对于那些想要避免使用无效“神药”的人来说是一份简易指南。[41]

传统制药公司对这些专利竞争对手嗤之以鼻。然而，它们缺乏对自己销售的药物的更多了解，这意味着所谓的合法药品有时也可能是灾难。海洛因就是一个典型的例子。它最初是由德国拜耳公司开发并注册商标的。1898年，拜耳实验室那位曾经发明阿司匹林（化学名为乙酰水杨酸）的科学家，成功合成了二乙酰吗啡，产生了效力是吗啡10倍的阿片类化合物。拜耳的药理学主管摒弃“太复杂的名字”，选择了德语“*heroisch*”（英雄的）来命名这个新药品。[42] 海洛因于1900年在美国上市，立即被列入《美国药典/国家处方集》，任何年满18岁的人都可以购买。拜耳声称该药品在减轻疼痛方面比吗啡更有效。海洛因对咳嗽和感冒的缓解效果是可待因的10倍，而毒性副作用却只有可待因的1/10。[43] 拜耳的广告声称海洛因对儿童绝对安全，它甚至将海洛因能够快速治疗吗啡成瘾作为卖点。当时吗啡具有成瘾性已成为一个问题。[44]

美国有一些州已经通过立法来监管掺假的食品和药品，但只是用普通条款来禁止“神药”制造商销售致命毒药。[45] 结果是一堆混乱的规则，有时相互矛盾，很少得到有效执行。如果没有一部全国通用的法律，就不可能解决日益增长的跨州问题。整个19世纪90年代，一系列监管法案未能通过审议，因此美国国会授权联邦政府对食品和药品进行监管。[46] 这场立法运动背后的驱动者是化学家和医生哈维·华盛顿·威利（Harvey Washington Wiley）。他曾是美国农业部化学部门（食品药品监督管理局的前身）的负责人。[47] 政客和行业游说者大多忽视了他对解决食品安全问题的热情。他们认为威利是一个缺乏经验的理想主义者，一个处在混乱的政府机构中的无能官僚。

---

* “伦理药品”听起来好像比“神药”更值得信赖。这个词后来指的是那些不向公众做广告的药物，美国医学会（AMA）提出了这个概念，因为它认为面向公众的广告鼓励自我治疗，威胁到医生权威。尽管当时尚无药物处方的要求，但美国医学会希望患者寻求医生的建议来选择合乎伦理的药物。

然而，威利经常被低估，并一再令人出乎意料。他是印第安纳州自学成才的农民普雷斯顿·威利的儿子，对宗教满怀虔诚之心。普雷斯顿·威利是19世纪基督教复兴运动中的福音派传教士。老威利是小镇上仅有的一所学校（只有一间教室）的校长。[48]威利的母亲露辛达在农场工作，还要照顾七个孩子，所有孩子都是在他们家小木屋的泥地上出生的（他们没有自来水，没有暖气，也没有厕所）。[49]威利作为拥有爱尔兰和苏格兰血统的第二代美国人，其父母在肯特郡外的农田里不辞辛劳。肯特郡是肯塔基州州界上一个有数百名贫穷白人的小镇。极为单调的艰苦生活，使威利的许多邻居徘徊在绝望的边缘。[50]

威利成长的家庭环境是这样的：只要他沉迷于“魔鬼的诡计”，例如与其他孩子玩耍、唱歌、跳舞或庆祝节日，就会被木棍体罚。[51]他的父母希望他在18岁时接管家庭农场。但令他们惊讶的是，威利通过了大学考试，而且获得了奖学金。26岁时，威利获得了医学学位，并以几乎全班第一的成绩毕业于印第安纳大学医学院。到哈佛大学学习化学专业时，他潜心研究新兴的食品营养科学以及食品添加剂和防腐剂安全问题。[52]在冷藏技术普及以前，随着越来越多的加工食品需要长途运输，生产商需要不断测试新的防腐剂。食品行业聘请化学家来延长易腐烂食品在运输中的保质期，并寻找能去除异味、增加食品色泽的化学物质（用红铅加工牛肉，用铬酸铅给芥末染色，用砷给蔬菜染色）。很少有科学家研究这些新方法中潜在的危险。[53]

威利以提倡纯净食物而闻名。他在《科普月刊》发表的一系列文章强调了美国食品供应链中的潜在风险。[54]在威利于1883年成为农业部化学部门主管时，该部门只有6名员工和40 000美元的预算。[55]这似乎是一个不太可能发起一场成功的纯净食品运动或运用影响力驯服不受监管的制药业的地方。

农业部化学部门在人力和财力上存在不足，威利只能通过组织活动来赢得公众关注。他在美国国会委员会的文字记录和证词中宣传其议程。威利走遍美国，前往几十个妇女俱乐部和社会组织，发表言辞激烈的演讲，警告食品掺假的危害。[56]在这些活动中，威利似乎更像是一位传教士，而非科学家。到达华盛顿时，那些对他不屑一顾的政客和游说者意识到，他那夸张的风格对于追求他所说的“深入且详尽地调查食品掺假和虚假宣传”是一个极佳补充。[57]

四年后，威利和农业部化学部门发表了一系列报告中的第一卷，标题为《食品与掺假者》。最早的关注重点就是乳制品的安全风险。[58]在被检测的样本中，有一半被水稀释的牛奶添加了白垩，牛奶中满是细菌；市场上所售的黄油，大部分不含乳制品。在接下来的五年里，威利及其化学家小组又发布了九份报告。[59]这一次的发现是几乎 90% 的研磨咖啡掺有锯末甚至泥土；“防腐牛肉”装在锡罐里出售，里面含有铅，牛肉泡在气味刺鼻的甲醛溶液中。当内布拉斯加州和印第安纳州的儿童死于受污染的牛奶后，人们异常愤怒。一些乳制品厂使用甲醛制作防腐牛奶，并出售给孤儿院。[60]

威利的报告是一个里程碑，这是美国联邦政府对食品供应中潜在的健康风险进行的首次深入调查。跟风的新闻报道赋予他“为公众利益而战的廉洁斗士”这一名声。[61]《华盛顿时报》堪称代表：“威利接受了一群贪婪的寄生虫的挑战，这些寄生虫通过向公众出售掺假食品来赚取巨额财富，威利决心镇压它们的邪恶行为。”[62]媒体的关注巩固了威利作为“纯净食品人”的公众形象，他是一个孤独的政府改革家，反对将利润置于安全之上的强大特殊利益集团。[63]威利意识到其声望为扩大其影响力提供了机会。在任职期间，农业部长将化学部门升级为化学局，赋予威利更多自主权。农业部化学局从 6 名员工发展到 600 多名员工，预算也增加了 20 倍。1902 年，新命名的化学局拥有了自己的办公大楼，而威利则将其作为私人领地使用。[64]

同年，威利说服国会拨款 5 000 美元，研究普通食品防腐剂和着色剂的潜在健康风险。[65]他认为不能将研究结果隐藏在一些鲜少公之于众的官方报告中，任其在化学局的书架上积满灰尘，他决定进行一项引人注目的研究。依靠《但以理书》的灵感，威利决定不以动物，而是以人为实验对象。[66]他创建了一个由12人组成的“卫生餐桌实验”。这些志愿者包括一名科学家、一名高中军官训练团前学员以及一名耶鲁大学短跑运动员，他们要么是化学局的员工，要么是乔治城大学医学院的学生，他们可以获得免费食宿。[67] 在威利开展实验之前，工作人员都会对他们进行甄选，看他们是否有良好的道德品质，是否很少或从不饮酒，是否远离药物依赖等。他后来指出：“我希望年轻、健壮的志愿者，能最大限度地抵抗掺假食品的有害影响。”[68] 招募进来的人承诺至少待一年，如果实验证明有害或致命，他们放弃起诉政府的一切权利。

威利在化学局的地下室里建了一个厨房和餐厅。他购买所有的食品和饮料，每天为12名志愿者提供三餐，他们全部穿着正装享用晚餐。一名厨师（自称曾是巴伐利亚女王的私人厨师）为这些人准备餐食，饭菜中稳步增加威利怀疑有毒的防腐剂和着色剂。[69]

饭前威利记录每个人的体温和脉搏，定期检查体重，并收集尿液和粪便样本。他允许一些知名报纸和杂志的记者来观察实验。随后的报道轰动一时：“‘体格健壮的年轻人’是‘科学的殉道者’”，他们乐意吃“戴眼镜的科学家”提供的潜在致命食物。志愿者们奉行的座右铭是“只有勇敢的人才敢吃这种食物”。一位《华盛顿邮报》记者给该项目起了个名字：“试毒小组”。[70] 危险因素完全吸引了公众。威利担心，这种公共狂热可能会使科学界倾向于忽视其实验的严肃性。

“试毒小组”远不只是世纪之交一场热闹的真人秀。几年来令人震惊的结果证实了威利对美国食品供应中潜在隐患的最大担忧。越来越多的疾病困扰着志愿者。[71] 硼砂和水杨酸等防腐剂引起头痛和消化问题；用于延长乳制品保质期的甲醛，导致志愿者体重减轻、失眠和肾脏受损；苯甲酸钠引起严重的胃灼热和血管损伤；使果蔬罐头色泽鲜亮的硫酸铜（俗名“蓝矾”），导致呕吐和肝损伤；亚硫酸盐作为一种防腐剂，用在葡萄酒、糖蜜和腌制肉中，使人感到头晕和头痛。[72] 从1904年开始，威利发布了题为《食品防腐剂和人造色素对消化与健康的影响》的报告，这是其五份报告中的第一份。可以说，这份长达 1 000 页的报告就是一份起诉书。[73]

1905 年，一名虚弱的志愿者死于肺结核，此后威利开始逐渐淡出公众视野。然而，那时“试毒小组”已在美国医学史上赢得了近乎神话般的地位。威利知道，这将重新激发他对联邦《纯净食品和药品法》的追求。

03 进入联邦

根基深厚、人脉广泛的食品行业游说者，不会坐视威利为联邦监管进行辩护。其中实力最强的是依赖防腐剂的罐头商以及利润丰厚的“精馏威士忌”酿酒商。他们在廉价、劣质的酒精中添加着色剂和调味剂，然后作为威士忌出售。威利把精馏酒商作为头号目标，指控国内 90% 的威士忌是假酒。游说者认为，他们添加到酒中的所有东西都是无害的，任何监管措施都会有损于国家，摧毁商业，造成数千人失业。他们认为威利在执行食品安全法律方面没有实际经验，他只是有选择地挑选证据并得出煽动性和误导性的结论。[1] 他们还争辩说，国会在通过食品安全法律时，从未将饮料和含酒精饮料纳入法规中去。

威利意识到国会不太可能接受任何对酿酒商过于苛刻的提议，因为接近一半，甚至 2/3 的收入来自酒商纳税，包括假酒制造商。[2]

一些倡导消费者权益的人感到失望的是，威利所设想的联邦监管法律几乎完全是关于食品的，没有解决药品的潜在风险。事实上，尽管威利指派了化学局的少量研究人员收集“虚假专利广告”的证据，但他倾向于将所有专利药排除在法规之外。[3] 威利支持的一项提议，与其说是实质性的，不如说是象征性的，旨在用含糊的规定来检查《美国药典 / 国家处方集》中大约 200 种药物。[4]

威利的不情愿让同事们大吃一惊，有些人清楚威利私下谴责专利药是“整个医疗欺诈‘马戏团’中最邪恶的……专挑不好治愈的疾病下手”[5]。儿时的一件事促使威利形成了对“神药”的看法。威利在 11 岁时感染了疟疾，这是印第安纳州南部低地蚊虫肆虐的结果。老威利夫妇太穷了，买不起“亚伯兰药丸”。这是一种获得专利的“奇迹疗法”，宣称能“立即治愈”疟疾造成的高烧和令人毛骨悚然的寒战。最后结果证明，老威利夫妇很幸运。一些邻居不是死于疟疾，而是死于亚伯兰药丸。几年后，威利发现这种药的主要成分是砒霜。[6]

在涉及一个与威利在医学和化学方面的专业知识及兴趣如此匹配的公共健康问题时，他为什么不愿意带头？答案就在他的私人信件和文件中。威利冷酷的政治考量是，支持药物管制将减少说服国会直接通过立法的机会。威利认为，他缺乏同时应对两个强大游说团体的政治资本。他担心将药物监管纳入其中，过程会过于复杂，并毁掉任何拟议中的立法。[7]

然而，1905 年，也就是威利开始解散“试毒小组”的那一年，他突然改变了主意。《科利尔周刊》已经开始曝光被兜售为“神药”的伪造专利药。[8] 文章开头便定下了基调：“被蒙蔽的美国人如今将花费 7 500 万美元购买专利药。这个总额意味着人们将使用大量的酒精、阿片类药物和麻醉药品，从强效但危险的干预心脏功能的阻滞剂，到可能对肝脏产生潜在危害的兴奋剂，凡此种种，而且远远超过其他成分的药物，这是彻头彻尾的欺诈。”[9]

《科利尔周刊》的系列调查报道，引发了民众对专利药的愤怒。它让美国医学会蒙羞，并被迫停止在《美国医学会杂志》（*JAMA*）上刊登“神药”的广告。该杂志一直经营利润丰厚的专利药广告，同时惺惺作态地争论这样做的道德问题。[10] 在《科利尔周刊》曝光黑幕后，美国医学会为了迎头赶上，便重印了调查报道，这个廉价的小册子一共发行了 50 万册。[11]

威利在一片喧闹中看到了一个绝佳的机会。在此前的五届国会中，超过 12 项与纯净食品相关的法案被驳回。他估计，如果他把药品列入立法提案中，民众对“神药”的愤怒可能有助于打破政治僵局。政客们知道《科利尔周刊》的一系列曝光触动了公众的神经，不采取行动可能会激起选民的强烈反对。[12]

令“神药”制造商苦恼的是，威利很快建议将拟议的法令名称从《纯净食品法案》改为《纯净食品和药品法》。[13]

这一提议让健康倡导者兴奋不已。1905 年，威利在起草提交给国会的提案中写道，由于海洛因和可卡因廉价且不受管制，这导致了他所谓的“悲剧数字”：估计上瘾率高达人口总数的 2%，上瘾者超过 150 万人。[14]

在一份立法草案中，威利将药物定义为“任何用于治疗、缓解或预防疾病的物质”[15]。这一范围足以涵盖《美国药典 / 国家处方集》中的药品和专利药。他还建议专利药应在标签上公开所有成分，至于任何含有可卡因或酒精的东西（他个人认为，这两种东西比海洛因或鸦片更危险），只能通过医生开处方来分配。[16]

这些修订令制药业不寒而栗。在世纪之交，制药业不是一个由少数大型公司主导的行业。相反，制药业有数百家公司，既包括老牌公司，也包括许多靠出售“神药”而致富的可疑企业，它们都不欢迎联邦监管的想法。传统的制药公司希望法规只需要消除专利骗术即可。颇有影响力的美国专利药制造商和经销商协会（主要由富有的专利药商人组成）担心法律会针对他们。[17]他们中的许多人从来没有发明过专利药，但他们是天生的推销员，不希望向消费者进行推销时受到限制。[18]

反对这项提议的一个策略是让威利自己成为争论的焦点，把他塑造成一个带有善意，但超越自身专业和知识领域的化学家。在威利无私行善的形象背后，还有鲜为人知的另一面——巨大的野心使他有可能吸引广泛的公众支持者，但也树立了许多愤怒的敌人。[19]如果他被塑造成一个为了推动纯净食品而进行一系列操纵，以此满足个人名誉的人，那么国会还会采纳他的提议吗？专利协会知道威利已经雇了媒体公关，以此加强他与腐败商人的不懈斗争，揭露他们的虚假标签和假冒产品的行为。[20]专利协会还发现，有证据表明，威利可能利用化学局日益增长的影响力，来使他所青睐的少数公司受益。[21]

然而，经过激烈辩论，专利协会认定不应该从威利个人入手。没有足够的证据表明他是一只迷恋权力的变色龙。最后的共识是，打击他个人太过冒险。

专利协会的最终策略很简单，且很有启发性，即在公共安全的幌子下，把焦点从所有专利药转移到少数最危险的自制“神药”上。[22] 依赖专利药来获得收入的企业欢迎这样的想法，即只有少数异常药物是问题所在。配药医生和药剂师以及配料批发供应商卷入了这场纷争。美国药品批发和零售协会也很快加入进来。[23]

最大的间接受益者是为制药商刊登广告的报社。[24] 20 世纪之交，专利药每年为 4 000 种报纸带来 5 000 万美元的收入。[25] 这占到报纸收入的一半，威利称之为“血汗钱”[26]。报业向华盛顿派出了一小队说客，传达同样的信息：不要因为少数人的不良行为而损害一个良好的行业。与此同时，专利协会提醒国会，联邦政府对所有专利药的零售价格征收 4% 的税。任何导致药品销售数量减少的立法，都会减少已经成为政府稳定收入来源的药品税收。[27]

游说取得了立竿见影的效果。威利反复修改草案以争取国会支持。他向一位朋友透露，有时他非常担心游说者会使该草案被驳回，因此他经常在办公室的小隔间里祈祷。[28]

直到草案被提交到国会委员会，药品游说者们仍未放弃努力。没过多久，大部分关键修订都倾向于让制药行业受益。一项修正案取消了针对含可卡因和酒精类药物的处方要求[29]；另一项修正案在措辞上削弱了对制药商的惩罚力度，只要它们能证明其推广是“善意的”，就可以免除一切责任。威利原本希望所有药品的标签上列出详尽成分，而修订后的草案仅要求在标签上标明是否含有 60 种特定的毒物成分。后来这一点被进一步削弱，只要求披露 11 种可能会上瘾或危险的成分，包括可卡因、阿片类药物（如吗啡、鸦片、海洛因等）、酒精、氯仿和大麻。[30] 即使被判定为“有毒”的成分，也只有在超过法定最低限度时才被要求列出。[31] 威利担心，如果允许这些药物在缺少警示的情况下，随意使用任何剂量，那“简直是在开玩笑”[32]。

激烈的辩论持续了几个月。1905 年 6 月初，紧随《科利尔周刊》的系列报道后，威利在最后一刻说服国会反对者时得到了意想不到的帮助。一个社科类周刊连载了厄普顿·辛克莱的小说《屠场》。[33] 辛克莱写的是美国贫困移民工人的困境，希望他的书能引发对资本主义的反抗。“被工资奴役的‘《汤姆叔叔的小屋》’！”辛克莱的朋友杰克·伦敦写道，“像描写黑人奴隶的《汤姆叔叔的小屋》那样，《屠场》有很大的机会为今天被工资奴役的‘奴隶’做些什么。”[34] 然而，小说中关于芝加哥屠宰场和肉类加工业肮脏条件的 15 页令人揪心的描述，掩盖了辛克莱的政治立场。[35] 公众读到腐肉被故意贴错标签并出售时感到反感。更糟糕的是，据披露，碎肉含有毒老鼠或流水线工人在事故中失去的残肢。[36] 随后，公众的愤怒迫使国会匆忙通过了《联邦肉类检验法》。《纯净食品和药品法》也一并通过，人们称它为“威利法案”。[37] 西奥多·罗斯福总统于 1906 年 6 月 30 日签署了这两部法律。[38]

被誉为消费者安全立法里程碑的新法的主旨是“标签的真实性”。这看起来很简单，因为食品药品公司以前不需要列出任何成分。这项里程碑式的立法落实了一些早就应该出台的常识性法规，禁止假冒伪劣的食品药品。[39]

如果公众知道制药业游说团体是如何削弱适用于本行业的条款的话，这种普遍的热情可能会被冲淡。尽管《纯净食品和药品法》似乎要进行彻底的改革，但它缺乏实施其字面承诺的实质内容。在虚假标签问题上，即使普遍性标准也会遇到例外。“这个法案没有我们希望得那么好。”威利私下向一位同事承认道。[40] 最终的修正案甚至允许销售不符合标签上质量、浓度和纯度要求的《美国药典 / 国家处方集》药品。[41] 专利药制造商不必披露他们没有推销的任何成分。法案最具破坏性的漏洞是，它没有提及“神药”神奇但不太靠谱的治疗声明。威利和其他消费者权益倡导者希望法院可以宽泛地解释法律条文中“虚假标签”的禁令，以适用于审判未经证实的治愈声明。1911 年“美国诉约翰逊”一案中，联邦最高法院推翻了这一观点，裁定虚假标签

的禁令不适用于治疗索赔（法院支持出售 6 种治疗癌症的酒精和草药）。[*, 42, 43]

美国最受欢迎的专利药对其标签做了小改动，然后鼓吹它们符合新法律。马里亚尼葡萄酒是当时最畅销的“神药”，鼓吹“全面保持健康、精力和活力”。这是用法国波尔多产区的葡萄酒勾兑而成的，每盎司[**]含 7.2 毫克纯可卡因。马里亚尼葡萄酒也是教皇利奥十三世的最爱，据说曾获得“7 000 多份来自欧美知名医生的书面支持”。在《纯净食品和药品法》出台后，它在标签上列出了可卡因，但没有修改这种未经证实的药品的疗效。[44] 数百个以可卡因或鸦片为主要成分的“神药”制造商纷纷效仿。一些人甚至夸口说他们降低了秘方中鸦片或酒精的浓度，哪怕改动程度几乎可以忽略不计。[45] 少数人缩小了承诺的范围。黑兹尔坦公司改变了畅销的比索糖浆（一种混合了酒精、大麻和氯仿的液体）的宣传功用，从“治疗肺病”改为更为通用的“治疗咳嗽和感冒”。[46]

在法案通过后一年内，大多数“神药”制造商在标签上注明了“受《纯净食品和药品法》保障”。[47] 它们希望公众能够得出这样的结论：有标签意味着药品不危险。[48]

尽管“神药”制造商和传统制药公司都在法律上赢得了许多让步，但法律仍然赋予了化学局专属执法权。一些人想知道威利是否会突破法律限制，将制药公司捆绑在诉讼中。他们不知道威利已经决定集中精力进行“吸引美国注意力的战斗”。他想瞄准每个美国人都熟悉的公司。对制药公司来说，侥幸的是，没有一家公司“入列”。尽管拜耳在德国家喻户晓，但它在美国还没有达到那个地位，威利对瞄准其海洛因品牌毫无兴趣。施贵宝在 1903 年出版的一本颇受欢迎的药物手册中指出“海洛因并没有失去其突出

---

* 堪萨斯城的 A.O. 约翰逊博士将“约翰逊博士的癌症温和联合疗法”推向市场。在每笔交易中都出现一本多达 125 页、来自“治愈病人”的可疑证明。1912 年，美国国会针对这一案件中的法律漏洞进行修订，但是药品行业游说团将问题的严重程度降至最低，仅禁止了“虚假和欺诈”的治疗性声明。这意味着执法行动必须确立对方的“欺诈意图”，而这一点几乎是不可能做到的，因为制药公司声称它们相信这些声明是真实的。

** 1 盎司等于 1/16 磅，合 28.349 5 克。——编者注

地位”，并引用了一项小型研究，研究发现，海洛因在治疗呼吸道感染方面表现出“决定性优势”，并且没有“形成海洛因成瘾的倾向”[49]。（政府花了16年时间才要求开具海洛因处方，又用了10年时间才限制其销售。在此期间，美国又增加了25万吸毒者。）当拜耳宣布发现一种新型巴比妥类药物时，威利甚至没有展开调查。该类药物的首款产品苯巴比妥是一种强效、易成瘾的镇静药，1908年上市时，没有医生的处方也能购买。[50]

金融评级机构穆迪向威利重申，它认为药品业务微不足道，不足以成为每日头条新闻。1909年，当穆迪开始在美国发布行业分析时，制药业因规模太小，没有被列为独立类别。过了20年，穆迪才将制药公司列为美国第16大赚钱行业。成百上千的小公司都想在新兴贸易中分一杯羹，没有一家公司拥有超过3%的市场份额。

根据《纯净食品和药品法》，在首批1 000起执法行动中，只有135起针对制药商，[51]大多数执法行动涉及技术违规，罚款不超过50美元。[52]

威利确实带来了一些里程碑式的行动，包括披露玉米糖浆、糖精、苏打中的苯甲酸钠、烘焙粉中含有铝的明矾，以及多年来精馏威士忌和纯威士忌的争斗。[*, 53, 54]威利称咖啡因是头号公敌，可口可乐因此成为他最关注的目标。正如威利预测的那样，他妖魔化咖啡因的运动——声称咖啡因比士的宁更危险——引发了公众关注。可口可乐公司称咖啡因不是“添加成分”，威利借此指控可口可乐公司违反法律、破坏公共健康，一时成为头条新闻。威利认为“标签的字面含义”应该是显而易见的，他说“Coca-Cola”这个词欺骗了消费者，它用了“coca”一词，实际却不包含“cocaine”（可卡因）——1904年，可口可乐公司将商标中的这个词去掉，只保留了“cola”。[55]

---

* 多年后，威利的正面形象因一系列事件而受到玷污，他被揭露接受了一些食品行业巨头的贿赂，这些利益关系影响了他采取执法行动的决策。制糖业游说集团雇用其侄子私下达成交易。亨利·约翰·亨氏是威利的资助者，在它停止使用苯甲酸钠之后，威利才提出反对。批评家说威利和亨氏合谋占领了番茄酱市场。有一次，威利甚至在一个咖啡掺假的案件中为一个商人做证，这个商人曾给他和他的家人提供过帮助。

威利对咖啡因的敌意根深蒂固。在信奉基督教的父母的培养下，他相信咖啡因是“魔鬼的兴奋剂”。[*, 56] 他确信咖啡因会像酒精一样导致严重的精神缺陷和运动障碍，而且“会让人上瘾且损害神经”。他谴责咖啡因是“这个国家最常见的药物”，并警告说“喝咖啡比喝威士忌更容易上瘾”。这个国家充满了茶鬼和咖啡鬼。他警告美国国会咖啡因有毒，并在公开演讲中敲响了警钟：“我不会给我的孩子下毒，同样，我也不会给他喝咖啡或茶。”[57]

由于威利专注于咖啡因，美国国会在1909年采取了行动，通过了有史以来第一个联邦禁毒法令——《鸦片排除条例》。[58] 该法律只针对吸食鸦片，并没有涉及专利药或传统药中使用的成分。[59] 意想不到的后果是，部分贩毒团伙控制了旧金山和洛杉矶的鸦片贸易，导致价格上涨和犯罪率上升。[60] 哈维·威利因其积极的改革而受到赞赏。与此同时，美国公众将哈维·威利的消极态度解读为出售的药品在某种程度上已经达到《纯净食品和药品法》规定的安全性和功效标准。

1911年的“可口可乐案”，即“美利坚合众国诉可口可乐40大桶和20小桶案”，是威利职业生涯的顶峰。[61] 检察官在查塔努加进行了审判，可口可乐公司在那里有一个大型装瓶厂。政府将可口可乐描述成一种令人上瘾的危险饮料。农业部的一名化学家证实，可口可乐中咖啡因的刺激作用广为人知，乃至许多消费者称它为“可卡因”或“兴奋剂”（直到1942年，“Coke”才成为可口可乐公司的注册商标）。[62] 可口可乐公司为自己辩护，给一些顶尖的化学家和科学研究员致电，称政府夸大了咖啡因的危害，无论如何，苏打水中的咖啡因含量只有一杯咖啡或一杯茶的1/3。

诉讼进行了三个星期，可口可乐公司要求驳回诉讼请求。它认为，在《纯净食品和药品法》颁布前一年，咖啡因已经取代了加入苏打水的古柯叶提取物，因此不能被视作“掺杂剂或添加剂”之类的成分，故相关法律条款并不适用。一审法官同意可口可乐公司的观点并驳回联邦政府的诉讼，这令威

* 禁止含咖啡因的食品，仍然是基督教某些教派的信条。耶稣基督后期圣徒教会建立的杨百翰大学最终应允非摩门教学生的请求，不再禁售含咖啡因的饮料。

利和司法部尤为震惊。[63] 联邦最高法院最终维持该判决，这又是一次重大打击。

威利所在的化学局已经投入了大量资源进行起诉。他冒着声誉风险，在政府案件中塑造了自己的公众形象。一项联邦内部调查显示，威利渴望获胜，为此他与一位哥伦比亚大学的教授达成每年 1 600 美元的咨询服务。这位教授是政府审判咖啡因危害的专家团队中的“明星”，政府每天只付给专家 9 美元。如果没有这笔交易，教授本不愿意做证。尽管威利在咨询工作中没有违反任何法律，而且他的上司也予以批准，但在案子被拖延后，情况看起来对他并不利。[64]

在化学局工作了 29 年后，充满斗争和腐败的环境让威利筋疲力尽。他于 1912 年辞职，接受了《好管家》杂志年薪 10 000 美元的工作，这是他担任公职时薪资的两倍。作为该杂志食品卫生和健康版块的主管，威利仍然通过为 40 万订阅用户提供每月一期的营养和食品安全专栏而发挥影响力。该杂志为威利建立了一个现代的产品测试平台，并为产品发布“好管家”认证。[65]

尽管威利被称作“《纯净食品和药品法》之父”，理所当然地在历史上赢得了一席之地，但在药品问题上，他没有做出什么可夸耀的功绩。传统的《美国药典 / 国家处方集》药品生意依然兴隆。更糟糕的是，“神药”的销售额在 10 年内飙升 60%，首次突破年均销售额 1 亿美元。[66] 威利的失误是显而易见的，但后来写回忆录时他只字未提。在 325 页的回忆录中，威利抨击了私企说客和政府官员淡化里程碑式的法令的行为，并向读者讲述了他与糖精制造商和威士忌蒸馏商斗争的内幕细节。他甚至重新提起了“可口可乐诉讼案”。在威利的回忆录中，他一贯正确，但不知何故，政府却一再一意孤行。[67] 不过，威利从来没有提到过可卡因或海洛因，只一次提到过专利药——声称农业部化学局的内部权力斗争“使他们不可能提起任何诉讼”[68]。

威利走下政治舞台时，毫无疑问，制药公司在美国首个里程碑式的药物监管立法努力中毫发无伤，其成功的游说活动屏蔽了《纯净食品和药品法》的大部分重要内容。这将成为未来几十年制药企业与政府斗争的典型模式。

04 特效药

美国联邦政府确实叫停了专利药，然而这并不是新法规或执法行为针对"神药"的结果。相反，这是因为专利药行业遭受了历史性重要立法的重创。来自立法方面的首次打击是1914年的《哈里森麻醉药品税法》，管控专利药的核心成分——麻醉药品和酒精；接着是5年后的《美国宪法第十八修正案》，由此开启了长达13年的禁酒令。[1]

《哈里森麻醉药品税法》是美国国会对阿片类镇痛药需求飙升的担忧做出的回应。第一次世界大战期间，制药行业掀起了巨大波澜。1914年7月欧洲爆发战争，导致《国际鸦片公约》中止，该条约是几年前由十几个国家在海牙签署的一项全面禁毒公约。[2]制药公司清楚战争对商业活动有利，又能免除政府监管，将吗啡产量提高到有史以来最高水平。一些制药公司，如英国的惠芬父子公司（Whiffen & Sons），将吗啡年产量增加了一倍，达到20吨，其中大部分流入黑市。瑞士、荷兰和德国制药公司的生产过剩也助长了非法辛迪加的出现。

战争开始仅6个月后，美国国会就通过了《哈里森麻醉药品税法》。该法案禁止可卡因的大部分分销与使用，以及阿片类药物的大部分进口。然而，拜耳公司通过游说获得了豁免权。《哈里森麻醉药品税法》设立了一个国家登记处，以追踪每一批含鸦片或可卡因的药品交易的个人和公司。美国医学会和其他医疗团体请愿获得成功，只要药物没有给瘾君子，就允许医生和医院发放麻醉镇痛药（在美国最高法院废除这项规定之前的10年间，有25 000名医生被指控违反麻醉药品禁令，3 000人被判入狱）。[3]

法律制裁了一类阿片类药物制造商和分销商：制药公司。唯一获得授权的供应商是《美国药典/国家处方集》所列的药品制造商。其他任何人进口、制造或销售同样的药物都是犯罪行为。[4]《哈里森麻醉药品税法》的起草者错误地认为，完全控制医疗或制药行业使麻醉药品合法化，将减少该国对麻醉药品的巨大需求。

潜在的问题是制药公司对高成瘾性产品巨大利润的胃口。这是一个国际问题。第一次世界大战后，阿片类药物产量下降，制药公司转向了可卡因。法国制药公司合谋将过剩的可卡因生产转移到毒贩手上，以获取巨额利润。瑞士是少数几个反对所有药物管控条约的国家之一。战后的一份报告得出结论，瑞士制药业生产的可卡因是国内医疗和科研所需的100倍。任何能够证明自己是医生的人，都可以向瑞士制药公司购买10千克可卡因。令问题更加复杂的是，瑞士是唯一没有任何药物出口管制的国家。在德国，拜耳、默克和竞争对手（赫斯特公司等），已经满足不了市场上对廉价的99%纯度的可卡因的需求。[5]

美国的情况几乎一样，麻醉药品带来了超过一半的制药利润。由于被《哈里森麻醉药品税法》禁止，与受制裁的制药公司竞争，再加上禁酒令的推行，大多数“神药”制造商最终都放弃了制造“神药”。费城最成功的邮购公司之一史克（葛兰素史克的前身）放弃了6 000种药物中的5 800种。它的“Eskay”婴儿营养和食品系列足够维持企业生存。[6]与此同时，对于传统制药公司来说，自专利药行业消亡以来，麻醉药品销售额一直在增长。

关于海洛因成瘾和过量使用的新闻报道，促使一些公司寻找不那么具有成瘾性的替代品。1916年，两位德国化学家发现了羟考酮（Oxycodone），这是一种化学性质与海洛因类似的半合成阿片类药物。他们称其为“更温和的‘可待因’”。[7]四年后，另外两位德国研究人员发现了氢可酮

（hydrocodone），一种从可待因中提取的半合成阿片类药物。他们认为，这两种药物与海洛因的效果相当，但不会带来上瘾的副作用。

然而，该行业很难摆脱对麻醉药品的依赖，因为几乎没有其他类型的药物来驱动市场。“这些基本药物用十个手指就数得过来。”默克公司后来的一位总裁说道。[8] 大多数制药公司只是制造商，它们依靠实验室的学术性研究和发现找到产品并获得许可。[9]

制药公司知道出售的药物实际上没有治愈任何疾病。尽管公众购买这些药治疗天花、伤寒、白喉等疾病，但这些药充其量只能减轻症状、缓解疼痛。对大多数制药公司来说，销售比治疗更重要。[10] 利润最为可观的新药是巴比妥类药物。拜耳于 1903 年制造了这种药物，巴比妥类药物与治疗疾病没有任何关系，而是作为“一种新的安眠药”来销售，以缓解失眠、焦虑、神经紧张和抑郁。一夜之间，巴比妥类药物取代了溴化物。溴化物是一种更粗糙、更原始的专利镇静药。[11] 拜耳公司在 1912 年发布了药效最强的巴比妥类药物——苯巴比妥（媒体称之为“镇静药”，因为服用之后让人昏昏欲睡）。[12] 数以百万计的患者服用巴比妥类药物，而这些药全部在无处方的情况下出售。

没有巴比妥类药物自有品牌的美国公司，集中精力将其他自有药物列入《美国药典 / 国家处方集》。消费者认为《美国药典 / 国家处方集》是药物最好的质量保证。[13] 这使默克、礼来、施贵宝、辉瑞和其他制药公司的药价，比家庭经营的小型综合药房开出的药价高出数倍——哪怕它们的配方和成分相同。拜耳以“阿司匹林”为名注册的商标版权到期时，即便提起申诉，也未能阻止其他制药公司生产和销售同一种药物。因此，拜耳将宣传口号变成“真正的拜耳‘阿司匹林’”，其售价是普通阿司匹林的两倍。[14] 帕克-戴维斯药厂的品牌药“肾上腺素”（Adrenaline）也与之类似，这是一种已获专利的纯肾上腺素化合物。该公司赢得了一场诉讼：联邦上诉法院裁定，由于帕克-戴维斯药厂生产的“Adrenaline”是一种与人体天然激素相似的化合物，其他制药公司只能以“Epinephrine”为名来销售，该裁决允许帕克-戴维斯药厂以高于竞争对手三倍的价格定价。[15]

制药行业整体缺乏创新的另一个令人沮丧的例子，发生在1918年致命的西班牙流感期间。之所以被称为“西班牙流感”，是因为西班牙是首先通报这场疫情的欧洲国家。流感造成5亿人被感染，约占当时世界人口的1/3。据估计，在残酷的16周内，流感导致1亿人死亡。相比之下，14世纪的黑死病在10年内夺去地球上1/4的生命。[16] 制药公司没有减缓或治疗这种流行病的措施，只有听任致命的病毒自然消退。

西班牙流感促使学术机构和私人研究者加倍努力寻找传染病的治疗方法。这时，细菌学家意识到数万亿“自给自足”的单细胞微生物，包括人体70%的微生物，都是友好的，或者至少它们已经进化到与人类共存。

研究人员不知道的是，微生物，尤其是导致疾病的掠夺性微生物，是查尔斯·达尔文“适者生存”理论的最佳例证。细菌以惊人的速度变异，以便更好地复制，有时其方式堪比科幻小说。例如，导致结核病的细菌除非能感染新的宿主，否则就会在大约21天内死亡。在许多早期病例中，结核杆菌攻击病人的肾脏、淋巴结甚至是皮肤。随着时间的推移，病原体产生变异，攻击肺部。这导致持续性咳嗽，并将结核病转化为一种在拥挤的城市中很容易传播的疾病。其他致命细菌也是如此。狂犬病毒攻击大脑中控制攻击行为和啃咬行为的部分，这使得被感染的动物更有可能通过啃咬，将病毒传染给其他动物或人类。引起黑死病的鼠疫耶尔森菌最初只感染老鼠，随着时间的推移，这些老鼠身上的跳蚤变成传染人类的病菌携带者。后来它又产生变体，经由肺鼠疫患者再次传播。当莱姆病缓慢地从老鼠和鹿身上传播时，传染性微生物逐渐感染了寄生在这些动物身上的蜱虫。蜱虫传播病毒的速度要比微生物快得多。[17]

一些病原体在感染后处于潜伏状态，然后在很长一段时间后，以不同的疾病形式重新出现。感染水痘-带状疱疹病毒的儿童通常在几周内痊愈。然而，这种病毒隐藏在脊柱和大脑的神经细胞中，几十年后通常会以带状疱疹的形式复发。[18]

研究人员在抗击传染病方面进展甚微。来自实验室的特效药，往往与消除病原菌无关。洛杉矶的药理学家和化学家戈登·亚勒斯在寻找一种改良的减充血剂时，分离出来兴奋剂硫酸苯丙胺。[19] 他与史克公司合作，当时史克公司已经推出了一种棉条，这种棉条浸泡在一种不太稳定的液体中，作为一种减充血剂吸入器在市场销售。[20] 史克公司以 5% 的专利使用费购买了亚勒斯的专利权。新款吸入器广受欢迎，前五年的销量高达 1 000 万套。史克公司也是第一家销售纯苯丙胺药片的公司，品牌药名为“硫酸苯丙胺”（Benzedrine Sulfate），外号“Bennies”。

医学史上一个重大的突破是胰岛素的发现及其对治疗糖尿病的影响。糖尿病是一种生理疾病，如果不加以治疗，可能就会致命。多伦多大学的一个研究小组在 1922 年宣布他们发现了胰岛素。位于印第安纳波利斯的礼来家族，赢得了为南美洲和北美洲的糖尿病患者开发和销售胰岛素的独家权利。第二年，礼来在收集和提取大量纯度足够满足临床需求的胰岛素的过程中获得了专利。之后的几十年里，胰岛素消费市场呈指数级增长。[21]

继胰岛素之后的第二次革命性药物的发现，彻底改变了制药业。如果不是 1928 年一个科学实验室里的偶然发现，青霉素可能至今都无缘面世。苏格兰微生物学家亚历山大·弗莱明（Alexander Fleming）过完暑假回来，发现了一些不寻常的事情。他的日常研究是培养细菌并观察其在不同条件下的表现。他离开实验室度假前未来得及清洗的葡萄球菌的培养皿边缘长出了青绿色的霉菌，这引起了他的注意。[22] 第一次世界大战期间，作为英国陆军医院的医生，弗莱明亲身了解到细菌就像敌人的炮弹一样致命。他想知道是不是青霉菌分泌的某种物质阻止了细菌的生长。

弗莱明继续他的试验，从“霉菌液”中分离出一种罕见的青霉属菌株。[23] 结果令人充满希望，证明霉菌杀死了多种常见微生物。[24] 然而，弗莱明及其助手无法从化学性质不稳定的霉菌液中分离出纯生物碱。1929 年弗莱明将其发现写进科学论文，他用“*penicillin*”（盘尼西林）命名新发现，该词源自拉丁文“*penicillium*”。他对青霉素的治疗效果也持谨慎态度，并没有过多强调。但是当时青霉素几乎没有引起注意。[25]

其他一些研究人员也试图提取一种纯生物碱，但都没有成功。[26] 7年后，也就是1936年，牛津大学病理学系的一个研究团队偶然发现了弗莱明的论文，并重新开始实验。前一年，一位德国化学家发现了一种砖红色的染料——百浪多息，其活性成分是磺胺。这种磺胺类药物以及随后的其他药物是第一种能够对抗链球菌感染的药物。[*, 27] 磺胺类药物引起了牛津团队的兴趣，但他们还是继续研究弗莱明描述的对危险微生物有抑制作用的霉菌。[28]

霍华德·弗洛里是罗德学者、澳大利亚裔病理学教授，管理着病理学系的微生物实验室。他让才华横溢的29岁化学家恩斯特·钱恩一同参与实验。钱恩于1933年从柏林移民过来，家人都是虔诚的犹太人，"因为对纳粹的厌恶，相信这个政权将在6个月内倒台"[29]。起初，自称"喜怒无常"的钱恩似乎与这个小小实验室里受过牛津大学和剑桥大学训练的更为保守的研究人员格格不入。[30] 他蓄着浓密的黑发与胡须，穿着皱巴巴的衣服，有时似乎很享受自己的局外人身份。尽管钱恩的同事们认为他爱争论且说话鲁莽，但他们开始尊重他卓越的生物医学技能。不到一年的时间里，钱恩独自开发了一种提取和纯化微量青霉素的方法，[31] 其在消灭细菌菌落方面的能力是他们之前测试的其他物质的20倍。

又过了4年，实验证明青霉素可以使小白鼠抵抗链球菌的致命感染。[32] 尽管如此，牛津大学的研究人员担心，任何能够彻底消灭细菌的东西都可能会伤害人类，哪怕并未对老鼠有害。1941年1月，弗洛里邀请来自牛津拉德克利夫医院的年轻医生查尔斯·弗莱彻访问他的团队。弗洛里要求弗莱彻"寻找一名患有致命疾病的病患志愿者"[33]。

弗莱彻回忆说："那时候还没有伦理委员会提供咨询，我在病房巡查

---

* 磺胺类药物通过干扰新陈代谢来阻止细菌感染。像青霉素这样的抗生素更有效，因为它们能消灭细菌。分离出第一种磺胺类药物的化学家格哈德·多马克在德国法本集团下属的拜耳医药公司分部工作。1939年多马克被授予诺贝尔奖时，希特勒禁止他接受这个奖项，因为此前诺贝尔和平奖授予了德国一位和平主义者，对此希特勒耿耿于怀。盖世太保逮捕了多马克，并短暂监禁了他，因为他在拒绝领奖的信中表现得"太客气了"。

时发现一名转移性乳腺癌患者，她是一位和善的 50 岁妇女，但是生命垂危。”[34] 在弗莱彻告诉她这是一种“对许多人都有价值的新药”后，她同意参加试验。那位未透露姓名的妇女是几个星期以来第一个自愿接受治疗的晚期病人。口服和直肠给药已经无法将足够的青霉素输送到血液中，在另一个病人身上尝试的胃管给药显示出一些希望，但还不是最佳方法，同时医生发现，静脉注射后药物浓度能够达到最高。

弗莱彻希望下一步在一个重病患者身上测试青霉素的疗效，但不是像第一组病人那样在临终前测试。弗莱彻在医院的脓毒症病房里发现了一名 43 岁的英国警察。他在修剪玫瑰时刮伤了自己的脸，伤口已经感染，脸和胳膊上遍布脓肿，骨头发生严重感染，甚至因肺脓肿而一直咳嗽。医生已经摘除了被感染的左眼。“对他而言，在青霉素临床试验中，只有收获，”弗莱彻回忆道，“没有什么可失去的了。”[35]

1941 年 2 月 12 日，弗莱彻开始给这名警察用药，每过三个小时静脉滴注 300 毫克。仅仅一天后，警察感觉好了很多，到了第四天，“已有显著改善”，到了第五天，他奇迹般地康复了，体温正常，能正常饮食，脸上、头皮和手臂上的脓肿消退殆尽。[36] 唯一的问题是，实验室用完了药物，他们仍在努力开发提纯青霉素的有效方法。弗洛里沮丧地看着细菌卷土重来。几周后，警察去世了。

弗莱彻回忆道：“我们决定避免消耗大量青霉素，而是将这种珍贵的药物集中用于治疗儿童和局部感染患者。”在接下来的几个月里，又有五名患者接受了治疗，其中四名是儿童。每个患者的严重的细菌感染都被清除，且没有产生明显的磺胺类药物毒副作用。[37] 那时，弗洛里及其团队意识到，这种药物可能是有史以来最重要的医学发现之一。[38]

牛津团队意识到青霉素是一个重大突破时，英国已经与纳粹德国交战近两年了。由于战时预算有限，不能对这种被许多政治家认为的实验性药物进行广泛推广。即使弗洛里获得了政治上的支持，战争也摧毁了英国的化学工业，没有多余能力来生产这种新药。弗洛里的牛津团队继续用很少的预算和简易的设备进行研究。当时许多人猜测纳粹即将入侵英国，如果德国人到来，他们准备摧毁实验室和研究文件。他们每个人都在衣服上擦了一些棕色的青霉菌孢子。如果一个人逃脱了纳粹的抓捕，那些孢子将无法被追踪，但可能在几年后被找回。[39]

钱恩试图说服弗洛里给青霉素申请专利，至少可以利用专利使用费进行更多的研究。弗洛里征求了英国两个关键的权威人士的意见，他们是医学研究委员会主任爱德华·梅兰比爵士和诺贝尔奖获得者亨利·戴尔爵士。尽管德国人、法国人、瑞士人和美国人经常这么做，但两人都对申请专利的想法感到震惊。钱恩知道拜耳发现的磺胺类药物百浪多息的专利申请进展甚微。一家德国专利法院裁定，自 1908 年以来，活性成分磺胺就已经在染料工业中被发现并使用，因此它属于公共领域。一些公司已经通过分子修饰来生产磺胺类衍生物，即所谓的仿制药。[40]这些化学同族理应获得专利保护。[41]

梅兰比爵士和戴尔爵士与钱恩会面时，并没有被钱恩慷慨激昂的论点所打动。他们告诉钱恩，商业化不合时宜。他们警告说，如果钱恩坚持下去，不仅会毁掉职业生涯，还会对犹太难民同胞产生不良影响。[42]

弗洛里被迫去国外寻找资金，成功游说了总部设在美国的洛克菲勒基金会，10 年前他曾在那里获得过奖学金。[43]弗洛里及其主要研究人员之一诺曼·希特利计划去美国旅行，希望美国政府和美国制药公司能帮助研究如何提高纯青霉素的产量。

动身去美国的前一天，弗洛里告诉钱恩他被排除在外。钱恩感到震惊，认为这是一个“诡计和不诚实的行为”[44]。他认为青霉素项目一直是他和弗洛里之间的一个“合资企业”，他列举了为什么他认为希特利扮演了“非常次要的角色”的原因。弗洛里拒绝改变主意。

1941 年夏天，弗洛里和希特利在伊利诺伊州的皮奥里亚，美国农业部在那里设有专门从事发酵的北部地区实验室。[45]当弗洛里游说美国制药公司为该项目投入资源时，希特利选择留在那里，努力提高产量。

几周之后，皮奥里亚实验室取得了进展。用乳糖代替牛津大学研究小组使用的蔗糖，产量显著提高。皮奥里亚实验室后续发现，在发酵过程中加入玉米浆可以将产量提高 10 倍，对青霉素前体的改进再次提高了产量。然而，这远远满足不了战时需求。夏末，皮奥里亚研究人员尝试在巨大的水槽中培育青霉素。牛津菌株仍然只产生少量的药物。因此，皮奥里亚实验室在全世界范围内发起了一项大规模搜索，寻找一种可能产量更高的青霉菌株。很快，来自世界各地的土壤样本和带有霉菌的产品被送到这个小型的政府实验室。令研究人员惊讶的是，最高产的品种来自当地一个家庭主妇在离实验室不到两公里的皮奥里亚水果摊前发现的过度成熟的哈密瓜。卡内基研究所利用 X 光培育了一种更高产的改良哈密瓜品种。威斯康星大学的一个团队将菌株暴露在紫外线辐射下，这进一步提高了生产力。[46]

希特利和皮奥里亚的美国研究人员致力于扩大生产规模，而弗洛里在吸引美国制药公司对青霉素项目的兴趣方面进展甚微。他知道，因为没有参与牛津大学的实验，默克、礼来和施贵宝对这种药物兴趣寥寥。[47] 弗洛里的期望特别高，因为他得到了老朋友阿尔弗雷德·牛顿·理查兹（Alfred Newton Richards）的帮助，他是一位受人尊敬的宾夕法尼亚大学药理学教授。理查兹是医学研究委员会主席，该委员会是科学研究和发展办公室（OSRD）一个有影响力的部门。仅在几个月前（即 1941 年 6 月），富兰克林·罗斯福才创建了科学研究和发展办公室，并赋予它优先考虑科学和医学研究的任务，以加强国防。如果科学研究和发展办公室认为这是一个对战争至关重要的项目——就像对待原子弹一样，它可以提供大量研发资金。平民科学家担任了科学研究和发展办公室的主要负责人，罗斯福以国家安全的名义来授权它绕过大多数行政障碍，直接与大学和私营企业签约。[48] 弗洛里说服理查兹生产青霉素是一项利润丰厚的项目，理查兹就立刻亲自游说制药公司。

理查兹告诉每家公司的高级管理层，参与青霉素项目将有利于国家利益。制药公司不想做出任何承诺，它们听说用现有的发酵方法很难获得显著产量，还担心青霉素项目会受到三年前通过的《联邦食品、药品和化妆品法》的约束。该法案是 1906 年《纯净食品和药品法》以来第一个关于药品工业的重要立法。[*, 49, 50] 事实上，在一场致命的毒品灾难使国会蒙羞而被迫采取行动之前，相关法律的各种修订版本在美国国会已经被搁置了五年（就像厄普顿·辛克莱令人心痛的《屠场》促使1906年的立法通过一样）。[51] 有107人（其中大多数是儿童）死于磺胺剂，这是一种含有磺胺成分的止咳糖浆。[52] 当这家总部位于田纳西州的专利药制造商坚称“没有违反任何法律”时，人们非常愤怒，因为在销售药品之前，没有法律要求对药品进行安全性测试。该公司仅因一项轻微行为被判有罪：它将致命糖浆作为酏剂进行销售，根据法律规定，酏剂必须含有酒精，但糖浆中不含酒精。[53]

这项新法律是国会被迫重视药品安全（医疗器械和化妆品被列入食品药品监督管理局监管的药品名目中）得来的。新药必须提交给食品药品监督管理局测试安全后，才能出售给公众。另一个关键条款是，证明安全性的举证责任，从政府转移到了制药公司。新法还催生了第一家动物和人类毒性临床试验机构。附有剂量信息和潜在危险警告的药品说明书必须寄给药剂师。新法要求所有药品制造商去食品药品监督管理局注册，该局有权限检查工厂，并召回被认为危险的药品，费用由制药公司承担。[54] 同年，国会也通过了《惠勒–李法案》。该法案将限制欺骗性和虚假药品广告的权力授予联邦贸易委员会（FTC）。该政府机构成立于1914年，旨在保护消费者权益和发起反垄断诉讼。[55]

美国制药公司厌恶任何监管。它们一直在一个以消费者不可侵犯的自主医疗权利为基础的产业中运作。[56] 让它们愤怒的是，食品药品监督管理局规定，当部分具有潜在危险性的药物没有足够的警告标签时，应该只作为处方药。[57] 这是食品药品监督管理局管制巴比妥类和苯丙胺类药物爆炸式增长的软弱尝试。根据1938年的法律，有充分的证据表明，这两种药物都具有成

* 1938年的成文法还为食品药品监督管理局提供有限的权力来证明食品色素是“无害的”。如果食品含有未经政府批准的着色剂，将被视为掺假。虽然1938年的法律是进入20世纪以来最全面的药物立法，但在20世纪30年代，其他相关法律确实减少了阿片类、可卡因和大麻等专利药的滥用。例如，1937年《大麻税法》将大麻置于联邦政府的管制之下。

瘾性，并且大剂量服用会致命。法律没有对它们加以约束，因为在法律颁布前，它们就已经在售了。食品药品监督管理局的努力失败了，它设法只对麻醉药品和强效磺胺类药物开处方。[58]

被要求帮助开发青霉素的美国制药公司担心，如果它们成功了会发生什么。青霉素会被食品药品监督管理局贴上警告标签吗？如果青霉素表现出一些毒性，那么它会因此成为处方药吗？这些公司尤其担心，因为食品药品监督管理局已经设法要求磺胺类药物作为处方药。这些都是抗菌药，市场上销售的一些药物与青霉素可能针对的是同一种感染。[59] 也许食品药品监督管理局以后会试图限制青霉素的商业用途，因此没有一家制药公司愿意将主要资源投入一种实验性药物上。阿尔弗雷德·牛顿·理查兹试图说服制药公司加入项目，他同意将青霉素及其相关研究置于1938年的法律监管范围之外。[60]

1941年10月，理查兹在华盛顿组织了一次会议。会上，尽管制药公司的药品主管不再担心来自食品药品监督管理局的障碍，但是他们仍然处于矛盾之中，不愿做出任何承诺。大多数人指望乔治·威廉·默克（George Wilhelm Merck）带头。[61] 默克影响力巨大，即使是对最厉害的竞争对手来说也是如此。作为一个把研究和药物创新放在短期利益之前的先驱，默克声名在外。[62] 1933年大萧条中期，他创办了默克治疗研究机构，这是该行业的第一个研究型实验室。它吸引了美国一些顶尖的化学家和药理学家。[63] 他们在研制抗生素、激素、磺胺类药物和维生素方面取得了突破（例如发现了用于治疗恶性贫血的维生素 B_{12}。在20世纪30年代中期，维生素 B_{12} 的销售额占默克销售额的10%）。[64] 其他公司紧随其后，礼来在1934年建立了一个研究实验室，雅培和施贵宝也在1938年为自家的实验室命名。

鉴于对药物创新的重视，弗洛里及其牛津大学的同事希望默克在生产青霉素的道路上成为他们的盟友。他们证明青霉素有望对抗致命的细菌感染，包括水痘、痄腮、脑膜炎、风湿热、肺炎和梅毒。产妇死亡的最大原因是分娩后的感染，扁桃体炎等简单的并发症对10岁以下的儿童来说足以致命。在第一次世界大战中死亡的1 000万士兵中，约有一半死于败血症和坏疽——通常是由轻伤造成的。

理查兹曾警告弗洛里，默克对青霉素“持悲观态度”[65]。他认为这是因为默克不愿意花钱去追求一种实验性的抗菌剂。这是第一次美国公司将从拜耳获得销售百浪多息的许可，百浪多息是一种抗肺炎的磺胺类药物，销售火爆。[66]弗洛里及其团队不知道的是，默克在发酵方面缺乏经验，而这正是青霉素生产过程中困扰研究人员的部分。公司外部没有人知道默克合成青霉素的努力进展不佳。[67]

1941年10月的会议上，默克让弗洛里大吃一惊。“我们不会做。”他坚持道。[68]

两个月后的12月7日，日本偷袭美国在太平洋珍珠港的海军基地，一切都变了。理查兹又组织了一次弗洛里与美国政府科学家和制药公司负责人的会议。珍珠港事件后10天，他们在曼哈顿会面。那时美国已经向日本和德国宣战。在战场上，青霉素能拯救多少人的生命，对美国制药公司高管来说，已不再是一种无谓的猜测。乔治·默克克服了不情愿。他在会上宣布，如果皮奥里亚实验室报告的药物能够量产，美国制药行业将致力于一个速成项目，这让与会者大吃一惊。[69]一位政府官员认为默克的逆转标志着“一个新的制药业的诞生”[70]。

为了鼓励制药公司参与合作，政府宣布青霉素项目不受反垄断法的约束。[71]默克和施贵宝同意分享所有研究成果，并平等分享该产品的任何专利和发明。辉瑞在解决了青霉菌孢子可能会污染业务支柱柠檬酸的担忧后，于次年加入青霉素项目。[72]礼来、雅培、厄普约翰和帕克-戴维斯药厂很快达成了信息共享协议。[73]战时生产委员会获得了美国农业部和一大批联邦机构科学家的帮助。[74]科学研究与发展办公室使用公共资金与大学和研究医院签订了56份与青霉素相关研究的合同。[75]弗洛里回到了牛津，而希特利加入了默克的团队，并与著名化学家马克斯·提斯勒（Max Tishler）一起工作（提斯勒当时在指导可的松的研究）。[76]美国制药公司发现，令英国研究人员沮丧的低产量是一个不容易解决的问题。

直到1942年3月，科学家才制造出足够的青霉素来治疗第一个美国病人。耶鲁大学体育系主任的 33 岁的妻子安妮 · 米勒（Anne Miller），在纽黑文医院流产后血液中毒，情况危急。这种细菌感染对产妇来说尤其致命。医生们尝试各种治疗手段——强力磺胺药物、输血、响尾蛇毒液甚至手术，都失败了。[77] 一位医生是霍华德 · 弗洛里的朋友，弗洛里曾告诉他有一种秘密的实验性抗生素。弗洛里让他和马克斯 · 提斯勒联系。默克的团队连续三天夜以继日地提纯了 5.5 克（一茶匙）青霉素粉末，这占到当时全美库存的一半。[78] 他们用飞机把它送到米勒那里。[79] 当药物送达时，米勒已经失去知觉，体温高达 41.6℃。没有人知道正确的剂量是多少，医生们在其静脉注射液中稀释了一克。接下来的惊人转变被记录在医院病历中（如今由史密森尼博物馆永久馆藏）。第二天早上，米勒的体温自一个月以来第一次恢复正常，她不再神志不清，吃了一个月以来的第一顿饭。第一次注射后 24 小时，她的血液细菌检测呈阴性。[80] 米勒奇迹般康复不仅是默克内部的爆炸新闻，也鼓励了其他制药公司加倍努力，寻找大规模生产青霉素的最佳工业流程。[81]

由于潜在的军事价值，制药公司正在进行的青霉素项目成为国家机密。1942 年 11 月，在美国历史上最致命的夜总会火灾之后，这种情况发生了根本性变化。近 500 人死于椰子林夜总会，数百人被严重烧伤。联邦政府秘密寻求默克的帮助。提斯勒的实验室昼夜不停地工作，他们能在如此短的时间内生产的最好的产品是一种含有浓缩青霉素的稀释液体。默克送往麻省总医院的药物并不具有治疗安妮 · 米勒的临床纯度。尽管如此，其抗感染特性还是帮助数十名受害者成功抗击了烧伤感染。[82]

椰子林夜总会大火时，美国和英国政府都宣布青霉素生产是国家安全的重中之重。1943 年，战争生产委员会有两个最重要的优先事项——发展原子弹和大量生产青霉素。[83] 政府知道，工业化规模的青霉素生产需要巨大的联邦资源，以及制药公司与专门从事发酵的农业和化学公司合作。175 家公司接受了评估，17 家公司最终入围，包括默克、施贵宝、辉瑞、雅培、礼来、立达、帕克-戴维斯药厂和厄普约翰。一入选它们就知道，虽然制造青霉素是首要任务，但政府希望它们也能专注于开发抗疟药，以降低在远东与日本作战的美军的死亡率。[*, 84, 85] 还有一种新的皮质类固醇研究正在进行，这种研究最初是由一些虚假报道引起的，这些报道说纳粹使用激素帮助“超级飞行员”在 12 000 米的高空飞行。那个研究还没有成功的时候，空军购买了数百万颗史克公司的苯丙胺药丸，分发给轰炸机和战斗机的飞行员。军队储备了大量的巴比妥类药物，这些药物被广泛分发给受伤士兵，以减轻他们的疼痛，抵消战场上的震惊和焦虑。[86]（所有关于皮质类固醇和开发抗疟药物的狂热项目，导致了免疫球蛋白对抗感染和血液替代品的意外进展。）[87]

政府从 36 所大学和医院招募研究人员，[88] 还批准并支付了六个新的大型青霉素生产工厂的费用。与此同时，制药公司获得了所有投资的税收优惠，以改造其工厂，最大限度地提高青霉素产量。例如，礼来将一个用于生产 2 升牛奶瓶的工厂改造成青霉素生产厂，配有一个 3 000 加仑的发酵罐。辉瑞将一个以前的冰工厂变成一个发酵工厂。感受到青霉素的潜力，前一年辉瑞在特拉华州重组，发行了 240 000 股普通股。[89]

结果是戏剧性的。1943 年的前五个月，政府项目生产了 4 亿单位青霉素，仅够治疗 180 名重伤士兵。这一年的最后七个月里，随着制药公司变得更加熟练，产量增加了 500%，超过 200 亿单位。到 1944 年 6 月 6 日诺曼底登陆日，所有制药公司按每月总共生产 1 000 亿单位的青霉素，足够治疗 40 000 名士兵。到 1945 年 5 月欧洲战事结束时，美国公司每月生产达到了惊人的 6 500 亿单位。[90]

---

* 作为完善抗疟疾药物的疯狂研究努力的一部分，美国陆军主导的疟疾研究项目在四所监狱进行了人体实验，其中最大的一所是芝加哥郊外的斯塔维尔监狱。囚犯可以获得减刑、现金津贴和额外福利，以同意感染疟疾，然后用实验药物进行治疗。囚犯们被鼓励做细致的笔记。芝加哥大学的研究人员从 487 名男性中选择了 200 名志愿者，在监狱医院做了两年测试。该实验药物具有毒副作用，导致许多人患病，并造成一人死亡。1947 年，被控在集中营进行人体实验的纳粹医生的辩护律师引用了疟疾实验为其辩护，但未能获得无罪释放。

05 “你能为太阳申请专利吗？”

1945年12月，亚历山大·弗莱明（Alexander Fleming）、霍华德·弗洛里（Howard Florey）和恩斯特·钱恩（Ernst Chain）因发现青霉素而获得诺贝尔生理学或医学奖。除了英国医学界，其他人几乎不知道这个时候三人已经因为争论谁最值得赞誉而闹翻了。被授予诺贝尔奖时，国王乔治六世已经授予弗莱明爵士头衔，澳大利亚人弗洛里被授予勋爵勋章。钱恩回忆说，在牛津大学疯狂的战时研究期间，他觉得“弗洛里的行为……糟糕得不可原谅”[1]。除了交换几封信件之外，弗洛里和钱恩在获得诺贝尔奖后从未有过交流。与此同时，在英国媒体将发现该药物的大部分功劳归于弗莱明这位苏格兰研究员后，弗洛里不再与弗莱明说话。只有弗莱明因为发现青霉素获得了荣誉博士学位和医学会奖，弗洛里认为弗莱明没有纠正这一错误。[2] 至于诺曼·希特利，他曾是牛津大学研究团队的重要成员，被排除在诺贝尔奖获奖名单之外是他最大的遗憾（直到50年后，他的贡献才被牛津大学承认，并被授予建校800年历史上第一个荣誉医学博士学位，今天青霉素研究者的原始实验室是希特利实验室）。[*, 3, 4]

牛津团队的许多人都预料到，自从英国和美国政府提供了资金，大部分

* 类似的荣誉争议也发生在1923年，当时诺贝尔奖授予了发明胰岛素的加拿大科学家。问题在于，拥有胰岛素专利的有三人，但是诺贝尔奖只颁给了其中两人。

销售收入将用于其他重要药物的公共研究。[5]有人预计，一些资金甚至可能会流向财政拮据的学术研究部门，这些部门在制药公司不感兴趣时完成了关键工作，但制药公司无意分享战利品。政府没有坚持对战争期间投入的海量资金附加任何条件。在这些制药公司的首席执行官中，乔治·默克的观点具有代表性："他们可能没有发现青霉素，但是如果没有美国制药公司的独创性和能力，牛津团队仍然还在进行失败的实验以试图提高产量。"默克认为，这些公司应该获得每一分钱的利润。在全球需求激增的情况下，青霉素利润如此可观，乃至战争结束后，美国国会通过立法，将药品质量控制从军队转移到食品药品监督管理局时，没有一个制药公司的负责人抱怨。[6]

战后美国制药公司开发青霉素的方式让外国竞争者羡慕不已。第二次世界大战结束后，美国政府微生物学家安德鲁·莫耶（Andrew Moyer）因其生产青霉素的方法获得英国专利，那些曾斥责钱恩"敛财"的英国医学界名人被激怒了。莫耶是一名反英孤立主义者，曾与牛津大学的希特利一起在皮奥里亚实验室工作，让希特利在那里的日子如同地狱一般。钱恩的战时预测应验了——如果没有专利，英国将不得不为使用这种药物支付专利使用费。[*, 7]亨利·哈里斯爵士曾与弗洛里共事，他说："这里的媒体经常说，青霉素是在牛津大学发现的，却被美国人偷走了。"[8]在美国，默克、辉瑞、施贵宝和其他公司积极寻求"工艺专利"，保护其合成、提取、纯化或制造药物的独特方法。战后制造青霉素的 11 家美国制药公司拥有惊人的 250 项此类专利。[9]

与此同时，英国制药公司被激怒了：美国政府对一项英国发明的资助，让少数美国公司在某种轰动一时的药物上领先了几年。辉瑞将注意力集中在青霉素上，而排除了其他药物，其青霉素产量占全球近一半，在战后获得了丰厚回报。施贵宝的规模扩大了一倍，成为唯一一家生产、包装和直接向医院和药剂师销售青霉素的公司。

---

* 莫耶无法从皮奥里亚发明的专利中获利，因为他是一名政府雇员。然而，他把专利的外国权利卖给了默克、施贵宝和商业溶剂公司。面对强烈抗议，英国政府成立了国家科学研究开发公司（NRDC），以确保英国学者的发现和发明受到专利保护。

第二次世界大战初期，德国制药公司占当时全球药品销售额的43%。[10] 战后，由于德国工业艰难复苏，在抗生素领域占主导地位的美国制药公司占据了近一半的全球市场，坐上了头把交椅。在美国，由战时生产委员会选出的 15 家公司拥有全部药品 80% 的销量和 90% 的惊人利润。[11] 甚至 60 年后（2005 年），美国十大制药公司将其崛起追溯到它们战时选择的青霉素项目上。

联邦政府在大规模生产青霉素中发挥的前所未有的作用，也对少数公司产生了不良影响。彼时，美国农业部已经获得了 32 项发酵工艺的关键专利。政府的首要任务是生产大量青霉素，而不是赚钱。因此，美国农业部将这些专利免费授权给有兴趣投入生产的公司。[12] 制药公司获得了《反垄断法》豁免权，以鼓励彼此分享研究成果。在早期的青霉素生产过程中，主要采用的是低产量、化学合成的方式，如今科学家们已经开发出大规模的发酵技术。第二次世界大战之前，没有一家制药公司想象过在世界范围内对任何一种药物有如此巨大的需求，更不用说以前所未有的规模生产了。联邦政府数百万美元的直接补贴改变了一切。制药公司对工厂进行了扩建改造，安装了所需的大型昂贵设备，以满足商业规模的生产需求。9 米多高的钢罐里装着青霉菌，发酵设备可以对青霉菌进行灭菌处理，巨大的搅拌槽对超过 10 000 加仑的培养基进行搅拌供氧，随时准备好满足临床需求。制药公司总共花了 2 300 万美元，建造了 16 座最先进的抗生素厂。通过一项特殊的加速折旧条款，它们可以减免纳税，快速收回一半的投资。政府也将战争期间由纳税人出资建造的 6 个最先进的青霉素生产工厂出售给制药公司，价格不及原来的一半。[13]

尽管青霉素重塑了这个行业，但制药公司已经在寻找更好的新药物。这是因为，青霉素是一种窄谱抗生素，也就是说，它只对有限范围的细菌（尤其是革兰氏阳性菌）有效。[14] 虽然青霉素成功治愈了多种致命疾病，但未能治疗一长串通常致命的革兰氏阴性菌感染，如结核病、伤寒、霍乱、脑膜炎、淋病、沙门氏菌病和某些肺炎。战后美国制药公司的“圣杯”是一种广谱药物，治疗由革兰氏阴性菌和革兰氏阳性菌引起的疾病。

人们最终发现了链霉素。[15] 1943年，罗格斯大学土壤微生物学家塞尔曼·瓦克斯曼（Selman Waksman）和博士研究生阿尔伯特·沙茨（Albert Schatz）在农场土壤样本中发现了这种微生物。[16] 瓦克斯曼在1942年创造了“抗生素”一词，指的是从消灭细菌的微生物中提取的化学物质，他正在寻找治疗结核病的方法。[17] 在之前的两个世纪里，这种通过空气传播、被称为“白色瘟疫”的致命疾病已经杀死了大约20亿人。瓦克斯曼和沙茨都没有医学资格或执照来做动物实验。瓦克斯曼认为，既然土壤中的有害细菌不能存活，毫无疑问，一定是有未被发现的微生物能够杀死这些细菌。由于许多产生抗生素的微生物可能对人类有害，瓦克斯曼需要进行临床试验。他利用距离罗格斯大学22千米的默克公司的重点实验室提取了足够的抗生素，在梅奥医学院进行研究。这些实验表明，链霉素可能是人们期待已久的第一种广谱抗生素。[18]

美国科学研究与发展办公室利用其非同寻常的战时权力将链霉素与青霉素一起列为国家安全药物，由此打开了联邦资金通道，资助紧急研发项目。1945—1946年，3/4的药物产量供给了军队，而剩余部分则留给了美国国家科学研究委员会进行药物实验，该委员会负责协调军方、私人研究实验室和大学之间的科技研究。

默克公司与瓦克斯曼签订的合同赋予了该公司对瓦克斯曼研发的任何药物的专有权。这就意味着，一旦政府放宽链霉素用于商业销售，默克公司就会垄断对链霉素的控制。

随着战争的进展，链霉素是唯一一种有机会对抗炭疽、黄热病或黑死病的药物，许多人担心日本和德国正在研发这些生物武器。除了在美国国家科学研究委员会任职之外，乔治·默克还是一个秘密民间机构——战争研究所的负责人。战争研究所负责发展美国的生物武器（默克后来因战时服务被授予美国最高公民奖“功绩勋章”）。[19] 瓦克斯曼向乔治·默克申请并主张任何一家公司都不应该单独拥有链霉素，因为这是一项非常重要的公共健康发现（《纽约时报》将链霉素专利列为“塑造世界的十大专利之一”）。[20]

默克同意了。1944 年 8 月，他取消了对链霉素的垄断，该药物所有权回到罗格斯大学。[21]

1946 年底，政府解除对链霉素的控制时，包括默克、施贵宝、礼来和辉瑞在内的 11 家美国制药公司开始生产和销售链霉素。人们对它可能消灭结核病的早期热情已经消退，因为事实证明，它只能控制而不能根除这种疾病。然而，临床试验已经证明它对脑膜炎、伤寒、肺部和血液感染有效。[22]链霉素也比磺胺类药物毒性小得多。[23]

1945 年初，默克公司的律师以罗格斯大学两位科学家瓦克斯曼和沙茨的名义申请了一项专利。在此之前，美国联邦法院和美国专利局曾裁定自然产物属于公共领域。专利局在默克公司提交链霉素专利申请时重申这一禁令。[24]联邦最高法院以 7 票对 2 票的裁决，驳回了申请微生物接种剂专利的请求。多数派似乎给出了决定性的结论："不能因为发现自然现象而申请专利。这些细菌的性质，就像阳光、电或金属的性质一样，是人类知识宝库的一部分。它们是自然法则的表现，每个人都可以自由获取，没有人能够独占。"[25]

有一小部分美国医学研究者认为，任何公司从自然界"开发"的药物中获利都是不道德的。他们主张，用于阻止致命感染或致残疾病的药物应该免除专利使用费。关于这一"崇高观点"的最佳例子是脊髓灰质炎灭活疫苗，它阻止了此前曾导致成千上万儿童瘫痪的疾病。爱德华·莫罗（Edward R. Murrow）问疫苗的发明者乔纳斯·索尔克（Jonas Salk）谁将拥有这项专利，索尔克回答道："我会说是'每个人'。其实并不存在专利，你能为太阳申请专利吗？"[26]

默克公司的律师承认，如果摆到专利局面前的东西都是从农田土壤中发现的微生物，那么专利申请就应该被拒绝。然而，科学家和化学家们对这种单一的微生物进行了改造，使"链霉素不仅具备有价值的治疗特效，而且能够投入生产、分配和使用"。罗格斯大学科学家坚定的结论又是什么？"这种抗生素不是自然产物。"[27]

每一家制药公司都知道专利的发布会改变行业格局。地球是一个遍布微生物的星球。在人类出现之前的几十亿年里，温泉、雪、土壤、岩石、海洋、空气、植物，甚至动物身上和体内，都存在着数万亿肉眼看不到的微生物。就像链霉素一样，许多微生物都可能会变成一种新的神奇药物。这就意味着，长期以来深耕各种合成物、植物提取物和生物制品（这些只能缓解症状）的行业，将有机会生产一系列能够治愈致命疾病的药物。所有的制药公司都接受这一理念。

三年半后，即 1948 年 9 月 21 日，美国专利局才授予瓦克斯曼和沙茨第一个抗生素专利，编号 2449866，名为“链霉素及其制备工艺”。[28] 由于这两位科学家已经将商业权利转让给罗格斯大学，学校可以自主决定授权给制药公司，以收取专利使用费作为回报。[*, 29, 30]

1948 年底，青霉素和链霉素占美国所有抗生素产量的 99.7%。[31] 紧锣密鼓的研究已经进行了几年，制药公司在寻找它们可以申请专利的新型广谱抗生素。该行业即将进入一个新时代，在这个时代里，大量的“特效药”将改变制药公司的经营方式。

---

* 因发现链霉素，瓦克斯曼获得 1952 年诺贝尔生理学或医学奖。这突显了一个巨大分歧，即瓦克斯曼和沙茨谁应该获此殊荣。美国专利局将瓦克斯曼和沙茨列为平等的共有人，并在 1945 年提交的专利宣誓书中将两人列为共同发现者。然而，在获得诺贝尔奖之后，瓦克斯曼斥责沙茨是一名心怀不满的肄业研究生。沙茨声称是他在一只鸡的喉咙里发现了这种微生物，而瓦克斯曼无视这一发现长达几个月。沙茨最终以欺诈罪起诉罗格斯大学和瓦克斯曼。结果发现，虽然瓦克斯曼通过药品销售获得了 35 万美元专利使用费，他只给了沙茨 1 500 美元。双方最终达成和解。罗格斯大学校长发表公开声明，承认沙茨是该药物的共同发现者，并支付他 125 000 美元作为外国专利使用费。沙茨从美国链霉素销售中获得了 3% 的专利使用费，作为回报，他放弃了对瓦克斯曼和罗格斯大学的指控。然而，诺贝尔奖委员会拒绝了沙茨将其名字加入诺贝尔奖名单的请求。42 年后，沙茨因发现链霉素而获得罗格斯奖章。

06 奇妙三人组

第二次世界大战后的美国是一个崭新的、自信的国家。结束于1939年的大萧条已经成为遥远的记忆，二战的全面胜利和繁荣的国内经济带来了罗格斯大学历史学家威廉·L. 奥尼尔（William L. O'Neill）所称的“美国高点”。1945年之后的15年成为“最有信心的时期”[1]。制药业也散发着全新的自信光芒从战火中走出来。在战时合作的青霉素项目的光环下，制药公司在20世纪初贩卖成瘾性药物的行为早已被遗忘。制药业的崛起还受益于当时流行的一种观念，即科技即将迎来黄金时代。物理学家阿尔文·温伯格（Alvin M. Weinberg）后来创造了“大科学”概念，来描述从日常太空旅行到根除所有疾病都可能的信念。[2]

新发明和新产品源源不断地出现，比如微芯片、录像机、音乐合成器、条码、黑匣子、太阳能电池、光纤、巨型计算机和硬盘。一些最不重要的发明对日常生活影响重大：人们对特氟龙（Teflon，聚四氟乙烯纤维增强体）涂层的炊具、强力胶和卤素灯带来的家庭革命赞不绝口；动力转向器和子午线轮胎增加了汽车的安全性，同时使驾驶更安全；晶体管收音机意味着不需要在家里摆放一台家具大小的收音机收听广播和音乐节目。科技还为人们引入了一种购买新设备的方式——1950年大来国际发布了有史以来第一张信用卡——即使人们没有足够的资金，也能将物品买回去。仅在战后五年，美国人就购买了 2 200 万辆汽车、2 000 万台冰箱和 600 万个炉灶。

医学领域也在蓬勃发展。十年内出现了一系列重大突破：心肺机、人工心脏瓣膜、发现 DNA（脱氧核糖核酸）、体外循环建立手术、治疗肺癌的远距钴–60 治疗机、电击、肾移植和肾透析设备、治疗癫痫的显微神经外科手术、超声检查和冠状动脉造影，以及心脏起搏器。[3]

这些创新给医药行业带来了很高期望。抗生素扭转了二战前公众的观点，即制药公司从平庸的药物中获利。越来越多的美国人幸免于瓣膜性心脏病、骨髓炎、脑膜炎、猩红热以及其他曾经致命的疾病。加上媒体对许多新的内部药物研究部门的大量报道，许多人希望制药公司能够利用科学来攻克癌症等棘手的疾病。

罗纳德·里根任职总统时的卫生局局长埃弗雷特·库普（C. Everett Koop）在 20 世纪 40 年代末担任宾夕法尼亚大学外科住院医生时，负责费城的青霉素分发工作。他见证了青霉素如何拯救生命："每每看到抗生素对于控制年轻人的发烧和感染症状有用后，我都感到无比惊奇。"[4] 库普了解到几乎所有病人都认为制药领域的突破"似乎从无到有""轻而易举"地就完成了。尽管他知道这并非事实，但库普敏锐地意识到，制药业在战时取得的成就已经让公众产生了不切实际的期望，即药物创新将会持续。

杜鲁门和艾森豪威尔竭尽全力，确保联邦政府帮助制药公司将其宣讲变成现实。大量的联邦投资投入生物医学和药物研究中，其中大部分被美国国家卫生研究院（NIH）获取。[5] 1953 年，艾森豪威尔创建美国卫生、教育和福利部（HEW），这是 40 年来诞生的第一个新的内阁级部门。[6] HEW 协助整合 NIH 的各种研究机构。

尽管青霉素和链霉素使制药业受到公众的欢迎，但这两种药物并没有对公司的利润产生可观的影响。青霉素和链霉素供大于求，价格直线下跌。[7] 1944 年 20 美元一剂的青霉素跌至 30 美分。没有任何专利保护，这些公司制造的青霉素只能通过价格来区分。各方都在抢夺对方的订单。链霉素紧随其后，1946 年至 1950 年价格大幅下跌。[8]

尽管竞争激烈，施贵宝的青霉素利润率比四大竞争对手的平均利润率高出10%。这是因为它是唯一一家垂直整合的公司，不仅生产药品，而且在将药品销售给医院、诊所和医生之前进行包装。它的竞争对手只能生产，然后依赖包装商和批发经销商。从20世纪40年代末开始，辉瑞、默克、礼来和帕克-戴维斯创建了内部部门来抵制中间商。

然而，精明的首席执行官知道，仅仅改变公司结构并不能提高利润，他们需要的是可以申请专利的新药物，这些药物能以更高的价格带动大规模销售。这需要一场"双管齐下"的运动。首先，这些公司联合起来影响国会通过法律，使实验室的发现更容易获得专利保护。接下来，它们在研究和开发上投入了大量资金，展开疯狂竞赛，以寻找下一种广谱抗生素。

默克雇用了一些顶尖的生物学家和化学家。[9]辉瑞和礼来为招募知名的科学家而相互争斗。[10]制药分析师预测，在青霉素和链霉素领域处于领先地位的公司——默克、施贵宝、辉瑞、礼来、雅培、厄普约翰和帕克-戴维斯，将会有一家成为下一个伟大的抗生素公司。

然而，科学家们知道，药物的发现有时需要一点运气，正如发现青霉素那样。一个不被公众注意的领域或将创造新的历史。总部位于新泽西州的立达是一家小公司，1906年由前纽约市卫生局创建，合并为立达抗毒素实验室后，它专门生产疫苗和抗毒素。[11]1930年化工巨头美国氰胺公司收购了立达，并单独保留其独立性。立达在战时青霉素项目中扮演了一个小角色，从未进行过大批量生产所需的变革。然而，研究抗毒素的背景经历允许它向军队提供1/4的血浆、1/3的流感疫苗、一半的破伤风疫苗和一半的气性坏疽抗毒素。

立达拥有业内最小、最不知名的研究部门之一，没有一个诺贝尔奖得主或杰出科学家。该公司的研究人员没有在领先的医学和制药业期刊上发表多少文章，也没有与NIH或任何医疗机构建立正式的关系，比如通过梅奥医学院对有希望的实验室发现进行临床测试。

对下一次药物突破做出重大贡献的三人是"被驱逐者"：一位是美国移

民局下令禁止成为美国公民的外国人，一位被同事认为年纪太大，还有一位非裔外科医生。当时，医疗行业几乎全是白人。

立达的首席研究人员是印度出生的生理学家和内科医生耶拉普拉伽达·苏巴拉奥（Yellapragada SubbaRow）。[12] 他来自印度东部城市皮默沃勒姆一个拥有七个孩子的贫穷家庭，皮默沃勒姆是印度教教徒的朝圣地。13 岁时，苏巴拉奥离家出走去当香蕉商人，他将香蕉卖给朝圣者。当税收员的父亲把苏巴拉奥带回家关了禁闭。[13] 18 岁时，父亲去世，苏巴拉奥再次离家出走成为一名僧侣。母亲命令他回到学校，当地的慈善机构帮助他支付了医学院的学费，但是缺钱总是一个问题。24 岁时，苏巴拉奥娶了一位有名望的商人的 15 岁孙女，这在当时是一种包办婚姻。女孩的父亲为他支付了最后两年的学费。[14]

20 世纪初，争取印度从英国独立的运动发展壮大，那个时候苏巴拉奥还在上学。他拒绝了学校发的英国手术服，穿了一件传统的卡迪（印度手织棉质土布）长袍。这一挑衅行为使他失去了进入邦立医学院所需的大学学位。苏巴拉奥加入了当地的阿育吠陀学院，担任解剖学讲师。正是在那里，一位获得洛克菲勒奖学金、致力于消灭钩虫病的美国医生鼓励苏巴拉奥向哈佛大学公共卫生学院热带公共卫生系提交申请。

哈佛大学认为苏巴拉奥在阿育吠陀学院的研究不合格而拒绝了他。1922 年，苏巴拉奥再次尝试，但在两个兄弟死于一种罕见的消化系统感染病——热带口炎性腹泻后，他决定撤回申请，回家照顾母亲和兄弟姐妹。第二年，苏巴拉奥再次申请时强调其解剖学训练，哈佛大学最终录取了他。[15]

28 岁时，苏巴拉奥离开怀孕的妻子（他的第一个孩子在一岁前死于细菌感染，苏巴拉奥不仅再也没有见到他的孩子，也再没有见到他的妻子）。[16] 他没有获得奖学金，因为他在印度拿到的学位不符合哈佛大学的标准。他去波士顿医院申请实习时，情况也是如此。最终，苏巴拉奥在一家公司找到了临时工作。[17] 他勤奋刻苦，于 1924 年获得哈佛大学的文凭，并开始在哈佛大学医学院攻读生物化学博士学位。

1929 年，苏巴拉奥与他人合著了第一篇科学论文，是关于他开发的一种简单的测定生物材料中磷含量的比色法。[18] 第二年，他成为哈佛大学历史上第一个获得生物化学博士学位的印度人，并开始在哈佛医学院担任助教。尽管像他这样才华横溢的科学家，在实验室里使用研究助手并与同行合作十分常见，但哈佛大学要求他独自工作。苏巴拉奥在与 RNA 合成相关的磷化合物方面取得了进展，但其研究结果未被允许发表。[19] 1935 年，苏巴拉奥不得不否认自己发现了比色法，而归功于其合著者，后者当时正准备晋升为哈佛大学的全职教授。[20]

1940 年 5 月，苏巴拉奥没能获得终身教职，并且厌倦了自己的二等公民地位，于是接受了立达的邀请，前往纽约珀尔里弗的实验室担任研究副主任。那年年底，实验室主管退休，苏巴拉奥接替他成了新任主管。

苏巴拉奥及时加入立达，参与青霉素项目。他作为公司代表与政府或其他制药公司打交道。尽管实验室有关青霉素的研究极为有限，但苏巴拉奥是第一个合成氨甲蝶呤的研究者，氨甲蝶呤是叶酸的类似物。一项研究表明，如果饮食中含有丰富的叶酸，白血病患儿的病情会明显恶化。苏巴拉奥的研究就是从这里开始的。像苏巴拉奥一样，其他科学家也在研究抑制叶酸的类似物能够取得相反的效果。波士顿儿童医院的病理学家西德尼·法伯（Sidney Farber）利用苏巴拉奥发现的叶酸类似物取得了突破，在几年内开发出第一种有效的化疗药物。[21]

1942 年，苏巴拉奥雇用了 70 岁的植物生理学家本杰明·达格尔（Benjamin Duggar），他因“年纪太大不能教书”而被威斯康星大学“强制退休”。[22] 其他制药公司礼貌地拒绝了达格尔，理由是没有职位或者专业不对口。苏巴拉奥看中了所谓的“年纪过大”其实是经验丰富，认为达格尔就是一位价值巨大的“抗生素猎人”。

在立达，同事们逐渐认识到这个亚拉巴马本地人和蔼可亲但性情古怪。达格尔每天在实验室慢条斯理地筛选土壤样本，寻找产生抗生素的真菌。在其建议下，立达请求军队让士兵们从战场带回少量土壤。到 1944 年，实验室外的一个小棚子里保存着来自三大洲 20 多个国家的数千份样本。达格尔有时从这些样本中分离出抗生素。他和苏巴拉奥进行了实验，想要知道这些抗生素有机体在培养皿中对多种病原体是否有影响。

有些日子，达格尔不再研究土壤，转而回归他当了多年的教授角色。他去实验室只是为了给年轻的同事们做演讲。[23] 大多数傍晚，达格尔不到 17:30 就离开了，这样他就可以在天黑前去乡村俱乐部打高尔夫球。达格尔是一个老烟枪，利用空闲时间打理他在一个废弃马厩附近搭建的临时花园。他也很少和同事分享他的个人生活。

达格尔在家中五兄弟中排名老四，他出生在美国内战后的重建时期，在一个虔诚的圣公会家庭长大，父亲鲁本·亨利·达格尔是一名杰出的医生。[24] 达格尔家族中没有人愿意谈论"北方侵略战争"（即美国内战）之前的日子。北方联邦军已经没收了梅肯城外他们的大种植园弗雷德里克顿。他的父亲曾在州医疗委员会工作，该委员会鼓励志愿医生担任南方邦联军队的医疗官员。

达格尔在学校是个天才，14 岁就进入了亚拉巴马州立大学。[25] 从康奈尔大学毕业并获得博士学位后，其父亲与他分享了唯一一个关于内战的故事。战争最后一年，老达格尔曾在亚拉巴马州塔拉德加的野战医院担任外科医生。当时疟疾猖獗，邻近沼泽地飞过来的成千上万只蚊子困扰着营地。老达格尔命令在营地迎风生火，并在黄昏时熄灭。烟雾在营地上空飘散，驱赶了蚊子。几十年后，科学家才证实蚊子是疟疾的传播者。父亲告诉他一个教训，即使作为一名医生，有时也要听从自己的直觉。达格尔回忆起在立达的那一幕。

1945 年的一天，从密苏里大学校园里一块闲置的干草地的土壤样本中分离霉菌时，达格尔注意到其中一种霉菌显示出不寻常的金色。在立达的三年时间里，达格尔已经分离了数百种他称之为"超级霉菌"的东西。[26] 不知何故，他有一种预感，这种霉菌尤为特别。在苏巴拉奥的监督下，达格尔测试了贴有 A–377 标签的霉菌。令他们高兴的是，事实证明 A–377 能有效阻止革兰氏阳性菌和革兰氏阴性菌，包括导致黑死病、结核病、斑疹伤寒和落基山斑疹热的微生物的生长。[27] 他们发现了自链霉素以来的第一个广谱抗生素。

尽管苏巴拉奥和达格尔让A–377进入一个快速发展轨道，但因为立达人手不足、资源有限，进展并不尽如人意。直到1948年，达格尔才有足够信心发表一篇论文。[28]在论文中，达格尔把发现的抗生素有机体命名为"金色链霉菌"。立达公司的管理人员非常喜欢这种抗生素，注册商标名称为"金霉素"（Aureomycin，在拉丁语中，"*áureo*"是金子的意思）。

在确定金霉素是一种特效药之前，达格尔必须生产足够的纯化版本用于临床试验。苏巴拉奥和达格尔选择了纽约的路易斯·汤普金斯·赖特医生，来进行公司历史上最重要药物的临床试验。10年前，《生活》杂志称赖特为"美国最杰出的黑人医生，哈莱姆医院的外科主任，以及美国外科医生协会唯一的黑人会员"[29]。一个被哈佛大学拒绝终身教职的低种姓印度人选择了一个南方邦联军官和医生的儿子，他们一起挑选了美国最著名的黑人医生（一名黑奴医生的儿子）来进行临床试验。

57岁的赖特在佐治亚州农村长大，其家庭树立了一个榜样：因为其肤色，没有什么不可能。虽然他的爷爷和外公都是白人，但他的父亲生来却是奴隶。赖特出生后不久父亲就已去世，母亲与耶鲁大学医学院第一位黑人毕业生威廉·弗莱彻·佩恩相识并结婚。佩恩是20世纪初佐治亚州仅有的65名黑人医生之一。[30]美国范围内的医生必须是美国医学会成员，才能在大多数医院执业，但是美国医学会将成员资格的决定权留给了当地分会。南方邦联腹地拒绝接纳黑人医生（美国医学会直到1950年才改变政策）。结果是许多黑人医生开始经营初级诊所，为当地病人服务，有时甚至就在家里经营诊所。[31]

赖特毕业于附近的克拉克大学，并在毕业典礼上致辞。毕业后赖特坐火车去了马萨诸塞州剑桥市。他已经把大学成绩单和求职信寄给了哈佛大学医学院的招生部门，与医学院院长的面谈也已安排妥当。但院长错误地认为，成绩单上的克拉克大学是马萨诸塞州伍斯特只招收白人的那所大学。一见到赖特，院长意识到自己搞错了，把他送到了化学系主任那里。主任是一位强硬且严肃的学者，院长认为他会打消赖特上哈佛大学医学院的任何念头。化学系主任试图通过当场面试来为难赖特，然而赖特对答如流，结果被如愿录取。[32]

求学的第二年，赖特不能去哈佛医学院学生的传统去处——波士顿医院——做产科助理，而必须在一个黑人医生那里完成实习。他被告知，“这是所有黑人学生的学习方式”[33]。他没有沉默和妥协，而是提出抗议，并赢得了同学们的支持，学院最后改变了决定。这只是赖特遇到的众多种族障碍之一。尽管他在1915年的班级中名列第四，但他未能在该市顶尖医院获得实习机会。[34]赖特不想在波士顿的一家黑人医院实习，因为他知道那里设备陈旧，没有机会从事临床研究，而这正是他酷爱的。[35]结果是赖特没得选择。没有白人医院允许他完成实习。赖特离开了波士顿，开始在华盛顿特区只接纳黑人的自由人医院工作。[36]

赖特在华盛顿完成实习后，回到亚特兰大和继父一起工作。沃尔特·佩恩刚参与了创建美国有色人种协进会亚特兰大分会。“也许美国有色人种协进会能够改变现状。”佩恩告诉加入的赖特（对赖特来说，这是36年来与美国有色人种协进会一起实践传奇式行动主义的开始）。[37]尽管在佐治亚州的经历令人沮丧不已，赖特还是加入了陆军医疗队，并在第一次世界大战快结束的日子里被派往法国。[*, 38]

经过两年的临床实践，赖特离开了军队，在哈莱姆区开了自己的诊所。在纽约，赖特发现存在着比南方更微妙的种族隔离，但同样根深蒂固和僵化。犹太人和黑人医生都有自己的医院，而且大多被禁止在综合医院工作。[39] 1920年1月1日，赖特成为第一个加入哈莱姆医院的非裔美国人。尽管是医生的最低职位“门诊部临床助理”，还是有四名白人医生辞职以示抗议。负责赖特任命的人被降职到贝尔维尤医院的问询处。[40]

---

* 赖特沮丧地看着联邦政府于1921年成立退伍军人局，并（不顾三K党的激烈抗议）在亚拉巴马州的塔斯基吉为黑人开设了一所退役军人医院。赖特知道，一家医院不可能满足385 000名黑人士兵的医疗需求，绝大多数黑人士兵来自南方。11年后，那家医院成为当地三家诊所之一，参与公共卫生服务机构臭名昭著的“塔斯基吉梅毒实验”。这是一项对数百名黑人进行的为期40年的实验，内容是关于未经治疗的疾病的破坏性影响。这些人中有许多是来自梅肯的贫困农民，从未接受过任何药物治疗。

赖特决心证明自己，他的表现确实十分出色。很快，“最优秀”似乎成了赖特名字的一部分：他是纽约第一位非裔美国警察外科医生（1928 年），1934 年首次被美国外科学院录取，成为哈莱姆医院第一任外科主任（1943 年）和医院董事会第一任主席（1948 年）。[41]

立达实验室的苏巴拉奥和达格尔可能对赖特在种族和医学方面的领先地位不感兴趣。两人选择他进行金霉素的临床试验，是认为他资质过硬。那时，赖特已经在著名科学杂志上发表了近 90 篇论文，其中 35 篇是关于抗生素的。[42] 赖特刚刚从严重的结核病中恢复过来，休假三年后又回到了工作岗位上，他对这项测试充满热情。很长时间以来，赖特对性病淋巴肉芽肿（LGV）颇感兴趣，LGV 是一种通过性接触传播的淋巴系统疾病。对赖特来说，金霉素是个机会，他可以借此次机会来发现药物能否帮助病人摆脱这种痛苦的慢性疾病。1948 年春天和初夏的两个多月里，赖特进行了第一次人体实验。立达的药物摧毁了对这种疾病有反应的衣原体，它对一种病毒性肺炎也十分有效。赖特没有发现什么副作用，当然也没有发现任何毒性。他向立达报告说，他们的药物已经可以向公众出售了。[43]

1948 年 12 月，金霉素准备上市销售时，立达的研究主管苏巴拉奥没能一同分享喜悦。他在上一年 8 月死于心脏病，终年 53 岁。* 苏巴拉奥可能会喜欢立达的强势上市，将该药物宣传为“迄今为止发现的最为通用的抗生素，其活性范围比任何其他已知药物都要广泛”[44]。该公司史无前例地花费 240 万美元进行推广，包括向全美医生免费提供首批 142 000 份样品。[45] 直到次年 9 月，美国才颁发编号为 2482055 的金霉素专利。这是每个制药竞争对手一直在等待的。立达已经证明获得广谱抗生素的专利垄断是可能的，其竞争对手认定金霉素不会独占市场很长时间。

至于负责发现和测试金霉素的三个人，他们获得的公众认可并不公

---

* 很少有医生认为生活方式和心脏疾病之间有任何联系。如果这是一个更普遍的理论，那么有人可能会注意到苏巴拉奥刚来到美国时是一个信奉印度教的人、一个不吸烟的素食者。在美国，他的饮食中充满饱和脂肪酸。他后来也成了一个烟鬼。

平。苏巴拉奥死后，立达用其姓名命名了园区里的一个图书馆以及一种真菌（*Subbaromyces splendens*）。1995 年苏巴拉奥百岁诞辰时，印度政府发行了一枚纪念邮票。1952 年，路易斯·赖特被提名杰出服务奖章时，只获得美国医学会投出的一票。几个月后，赖特意外去世，终年 61 岁。除了非裔美国人的报纸和一些医学杂志，他的死几乎无人关注。《纽约时报》甚至没有刊登单独的讣告，而是把他和同一天的死者一起列出来。

相比之下，1956 年本杰明·达格尔去世时，因其突破性的药物发现而被广泛报道。《纽约时报》在头版发表一篇报道，写道："本杰明·达格尔博士 84 岁去世；率先发现金霉素；在因年龄太大而退出教学后，进行了抗生素研究。"[46]

07 “相差一个原子”

1948年推出的金霉素成为新型抗生素浪潮中的引领者。单一药物产生巨额利润，这让立达的竞争对手感到震惊。金霉素推出的第一年，就包揽了美国超过四分之一的抗生素销量。金霉素的利润率高达35%，相比之下，立达的非抗生素药物利润率仅为3%。[1]竞争对手正在尽可能快地推动自己的“特效药”开发。

许多医生和病人认为，这些药物不仅为严重的细菌感染提供了第一道防护，而且对鼻窦炎、尿路感染、口腔病灶感染、痤疮，甚至对发烧、耳痛、喉咙沙哑或流鼻涕等初期症状有预防作用。一位微生物学家估计，由于对新药的过度热情，超过90%的情况下，开这些药都是不必要的。[2]食品药品监督管理局似乎并没有过于担心不受限制的剂量，因为几乎没有关于副作用的报道。[3]瘙痒、恶心、胃部不适和荨麻疹等描述被认为是少数病人不可避免对药物敏感而不予以考虑。一些报告指出了更为严重的后果，包括药物杀死身体的益生菌而导致真菌和细菌混合感染、抗生素过敏以及出现耐药性。在公众对于抗生素的狂热中，这些信息销声匿迹。[*, 4]

食品药品监督管理局保持沉默的一个原因是1944年化学家沃尔特·邓

* 没有任何有组织的医疗小组服务于收集和传播毒副作用的中央储存库。美国传染病学会这个专业组织是医生和科学家的重要资源库，直到1963年才成立。

巴（Walter Dunbar）成为该局局长，他不希望 FDA 成为一个处处设卡的官僚机构，阻挠快速部署能够救命的抗菌药物。即使邓巴想对过度使用抗生素发出警告，也没有有效的对策。FDA 人手短缺，国会已将其预算削减至每年 500 万美元。平均而言，每 12 种新药申请中，FDA 只能对其中一种进行彻底审查。[5]抗生素淘金热成为制药业历史上最有利可图的时期，颠覆了该行业的销售和营销做法，这一时期 FDA 基本上就是一个“局外人”。

帕克-戴维斯药厂是最早推出金霉素竞品的制药公司，帕克-戴维斯药厂之前的热销药品是肾上腺素（抗休克药）、苯妥英（抗癫痫药）和盐酸苯海拉明（抗组胺药）。1949 年，帕克-戴维斯药厂宣布发售氯霉素，这是一种在实验室测试了两年的广谱抗生素。帕克-戴维斯药厂为氯霉素制定了最高的广告预算，并将其销售团队扩大了一倍，氯霉素被《科利尔周刊》誉为“自青霉素以来最伟大的抗生素”[6]。不到一年，帕克-戴维斯药厂吹嘘说，凭借 1.38 亿美元的收入，它已经成为世界上最大的制药公司，其中 40% 来自氯霉素（尽管偶尔有报道称，氯霉素有时会导致罕见的血液紊乱，帕克-戴维斯药厂仍继续销售）。[7]

立达和帕克-戴维斯药厂的成功，刺激了辉瑞进取心十足的董事长约翰·麦基（John McKeen）的胃口。时年 48 岁的麦基生于曼哈顿，在布鲁克林的弗拉特布什社区长大，1926 年加入辉瑞。麦基曾是大学橄榄球队的明星四分卫，他开发出一种涂料来解决公司不锈钢制造设备上开销巨大的腐败问题后，引起了管理层的注意。麦基展示了在提高产量的同时降低成本的才能，到 1937 年，他负责辉瑞公司的质量控制和工厂建设。[8]1949 年，麦基成为董事长后，他急于将小规模的布鲁克林化学和矿业公司改造成一家完全一体化的制药公司。在战时青霉素项目之前，辉瑞是知名的柠檬酸制造商。辉瑞从来没有销售任何自家研制的药物，几种药品是为其他制药公司生产的。由于没有自己的广谱抗生素，该公司作为最大的青霉素和链霉素制造商获得了大部分收入，并以竞争对手的品牌出售。[9]这两种药品仍然很受欢迎，但是其价格暴跌给公司带来了巨大压力，大幅削减了辉瑞的利润率，没有进一步的盈利空间。

麦基迫不及待地想要一种被行业分析师称为“抗生素中研发最快”的产品。[10]他组建了一个由病毒学家、生物化学家、细菌学家、化学工程师、药理学家和微生物学家组成的团队，要求他们在一年内完成用15年才研发出青霉素的任务。[11]自1945年以来，辉瑞一直在印第安纳州特雷霍特一个最先进的实验室收集和测试土壤样本。它收集了超过135 000个样本，其中一些是由外国记者、飞行员甚至传教士带回来的。[12]辉瑞的一名化学家后来回忆说：“我们收集了墓地的土壤样本，我们在空中放了气球来收集被风吹来的土壤颗粒，我们从矿井底部得到土壤，我们甚至在海底采集土壤……”[13]尽管进行了2 000多万次试验，实验室的微生物学家仍未发现新的有效抗生素培养基。

1950年，制药业首次成为美国最赚钱的行业。[14]然而，麦基觉得辉瑞好像错过了这次机会。在纽约安全分析员协会的一次演讲中，麦基直言不讳：“如果你想轻易地失去一切，那就开始生产青霉素和链霉素吧。从利润的角度来看，解决这个问题的唯一的现实办法是开发新的专有抗生素产品。”[15]麦基经常将链霉素称为“跳楼货”（廉价商品）。[16]

制药公司的保守派，如乔治·默克，认为制药公司不应该把利润放在第一位。默克认为，制药公司可以通过投资研发来生产服务公共福祉的药物，同时实现投资者要求的可靠财务业绩。这一理念是《财富》杂志连续七年将默克评为美国“最受尊敬的公司”的原因之一。1950年，当麦基还在抱怨青霉素和链霉素回报低时，默克实验室的科学家们因为合成可的松获得了诺贝尔奖，这是该团队随后获得的将近24个诺贝尔奖中的第一个。[17]

那年晚些时候，乔治·默克在弗吉尼亚大学医学院的毕业演讲时，为制药业设立了一个很高的标准：“我们应该牢记药物是为病人准备的，我们应该牢记药物是为公众，而不是为了利润服务的。利润自然会来，如果我们牢记这一点，利润就永远不会缺席。我们记得越牢，利润就越多。”[18]

了解默克的人并不怀疑其诚意。默克经常私下谈论其公司，好像它是一个准公益信托机构。许多人在毕业典礼上对默克的话心服口服。这证明了该行业在 20 世纪下半叶拥有良好的信誉。

然而，并不是每个人都迷恋默克所谓的"药品是为治病救人"的哲学。麦基听到后，认为这些话是一种巧妙的公关策略。[19] 麦基公司的高管们认为，如果药品不能带来丰厚利润，那么它就一文不值。麦基认为，其中一个障碍是，几乎这个行业的所有科学家，无论其发现是获得诺贝尔奖，还是在实验中什么也没发现，薪水都一样。如果一种药物成为"热门"，科学家很少得到奖金；如果发明的东西在临床试验中失败，也不会被扣工资。科学家的兴趣几乎没什么区别，就好像他们在大学里做研究。麦基认为，给予研究人员如此大的独立性是错误的。他希望授权销售和营销部门来引导科学家找到最畅销的药物。在麦基看来，好的营销甚至可以让一种普通的药物大卖。

辉瑞的一切似乎都依赖于一种金黄色的粉末，这种粉末是科学家从特雷霍特实验室不远处的土壤中分离出来的。它被标记为 PA-76（PA 代表辉瑞生产的抗生素）。进一步的测试证明，它对一百多种革兰氏阳性菌和革兰氏阴性菌甚至一些真菌都有效。科学的传统是由发现者给这种药物命名。就 PA-76 而言，由麦基命名。他从几十个名字中选择了土霉素（Terramycin，拉丁语中"高地"的意思）。"我想要一个与地球相关联的名字，"他后来说，"一个能被医生、科学家和普通人轻易记住的名字。"[20]

然而，这里有一个小问题。辉瑞的科学家报告说，其药物的化学结构似乎与立达的金霉素相同。好像每个公司都发现并发明了相同的药物。立达领先了几步，获得了专利。麦基不关心药物是否类似，他需要有人想出如何让土霉素在专利申请中与众不同。区分这两种药物的分子结构一直困扰着辉瑞的化学家。麦基聘请了世界上最著名的化学家罗伯特·伯恩斯·伍德沃德。伍德沃德发表了数百篇被同行大量引用评议的论文，并获得了除诺贝尔奖以外的所有奖项（1965 年，他在自己的简历中加上了诺贝尔化学奖）。[21]

伍德沃德发现土霉素的化学式中，比金霉素额外多了一个氧原子。[22] 即使对化学家来说，这也是微不足道的差别。伍德沃德说，这并不影响药物在病人身上发挥作用。但有了这一点，对麦基来说就足够了。这个额外的氧原子促使辉瑞的律师向专利局提交了申请。[23]

辉瑞迫切需要加速处理。在一份书面陈述中，麦基指出辉瑞“在土霉素的研发上投入了大量资金”，并称其“必须在不久的将来决定”是否“大举投资”生产和销售该药物。

麦基没有努力描述公司研究抗生素是出于更好地服务公众健康的目的，反而明确表示，辉瑞正在寻求稳定的投资回报。[24]仅在7个月内，辉瑞就获得了土霉素专利，创下了历史纪录（当时申请药物专利平均需要三年半的时间才能通过审批）。[25]

辉瑞在专利申请未出结果时就已经开始了临床试验。麦基选择了哥伦比亚大学的微生物学家格拉迪斯·霍比（Gladys Hobby）整理来自全国一百多名医生的研究结果。霍比曾领导了早期的青霉素测试，那年12月，她在哈莱姆医院进行了土霉素试验。这是路易斯·赖特前一年进行金霉素临床试验的地方。在专利发布的时候，霍比已经把出色的临床结果发给了麦基。[26]

为了准备土霉素的销售，辉瑞的董事们一致同意修改公司的规章制度，这样就可以绕过传统的药品分销公司，直接销售给“零售商、批发商和医院”[27]。

8名新雇用的“推销员”正式清理工作前的最后一个障碍，即获得食品药品监督管理局的批准。[28]一些竞争对手在十多年前就有了销售部门。这项工作需要销售人员亲自去医生办公室推销公司的药品。尽管没有接到订单，优秀的推销员还是提高了药物销量。

他们所做的只是说服医生为本公司的药品开处方，这是制药公司与消费者之间不可或缺的中间人。

1950年2月下旬，辉瑞将该药物提交给食品药品监督管理局批准。所有目光都转向了亨利·韦尔奇（Henry Welch），他刚刚成为食品药品监督管理局权力巨大的抗生素部门的负责人。韦尔奇在凯斯西储大学获得了细菌学博士学位，1938年《联邦食品、药品和化妆品法》扩大了该机构的权力后，他加入了食品药品监督管理局。第二次世界大战期间，韦尔奇曾监管负责认证制药公司生产的青霉素质量的部门。[29] 1950年，韦尔奇担任一份新出版物《抗生素杂志》的编辑，巩固了自己在抗生素新世界中的杰出地位。编委会有5位诺贝尔奖获得者，包括亚历山大·弗莱明（Alexander Fleming）、塞尔曼·瓦克斯曼（Selman Waksman）和霍华德·弗洛里（Howard Florey）。在抗生素部门主管任上，韦尔奇单枪匹马，运用其影响力来加快或推迟抗生素的应用。延期可能会使任何一家公司精心筹备的药物上市变得复杂，并造成数百万的销售损失。

韦尔奇向食品药品监督管理局建议，按照表面价值接受辉瑞的临床研究。1951年3月23日，食品药品监督管理局批准了土霉素的使用。[30] 这是辉瑞从实验室自主研发到向公众销售的第一种药品。[31]

杰克·麦基拥有了自己的广谱抗生素，但他清楚公司缺乏销售和营销技巧。一些竞争对手认为这个缺点会导致辉瑞前景艰难。然而，麦基投入如此多的时间和金钱，并不是要让这种药品草草收场。他向纽约麦迪逊大道的广告商求助。出乎意料的是，没有一个传统广告公司愿意接制药公司的业务，因为宣传受到限制，有悖于制药公司想用体面的方式来推广产品的初衷。按照麦迪逊大道广告商的标准，“体面”就是无聊。刊登在专业医学杂志上的广告，通常是药品包装插页的复制品。这个行业从对可疑专利药的令人发指的索赔开始，狗皮膏药般登在美国各地的报纸和广告牌上，现在已经变成了最乏味的商业部门。

麦基希望有人能设计出一种非正统的宣传活动，不仅对土霉素有效，而且可以成为辉瑞未来药物的模板。麦基没花多少时间就找到了合适人选——亚瑟·萨克勒，他既是广告部门主管，又是医生。亚瑟是处于萌芽阶段的医疗广告行业的先驱。只有为数不多的几家机构在关注这个新兴市场，麦基便是抓住机遇的行业先锋。亚瑟积极且出色的营销，不仅让土霉素一鸣惊人，而且在这个过程中，亚瑟将永远改变制药业销售药品的方式。

08 “布鲁克林的犹太小孩”

自称“布鲁克林的犹太小孩”的亚瑟·萨克勒，并没有在麦迪逊大道的白人新教徒世界里宣扬自己的犹太血统。[1]亚瑟的一名律师回忆道，亚瑟曾多次经历根深蒂固的反犹主义，在 20 世纪 50 年代，纽约广告业有这样一种标志性场景：“他们会在你列席的会议上讲犹太人的笑话和反犹主义笑话，你不得不坐在那里‘咽下’这些笑话，还得陪着白人一起大笑。”[2]亚瑟并不喜欢这样做，不过他没有反抗。相反，亚瑟认为最好的报复是击败这些“广告狂人”，他们大多来自家境优越的家庭，吹嘘自己拥有常春藤盟校的学位、独家乡村俱乐部的会员资格，并且是榜上有名的社会名流。

1913 年亚瑟出生于布鲁克林，父母艾萨克·萨克勒和索菲·萨克勒是来自东欧的犹太教正统派移民，经营着一家小杂货店。夫妻俩以亚瑟祖父的名字给他取名为亚伯拉罕（亚瑟只在法律文件中使用“亚伯拉罕”这个名字，更多时候选择了不太像犹太人姓名的“亚瑟”）。亚瑟 5 岁时，一场流行性感冒夺去了 3 万多纽约人的生命。他的家庭所在的弗拉特布什犹太人社区受到重创。亚瑟后来说，正是从那时起，他立志当一名医生。

亚瑟在智力测试中表现出色，被选入布鲁克林伊拉斯谟–霍尔高中的一个天才学生班。这个高中的犹太人很少，有一名教师明显有反犹倾向。[3]亚瑟保持低调，他的表现比其他人更优秀，业余时间常去参观布鲁克林博物馆，或者乘地铁去曼哈顿，在下东区的教育联盟艺术学校，跟随著名雕塑家哈伊姆·格罗斯学习。[4]

高中毕业后，他进入了纽约大学艺术与科学学院，学院坐落在布朗克斯区的一座山顶上。[5] 他的专业是英国戏剧艺术，晚上他会在库伯高等科学艺术联盟学院上公开的艺术史课。[6]

亚瑟·萨克勒的父母工作勤勤恳恳。然而，大萧条造成的严重衰退使他们失去生意，耗尽积蓄，他们的大部分亲朋好友也是如此。[7] 那时他们又生了两个儿子，莫蒂默·萨克勒和雷蒙德·萨克勒。除非亚瑟找到一份薪水不错的工作，否则他负担不起纽约大学的学费，更别说培养自己的艺术兴趣了。出于实际考虑，他增加了医学预科课程。“不幸的是，很早的时候，”他后来回忆道，“我意识到了自己的局限性。”[8]

考虑到经济压力，在选择职业时，亚瑟的艺术梦让位给了医学。许多新移民普遍认为，无限制的资本主义导致了经济崩溃，这点燃了亚瑟早期对左翼政治的热情。[9] 社会主义思潮在纽约犹太人中占主导地位。亚瑟的父母是来自俄国和奥匈帝国的 200 万犹太人移民大潮中的一员，这一浪潮席卷美国，于 1920 年结束。纽约犹太人住在拥挤的公寓里，在不安全、条件恶劣的工厂长时间工作，他们成了工会背后的力量。在关于工人权利的信息中，有一个避不开的社会主义主题，即发展一个合作的、无阶级的社会。亚瑟的父母订阅了《前进报》（*Forverts*），这是一份拥有 25 万读者、宣传社会主义的日报，也是当时世界上发行量最大的意第绪语报纸。他们在布鲁克林的许多邻居都属于希伯来联合贸易组织成员，这是一个伞式社会主义组织，旨在动员主导服装行业的犹太人。[10] 犹太人占纽约社会党的 40%（这个数字乍一看并没有那么惊人，因为犹太人占纽约人口的 1/3）。[11] 亚瑟出生前一年，社会党总统候选人尤金·德布斯获得了将近 100 万张选票（6% 的民众投票），纽约 60% 的犹太人选民给他投票。[12] 亚瑟是纽约大学一小群坚定的社会主义者之一。然而，作为《医学生协会杂志》的编辑，他很少有机会沉浸在自己的政治观点中。针对大学生权利的抗议，亚瑟写了一份“非常粗暴的罢工公告”[13]。他还代表罢工同学提出诉求，并与学校行政部门谈判。[14] 然而，为了支付账单，他在德雷克商学院、贝尔维尤医院《医学公报》做了一系列兼职工作，甚至在威廉·道格拉斯·麦克亚当斯广告公司工作了几个月。这是一家四人公司，专注于刚刚兴起的医疗广告领域。这听起来很枯燥，但与他的研究密切相关。在那里，亚瑟·萨克勒发现自己拥有写广告文案的天赋。[15]

在医学院的最后一年，他遇到了埃尔塞·芬尼奇·乔根森（Else Finnich Jorgensen），一个最近移民到美国的丹麦家庭的女儿。经过短暂求爱后，亚瑟求婚了。索菲·萨克勒难以接受，因为大儿子要娶一个非犹太人。这引起了太多争论，后来埃尔塞改信了犹太教。[16] 1937 年，亚瑟从纽约大学医学院毕业，年仅 24 岁，专业是精神病学和神经内分泌学。他开始在纽约市公共福利部管辖的南布朗克斯的林肯医院实习。[17]

亚瑟的弟弟莫蒂默和雷蒙德决定跟随他学医。亚瑟毕业后仅仅几个月，莫蒂默就得到一个坏消息，他没能在纽约的医学院获得一个分配给犹太人的名额，于是莫蒂默坐统舱去了英国。[18] 在格拉斯哥，犹太社区帮助莫蒂默进入了颇有声誉的安德森医学院。两年后，雷蒙德遭遇了同样的事情。[19]

在医院实习的业余时间，亚瑟筹集资金支持加拿大医生诺曼·白求恩，亚瑟称他为“道德楷模”[20]。白求恩是一名忠诚的共产主义者，他曾志愿在西班牙反法西斯战争中做战地外科医生，1938 年他来到中国提供医疗援助。亚瑟认为白求恩是一个有政治抱负的医生可能取得的成就的典范。

然而，1939 年 12 月，亚瑟完成住院实习时，白求恩已经去世，终年 49 岁。白求恩在一次战场手术中割伤了自己，导致致命的血液感染。几年后，每个人都会像萨克勒一样了解白求恩。毛泽东写了一篇文章纪念白求恩。[21] 很久以后，亚瑟访问中国并赞助医学会议时，称对他来说，最大的荣誉莫过于成为“当今的白求恩”[22]。

白求恩的死使亚瑟陷入恐慌。得知亚瑟错过了国家医学考试，他的父母感到很难过，这是他成为医生执业前必须达到的最后要求。相反，27 岁的亚瑟获悉德国先灵制药美国子公司可以提供一份工作。先灵雇用了亚瑟作为四人医疗信息部门主任的副手，该部门是公司最初的广告部门。[23] 在学校工作期间，亚瑟的一份工作是为德雷克商学院和贝尔维尤医院的《医学公报》做推销。[24] 亚瑟曾告诉他的朋友，他认为许多广告商浪费了他们的钱，因为他们不知道如何在新闻版面上做好销售宣传。先灵给了亚瑟一个机会来证明他的博学。他试图通过在医学期刊上创建第一个图形广告来启动先灵停滞不前的产品线。没过多久，他就缠着管理层，要求增加"直邮"宣传活动的预算，却是徒劳无功。

亚瑟在先灵工作的时候，第二次世界大战已经进行了几个月了。他是40人管理层中少数不是土生土长的德国人之一。[25] 他了解到一些新近到来的人是德国犹太人，不过没有人对此张扬。首席执行官朱利叶斯·韦尔奇恩博士的父亲是位教师，信奉基督教，母亲是犹太人，只是不再遵守教规。[26] 韦尔奇恩是犹太人，他是德国母公司1938年转移到美国的7名犹太经理和高级管理人员之一。那年年底，根据纳粹的种族法，德国先灵制药已经清洗了所有犹太董事，以获得作为一家雅利安公司的良好信誉背书（次年，纳粹的经济部门抱怨说，美国分公司只是让犹太人继续管理玩的花招）。[27]

对于像韦尔奇恩这样的人来说，美国并不是一个安全的避难所。[28] 我所获得的联邦调查局解密文件显示，早在"珍珠港事件"后，联邦调查局就对德国和瑞士在美国的制药公司进行过调查。它怀疑先灵制药、罗氏制药（Hoffmann-La Roche）和汽巴化学公司（Ciba Chemical）是资金流向黑名单国家的渠道。特别是先灵，已经从几家德国企业集团那里获得了联邦调查局认为"从国防角度来看"非常重要的药品专利。[29] 美国军方的结论是："用于治疗休克，特别是严重烧伤和创伤引起的休克所需的肾上腺素，对我们的战争成果具有直接和即时的重要性……而且可能在敦刻尔克大撤退以后拯救了成千上万名英国士兵的生命。"[30]

美国联邦调查局怀疑先灵通过"巴拿马傀儡公司"来销售这些药品，然后将利润转移到"一家瑞士控股公司"。联邦调查局的结论是，该阴谋导致250万美元（相当于2018年的2 300万美元）流入"纳粹控制的银行"[31]。

英国战争经济部敦促美国冻结先灵的账户。英国指控该公司为纳粹的间谍网络提供资金，其与南美的贸易是精心设计的，用以绕过英国对欧洲大陆的封锁计划。[32] 结果，联邦调查局向韦尔奇恩和其他高管施压，要求他们合作或接受调查。

联邦调查局文件显示，该局在先灵招募了 6 名机密线人。一人报告称："在过去的一年里，一股犹太人的影响势力在公司里不断增长……管理层是犹太人。"这位身份不明的消息人士报告说，韦尔奇恩"否认他是犹太人的事实"，尽管线人"确信他就是犹太人"。[33] 另一个人说，韦尔奇恩承认他的母亲是犹太人，但坚称自己不是，他首先是一个德国人。[34]

在希特勒统治的德国，隐藏犹太家庭背景并不罕见。联邦调查局曾错误地认为，对于移民到美国的德国人来说，这种恐惧很快会消失。然而，这些德国移民并不仅仅因为离德国有数千公里而感到安全。他们担心留守亲属的安全（韦尔奇恩的母亲没有被关进集中营，而是后来自杀了）。[35]

联邦调查局想知道，如果韦尔奇恩是犹太人，在向第三帝国输送资金的精心计划中，新泽西的先灵制药是否就没再扮演那么关键的角色。根据联邦调查局主要线人的说法："韦尔奇恩和其他移民高管都是国际犹太人，如果有利可图，他们会同时向同盟国和轴心国施压。"[36] 尽管如此，联邦调查局还是从先灵为数不多的美国犹太雇员那里获得了信息，包括亚瑟·萨克勒。联邦调查局的解密文件显示亚瑟暗中帮助政府特工："萨克勒博士是完全可靠的，对调查有相当大的帮助。"[37]

美国的共产主义者有理由怀疑联邦调查局。该局认为许多左翼组织和政治团体的成员具有煽动意图。亚瑟的合作有力地证明，他对希特勒第三帝国的厌恶超过他对帮助联邦调查局的任何担忧。（亚瑟后来告诉家人，战争爆发时，他自愿应征入伍，但因近视被拒。笔者无法核实他是否申请过服兵役。）[38]

在此期间，亚瑟遇到了路德维希·沃尔夫冈·弗罗里希，一个在百慕大短暂停留后，于 1936 年移民到美国的德国人。[39] 第二年申请美国公民身份的弗罗里希将在亚瑟的生活中扮演重要角色。[40] 弗罗里希和亚瑟同龄，在一家德国排版公司设立于美国的子公司工作。弗罗里希在美国起名为比尔，他仪表堂堂，身着定制西装时更能彰显优雅的风度。[41]

外表严肃、带着尖锐的布鲁克林口音的亚瑟和温文尔雅、轻声细语的弗罗里希似乎没有什么共同之处。不过，他们都热爱艺术，而且在那个视热爱艺术为笨拙、不善社交的时代，他们雄心勃勃。二人成了密友。[42]

弗罗里希常去曼哈顿上东区的社交酒吧，在那里，他专注于培养广泛的人脉关系，以便进入纽约的贵族圈。他从不谈论自己的过去，也从不谈论困扰欧洲及其母国德国的动荡事件。神秘的气氛让很多关于他的谣言得以流传。起初，许多人认为他是逃离希特勒统治的犹太人。但随着人们越来越了解他，这种可能性似乎越来越小。弗罗里希结交的朋友，都来自有影响力的白人新教徒家庭，其中很多出现在社交名录上。

如果弗罗里希不是犹太人，流言蜚语者便怀疑他是不是纳粹。这一谣言传到了联邦调查局。联邦调查局进行了一次简短但深入的背景调查，未能发现弗罗里希与第三帝国有任何联系。[43]

亚瑟·萨克勒是少数几个知道弗罗里希是犹太人的人之一。亚瑟理解他的新朋友为什么要对身份保密。极少数同事知道亚瑟也是犹太人。[44]

在纳粹德国，隐藏自己的宗教信仰并不容易。例如，1934 年申请法兰克福的歌德大学时，弗罗里希录取表格上填写了“非雅利安人”。关于这一点，弗罗里希指出，他的家人自 15 世纪以来一直住在德国，其父亲在第一次世界大战中为德国作战。弗罗里希还不得不承认，无论是他的父母还是祖父母，都不是“雅利安人”（纳粹种族法认为，任何有犹太祖父母的人就是犹太人）。[45] 关于其家人是否“放弃了犹太信仰”，他的答案也是“否”。[46]

1938 年，在妹妹英格丽德和母亲到达纽约之前，弗罗里希结交了一大群地位显赫的朋友。他的人脉帮助身高 172 厘米的英格丽德获得了一份梦寐以求的工作，为著名美国设计师索菲·金贝尔做时装模特，金贝尔经营着萨克斯第五大道著名的沙龙现代定制服装店。金贝尔是第一个登上《时代》周刊封面的女性服装设计师。[47] 只有富裕的顾客，包括伍尔沃斯、杜邦、休顿、杜克斯和勒布，才能负担得起昂贵的价格，从 300 美元（相当于今天的 5 463 美元）的流行日装到 1 500 美元（相当于今天的 27 315 美元）的手工缝制晚礼服。[48]

由于在金贝尔家的工作让英格丽德接触到了一群精英，弗罗里希一家决定，对他们在美国的新生活来说，不仅要否认自己信仰犹太教，而且要不遗余力地这么做。[49] 他们最后一次承认自己是犹太人，是在美国移民文件上，其中两个人填的国籍都是“德国 / 希伯来”[50]。特别是英格丽德，她坚持说自己不是犹太人。[51] 当被问及宗教时，她的回答是“基督教”（后来改为“路德会”，最后改为“天主教”）。一位远房亲戚回忆说，几年后英格丽德经常说“我受不了那些犹太人”[52]。

结果大获成功。英格丽德成为金贝尔的顶级模特之一。她是美国离异女子瓦利斯·辛普森的最爱，英国国王爱德华八世为了辛普森放弃了王位。英国情报机构非常关心爱德华和辛普森对德国的同情，因此政府将这对夫妇流放到巴哈马达 5 年之久。爱德华担任该岛的总督。辛普森厌倦了定期去美国购物，她那无忧无虑的生活方式激怒了长期遭受德国轰炸，被停电和严格的食物配给所困扰的众多英国人。

有时，英格丽德会飞到迈阿密为公爵夫人担任模特，展示一些金贝尔设计的时装。在一次旅行中，英格丽德遇到了后来的丈夫，富有的佛罗里达会计师托马斯·伯恩斯。结婚后，她成为凯瑟琳·英格丽德·伯恩斯，并从索菲沙龙的封闭世界，轻松过渡到社交季节的纽约和棕榈滩。[53] 英格丽德加入了两个最具排他性和最突出的棕榈滩乡村俱乐部——巴斯网球俱乐部和大沼泽地俱乐部，这两个俱乐部都“禁止犹太人”进入。[54] 在曼哈顿，英格丽德成为殖民地俱乐部的一员。该女子俱乐部因埃莉诺·罗斯福拒绝了罗斯福财政部长亨利的妻子埃莉诺·摩根索（摩根索是犹太人）的会员申请而闻名。俱乐部对其排斥政策并无歉意。[55]

与此同时，弗罗里希加入了曼哈顿大学俱乐部，该俱乐部也禁止犹太人的加入（该政策于 1962 年终止）。[56] 没过多久，弗罗里希就召集了一群兼收并蓄、富有创造力的朋友，包括作曲家亚伦·科普兰和女高音演唱家比尔吉特·尼尔森。后来，弗罗里希买下东63街的一栋联排别墅，举办了令人艳羡的派对。[57] 他和英格丽德一起还在东汉普顿买了一处小别墅。在那里，他成为德文游艇俱乐部的一员，二人都加入了高级的梅德斯通俱乐部。[58]

犹太教信仰不是弗罗里希唯一的秘密，只有几个他最亲密的朋友知道他是同性恋。对于世界上的其他人来说，他是纽约最适合做丈夫的单身汉之一，身边经常有漂亮的女人陪伴。[59]"他永远不会安定下来。"这是那些爱说长道短的遗孀的口头语，她们在社交活动上看到他和不同的约会对象在一起。与萨克勒相识两年后，弗罗里希辞去了排版公司的工作，创办了自己的艺术工作室。萨克勒试图在新事业中帮助弗罗里希，给了他很多先灵的排版和制图工作。[60] 萨克勒不仅认可弗罗里希在广告部的工作，而且其医学学位也在印发公司工作手册方面发挥了作用，先灵将这些工作手册发给了医学研究部门的医生。[61]

亚瑟在先灵没干多久。"珍珠港事件"后不久，报纸报道罗斯福政府正准备选择一个外国财产托管人。上一次这种事件发生在第一次世界大战期间，当时联邦政府没收了德国在美国的所有重要资产。亚瑟·萨克勒认识到，让先灵避免同样下场的唯一途径就是让美国人拥有它。

亚瑟已经熟悉了先灵的优势和劣势，他相信合适的所有者可以把它变成一家强大的制药公司，远胜于被政府收购。亚瑟安排了一次与阿尔弗雷德·斯特恩的会面，斯特恩是一个富有的银行家族的继承人，在芝加哥房地产业赚了一大笔钱。斯特恩的第一段婚姻是娶了朱利叶斯·罗森沃尔德的女儿，罗森沃尔德是西尔斯·罗巴克公司的部分所有者，也是美国最进步的慈善家之一。罗森沃尔德于1932年去世后，斯特恩接管了家族的慈善基金会。斯特恩最初的努力之一是资助芝加哥精神分析学会，致力于研究男性疾病的病因和治疗。这引起了亚瑟的兴趣，他想，如果他能成为一名执业医生，他只希望成为一名精神科医生。[62]

亚瑟·萨克勒向他求助时，斯特恩已经和罗森沃尔德的女儿离婚并再婚。斯特恩的新婚妻子是玛莎·多德，一位美国历史学家和一位外交官的女儿。她有一个秘密。二战前，其父亲担任美国驻德大使，她和父亲在柏林一起生活，其间苏联情报部门将她招募为特工。[63] 玛莎很快就把斯特恩变成了左翼事业的热心支持者，包括在现代图书公司出版激进文学的实验性平装书。[64] 斯特恩搬到了纽约，买了一栋东区联排别墅，在洛克菲勒中心一间宽敞的办公室里工作。他成了纽约市民住房和规划委员会主任，该委员会是许多左翼知识分子和在"租户权利"旗帜下战斗的军事人员的避难所。

亚瑟喜欢斯特恩的政治倾向、激进主义做派及其丰厚的银行资产。虽然在先灵未被充分利用的领域，亚瑟只是二号人物，但他却有勇气去收购这家公司。不过，他们的行动不够迅速。1942 年 1 月开始，联邦特工进入了先灵，并实际控制了新泽西总部。[65] 第二个月，外资管理人被正式任命，并立即没收了德国在美国的所有公司资产。10 年后，先灵以 2 900 万美元（相当于今天的 2.81 亿美元）的价格被公开拍卖给葆雅家族，并更名为先灵葆雅。[66]

1943 年初，弗罗里希卖掉了设计工作室，创办了路德维希 · 沃尔夫冈 · 弗罗里希医疗广告公司，办公地点位于东 51 街 34 号的一栋九层砖砌联排别墅。帕克–戴维斯药厂成为首个客户。亚瑟把弗罗里希介绍给帕克–戴维斯药厂一位高级副总裁。亚瑟知道他们都热爱歌剧，并且都有大都会的季票。[67] 萨克勒准确地认定这将打开商业之门。[68]

亚瑟 · 萨克勒一反常态，对下一步该做什么犹豫不决。对他来说，这是一个计划外的机会，他可以花更多时间陪陪埃尔塞和他们的第一个孩子卡罗尔，她出生于 1942 年 8 月。亚瑟对于是否参加国家医学考试犹豫不决。虽然他几乎没有意愿开始私人执业，但这将给他一个选择，有一天将和弟弟莫蒂默与雷蒙德一起工作。再过几年，他们就能获得医学博士学位了。亚瑟还在先灵工作的时候，莫蒂默已经转学并完成了他在马萨诸塞州沃尔瑟姆的米德尔塞克斯大学医学院（这里现在已属于布兰迪斯大学）的学业。雷蒙德在不列颠战役中为英国本土防卫队担任飞机观察员，他跟随哥哥回到了米德尔塞克斯大学。他们的运气很好——就在学校失去认证资质之前，他们获得了学位，失去认证使得一些毕业生没有资格参加州医学委员会的考试。[69]

1944 年 1 月 29 日，23 岁的雷蒙德与 19 岁的纽约大学医学院预科生贝弗利·费尔德曼结婚。费尔德曼来自一个犹太工人阶级家庭，和萨克勒一家同住在一个布鲁克林社区。[70] 贝弗利·费尔德曼跟亚瑟一样持强硬左派政治立场。一名机密线人在布鲁克林社区教堂大道秘密拍摄了 1944 年美国共产党肯辛顿俱乐部的成员名单，其中包括雷蒙德·萨克勒和贝弗利·费尔德曼，联邦调查局发现他们都是正式党员。那年 4 月，当这对新婚夫妇临时搬到波士顿，以便雷蒙德能够完成米德尔塞克斯大学的研究时，他们把自己的党籍转移到了波士顿分部。[71] 那年 9 月，雷蒙德毕业后，这对夫妇回到了布鲁克林。费尔德曼开始在纽约大学医学院学习，而雷蒙德开始在哈莱姆医院实习。他们再次要求将党籍转到当地的纽约分部。[72]

这对夫妇是在大萧条和第二次世界大战后的巅峰时期入党的。1929 年股市崩盘之前，该党只有 6 000 名党员。10 年后，这个数字是 66 000 名。[73] 20 世纪三四十年代，半数成员是犹太人，大多数是东欧移民家庭，如萨克勒和费尔德曼一家。[74] 据后来为亚瑟工作的美国共产党正式党员 A. B. 马吉尔说，“一个可靠的消息来源”告诉他，“萨克勒三兄弟早期都是党员，但时间不长”。[*, 75]

至少在 1968 年之前，1944 年联邦调查局建立的关于雷蒙德和费尔德曼

---

* 联邦调查局关于贝弗利·费尔德曼和萨克勒家族的文件，到目前为止只是部分解密。联邦调查局纽约办事处创建的至少一份关于雷蒙德·萨克勒的档案（100–NY–75887）已于 1970 年 11 月 12 日被销毁。根据联邦调查局的说法，这是“按照法定时间表定期销毁记录”。对此，我咨询了专门研究《信息自由法》的律师。在联邦调查局掌握的更多信息公布之前，无法核实纽约办事处对雷蒙德·萨克勒档案的清理是否符合法定程序。联邦调查局向我确认了另外四份仍然保密的文件，可能与雷蒙德·萨克勒或亚瑟·萨克勒有关。我向国家档案馆特别访问处提交了关于这些文件的公共存取记录请求。档案馆认为，波士顿联邦调查局的两份文件，100–BS–15 和 100–BS–589——对“你的请求没有响应”。虽然文件内容是波士顿地区的共产党员，但“没有提到任何一个名为萨克勒的人”。另外两份文件——100–HQ–340415 和 100–NY–75702 有响应。它们总共包含大约 350 页关于亚瑟·萨克勒的内容。总部文件（HQ）是 1945 年 3 月至 1968 年 7 月对亚瑟的调查，纽约办公室文件（NY）涵盖了 1944 年 11 月至 1968 年 7 月联邦调查局对他的调查。我意识到联邦调查局的另一份文件只关注亚瑟·萨克勒——100–NY–75887，不在国家档案馆，但很可能仍在该局的保管之下。该文件于 2018 年 4 月正式申请解密，目前正等待该局信息自由办公室的批准。最后，新罕布什尔大学的本·哈里斯教授向我提供了一份 1999 年联邦调查局发布的 89 页文件的副本，这是根据他有关亚瑟·萨克勒的要求发布的《信息自由法》第 442908 号。

的档案文件一直有效。联邦调查局偶尔会指派特工打电话或拜访萨克勒一家，总是编造一些故事，去看其共产党员身份是否会给美国带来安全风险。[76]这家人总是拒绝与联邦调查局讨论任何政治忠诚。[77]

1944 年，雷蒙德和莫蒂默还在哈莱姆医院做第一年的住院医生，亚瑟选择了职业转型。弗罗里希告诉他，威廉·道格拉斯·麦克亚当斯广告公司有一个职位空缺。8 年前，亚瑟在纽约大学打工时，在那里做过兼职。这家广告公司是由芝加哥记者威廉·道格拉斯·麦克亚当斯于 1926 年创办的，客户包括范坎普豆子和母亲牌燕麦。亚瑟后来说服施贵宝，如果它在医学杂志上向医生做广告，可以出售更多的鱼肝油。该活动在不到一年时间里，使施贵宝的鱼肝油销售额翻了一番。[78]麦克亚当斯向亚瑟夸口说，其公司是美国最大的医疗广告客户。他雇用了亚瑟，并给他“医疗和创意总监”这一令人印象深刻的头衔。[79]没过多久，亚瑟就意识到，考虑到这个市场很小，作为这个国家最大的医疗广告公司并不值得夸耀。

除了在麦克亚当斯的新工作之外，亚瑟同年还开始在皇后区的克里德莫尔精神病中心兼职做住院医师，这是一家有 7 000 张床位的州立精神病院。[80]他被破格提拔为麦克亚当斯的副总裁后，那一点点自由的时间就消失了。[81]

莫蒂默和雷蒙德跟着亚瑟来到克里德莫尔。三人都相信精神疾病可能有生化根源，可以通过药物治疗或至少加以控制。[82]这个概念反驳了流行的弗洛伊德理论，即精神障碍是人们经历的结果。几年后，亚瑟在一篇关于精神病学的未来的文章中写道，问题不在于弗洛伊德，而在于对精神疾病“有机基础的探索”即使没有迷失，也在弗洛伊德心理动力学说的光辉中变模糊了。[83]几乎没有资金用于研究有机病因或药物治疗。

萨克勒三兄弟认为，早期和更粗糙的治疗方法没有什么希望，包括电休克和脑叶切除术。相反，他们希望在克里德莫尔建立一个由国家资助的研究机构，专注于新的药物疗法，主要是激素替代疗法。

20 世纪 50 年代，处于全盛时期的美国精神病学迎合了左翼政治立场。20 世纪 40 年代，联邦调查局在美国共产党内部安插了一名卧底。在随后

10 年的国会证词和公开采访中，线人透露，该党有一个秘密的“专业单位”，有“精神病学家、心理学家、医生、社会工作者、卫生健康工作者和福利工作者”。[84] 历史学和心理学教授本·哈里斯说，20 世纪三四十年代，很大比例的年轻精神病学家认为自己是“马克思主义者”[85]。

亚瑟想找一份能让他融合医学知识和政治热情的工作。第二次世界大战期间，红十字会拒绝所有黑人献血，后来虽接受这些人献血，但将白人与黑人血液的采集和分发分开，亚瑟对此感到愤怒。尽管陆军军医总监意识到，没有令人信服的医学理由来解释“血液隔离”的缘由，但他还是建议战争部长助理，“这在美国具有重要的心理意义”。工会、激进的黑人报纸、左翼新闻通信和美国共产党站在要求变革的最前沿。共产主义者谴责血液隔离是“野蛮的希特勒主义”。亚瑟直言不讳，称红十字会的决定荒谬，他甚至可能帮助过哈莱姆第 43 公立学校的一些学生，让他们分发海报抗议红十字会的政策（1949 年红十字会结束了血液隔离政策，阿肯色州直到 1969 年才结束，路易斯安那州直到 1972 年才结束）。[86]

1945 年，亚瑟·萨克勒的激进主义倾向引起了联邦调查局的注意。在寄给联邦调查局局长埃德加·胡佛的一份 49 页的备忘录中，纽约办事处提供了 2 月份在时代广场的阿斯特酒店，为联合反法西斯难民委员会举行的一次筹款晚宴的细节（反法西斯难民委员会很快被列入总检察长的颠覆组织名单）。[87] 该活动表面上的目的是纪念剧作家丽莲·海尔曼，并启动一项 75 万美元的筹款活动，以打击跨文化法西斯主义者（巴勃罗·毕加索是名誉主席）。诗人多萝西·帕克介绍了刚刚从苏联回来的赫尔曼。赫尔曼是第一批获准去前线慰问的美国人之一，她用俄国人如何为苏联的共产主义而战的故事来煽动观众情绪。有几十张宴会桌，每张都有 10 个付费客人，所有的收入都捐给了募捐活动。联邦调查局获得了一份与会者名单，萨克勒和弗罗里希赫然在列。[88] 3 个月后，联邦调查局注意到萨克勒一家参加了另一个难民委员会的筹款活动，这次是在准将酒店举行的“医生晚餐”[89]。

联邦调查局明白，并不是所有左翼筹款人都是共产党员，更不用说存在安全威胁。然而，它也意识到，尽管截至1945年，美国共产党大约有70 000名正式党员，但有更多的支持者不是正式党员。第二次世界大战结束后，冷战开始时，联邦调查局专注于苏联的间谍活动。在联邦调查局的嫌疑人名单上，排在首位的是忠诚的共产党员和同情红色事业的人。

1947年，亚瑟将政治推到了幕后，专注于自己的职业生涯。他参加了国家医学考试，获得的执业执照署名为亚伯拉罕·萨克勒。几个月后，莫蒂默拿到了行医执照，第二年雷蒙德也拿到了。[90]就在三人获得专业执照的几年前，他们成立了制药研究协会，这是他们的第一家合资企业。[91]这是最早致力于新药安全性测试的公司之一。随着未来几十年对药品审批的要求越来越严格，该公司设计并管理试验，准备提交监管文件。制药研究协会也有一个特点，这也是未来许多合资企业的共同特点：所有权保密。[92]萨克勒家族的朋友阿尔弗雷德·哈珀恩博士是整个20世纪50年代唯一一个与该公司相关的上市公司名称，其地址是东62街17号，这是一栋五层的石灰石联排别墅，在萨克勒家族未来的风险投资中占据显著位置。[93]

亚瑟拿到行医执照后不久，他就告诉另外两个兄弟（莫蒂默和雷蒙德），他需要减轻在克里德莫尔的工作量。[94]他和埃尔塞已经攒够了钱，买下了麦克亚当斯广告公司1/3的股份*，这是萨克勒夫妇不能保持匿名的少数公司之一。这也是一个有预见性的举动。正如抗生素的突破正在改变医药行业一样，它将很快培育出一个为现代广告量身定制的竞争市场。[95]

---

* 1/3的股份归威廉·麦克亚当斯所有，1/3归公司执行副总裁海伦·哈贝曼所有。到1953年，麦克亚当斯的持股占比下降到10%，萨克勒和埃尔塞占46%，哈贝曼占44%。

09 医药大道

1950年，威廉·道格拉斯·麦克亚当斯广告公司已经成为少数几家专注于医疗广告的公司中最成功的一家。约翰斯·霍普金斯大学的一位教授后来将这一领域称为“医药大道”[1]。大型广告公司误以为这个领域永远不会腾飞，而麦克亚当斯占据榜首长达15年之久，然后其他公司才奋起直追。[2]亚瑟·萨克勒和弗罗里希建立了超越商业竞争的友谊，弗罗里希的广告公司在早期占据主导地位。[3]这两个人经常和亚瑟的妻子埃尔塞一起参加艺术拍卖会，周末在跳蚤市场和小型古董店闲逛。亚瑟后来回忆道：“一天，我偶然发现一些来自中国的瓷器和（明朝的）家具。从那以后，我的生活就不一样了。”[4]亚瑟的觉醒发生在曼哈顿的一家小古董店“跨东方”（Transorient），这家店的主人是著名的英国艺术品商人威廉·德拉蒙德。[5]那次偶然的造访点燃了亚瑟毕生的激情。

同年，亚瑟告诉兄弟们，他要从克里德莫尔撤出。他在纽约创建了一个名为亚瑟·M. 萨克勒基金会（Arthur M. Sackler Foundation）的非营利组织。[6]美国最富有的家族使用这种法律实体来保护其艺术品，并将遗产留给博物馆和公共信托机构。[*, 7, 8]

---

* 莫蒂默和雷蒙德当时是克里德莫尔精神病中心的医务人员。20世纪60年代，他们还成立了自己的慈善基金会。很久以后，他们在英国创建了类似的基金会和信托机构。截至2019年，我们仅在纽约就找到了12个以萨克勒命名的慈善基金会。

然而，把弗罗里希和亚瑟·萨克勒联系在一起的，不只是他们对美术的共同兴趣。他们汇集客户信息，合作制定药品上市策略，当公司发布几乎相同的药品时，划分双方市场。[9]当时没有人知道，亚瑟秘密投资了弗罗里希的公司，并拥有控股权。[10]几年后，当被人质问时，亚瑟向《纽约时报》否认他拥有弗罗里希公司的股权。[11]“那是因为利益冲突，”后来亚瑟的律师和密友迈克尔·索内里希（Michael Sonnenreich）透露，“他不能同时在两家有竞争关系的公司持股，弗罗里希代表的是第二家公司。”[12]（弗罗里希后来私下拥有了亚瑟于1960年创办的半月刊）。[13]

尽管亚瑟与弗罗里希公司的秘密联系，使他比其他竞争者领先一步，但亚瑟的对手并不关心。亚瑟对自己颠覆制药公司销售药物方式的创新做法充满信心，向一家又一家公司推销其新想法。亚瑟告诉制药公司不能再像在教堂推销产品那样，与坐在旁边的人低声耳语。亚瑟认为，是时候发展能够亲自拜访数千名医生的销售部门了。他表示，大多数医生都忙于行医，没有时间去研究哪种药物最适合治疗病人。亚瑟认为，制药公司必须赢得医生对其整个产品线的忠诚。他想法多多，如促销、举办药品发布会、在医生最喜欢的杂志上打广告、在医学会议上展览、向医生提供免费样品等。尽管美国食品药品监督管理局禁止所有直接面向公众的药品广告，亚瑟有一个巧妙的策略，将产品促销伪装成消费者媒体报道的“新闻”。[14]在美国的消费文化中，通过从病人口中说出商品名来刺激畅销药是可行的。事实证明，这是一个令人鼓舞的想法，尽管正如弗罗里希指出的那样：“没有一个医生会对从病人那里听到新药感到高兴。”[15]

亚瑟精力充沛，麦克亚当斯公司的员工毫不怀疑他是一个工作狂和完美主义者。公司一名高管形容他“充满争议、令人不安、难以相处”[16]。然而，亚瑟对自己的要求最苛刻。许多为亚瑟工作的人最初喜欢高度紧张的氛围，他们在这种氛围中竞争以赢得他的认可。[17]随着时间的推移，一些人变得筋疲力尽、不开心，不仅是因为工作时间过长，还因为亚瑟有时会对员工进行严厉批评。[18]

亚瑟·萨克勒认为他的员工需要“厚脸皮”。[19]他忙于工作，几乎没有时间和家人相处。他与妻子埃尔塞和女儿卡罗尔的关系受到了影响。亚瑟下班回家很晚，她们通常都已经睡着了。不工作的时候，他在逛古董店和拍卖行。埃尔塞已经不再与其一起探险，五岁的女儿几乎没有耐心一整天去寻找收藏品，埃尔塞也不喜欢把女儿交给保姆。

1947年2月的一个晚上，亚瑟去皇后区远罗克威的一家医院参加化装舞会，莫蒂默和雷蒙德正在那里实习。那天晚上早些时候，一位打扮成卡巴莱歌手、身材曼妙的女人令他目瞪口呆。“那是谁？”他问莫蒂默。这个女人名为玛丽埃塔·鲁兹（Marietta Lutze），她是一名医生，也是“卡德博士”（Dr. Kade）的继承人之一，卡德博士是德国一家拥有120年历史的私营制药公司。[20]玛丽埃塔在战争结束后仅5个月就来到了美国，并和亚瑟的弟弟们在同一家医院开始了医学实习。[21]

亚瑟开始与玛丽埃塔攀谈起来。他得知玛丽埃塔29岁，比他小6岁。她来自一个自由的新教和天主教家庭，在战争期间获得了柏林大学的医学学位。亚瑟知道，柏林大学是纳粹宣传机器为焚烧两万本“堕落”书籍的壮观场面而选择的学校之一。1939年，玛丽埃塔开始在柏林大学学习时，250名犹太教授和管理人员已被驱逐，取而代之的是促进种族优生的纳粹党成员。[22]

玛丽埃塔对亚瑟的第一印象是其“专业态度”和“他的声音非常柔和、有说服力，甚至令人欣慰。我喜欢他的蓝眼睛。我不知道我们谈了什么，但是，不管是什么，我觉得谈得很热烈”。[23]亚瑟跟她约会过，但从来没有提及他已婚。玛丽埃塔喜欢亚瑟，但因为工作“太忙”，所以拒绝了。

与玛丽埃塔会面后不久，亚瑟抽出时间参加了在纽约举行的为期三天的世界和平科学文化大会。会议发起者是一个前沿团体——美国国家艺术、科学和专业人士协会（NCASP）。亚瑟是通过阿尔弗雷德·斯特恩与协会搭上联系的，7年前亚瑟曾试图让斯特恩收购先灵。两人成了朋友。亚瑟参加斯特恩夫妇在中央公园西区宽敞的合作公寓举办的鸡尾酒会，以及这对夫妇位于康涅狄格州的海滨避暑别墅的私密晚宴。[24]

亚瑟有一长串的商业项目要推销。1948 年，他再次接触斯特恩，这次是想看看他是否有兴趣帮助自己购买普渡 · 弗雷德里克公司，一家位于纽约下东区的小型专利药公司。这家公司以 19 世纪的创始人约翰 · 普渡 · 格雷博士（Dr. John Purdue Gray）和乔治 · 弗雷德里克 · 宾厄姆博士（Dr. George Frederick Bingham）命名，年营收只有 20 000 美元，少于亚瑟前一年在亚洲艺术品上的花费。[25] 它只提供少数"合乎道德的非处方"药品，最畅销的药品是格雷牌甘油制剂，这是一种含酒精的"用于促进新陈代谢的补品"。[26] 亚瑟认为一家老牌制药公司，即使是像普渡 · 弗雷德里克这样的小公司，也能在未来的商业项目中发挥作用。斯特恩并不信服这种想法，就像第二次世界大战期间亚瑟向他提出收购先灵时一样，他选择拒绝。[27]

遭到斯特恩的拒绝不到一周之后，亚瑟 · 萨克勒接受了克里德莫尔精神病中心研究副主任的任命。[28] 他向莫蒂默和雷蒙德保证说，这只是兼职，他们怀疑亚瑟该如何打理这么多职务。亚瑟向他们保证这不是问题。1949 年 1 月，亚瑟创建了医疗和药品信息研究所（MPIB），这是第一家专门在非医学出版社发表文章的公司。它是亚瑟宣传新药策略的一部分，有时甚至在获得食品药品监督管理局批准之前就开始宣传。[29] 亚瑟将麦克亚当斯公司的医药代表介绍给 MPIB，大多数人不知道他是创始人。MPIB 每周都给编辑和记者发送文章草稿，亚瑟和他们建立了良好的关系。参议院的一项调查后来发现，MPIB 在许多出版物中植入故事，包括《星期六晚邮报》和《读者文摘》。它们表面上是关于"医学的新发展"，然而，在每篇文章的某个地方，总是介绍一种"特效药"。媒体的广泛报道帮助亚瑟创造了公众对药物的需求。每当病人要求"我前几天在报纸上读到的那种神奇药物"时，就支持了这家制药公司销售人员的努力，验证了其广告效应。华尔街交易员很快意识到，MPIB 的"新闻"有时会让人们提前瞥见一种新的重磅炸弹。一篇好的文章可能会导致股价飙升。参议院调查后来确定，亚瑟进行了股票交易，包括大量持股辉瑞。亚瑟有时在事先知道 MPIB 出版计划的情况下做出交易决定。直到 1965 年，美国证券交易委员会（SEC）才开始调查个人“内幕交易”。[30]

亚瑟的二女儿伊丽莎白·安妮出生几个月后，玛丽埃塔又回到了亚瑟的生活中。医院的实习结束后，玛丽埃塔问雷蒙德和莫蒂默，在参加美国医师执业考试之前，可以在哪里找到第二次实习机会。他们建议她和亚瑟谈谈，当时亚瑟正在克里德莫尔指导一个关于精神分裂症的大型研究项目。[31] 在纽约皇后区医院工作了一段时间后，玛丽埃塔开始在克里德莫尔和萨克勒三兄弟一起工作。尽管玛丽埃塔从两兄弟那里发现“亚瑟已经结婚并育有两个孩子，还和其他女人有染”，当亚瑟再次要求约会时，她还是同意了。[32]

玛丽埃塔后来了解到亚瑟的本性，那就是坚持不懈地追求他想要的一切。鲜花、礼物、惊喜，“令人招架不住的热烈追求”。几个月后，玛丽埃塔在晚餐时告诉他：“你是那种我可以嫁的人。”接下来是充满焦虑的讨论，在讨论中，他们都承认他们激情的放纵对亚瑟的妻子和女儿是毁灭性的，于是决定结束关系。这种分离只持续了两个星期，两人开始再度擦出火花。

1949 年 6 月，玛丽埃塔回到德国照顾她身患重病的祖母。她在旅行前感觉不太好，每天容易疲劳、恶心。“尽管我是一名医生，但我没有想到自己怀孕了。”[33] 那年 7 月，祖母去世后，玛丽埃塔成为家族第三大制药公司卡德博士的唯一继承人。该公司在第二次世界大战中几乎毫发无损。亚瑟每天都给她写信，告诉她他有多爱她，有多想念她。亚瑟在 6 月 30 日的信中写道：“你回来后，我们将开始新生活——充满希望、欢乐和激情。”[34]

那年秋天，玛丽埃塔回到纽约，亚瑟去了墨西哥，并迅速离婚。埃尔塞获得了女儿的监护权。令许多朋友感到惊讶的是，他们原本以为埃尔塞会对丈夫的背叛感到愤怒，但她仍然是亚瑟社交圈中的一员。正如朋友们发现的那样，埃尔塞仍然被他“令人发狂的魅力”所吸引。其他人也知道保持良好关系对他们的女儿是最好的。亚瑟爱她，不是作为一个妻子，而是作为一个他信任的人。亚瑟让她保留在威廉·道格拉斯·麦克亚当斯公司的所有权。[35]

那年 12 月，亚瑟和玛丽埃塔匆忙结婚。索菲 · 萨克勒对待她的新德国儿媳妇颇为冷淡。萨克勒家族的正统犹太女族长感到痛苦，不仅因为她认为玛丽埃塔是一个家庭破坏者，还因为其德国血统——玛丽埃塔在战时柏林攻读医学学位时，怎么可能不知道纳粹对犹太人做了什么？“最好像其他人一样保护自己，”玛丽埃塔说，“就像‘聪明的猴子’听不到邪恶一样。”[36]她试图赢得索菲的支持，但不像其他人那样愿意改信犹太教。亚瑟很满意，只要母亲和新婚妻子彼此克制就行，在绝大多数时间里，她们也确实如此。

所有个人生活上的变动，都没有让亚瑟失去对生意的关注。他有太多的经济责任，不能有丝毫松懈。就在他们结婚后，玛丽埃塔发现他承受着“巨大的财政负担”。亚瑟资助自己的医学研究和广告公司，支持母亲、岳母、前妻和两个孩子，甚至帮助兄弟和他们的家庭。每个人都向他要钱。

玛丽埃塔总结道：“我把他比作洛克菲勒中心前承载世界的阿特拉斯（希腊神话中受罚以双肩掮天的巨人）。对萨克勒来说，这个角色可能习以为常。”[37]玛丽埃塔当时还没意识到，但很快发现，亚瑟把自己想象成太阳一样，所有人围着他转。其他人只是“一颗星球……不能走出各自不相交的轨道”。

1950 年 2 月 9 日，亚瑟将玛丽埃塔紧急送往纽约医院，为他们的第一个孩子接生。妻子临产时，他向接生医生道歉，因为根据安排，他要参加克里德莫尔研究所的落成典礼。他在第一个儿子出生前离开了医院。[38]

玛丽埃塔后来谈道，错过儿子的出生“标志着我们婚姻模式的开始”。令她恼火的是，“亚瑟继续和前妻约会（没有和她商量），他把前妻的需求优先于我和孩子们”[39]。玛丽埃塔很快发现，对亚瑟来说，家庭不如事业重要。1950 年夏末，年仅 37 岁的亚瑟被任命为第一届国际精神病学大会主席。虽然很多人会觉得层层重担压得人难以承受，但他却在一个越来越苛刻的日程安排中茁壮成长。亚瑟卖掉了成立两年的 MPIB 的股份。用这笔钱，他开了一家与之竞争的小公司 Medimetrics。他甚至鼓励他的朋友，有时也是商业伙伴的比尔 · 弗罗里希建立自己的竞争对手（科学情报局）。[40]这一切都发生在亚瑟准备克里德莫尔研究所的落成典礼时。[41]尽管在他的朋友阿尔弗雷德·斯特恩资助芝加哥精神分析研究所18年后，亚瑟仍然为克里德莫尔研究所成为美国第一个致力于生物精神医学的机构而自豪。[42] 萨克勒三兄弟认为，这是进一步研究内分泌系统和精神疾病之间可能联系的一个机会。[43] 后来，三人小组或与其他合作者发表了150多篇关于人类行为、药物、生物精神医学和实验医学的科学论文。[44] 萨克勒三兄弟是最早发现精神病和可的松之间联系的人之一。

除了克里德莫尔的工作，亚瑟很快担任了《临床和实验精神病理学杂志》的主编，董事会包括一些著名的国际研究人员以及他的弟弟。[45] 后来，亚瑟又在长岛大学药学院担任主任，并成为那里的一名治疗研究教授。[46]

大多数像亚瑟这样肩负职业重任的人，几乎没有机会或欲望去放纵自己的追求。但是亚瑟不仅找到了空闲时间，而且像对待自己的生意一样，以同样的热情钻研自己的爱好。亚瑟一开始只是单纯喜好中国的文物，后来他自认为已经变成一种"激情"。[47] "一些人感到沮丧时，他们会出去买一顶新帽子或一条领带，"亚瑟后来说，"而我在沮丧时，通常会去购买收藏品。"[48] 玛丽埃塔认为这种强迫性的收藏癖好，与其说与他所受的挫折有关，不如说与他压倒一切的"对声望和认可的需要"有关。[49] 对他的医疗和广告同事以及艺术收藏家同伴来说，亚瑟是一个自信的人，他通过纪律和组织取得了巨大的成就。哈佛艺术史学家约翰·罗森菲尔德（John Rosenfield）对亚瑟的评价是："一个有着普罗米修斯般智慧和精力的人。"[50]

"他公开的一面当然很迷人，"玛丽埃塔指出，"作为一个有天赋的知识分子，他可以在辩论中所向披靡；作为一个迷人的演讲者和健谈者，他用激情和智慧打动人们。"[51]

然而，玛丽埃塔也看到亚瑟的另一面，"着迷和痴迷之间的微妙界线"[52]。她看到了他内心深处的不安，"渴望……世界不会忘记他的名字"。玛丽埃塔这才领会到"亚瑟超凡的智力天赋也是他最大的恶魔，鞭笞他创造更多"[53]。

"晚上，他从办公室回家后，"玛丽埃塔回忆道，"会阅读大量关于中国艺术和考古的资料。起初我试图跟上他，但很快他就把我甩在了身后。他的理解速度、整合大量材料的能力，以及他将所有知识转化为明智的采购决策的天赋都令人惊讶。”[54]在收藏的早期阶段，亚瑟还曾内省过，担心他的收藏“并不总是可控的”[55]。

经销商们知道亚瑟是一个严肃又带有强迫性的收藏家。他们经常诱使亚瑟购买他无法负担的物品，为他昂贵的收购提供资金。玛丽埃塔回忆道，其中一些安排“延续了许多年”[56]。这创造了新的责任，让他在职业生涯中更加努力地奔跑。与此同时，成箱的“古代青铜器、兵器、铜镜、瓷器、甲骨文和玉器”堆满了他的家，摆满了仓库。“有太多的东西要打开，太多的东西要欣赏，一些物品只有通过装箱单才知悉。”[57]

随着时间的推移，亚瑟的艺术品收藏堪称广博，囊括中国和亚洲其他国家的文物，前哥伦布时期和古波斯的陶器，印度的雕塑，巴洛克时期的陶艺，后印象派的绘画，文艺复兴时期的马约里卡陶瓷和皮拉内西的作品。一位博物馆馆长曾称他为“现代美第奇”[58]。

“我得了‘收藏病’，”亚瑟后来承认，“我无法对艺术作品产生‘免疫’。”[59]

“随着知识的增长，他变得越来越热衷于收藏，”玛丽埃塔说，“后来，这种痴迷反过来控制了他。”[60]

玛丽埃塔不仅仅是亚瑟的妻子，她在他们结婚后成为一名精神科医生。有时她忍不住会从专业角度来看亚瑟：“上瘾是一种诅咒，不管是毒品、女人还是收藏。”[61]

10 “土霉素闪电战”

1951年，萨克勒三兄弟发表了他们最具争议的理论之一，即精神分裂症可以通过血液凝固时的变化来识别，而超声检测（早期对超声波的一种应用）可以追踪精神分裂症患者的生理变化。[1]他们提出了有争议的论点，即组胺可能有效治疗精神分裂症。玛丽埃塔为那篇论文提供了力所能及的帮助，但没有被列为作者让她很失望。几年后，她才与三兄弟共同署名，发表了《克里德莫尔研究所的精神病学研究视角概述》。这标志着萨克勒家族有4个人名列科学出版物。[2]

玛丽埃塔觉得自己是这个家族俱乐部的局外人。莫蒂默的妻子穆里尔·拉扎勒斯（Muriel Lazarus）也是如此，她是生化遗传学研究员和执业精神分析师。[3]另一位医生也加入了三兄弟的学术合作，成为一个值得信赖的内部人士。费利克斯·马蒂-伊瓦涅斯（Félix Martí-Ibáñez）是一位善于社交、彬彬有礼的西班牙籍精神病学家。他和萨克勒兄弟后来出版了一本雄心勃勃的书《精神病学中伟大的物理疗法：历史的重新评价》，该书罗列了当时一些顶尖研究人员对精神疾病治疗的意见，从电休克疗法到胰岛素休克治疗，再到脑叶切除术。萨克勒兄弟和马蒂-伊瓦涅斯预测，“麻醉药品”将很快成为首选治疗方法（在他们的设想中，一些尚未发明的安定药的混合物可以用作抗生素）。[4]这4位医生认为自己是治疗精神障碍的生物学先驱。当他们后来雄心勃勃地讨论《精神分裂症和其他精神疾病的地理分布和世界模式》一书时，马蒂–伊瓦涅斯给萨克勒兄弟写了一封信，总结道："这个项目的研究价值和社会价值将难以估量，可能获得诺贝尔奖。兄弟们，你们觉得怎么样？"[5]

正如亚瑟·萨克勒不仅仅是一名精神病学家，马蒂–伊瓦涅斯也自称是一名无政府主义者、历史学家、小说家和企业家，其履历甚至给萨克勒兄弟留下了深刻印象。马蒂–伊瓦涅斯在西班牙卡塔赫纳长大，母亲是一位著名的钢琴家，父亲是一位学者，也是一位多产的作者，著有几十本教育类书籍。[6]马蒂–伊瓦涅斯是一名天才学生。他取笑亚瑟，说他在马德里大学获得医学学位时才 19 岁，比亚瑟早了 5 年。[7]仅相隔一年，马蒂–伊瓦涅斯又获得了哲学博士学位，发表了一篇关于印度神秘主义者生理学和心理学的论文。毕业后，马蒂–伊瓦涅斯走遍西班牙，在学校和大礼堂里演讲，演讲的主题不断变化，包括医学、艺术、平面设计、神话甚至城市规划。随着话题的传播，马蒂–伊瓦涅斯吸引了越来越多的观众。21 岁时，他发表了一篇引人注目的关于"西方历史上的同性恋"的短文。[8]随后，他开始猛烈谴责天主教会"教条的道德主义者"和西班牙日益发展的法西斯运动。不久之后，马蒂–伊瓦涅斯支持了当时一些不受欢迎的进步运动，包括扩大妇女选举权，以及提倡社会主义可能对西班牙经济发展最有利。一位部长参加了马蒂–伊瓦涅斯一场慷慨激昂的演讲，对他印象深刻，他任命当时 26 岁的马蒂–伊瓦涅斯为加泰罗尼亚公共卫生和社会服务机构的总负责人。[9]两年后，马蒂–伊瓦涅斯成为西班牙公共卫生部副部长。那时，西班牙陷入内战，苦不堪言。弗兰西斯·佛朗哥将军领导的新法西斯主义者与第二共和国的左翼政府进行了斗争。马蒂–伊瓦涅斯代表共和国出席了 1938 年在日内瓦、纽约和墨西哥城举行的世界和平大会。回到西班牙后，他加入了空军医疗队。[10]仅仅几个星期后，他就被弹片击伤。1939 年 1 月法西斯分子攻占巴塞罗那时，他还没有完全康复。马蒂–伊瓦涅斯被佛朗哥通缉，他带着最后一支忠诚部队逃到了法国比利牛斯山脉，那里有一些朋友帮助他逃到了美国。[11]

这位善于社交的学者在纽约重塑了自己。抵达美国六个月后，瑞士罗氏制药聘请马蒂-伊瓦涅斯为顾问。在业余时间，他担任六本医学杂志、心理学和精神病理学杂志的编辑，还在科学会议上发表自己的论文。[12] 三年后，马蒂-伊瓦涅斯离开了罗氏制药，成为美国温思罗普-斯蒂恩斯公司负责拉丁美洲药品销售的医疗主任。《美国医学会杂志》推荐他担任西班牙语版主编。但是，马蒂-伊瓦涅斯接受了施贵宝提供的职位，让他在药物开发和市场营销中发号施令。[13] 正是在这个角色中，马蒂-伊瓦涅斯在医药广告的萌芽期遇到了萨克勒和弗罗里希。[14]

难怪后来马蒂-伊瓦涅斯在自传中写道："战胜死亡只有一种方法——活得快乐。"这吸引了亚瑟和弗罗里希的注意。[15] 马蒂-伊瓦涅斯钦佩亚瑟无止境的精力和冒险精神。通过亚瑟，马蒂-伊瓦涅斯找到了一个志同道合的人来改变医学现状。马蒂-伊瓦涅斯和弗罗里希同样拥有优雅、成熟的魅力和对艺术以及文化的热爱。在弗罗里希的东区联排别墅聚会上，马蒂-伊瓦涅斯用非洲和亚洲之旅的离奇故事，他对文艺复兴时期的医学哲学、《堂吉诃德》中的西班牙以及炼金术消失的科学思考来取悦众人。马蒂-伊瓦涅斯甚至提出了非正统理论，即压力可能导致抑郁。他把弗罗里希的聚会作为私底下测试其想法的场所，将那些激发最佳反响的想法变成了文章。[16]

亚瑟希望马蒂-伊瓦涅斯成为其雄心勃勃的计划的合作伙伴，以重塑药品销售的方式。两人经常谈论这件事，但早期的想法似乎一个都不合理。马蒂-伊瓦涅斯离开施贵宝时，在曼哈顿开了一家私人精神病诊所。他还成为纽约医学院附属佛劳尔-第五大道医院的常任讲师。[17] 亚瑟聘请马蒂-伊瓦涅斯为麦克亚当斯公司的特别顾问，后来让他成为全资子公司麦克亚当斯国际（McAdams International）的董事。[18] 1951 年春天，他们成立了 MD 出版公司，这是一家空壳公司，在合适的机会出现之前，不会那么活跃。没有人知道萨克勒兄弟投入了大部分种子资金并持有控股权。MD 出版公司与麦克亚当斯

公司共用办公场地。[*, 19, 20]

无论是马蒂–伊瓦涅斯还是亚瑟·萨克勒都没有隐藏其雄心。这引发了他人的强烈反应，人们要么欣赏他们的勇气，要么认为他们粗鲁专横。一系列看似不相关的事件很快让二人进入医学出版界，这一冒险让他们变得富有，并为他们提供了一个向食品药品监督管理局行使不当权力的机会。

亚瑟向制药公司中层管理人员推销自己的想法时，许多人认为其想法风险太大，而且过于自信。他们总结道，亚瑟正试图将药品变成另一种廉价的广告业务，就像汽车、烟草和消费品一样。亚瑟试图越过中层管理人员去接近高层管理人员，可是没有得到青睐。[21]

亚瑟见到辉瑞的销售总监托马斯·温恩（Thomas Winn）时说，如果辉瑞给他足够多的预算，他会让查尔斯·辉瑞变得家喻户晓。[22] 该决定只能由公司的首席执行官约翰·麦基（John McKeen）来做。另一个像麦基这样的大人物接受了亚瑟，并将辉瑞备受期待的广谱抗生素土霉素委托给他。麦基为广告和促销预留了当时创纪录的 750 万美元。该公司甚至同意安装一个特制的电话交换机来处理预期创纪录的通话量。

1951 年 3 月 15 日，辉瑞给美国每一个药品批发商发了共计 800 多封电报，提醒他们公司的土霉素即将获得食品药品监督管理局的批准。辉瑞为早期买家提供了很大折扣。[23]这是《商业周刊》所称的“土霉素闪电战”[24] 的开始。

麦基雇来的 8 人“推销团队”站在美国各地的付费电话旁，等待总部打来电话，然后开始拜访医生。几个星期后，在美国各地，他们向几千名医生

---

* 30 年后，在《纽约时报》的一篇简短报道中，亚瑟·萨克勒否认拥有 MD 出版公司的任何所有权，声称自己是一名顾问，为该公司创办了一份“著名的医学信息杂志”。那次采访时，马蒂–伊瓦涅斯已经去世。然而，一名参议院调查人员后来发现，亚瑟·萨克勒通过麦克亚当斯广告公司资助初创的 MD 出版公司。此外，亚瑟于 1987 年去世后的遗产文件证实，萨克勒兄弟确实拥有 MD 出版公司的多数股权。在亚瑟·萨克勒创立 MD 出版公司的前一年，他已经创建了脉管学研究基金会，用于血管疾病药物的临床试验。在创办 MD 出版公司的第二年，他组建了美洲医学出版社和国际医学出版社，这两个出版社都是为了帮助外国制药公司在美国推销产品，其中，亚瑟·萨克勒的所有权仍然是个秘密。

推销土霉素。辉瑞招募了70名大学三年级的医学生来协助推销人员。[25]

亚瑟知道，无论他们如何努力，辉瑞的现场推销力度太小，无法接触到每一位医生。因此，他发动了一场“闪电战”，直接给临床医生、内科医生以及药剂师发信件，包括医院里的药剂师（当时大约85%的医院都有内部药房）。[26]将近一年时间里，频繁开处方的药剂师，平均每天收到两三封信件。[27]亚瑟雇来一个文案团队，组织多项活动，包括派发信件、精美的小册子、名片档案卡等。信件中是成千上万张手写的明信片，看起来像是从异国他乡寄来的，比如印度的泰姬陵、埃及的金字塔和澳大利亚的大堡礁。每张明信片上都有一个关于土霉素如何在当地根除疾病的简短故事，落款“致以诚挚的问候　辉瑞”，这些卡片很快就成为收藏品。[28]

辉瑞很快推出了内部杂志《光谱》，并在享有盛誉的《美国医学会杂志》上转载了这份8页的光滑彩色插页。亚瑟发动广告攻势之前，《美国医学会杂志》登载的主要是医疗用品，几乎没有品牌药。20世纪50年代早期，甚至烟草公司也投放了香烟广告。[29]亚瑟推出的辉瑞药品的广告给《美国医学会杂志》带来大量收入，其广告业务在几年内增长了500%以上，比《生活》杂志还多，并且75%的抗生素广告是有关土霉素的。[30]一个版面的广告费超过1 000美元，每年有几千个版面，《美国医学会杂志》和其他顶级医学杂志逐渐依赖于制药公司的推广资金。20世纪60年代末，《美国医学会杂志》1 500万美元的广告收入占美国医学会收入的40%。[31]

辉瑞同意亚瑟的建议，将土霉素的大部分宣传页投放在《美国医学会杂志》上。在主流杂志做广告似乎是一个常识性策略。但是，于亚瑟而言，这种做法更复杂，也更显出精于计算。亚瑟清楚国会为遏制虚假宣传和误导性广告所做的立法努力，即1938年的《惠勒–李法案》，通过授权联邦贸易委员会监督药品广告的准确性，绕过了食品药品监督管理局的监管。但是该法案存在一个漏洞——因为认为医生能够评估药品的准确性，所以医学杂志上的推销广告不受监督。[32]亚瑟看准了政府无力约束其传播媒介这一点，吹嘘土霉素是“有史以来发现的自然界中最复杂的结构之一”。亚瑟通过这种方

式，让这种药物看起来比实际更具有创新性。[*, 33, 34]

没过多久，亚瑟就开创了广播广告的先河。他的一些策略成为行业标准，包括 24 小时的销售热线和医药代表丰厚的奖金。亚瑟说服美国医学会，如果公司能获取关于医生处方习惯的信息，那么药品广告将受益匪浅。美国医学会的业务部门开始发送基本的月度报告，衡量广告对全国医生的影响。

麦基告诉纽约安全分析师协会，辉瑞公司的巨大成功在于“使用有力的推广技术”[35]。这是一个保守的说法。亚瑟在麦迪逊大道的竞争对手之一威廉·卡斯塔尼奥利（William Castagnoli）说：“很难量化他对医疗广告的影响，作为麦克亚当斯的负责人，他的影响非常大，他带领辉瑞这家新进入处方药市场的化学公司，使其成为制药业中的一股新生力量。”[36] 医学广告名人堂后来指出：“在塑造医疗广告的特征方面，没有谁比亚瑟的贡献更大……他的开创性贡献是将广告和促销的全部力量带到了土霉素的营销中……他的宣传手段永远改变了行业的营销模式。”[37]

土霉素的销售甚至远超麦基最为理想的预期。辉瑞在康涅狄格州格罗顿购买了一个过剩的潜艇造船厂，将其改造成世界上最大的发酵工厂。[38] 它开足马力昼夜不停地生产土霉素。不到一年时间，辉瑞推销团队已经从 8 人暴增到 300 人（5 年后达到 2 000 人）。[39] 拥有化学、生物学或药理学学位的大学毕业生成为抢手人才。[40] 他们需要接受 12 个月的训练，并被告知，虽然技术性知识是关键，但培养拜访医生的技巧也很重要。销售代表询问并记住关于医生的家庭、业余爱好、最喜欢的运动等细节。半数接受调查的医生后来说，他们中最好的人更像是朋友，而不是推销员。[41] 每个销售代表将负责联络大约 300 名医生。[42]

麦基对此感到欣慰，即辉瑞的研究人员和律师坚持不懈地争取食品药品监督管理局批准土霉素的其他剂型，从丸剂、粉剂到滴眼剂，同时将条件扩

---

* 几年后，辉瑞发布氯磺丙脲时，针对的是需要稳定胰岛素水平的糖尿病前期患者。亚瑟·萨克勒的推销活动声称“几乎没有不良副作用”。事实上，辉瑞已经委托了一项上市前的研究，该研究显示 27% 的受试患者存在“严重副作用”。

大到近40个。美国人在土霉素等广谱抗生素上花费了1亿美元，超过了青霉素、磺胺类药物、维生素、“万灵药”、激素类药和植物药的总和。[43]辉瑞的利润率为50%，立达和帕克-戴维斯药厂分别为40%和35%。为了应对国际上对土霉素日益增长的需求，辉瑞在13个国家设立了办事处（欧洲一些国家征收进口关税，这是美国公司开设外国子公司的诱因）。[44]土霉素的成功，意味着辉瑞占全球抗生素销售额的1/4，这使其成为制药业收入第一的公司。[45]

辉瑞激进的营销和销售策略不仅重塑了公司，也改变了行业。传统人士痛苦地抱怨说，萨克勒的“强行推销”既不体面，也令人不安。[46]然而，竞争对手看到辉瑞的销售和利润创下纪录后，也竭尽全力照搬这一模式。竞争对手扩大了销售部门，加强了向医生推销药品。默克正在迎头赶上，与沙东合并，沙东这家小公司以经验丰富的销售团队而闻名。[47]

虽然辉瑞的土霉素是一个营销奇迹，但它也得益于公众对该行业的高度重视。公众对最新药物的期望很高，除了抗生素，还有治疗青光眼、关节炎和精神分裂症的新药物、第二代安定药、口服避孕药，甚至治疗阿片类药物过量的首款药物。一种抗焦虑药物正在研发中，这将引发一场名为“情感阿司匹林”的药物革命。脊髓灰质炎疫苗有望消灭这种臭名昭著的疾病，因为大多数人都知道富兰克林·罗斯福患有脊髓灰质炎而不得不坐轮椅。

第一批研究表明，生活方式而不仅仅是细菌病原体，可能会影响健康和长寿，可公众似乎并不担心。1950年，吸烟第一次与肺癌联系在了一起。后来，辉瑞发布土霉素时，一份报告得出结论，饮食习惯可能与心脏病有关。[48]亚瑟属于极少数，他反对吸烟，不允许在麦克亚当斯的办公室里吸烟。[49]但是大多数人，甚至许多医生，都不相信吸烟和食物会导致慢性或致命疾病。然而，即使这些说法是真的，大家也非常笃定科学和制药会解决一切。许多人对那些说法不屑一顾，认为总有一天会有一种药丸用来治愈肺癌，就像有一种抗生素用来治疗传染病一样。[50]

辉瑞及其竞争对手不仅限于依靠公众的善意和推销“闪电战”，来保持抗生素的销售水平。它们一致开始游说美国政府，以对专利法进行重大修改。

它们想要话语权，以期给专利药设定一个较低的创新门槛。这将为大量土壤微生物样本中发现的抗生素提供法律保护。[51] 1952 年，国会修订法令时就打开了一扇大门，让更多的药品以越来越快的速度从实验室流向市场。

同年，一名辉瑞生物学家获得了“小猪项目”的许可，在该项目中，他在猪身上测试了低于治疗剂量的抗生素。结果如何？小猪生长加快了。辉瑞利用这些发现向农民销售抗生素，这些农民开始将抗生素用于牛、猪和鸡的饲料中。[52] 约翰·麦基希望农场销售能保持稳定，不像人类那样受到流行病或大规模传染病的影响。辉瑞为农产品创建了第一个独立的销售和营销团队，其他制药公司随即效仿。几年后，农用抗生素的大批量销售占全部产量的 1/4。[*, 53, 54] 没有人担心，动物每天接触抗生素可能只会杀死体内最弱的细菌，存活的有机体会变得更强，病原体也更强。[55]

亚瑟·萨克勒再次焦躁不安，此时土霉素的推销才刚刚结束。他想，如果能有机会让他和两个兄弟一起工作，那就太好了。亚瑟决定收购纽约的小制药公司普渡·弗雷德里克。1948 年，亚瑟把这家公司推销给朋友阿尔弗雷德·斯特恩，但没有成功。四年来变化不大，普渡的年收入仍然疲软，其最畅销的产品仍然是“健脑药”，即格雷牌甘油制剂。[56] 该公司在克里斯托弗街 135 号的一间小办公室里运营，努力适应战后制药业的快速变化。[57]

尽管 1952 年 6 月购买普渡·弗雷德里克公司时，大部分的钱是亚瑟拿出来的，但萨克勒三兄弟同意平分所有权。然而，他们谁的名字都没有出现在纽约的公司内刊上。

莫蒂默问他们如何处置普渡。“我们会把它的产品卖得比以前更好，”亚瑟·萨克勒说，“然后我们会在前进过程中找到自己的产品。”

---

* 辉瑞甚至在纽约对有智力缺陷或痉挛症状的儿童进行了为期三年的研究，以确定低剂量的抗生素能否促进儿童的生长速度。研究证明确实能促进，但是制药公司从来没有出售其产品来加速儿童成长。1954 年，青霉素发现者亚历山大·弗莱明访问美国时得知这项研究，他持怀疑态度：“我无法预测给婴儿喂青霉素会给社会带来多大好处，让人们身体变得强壮可能弊大于利。”尽管制药公司没有向儿童销售抗生素以加速成长，但美国和西欧的儿童却在不经意间摄入这些药物。据估计，整个 20 世纪 50 年代，每一罐牛奶中大约有 10% 含有治疗过的奶牛的青霉素残留。当时，农民在牛身上使用了为人类开发的青霉素。

11 “避难所”

在亚瑟·萨克勒的“土霉素闪电战”中，马蒂–伊瓦涅斯偶然发现了一个他认为绝佳的商业机会。他得知著名的《抗生素杂志》出版商华盛顿医学研究院濒临破产。食品药品监督管理局抗生素部门的负责人亨利·韦尔奇（Henry Welch）是该杂志的编辑。因为韦尔奇只收取一小笔酬金，所以食品药品监督管理局允许他在业余时间担任编辑。他们认为这并不存在利益冲突，因为金额很小：三年只有 3 270 美元报酬。[1]

马蒂–伊瓦涅斯打电话给亚瑟，告诉他华盛顿医学研究院面临资金问题，亚瑟主动提出帮助其偿还债务。他们成立的 MD 出版公司将成为该研究院新的所有者和出版商。双方认为，如果韦尔奇同意继续担任编辑，那这笔买卖才值得。

马蒂–伊瓦涅斯与韦尔奇谈了一下。为了吸引他留下来，他和亚瑟给出一个慷慨的提议。韦尔奇将从他编辑的任意杂志中获得 7.5% 的广告收入，并从出售给制药公司的任何再版出版物中获得 50% 的净收入。[2]

韦尔奇对新条款反响热烈，甚至转让了自己一直在撰写的《抗生素疗法》一书的著作权。[3] 马蒂–伊瓦涅斯和韦尔奇同意推出一系列新期刊中的第一本，最初的一本是季刊《抗生素和化疗》。亚瑟预付了 5 万美元启动资金，足以偿还华盛顿医学研究院的债务和几个月的运营费用（相当于今天的 48.4

万美元）。韦尔奇没有向食品药品监督管理局的上级透露新的财务安排。[4]

和在 MD 出版公司一样，马蒂–伊瓦涅斯表现得就像他拥有起死回生的华盛顿医学研究院。救市后不久，他执行了一项合同，针对每次由 MD 出版公司出版的期刊，华盛顿医学研究院将统一获得 3 500 美元的“咨询费”。几年后，期刊数量达到 10 种，可以产生 42 万美元的固定年费（相当于今天的 440 万美元）。

萨克勒兄弟在 MD 出版公司秘密持有控股权。因为大部分业务与兄弟们相关，事情也由此变得复杂起来。亚瑟在 1950 年成为四份季刊之一的《临床和实验精神病理学杂志》的主编，这四份季刊当时归华盛顿医学研究院所有。亚瑟的同事约瑟夫 · 鲍金（Joseph Borkin）成为华盛顿医学研究院的股东后，转由欧普豪伊森中心负责精神病学杂志。这是克里德莫尔一个研究单位的名称，以州立医院医学实验主任荷兰人约翰 · 冯 · 欧普豪伊森的名字命名。

然而，欧普豪伊森中心的地址并不在皇后区，而是在纽约东 62 街 15 号。电话号码是（212）832–7900。1954 年，亚瑟就是把威廉 · 道格拉斯 · 麦克亚当斯公司搬到了那里，电话号码不变。在曼哈顿的电话簿上，莫蒂默和雷蒙德的公司也是这个地址。[5] 在后来几年里，纽约东 62 街 15 号和那个电话号码被萨克勒家族控制的一系列医疗公司和慈善基金会使用。

亚瑟在《临床和实验精神病理学杂志》上列出的是他最信任的合伙人。马蒂–伊瓦涅斯是杂志的国际版块编辑，莫蒂默和雷蒙德以及华盛顿医学研究院的约瑟夫 · 鲍金是董事。一系列的股票转让和期权转让之后，马蒂–伊瓦涅斯、鲍金及其合伙人亨利 · 克莱伯格博士各持有 10% 的股份。在所有记录在案的法律文件中，其余 70% 股份的所有者都没有披露。然而，匿名买家的会计师是布鲁克林出生的哥哥路易斯 · 戈德伯特和妹妹玛丽 · 西格尔。这两人在百老汇 1440 号的办公室工作，为亚瑟的其他公司做代扣税款、工资表和一般会计工作。[6] 戈德伯特是普渡 · 弗雷德里克公司在纽约州备案的三个“所有者”之一。仅根据马蒂–伊瓦涅斯创造的固定咨询费，这 70% 的秘密股份每年就能给萨克勒兄弟带来至少 29.4 万美元的收入。

当医学大道的合伙人推测制药业的下一个重大发展时，所有人都认为肯定与抗生素有关。抗生素市场还处于早期阶段。天然抗生素和第一拨广谱药物颠覆了这个行业。[7]

他们发现了一个问题，在数以百万计的土壤样本或腐烂的水果中找到有效的治疗方法就像玩彩票一样。毫无疑问，在一些意想不到的地方有了重大发现。头孢菌素是在污水中发现的，链霉素是在鸡的咽喉拭子中发现的，夫西地酸是一种可以局部使用的抗生素，它来源于一种真菌，这种真菌是从日本猕猴的粪便中分离出来的。[8]一些公司可能会幸运地开发出一种畅销抗生素，但这不可预测。对于学术和科学研究者来说，这种不确定性是可以接受的，但那些对底线利润负责的人对此感到沮丧。

亚瑟和马蒂–伊瓦涅斯通过其医学背景来看待这些商业问题。二人都认为，理想的解决方案是找到一种合成改良抗生素的方法。这违背了大众的科学认知，即天然抗生素是最好的，因为它们进化了数千年，无数菌株在它们面前消亡了。药物研究人员认为不可能创造出比大自然提供的更加有效的合成药。对其进行一些修改只会减少药物的益处，产生药效差的低价值仿制品。[9]

亚瑟 · 萨克勒知道辉瑞正在试图改变这一点。首席执行官约翰 · 麦基的强硬态度给了实验室研究人员一个追求长远理论的机会。[10]

劳埃德 · 科诺菲尔（Lloyd Conover）是一名 28 岁的有机化学家，在辉瑞工作了两年。科诺菲尔的“科学预言”之一是：有可能改变天然抗生素以增强其治疗效果。在辉瑞的布鲁克林实验室里，科诺菲尔只和一个助手一起工作，他没有和同事分享任何进展：“如果我们失败了，我不想别人知道。”[11]

科诺菲尔重点介绍了辉瑞的土霉素和立达的金霉素的化学结构。他很好奇，如果他操纵两个未对准的原子会发生什么。1952 年，科诺菲尔用一个氧原子替换了一个氯原子，实验获得了回报。结果得到的一种药物实际上是土霉素和金霉素的化学孪生体，但更稳定、更有效、更易溶解。辉瑞化学家将其命名为四环素。科诺菲尔发明了世界上第一种半合成抗生素（他最终进了国家发明家名人堂，加入了500位著名美国发明家行列，其中包括亨利·福特、托马斯·爱迪生和莱特兄弟）。

马蒂–伊瓦涅斯和萨克勒兄弟曾预言合成抗生素将预示一个新时代的到来。现在他们在计划如何盈利。随着期刊数量不断增长，他们利用韦尔奇在食品药品监督管理局的声望和权力，相较其他竞争者获得了无与伦比的优势。

韦尔奇从前的出版商华盛顿医学研究院就是因为拒绝了它认为可能与其学术内容产生利益冲突的广告，才遇到了财务困难。这种不当行为并没有让马蒂–伊瓦涅斯、亚瑟·萨克勒和比尔·弗罗里希感到担心。亚瑟和弗罗里希在《抗生素杂志》上刊登了大量医药广告。[12]

马蒂–伊瓦涅斯和韦尔奇举行了一个年度抗生素会议，聚集了600多名临床医生和科学家。韦尔奇说服卫生、教育和福利部允许食品药品监督管理局共同赞助。[13]制药公司试图通过奢华的接待聚会来超越彼此。艾森豪威尔总统对盛会致辞，称“向所有通过抗生素的研究，对医学实践做出深刻改变的人致敬”[14]。同时，韦尔奇和马蒂–伊瓦涅斯在展示论文时有所偏向，优先选择的论文对来自最大制药公司的药物进行了好评，使其重印销量激增。亚瑟将这些重印品作为直接邮寄给医生的理想之选。[15]每年，研讨会记录都被包装成一本名为《抗生素年鉴》的书出售。马蒂–伊瓦涅斯和韦尔奇打造了一套百科全书，它成为一个被广泛接受的关于疾病、药物、医学检测和外科手术的参考来源。[16]

在食品药品监督管理局，似乎没有人担心抗生素这个极其重要的部门的负责人会如此深入地参与一个商业企业，而这个企业生产的就是他所监管的药物。韦尔奇的上司认为韦尔奇仍然只收到一小笔酬金。马蒂–伊瓦涅斯向韦尔奇保证，没有人知道他从私人合伙关系中赚了多少钱。[17]

韦尔奇作为合伙人参与了他们的出版事业，亚瑟·萨克勒转而扩大比尔·弗罗里希的角色领域。亚瑟的所有朋友和商业同事都曾听到他经常抱怨像他和弗罗里希这样的广告公司是在黑暗时代运作的。亚瑟认为他们缺少的是医生、药房和医院的处方数据。这对制药公司更准确地定位其药物广告来说是无价的。弗罗里希和亚瑟已经迈出了第一步。1950 年，弗罗里希在纽约成立了洲际医学信息服务。[18]现在，根据与亚瑟重新商谈的结果，他在名义上是两家相关公司的所有者，并将原来公司的名称改为艾美仕市场研究公司（IMS）。[19]

在早期，尽管弗罗里希承诺所有的病人数据都将被匿名化，但大多数医生拒绝分享关于他们开的是什么药和针对什么疾病的信息。亚瑟建议，如果弗罗里希以共享信息将有助于制药公司开发更好的药物为幌子提出请求，医生和药剂师可能会更容易合作。这招果然见效。然而，艾美仕市场研究公司还是不得不支付每月 25 美元到 150 美元的小额费用来获得它想要的信息。[20]

尽管根据公司注册文件，弗罗里希是艾美仕市场研究公司的法定创始人和所有者，但萨克勒兄弟有一笔隐藏的股份。亚瑟 · 萨克勒希望与艾美仕市场研究公司保持距离，这样其竞争对手就不会抱怨收集到的市场数据让麦克亚当斯获得了不公平的竞争优势。亚瑟 · 萨克勒和弗罗里希谈了一些不当表现，这促使弗罗里希为艾美仕市场研究公司开设了一个单独的办公室。起初，它与麦克亚当斯共用一个办公室。虽然创建艾美仕市场研究公司是亚瑟的主意，但他认为如果莫蒂默和雷蒙德代表萨克勒家族的利益会更好。[21]

1953 年 5 月，亚瑟的两个弟弟被克里德莫尔研究所解雇了，有大把空闲时间。联邦调查局分享了一些关于雷蒙德和费尔德曼的身份信息。[22]纽约州精神卫生局局长有权解雇这对兄弟，因为他们是州立机构的受薪雇员。亚瑟 · 萨克勒当时仍在那里从事咨询工作，他愤而辞职。精神病研究员唐纳德 · 克莱因在萨克勒兄弟离开后接手，他回忆说，亚瑟 · 萨克勒“完全是出于政治原因被克里德莫尔研究所的主任赶出来的”[23]。麦克亚当斯内部的一个匿名线人后来向联邦调查局透露有关萨克勒兄弟的背景。莫蒂默、雷蒙德也有问题，因为联邦调查局报道他们“涉嫌参与颠覆活动”[24]。

克里德莫尔研究所的主任约翰 · 冯 · 欧普豪伊森不希望有关萨克勒兄弟左翼政治立场的消息使医院受到牵连。《纽约时报》上刊登的报道说，在为原子能委员会进行一项关于烧伤皮肤反应的研究项目时，莫蒂默和雷蒙德拒绝签署军队忠诚誓言，该誓言要求他们报告在工作中听到的任何颠覆性谈话。[25] 这是他们被解雇的公开原因。麦克亚当斯公司里的联邦调查局线人说，亚瑟·萨克勒私下里为其兄弟辩护，声称“向任何人告密都违背了犹太人的信条”[26]。

莫蒂默和雷蒙德想尽一切努力建立普渡·弗雷德里克公司。然而，亚瑟让他们相信，需要他们关注的不仅仅是普渡。雇用合适的专业人士来管理普渡，将会给他们留出空间去接手其他公司。这也能让他们留在幕后，他们都喜欢这种安排。

施耐德推荐了 32 岁的西摩·卢布曼（Seymour Lubman），一位有企业经验的药剂师。卢布曼加入了普渡，担任“销售和行政助理”。卢布曼只用 8 个月就成为公司的全国销售经理。[27] 公司的一号关键雇员是 60 岁的本杰明·施耐德（Benjamin Schneider），他是哈罗尔实验室的药剂师和销售经理，该实验室是一家总部位于加州的药物公司，由内分泌学家亨利·哈罗尔（Henry Harrower）创立。[28] 施耐德是布鲁克林本地人，在离亚瑟一家不远的地方长大。亚瑟很欣赏哈罗尔的母公司兰伯特经营的内部广告部门。该公司生产的李施德林漱口水用于消除口臭，成为一个轰动一时的产品。兰伯特在报纸和杂志上购买的版面最大，它将李施德林漱口水的销售额从 1930 年的 11.5 万美元提升到 20 世纪 50 年代中期的近 2 000 万美元。[29] 施耐德于 1953 年 6 月加入普渡，担任执行副总裁、总经理和董事会董事。[30] 不到一年，亚瑟就任命施耐德为普渡总裁。[31]

萨克勒兄弟很乐意让施耐德成为公司的公众形象。《纽约时报》后来报道 4 个在普渡工作了近 60 年的下东区女性，该报当时称施耐德是“一位药剂师大师，在 3 年前……接管了普渡和弗雷德里克”[32]。两栏的文章没有提到萨克勒兄弟。普渡宣布设立一个奖项“鼓励医生之间的医学思想在国际交流”，在媒体报道中，施耐德是唯一一位被提到的高管。[33] 几年后，该公司出售其位于克里斯托弗街 135 号的 200 多平方米的地块时，在转让文件上签

名的也是施耐德。[*,34,35]

在弗罗里希的医疗数据收集公司艾美仕市场研究公司，很少有人知道莫蒂默和雷蒙德在帮忙，也不知道这一商业概念是亚瑟·萨克勒提出的。麦克亚当斯的一名雇员戴维·杜波（David Dubow）和萨克勒三兄弟一样，也是在布鲁克林区长大的，他离开了亚瑟的广告公司，成为艾美仕市场研究公司总裁。[36]艾美仕市场研究公司错误地将杜波列为其创始人。

亚瑟比他的朋友和兄弟姐妹更喜欢复杂的商业安排。每当有一个新想法，他就会创建一个公司。有时他是公司法人，有时挂名的是他的妻子、兄弟、朋友，有时打着孩子的信托的名义。例如，《纽约时报》后来宣布普渡·弗雷德里克公司保留了所有品牌的医药广告联合公司时，似乎亚瑟所有的制药公司故意避免保留麦克亚当斯公司。[37]这是避免普渡公司提供的产品与麦克亚当斯强大客户销售的产品之间潜在利益冲突的最简单方法。但正如后来所揭露的那样，医药广告协会是他们在 1947 年成立的另一个实体（它与他们在 1945 年创建的同名公司药物研究协会是分开的）。[38]

玛丽埃塔不知道亚瑟的公司外壳游戏的所有细节，但她后来在回忆录中写道："他参与了越来越多的商业冒险，涉及与员工和同事之间越来越复杂的工作安排。他下班回家时已经筋疲力尽了。最轻微的刺激都会激怒他。"她观察到"不间断的白天和深夜会议"越来越耗费时间。[39]

玛丽埃塔观察到的"与员工和同事的复杂工作安排"引起了联邦调查局的注意。在写作本书时，我通过《信息自由法》获得的解密文件显示，联邦调查局调查了亚瑟的公司网络。它担心亚瑟的公司"可能已经成为共产党过去或现在成员的避难所"[40]。许多左翼记者在国会非美活动委员会传唤他们后被解雇，他们拒绝通过援引《第五修正案》反对自证其罪的权利来回答关

---

* 萨克勒兄弟第一次决定成为普渡的公众形象是在 1960 年。三兄弟说服美国市场营销协会（AMA）和他们一起发起了"普渡·弗雷德里克公司——美国医学协会会长奖"。这是为了表彰"对科学和国家整体福利做出贡献的人"。首个奖项给了 AMA 即将退休的会长路易斯·奥尔博士，莫蒂默在一年一度的 AMA 大会上提交了这份报告。

于政治背景的问题。[41] 参议员乔·麦卡锡在国会对政府和媒体中的共产党人进行政治迫害，引发了一场全国性的狂热，主流报纸和杂志记者几乎没有得到雇主的支持。《纽约时报》《旧金山纪事》和合众国际社等媒体因记者拒绝回答共产党员身份的问题而终止了记者的采访权。[42] 大多数被解雇的人再也没有在新闻业工作过。[43] 联邦调查局把矛头对准了亚瑟·萨克勒，因为他后来雇用了许多这样的人。

1956 年，联邦调查局特工在纽约的圣·里吉斯酒店会见了一位身份不明的线人，他是威廉·道格拉斯·麦克亚当斯公司的雇员。他警告特工们，亚瑟·萨克勒本人有"粉色同情心"[44]。线人告诉他们，在左翼政治圈子里，消息已经传开，萨克勒的公司是一个安全的谋生之地，同时可以试图重建被毁的职业生涯。

亚瑟·萨克勒的帮助是有限的。例如，编剧沃尔特·伯恩斯坦在 1950 年被好莱坞列入黑名单，因为他是《红色频道：广播电视对共产主义影响的报道》中 151 名演员、作家和广播记者之一，这本小册子旨在揭露"美国共产主义者对娱乐业的统治"[45]。1952 年 9 月，伯恩斯坦出现在纽约东 26 街 11 号，这里是 4 家萨克勒公司的所在地。[46] 伯恩斯坦会见了里奥·戴维斯，这位电影制片人在媒体披露他已经签署了共产党提名纽约候选人的请愿书后，找到了一份在 Medigraphics 公司的工作。[47] 伯恩斯坦缺钱，需要贷款和稳定的工作。戴维斯认为伯恩斯坦作为一位有才华的编剧，将是 Medigraphics 公司为萨克勒的制药客户开发宣传和教学电影的理想人选。一个月后，戴维斯告诉伯恩斯坦，Medigraphics 公司想雇用他。联邦调查局需要先洗清他的嫌疑。

伯恩斯坦看上去很吃惊："他们想要那个干什么？"

"Medigraphics 为美国政府制作医学电影。"

伯恩斯坦放弃了这份工作。*

伯恩斯坦是个例外，在大多数情况下，亚瑟·萨克勒雇用列入黑名单的

* 三年后，导演西德尼·吕美特帮助伯恩斯坦脱离了黑名单。1959 年，吕美特聘请他为索菲娅·罗兰的电影《红杏春深》写剧本。第二年，他创作了《豪勇七蛟龙》，但没有获得好评。

记者都没有遇到阻碍。联邦调查局的线人称，他怀疑麦克亚当斯的多名员工都有红色联系。他指出最近的一名雇员是报社记者戴维·戈登。戈登被纽约《每日新闻》解雇的第二天，出现在参议院内部安全小组委员会面前，拒绝回答他在《布鲁克林鹰报》工作时是否经营“共产主义报刊亭”[48]。

联邦调查局证实，戈登当时名叫亚历克斯·戈登，是MD出版公司的一名文员。[49]联邦调查局很快发现，许多被列为共产党同情者或曾经的积极分子都没有被他们注意到，因为亚瑟·萨克勒给了他们在刊物上匿名工作的机会。[50]

《纽约时报》解雇了外文编辑杰克·谢弗，因为他在国会被问及是不是共产党员时援引了《第五修正案》。他在《医学论坛报》找到了一份工作，这是一份面向16.8万名美国医生的双周刊免费报纸。[51]《纽约工人日报》前地方主编马克斯·戈登也在《医学论坛报》找到了工作。《纽约时报》的编辑梅尔文·巴尼特也是如此，他曾辩白自己在1942年之后已经退出组织，但在此之前的一段时间里，他援引了《第五修正案》。尽管巴尼特拥有哈佛大学的英语和古典文学学位，关于莎士比亚的论文也获得了荣誉，但其新闻生涯宣告结束。在《纽约时报》解雇他后，巴尼特只好去佛罗里达摘橘子，靠编辑微不足道的书籍来支付账单。然后一个朋友告诉他，威廉·道格拉斯·麦克亚当斯广告公司的亚瑟·萨克勒“雇用了麦卡锡时代失业的其他人”。[*, 52, 53]

联邦调查局在得知彼得·罗兹（Peter Rhodes，曾因可能的间谍活动接受调查）担任麦克亚当斯广告公司的撰稿人和编辑后获得了一些动力。罗兹曾是合众国际社记者，为战争信息办公室报道过二战。国会非美活动委员会的

---

* 当亚瑟·萨克勒无法向一位被列入黑名单的记者提供空缺岗位时，他会向比尔·弗罗里希寻求帮助。威廉·马克思·比尔·曼德尔是一名记者，他因为在国会非美活动委员会听证会上与参议员麦卡锡激烈交锋而闻名。当亚瑟·萨克勒提出个人请求后，他在弗罗里希那里找到了一份工作。卡罗尔·格雷策也是如此，她是一名女权活动家，后来成为全美堕胎权利行动联盟的主席，并于1969年当选为纽约市议会议员。当选后，她将自己在弗罗里希那里的工作量减少到每周三天。曼德尔的父亲海曼·罗伯特·曼德尔曾和亚瑟的朋友阿尔弗雷德·斯特恩一起在纽约市民住房委员会任职。

一个特别调查小组揭露罗兹在1940年的州和地方选举中签署了请愿书，在列出假地址后，他失去了工作。战争期间，一个联邦调查局监视小组跟踪雅各布·科洛斯到了罗兹位于西173街的华盛顿高地公寓。科洛斯是一位出生在乌克兰的革命者和苏联情报人员，也是美国共产党的创始成员。科洛斯负责招募外国特工。罗兹从未被指控从事间谍活动，战后他否认自己是苏联特工。[54] 负责这起案件的联邦调查局特工认为他在撒谎。

联邦调查局从麦克亚当斯广告公司的线人那里得知，罗兹后来去了欧洲，但没有回来。据信他在那里为麦克亚当斯广告公司工作，该公司是亚瑟为了满足外国制药客户的促销需求而开设的。此外线人还说，亚瑟聘请美国报业协会纽约分会的前执行副主席杰克·瑞安一事是罗兹负责的。在证人公开指认瑞安为共产党员后，他辞职了（他从未断然否认）。[55] 在国会非美活动委员会，当被问及工作时，瑞安说他是一名闲散的园艺家。但他出现在麦克亚当斯子公司——一家通信公司的工资单上。[56]

联邦调查局的线人提醒道，他已经“越来越怀疑今年夏天（1956年）亚瑟·萨克勒博士、弗里茨·西尔伯及其合作伙伴德·福里斯特·伊利博士和费利克斯·马蒂–伊瓦涅斯博士，以及公司会计路易斯·戈德伯特都在同一时间访问欧洲的真实目的，尽管名义上是去旅游”。这是马蒂–伊瓦涅斯的名字第一次出现。联邦调查局知道美国左翼分子尊敬马蒂–伊瓦涅斯，因为他曾在西班牙内战中与法西斯分子作战。

马蒂–伊瓦涅斯经常去瑞士看望亨利·西格列斯特医生，这位亲苏联的医生在联邦调查局宣布他有安全风险后离开了美国。[57] 告密者说，亚瑟“在游玩时见了罗兹”[58]。亚瑟的一些新雇员——弗里茨·西尔伯和海因茨·诺顿是“瑞安和罗兹的亲密伙伴”。这引发了有关间谍活动的猜想。线人发给联邦调查局总部的备忘录指出：“纽约办事处的档案反映亚瑟·萨克勒博士显然与怀疑是苏联特工的阿尔弗雷德·考夫曼·斯特恩有密切的商业联系。”[59]

联邦调查局认为，亚瑟·萨克勒的一些公司共用相同的地址和电话号码，这让人捉摸不透。[60] 高层管理人员过度热情。[61] 联邦调查局特工想知道复杂性是否为了隐藏真正的所有者和资金来源。[62]

我依据原始的公司注册文件、法律文件和税务文件，在交叉比对董事、律师、会计师、共享的办公室广告和电话号码后，可以揭露许多以前不为公众所知的萨克勒企业。在早期的一些冒险中，他们没有对联邦调查局隐瞒任何事情，而是相信如果每个公司在申请政府和私人基金时看起来都是独立的，那么获得研究资助的概率会更大。

1945 年成立的药物研究协会的文件中没有亚瑟·萨克勒的名字。[*, 63] 该协会的成立是为了寻求药物研究资助。直到 1957 年，亚瑟·萨克勒才作为董事出现在一份公司文件上，也就是治疗研究实验室。该协会还寻求私人和公共研究资助。[64]

萨克勒兄弟的策略奏效了。药物研究协会和治疗研究实验室一次又一次获得了私人和政府的资助，却没有人意识到二者都是由萨克勒兄弟控制的。

即使在三兄弟使用他们名字的情况下，他们也是从一个角度工作。例如，亚瑟被列为"欧普豪伊森中心克里德莫尔研究所主任"，尽管他已经多年没有正式进入该研究机构。欧普豪伊森中心的信头上写着"纽约东 50 街 130 号"，与麦克亚当斯公司的地址相同。另一次，杜邦的电化学部门给了亚瑟一笔慷慨赠款，用于氨基酸和胃分泌物的临床试验。在其 21 个主题的研究中，亚瑟得到了劳伦斯·索菲安博士的帮助，他被列为欧普豪伊森中心的"咨询病理学家和研究主任"。但并不存在这样的职位，尽管索菲安确实是麦克亚当斯公司雇用的两名医生之一。索菲安博士也是治疗研究实验室合并文件的负责人之一。[65]

获得研究资助只是兄弟俩创造的公司迷宫的一个原因。另一个原因是，伪装成不偏不倚的研究来传播对制药有利的信息。[66] 他们的新企业模仿了亚

---

* 药物研究协会最初将地址列为出生于布鲁克林的兄弟米隆和马丁·格林的律师事务所。马丁在 1947 年成立了萨克勒家族的第一个慈善基金会。格林兄弟和他们的办公室秘书都被列为 1955 年 2 月瓦德制药公司（一个月后更名为巴德制药公司）的唯一股东。瓦德的地址也是格林的下百老汇律师事务所。改为巴德制药公司后，其地址改为百老汇 259 号，即亚瑟·萨克勒的会计师路易斯·戈德伯特的办公室。

瑟·萨克勒《医学论坛报》的巨大成功。亚瑟·萨克勒承认自己是MD出版公司的董事长，也是医学广播电视研究所和医生新闻服务公司的总裁（两家公司都与麦克亚当斯和其他公司共用纽约东59街130号的三层楼）。[67] 亚瑟·萨克勒和弟弟们一道，共同持有布鲁克林医学出版社（1942年）、血管研究基金会（1950年）、美洲医学出版社（1952年）和国际医学出版社（1952年）的大量股份或全部所有权。[68]

1952年收购专利药公司普渡·弗雷德里克是他们宏伟计划的核心。然而，他们对普渡的所有权并不透明，最初挂名的是两名律师和一名会计师。[69] 1955年纽约巴德制药公司也是如此。[70] 三兄弟在收购普渡制药后仅三年就开设了第一家跨国子公司。[71] 蒙迪法制药有限公司和达拉非制药有限公司于1955年8月在伦敦开业。[72] 很快又在瑞士巴塞尔成立了蒙迪法AG制药。[73] 两家伦敦公司共用一个地址，这也是美国业务的典型特征。[74] 至于瑞士公司，其地址将与2019年在瑞士开设的15家未来与亚瑟·萨克勒有关联的蒙迪法品牌公司相同（其中12家仍在运营）。[75]

尽管有怀疑，联邦调查局从未有机会调查亚瑟·萨克勒的生意。它忙于调查共产主义国内渗透和可能的间谍活动，必须不断地对案件优先级进行排序。在没有任何新证据的情况下，对亚瑟·萨克勒及其公司员工的调查陷入了僵局。办案人员注意到亚瑟·萨克勒的左翼倾向和他对共产党的帮助。关于他和他兄弟的档案仍然是公开的。[76]

12 木偶大师

联邦调查局不知道的是，不论注册文件上写的公司所有者是谁，它们都处于亚瑟·萨克勒的掌控之中。亚瑟·萨克勒的家人、朋友和生意伙伴关系紧密，他是一位天生的木偶大师。[1]这意味着他对刚刚起步的业务的各个方面都提出了广泛的建议。亚瑟鼓励弗罗里希创建一系列新公司，有时名称相似，这些公司在扩张时可能会派上用场。[*,2]他说服弟弟们在普渡·弗雷德里克公司生产线上添加两款产品，一款是处方药耵聍清洗剂，另一款是天然泻药草本通便丸。亚瑟还为莫蒂默和雷蒙德设定目标，继续对精神疾病的器质性原因进行临床研究。

亚瑟专横的方式偶尔会让弟弟们愤怒。亚瑟的帮助有时是微观管理（微观管理者会监视及审核每一个步骤）的委婉说法。令人厌倦的家庭动态是，亚瑟帮助他们之后，就像他为其支付医疗教育费用或出资普渡·弗雷德里克公司那样，他让两个弟弟觉得就像是重头戏中的小角色。

与此同时，每个人都认为亚瑟有本事赚钱。亚瑟告诉马蒂-伊瓦涅斯和弗罗里希，1955 年辉瑞推出四环素不仅是他在土霉素方面取得巨大成功的

---

* 除了弗罗里希医疗广告公司，很快就有了 Intercon 公司、Intercon 国际公司、艾美仕市场研究公司、Shelfco 贸易公司、IMI 清算公司和 IMTD 公司，其办事处大多位于纽约东 51 街 34 号，与弗罗里希的广告公司地点相同。

一个机会，也是测试他们平行业务协同作用的一个契机。[*, 3, 4]

亚瑟及其麦克亚当斯广告公司突破了医药广告中对四环素（辉瑞生产的四环素制剂商品名是“Tetracyn”）的限制。弗罗里希偷偷告诉亚瑟艾美仕市场研究公司收集的处方数据。这有助于锁定那些经常开处方的医生，他们最有可能是新药的早期使用者。数据还显示，因为“辉瑞的质量和服务塑造了它在医生中的声誉和形象”，医生们乐于接受辉瑞的新产品。[5]

马蒂–伊瓦涅斯太忙了，导致患上了“头痛和失眠”，他作为麦克亚当斯的秘密顾问，帮忙解析艾美仕市场研究公司的数据，还在《医学百科全书》上发表鼓吹四环素的学术文章。[6]一些在马蒂–伊瓦涅斯负责的杂志上发表文章的研究人员抱怨说，他们的研究被重新编辑，其中“反复引用辉瑞的产品”，“给人的印象是，文章是为辉瑞而不是为医生写的”。[7]

在弗罗里希的处方数据和马蒂–伊瓦涅斯杂志封面的帮助下，亚瑟的推广帮助四环素销售远超辉瑞本已很高的预期。仅仅两年多，四环素就成为美国医生开出处方最多的广谱抗生素。[8]

立达公司意识到四环素只是对金霉素的一个原子进行更改后，起诉了辉瑞，同时以“Achromycin”为名，申请自己的四环素专利。[9]这鼓励了其他制药公司重新检查早期的实验室研究，以确定科学家是否也分离出四环素，但没有认识到它是一种独立药物。[10]一位业内分析师称之为“同一物质的惊人巧合”，百时美、施贵宝和海登化学提起诉讼，试图使辉瑞专利无效。[11]每个制药公司还分别申请专利，声称它们是自己品牌的四环素的合法所有者。[12]

这些公司做好了准备，以进行旷日持久的法律战。立达的母公司美国氰胺公司以超过账面价值60万美元的价格收购了海登的专利。[13]施贵宝和厄普约翰这两家对四环素专利没有科学主张的公司，同意支付百时美的诉讼费

---

* 在辉瑞和萨克勒为四环素上市做准备时，制药公司竞争对手联合起来，发起了一场反对药剂师用类似药物替代处方药的运动。如果药剂师取代了竞争对手的版本，那么保护公司独家销售权的药品专利又有什么好处呢？制药业的密集游说活动在几年内说服了美国44个州通过立法，禁止药剂师使用替代药物。

用，一旦百时美获胜，它们大批量购买该药物便可得到可观的折扣。[14]

随着制药业在五年内达到年销售额 20 亿美元的里程碑，围绕四环素所有权的法律之争引起了美国国会的关注。[*, 15, 16] 众议院政府运作委员会开始了一项为期两年的调查，调查联邦贸易委员会和食品药品监督管理局是否做了足够工作来监管制药公司的治疗声明。[17] 纽约国会议员维克托·安福索呼吁联邦贸易委员会"进行一次全面的调查"，以确定公司是否把赚取利润优先于医治病人，并确定是否存在真正的价格竞争。

联邦贸易委员会绝对有资格进行这样的调查。20 世纪初，联邦贸易委员会就对石油和钢铁行业进行了备受称赞的调查。事实上，几年前联邦贸易委员会就对制药业展开了初步调查。调查由耶鲁大学法学院的一位教授推动，他注意到，他在当地药店开抗生素处方时，三个品牌的同一类药价格一样。这让他感到困惑，因为这些药由不同的公司生产，生产成本和开发成本也不同。这位教授后来与联邦贸易委员会的一位工业经济学家结婚，他在将所见告诉妻子之后，后者开始了正式调查。[18] 但是联邦贸易委员会没有给予足够的资金和人员来进行认真的调查。安福索和许多民主党同僚打算改变这一点。他们批准了联邦贸易委员会要求的预算——430 万美元。1955 年底，联邦贸易委员会发起了一场声势浩大的全新调查，调取了数万份公司文件。[19] 这些文件提供了一个难得的视角，揭示了制药公司竞争对手是如何分割市场并阻挠新公司的。

联邦贸易委员会的调查是制药公司那一年面临的几大公关难题之一。事实证明，制药公司很难保持其战后的无私形象：共享科学研究，研发拯救数百万人生命的药物。虽然有了更多的实验室突破，如抗生素红霉素（1952 年）、合成可的松（1954 年）、抗精神病药氯丙嗪（1954 年）、利血平（1955 年）、口服降血糖药甲糖宁和氯磺丙脲等，但没有一种药物能比得上青霉素在医学界引起的震动。[20]

---

* 行业销售额超过 20 亿美元时，处方药只占 300 万美元。制药公司已经销毁了专利药的任何痕迹。它们还没有开始专注于非处方药市场，在未来几十年里，非处方药将是收入和利润的重要组成部分。

另一个问题是，在 20 世纪 50 年代，一些创新的重要性不会立即显现。例如，生物技术公司花了 40 多年时间才把朱达·福克曼（Judah Folkman）对循环系统的研究转化为血管生成抑制剂疗法，这是一种抑制肿瘤血管生成的药物。[21]1953 年，意大利医生丽塔·莱维-蒙塔尔奇尼（Rita Levi-Montalcini）在华盛顿大学从培养基中分离出神经生长因子（NGF）。25 年后，斯坦福大学和康奈尔大学的科学家利用神经生长因子基因工程来开发药物，用于治疗癌症和导致失明的眼疾。直到 1986 年，莱维-蒙塔尔奇尼才因为发现神经生长因子而获得诺贝尔奖。[22] 同样的故事也发生在来自惠康制药的两位生物化学家身上，1953 年，他们通过阻断酶的活性来开发有效治疗白血病的药物，然而收获甚微。35 年后，两人获得了诺贝尔奖，他们通过研究开发出免疫抑制药物，使器官移植成为现实，并为一系列严重的自身免疫疾病提供治疗。[23] 最后一个例子：一名英国研究人员在 1957 年发现了干扰素，但 30 年后基因克隆技术才将干扰素转化为一种有效的抗肿瘤药物。[24]

1955 年 4 月，联邦政府选择生产脊髓灰质炎疫苗的四家制药公司之一卡特药厂（Cutter Laboratories）运送被活病毒污染的疫苗时，实验室的任何进展都黯然失色。西部五个州的 40 000 多名儿童患上脊髓灰质炎，200 名儿童永久瘫痪，10 名儿童死亡。[25]

如今以驱虫剂闻名的卡特药厂，并没有遵循乔纳斯·索尔克（Jonas Salk）用甲醛灭活病毒的方案。负责测试疫苗的国家卫生研究院流行病学家在卡特药厂的疫苗中发现了活病毒，提醒研究院院长注意，院长却无视她的发现。[26] 已被美国家用产品公司收购的惠氏公司，其成功产品包括非处方镇痛药安乃近（Anacin）、痔疮治疗药膏（Preparation H）、黑旗牌杀虫剂和柏亚迪厨师牌罐装意式小方饺，也生产活病毒疫苗。在发现活病毒的疫苗中，只有卡特药厂的疫苗让人染病。[*, 27]

---

* 出于对索尔克疫苗安全性的担忧，1963 年阿尔伯特·萨宾博士用脊髓灰质炎活病毒制出的疫苗取代了它。新疫苗可以口服，但是危险性较高，偶尔会有少数病人因此患上脊髓灰质炎。该疫苗在全美推广之前，当时的比属刚果对大约 100 万人进行了人体试验。

这一致命错误促使卫生局局长呼吁对疫苗生产进行更严格的检测和安全操作规程。国家卫生研究院疫苗管理部门的员工在一年内从 10 名增加到 150 名。[28] 制药公司首次在国会辩论上成为焦点。关于应该实施怎样的安全措施来防止灾难再次发生，监管者指责制药公司因担心严格的法律监管而一再抬高生产成本。[29]

在联邦贸易委员会的领导下，众议院政府间关系小组委员会开始对生产疫苗的公司进行广泛调查，不仅调查制药公司是否为了省钱而降低安全性，还调查是否存在固定的疫苗价格。制药业有理由担心，两大政府调查将不可避免地导致行业声誉受损。

更多坏消息出现在 1955 年 12 月令人侧目的纽约刑事审判中。[30] 陪审团认为，律师兼私人侦探约翰 · 布罗迪（John G. Broady）是一起窃听著名政治家和商人电话的阴谋的“主谋”，应被判入狱。[31] 在有关市政厅肮脏伎俩的头版报道中，有一个次要情节涉及制药行业最高层的商业间谍活动。

布罗迪的一个客户是辉瑞法律总顾问罗伯特 · 波特（Robert Porter）。波特曾支付布罗迪 60 000 美元（相当于 2018 年的 572 000 美元）监视几十名辉瑞高管，以及窃听施贵宝和百时美公司总部的电话。[32] 百时美抓住这一证词，试图利用它在进行的四环素诉讼中来对抗辉瑞。[33] 辉瑞的法律总顾问宣誓，否认他下令进行任何间谍活动，但百时美威胁要起诉，声称辉瑞的四环素专利是通过窃听机密数据非法获得的。

辉瑞的首席执行官约翰 · 麦基与百时美副总裁弗雷德里克 · 施瓦茨举行了一次会面（18 个月后，施瓦茨将成为该公司第一位非家族成员的总裁）。

麦基说服百时美暂停其法律行动，与此同时，争夺四环素专利权的五家公司加倍努力协商解决方案。几个月的激烈谈判达成了 1956 年 3 月的全面协议，结束了专利局和联邦法院的诉讼。立达、施贵宝、百时美和厄普约翰承认辉瑞专利的有效性。辉瑞和立达已经秘密达成一致，无论哪一方在专利申请中获胜，另一方都将撤回诉讼，以换取有利的许可协议。[34] 辉瑞执行了一系列复杂的交叉许可、转让和分销协议，允许这些公司销售自己品牌的四环素，立达的优惠条款比其他公司更好。[35] 让行业分析师绞尽脑汁的是，这五家竞争对手是否会很快进行同样残酷的价格战，而压低折扣已经使青霉素和链霉素市场的利润大幅下降。[36] 四环素只有在价格保持稳定的情况下才能实现其底线承诺。

和解之后，五家公司统一按照 5.1 美元的标准价格出售四环素胶囊（一盒共 16 粒，每粒 250 毫克）。这是辉瑞和立达设定的价格，药品不同的生产成本对此并无影响。[37] 厄普约翰和施贵宝没有制造该药所需的原料，而是向百时美大量购买，这使得厄普约翰和施贵宝的制药费用比竞争对手高出三倍。尽管如此，两家都没有对四环素设定更高价格。[38] 在对联邦和州政府合同进行密封投标时，所有公司都给出了相同价格。在其他 13 个销售这种药物的国家，价格也没有变化。[39] 这五家公司控制了市场，获得了数百万英镑的收益。澳大利亚商业监管和白领犯罪教授约翰·布雷斯韦特（John Braithwaite）总结说，接下来 10 年，价格没有变化，"要么是价格操纵的结果，要么是难以置信的巧合"[40]。

以制药业第二大市场皮质类固醇为例，可以看出四环素的固定价格肯定不对劲。先灵在 1955 年获得了强的松专利，声称强的松效力比以前的可的松强数倍。默克、辉瑞、厄普约翰和帕克–戴维斯药厂各自申请了强的松专利，并对先灵获得的专利提出抗议。就像对待四环素一样，这些公司通过一系列复杂的交叉许可和特许权协议解决了争议。五个所谓的竞争对手将价格保持在每 100 片 5 毫克的药片定价 17.9 美元。一家墨西哥制药公司辛泰克斯（Syntex）以美国公司五分之一的价格出售大量强的松，由此引发了一场价格战。[41]

辛泰克斯没有等同四环素的药物。结果，这些公司的毛利率超过了 75%。辉瑞和立达占有一半的广谱抗生素市场。[42] 立达的抗生素利润抵消了表现不佳的药品部门的损失。战争结束以来，辉瑞的收入增长了 600%，四环素占其利润的 80% 以上。[43] 制药公司利用这笔巨大的回报，投入一部分用于扩张，在接下来的 10 年里，它们将扩张成为强大的跨国企业集团。[44]

13 冒牌医生

20世纪50年代中期，亚瑟·萨克勒以及“医药大道”的合作伙伴已不仅限于竞争四环素了。他们开始专注于所谓的固定剂量抗生素联合用药（复方抗生素）。这种做法既有强有力的支持者，也有持怀疑态度的批评者。倡导者认为，抗生素与其他药物结合时，产生的药物可能比单独使用任何一种药物副作用更少、药效更强。一些专家，如感染病研究员霍巴特·赖曼（Hobart Reimann），认为固定组合（他提议称之为“多元复合剂”[multimycetin]）可能比青霉素更具革命性。[1]反对者认为该理论存在基础缺陷。怀疑论者认为，任何固定的组合都不可能比抗生素本身更有效。一些人担心，随着时间的推移，联合用药可能会相互拮抗，导致严重的长期副作用。

这不是一个新的开端。20世纪40年代末，在实验室中，磺胺和青霉素的联合用药在治疗一些常见感染方面效果更好。然而，这种方式从未推广上市，因为磺胺成分加大了副作用。后来，6家制药公司的研究人员尝试了数百种组合，但都没能让一款组合药从实验室走向市场。

尽管如此，医药大道仍然雄心勃勃。1956年初，马蒂-伊瓦涅斯写信给萨克勒，声称固定剂量复方抗生素“是应对目前青霉素和链霉素价格下降趋势的手段”[2]。他们充满信心的原因是，辉瑞很快能够得到食品药品监督管理局对该行业首款固定剂量复方抗生素——四环素-竹桃霉素复合剂

（Sigmamycin）的批准。

1956 年 6 月，马蒂–伊瓦涅斯在纽约举行了年度抗生素研讨会。食品药品监督管理局抗生素部门的负责人亨利·韦尔奇在这场主要由研究人员、学者和临床医生参加的聚会上做了开场白。[3] 他热情地支持固定剂量复方抗生素，这让许多人感到惊讶。[4]“我们现在很可能处于抗生素治疗的第三个时代。”韦尔奇说。[5]

回到华盛顿后，韦尔奇在部门内指派了一个小组来收集支持他大胆结论的数据。

除了少数几个朋友之外，没有人知道韦尔奇的支持是由亚瑟代表辉瑞精心策划的。亚瑟说服了马蒂–伊瓦涅斯，如果辉瑞广告人员及麦克亚当斯几个最好的撰稿人对韦尔奇的讲话进行编辑，他们都会受益匪浅。亚瑟建议辉瑞大量购买这个精彩演讲的复印本，因为四环素–竹桃霉素复合剂离上市只有几个月了。亚瑟创造了“抗生素疗法的第三个时代”这一说法，以预示新药的到来，这也成为辉瑞宣传活动的口号（几年后，这一丑闻被公开，一位 26 岁的医学生为“美化”韦尔奇的致辞背锅，他当时在辉瑞小小的市场部门做广告文案以赚取学费）。[6]

亚瑟兑现了诺言。辉瑞购买了 23.8 万份韦尔奇开场白的复印本。[7] 出版商是由马蒂–伊瓦涅斯和韦尔奇发起的医学百科全书出版社。二人宣布付费订阅杂志《抗生素药物》将免费发行。赞助资金从何而来？“还有比制药业更好的行业吗？”马蒂–伊瓦涅斯在披露将会获得药品广告支持时问道。[8] 第一期超过 16 万份杂志发给医生和有影响力的非专业人士。

马蒂–伊瓦涅斯和韦尔奇还推出了新月刊《医学新闻杂志》。这份杂志印刷精美，主要提供最新的业内新闻。[9] 莫蒂默·萨克勒被任命为编委会主任。麦克亚当斯出售了这些广告。[10] 韦尔奇写信给萨克勒，恳求他“额外推动”所有制药客户让广告业务大赚特赚。[11]

韦尔奇公开支持固定剂量复方抗生素背后的科学，这令辉瑞格外兴奋。辉瑞在 1956 年 11 月推出四环素–竹桃霉素复合剂的时机恰到好处。在实验室中，四环素–竹桃霉素复合剂对致命的肺炎链球菌特别有效。萨克勒采用了相同的侵略性策略，这些策略在推广土霉素和四环素时尤为成功。在一次大规模的直接面向医生的全国性邮寄活动中，辉瑞不用随机临床试验来宣传其药物，而是依靠医生的个人经验。“每一天，每个地方，越来越多的医生发现四环素–竹桃霉素复合剂是首选的抗生素疗法。”这是免费样本附带的华而不实的广告宣传册上的标题。[12]

辉瑞在11月份《抗生素药物》杂志上刊登了长达四页的醒目广告。在随后的一篇社论中，韦尔奇称赞四环素–竹桃霉素复合剂成分药物具有“突出的辅助作用”[13]。这很难不让人把他的话看作食品药品监督管理局抗生素部门主管为产品背书。

这篇社论引发了对韦尔奇双重角色的批评。许多科学家认为，任何政府监督机构都不应该赞助一个以营利为目的的私人研讨会。尽管食品药品监督管理局将在次年结束其在马蒂–伊瓦涅斯和韦尔奇的年度抗生素研讨会中扮演的角色，但它并没有控制住韦尔奇。食品药品监督管理局相信韦尔奇的承诺：他仍然只收到一小笔酬金。

亚瑟让弗罗里希和马蒂–伊瓦涅斯承担起责任，阻止食品药品监督管理局上司对韦尔奇的任何询问。处于巨大个人压力之下的亚瑟没有参与其中，也没有和商业伙伴分担这一责任。就在几个月前，一名好莱坞制片人在国会做证称阿尔弗雷德·斯特恩及其妻子玛莎·多德是苏联间谍，这一证词震惊了国会非美活动委员会。那时候这对夫妻已经逃到了布拉格（他们再也没有回到美国）。[14] 亚瑟担心联邦调查局会沿着他与斯特恩的友谊这条线索调查下去，其担心不无理由。亚瑟有时会去康涅狄格州里奇菲尔德的避暑别墅拜访二人，斯特恩夫妻俩也是在那里见苏联特工的。[15] 联邦调查局还会打电话来，但那是四年之后的事了。

亚瑟一方面担心他和这对逃亡夫妻的友谊会带来什么后果，一方面依靠一位同事所称的“坚定不移的自律性”重新专注于经商。1955年，莫蒂默和雷蒙德从波士顿格雷制药公司购买了L–谷氨酰胺、4种带商标的“治疗处方药”和 8 种相关专利的所有权。[16] L–谷氨酰胺是一种专有混合物，格雷将其吹捧为“最佳剂量的 L–谷氨酸钠，加上治疗剂量的血管扩张剂烟酸和辅酶，以及其他必要元素”。

《星期六评论》的科学编辑约翰·里尔直言不讳：“用非专业人士的话来说，就是用常见的肉类调味料（谷氨酸钠）加上维生素 B。”有了萨克勒提供的战略建议，莫蒂默和雷蒙德成立了谷氨酰胺公司，并希望食品药品监督管理局批准 L–谷氨酰胺作为一种药品。[17] 食品药品监督管理局表示没有必要批准，因为其主要化学成分无害，维生素 B 也不是处方药。食品药品监督管理局警告萨克勒兄弟，不要向公众发布任何治疗声明的广告。[18]

萨克勒找到了规避方法。尽管 L–谷氨酰胺不用列入处方药，但麦克亚当斯开展了一项只针对医生的推广活动。一些行业观察人士认为，向不能开该药处方的医生宣传非处方药是浪费时间和金钱。“这是一个很大的误解，”理查德·斯珀伯（Richard Sperber）说，他后来指导了先灵葆雅凭处方出售的非处方药产品，其中包括鼻喷雾剂鼻福灵和感冒药柯利西锭（Coricidin HBP），“你得靠口碑创造需求。我们广泛宣传自己的非处方药系列，不惜去到诊所、药剂师和护理协会。由专业的医生告诉消费者服用某种药丸，这会给消费者带来安慰。”[19]

萨克勒为 L–谷氨酰胺所做的第一个广告是用炭笔画了一对老年人。萨克勒认为，许多医生可能会愿意为那些抱怨情绪低落、记忆力下降或脑雾的病人配药，他们的病情还不算严重，不需要更多强效安定药。广告承诺每天“在西红柿或其他蔬菜汁中加入一茶匙粉末”能够“改善大脑新陈代谢”。《星期六评论》的约翰·里尔指出：“三位精神病学家、专业人士，怀着对精神疾病指导近乎敬畏之意，齐心协力推出一种混合了维生素的调味剂，以此阻止令人深觉可悲且痛苦的大脑衰退。”[20]

《美国医学会杂志》拒绝刊登 L–谷氨酰胺广告。这对萨克勒兄弟来说不是问题。他们成立了一家公司（医学界的宣传制作公司），看起来是一个独立的营销公司。[21] 还在萨克勒的《医学论坛报》上登广告，免费分发给全国的医生。L–谷氨酰胺出现在新发行的《医学新闻》周刊上。这一周刊面向35 000名医生，他们有些是医学院教师，有些是医院职员，有些在军队服役。[22]广告最终投放在15种医学杂志上，萨克勒兄弟与这些杂志都有业务联系。[23]

萨克勒兄弟一开始销售L–谷氨酰胺就大获成功。L–谷氨酰胺制造成本低廉，加价好几倍售出，收益丰厚。

萨克勒兄弟在马萨诸塞州的贝德福德退役军人疗养院安排了一项L–谷氨酰胺的临床研究。建于1928年的贝德福德退役军人疗养院是一个精神病院，其中的大量老年患者被诊断为精神分裂症。莫蒂默和雷蒙德是贝德福德疗养院的首席精神科医生路易斯·芬克的朋友。[24]该研究涉及几十名平均年龄63岁、入院治疗20年之久的患者。所有人每天都喝一杯番茄汁，其中一半掺入了L–谷氨酰胺。包括芬克在内，没有人知道哪些病人喝了混合蔬果汁。

结果富有戏剧性。在波士顿心理学教授里奥·雷纳的参与下，芬克报告73%服用L–谷氨酰胺的患者"显著改善"。病人的"行为和外观大有改观"，一些人停止争吵，一些人多年来第一次开始自己穿衣和吃饭。对于一些病人来说，进展如此显著，使得他们被转送正规疗养院继续治疗。研究人员得出结论，对"低风险老年患者"来说，L–谷氨酰胺"安全，没有不良副作用"[25]。

该研究结果发表在《临床和实验精神病理学杂志》1958年3月刊上。一份新闻稿让其成为全国报纸和杂志的关注焦点："蔬果汁中的化学物质有助于治疗精神疾病"（《纽约时报》），"男性精神病患者的重要新药"（合众国际社），"对国家过度拥挤的精神病院来说是一场及时雨"（美联社）。[26]

没有人意识到这里面有许多潜在的利益冲突。《临床和实验精神病理学杂志》归萨克勒兄弟所有。萨克勒是主编，马蒂–伊瓦涅斯是国际编辑，信头写着莫蒂默和雷蒙德是公司的董事。

1958年3月21日，也就是萨克勒的精神病学杂志报道临床试验结果的同一个月，纽约证券交易所收到一份股票上市申请，编号为A–17508，申请增发7万股家用产品制造商凯微公司（Chemway Corp）的普通股，用于收购谷氨酰胺公司。[27] 股票以凯微公司7美元的市场价格发行，萨克勒兄弟从中为其单一产品公司赚了50万美元。[28] 这只是对前三年150万美元销售额的锦上添花。[29] 凯微公司将L–谷氨酰胺置于药品部门克鲁克斯–巴恩斯（Crookes–Barnes）之下。参议院调查委员会后来认定克鲁克斯–巴恩斯是一家"部分归萨克勒所有的公司"。1955年7月，凯微从莫蒂默和雷蒙德那里买下了它，萨克勒是董事之一。[30]

临床试验显示，L–谷氨酰胺有望治疗甚至逆转老年患者的精神分裂症，这是同类试验中的首次，这个结果最终促成了凯微的收购，不过再也没有被复制过。近年来，研究人员得出结论，摄入过量谷氨酸可能会引发精神分裂症。[31] 但是为什么萨克勒兄弟进行的L–谷氨酰胺研究（其成果发表在他们创办的杂志上）能够得出完全不同的结果？这么多年过去了，仍旧没有人能给出明确答案。顶尖药理学专家约翰·布伦南的看法是，萨克勒兄弟购买其产品时，他担任的是格雷制药公司的总裁。他后来告诉波士顿肯德尔公司的一位同事："有人伪造了数据。"[32]

萨克勒兄弟对无法成功复制L–谷氨酰胺试验根本不在乎。对萨克勒兄弟来说，重要的是，不到三年，L–谷氨酰胺的回报超过了200万美元（相当于今天的1 830万美元）。

政府监管机构原本可能会注意到这一点，但它们却把重点放在了调查规模大得多的公司以及更广泛的竞争和定价议题上。萨克勒兄弟为谷氨酰胺公司谋划致富之路时，联邦贸易委员会正在对制药业进行为期三年的调查。萨克勒兄弟将谷氨酰胺公司出售给凯微后仅仅几个月，联邦贸易委员会发布了充满严厉批评的《抗生素生产的经济报告》，内容长达361页。[33] 其结论是，多年来所有四环素品牌的统一定价并非偶然，而是非法串通的结果。

弗罗里希曾夸口说："制药业的竞争热情能够温暖亚当·斯密的心。"接下来的一个月，这一观点受到考验。联邦贸易委员会对辉瑞、立达、百时美、施贵宝和厄普约翰等公司提起了一项全面的反垄断诉讼，指控它们暗中操纵四环素的价格，并利用交叉许可协议将其他公司排除在市场之外。[34] 联邦贸易委员会还指控辉瑞向专利局隐瞒了关键信息，欺诈性地获得专利垄断权。诉状声称，得知辉瑞的这一隐瞒行为后，四个竞争对手并没有向监管机构报告，而是勒索辉瑞瓜分四环素市场。[35]

联邦贸易委员会提出定价指控后，证券交易委员会也发布了一份报告，披露制药公司的平均利润比其他制造业高出一倍以上。[36]

弗罗里希认为，制药公司应该获得更高利润率，因为药品销售在第二次世界大战期间一直处于低迷状态，直到 20 世纪 50 年代，“药品销售的增长才是国民生产总值增长的三倍左右”。在最畅销的药品中，有一半上市才不到五年，根据萨克勒的说法，这意味着创新驱动利润。[37] 虽然萨克勒、弗罗里希和他们的许多同事对证券交易委员会的报告不屑一顾，但关于制药公司的巨额利润却是全国媒体的头条新闻。这强化了人们对药品价格过高的看法。

就连一些著名的医学专家，也对制药公司执着于利润的后果提出警告。马克斯·芬兰是一位受人尊敬的哈佛研究员，领导了青霉素治疗肺炎的研究，他警告说制药公司已经失去初心。芬兰建议，制药公司应该在一些时候重新聚焦于寻找治疗方法，而不是仅仅通过销售来判断成功与否。[38] 芬兰正确地预测到，未能关注对患者最有利的事情，意味着制药公司激怒公众并招致更强的政府监管只是时间问题。[39]

制药公司处于守势。制药公司反驳道，认为它们痴迷于利润的观点不正确，芬兰呼吁将公共服务放在比利润更重要的位置也不恰当，因为自第二次世界大战结束以来，研发已经花费了制药公司 6 亿美元，它们在短短三年内一共推出了 400 种新药。[40]

约翰·里尔在《星期六评论》发表了《从神奇药物中提取奇迹》的文章，在该文看来，这些声明并无诚意。文章发表的同一个月，证券交易委员会报道了制药行业的巨额利润。里尔揭露制药公司一点都不高尚，他强烈指控称，“过分热情，有时带有误导性的……大规模广告宣传压力”鼓励医生开出过量抗生素。[41] 这种广泛的过度使用已经使一些普通微生物变成了病原体。里尔透露，从1954年到1958年秋天，医院已经有500例耐药性葡萄球菌感染的流行病。最致命的疫情导致得克萨斯州一家医院22名患者死亡。里尔采访的许多医生承认抗生素耐药性是一个全国性问题。然而，他是第一个在全国性刊物上报道此事的人，因为“医疗当局以需要医院护理的人会被吓跑为由，不鼓励媒体及相关人士来传播这一事实”[42]。

里尔对那些鼓励过量开具抗生素的广告商和营销公司提出了最严厉的批评。他指出，尽管一些制药公司“传统上对其药品的促销主张持谨慎态度”，但该行业“受到了冲击……麦迪逊大街‘强行推销’的冲击”，此类强行推销依靠“大量资金”以及“零促销限制”。[43] 由于青霉素在上市的头十年里无需处方，问题变得更加严重。[44]

里尔指控说，随着固定剂量抗生素的引入，营销过度已经达到了狂热的程度。在里尔曝光之前，辉瑞的四环素–竹桃霉素复合剂已经上市三年。竞争对手已经用自己的产品——69种固定剂量的抗生素做出回应。[45] 里尔认为，研究表明，没有一种化合物能提供优于单一抗生素的治疗优势，何况这种组合“有时很危险”[46]。

至于四环素–竹桃霉素复合剂，里尔怀疑广告中引用的所有临床研究都是指发表在马蒂–伊瓦涅斯的医学杂志上，并由食品药品监督管理局的亨利·韦尔奇编辑的报告。萨克勒是编委会的顾问。[47]

一天晚上，里尔在其实验室会见了一位身份不明的“杰出研究医师”。（医学历史学家斯科特·波多尔斯基认为匿名告密者是哈佛大学的马克斯·芬兰，波多尔斯基称之为“事实上的链球菌性咽喉炎”。）[48]

“他拉开了几个装满药品样本和广告的抽屉，”里尔回忆道，“‘看看这些东西！’他对我说，然后继续说广告的很大一部分是误导性的——事实上，有些是彻头彻尾的欺诈。”

“你要错过一个爆炸性新闻了。为什么不深入调查呢？”医生对里尔说。

“有足够信息的话，我会调查的。”[49]

医生从抽屉里拿出一个文件夹，里面的广告页上横着写了一行粗体字：

"每一天，每个地方，越来越多的医生发现四环素-竹桃霉素复合剂是首选的抗生素疗法。"

里尔说："横幅下方是美国8位医生的职业名片，附上地址、电话号码和办公时间。这位医生说，他曾亲自用四环素-竹桃霉素复合剂进行过一些实验。有一次，他写信给8位医生，询问他们在临床试验中使用这种药物的结果。说这话时，他把手伸进一个抽屉，拿出8个信封，都盖着'退回寄件人——无人认领'的邮戳。我问他是否可以将其经历报道出来，他说他不能以任何形式曝光。然而他指出，我可以亲自给那些医生写信。"[50]

里尔于是写信给那8位医生，询问他们为什么对四环素-竹桃霉素复合剂感兴趣。他也遇到了同来访医生一样的问题，卡片上的电话号码是假的，地址是伪造的。这些"医生"都是假冒的，根本不存在。[51]

里尔的发现让萨克勒和辉瑞首席执行官约翰·麦基一时处于舆论中心。麦基在杂志办公室拜访了里尔，并声称他很晚才明白广告存在如此大的误导性。他向里尔保证，辉瑞已经采取措施避免这种情况再次出现。萨克勒则把冒牌医生归咎于一个过于热情的撰稿人。[52] 在接下来的一个月，里尔采访了韦尔奇，向他施压，询问他与马蒂-伊瓦涅斯的财务安排是否存在利益冲突，因为他是联邦首席抗生素监管员。韦尔奇再次承诺，其所有非政府工作只收取了象征性的酬金，就像以前向食品药品监督管理局承诺的一样。[53]

里尔的文章引发争议，迫使食品药品监督管理局采取行动。1958年10月，韦尔奇的上司决定，尽管他是一个"杰出科学家"，不存在"利益冲突"，但如果他辞去外部编辑职务会更好。[54] 但一切为时已晚。里尔对冒牌医生的严厉揭露促使联邦贸易委员会对一家制药公司提起了有史以来第一次不正当竞争指控（联邦贸易委员会初审认定辉瑞有罪，但拒绝做出任何处罚，因为辉瑞承诺不再这样做）。[55]

更多坏消息出现在1959年12月。食品药品监督管理局宣布，三种非处方清洗耵聍的产品"自愿从市场上撤出"。被迫做出这一决定是因为几个月来，媒体报道患者出现了令人担忧的副作用。召回的产品包括美国最畅销的滴耳剂（主要成分是三乙醇胺多肽油酸），这是普渡·弗雷德里克公司最成功的产品之一。萨克勒兄弟着手对滴耳剂进行轻微调整，以使三乙醇胺多肽油酸重新上架（一种“全新改进版”在一年内上市，仍然占据市场首位）。

然而，对制药公司来说，当月最糟糕的消息并不是一些非处方药的召回，而是整个行业都成了雄心勃勃的田纳西州参议员埃斯蒂斯·基福弗的靶子。他想知道制药公司是否更关心利润，而不是寻找治疗疾病的药物。接下来是现代制药业的分水岭时刻。

14 “萨克勒帝国”

1950年，一次针对有组织犯罪的调查使参议员埃斯蒂斯·基福弗出了名。[1]这次听证会被人们称为“基福弗听证会”，当时正是电视开始在美国家庭普及的时候，但是日间电视节目几乎还没有出现。基福弗的现场报道是最后一分钟的决定。对于电视这个新生事物来说，这不啻一场豪赌。基福弗身高一米九，体重 100 千克，一副超大眼镜遮住了半边脸，一点也不像典型的屏幕英雄。他南方口音浓重，说话又含糊不清，往往令人难以理解。[2]当时，一部关于意大利黑手党的肥皂剧让全美人民沉醉其中，人们观看着一群暴徒每天在小组委员会面前扭动身子、大声咆哮。基福弗带着节目来到纽约市，持续八天，获取顶级黑帮犯罪的证词。《时代》周刊指出：“这一节目将在历史上占据一个特殊位置……人们突然走进室内，进入客厅、酒馆、俱乐部、礼堂和办公室。坐在半明半暗的诡异光线下，盯着小小的电视屏幕，就像盘子被施了魔法立在水槽里一样。听证会进行期间，婴儿挨饿，生意萧条，百货商店空空如也。从未有一件事如此引起全国性的关注。”[3] 3 000 万美国人收听或观看了听证会，其中大约 90% 的人观看了电

视。基福弗成了公众冠军。[*, 4]

基福弗试图利用其名声问鼎总统宝座。他参加了 1952 年和 1956 年的竞选，两次都在民主党提名中遗憾地输给了伊利诺伊州州长阿德莱·史蒂文森（Adlai Stevenson）。1956 年，基福弗作为民主党副总统候选人与史蒂文森一起竞选，但被艾森豪威尔击败。次年，他被任命为参议院反托拉斯和垄断小组委员会主席。他利用这个平台，对钢铁、汽车和面包行业高调展开调查，以此吸引“小人物”（《时代》周刊为他的新角色创造了“基福弗反垄断”一词）。[5]

基福弗对制药业的调查始于 1959 年 12 月。从一开始，他就明确表示，他对这样一个只有少数几家公司主导销售并拥有不受约束的定价权的行业感到不安。[6] 美国前 50 家公司中，制药公司占了 13 家。[7] 他称自己打算弄清楚制药公司是否滥用专利制度来控制一些利润丰厚的药品的价格和市场。

基福弗组建了一个小型但经验丰富的调查小组，由两名联邦贸易委员会的资深人士领导。约翰·布莱尔（John Blair）是一名经济学家，在联邦贸易委员会的大型调查中，他通过查阅大量公司文件来收集非法行为证据，证明了自己的才能。总法律顾问保罗·兰德·迪克森（Paul Rand Dixon）是一位获得二战勋章的海军飞行员（在听证会结束前，他被任命为联邦贸易委员会主席）。两人都意识到，由 6 名经济学家和律师组成的团队，将很难跟上制药业对手的步伐，他拥有堪比一支小型军队的公关和游说者，以及律师团队和经验丰富的专家证人。[8] 制药公司有一些强大的盟友，包括美国医学会、许多商会和全国性的制药协会。所有人都担心“出于政治原因”的听证会，将导致更多联邦监管甚至价格操控。第二次世界大战后，许多欧洲国家实施了国家卫生保健计划，之后就发生过这种情况。政府扮演了从制药业购买药品的角色，这导致了医生和官僚组成的利益团体，他们有权获得价格优

---

* 1952 年，基福弗因“杰出电视公共服务”获得艾美奖。他是当时收视率最高的娱乐栏目《我的台词是什么？》的明星嘉宾，并在亨弗莱·鲍嘉电影《神威警探网》中扮演了一个小角色。他是少数几个无论走到哪里都能被认出的华盛顿政客之一，他撰写的关于听证会的书《美国犯罪》被《纽约时报》评为畅销书。

惠，或者阻止在他们看来过于昂贵的药品的销售。与此同时，美国仍然是唯一允许制药公司定价的工业化国家。[9]

小组委员会的焦点是竞争和不同药物类别的定价：抗生素、激素、安定药和糖尿病专治药。传票送到19家公司，要求提供关键高管的证词和数万份内部文件的复印件，包括专利许可合同和购销协议。

听证会在一系列高层管理人员中展开，他们都不愿意做证。[10]第一位是先灵总裁弗朗西斯·布朗（Francis Brown），他曾担任联邦存款保险公司的总法律顾问。第二次世界大战期间，政府将先灵作为德国资产没收。后来，1952年葆雅家族在公开拍卖中以2 900万美元（相当于今天的2.81亿美元）的价格买下先灵，并更名为先灵葆雅，仍然让布朗执掌大权。

布朗显然被尖锐的问题激怒了，他指责议员们试图进行“思想控制”，并指责他们为了制造“头条新闻”而“曲解”信息。[11]布朗认为，先灵的药价“相当合理”。约翰·布莱尔对此提出疑问，该公司的一种激素药物（强的松）的品牌标价是生产成本的1 118%。[12]

在两位获得诺贝尔奖的科学家的陪同下，默克总裁约翰·康纳抵达听证会，向委员会发表演讲，称相关调查将“减缓更好的药物的前进步伐”。[13]帕克–戴维斯药厂的首席执行官哈利·洛恩德称对药厂的调查是“荒谬的行为”，言语之间毫不掩饰轻蔑之意。[14]洛恩德是一名训练有素的药剂师，在晋升到最高职位之前，曾在帕克–戴维斯药厂担任过20年的推销员。他认为优质销售胜过劣质药品。他曾经告诉其销售团队：“就算把马粪放在胶囊里，我们也可以卖给95%的医生。”[15]

所有被传唤的首席执行官都表示，他们巨大的研发成本只能通过其收取的药品价格来弥补。在以后所有的价格调查中，大幅提价的这种借口将成为制药公司的惯用伎俩，来使调查偏离方向。

药品制造商协会主席奥斯汀·史密斯（Austin Smith）博士抱怨说，参议员们把制药业当成了“替罪羊”，因此他们“可能会给公费医疗制度……开后门”。史密斯辩称关注定价大错特错，其言辞前所未有之卑劣：“我们所有人都同情那些支付不起药费的老年人。如果在这一点上制药业有错，那就是错在延长了数百万人的寿命，导致他们年纪太大，无法工作。”[16] 史密斯还对小组委员会说，药品费用还没有葬礼费用高，连其盟友都难以置信地摇头。[17]

基福弗认为这种傲慢会激起民众对制药公司老板的强烈反对。然而，此事却没有受到太多美国人的关注。专利法和反垄断法的细微差别、许可协议、专利使用费、药物化学以及受过良好训练的经济学家的证词，都远没有基福弗的成名时刻——与那些形形色色、时常亵渎宗教的黑帮分子交锋有趣。[18]

这一次没有电视直播听证会。调查小组的首席经济学家约翰·布莱尔指出，基福弗本人“越来越关心如何接触更广泛的受众”，而“一个令人生畏的问题”是，大部分调查“基本上没有被媒体报道”。[19] 让基福弗感到沮丧的是，甚至连披露厄普约翰的一种药品高达百倍暴利都没有得到太多媒体的关注。[20] 施贵宝前医学主任戴尔·孔索尔（A. Dale Console）博士做证说市场上“一半以上”的药物，或者说“图纸上”的药物“毫无用处”，却没有招致更多的愤怒，基福弗不明白这是为什么。这些药品被出售的唯一原因是“它们保障了销售”[21]。当听证会涉及复杂的四环素专利之争时，报道听证会的记者数量已经大幅减少。

基福弗知道，二战时期劳工政策的一个怪事注定了药物听证会在吸引公众关注方面面临障碍。大多数美国人通过其雇主获得了医疗保险，很少有人直接受到药价上涨的影响。战前只有两家非营利保险公司，一家是 1929 年由得克萨斯医院集团创建的蓝十字保险公司，另一家是 1939 年由医生在加利福尼亚创建的蓝盾保险公司。它们提供灾难护理保险，旨在减轻重大疾病或长期住院的财务影响。美国参战时，只有不到 10% 的美国人投保。1942 年，富兰克林·罗斯福援引战时特别权力冻结所有私营企业的工资和薪水，以及奖金、额外补偿、礼物、佣金和费用。[22] 由于军人的数量激增，劳动力严重短缺。企业通过提高工资和提供激励来争夺工人。罗斯福不允许这样做，但有一个例外，它允许公司增加“保险和养老金福利……在合理的数量范围”[23]。

直到同年晚些时候，这似乎还不是什么大事，《税收法案》对“超额利润”实施了 90% 的惩罚性税率，超额利润被定义为高于公司战前一年的收入。《税收法案》中的一线转机在于，它给了国内公司一个为员工提供医疗保险的财政激励。雇主可以扣除这种保险的费用。[24] 第二年，美国国税局（IRS）的一项裁决规定，雇主为雇员提供的医疗保险，雇员不必上税。不同事件的完美结合意味着，到 1943 年中期，美国公司通过慷慨的医疗保险福利来吸引员工，从而解决了劳动力短缺的问题。战后医疗保险覆盖的美国人数从战前的 10% 跃升至 30%（1946 年）。1951 年，第一批营利性保险公司美国安泰保险（Aetna）和信诺公司（Cigna）成立，开启了下一轮公开注册的浪潮。[25] 基福弗开始听证会时，70% 的美国人都有医疗保险计划，该计划也涵盖了最广泛的处方药，包括抗生素、安定药、精神药物和磺胺类药物。[26]

对于公众想听什么，基福弗的直觉简直无懈可击。尽管他决心推进对制药业的调查，但也指示调查人员加倍努力，而不仅仅挖掘涨价和潜在的串通现象。1960 年 3 月 16 日，在一份非同寻常的备忘录中，约翰·布莱尔给小组委员会的首席法律顾问保罗·兰德·迪克森写了一封信，证明了他们撒的网有多宽。[27] 信的主题是“萨克勒兄弟”[28]。

> 在药品调查过程中，我时不时听到有关“萨克勒兄弟”或“萨克勒帝国”的谣言。起初，我的印象是，这是一个“边缘”公司，由于其独特性质，谣言并没有什么实质重要性，只是一时的以讹传讹。然而，随着收集的信息越来越多，我不得不改变先前的印象。
>
> 和其他人一样，萨克勒兄弟都能在食品药品监督管理局抗生素部门主任韦尔奇博士编辑的医学杂志上见到。任何能够在抗生素方面与政府中最有权力的人建立如此紧密联系的组织都不会是边缘公司。然而，他们进行大量活动的秘密方式表明，可能有很多事情不为人知。最后，在制药业的每一个方面，他们拥有、控制或影响的组织数量之多，使他们必然被视为运营一个相对大规模的公司。

布莱尔认定萨克勒的第二任妻子玛丽埃塔·鲁兹博士是该组织的“四号成员”。两个多月来，调查人员得出了惊人结论，“萨克勒帝国是一个完全一体化的企业”，例如“在药物开发企业中创造新的药物”，确保“与他们有联系的各种医院”进行临床测试并产生“有利的报告”，“构思广告方法并准备实际的广告文案”，确保宣传活动“在他们自己的医学杂志上发表”，“通过公共关系组织在报纸和杂志上撰写或发表文章”。[29]

备忘录附有一份20家公司的名单，调查人员认为这些公司由“萨克勒兄弟通过代理人拥有或控制”。布莱尔承认，这并不是一件容易的事情，“因为整个行动都是秘密进行的”[30]。药物研究中心是最早的企业之一，是“一个众所周知的萨克勒家族的‘掩护’”[31]。布莱尔警告说，这一有着隐藏利益、相互联系的公司和金融家组成的网络非常擅长从制药业的不同领域赚钱。一些萨克勒控制的公司测试、推广和销售新药，其他则从美国国家卫生研究院的政府拨款中获利，一个多样化的团体通过医学出版物开辟了一个利润丰厚的利基市场。[32]1956年，国家卫生研究院对私人企业药物和医学研究的资助达到每年1亿美元，10年后增加一倍以上，达到2.5亿美元。[*, 33, 34]

尽管名单很全面——他们在食品药品监督管理局的亨利·韦尔奇编辑的期刊中发现了萨克勒的所有权，他们也漏掉了一些关键联系。萨克勒在弗罗里希的广告公司和他的艾美仕市场研究公司的股权仍然是一个未解之谜。调查人员也没有发现萨克勒家族使用过时的证书获得了任何大型私人公司的资助。

---

* 布莱尔的团队没有意识到这个秘密，他们追踪到的一些公司的地址——纽约东62街15号和东59街139号是比较早的企业办公地点，比如奥普惠森中心的纽约市分部就设立在这里。然而，参议院调查人员确实披露了萨克勒家族是如何将一些实体转移到为未成年子女设立的信托机构，再由他们代表未成年子女管理的。有证据表明，该家族拥有一家不知名的“用于制作医学广告的昂贵的激光照排公司”、一家给萨克勒家族名下许多公司提供物业服务的房地产公司，以及“制造来苏尔（Lysol）”的莱恩&芬克公司。几十年来，来苏尔作为女性卫生用品而深受女性欢迎。有人用它来避孕，但大多效果不佳。1960年食品药品监督管理局批准了避孕药，结束了这种不安全的做法。

布莱尔确定了一些人，从而对萨克勒立案。其中包括食品药品监督管理局的韦尔奇；一位曾在辉瑞兼任医学作家的身份不明的纽约大学教授；一位“不再抱有幻想”的麦克亚当斯前高管；一个只知道姓“科利尔”的投资者，他被剥夺了抗生素的合法份额；一位“受人尊敬的、知名的”墨西哥医生，他对萨克勒家族利用影响力迫使他取消在墨西哥举办的抗生素研讨会感到愤怒。布莱尔还指出：“也许通过一些傀儡代持，萨克勒兄弟据说拥有辉瑞和其他一流公司的大量股票。”[35]

一周后，布莱尔将注意力集中在萨克勒和马蒂–伊瓦涅斯是否侵入食品药品监督管理局的抗生素部门。[36] 小组委员会要求亨利·韦尔奇提供过去 10 年的纳税申报表副本，不久后他就心脏病发作了。韦尔奇害怕的原因显而易见，一旦调查人员拿到记录那就不得了了。韦尔奇报告称，在为 MD 出版公司编辑两份期刊的六年时间里，“酬金”为 287 142 美元（相当于今天的 320 万美元），而他在食品药品监督管理局的年薪是 17 500 美元。[37] 韦尔奇曾经告诉食品药品监督管理局的一些同事，政府工资几乎不够支付他的所得税。同事们并没有报告此事，因为他们认为韦尔奇是在开玩笑。[38] 韦尔奇 1/3 的收入来自萨克勒的承诺，即辉瑞从他编辑的杂志上购买重印文章。[39]

韦尔奇和马蒂–伊瓦涅斯原定于 1958 年 5 月 17 日公开做证，可两者都取消了。韦尔奇的医生称他病得太重，无法承受“任何情绪或身体压力”；马蒂–伊瓦涅斯的两名医生说他患有青光眼，“严重的情绪压力和紧张会加重病情，并可能导致失明”。[40]

在 5 月 18 日的公开听证会上，基福弗终于有了一个引起全国关注的话题。小组委员会出示了韦尔奇如何赚钱的证据。第二天美国卫生、教育和福利部举行了新闻发布会，并要求韦尔奇辞职。韦尔奇在当天晚些时候提交的辞职信中充满挑衅，指责其困境是“政治斗争”的结果。他声称没有人能找到“任何反映科学诚信缺失的文章、段落或句子”。[41] 更令人愤怒的是，3 月份韦尔奇心脏病发作后，公务员制度委员会批准了伤残抚恤金申请，当时还不可能剥夺韦尔奇的全部利益。[42] 韦尔奇的溃败迫使美国卫生、教育和福利部任命了一个内部特别调查小组来调查食品药品监督管理局内部是否存在更广泛的利益冲突。调查得出结论，韦尔奇是个例。[43] 食品药品监督管理局官方历史时间表里有关韦尔奇的都被删除。[44]

萨克勒兄弟很幸运，没有被卷入韦尔奇丑闻。萨克勒及其麦克亚当斯公司编辑了韦尔奇关于固定剂量抗生素的演讲，韦尔奇的大部分收入来自萨克勒的客户辉瑞。此外，韦尔奇告诉《星期六评论》的约翰·里尔，马蒂–伊瓦涅斯曾对他称自己有两个秘密投资者。然而，韦尔奇坚称不知道他们是谁。里尔的预感是萨克勒和他的一个弟弟，但里尔永远无法证明这一点。[45] 参议院调查人员还怀疑萨克勒家族拥有 MD 出版公司的控股权，但调查此类事件却是毫无头绪。

亚瑟·萨克勒似乎并不担心基福弗调查。他没有关注听证会的每一个转折，而是把更多时间花在不断增长的艺术收藏上。他四处游说，最终被任命为哥伦比亚大学著名的艺术、历史和考古系顾问委员会成员，这个职位他追求了 13 年。[46] 为此他创立了一家致力于“科学研究与发展”的公司——国际医学指标公司。他和第一任妻子埃尔塞拥有多数股权，但是在他被选入顾问委员会之前的六周左右，他给了哥伦比亚大学 39.1% 的股份。[47] 与此同时，萨克勒继续增加制药公司客户的名单。工作太多时，他就把客户交给他的一个“竞争对手”。这事就发生在帕克–戴维斯药厂身上，最后由弗罗里希的公司代理。

就在韦尔奇的形象在公众面前轰然倒塌前，萨克勒创办了《医学论坛报》。该刊物承诺对影响他们职业的重要发展进行简明总结，包括从制药业到政治领域。《医学论坛报》只接受药品广告赞助。萨克勒将其创办《医学论坛报》的想法告诉了乔治·多里奥特（Georges Doriot），多里奥特是一位传奇企业家和哈佛商学院教授，被誉为“风险投资之父”[48]。

萨克勒邀请多里奥特投资《医学论坛报》。多里奥特是商界最受尊敬的名字之一。多里奥特最常引用的一句话是“某个地方的某个人正在制造一种会让你的产品过时的产品”。萨克勒坚持认为《医学论坛报》与众不同。多里奥特不仅投资了《医学论坛报》，还公开赞扬《医学论坛报》，宣布这是他投入自己资金的仅有的30个项目之一。[49] 多里奥特称之为“第一份为医生创办的独立报纸”，他的支持在财经媒体上引起了相当大的关注。[50]

《医学论坛报》的刊头写着它是医学和科学传播发展公司的全资子公司。只有少数人知道萨克勒的第一任妻子埃尔塞秘密控制着这家公司。该公司于1960年2月在特拉华州成立，当时股东秘密是神圣不可侵犯的，距离韦尔奇的耻辱结局只有三个月。第二个月，公司在纽约和内华达州成立。[51] 萨克勒在刊头将多里奥特列为总裁，医学和科学传播发展公司是多里奥特备受推崇的美国研究开发公司的“附属公司”。

10年后，《医学论坛报》将成为萨克勒最成功的生意。萨克勒在每一期都写了一个专栏，“一个人……和医学”。那是他的“肥皂箱”（用来给人们提供公开发表言论的机会）。他把专栏搞成了一个话题广泛的煽动性论坛。萨克勒经常攻击政府监管机构，对吸烟的危害和强制使用汽车安全带是否有必要等问题咆哮不止，有时还在医学界引发激烈讨论，比如《得了精神分裂症就不会再得癌症了吗？》引用他和弟弟们在克里德莫尔做的研究，该研究结果于1951年发表在萨克勒名下的杂志上。[*, 52, 53]

然而，《医学论坛报》的大部分成功都是在多里奥特以小额利润将其投资回报给萨克勒之后。[54] 尽管多里奥特认为萨克勒“迷人、聪明、能干”，但他及其顾问们对萨克勒在家人和朋友之间转移所有权的做法感到不爽。“我们对此有一种奇怪的感觉，”多里奥特多年后告诉《波士顿环球报》，“总

---

* 1947年，萨克勒收购了麦克亚当斯公司，使其成为美国广告代理协会（AAAA）的一员。自1917年以来，该协会代表了全美约90%的广告公司。萨克勒的《医学论坛报》和麦克亚当斯使用同一间办公室，有时连员工都是同一班人马。这违反了美国广告代理协会的道德准则。出于对不可避免的利益冲突的担心，美国广告代理协会道德准则禁止广告公司和行业相关出版物共享同一个办公室或员工。《医学论坛报》创建后大约18个月，萨克勒退出了美国广告代理协会。在25年多的时间里，萨克勒一直都没有公开解释当时为什么做出离开广告业顶级行业协会这一不寻常的决定。美国广告代理协会的执行副总裁只是说，麦克亚当斯退会前一直信誉良好，亚瑟·萨克勒退会是由于“与其他成员存在分歧”。

有一些东西我们不能理解。”[55]

多里奥特没有充分意识到，萨克勒完全可以自己出资资助《医学论坛报》。但萨克勒知道，如果多里奥特把自己的名字写在《医学论坛报》上，该报将获得无形的公共价值的提升。[56]

《医学论坛报》在基福弗听证会中期首次亮相。调查人员没有机会将其包括在调查中。在公开听证会的最后四个月里，基福弗的小组委员会将注意力放在抗生素价格上。这是听证会早期发生的事情的重演，当时人们的注意力集中在激素上。大公司的首席执行官反复被质问，为什么他们的药物定价远远高于其制造成本。他们坚守此前的说辞：政府低估了研究成本，高估了利润。[57]

当被问及为什么其药物在美国比在其他地方都要昂贵时，制药公司也给出了同样借口。美国制造的广受欢迎的安定药，一瓶 50 片，售价 3.25 美元，但在阿根廷只有 0.75 美元，在英国只有 1.48 美元。礼来的青霉素是由其印第安纳波利斯工厂生产和运输的，在美国售价 18 美元，但在欧洲平均售价 7.25 美元。调查人员发现，所有源自欧洲的商业成功药物都存在同样的定价异常：总部设在瑞士的汽巴公司以 40 美元的价格向欧洲药剂师大量出售降压药利血平，但其美国子公司向美国药剂师则收取 91 美元；法国罗纳–普伦克制药公司（Rhône–Poulenc）生产的催眠镇静药，卖给欧洲药剂师只需 10 美元，而美国特许经营商史克公司在美国以氯丙嗪的名义销售时，同样药量的价格却是 60.58 美元。[58]

研发是在美国还是在国外根本没有关系，美国本土药价远高于国外，面对这样的证据，制药公司改变了论点，将更高的价格归咎于更昂贵的劳动力成本。[59] 如果真是这样，那么劳动力更昂贵，利润应该更少才是。然而，美国制药业的平均利润率是其他行业的 3 至 4 倍。[60] 此外，基福弗的调查人员证实，尽管欧洲工资低于美国，但美国制药公司的“单位成本”低于其欧洲竞争对手，因为自动化程度更高、效率更高、使用劳动力更少。

如果高药价不是更高昂的研发或劳动力成本，那么罪魁祸首是什么？基福弗瞄准了专利。“不幸的是，专利下的垄断定价在制药业中广泛存在。”[61]

基福弗派他的首席经济学家约翰·布莱尔去其他国家考察，看看它们是如何监管制药业的。布莱尔的发现很简单：美国是唯一一个不监管药品价格、不限制专利的国家。在77个国家中，只有27个国家允许药物专利的存在，而且它们只允许较短的专利期限。瑞士和德国不允许药品专利，只允许药品生产过程的专利。布莱尔了解到发明青霉素的牛津科学家没有申请专利，因为他们认为青霉素“对公众健康太重要了”。欧洲监管机构告诉布莱尔，制药公司没有发现药物，只是对竞争对手的产品进行了一些小的实验室改造，却能轻易地获得专利保护，他们对此深感不安。[62]默克总裁在基福弗委员会做证时，对假冒公司嗤之以鼻，因为它们没有进行任何原创性研究，而只是充当“分子操纵者”，依靠他人的辛勤工作和创新获得专利。

基福弗认为，获得近乎抄袭的专利的法律门槛太低了。仿制药上市销售时，经常“像被抄袭的药物一样，定价精确到小数点最后一位，对此基福弗很是恼火。公众为所涉及的所有研究费用买单，但并没有从降价中获得任何好处”[63]。

布莱尔建议将美国的专利保护期限从现在的17年减少到5年。[64]任何法规都应该要求拥有专利的制药公司向所有制药公司发放这些药物的许可。[65]基福弗喜欢这两种想法，他告诉布莱尔，这些信息对于起草一部可能给制药业真正带来竞争的法律至关重要。

听证会于1958年9月休会。约翰·肯尼迪和理查德·尼克松之间的总统竞选只剩下两个月了。基福弗本人正与一名保守的州法官进行艰难的改选之战。制药公司游说团认为这是终结这位激进参议员的机会。制药公司向直邮和广播广告投入大量资金，表明基福弗对美国制药业的调查是政府将医学社会化的前提，并称基福弗是一个秘密的自由主义者，这使他很容易在南方受到指责。[66]过去，基福弗拒绝签署反对黑人民权的南方宣言，对乔·麦卡锡提出了谴责法案，并反对取缔美国的共产党组织。[67]

制药公司有充分的理由害怕基福弗。他改造专利系统的计划将终结许多已经司空见惯的过度定价。制药公司认为，这已经够糟的了，足以让他成为一个不共戴天的敌人。基福弗私下与调查人员分享说，他认为有充分的理由使药品成为“基本商品”。制药公司如果知道此事，可能会更加震惊。该裁决将赋予联邦政府监管处方价格的权力，因为地方和州政府为公共事业制定了允许的价格。[*, 68]

---

* 当时甚至讨论了联邦价格控制。第一次世界大战期间，为了防止哄抬物价，美国联邦政府对基本食品实施了限价措施。第二次世界大战中，食物再次被限价，然后是汽油。在 2019 年佛罗里达州参议员里克·斯科特的《药品定价透明法》提案中，人为价格上限的想法再次出现。它将把美国药品的标价定为英国、法国、德国、加拿大和日本的最低零售标价。特朗普政府提出将美国药品价格与 14 个国家的指数联系起来。制药业认为价格上限会抑制创新，导致美国人获得尖端药物的机会减少。2019 年 7 月，马里兰州成为第一个试图将制药公司视为公用事业的州，制药公司对这一举措提出疑问。

15 “快乐药丸”

阻止基福弗连任参议员的恐吓行动失败了，基福弗以压倒性优势获得连任。这对制药公司来说是个坏消息，因为基福弗已经开始准备一份最终的小组委员会报告，同时起草立法。尽管基福弗一直在为其政治生存而奋斗，对制药公司的关注点也集中在韦尔奇丑闻的余波上，但这个行业的分水岭已经过去了。食品药品监督管理局批准了芝加哥西尔列制药公司（G. D. Searle）的安无妊（Enovid），作为第一种口服避孕药分发，使其提前三年上市，用于治疗“月经失调”。[1] 女性从此可以控制何时怀孕、是否怀孕。由于社会保守派和宗教团体的反对，食品药品监督管理局的决定推迟了近两年。一些委员对健康人长期日常服用药物表示担忧。1960 年，食品药品监督管理局最终批准时，只给了最多 24 个月的服用期限，从而避免了长期服药的安全问题。但安无妊上市后没有人遵守这一指令。[2] 普通人和大部分媒体将安无妊和后来与之竞争的仿制药称为口服避孕药（“The Pill”），使其陷入巨大争议。医生和病人认为安无妊简单、安全和可靠（三年后，参议院的一项调查显示，食品药品监督管理局做出允许上市这一重大决定，依

据的仅仅是对服用避孕药一年或更久一点的 132 名女性的临床研究)。[*, 3, 4]

当时人们不可能完全理解避孕药会产生多大影响。避孕药首次亮相后几年，美国性解放革命运动和妇女解放运动才出现(美国全国妇女组织成立于 1966 年)。有些人认为这是一种社交工具，它打破了家庭主妇在家抚养孩子的刻板印象。作为第一种可逆避孕药，它引入了一个新的概念——“生殖权利”。

西尔列制药公司在广告宣传中充分展示了这种避孕药的广泛前景，它描绘的是希腊神话中的仙女安德洛墨达挣脱了手腕上的锁链，象征着女性摆脱了意外怀孕的烦恼。[5]

许多人对避孕药表示热烈欢迎。与之相对的是，有些人基于宗教理由激烈反对。萨克勒密切关注着这场争论。比尔·弗罗里希代表着 Ortho 制药公司，该公司拥有自己的口服避孕药。Ortho 制药公司是第一个推出用圆形塑料容器装避孕药的公司，该容器带有一个可移动的刻度盘，能让女性更容易记住何时服用药丸(从月经第 5 天开始，然后连续 20 天每天服用一粒，之后在重新开始月经周期前停药 5 天)。[6] 萨克勒关于如何完善促销策略的想法似乎有些不同凡响：不直接提及避孕药或节育。弗罗里希起初认为销售一种产品而不谈论产品违反直觉，但萨克勒说服了他。萨克勒认为，如果广告宣传避孕药能让家庭选择生孩子的间隔，那么关于避孕药的抗议可能会逐渐减少。弗罗里希的全页彩色广告刊登在《家庭圈》和《真实故事》中。彩色广告上是一位年轻女性和一位年长女性隔着篱笆交谈。广告顶部的标题是“不要隔着篱笆规划家庭”。广告底部建议女性及其医生谈论间隔怀孕的方法：“他可以推荐一种可靠、简单、廉价、最适合你和你的丈夫需求的方法。”最后一行小字是：“这一消息是由 Ortho 制药公司发起的，对该公司来说，计

* 玛格丽特·桑格(Margaret Sanger)护士创造了“节育”这个词，她于 1916 年开设了美国第一家节育诊所。她后来与反对开发女性避孕药的宗教团体和社会保守派对抗。桑格创建的组织最终演变成一个计划生育联盟。避孕药研究的大部分资金来自国际收割机公司的继承人凯瑟琳·麦考密克(Katharine McCormick)。桑格和麦考密克相信，居家女性要想获得解放，关键是要容易获得节育措施，且这些措施简单易用。

划生育是一个特别值得关注的问题。”[7]受萨克勒启发，由弗罗里希设计的宣传活动弱化了避孕药，得知食品药品监督管理局批准安无妊后，记者克莱尔·布斯·卢斯总结了这场运动背后的情绪：“现代女性终于和男性一样自由，能够支配自己的身体。”广告突出计划生育，可还是遭到了天主教会的强烈反对，称其为“不道德的宣传”[8]。牧师在全国各地的讲坛上敦促教区居民用抗议淹没这些杂志。不到一个月，发行量达 700 万份的《家庭圈》发布了广告总监的声明：“读者的反对意见非常强烈，我们不再刊登广告了。”[9]该杂志归还了 Ortho 制药公司为一系列 6 个广告支付的 12 万美元。其他女性杂志紧随其后。

制药公司和医药大道低估了女性被压抑的需求，这种需求最终让她们能够控制是否要孩子、何时要孩子。它们还误判了许多社会评论家和主流媒体将避孕药视为伟大社会变革先驱的程度。《时代》周刊在《免于恐惧的自由》一文中写道：“如果避孕药能缓解人口爆炸，它将大大有助于消除饥饿、匮乏和无知。”[10]《经济学人》后来总结道：“这是 20 世纪最伟大的技术进步。”[11]避孕药具有开创性，它首先难倒了食品药品监督管理局。它开创了一个先例：一种药物不需要治疗感染或慢性疾病。这足以帮助人们选择个人的生活方式。药物不跟疾病挂钩，这一概念曾是制药业的圣杯。[12]

即使大多数主要女性出版物上没有刊登广告，避孕药也立即成为畅销品。西尔列制药公司的股票在上市后一年里翻了一番。[13]到 1962 年，Ortho 制药公司凭借巧妙的包装，销售的避孕药比任何其他公司都多，利润激增。

萨克勒认为，尽管阻力很大，如果避孕药能够成功，另一种没有任何道德争议的生活方式的药物可能会引起更大轰动。其精神病学训练让他认识到下一个巨大挑战是开发一种生活方式药物，即所谓的精神药物。萨克勒推测，有可能有一天某种混合药物或某种“快乐”药丸，会取代抗生素成为行业销售的引领者。他专注于两大类精神药物：兴奋剂（stimulant）和镇静药（sedative），前者能使患者的情绪增强，后者则安抚焦虑和精神问题。

苯丙胺（Amphetamine）是兴奋剂的黄金标准，长期以来被认为是治疗抑郁症的良药。第二次世界大战后，苯丙胺的需求猛增了一倍，因为美国医学会证明苯丙胺可以减肥。[14] 宝来威康称梅太德林（Methedrine）能减轻额外体重。雅培用盐酸脱氧麻黄碱（Desoxyn）来治疗嗜睡症。汽巴进入市场靠的不是苯丙胺，而是一种争夺同一市场的新药：利他林（Ritalin）。[15] 1950 年，汽巴发布了德塞美（Dexamyl），一种由右苯丙胺和礼来的异戊巴比妥类药物混合而成的产品，一些医生称之为“最受欢迎的治疗精神病的产品”。[16] 以全美家庭主妇为特色的广告宣传该药可以治疗“神经紧张、焦虑和烦乱”，帮助其成为全科医生广泛分发的广告之一。[17] 竞争对手试图用它们自己的镇静药组合来复制这一成功，在整个 20 世纪 50 年代帮助扩大了市场。[18]

到 20 世纪 60 年代，美国苯丙胺市场达到了创纪录的每年 80 亿片。该产量在该世纪最后几十年保持不变。当局后来发现，大约一半的产品被非法转移给街头小贩或无良饮食医生。一些受欢迎的减肥诊所被揭露为非专利苯丙胺制造商的虚拟子公司。它们的利润巨大，10 万片 10 毫克苯丙胺药片花费减肥中心 71 美元，平均以 12 000 美元转售，其广泛流行导致了娱乐性滥用和不良反应激增。[19] 这终于引起了媒体的注意。全美范围内涌现了一系列前服药者叙述“苯丙胺诱导精神病”，导致反社会行为和严重偏执狂的新闻。这些新闻使该药物愈加黑暗。食品药品监督管理局迟迟没有认识到这些问题。它对兴奋剂的看法比较温和，1963 年时还在权衡批准汽巴公司德塞美的非处方药销售。[20]

萨克勒知道，在发现苯丙胺后的 30 年里，这种药几乎没再有创新。在克里德莫尔研究所，他从未发现它有什么用处。萨克勒钦佩苯丙胺在商业上的成功，但他对其长期前景持怀疑态度，怀疑其能否成为他设想的 / 生活方式混合精神药物的基础。

镇静药又如何呢？战后巴比妥类药物市场巨大，仅次于抗生素。[21] 在美国有 1 500 个相互竞争的巴比妥类药物品牌。据估计，其中 1/3 的品牌在街上转售，并以“傻瓜”“黄色夹克”“粉色女郎”等名称作为娱乐的卖点。它们带来巨大的利润，与业界领先的抗生素的毛利率不相上下。[22] 巴比妥类药物就像苯丙胺一样，已经成为成功的牺牲品。1947 年，联邦麻醉药品局将巴比妥类药物列为滥用的药物。过量服用导致 1950 年 1 000 人死亡的可怕记录。[23] 第二年，《纽约时报》得出结论，巴比妥类药物"比海洛因或吗啡对社会的威胁更大"[24]。

作为回应，国会通过了《达勒姆–汉弗莱修正案》，旨在通过修正 1938 年《联邦食品、药品和化妆品法》中的模糊措辞来解决巴比妥类药物问题。[25] 在修订之前，只要求麻醉药品和磺胺类药物有预先说明。[26] 36 个州没有等待联邦干预，而是要求巴比妥类药物必须凭处方购买。各州规则杂乱无章，令人困惑。超过一半的州对续买次数没有限制。《达拉姆–汉弗莱修正案》赋予食品药品监督管理局"因毒性或其他潜在有害的影响"，而将任何药物视为危险药物的权力。一旦食品药品监督管理局决定设置这一门槛，该药物将只能按处方使用。[27]

然而，这部法律的一个疏漏是，它没有要求制药公司向患者提供副作用警告。制药公司只需向药剂师提供药物数据，药剂师本就该警告病人潜在的滥用风险。

《达拉姆–汉弗莱修正案》并没有削弱巴比妥类药物的销售。因为没有资源，6 年来，食品药品监督管理局没有强制执行其"仅凭处方购买"的规定，然后只是对一种更粗糙的早期镇静药溴化物强制执行该规定。[28] 即使在那个时候，要求巴比妥类药物凭处方购买，也仅仅意味着数百万的惯性使用者开始向不问太多问题就开处方的医生买药。[29]

萨克勒在强力巴比妥类药物的催眠作用中看到了一丝希望，比如礼来的速可眠（Seconal）可能有助于控制癫痫发作和持续焦虑——精神疾病造成的两种身体衰弱症状。然而，它们并没有针对严重精神障碍进行优化，也没有治疗双相障碍或精神分裂症。1954 年，史克公司在美国推出了氯丙嗪，填补了这个市场空白。氯丙嗪是一种安定药，是一名寻找疟疾疗法的法国外科医生在 20 世纪 40 年代末意外发现的。"安定药"（Tranquilizer）是制药界的新词，首次出现在汽巴公司宣传降压药的前一年。[*, 30]

---

* 19 世纪，"安定"指的是费城精神病学家发明的一种约束椅，焦虑的精神病患者被绑在这种椅子上。

史克公司将氯丙嗪作为一种抗精神病药物进行销售。[31]其效力如此之大，乃至在欧洲被非正式地称为“药物脑叶切除术”，并且只分发给患有严重精神病的患者。[32]史克公司的第一个广告是一个男人的面部特写，额头贴着电极片，嘴里塞着一大块橡皮塞。它宣称：“氯丙嗪：减少电击疗法。”第一年开出的 300 万张氯丙嗪处方中，有近 80% 是那些在公共精神病院工作的精神病医生开具的。[33]这种药物问世的时候，精神病院正深陷越来越多的残忍和暴力对待病人的丑闻之中。[34]氯丙嗪标志着一场治疗精神疾病致残者的药物革命的开始，从 19 世纪早期以来一直作为行业标准的监管机构化护理开始转变。氯丙嗪的广泛使用促使纽约精神病院的病人数量下降了 19%，这是有记录以来的首次下降。[35]患者数量减少意味着成本降低，氯丙嗪推出后的 10 年里，州政府节省了 15 亿美元。华盛顿特区拥有 8 000 张床位的圣伊丽莎白医院的院长宣称氯丙嗪标志着“疯狂状态”的终结。“疯狂状态”是精神病院工作人员用来描述混乱和无序的一个词语，而混乱和无序是许多疯人院的标志。[36]

史克公司大肆宣扬其在美国精神病院取得的成功，尽管似乎没有人想到早期纳税人的储蓄可能会被后来增加的门诊医疗费用所抵消，这些门诊医疗是为那些复发或病情恶化的患者提供的。[*, 37, 38]

尽管销售额很高，但史克公司担心氯丙嗪市场规模有限。这种药物效果越好，从精神病院出院的病人越多，销售额下降的幅度就越大。史克公司试图通过面向那些关心重返社会的病人的医生来扩大市场。《美国医学会杂志》

---

* 1963 年，肯尼迪总统宣布《精神迟钝设施和社区精神卫生中心法案》，这是一项雄心勃勃的计划，预计释放 25 万精神病院的病人。这一计划的信心就来自氯丙嗪和一系列其他安定药。这些节余本应资助 1 500 个社区保健中心，为出院患者持续提供门诊治疗。各州将大部分剩余资金用于与精神健康无关的事务。结果是只建造了不到一半的社区保健中心，且没有一个得到充分资助。从 1955 年到 1980 年，“去机构化”使美国精神病院的人数从 558 922 人减少到 130 000 人。《纽约时报》后来报道说，整个计划是“一个巨大的失败”。部分原因是联邦和州政府随后将严重精神疾病的责任转移到了监狱系统或疗养院。医疗补助允许各州将贫困的老年人转移到护理机构，到 20 世纪 80 年代中期，全美 200 万居民中有 60 多万人被诊断患有精神疾病。

的广告中描绘了一名在溪流旁钓鱼的男子，这个形象代表了该药物所标榜的“心智平静”。“持续治疗几乎总能被容忍，并且是大多数患者保持健康的核心。”文章中写道。[39] 史克公司接下来尝试治疗“躁动的老年人”。广告中一位老人挥舞着拐杖，似乎是在威胁什么，广告承诺氯丙嗪能够“控制老年人的激越行为”，并“帮助病人过上舒适的生活”。[40] 史克公司甚至尝试宣传这种药可以治疗慢性恶心。但这就像用大锤把图钉敲进木板一样。即使是在最严重的情况下，也没几个病人如此痛苦，要来忍受呼吸困难、高烧、肌肉疼痛、颤抖、癫痫发作等，甚至在极少情况下出现因抑郁而自杀等严重副作用。[41]

萨克勒在等待一种更像是简化版的氯丙嗪，不必过分镇静情绪就可以消除焦虑。他告诉其制药客户，“情感阿司匹林”有巨大的利润潜力，是一种治疗病人心理健康的药物，也是治疗严重感染的抗生素。在克里德莫尔研究所任职期间，萨克勒知道，任何治疗焦虑或抑郁的药物都会比阿司匹林副作用大。他希望将“情感阿司匹林”的概念引入研发环境中，激励制药公司将其作为实验室的优先事项。

制药公司无疑有开展此类项目的动机。缓解压力和焦虑有着巨大的市场，许多美国人认为这是 20 世纪生活中不幸但不可或缺的一部分。[42] 杂志和报纸报道了冷战带来的压力，以及技术的快速发展如何增加日常压力。1950 年，作曲家伦纳德 · 伯恩斯坦以威斯坦 · 休 · 奥登获得普利策奖的同名诗，将其第二交响曲命名为“焦虑时代”。一如萨克勒的设想，患有严重精神疾病的人被关进监狱的数量是被送进精神病诊所人数的 10 倍。

政府为发现一种药物提供了巨大的经济激励。1955 年《心理健康研究法案》通过时，联邦政府在国家卫生研究院建立了一个精神药理学研究中心。这个新的政府部门专注于生物精神医学，拥有数百万美元的研究预算，与感兴趣的制药公司共享。[43] 一些正在审查的药物仍然停留在实验阶段，但表现出很好的应用前景。19 世纪早期锂就被发现了，但是直到 20 世纪 50 年代中期，其治疗双相障碍的临床研究才在丹麦开始（食品药品监督管理局直到 1970 年才批准）。LSD-25 也是如此，这是一种合成化合物，由瑞士科学家于 1951 年发现，但也是到了 20 世纪 50 年代中期，洛克菲勒医学研究所才接受了精神疾病的治疗测试。[*, 44]

最先进的新型药物是所谓的弱安定药。就像氯丙嗪一样，这也是偶然发现的。弗兰克·伯杰是一名犹太裔科学家，纳粹德国入侵捷克斯洛伐克时，伯杰移居英国。他对消毒剂进行了化学改性，希望能找到一种更好的保存青霉素的方法。他把改造的化合物注射到老鼠体内，注意到老鼠保持清醒、反应敏捷，同时肌肉放松，也更顺从。[45] 1947 年，伯杰移居美国，在罗切斯特大学医学院找到了一份研究工作。两年后，专利药和化妆品公司卡特制品（其最著名的产品是小肝丸，一种年销售额超过 4.5 亿美元的泻药）雇用了他。卡特把伯杰的工资从 5 400 美元提高到 12 000 美元，并对他发现的药物给予 1% 的专利使用费，最高可达 75 000 美元。[46] 卡特的处方药销售额仅 50 万美元，该部门也仅有 20 名员工。伯杰知道卡特的另外两种消费品，奈尔脱毛剂和阿里德除臭剂，一周的销量超过了药品部门一年的销量。[47] 雇用伯杰后，卡特与新泽西州的医学研究公司华莱士实验室结成联盟。卡特还聘请了受人尊敬的有机化学家伯尼·路德维希（Bernie Ludwig）担任其医学主任。

1950 年 5 月，伯杰和路德维希测试了数百种合成化合物，然后发现了一种理想型化合物——氨甲丙二酯（meprobamate）。在随后的动物实验中，这种化合物起到了镇静作用，但没有像镇静药那般强烈。这两位科学家认为，他们已经在氯丙嗪的治疗效果以及令人压抑的副作用之间找到了平衡。两个月后，他们提交了药物专利申请。因为不确定这种药物是否有足够的需求，卡特的管理层远不如其研究人员热情。华莱士实验室对 200 名医生进行了一项调查，结果显示，大多数医生认为这种药物没有用，3/4 的医生说他们想

* 总部位于瑞士的山德士拥有麦角酸二乙基酰胺的专利，并为研究人员生产小批量产品。山德士在 1963 年向食品药品监督管理局申请“研究豁免”。食品药品监督管理局应该如何处理麦角酸二乙基酰胺是一个热门话题，最终受到三个不同的国会委员会的审查。这个问题在 1965 年《药物滥用控制修正案》之后就没有了意义——麦角酸二乙基酰胺被禁止用于任何用途。

不出任何理由来开这个处方。[48]

卡特搁置了这个项目，并推迟了向食品药品监督管理局申请批准的时间。经过4年时间，伯杰通过一系列新的临床试验，使管理人员确信药物已经准备就绪。卡特于1954年12月向食品药品监督管理局报备。面对申请何种类别药物这一问题时，卡特担心“镇静药”（包括巴比妥类药物）存在太多负面含义。“安定药”也很麻烦，尤其是因为包括了氯丙嗪和其他强力催眠药。卡特提出了一个聪明的解决方案：食品药品监督管理局将该药物列为安定药，但卡特将把它作为“弱安定药”进行销售。在等待批准的过程中，卡特否决了十几个名称，最后决定叫“眠尔通”，华莱士实验室对产品进行了最后测试。[*, 49]

甚至在食品药品监督管理局批准眠尔通之前，美国家用产品公司就从卡特那里获得许可，通过制药子公司惠氏出售相同药物。惠氏出售的药物命名为甲丙氨酯片（Equanil）。1955年5月，眠尔通开始出售。卡特吹捧它是一种比巴比妥类药物和主流安定药更安全、毒性更小的替代品，并强调它能有效应对日常“焦虑、紧张和精神压力”。[50]

几年前，美国精神病学会的《精神疾病诊断和统计手册》（DSM）第一版才出版。手册为识别和治疗许多精神疾病提供了诊断标准。作为美国精神病学家的圣经，《精神疾病诊断和统计手册》并没有将焦虑列为独立的精神障碍（1980年第三版才予以改正）。[51]卡特担心精神病学家可能认为眠尔通没必要，全科医生可能认为其解决的问题远离实际。

卡特低估了数百万寻求快速解决焦虑和压力的美国人被压抑的需求。很少有人认为焦虑是一种疾病，而是对之不屑一顾，因为焦虑是忙碌且富有成效的生活不可避免的副产品。有些人夸口说这是勤奋、雄心和成就的

* 到20世纪60年代中期，精神药物才被细分成抗焦虑药、抗抑郁药或抗精神病药上市。1947年的一则广告中，“抗抑郁药”被用在史克公司生产的苯丙胺和镇痛药的组合上。1952年以前，抗抑郁药仅指安定药，20世纪60年代中期以后才被制药公司广泛使用。1961年以后“抗精神病药”才被用来描述一种药物。有时候医药公司营销部门比科学家和医学主任有更多发言权。

体现。[52] 一些精神病学家总结说，这个国家到处都是“行走的神经病患者”[53]。眠尔通似乎是缓解因焦虑引起的偶尔急躁和烦躁的良药。一位精神分析学家称之为“精神病学的青霉素”[54]。

眠尔通的销售开始攀升。发售三个月后，《时代》周刊指出，眠尔通“已经成为沮丧和狂热人群中销售最快的镇静药物”。好莱坞是“眠尔通热”的主要市场。田纳西·威廉姆斯、诺曼·梅勒、塔卢拉赫·班克黑德等名人都位列药店“快乐药丸”的等候名单。[55] 日落大道著名的施瓦布药店四个月内就售出 25 万粒，卖到缺货。好莱坞的狂热蔓延到纽约、华盛顿和波士顿。喜剧演员米尔顿·伯利说：“这对我来说真是奇迹。事实上，我正在考虑把我的名字改成‘眠尔通’·伯利。”[56]

眠尔通有多成功？从 1954 年到 1955 年，美国销售的安定药中有 99.6% 都是氯丙嗪。一年后，眠尔通及其化学孪生兄弟甲丙氨酯片的销售额从不到 1% 上升到 70%。[57] 1956 年，卡特和华莱士实验室在纽约主办了一场关于这种药物的会议。[58] 卡特向 153 000 名医生发送了会议议程的装订副本。[59] 上市两年后，每 20 个美国人中就有一个人试过这种药。医生已经开出了 3 600 万张处方，相当于所有处方的 1/3。[60] 眠尔通使卡特的总收入增加了两倍。卡特公司觉得自己足够富有，于是委托超现实主义画家萨尔瓦多·达利在 1958 年的美国医学会旧金山年会上设计公司的展览。达利的妻子和合作者加拉是服用眠尔通的病人。早些时候见到弗兰克·伯杰时，她说她的丈夫可以从艺术作品中捕捉到这种药物是如何使她摆脱焦虑变得平静的。展览费用为 10 万美元，其中 3.5 万美元是达利的酬金。卡特的钱花得值。[61] 人们走过达利设计的那条 18 米长、由降落伞制成的蠕动的白色毛毛虫时，都惊叹不已。《时代》周刊总结道，“怪物在展览上出尽风头”，并且它“对眠尔通来说是物有所值”。[62]

在达利创作眠尔通展览时，人们对所谓的“心灵平静”或“快乐药丸”的需求激增，导致卡特和惠氏的眠尔通品牌药以及假药的黑市繁荣。在没有联邦立法的情况下，各州开始收紧配药规则。[63] 1960 年初，司法部对卡特和美国家用产品公司提起反垄断诉讼，指控其操纵价格并密谋将其他公司排除在市场之外。[64]两家公司的首席执行官在基福弗参议院调查的证词中都否认欺骗公众。对每一份政府合同都提交了相同的投标，它们声称这纯属巧合。它们抗议说，美国广告费用较高，这是其药品在美国比欧盟贵6倍的原因。[65]

亚瑟·萨克勒和其他制药业人士清楚，不管这些公司对其成本抱怨多少，安定药的利润仍旧十分可观。确实如此。20世纪50年代末60年代初，大多数处方药拥有平均20%极为满意的净利润。安定药和巴比妥类药物净利润更高，回报率为35%～55%，仅次于抗生素。[66]在萨克勒看来，最重要的是，截至1960年，大约75%的美国医生至少开了一张眠尔通处方。相比之下，氯丙嗪仍然是精神科医生开出的主要药物。[67]

随着眠尔通越来越成功，它也招来更多审查。[68]一些医生质疑其功效，认为它比糖丸好不了多少。另一些医生警告说，由于需要更大的剂量才能保持疗效，它会产生耐药性。少量医生认为眠尔通可能导致成瘾。[69]之前从未被报告过的副作用涌现出来，包括增加焦虑、协调性受损、意识模糊、颤抖、肌肉痉挛、眩晕等。

眠尔通重复了畅销药的常见模式，尤其是那些产生依赖性并可能被滥用的药物。这些药品首次上市时，医生和病人都非常欢迎。随着时间的推移，这些药品的流行导致了滥用、黑市繁荣、假药和稳步上升的副作用报道，有时甚至是过量服用（关于药物死亡的毒理学报告显示，检出眠尔通时，通常伴随着大量的酒精、苯丙胺和巴比妥类药物）。

食品药品监督管理局考虑召回眠尔通。由于该药负面报道越来越多，几十个州把眠尔通列入了与巴比妥类药物同样的“不可重复购买处方”名单。[70]

萨克勒知道眠尔通面临的任何不利因素都为与之竞争的药物打开了机遇之门。20世纪50年代中期，神经生理学家拉尔夫·杰拉德创造了“精神药物”一词，指为精神疾病开发的药物。许多制药公司实验室正在努力寻找一种副作用更少、疗效更好的药物。

总部位于瑞士的罗氏制药在新泽西实验室开展了一项秘密研究项目，寻找下一代更强的眠尔通。[71]领导罗氏团队的药剂师里奥·斯特恩巴赫（Leo

Sternbach）是马蒂–伊瓦涅斯的朋友，于是马蒂–伊瓦涅斯也知道了这个项目。斯特恩巴赫是波兰犹太人，1941 年罗氏将其转移到美国（罗氏是唯一一家将犹太研究人员和德国异见人士送到美国安全工作岗位的瑞士制药公司，斯特恩巴赫将这些人称为“所有濒危物种”）。[72]

即使按照萨克勒的标准，斯特恩巴赫的研究也堪称雄心勃勃。20 世纪 40 年代中期，斯特恩巴赫合成了一种水溶性维生素 B，早期所有可行的人造维生素都失败了。罗氏当时是世界上最大的合成维生素制造商，因此斯特恩巴赫这一发现甚至给更资深的科学同事留下了深刻印象。20 世纪 50 年代中期开始，斯特恩巴赫领导了一个小组，任务是寻找一种能够赢得“伟大的安定药战争”的药物。[73] 罗氏并没有假装在寻找一种药物来消除致命疾病或治疗感染，而只是想通过开发一种更好的眠尔通来提升利润。[74]

最快的方法是制造一个拥有类似治疗效果的克隆体，这个克隆体有足够的分子变化，不会侵犯眠尔通的专利。这正是罗氏营销部门想要的产品。然而，斯特恩巴赫认为开发一种“仿制药”十分“无聊”。[75]

在罗氏 303 实验室，斯特恩巴赫对染料化学物质进行了数百次改造，以期寻找精神药理学活动的迹象，却徒劳无功。像斯特恩巴赫这样的生物化学家被称为“实验室科学家”，因为他们大多时候趴在实验室里摆弄分子做实验（而到了 20 世纪 90 年代中期，计算机可以在很短的时间内模拟分子的动态变化，用机器人分析其医学用途）。两年多来，六家竞争对手公司发布了眠尔通的仿制品，斯特恩巴赫却一无所获。

罗氏药理学主任洛厄尔·兰德尔命令斯特恩巴赫终止该项目，转而研究抗生素。[76] 斯特恩巴赫确实开始研究抗生素了，但在空闲时间，他继续研究安定药。1956 年底，斯特恩巴赫分离出一种化合物，这种化合物“结晶良好”，具有他一直在寻找的生物活性。[77] 问题在于，斯特恩巴赫不知如何告诉兰德尔自己没有遵守其命令，停止安定药研究。斯特恩巴赫制订了一个计划，将其发现说成是偶然。1957 年 5 月 7 日，在斯特恩巴赫生日那天，他及其助手有机化学家厄尔·里德宣布，他们将留出一天时间对杂乱的实验室进行“春季大扫除”。斯特恩巴赫后来回忆：“实验室到处都是盘子、烧瓶和烧杯，装着各种样品，工作区域已经缩小到几乎为零。”[78]在清理过程中，里德“发现”了两个标有“Ro5-0690”的“废弃烧杯”。每一个烧杯底部都有一层坚硬的结晶粉末，是斯特恩巴赫把这些结晶粉末放在烧杯中的。根据实验室记录，这些烧杯是安定药研究的残留物，从未被测试过。那天下午，斯特恩巴赫把这些东西和实验记录一起寄给了老板，并说它们“刚刚在一堆乱七八糟的东西下面被发现”[79]。

斯特恩巴赫随后给小鼠和猫服用该化合物，它们会像吃其他安定药时一样放松，不同的是动物仍能保持活跃和警觉。其他安定药，甚至眠尔通，都让动物昏昏沉沉、身体不协调。进一步测试表明，Ro5-0690“比市场上的任何一种安定药都更有效，毒性和镇静性更低”[80]。几个月后，斯特恩巴赫再次无视公司的政策，自己尝试该化合物。这种做法并不罕见，许多雄心勃勃的科学家称自己为“两条腿的老鼠”。[81]其实验室记录显示，摄入该药物几个小时后，他感觉“膝盖有点软”，身心“愉快”，整个下午也“相当困倦”。10个小时后，他感觉恢复正常。

斯特恩巴赫发现了苯二氮䓬类药物，一种新的合成物（与眠尔通相比，它的内环多了一个碳原子）。[82]苯二氮䓬类药物会颠覆快乐药丸的市场。正如当时另一位罗氏研究员指出的那样，斯特恩巴赫的发现使其成为“现代药物化学大师”。[83]罗氏将其命名为利眠宁（Librium），来自“平衡”（equilibrium）一词。

罗氏进行了有史以来最大和最多样化的人类临床试验之一。从1958年开始，罗氏让2 000多名医生对大约20 000名患者进行利眠宁测试。这些患者包括健康的大学生、体弱的老人、精神病患者、绝经前妇女、酗酒者甚至吸毒者。[84]进行太多测试没有风险。食品药品监督管理局允许制药公司选择提交试验结果来推动药物的批准。如果一项研究结果不佳，公司可以拒绝显示结果。[85]责任落在食品药品监督管理局身上。食品药品监督管理局如果有理由相信公司隐瞒了坏消息，就可以下令进行额外测试。[86]

第二年，罗氏向食品药品监督管理局提交了利眠宁。根据当时的规定，罗氏不需要证明疗效，只需要证明利眠宁是安全的。它选择了 20 000 个病人中的 1 163 个的结果来证明。精心挑选的受试没有显示出耐药性，也没有药物依赖的迹象。高剂量会导致运动协调能力丧失和嗜睡。尽管如此，这仍是新申请中提交的最干净的副作用简介之一（尽管后来医生们对苯二氮䓬类药物是否会导致耐受性和成瘾产生分歧，但毫无疑问，它们比巴比妥类药物安全得多）。[87]

然而，罗氏采取了进一步的行动。虽然不要求这样做，但该公司想要一展临床试验的功效。利眠宁有效治疗了所有类型的焦虑，从轻度、中度到重度和急性焦虑。利眠宁也是一种很好的肌肉松弛药、抗惊厥药、镇静药，有助于缓解轻度抑郁症和酒精戒断。

罗氏坚持认为利眠宁应该被归类为一种新的“抗焦虑药物”。当时无人清楚为什么这种药物具有更强的治疗效果。直到 1977 年，一名丹麦研究者发现，苯二氮䓬类药物跟负责发送与焦虑和恐惧相关化学信息的大脑受体相结合。[88]

1960 年，食品药品监督管理局批准罗氏销售利眠宁。同年，利眠宁成为该行业第一种生活方式药物（用于提高生活质量，而非治疗疾病的药品）。这一时机纯属偶然，因为当时一位在伦敦出生的德国精神病学家开发了同名的汉密尔顿抑郁量表（至今仍是广泛使用的参考指南之一）。作为其工作的一部分，这位精神病学家开发了一个“焦虑等级量表”，这是一项 14 个问题的简单调查，旨在成为第一个测量病人焦虑的医疗工具。[89]

汉密尔顿量表意味着焦虑不再是医生必须主观诊断的东西，而仅仅是病人描述的感觉或精神状态。尽管汉密尔顿的测试有些初级，但它是将焦虑医学化为公认的精神疾病的重要一步。[90] 罗氏后来将汉密尔顿测试分发给成千上万名医生，计算出如果医生认为他们有这样做的科学依据，他们会开更多利眠宁处方。34 年后，萨克勒家族推出了定时释放的阿片类药物奥施康定，同样受益于对疼痛和成瘾的再分析，该分析包括一个满分 10 分的系统，医生可以通过该系统更好地测量患者的疼痛等级。

对萨克勒来说，苯二氮䓬类药物就是他在寻找的药，他认为该药有朝一日可能取代抗生素成为制药业最畅销的产品。罗氏选择了萨克勒及其麦克亚当斯公司来负责利眠宁的推广。萨克勒指派会计主管去监控其他大客户——辉瑞、葛兰素和赫斯特-罗素，自己则将全部注意力转向利眠宁。他聘请了拥有工商管理硕士学位的28岁药剂师欧文·格森帮助进行市场研究。格森曾是惠氏弱安定药甲丙氨酯片的推销员，在麦克亚当斯的管理层中晋升很快。[91]

萨克勒为利眠宁投入了价值200万美元的宣传活动，这堪称一项大型工程，即使从严格的标准来看也是如此。萨克勒以全国媒体的免费报道开始了这次宣传活动。他已经想出了如何绕过食品药品监督管理局禁止向消费者做广告的禁令，那就是所谓的"排版大师"，即伪装成为合法的新闻稿。它允许报纸和杂志编辑报道健康方面的进步，而作为赞助商的制药公司受益于其药物作为"新闻"的报道，不受传统广告的免责声明和警告的束缚。这些公司将临床试验的副本分发给资深的科学和医学作家。自由职业者得到故事大纲，只需简单编辑就能出版。

在萨克勒组装的宣传包中，他强调了利眠宁两个最极端的临床测试。首个测试涉及得克萨斯州监狱中的暴力囚犯，第二个测试的"病人"是波士顿和圣迭戈动物园的野生动物。利眠宁上市的那一周，《时代》周刊的主要文章聚焦于这些测试。得克萨斯州精神健康委员会的首席精神病学家告诉《时代》周刊，利眠宁已经发给亨茨维尔监狱的囚犯，他们"具有终身反社会行为的典型精神病态人格"。他们经常"自残、放火、打架"。他们服用利眠宁后发生了什么？根据监狱精神科医生的说法，他们变得"平静而警觉，尽管他们所处的环境令人紧张"[92]。至于动物园的动物，《时代》周刊报道了一只"猞猁在野蛮冲撞笼子时流了鼻血……在服用利眠宁后，很快就像一只野猫一样欢快跳跃"。狒狒、猕猴、猴子、狮子、老虎和澳洲野狗"都以同样的方式冷静下来，最重要的是，它们没有昏昏欲睡，而是保持活跃，肌肉完全协调，显然保留了大自然赋予它们的所有能力"。[93]

在确定利眠宁令野生动物和暴力罪犯变得易于控制后，《时代》周刊采用了萨克勒的大部分新闻稿。“令人鼓舞的证据表明，利眠宁将对 70% 或更多焦虑、紧张和敌对的人产生同样的效果，就跟澳洲野狗身上的效果一样。”由于这种药物是全新的，为患者找到合适的剂量可能“非常棘手”，一旦确定剂量，“利眠宁能够完全缓解紧张，而且基本不会导致昏昏欲睡或精神迟钝”。高剂量服用时，虽然可能有一点“协调性受损”，但利眠宁不同寻常地展现出“不存在任何毒副作用”。[94]

许多全国性杂志刚刚开始定期开出医学和健康专栏。制药公司将这些视为影响公众舆论的额外渠道，不仅仅是关于特定药物，还关乎行业趋势，这种打法堪称经典。1983 年，礼来成为第一家将萨克勒预先包装好的故事投放到电视上的公司，推出了新的治疗关节炎的药物。精心制作的媒体内容包括对临床试验患者、实验室科学家和风湿病专家的视频采访，所有这些都可以在“医学新进展”栏目得以呈现。[95]

萨克勒调整和完善了用于抗生素的宣传策略。利眠宁上市一个月后，他在《生活》杂志登了一则引人注目的三页广告，展示了圣迭戈动物园猞猁被注射利眠宁前后的全页照片，标题“安抚猫的新方法”极具煽动性。[96]《新闻周刊》《国家地理》《时尚先生》对“突破性药物”大加赞赏，之后萨克勒将成千上万份这样的杂志寄给了医生。他认为大部分宣传应该集中在病人候诊室。这是萨克勒绕过食品药品监督管理局直接向消费者做广告的方法。在另一期《时代》周刊上，他刊登了一则引人注目的广告，暗示利眠宁可以预防神经衰弱和治疗消化性溃疡。后来参议院的一项调查发现，萨克勒和罗氏为广告辩护，指出杂志插页的边缘有穿孔，所以医生可以很容易地把它撕下来，然后放在候诊室里。[97]

萨克勒认为，服用利眠宁的女性患者数量将超过男性，和眠尔通一样。他将《时尚》杂志和《家庭圈》作为首要的刊登目标。[98]麦克亚当斯还向报纸提供正面宣传利眠宁的短片，在新闻播报的间隙播出。广播电台和电视台在无栏目时段播放利眠宁的专题片和简短广播。《广告时代》宣布利眠宁的宣传活动极具“创新力”又“令人眼花缭乱”，它将这种药物吹捧为“安定药继承者”。[99]

萨克勒还关注罗氏的推销团队。眠尔通无意中向行业发出警示：拥有一个特色的销售部门至关重要。卡特和华莱士实验室没有推销团队，依靠直邮给医生的广告、麦迪逊大道的达彼思广告公司的宣传及其口碑。相比之下，美国惠氏公司有 1 500 名推销员，遍布全国，他们拜访医生，推销与眠尔通具有相同疗效的品牌——甲丙氨酯片。尽管眠尔通拥有巨大的知名度，惠氏的甲丙氨酯片仅在两者上市后一年，即 1956 年，销售额就超过了眠尔通。一些业内人士认为，眠尔通的知名销售人员和好莱坞的联系使得该药物对处方医生的吸引力降低。许多医生去开最新的弱安定药时，越来越多地开出甲丙氨酯片。许多传统从业者也认为卡特是专利药制造商，不属于制药公司俱乐部。到了 1960 年，甲丙氨酯片以 3 比 1 的优势超过了眠尔通。[100]

就像行军打仗一样，萨克勒指导罗氏的推销团队排兵布阵。他们应该强调利眠宁广泛的治疗益处，尤其是“松弛肌肉”和“抗焦虑作用”，这在通常保守的《美国医学会杂志》中已得到广泛报道。[101] 如果医生开眠尔通或甲丙氨酯片怎么办？区别利眠宁和其他镇静药的最佳方法是什么？萨克勒已经写好利眠宁的广告文案，宣称利眠宁“与其他安定药在化学、药理和临床上完全无关……利眠宁与安定药的区别，就好比安定药与巴比妥类药物的区别”。[102] 这与 8 年前萨克勒将辉瑞的土霉素与竞争对手立达的药物区分开来的方式如出一辙。[103]

尽管萨克勒确信利眠宁是一种优于此前任何药物的抗焦虑药物，但他认识到，一些医生会更愿意坚持使用眠尔通，因为它在市场上销售五年了，他们熟悉这种药的益处和风险。罗氏必须克服这种犹豫。在医生不愿意转用利眠宁的情况下，萨克勒为推销团队准备了一个后备计划：贬低眠尔通及其仿制药。销售人员收到了大量关于眠尔通上瘾的报告，以及相当多的困惑和困倦，甚至日常使用者自杀数激增。[104] 他们在备受尊敬的《药物与治疗学医学通信》上转载了一篇对眠尔通的严厉评论，这是一份同行评议的非营利双月刊。它强化了每个罗氏产品手册的核心信息，“苯二氮䓬类药物不同于任何其他药物”[105]。

萨克勒在设计推销团队指南时考虑到了全科医生，他知道精神科医生熟悉安定药。然而，萨克勒和罗氏希望服用利眠宁的消费者中，只有一小部分看过精神科医生。那森·克莱恩取代了萨克勒在克里德莫尔研究所的职位，他理解为什么萨克勒在一颗小药丸中看到了如此大的潜力：“许多人回避去看精神科医生，觉得那是一种耻辱。朋友们会说‘他（她）一定是疯了’。但是这些人愿意把问题交给家庭医生，这是完全可以接受的。”萨克勒是对的。精神科医生最终只开出 10% 的利眠宁处方。[106]

内科医生在销售的第一个月就开了 150 万张利眠宁处方。利眠宁用来缓解焦虑和恐惧，以及当时被认为与压力有关的疾病，包括高血压、溃疡、痤疮、肌肉疼痛、头痛等。[107]那时候大家还不知道，即使是约翰·肯尼迪也服用了利眠宁，他备受战时受伤的腰痛折磨。[*, 108, 109]眠尔通的制造商卡特和华莱士实验室的利润下降了近 20%。[110]

因为斯特恩巴赫发现了这种药物利润可观，罗氏奖励了他 1 万美元。尽管他研发出公司有史以来最畅销的药物，奖金总额却并没有改变。斯特恩巴赫对此并不失望：“我是一个非常快乐的科学家，因为我制造了这种化合物，它也造就了我。”[111]

在利眠宁出现之前，由眠尔通和氯丙嗪主导的 5 种药物占据了 70% 的安定药市场。[112]仅仅三个月，利眠宁就成为美国最畅销的安定药。斯特恩巴赫的儿子迈克尔后来回忆说，当父亲得知自己的实验室发现“埋葬了甲丙氨酯片和眠尔通”时，父亲的情绪格外反常。[113]这是利眠宁 8 年内都不会放弃的一个市场——由斯特恩巴赫发现并由亚瑟·萨克勒推广的另一种罗氏药物。[114]

---

* 肯尼迪也患有结肠炎和艾迪生病，即肾上腺皮质功能减退症，他每天服用 8 种药物和激素。肯尼迪的德国医生马克斯·雅各布森（Max Jacobson）也是田纳西·威廉姆斯、杜鲁门·卡波特、滚石乐队以及好莱坞名人的私人医生。雅各布森后来被媒体戏称为“倍爽医生”。除了利眠宁，肯尼迪睡觉时服用巴比妥类药物，同时服用可待因和杜冷丁来缓解疼痛。雅各布森通过定期给总统服用 15 毫克甲基苯丙胺来对抗这些药物的镇静作用。

16 “治疗丛林”

1961年4月，基福弗小组委员会提出了参议院第1552号决议，这是一项全面法案，决议对适用于制药业的专利、商标、反垄断和监管法律进行了划时代修改。[1]《制药业反垄断法》这一名称足以证明其野心。[2]

虽然制药公司不喜欢整个法案，但它们最担心的是一些承诺颠覆行业定价方式的条款。药品专利授予的17年独家销售垄断将被削减至5年。更糟糕的是，3年后，专利持有者将被要求以不超过8%的专利使用费向所有人发放药品生产许可证。专利权的交叉许可和四环素制造商控制价格一样，都是非法的。试图通过略微改变现有药物（仿制药）的化学结构来获得专利的公司，必须证明这种改变产生了“显著治疗效果”。[3]这也将是延长现有专利的标准，并将终结市场乱象，比如礼来在20世纪20年代胰岛素上市50多年后，针对市场滥用行为仅仅做出细微改变。[4]

除了在药品标签上列出商品名称之外，还要用等大的字号列上食品药品监督管理局批准的药物通用名。[*, 5]令亚瑟·萨克勒及其医药大道辛迪加格外震惊的是，该法案要求药品广告包含已经报道的所有副作用的完整及准确信

---

* 当时，制药公司会选用所发现药物的通用名和商品名。参议院报告总结道：“它们创造了十分复杂并且难以发音的通用名，实际上是为了禁止医生在处方书中提及它们。”一个极佳的例子是立达的长效磺胺（Kynex），这是一种抗菌剂，立达给它命名为磺胺甲氧嗪（sulfamethoxypyridazine）。一旦创造了一个很长且很难记住的通用名，制药公司就将通用名太过复杂作为理由，让医生只写简单的商品名。

息。[6]美国医学会董事会主席休·于塞（Hugh Hussey）博士声称，没有其他行业要求广告商说出“全部事实”。[7]

这项立法提案引发了制药业一场大规模的抵制运动。制药公司谴责其既反美又违宪，因为它只是限制了一个行业的专利权。法案一旦实施，将对科学和创新造成打击，并减缓救命药物的研发进程。萨克勒提出了一条与正在进行的冷战相关的巧妙反击路线（考虑到其左翼政治倾向，这有点讽刺意味），即如果政府监管者抑制了制药业的开拓精神，美国会丧失其科学领导地位，从而使苏联成为最大受益者。

参议院法案不是制药公司面临的唯一问题。联邦贸易委员会对37家药品制造商和分销商的定价及广告活动展开了新调查。纽约联邦大陪审团已经对辉瑞、立达的母公司美国氰胺公司和百时美公司及其首席执行官提起诉讼，指控它们在抗生素营销中违反《反垄断法》。[8]唯一的好消息是，联邦贸易委员会审查员驳回了该委员会三年前对辉瑞、立达、百时美、施贵宝和厄普约翰合谋操纵四环素价格的指控。[9]诉讼双方中很少有人会想到，在未来27年内，这五家制药公司都未被断定参与了高利润犯罪阴谋。*

---

* 关于四环素价格操纵案，又过了两年，到1963年，才由五名成员组成的委员会推翻了原先做出的驳回诉讼的裁定。他们判定这五家公司合谋操纵价格，辉瑞和立达还对专利局进行了欺诈，并要求辉瑞以折扣价向任何提出申请的公司发放四环素许可证。1967年，另一个联邦贸易委员会五人小组又推翻了价格垄断的裁决，但支持欺诈专利局的指控。第六巡回上诉法院在1968年确认了这一裁决，当时有超过150起民事诉讼。原告包括医院、工会健康基金和政府机构，它们寻求收回因制药公司价格操纵而多付的钱。制药公司在审判前总共花费了2.5亿美元，解决了除58起案件之外的所有案件。剩下的诉讼被合并成集体诉讼，经历了错综复杂的举证过程、程序上的拖延，以及似乎没完没了的一系列提议和上诉。1976年，联邦上诉法院推翻了联邦贸易委员会对制药公司的其余调查结果，见“北卡罗来纳州诉辉瑞案”第537卷第2辑第67页（第四巡回法庭，1976年）。四年前，四环素专利到期，仿制药竞争者进入市场。然而，对制药公司的诉讼并没有停下来。1980年，另一名联邦法官驳回了司法部要求宣布辉瑞公司专利无效的诉讼。该法官掌握了政府案件的核心——首席专利审查员的证词，即如果他知道辉瑞隐瞒的信息，就不会在1954年授予其专利。但这并不可靠，因为在最初的投诉中，被指控的事件已经过去了很多年。此外，即使辉瑞确实向专利局提供了误导性数据，该法官裁定政府未能证明辉瑞有欺诈意图。1982年司法部输掉了最终上诉，见“美国诉辉瑞公司案”第676卷第2辑第51页（1982年）。1986年，所有民事案件结束时，5家生产四环素公司的总支出只是它们多年来人为抬高价格所得的一小部分。

1961年6月，基福弗小组委员会发布了一份长达384页的最终报告，这份报告基于前一年的公开听证会和数万份被调取的公司内部文件。[10]报告提出了国会应该通过其提议法令的理由。报告中提到的制药业许多根深蒂固的问题，在未来几十年里都会让监管机构和消费者不厌其烦。[11]

其结论很简单："药品价格不合理"，并导致了"令人吃惊的利润"；制药业的"垄断力量"人为抬高了价格；知名制药公司"滥用专利"，还部署误导性的"异常大规模的广告及促销"。[12]

制药业不同于基福弗调查过的任何其他行业："订购的人并不一定会买，购买的人不一定订购。"[13]医生基本上是消费者的"购买代理人"，消费者不能为类似产品定价，因为医生处方会限制他们购买特定药物。"消费者受'限制'的程度绝非任何其他行业可比。"[14]价格上涨不会影响医生的处方习惯。先灵总裁弗朗西斯·布朗在其证词中阐明了这一点："与消费者营销不同，先灵不能通过降低价格来扩大市场，可的松证明了这一点。毕竟，只需要一瓶药时，我们不能把两瓶先灵药放在每个药箱里，也不能因一人生病而在医院的病床上放两个人。推销药品与推销软饮料或汽车相去甚远。"[15]

由于药品需求对价格变化没有反应，这个问题被放大了。消费者只有在生病或患有需要治疗的慢性疾病时才会买药。降低激素或抗生素的价格并没有带来额外销量。企业利润遭受损失时，只有病人受益。该报告指出，这些公司的内部文件"没有留下任何值得怀疑的余地"，即该行业对其产品行使了无与伦比的定价权。[16]尽管市场上有成千上万种药物，但只有几十种药物占据了全部销售额的3/4。[17]前15家公司的毛利率接近80%，净利润达到非制药业平均水平的两倍。[*, 18]该报告将这种过高的定价权归咎于专利带来的"私有垄断"[19]。

制药公司的高管认为，因为有公司加大研发力度，才能实现药物创新。

---

* 报告发布前大约6个月，立达、百时美和帕克-戴维斯药厂将其品牌四环素价格降低了15%，这是该药物首次打折。这是一个先发制人的举措，旨在表明公司愿意主动降价，即使没有任何竞争推动。基福弗及其大多数参议院同事对此并不以为然，并在报告中提到了这一点。

专利提供的独家销售机会使其能够收回成本并获得利润。参议院报告反驳说，通过列举在大学、基金会、非营利机构和诊所发现的重要药物，所有这些地方的利润都没有投入是否进行新药研究的决定中。[20] 此外，它还强调，专利最初是作为对单独发明者的奖励而引入的，但制药行业已将其转变为寻找拥有最大潜在利润的产品。药物发明者是在公司实验室工作的雇员，他们已经将所有权利转让给了雇主。[21]

基福弗报告让制药业不寒而栗。这令人们担心美国可能会采用欧洲的公共医疗模式，即政府调控价格。[22]

该报告强调了药物开发方式中的一个固有缺陷，几十年前出现的这个缺陷同样适用于今天："问题是那些制药公司只关心商业，在竞争药物被发现、生产、命名和发布之前，一种药物的新品种或变种投放市场，就能实现利润最大化。"新药上市前的保密对其成功至关重要，也有助于确保竞争对手不会过早开始开发有竞争力的产品。结果是，大多数药物在上市前都只经过了"最低限度的临床试验"，以证明其没有任何"潜在毒副作用"。[23] 购买处方药的大众，实际上成为药物是否长期安全的试验品。

基福弗的调查人员也把重点放在了"医学大道"。推销员拜访医生（每年 2 000 万次）、直邮给医生（每年 7.5 亿次）、仅由医药广告支持的免费杂志以及在医学会议上越来越大的展览，这些活动中充斥着"滥用职权和腐败的行为"[24]。制药公司已经对强行销售上瘾，最大的公司将全部收入的 1/4 用于促销（这些公司称之为"医生教育"）。在最大的制药公司里，每六个雇员中就有一个是推销员。促销和广告预算是每个公司增长最快的支出，在 10 年间从不到 1 亿美元涨至 7.5 亿美元。[25]

亚瑟·萨克勒及其同事利用了联邦贸易委员会的漏洞，将所有针对医生的广告排除在任何监管之外。这是由国会造成的，国会认为既然医生们知识渊博，就不会成为错误信息或虚假宣传的牺牲品。参议院调查表明，医生和公众一样容易受到不良信息的影响。一项对数千个直接面向医生的广告进行的为期三年的研究表明，超过一半的广告包含不可靠或误导性陈述。[26] 有些是虚假广告，有些看起来模棱两可。尽管每家制药公司都有一名医生作为医疗主管，但当涉及一些敏感性促销时，广告部门经常绕过他们或否决其意见。[27]

主流医学杂志上刊登的2 000页广告中，40%“完全忽略了副作用”，而其余的“用一些让人安心的话来回避这个话题”。麦克亚当斯推出了一些最常用的标语：“几乎没有副作用”“没有不可逆转的副作用”“没有显著临床副作用”“相对无毒”“很少需要担心的副作用”“没有特别指出的严重副作用”[28]。亚瑟·萨克勒用得最多的一句话是“副作用通常短暂、毫不严重”。[29]

基福弗小组委员会发现，医生们被铺天盖地的新药物广告搞得不知所措，每年有超过500种新药上市。许多药只是对现有药物进行了细微的化学改变，并以相似和容易混淆的名称销售。忙碌的医生不得不从外国公司的竞争品牌和仿制药中挑选。过多的宣传材料被称为“治疗丛林”[30]。

这不是制药公司的错误。顶级公司的内部营销文件吹嘘其产品是如何从“混淆技术”中受益的，这种技术是由数百种不断变化的产品引起的混淆。有时，信息过载导致医生继续开他们多年来一直习惯的同一种药品。对于那些长久以来习惯这么做的医生来说，尤其如此。他们很难一边按照自己的习惯开药，一边跟上新的信息洪流。制药公司知道这是让医生早早锁定专利品牌的原因。然而，在其他情况下，新药被认为是“过时的”。它迫使医生无法跟上所有的最新发展，以致采用被推销员推崇为最新和最伟大的药物。[31]

很少有医生认为他们该被指责。半数接受调查的医生报告说，他们关于一种新药的最早信息不是来自广告，而是来自推销员。[32]这些推销总是在医生办公室的私密空间里进行，从来不会被记录在案。推销员不断颂扬这种新药的好处，时不时混入他们对竞争药尤其是仿制药安全性和有效性的担忧。[33]他们声称，政府如此痴迷于降低价格，通常缺乏足够质量和安全保障就允许仿制药上市。[34，35]

对医生来说，很难确定推销员所说的一切是科学的陈述，还是夹杂着某种夸张。基福弗小组早些时候问过：“这种不实陈述有多少时候是个人的过分热情所致，又有多少时候反映了公司的政策，这些政策被编成了面向推销员的具体指示？”[36]

帕克-戴维斯药厂的内部档案至少为这个问题提供了一个答案。一些患者出现再生障碍性贫血（一种罕见且有时致命的影响骨髓的疾病）的第一批报道传来时，该公司已经成功销售抗生素氯霉素将近一年了。早在1952年，美国国家研究委员就报告说氯霉素与近一半的病例有关。美国国家研究委员建议向所有开处方的医生和医院发出警告，由于存在严重不良反应，“需要长期或间歇服用这种药物时，必须进行充分的血液研究”[37]。

帕克-戴维斯药厂和比尔·弗罗里希（其广告公司负责该说明）发给医生的是什么？它们将“必须”改为“应当”，指出氯霉素与其他强效抗生素“一样危险”。[38]

食品药品监督管理局介入，命令帕克-戴维斯药厂“修改标签，明确警告医生不要滥用”[39]。推销员告诉医生不要理会食品药品监督管理局警告的内容。推销员把挫折变成了胜利，吹嘘食品药品监督管理局未能禁止该药物是“我们公司医务人员前所未有的最高荣誉”[40]。这种对食品药品监督管理局行动的反转，削弱了标签上醒目的警告，医生对氯霉素的处方也保持不变。

除了披露的所有这些令人沮丧的信息之外，参议院报告指出，即使医生们跟上科学出版社的步伐，许多已发表的论文“都是在相关制药公司的限制之内撰写的”[41]。经过仔细检查，“那些据称由医生进行的科学研究……在许多情况下，仅仅是没有科学效力的证明”[42]。亚瑟·萨克勒和马蒂-伊瓦涅斯把宣传和医学科学的结合提炼成了一门真正的艺术。

基福弗宣布，从1962年1月起将对其提出的立法进行新一轮公开听证会，第一阶段将侧重于医疗广告和促销。

《纽约时报》报道称：“该小组委员会已经向经手行业大部分广告的两家公司发出传票，它们是威廉·道格拉斯·麦克亚当斯公司和弗罗里希医疗广告公司”。[43]

第一个预定的证人是亚瑟·萨克勒。[44]

17 “描绘最糟糕的画面”

1962年1月30日星期二，亚瑟·萨克勒成为公众关注的焦点，他曾负责为许多之前做证的公司高管设计最佳营销策略。他由麦克亚当斯的总裁德福雷斯特·埃利博士和罗伯特·巴纳德陪同。前者是约翰斯·霍普金斯大学培养的医生，1947年加入该公司；后者是专利和商标诉讼律师，也是萨克勒的老朋友。[*,1,2]

萨克勒在基福弗小组委员会面前坐下，似乎很自信。来自联邦调查局纽约办事处的两名特工，于1961年12月突然前往麦克亚当斯公司造访萨克勒。要是参议员们知道这件事，可能会对其行为留下更深刻的印象。他们询问萨克勒与逃亡的苏联间谍斯特恩和玛莎·多德的友谊。[3] 自从这对夫妇逃到布拉格后，萨克勒有将近四年时间来准备回答这一问题。[4]

萨克勒面对特工轻描淡写地说起他和斯特恩一家的关系。谈到生意时他改变了说法，将斯特恩描绘成第一个向他伸出援手的人。萨克勒声称，在外资管理人没收先灵之前，斯特恩已经发起了购买先灵的讨论。特工们想知

---

* 萨克勒忙于准备其参议院证词，但这并没有阻止其沉迷于极为耗时的与制药相关的新机会。他鼓励另一位律师斯坦利·沃尔德创办了《法律与科学》杂志。萨克勒在参议院露面五个月后，国际法律和科学学院在纽约成立。沃尔德是《法律与科学》杂志的主任和编辑。萨克勒说服了他自己的一些制药客户聘请沃尔德为顾问。

道为什么斯特恩给萨克勒打电话，而不是和先灵的董事或高级主管取得联系。在给总部的备忘录中，两位特工指出："萨克勒提到，作为制药领域的专家，他经常被咨询有关制药公司的营销、融资和推广的问题。"[5]不知何故，他们没有意识到，萨克勒和斯特恩是在1941年会面的，见面时两人讨论成立一个投资集团来收购先灵。这是27岁的萨克勒在结束医院实习后的第一份工作。他是一个四人广告部门主管的助理。不过，特工们接受了他的说法。

萨克勒说服特工斯特恩在收购先灵时与其会面只是在寻求其意见，随后又解释了二人之间后来的交往，包括中央公园的合作公寓、康涅狄格州的避暑别墅以及托斯卡尼尼的《最后一分钟》首演，都是为了生意。至于1948年与斯特恩谈论收购另一家小型制药公司，萨克勒坚称这只是一次简短的电话交谈。特工又问斯特恩夫妇的政治倾向如何？萨克勒声称自己一无所知。为了证明他是偶然得知这对美国夫妇因间谍身份被通缉时，他在看到玛莎·多德的照片时犹豫了一下，然后声称自己不能确定其身份。精湛的表演让特工们相信萨克勒与斯特恩一家的联系在很大程度上存在偶然成分，萨克勒很可能是无辜的。*

萨克勒现在准备在基福弗面前重复一次令人信服的表演。他仔细制定了一个策略，首先要建立自己的医学资历和声誉。在他提供给小组委员会的文件中，有一份单倍行距打印的7页参考书目。上面列出了他写的59篇学术文章，其中一篇正在进行，以及1956年与两个弟弟以及马蒂-伊瓦涅斯合著的《精神病学中伟大的生理动力疗法》。[6]萨克勒还附上一份60页《研究发现的简要总结》，夸耀自己在"生物精神医学"和"生理学"方面比任何人都有先见之明和预测性。[7]萨克勒附上了一些医学名人的信件，他们对其工作大加赞赏。[8]

萨克勒准备好的声明强调自己是一名"研究型精神病学家"，"从来没有为麦克亚当斯的客户或任何制药公司测试或销售任何药物"。[9]萨克勒淡化了

---

* 特工最初还关注到萨克勒雇了美国国务院前雇员玛丽·简·基尼，在麦卡锡听证会上，基尼被认为存在安全隐患而被解雇。联邦调查局对她的丈夫展开了间谍调查，但从未立案逮捕。

麦克亚当斯的影响力。他声称该公司每年仅处理1 500万美元“口碑良好的药品广告，在促进社区健康方面发挥了积极作用”[10]。这还不到制药公司每年用于促销的7.5亿美元的2%。“我们为客户处理的广告材料的成本是1美元处方药不到5美分”。[11]

萨克勒强调说：“花再多的钱或进行再有效的宣传，也无法与质量过硬的处方药给患者带来的明显益处相提并论。”自由市场将抛弃未能兑现承诺的药物。萨克勒提醒参议员：“美国人更健康，而不是更虚弱了；孩子患病更少，而不是更多了；人们的寿命增加，而不是减少了。”[12]

至于小组委员会对药价的关注，萨克勒认为他所做的那种宣传——向医生介绍制药客户的新药，“降低了医疗保健成本，有助于拯救生命和减轻痛苦”。萨克勒说，自从发现精神药物以来，纽约州每年在安定药上花费220万美元，同时在病人护理上节省了约1 000万美元，在新医院建设上节省了1.7亿美元。治疗结核病的药物仅需要16 000美元，通过把疗养院用于其他用途，纽约市节省了1 600万美元。[13] 听证会结束时，萨克勒谈到了基福弗有待通过的法案。他认为该法案没有必要，因为像他这样的制药公司和广告公司已经自愿满足了法律要求的一切。[14]

基福弗首先提出了这个问题：在印刷广告中说明药物的副作用会有什么样的反对意见？萨克勒表示，这将“给负担不起必要广告版面的小制造商带来不必要的经济困难”[15]。

该委员会委员赫尔曼·施瓦兹律师试图让萨克勒失去冷静。他提到了厄普约翰的皮质类固醇美卓乐（Medrol），萨克勒曾为这种药物做过全国性的广告宣传。萨克勒负责报道、制作和分发《每周视野》。这是厄普约翰的内部宣传材料，分发给17.5万名医生和所有医学院。萨克勒每年从《每周视野》赚取150万美元。[16]

美卓乐宣传的核心是两组并排的X光片，第一个标签为“溃疡性结肠炎”，第二个标签为“治疗后的溃疡性结肠炎”。一名加利福尼亚的放射科医师在仔细检查后，怀疑X光片拍的是两个人。他给厄普约翰写信时，发现不仅 X 光片中的病人不同，而且他们都没有服用过美卓乐。

接下来的半个小时交锋激烈。被逼问越紧，萨克勒反而越坚决否认。

萨克勒坚持认为，广告没有误导人。第一张 X 光片是“一种不可逆的情况”，所以第二张 X 光片不可能是同一个人，因为“你不能逆转不可逆的情况”。

施瓦兹反驳说，这就是为什么两张 X 光片会如此误导人。广告显示，仅用 6 周，美卓乐就治愈了这种疾病。

萨克勒辩称，没有任何声明称第二张 X 光片和第一张 X 光片来自同一个病人 。广告中也没有将 X 光片分成“治疗前”与“治疗后”。至于两个病人是否都没有服用美卓乐，萨克勒回答“从没说过他们服用了”。他声称，任何医生都会知道这是两个不同的人，14 万名医生中唯独这一位在投诉。[17] X 光片只是作为一种“建设性服务”投入广告中，以告知医生“全部疾病……我们没有试图靠这些 X 光片出售任何药物”。[18]

“你想让医生开这种药吗？”基福弗问道。

“我们正试图让医生有更多基本药物可开。”[19]

萨克勒似乎对质询感到恼火和轻蔑。他对小组委员会中没有一名医生感到不满。他告诉律师，外行人无法理解医学的复杂性和推广它所需要的技巧。[20] 这种尖锐的来回对抗，既揭露了萨克勒“永不承认错误”的做派，也揭露了当时被认为可以接受的医疗广告实践存在着缺陷。

对于首席律师赫尔曼 · 施瓦茨来说，美卓乐只是热身。接下来是 MER/29，这是一种降胆固醇药物，由辛辛那提的一家小制药公司威廉 · 梅瑞尔（William S. Merrell）开发并获得专利，该公司也是麦克亚当斯的客户。1960 年 3 月，萨克勒及其团队以百万美元营销预算费用推出了 MER/29。[21] 麦克亚当斯向美国的医生发送了 10 万份宣传 MER/29 的小册子。一则 8 页的彩色广告出现在著名的医学杂志上，接着是大量的整页广告和更多的直邮广告。上面的信息是：MER/29 是“第一种安全”且“无毒”的降胆固醇药物。[22] 梅瑞尔的推销员给了医生一部免费影片，不断重复 MER/29 的创新地位。MER/29

很受欢迎，一年就有超过30万使用者。1961年10月，梅奥诊所给梅瑞尔发了一份报告，称使用这种药物的两名病人患上了白内障。[23]12月，即上市18个月后，食品药品监督管理局要求梅瑞尔发送一封给医生的信，列出一页半以前没有报道过的MER/29可能的副作用：除了白内障之外，还有生殖器官病变、肾上腺功能减退、严重皮炎和脱发等。[24]

随着不良反应不断增加，食品药品监督管理局调阅了梅瑞尔的内部文件，发现公司在动物试验中针对MER/29撒了谎。它处理掉测试中死亡的猴子，但在最终报告中将其列为表现良好。提交给食品药品监督管理局审批的结果中，反复发生胆囊炎和肝脏损伤，以及带有危险信号的体重减轻的记录，要么被销毁，要么被忽略。梅瑞尔还以某种方式说服了克利夫兰诊所的医生推迟发表其科学论文，该论文披露了MER/29的"毒副作用"。[25]在食品药品监督管理局发现梅瑞尔欺诈证据一周后，该公司从市场上撤回了该药物。[*, 26, 27,]

委员会想要知道的是，萨克勒是何时知道MER/29的副作用的。1961年11月4日，《美国医学会杂志》中的一则广告称麦克亚当斯的促销活动强调MER/29"几乎没有报道过毒副作用"。那时，梅瑞尔知道食品药品监督管理局已经命令它给医生发一封警告信。

萨克勒声称梅瑞尔直到10月底才通知他，那时取消或修改《美国医学会杂志》广告为时已晚。他说，他不知道有什么好大惊小怪的。

这让专家组大吃一惊。首席律师施瓦兹紧接着询问："肾上腺功能怎么样？"

"一杯或几杯威士忌也会降低肾上腺皮质激素的产出。"萨克勒回答道。

"要求梅瑞尔发送给医生的广告中有没有说明其他副作用呢？"

"我不认为头发稀疏是一种毒副作用的表现，"萨克勒打趣道，"比起黏

---

* 受伤的病人对梅瑞尔提起了1 500多起民事诉讼。许多被合并成一个集体诉讼，这是当时针对一家制药公司的最大规模诉讼之一。据估计，在召回该药物之前的两年里，梅瑞尔的利润略高于100万美元，而民事和解的成本最终要高得多，约为2亿美元。司法部对梅瑞尔的一名副总裁和三名经理提出了刑事指控，这加剧了梅瑞尔的问题。他们对指控未提出异议。

稠的冠状动脉，我更喜欢稀疏的头发。”[28] 这是老派萨克勒的举止——夸夸其谈，夹杂着一丝屈尊降贵的优越感（言外之意是没有临床证据表明这种药物能防止动脉管壁增厚）。

“白内障当然是一个严重的副作用。”基福弗打断道。

萨克勒反驳道：“30 万患者中只有 4 例白内障。”他声称，其中三个是因为剂量太高，另一个患白内障的病人有可能只是“偶然”。[29]

萨克勒提醒小组委员会，梅瑞尔给医生写的警告信不是他和麦克亚当斯团队写的。如果梅瑞尔征求其意见，他会告诉他们反对食品药品监督管理局的指令，因为这是不必要的。“完全没有副作用的疗法根本不存在。”萨克勒说道。此外，他创作的所有 MER/29 广告上都用小字印着这样一句话：“完整的参考书目和处方信息备索。”[30]

不管委员会向他扔出什么问题，萨克勒都不担心。如果无法转移话题，他就会拖延或变得越来越好斗。他指责参议院的调查：“整件事都无关紧要。”[31] 调查人员获得了一些备忘录，但萨克勒没有按照传票呈交，这时他就抱怨委员会试图陷害他，而不是了解真相。萨克勒“可以说是在毫不知情的情况下做证”，同时抱怨说“直到今天早上才看到材料”。

委员会搜集了许多记录在案的推销员在推销中进行虚假陈述或者遗漏关键信息的例子，这些证据又如何呢？萨克勒坚持认为：“我们不能对没有准备过的宣传材料负责……我们就像特工一样。除非是我准备他们的材料，否则我无法以任何方式证明一家制药公司对其推销员做了什么。”[32] 萨克勒向小组委员会保证，他与推销团队的任何不当策略无关。

首席法律顾问似乎逮到了一个“抓到把柄”的机会，他拿出由萨克勒的主要客户之一辉瑞准备的一份 17 页对手研究备忘录。这份充满了竞争对手的药物负面数据的文件被分发给推销员，以便在需要时让医生远离竞争对手的药物，并代之以辉瑞的品牌药处方。小组委员会发现了萨克勒写给比尔·弗罗里希的信件，他们详细讨论了这份备忘录。[33] 美国医学会和《美国医学会杂志》等严禁通过贬损一种药物来宣传另一种药物。萨克勒没有显出些许迟疑。

“有人给我发了这份材料，我只是加了一条评论就还给他们了。我们与此事无关。”萨克勒坚持道。[34]

被问及麦克亚当斯是否在通用名下面印一排小号字体时，萨克勒回答说：“就我个人而言，我对这个字号没有任何异议。”[35]委员会向其出示了广告，其中麦克亚当斯省略了通用名，对此萨克勒声称是低级员工的“机械”错误。“在所有广告公司中，我们的误差最小。”[36]面对8位医生的来信，他们说麦克亚当斯在广告中使用其名字用于代言，尽管他们已经明确拒绝，萨克勒则说这是一位“不再为威廉·道格拉斯·麦克亚当斯工作”的员工的错。[37]

只是在做证的最后一个小时，萨克勒才失去了反抗的姿态，其中包括质疑他是否违反了食品药品监督管理局对“直接面向消费者”广告的严格禁令。小组委员会不知道萨克勒在宣传利眠宁时是如何规避食品药品监督管理局禁令的。然而，他们确实有证据证明另外两次宣传活动是萨克勒的杰作。第一个是格雷化合物，萨克勒为普渡·弗雷德里克公司最畅销的格雷牌甘油制剂选择的简化名称。《健康地平线》是一本普遍流通的消费者健康杂志，上面载有178个剪报来宣传格雷化合物。

“《健康地平线》是麦克亚当斯的一项业务吗？”基福弗问道。

萨克勒像律师一样字斟句酌：“据我所知不是，先生。我不这么认为。”[38]

首席律师说，委员会已经确定《健康地平线》归医学和科学传播协会所有。该公司将预先包装好的广告，伪装成171份报纸和杂志的社论，内容是关于另一种产品——草本通便丸。令人怀疑的是，其办公地址与麦克亚当斯广告公司位于曼哈顿中城的地址相同。[39]基福弗从公文包里拿出一个塞满文件的文件夹，他翻了几页，然后拿起一页放在麦克风旁边。

“那家公司是你的吗？”基福弗问道。

萨克勒避重就轻：“我们使用了他们的服务，参议员，但我从来没有在医学交流协会有任何股份。”

“这是你的部门？”基福弗问道。

“不，先生。不是，我从来都不是一名高级职员。”

萨克勒断言，这是一家独立的公司，为自己的办公空间付费，无论他们为药品广告或促销做什么，他都没有参与其中。

“这是为你做的吗？”

“不是，先生………我绝不会批准在分发处方产品信息时使用这种手段。据我所知，他们不是威廉·道格拉斯·麦克亚当斯公司的客户。”[40] 被逼得太紧时，萨克勒变得烦躁不安。他提高了音量。

“我想说清楚……我所听到的一切都是，向普通大众做广告违反了所有的准则，是不道德的，决定该由医生做出，病人不应该得到信息，他应该遵医嘱用药。此外，这些东西并没有列出副作用，接受它的报纸通常不知道它是真正的广告，认为只是来自新闻服务。然后，可能会发表这类文章的编辑，也只是来自某种基金会或这类组织。”[41]

如果真如他的辩解那样，那么为什么萨克勒 1949 年成立了另一家公司——MPIB，该公司致力于向记者和编辑介绍药物研究和相关信息？

“20 世纪 40 年代末，我们认为一个好的信息服务是有价值的。”

萨克勒声称，意识到公司发布伪装成合法新闻的新闻稿后，他告诉公司总裁：“我认为这种做法应该停止。”萨克勒说，他在 1951 年出售了自己的股权，宣布从那以后再也“不直接或间接持有任何种类的股票”。

基福弗再次试图让萨克勒确定他是否为制药公司客户提供伪装成合法新闻的新闻稿。

“据我所知，参议员，我记不起来了。”

萨克勒过去因直率而备受好评，但现在如此混淆视听，显得异乎寻常。

参议院的工作人员知道，医学传播协会的所有者是萨克勒的前妻埃尔塞和麦克亚当斯最高级别的女性高管海伦·哈贝曼（两人后来将其并入医学和科学传播发展公司）。[42] 混淆视听是萨克勒的一贯伎俩。他用不同的名字隐藏了角色和股权，在与比尔·弗罗里希、费利克斯·马蒂–伊瓦涅斯和弟弟们的合资企业中，他一次又一次这么干。[43]

结束证词时，萨克勒告诉参议员，拟议的立法没有必要。相反，政府应该停止对制药行业的过度监管，允许行业自行监管。萨克勒准备离开时，直言不讳的内布拉斯加州参议员罗曼·赫鲁斯卡为指控性的质问向萨克勒道歉。他说，令人遗憾的是，其同事试图“描绘出最糟糕的药物广告画面”[44]。

萨克勒自信听证会上表现很好，他的一些朋友却不这么认为。比尔·弗罗里希本来计划第二天出庭做证，但在得知这一咄咄逼人的提问方式后改变了主意。他让一名医生写了一封信交给委员会，信中说他患有“一种眼疾，可能会因出席而加重，他目前人在德国”。

18 沙利度胺灾难

很快基福弗就有了比萨克勒更多的想法。1962年2月最后一名证人做证后，拟议的立法提交司法委员会审查。根据基福弗的说法，在与其他一些参议员的“秘密会议”上，制药业“几乎将该法案从议程中剔除了”[1]。

制药业的游说卓有成效，因为政客们基本不担心药价不受控制会引起选民的强烈反对。听证会上缺少公众的呼声，这给制药业壮了胆。基福弗哀叹道，司法委员会提出的修正法案“只不过是原始法案的影子”[2]。对专利法的主要修订已不见踪影。基福弗为期两年半改变制药业定价方式的努力濒临失败。

然而7月中旬一切都突然改变了。《华盛顿邮报》刊登了头版报道：“食品药品监督管理局女英雄阻止‘毒’药上市。”[3]这篇报道讲的是“一位持怀疑态度的、固执的政府机构医生……官僚主义的挑剔者……如何阻止一场骇人听闻的美国悲剧”。这位医生就是弗朗西斯·奥尔德姆·凯尔西，她是食品药品监督管理局的一名审批员。梅里尔伪造了降胆固醇药MER/29的研究，强迫凯尔西批准沙利度胺。沙利度胺在欧洲作为非处方药出售，宣称是一种不会上瘾的辅助睡眠和治疗孕妇晨吐的镇静药。[4]在当时，如果申请后60天内食品药品监督管理局没有采取任何措施，药物将自动获得批准。然而，凯尔西向梅里尔反复询问更多信息，从而推迟了这一过程。[5]尽管公司提出了异议，她还是不相信这种药物的安全性。[6]

《华盛顿邮报》报道的时候，有证据表明，孕妇服用沙利度胺会导致婴儿先天畸形。最终，沙利度胺被认为是全世界 10 000 多名出生时手脚严重发育不良的婴儿的罪魁祸首，2 000 人死于并发症。[*, 7, 8]

一夜之间，沙利度胺灾难引起的巨大恐慌使基福弗垂死的立法复活了。这一强烈抗议引发了两党政治家的一场热议，都想为药品改革争点功劳。一项全国性民意调查显示，76% 的受访者认为"政府对药品的控制"应该"更加严格"。[9]基福弗获得了新的支持，尽管他意识到这意味着其促进更多竞争和控制价格的运动无疾而终，但是一份关注消费者安全的法案又将应运而生。

制药业转为守势。这一法案被认定是在为防止下一次沙利度胺悲剧提供必要保障。制药公司不想因为反对该法案而被定性为反面角色。该行业的主要游说团体药品制造商协会，很不情愿地接受了一些提高药物安全性的条款，同时抵制任何恢复反垄断和专利修订的努力。[10]

参议院听证会期间出版的一本书加剧了人们对制药公司问题的关注。生物学家蕾切尔·卡逊（Rachel Carson）所著《寂静的春天》，揭示了不受约束地使用杀虫剂对环境和食物链造成的巨大危害。她列举了许多健康危险，包括可能导致癌症。[**, 11]卡逊揭露了美国化学公司如何将利润置于一切之上，从而加剧了人们对沙利度胺的类似担忧。[12]民调显示，这动摇了人们对二战后科学和医学的信心。许多美国人相信杜邦"通过化学让生活更美好"的口号。同样多的人对制药公司有好感，相信制药公司是在秉承发现治疗方法的使命，这使它们变得更加无私。[13]

---

* 虽然凯尔西阻止了沙利度胺在美国上市，但在美国，梅里尔已经向大约 20 000 名患者分发了用于临床安全试验的沙利度胺。没有人能确定这些患者中有多少人怀孕了，但食品药品监督管理局后来得出结论，17 名沙利度胺致畸婴儿在美国出生。在南美和亚洲一些国家，沙利度胺继续被外国制药公司以不同的产品名销售了 10 年，但从未披露任何沙利度胺的含量。

** 卡逊一书中的罪魁祸首是杜邦的滴滴涕（DDT），一种经常通过空中喷洒的杀虫剂。环保人士花了 10 年时间与化学工业进行斗争，才使美国环境保护局禁止了滴滴涕。由《寂静的春天》催生的环保人士网络是 1970 年美国成立环境保护局的推动力。

公众的愤怒鼓舞了食品药品监督管理局的少壮派，这些初级官员认为该机构权力不足、举步维艰。他们游说基福弗在法案中纳入足够多的监管工具，以便食品药品监督管理局更好地监控制药业及其产品。基福弗提出放弃限制专利，以便让一些摇摆不定的参议员承诺给予食品药品监督管理局更大权力。[14]

仅仅几个月前看似已经死亡的立法获得参议院和众议院一致通过。1962年10月10日，肯尼迪总统签署了《基福弗修正案》。这是1938年《联邦食品、药品和化妆品法》以来美国药品法的第一次重大改革，标志着长达百年的行业自我监管和公众自我用药试验的结束。消费者权益倡导者欢呼法律提供的保障。

《基福弗修正案》标志着所有药品制造商首次必须到食品药品监督管理局注册，满足质量标准，并接受定期现场检查。食品药品监督管理局审查员必须在60天内对新药申请做出回应的条款被废止了。食品药品监督管理局有权召回其认定为“对公众健康构成迫在眉睫的危险”或未能提供治疗声明的药物。[15]该机构不再需要等到患者因服药受伤或死亡来证明药物的危险性。法规还授权食品药品监督管理局来判断药物广告在宣传夸张和科学准确之间是否“恰当平衡”，这让医学大道大为震惊。[16]法律并没有定义何为“恰当平衡”，而是让食品药品监督管理局去解决。[17]

尽管这些变化很重要，但与使《基福弗修正案》成为里程碑式立法的几项关键条款相比，就相形见绌了。在法案出台之前，为了让一家制药公司的药物得到食品药品监督管理局的认证，研发人员只需要证明药物相对安全即可。食品药品监督管理局无权考虑该药物是否达到预期效果，而只关注安全性，这导致无治疗效果的药物盛行一时。[18]公众从来不清楚食品药品监督管理局权力的技术差异，认为政府批准就意味着药物安全有效。如今，所有药物都必须基于“充分和良好控制的研究”来建立疗效的“实质性证据”，每家制药公司有举证责任，证明药物“将产生其声称的效果”。法案没有定义何为“充分和良好控制的研究”，对于具体细节的厘清再次成为食品药品监督管理局的责任。[19]

如果《基福弗修正案》的目的是确保所有未来的药物都有效，那么从1938年到1962年，食品药品监督管理局批准的超过9 000种药物都没有考虑疗效，该怎么办？[20]大约有4 000种药物仍在市场上销售，其中包括仅用一封食品药品监督管理局的咨询信就批准的数百种仿制药。[21]《基福弗修正案》还要求必须检查1962年以前药物的有效性。制药公司用了两年时间收集早期药物有效性的证据。

达到新的要求意味着食品药品监督管理局要做更多的工作。鉴于资源有限，这并不容易做到：食品药品监督管理局的预算只允许它平均每五年半才检查一次药厂。[22]第一步，食品药品监督管理局将新药部门分成五个独立部门：药物研究处（评估制药公司提交的临床研究）；控制评估（审查研究实验室和制造工厂的产品生产流程）；医学评价（判断新药申请表中的安全性和有效性数据）；新药状态（与制药商合作，确保正确的剂量）；新药监督（汇编药物副作用报告）。

制药公司担心新法案会使药品批准过程变得更长、更复杂、代价更高。[23]制药公司的担忧很快变成了恐慌。拒绝在美国销售沙利度胺的食品药品监督管理局审批员弗朗西斯·凯尔西，被任命为新的药物研究部门的负责人。[24]凯尔西是公认的国家英雄。肯尼迪总统授予她杰出联邦公民总统奖，这是政府雇员的最高荣誉。数十家报纸和六家全国性杂志热情洋溢地介绍了其个人资料，使其成为食品药品监督管理局历史上最容易辨认的面孔之一。[25]

1963年1月，为了消除法律中未定义的"充分且控制良好的研究"的模糊性，凯尔西宣布了一份详细的协定，每个制药公司都必须遵循该协定，来证明所推出新药的有效性。根据凯尔西的规则，制药公司必须先说服药物研究部门，其推出的药物没有严重副作用，并且在动物试验中治疗效果得到了证明，制药公司才能开始人体试验三个阶段中的第一阶段。《基福弗修正案》赋予食品药品监督管理局确定研究人员资格和为这些试验选择设施的最终决定权。第一阶段由几十名志愿者组成，重点关注安全问题。第二阶段测试至少数百名患者的治疗效果。第三阶段对制药公司来说是一个艰难的阶段，它需要与相似的药物或安慰剂进行随机对比试验，测试不同地方的不同患者。凯尔西明确表示，食品药品监督管理局最信任双盲实验。在双盲实验中，研究者和志愿者都不知道谁接受了药物，谁接受了安慰剂。[26] 此后 50 多年里，该协定实际上保持不变。

制药公司立即从食品药品监督管理局撤回了大约四分之一的未决药物申请，这些申请在《基福弗修正案》成为法律之前没有得到批准。它们被认为是“低商业优先级”药物，针对的是罕见疾病和少量患者。考虑到新的临床研究要求的费用和时间，它们似乎并不合时宜。美国医学会药物委员会委员、著名儿科医生哈里·希尔基（Harry Shirkey）称这些药为“孤儿药”（罕见病用药）[27]。（几十年后，美国政府制定了一项法令来复兴这些药物，将“孤儿药”从一个被遗弃的类别转变为该行业中定价最高的一部分。）

严格测试也产生了意想不到的结果，直到几年后才变得明显，这标志着一个时代即将结束。在这个时代里，个体研究人员过滤成千上万的土壤样本，寻找抗菌微生物，或者筛选数百种化合物，寻找精神药理学活动的迹象。当然，在一个小实验室里，一个孤独的科学家仍然有可能幸运地发现一种大有可为的未知药物。这种情况偶尔会发生，但是完成食品药品监督管理局的三个临床试验阶段确实更加复杂，平均需要几年时间。每家公司都知道，不管一种化合物在实验室里看起来多么有希望，给病人服用时，其药效不尽相同。创新药物的高失败率是许多制药公司生产非处方药的原因。[28] 自 1960 年以来，普通制药公司将其研发预算的 25% 用于研究一种全新的药物类别，75% 用于研发仿制药。[29] 在接下来的几十年里，美国制药公司越来越少进行冒险。[30]

将凯尔西对新药的严格标准应用于仍在市场上销售的 4 000 种 1962 年以前研制的药物是不可行的。研究科学家估计，审查这些药物的所有公开临床信息需要 25 ～ 50 年时间。明尼苏达州参议员休伯特·汉弗莱（Hubert Humphrey）也是一名制药商，那年夏天，他就联邦机构如何更好地进行药品监管举行了听证会。[31] 委员会的最终建议之一是，美国医学会药品委员会应在向医生提供公正的药品信息方面发挥更加积极的作用。[32] 药品委员会对此跃跃欲试，但是甚至那些最近被食品药品监督管理局批准的药品都让它忙不过来。平均而言，它只是设法对每三种新药中的一种进行了全面分析。医生得到美国医学会的信息时，往往为时已晚，新的药物已经取代了美国医学会研究的药物。[33]不管国会给了美国医学会多么严厉的告诫，很明显，这个国家最大的医学协会已经忙得焦头烂额——忙于分析从实验室涌出的大量药物。

食品药品监督管理局的情况也是如此，该机构缺乏熟练的工作人员和专业知识来充分行使其扩大的权力。[34] 它的年度预算低于一些公司在引进单一主要药物上的花费。[35]

与此同时，制药公司公开抱怨繁重的监管会扼杀创新。私下里，它们抱怨临床试验会减缓产品上市速度，增加成本。制药公司鼓励盟友联合起来反对《基福弗修正案》，希望未来国会能够约束其授予食品药品监督管理局的一些广泛权力。1963 年仲夏的芝加哥国际研讨会上，许多著名学者、药剂师和科学家对新法规是否会“扼杀临床药理学的生命”表示了严重担忧。当年对医学院研究人员的一项调查显示，75% 的人表示，《基福弗修正案》令他们不愿完成当前的项目，也不太可能开始新项目。

《国际商务》和《金融周报》及其他建设性的金融出版物发表社论，谴责食品药品监督管理局扩张性的新权力，并敦促国会“砍掉它的翅膀”。[36] 那个时代的两位自由经济学家乔治·斯蒂格勒和米尔顿·弗里德曼坚持认为，只有自由市场才能决定一种产品是否有效。无效的药物或药效一般但昂贵的药物，将会被更有效和更廉价的药物取代。他们宣称，政府的唯一职责是确保药品在出售给公众之前是安全的。[37]

制药公司与美国医学会建立了极好的同盟，美国医学会谴责《基福弗修正案》篡改了医生的判断力。正如斯蒂格勒和弗里德曼所言，美国医学会认为食品药品监督管理局批准药物的唯一重点是安全性。功效问题应该是对患者有第一手经验的配药医生的专属领域。与知名医生相比，药品制造商协会贬低了食品药品监督管理局新聘用的一些医务人员的资格，从而加剧了这场风暴。此举意在让人们怀疑年轻的政府监管者（有些刚从学校毕业）是否有能力对药物有效性做出判断。[38]

随着时间的推移，制药公司指出每年批准的药物数量都在下降，以此作为《基福弗修正案》阻碍创新的证据（食品药品监督管理局的反驳意见是，批准数量的下降只是代表了“一个更加科学的步伐”）。较慢的审批过程被称为“药品滞后”，随后引发了一场关于美国法规是否使欧洲制药公司超越美国竞争对手的辩论。[39]

制药行业高管对于类似的观点达成共识，他们认为，如果新法规对制药公司来说是繁重的，那么对食品药品监督管理局来说就是毁灭性的。他们的计划很简单。每一次新药申请，他们都会呈交几十个三环活页夹，里面塞满了关于临床试验和实验室细节的信息，让食品药品监督管理局忙得不可开交。[40] 帕克-戴维斯的记录显示，1938 年该公司的肾上腺素产品申请文件总共有 27 页。10 年后，申请批准一种新祛痰剂时，它提交了 73 页文件。1958 年，在《基福弗修正案》之前，它向食品药品监督管理局提交的最大一份文件厚达 430 页。该法律颁布后，其 1962 年的避孕药申请文件厚达 8 500 页。几年后，帕克-戴维斯向食品药品监督管理局提交的新麻醉药申请文件达 167 卷、共 12 370 页！[41]

制药公司计划对其不喜欢的食品药品监督管理局决定提出上诉。后基福弗时代做生意的代价之一将是雇用更多律师和外部医学专家。然而，食品药品监督管理局对制药公司根深蒂固的抵制并非毫无办法。食品药品监督管理局专员乔治·拉里克曾是一名高级联邦食品和药品检查员。1954 年艾森豪威尔总统任命他主管食品药品监督管理局。拉里克避开媒体，任期内默默工作，争取国会两党的支持。拉里克谨慎的游说是国会乐于在《基福弗修正案》中赋予食品药品监督管理局更大的药物执法权的主要原因之一。1954 年拉里克接管食品药品监督管理局时，一共有 950 名员工，年度预算为 600 万美元。1965 年拉里克离开食品药品监督管理局之前，其预算增加了 7 倍多，达到 5 000 万美元，员工超过 4 000 人。许多新员工都拥有医学学位或药理学博士学位。[42]

然而，拉里克的问题是其糟糕的公众形象。安居幕后施压可能对其机构有利，但不能获得好的媒体报道。公众对其了解就是他被亨利·韦尔奇欺骗了好几年，韦尔奇这位名誉扫地的抗生素部门主管曾是马蒂-伊瓦涅斯的商业伙伴。尽管食品药品监督管理局阻止了一场沙利度胺灾难，但功劳最后归于弗朗西斯·凯尔西。消费者权益倡导者批评拉里克的门户开放政策，该政策允许制药公司和食品药品监督管理局的监管者接触并对其施加影响，包括负责批准药物的审查人员。根据《华盛顿邮报》的一篇社论，拉里克是"一位身居要职的平庸管理者"[43]。

也许这一不屑的报道，是促使拉里克决定行使食品药品监督管理局新权力的原因之一。他没有故意挑起争端，也没有刻意回避。拉里克选定了一类他认为容易瞄准的药物：含有抗生素和抗组胺剂、减轻充血的消肿药或镇痛药，销售时"用于缓解普通感冒的症状和预防并发症"。[44]

学术期刊上的医学研究得出压倒性结论，在对抗导致感冒的病毒方面，这些药物实际上毫无价值。然而，亚瑟·萨克勒已经证明，在销售方面，"好的促销"胜过学者。1955 年，萨克勒和朋友比尔·弗罗里希主导了立达非那西丁的宣传活动。非那西丁是四环素、抗组胺药和镇痛药的合成。当时，其销售额仅为每年 7 000 英镑。这两个人设计了一个典型的面向医生的直邮广告。广告中有一张生病的患者照片，标题是"从感冒开始"，暗示了感冒有时会变成上呼吸道感染。他们引用了一项研究，该研究表明，感冒发展成更严重疾病的比例为 1/8，如肺炎、支气管炎、鼻窦炎、扁桃体炎等，其宣传语是"保护和缓解'感冒'患者：非那西丁"。[45]

广告没有透露引用的研究是 1933 年的，也没有提到 20 多篇最新的学术文章认为这种药物对治疗感冒毫无用处。立达的医疗主任担心广告会误导人。萨克勒和弗罗里希玩文字游戏，将严重的症状与感冒捆绑在一起，乍一看这种产品似乎是一种有价值的药物。立达的医疗主任公开反对，但被否决。该公司将广告邮寄给 14 万名医生，还在医学杂志上广泛刊登。对于那些没有时间也没有兴趣做自己研究的医生来说，这些推销再加上免费样品和立达推销员的访问，其说服力极强。

新的促销活动使销售额从微不足道的 7 000 英镑增加到 1962 年的 400 多万英镑。立达的感冒药占美国所有抗生素销售额的 5%。[46] 萨克勒的《医学论坛报》后来发表了该刊对医生的非正式调查结果，据说调查基本支持为普通感冒患者开抗生素。[47]

当基福弗小组委员会调查非那西丁的广告活动时，拉里克一直在全神贯注地观察。参议院小组感到沮丧，因为根据现行法律，萨克勒的广告没有违反制药公司销售产品的规则，那个广告也不再分发。后来，拉里克决定，根据新的法律，食品药品监督管理局应该追查药物本身。

1963 年 8 月，食品药品监督管理局宣布计划“取消”非那西丁和其他感冒处方药的资格。与此同时，该机构对 30 种不常用抗生素的功效提出了疑问，其中一些抗生素以非处方漱口水、咽喉含片和鼻喷雾剂的形式出售。拉里克依赖于食品药品监督管理局以及美国国家科学院共同任命的一组顶尖科学顾问的推荐。他们的结论是，所有抗生素都“没有预防或治疗感冒的作用”[48]。《纽约时报》列出了食品药品监督管理局此举的另一个原因：“频繁使用抗生素，会导致患者对药物产生耐药性，有时会在患者真正需要时使药物失效。”[49] 那些反对这一决定的人有 30 天的时间来准备反击。后基福弗时代，药品世界的第一场战斗已经打响。

19 1亿美元畅销药

萨克勒和医药大道的同事对《基福弗修正案》有自己的担忧。该法律声称要将医学广告变成商业推广中最受管制的领域之一。[1]标签和广告必须列出所有活性成分和药物的通用名。（第二年，药品制造商协会和37家制药公司发起诉讼，意图使每次提及商品名时列出通用名的要求无效。1967年美国联邦最高法院受理此案后，食品药品监督管理局同意撤销该条款。）[2]更让医药大道恼火的是，食品药品监督管理局将最终决定它们的推广活动是否“科学准确”。广告还必须包括包装插页上的警告和对副作用的“简要概述”。没有人知道“简要概述”在实际中意味着什么。

萨克勒敦促对手和朋友都要克制。如果广告违反了新标准，那么食品药品监督管理局随时可以召回任何药品。萨克勒推断，如果医药大道没有被逼到非激怒它不可，那么政府唯一的药品监管机构可能不会将广告执法作为重中之重。毫无疑问，食品药品监督管理局全力批准新药，并力争取消固定剂量感冒药。广告人希望所有的新规定只会影响未来的宣传活动，所面向的是实验室正在开发的药物。

令医药大道欣慰的是，最初几乎没有什么变化。与此同时，抗生素广告仍然是这些机构最赚钱的方式。那时没有人知道抗生素的黄金时代即将结束。如今使用的半数抗生素在那时都已面世了。[3]

10年前，亚瑟·萨克勒因积极推出辉瑞的土霉素而在医疗广告中声名鹊起。推销利眠宁是继土霉素后又一成功的计划。利眠宁极受欢迎，以至休伯特·汉弗莱在1963年的参议院调查中，将其作为联邦药物监管审查的一个独立部分。在将近1 000页的最终报告中，关于利眠宁的披露基本上不见了。该报告指出，罗氏关于利眠宁“显著有效性和多功能性”的说法来自“完全不受控制的研究”。这些研究没有进行任何努力来“遵守任何既定规则”，以便进行可靠试验。一系列缓慢但持续增长的副作用被记录在案，如眩晕、嗜睡、思维障碍、口齿不清、思维混乱，有时还会出现幻觉等。[4]一项对36名服用高剂量利眠宁的患者进行的研究首次表明，该药可能会导致依赖性。[5]另一份报告称，利眠宁使用者出现交通事故的概率比平均水平高10倍。[6]

很少有医生跟得上不断变化的药物更新，更没有动力去查看一份15厘米厚的联邦政府报告。尽管利眠宁副作用明显，大多数医生仍将其列为市场上最安全的药物之一。[7]一项全国性的医生调查提供了萨克勒营销影响的最佳证据：利眠宁被列为“医学治疗中最重要的一次进步”。当被问及“在你的实践中，哪种药最有用？”，顶级医师的选择就是利眠宁。医生被要求选择一种“不作为主要疗法”，但“从患者角度来看对缓解病情有最大贡献”的药物时，利眠宁也是他们的首选。[8]

竞争对手拼命研发，试图创造一种竞争药。结果是向食品药品监督管理局提出十几项仿制药申请，都是眠尔通的化学衍生物。[9]揭开苯二氮䓬类药物的化学结构，创造一种真正能与利眠宁竞争的药物被证明更具有挑战性。甚至在1960年食品药品监督管理局批准利眠宁之前，罗氏就已经决定开发特效药的竞争者，以保护其在新领域遥遥领先的研究地位。罗氏发现利眠宁的科学家利奥·斯特恩巴赫着手开发利眠宁的下一代药物。萨克勒鼓励这种策略。他知道，每一种药物，不管推出时看起来多么强势，最终都会被新药取代。[10]

这一次，斯特恩巴赫的实验室探索更简单了，他并没有测试数百种化合物来寻找一种新药，而是专注于“在不丧失镇静效果的情况下改变利眠宁的分子”。[11] 罗氏想要一种更好的利眠宁仿制药。[12]

只有罗氏的一个小组知道，1959 年 10 月 26 日，也就是在食品药品监督管理局最终批准利眠宁的三个月前，斯特恩巴赫发现了改良版苯二氮䓬类药物。从来没有一家制药公司在第一种药品上市之前，投入如此多的资源来开发一种与之竞争的自有品牌药品。斯特恩巴赫给新药取了一个通用名——地西泮（diazepam）。罗氏最终选择维利目（Valium）作为商品名，来自拉丁语 valere，意味着“变得强效”。

罗氏再一次为一项重大发现授予斯特恩巴赫 1 万美元奖金。斯特恩巴赫的职业生涯刚刚过半，最终他获得了 241 项药物专利（其发现一度占罗氏制药 40% 的国际销售额）。斯特恩巴赫曾经透露：“在我获得三四次奖金之后，罗氏不再每年发放奖金。”[*, 13, 14]

在 1960 年提交给食品药品监督管理局的报告中，罗氏声称维利目比利眠宁更有效，副作用也更少。临床试验证实了这一说法，它作为抗痉挛药比利眠宁的药效强 10 倍；作为肌肉松弛药和安定药，药效比利眠宁强 5 倍。[15] 维利目还有独特的市场优势——不像利眠宁那么苦。罗氏没有在其申请中涉及这一点，因为药品味道不是必要的。

与 1962 年《基福弗修正案》之前已获食品药品监督管理局批准的利眠宁相反，罗氏必须出具维利目疗效的“充足证据”。食品药品监督管理局被大量待审批的仿制药淹没，在审查精神药物方面面临极大挑战，因为其药物部门只有两名精神病学家。[16] 3 年后，1963 年 11 月 15 日，维利目才被批准。具有讽刺意味的是，当时参议院正在就其化学同族利眠宁未公开的危险性举行听证会。

---

* 斯特恩巴赫后来发现的几种苯并衍生物成为主要畅销药，包括臭名昭著的安定药罗眠乐、催眠镇静药硝西泮以及抗失眠药宁眠锭。至于另外两种药物，长效催眠镇静药氟西泮和抗焦虑药氯硝西泮，罗氏分别于 1963 年和 1964 年获得专利。然而，氟西泮直到 1970 年才上市，氯硝西泮直到 1975 年才上市。罗氏不想在 20 世纪 60 年代中期，将它们作为以利眠宁和维利目为主导的市场的额外竞争对手。

参议院对利眠宁的指责并没有改变萨克勒推出维利目的宏伟计划。[17]“毫无疑问，维利目的推广活动最为宏大。”温·格森（Win Gerson）回忆道，他在利眠宁宣传活动期间进入麦克亚当斯，“维利目的一个鲜明特点是它可以用于几乎所有专业。医学的每个阶段都有焦虑的成分。”[18]

罗氏为该药的推广投入了创纪录的 1 000 万美元。“这是闻所未闻的，”格森说，“维利目改变了我们与医生交流的方式。”4 页广告变成 8 页，给医生的直邮广告包括单独的插页，医院也循环播放着视频特辑。[19]

利眠宁以圣迭戈动物园的猞猁为特色，许多广告都在渲染情绪，需要一种药物来抑制现代生活造成的潜在焦虑。对于维利目，萨克勒不求戏剧性，而是专注于该药物的强大治疗效果。“越强越好”是核心，他强调了新药背后的科学。[20]

罗氏对积极推广的渴望与萨克勒的风格完美契合。1963 年夏天，该药物上市前六个月，食品药品监督管理局召见了罗氏的研究主管，要求他拿出证据来支持该公司将维利目治疗“神经过敏”进行广告宣传的请求。[21]《基福弗修正案》的测试标准要求更严格，但在此之前，维利目的临床试验已经完成。食品药品监督管理局新药部门负责人马修·埃伦霍恩对罗氏的试验并不满意，他建议对其进行更多测试。罗氏和萨克勒无视这一建议。《美国医学会杂志》12 月的第一则广告宣传了维利目在治疗“失眠、紧张、焦虑、易怒和相关症状”方面的有效性。[22]

食品药品监督管理局召开了另一次会议，在会上，新药监督部门要求罗氏删除萨克勒最突出的广告语之一“没有严重副作用”。食品药品监督管理局收到早期报告称，一些患者出现了共济失调，即身体功能丧失。罗氏表示将考虑该建议，然而萨克勒的广告没有任何改变。

罗氏决心让维利目取得比创纪录的利眠宁更大的成功。罗氏在推销团队上花费巨大，不仅派他们去向医生推销，也派他们去向医疗机构、医院、精神病诊所、政府医疗机构和军队推销。罗氏还增加了免费样品的预算，萨克勒认为这对于引入一种生活方式药物特别有用。罗氏分发了如此多的免费样本——在加拿大，一年中仅向医院就分发了8 200万片维利目，健康顾问对此抱怨称，维利目被分发给许多不需要它的人。10年以后，罗氏才对批评做出回应，宣布只有在医生要求的情况下，才会通过返还公司提供的预付明信片来分发免费样本。这一变化之后，罗氏仍然平均每年赠送大约1 500万片维利目。[23]

萨克勒根据比尔·弗罗里希和他的数据收集公司——艾美仕市场研究公司提供的信息，对维利目进行个性化推广。它交叉引用了订阅医学杂志的医生的处方习惯。萨克勒说服罗氏组织医生焦点小组来评估他们对不同广告的反应。[24] 该公司还创建了一个由萨克勒发起的项目，解释为什么苯二氮䓬类药物是对抗过度压力的最有效药物。罗氏接受了萨克勒当时的激进想法，即利用新兴的视频技术来推广苯二氮䓬类药物，将其作为认证项目的一部分，医生观看视频可以获得继续教育学分。罗氏创建了一个三小时的闭路电视课程，花了100多万美元资助医学继续教育网络（萨克勒那时已经开始了他自己的医学继续教育课程）。罗氏也有专门针对健康和医学领域记者的消费者版本。[25] 罗氏强调维利目在对抗压力的负面影响方面大有裨益，建议将这种特效药用于治疗偏头痛、溃疡、糖尿病和肥胖症。

例如，面向妇科医生的广告针对更年期，面向产科医生的广告针对早期分娩时的肌肉收缩，面向骨科医生的针对肌肉痉挛，面向神经学家的针对癫痫和脑性瘫痪，面向心脏病医生的针对高血压和心律失常，面向外科医生的针对其作为一种预麻醉的用途，而面向药物滥用专家的则针对如何降低酗酒者戒断症状的严重性。[26]

萨克勒选择跳过大多数针对精神病学的期刊，因为他认为这些医生知道苯二氮䓬类药物的好处。[27] 这一策略大获成功。精神科医生开出了大量维利目和利眠宁处方，但罗氏的大部分成功是通过令人惊讶的97%的全科医生开出的。[28]

维利目为一位科学家后来称为“选择你的情绪药物”设定了一个新标准。[29] 医生在用药高峰已经开出5 000多万张弱安定药眠尔通以及甲丙氨酯片。这远远超过所有的抗精神病药和抗抑郁药，仅次于巴比妥类药物和抗生素。[30]利眠宁的销量令眠尔通望尘莫及。每年有超过 7 000 万张利眠宁处方。维利目更是一骑绝尘，每年有 1 亿张处方。[31]

“眠尔通和利眠宁创造出有利的市场氛围，”《时代》周刊医学编辑吉尔伯特·坎特指出，“维利目代表了一个想法，它的时代已经来临。”[32]对罗氏来说幸运的是，萨克勒的鼎力相助使维利目广为流行。

“镇痛药执行者”或“精神阿司匹林”是维利目在华尔街的昵称。1966年，滚石乐队在热门歌曲《母亲的小帮手》中就提到了维利目：“妈妈今天需要一些东西来冷静。虽然她并没有真的生病，但是有一颗黄色小药丸……”[33]同年，小说家杰奎琳·苏珊在畅销书《娃娃谷》中称维利目为“娃娃”。

萨克勒的宣传活动使维利目成为制药业首个 1 亿美元畅销药。[34]“这在当时是一个天文数字，而且当时的价格不像今天这样频繁上涨。”麦克亚当斯的格森说。[35]维利目获得的成功随处可见，多年来它几乎成为“安定药”的代名词（就像 20 世纪五六十年代“施乐”代表了“复印机”一样）。[36]

在罗氏的新泽西制药厂，3 个巨大的药丸冲压机器每 15 个小时生产 3 000 万粒药丸。[37]正如《纽约时报》所指出的那样：“在创纪录的 13 年时间里，世界上最畅销的药物并不像预期那样，是一种有望治疗某些危及生命或致命疾病的药物，如癌症、心脏病或关节炎等。相反，它是一种白色或淡色药片，通常用于缓解被笼统称为焦虑的情绪状态。”[*, 38, 39]

罗氏原来还担心，每开一个维利目处方，都可能会取代原本开具利眠宁的处方。情况并非如此，维利目增加了 100 多万新患者，扩大了安定药市场。维利目成为美国最畅销的药物时，利眠宁仍然是第三名（避孕药是第二名），

---

* 1963 年问世后的 10 年里，维利目的新处方数量超过了续药处方，这是市场扩张的最好证据。1974 年，维利目的续药处方与新处方比例为 3 ∶ 2。好的一面是，维利目处方的总数没有减少，只是更多地开给了现有病人。罗氏得知患者是忠诚的，他们大多对药效持认可态度。研究报告称，95% 的患者称维利目对他们有帮助。这对于任何药物来说都是一个惊人的结果，更不用说在那个阶段已经上市 10 年的药物了。

总销量超过了60亿片。[40] 这两种轰动一时的苯二氮䓬类药物占据了安定药80%左右的市场，使罗氏成为全球最赚钱的制药公司。[41]

营销主管理查德·斯珀伯回忆道："每一家上市公司都担心畅销药会让收入和利润大幅飙升。我们都喜欢这种成功，但不要一下子太多，它不可能永远保持这种水平。从某种意义上说，同比下降看起来会很糟糕。"有时公司将销售收入转移到所谓的机会支出上，这是雄心勃勃的未来项目的汇总。会计师们施展了魔法，将其中的一部分从收入账目中剔除。[42]

但没有足够的会计技巧或虚假项目来隐藏从苯二氮䓬类药物涌入罗氏的大量资金。罗氏股票高达每股73 000美元，是当时最贵的公开交易股票。《财富》杂志将维利目称为"有史以来最大的商业成功"[43]。

20　合法但有点“诡诈”

正当人们迷失于维利目和利眠宁带来的铺天盖地的好消息时，收到了这两种药物面临问题的首个警告信号。警告来自 1963 年末麻醉药品和药物滥用咨询委员会的一份最终报告。[1]1964 年 1 月，约翰·肯尼迪成立了一个七人小组，研究“防止滥用麻醉药品和非麻醉药品”的方法。这一组织似乎不太可能解决苯二氮䓬类药物问题，其重点是苯丙胺类和巴比妥类药物滥用，两者都是食品药品监督管理局警告的对象。每年生产的大量苯丙胺类药物有一半进入了非法市场。[2]新闻报道将苯丙胺类兴奋剂妖魔化，认为它是各种问题事件的罪魁祸首，比如造成长途卡车司机交通事故增加、家庭破裂、色情犯罪以及青少年犯罪等。[3]巴比妥类药物用药过量导致死亡人数急剧上升（此前一年，玛丽莲·梦露因用药过量意外死亡，使这个话题成为头版新闻）。

处理复杂的成瘾问题是咨询委员会的任务之一。20 世纪 60 年代早期，科学家们对于什么是药物成瘾还不能达成一致。当时发生了一场关于习惯、心理、生理和身体依赖之间差异的辩论。[4]更具挑战性的是，只有三位杰出

且人脉广泛的委员拥有医学背景。[*, 5]

委员会的报告应于 1964 年 11 月某个时候提交。亚瑟·萨克勒和罗氏知道他们已经收集了一些信息，证明眠尔通和利眠宁可能会让人产生依赖性。没几个人认为委员会已经收集了足够证据，对所谓的弱安定药给出确切结论。尽管如此，亚瑟仍随时待命，以防该报告包含任何需要反驳的关于罗氏苯二氮䓬类药物的内容。

亚瑟希望委员会不要在 12 月之前发布报告，因为他想先处理一个私人问题。亚瑟构思了一个自己和纽约首屈一指的大都会艺术博物馆之间的协议。众所周知，1960 ~ 1961 年经济衰退之后，大都会艺术博物馆很难筹集资金对过时的画廊进行大规模翻新。亚瑟和博物馆馆长詹姆斯·罗里默见了一面。

亚瑟不是大都会艺术博物馆通常追求的那种超级收藏家。大都会艺术博物馆专注于文艺复兴和后印象派大师的绘画和雕塑。当时，亚瑟捐赠过自己艺术品的唯一一家博物馆是凤凰城艺术博物馆，那是在 1959 年该博物馆开馆后几个月。亚瑟给哥伦比亚大学艺术史和考古实验室提供了部分资助，这使他成为艺术系的顾问团成员。令人瞩目的是，亚瑟没有向大都会艺术博物馆及其竞争对手——波士顿美术博物馆、费城艺术博物馆、芝加哥艺术学院、史密森尼博物馆和国家美术馆——提供任何重大资助。

纽约艺术界当时被白人贵族新教徒主宰，其财富往往可以追溯到工业革命时期。这些人嘲笑亚瑟·萨克勒有着暴发户的嘴脸。经营雷曼兄弟公司的

---

* 麻醉药品和药物滥用咨询委员会的人员构成表明，政治联系压倒了对专业科学或医学知识的需求。委员会主席伊莱贾·巴雷特·普莱特曼是一位受人尊敬的联邦法官。其他非专业成员是有影响力的密歇根州国会议员亨利·金博尔、纽约市第一位非裔美国人福利专员詹姆斯·邓普森、犯罪学教授奥斯汀·麦克科米克。委员会的三位医生中，拉斐尔·桑切斯·乌维达是一名普通外科医生；詹姆斯·狄克逊是安迪亚克文科学院院长；罗杰·艾格伯格是公共健康倡导者和教育家，他因二战时期担任道格拉斯·麦克阿瑟将军的医生而闻名。

银行家罗伯特·雷曼（Robert Lehman）是大都会艺术博物馆的主要收藏家和贡献者，他认为大都会受托人是“一个反犹俱乐部”[6]。

“那些尊敬萨克勒的人说他十分精明，”后来的大都会艺术博物馆馆长托马斯·霍文（Thomas Hoving）说，“那些讨厌他和他的行为的人说他很滑头。在大都会艺术博物馆，人们也认为他很滑头。”[7]一些人怀疑，也许萨克勒选择亚洲艺术是因为他是一个寻找廉价收藏品的人，而不是拥有一种有内涵的风格和文化感。[8]众所周知，在纽约的收藏家中，萨克勒经常依赖保罗·辛格（Paul Singer）博士的建议。保罗·辛格博士是一位出生于匈牙利，在维也纳接受教育的精神病学家，也是自学成才的亚洲艺术权威。[9]辛格完美地补充了萨克勒对宏大和广受欢迎的收藏品的关注。辛格较为关注在亚洲各地的挖掘中发现的罕见小型考古物品，这些物品往往被交易商忽略。辛格称它们为“掠夺者丢下的东西”[10]。

两人有着共同的精神病学研究背景，都信奉犹太教，虽然两人都没去过中国，也不会说中文，但他们对中国艺术有着共同的热情。[11]自1957年第一次见面以来，萨克勒支付了辛格新泽西州萨米特市公寓的租金，那是一套两居室的公寓，从地板到天花板都堆满了古董。萨克勒还同意每月支付咨询费，如果辛格需要空间收藏新品，他同意提供额外的场地，所有这些都由萨克勒担保。这一系列举动使得辛格能够集中精力寻找文物，而不必担心每月如何支付账单。辛格不想在博物馆里展示其收藏，也不想获得税收减免，更不想在收藏其藏品的画廊里看到自己的名字。与此同时，辛格同意，他有生之年积累的任何东西，都将在他死后转移给萨克勒（1997年辛格去世时，他的6 000件藏品估价6 000万美元）。[12]

普林斯顿艺术和考古系主任后来成为萨克勒的顾问，他给加州大学伯克利分校的一位艺术教授写信称，萨克勒赤裸的野心意味着他在研究上花的时间太少，在简单积累上花的时间太多。[13]大都会艺术博物馆的霍文说萨克勒“有被贴上贪婪甚至粗俗的标签的危险”[14]。

尽管精英分子的势利使亚瑟·萨克勒被大都会艺术博物馆斥为“不受欢

迎的闯入者”，萨克勒还是想提前实施其计划，以免后面被麻醉药品和药物滥用咨询委员会未决的报告拖住，不得不投入所有时间和精力来为维利目和利眠宁辩护。对萨克勒来说，不管是什么博物馆，任何潜在捐赠者的提议都是为了生意。博物馆想要他提供的东西吗？博物馆愿意提供什么作为回报？大都会艺术博物馆遭遇财政拮据，最近的筹款活动甚至没有筹集足够资金来购置急需的空调。这对萨克勒来说是个难得的机会，让他从凤凰城艺术博物馆这样的二等博物馆的捐助者，转变成传说中的大都会艺术博物馆的赞助者。萨克勒也知道，不管大都会艺术博物馆内部的流言如何贬低其收藏，人们普遍认为远东艺术是博物馆最薄弱的藏品之一。罗伊·安德鲁·米勒教授说：“大都会艺术博物馆在中国绘画作品上投入了大量资金，这会在一定程度上降低大杂烩式的收藏格调。”[15]

当年早些时候，萨克勒三兄弟开始向大都会艺术博物馆捐款（1963 年，他们第一次被列入博物馆的年终纪念册，标题为“捐赠者和出借人”）。* 萨克勒向大都会艺术博物馆馆长詹姆斯·罗里默保证，他鼓动了所认识的专业人士匿名成为博物馆的首次捐赠者。通过回顾博物馆自 1960 年以来每年公布的“捐赠者和出借人”名单，将这些名字与萨克勒家族持有公开或隐藏利益的公司法律文件进行比较，可以认定萨克勒就是所谓的“专业人士”。1963 年，萨克勒家族名字第一次列出时，其他捐赠者和出借人有马丁·格林、迈伦·格林和路易斯·戈德伯特。迈伦·格林是“永久会员”（最低捐款额为 5 000 美元）。这三个人同样出现在 1964 年“金钱和证券”礼物名录中，格林兄弟也是“永久会员”（每人至少捐赠 20 000 美元）。后来劳伦斯·埃夫曼加入其中，他是为戈德伯特工作的会计师。[16]

自 1947 年萨克勒基金会成立以来，布鲁克林出生的格林兄弟一直担任萨克勒三兄弟的律师。他们被列为萨克勒一系列公司的原始股东和董事。出

* 1963 年的“捐赠者和出借人”名单上，“亚瑟·萨克勒夫人”和“雷蒙德·萨克勒”捐助了数额不明的“金钱和证券”。雷蒙德也位列“永久会员”，这意味着他已经捐出至少 5 000 美元，将被纳入一个由 36 名捐助者组成的精英团体。

生于布鲁克林的会计师路易斯·戈德伯特和埃夫曼一起负责工资单。戈德伯特有时也被列为股东，他帮助隐瞒了萨克勒在华盛顿研究所的所有权，马蒂–伊瓦涅斯和MD出版公司向该公司支付了42万美元的年度咨询费。[17]至于埃夫曼，他后来与比尔·弗罗里希一起列在私人企业中，还担任弗罗里希广告公司的董事。

似乎格林兄弟、戈德伯特和埃夫曼通过捐赠私人持有的萨克勒控制的公司股份，有资格进入大都会艺术博物馆的顶级名单。格林兄弟作为律师，为公司的合法性提供担保；戈德伯特和埃夫曼作为会计师，为任何赠予股份的价值做担保。[18]（博物馆一再拒绝查询相关捐赠细节的请求，导致无法确定这些捐赠的价值是否被夸大——这种价值会抵销萨克勒公司的收入，同时提高萨克勒家族在大都会艺术博物馆的知名度。）

然而，萨克勒知道，光是钱还不足以从大都会艺术博物馆得到他想要的东西。在与罗里默的会面中，萨克勒详细介绍了其收藏以及藏品如何随着时间的推移变得更加宏伟的设想。他们谈到了《纽约时报》的一篇报道，当时萨克勒出借了一些艺术品给哥伦比亚大学展览。[19]

刺激了罗里默的胃口后，萨克勒转向一个新话题。萨克勒愿意出资15万美元，这让罗里默大吃一惊。[20]这笔钱用于对大厅北面二楼的一个大画廊进行全面翻修。翻修后的展厅将容纳中国文物，并被命名为亚瑟·萨克勒画廊（15年后，它将成为萨克勒展厅9个相邻画廊的一部分）。罗里默意识到萨克勒早有准备。他选择的场地没有正式名称，但被非正式地称为罗杰斯大厅。之所以这么叫，是因为这个展厅展出的大部分藏品来自博物馆有史以来接受的最大遗赠之一——1901年铁路大亨雅各布·罗杰斯的500万美元（相当于今天的1.52亿美元）捐赠。罗杰斯曾指示这笔钱用于“为图书馆购买珍贵的艺术品和书籍”。[21]3年后，银行家约翰·皮尔庞特·摩根成为大都会艺术博物馆董事会主席，他利用罗杰斯基金收购了一批丰富且精美的希腊、罗马和埃及古董，一些来自远东的物件，有彩色绘图装饰的手抄本，以及17世纪荷兰大师的画作。[22]

同意以15万美元换取冠名权是最容易做到的。萨克勒随后提出了另一个条件，他自认为极具创意，而在罗里默眼里，充其量只是一个非正统的条件。萨克勒发现了大都会艺术博物馆最好的中国雕塑和一幅极好的早期壁画。这些藏品是20世纪20年代博物馆利用罗杰斯基金收购的。萨克勒坚持说，他的全部捐赠取决于大都会艺术博物馆按照几十年前最初支付的价格把这些艺术品卖给他。然后，萨克勒再把这些艺术品“回赠”博物馆，这些藏品甚至从未离开过。它们将被冠以“亚瑟·萨克勒捐赠”，而不是现在的“来自罗杰斯基金”。[23] 罗里默很快就同意了。他向萨克勒保证，博物馆很快会为“亚瑟·萨克勒博士画廊”准备好文件。[24]（后来，萨克勒将画廊入口处大墙上那幅画的捐赠者名字改成了他的父母，以示他们对博物馆的捐赠。）

萨克勒打算根据他从博物馆购买艺术品的当前价值来扣除慈善税，关于这一点，目前还不清楚罗里默当时是否知道。大都会艺术博物馆后一任的馆长托马斯·霍文认为：“萨克勒已经想到他实际上可以利用其发现的税收漏洞来赚钱——他的减税额将远远超过工程和捐赠的成本之和。”[25] 罗里默当时非常渴望得到这笔钱，后来他向一些同事抱怨说，这笔交易是“博物馆历史上最大的让渡丑闻”。[26]

萨克勒后来又提出了新的要求。[27] 他告知罗里默，除了15万美元遗赠，萨克勒家族会增加对大都会艺术博物馆的捐赠。萨克勒和玛丽埃塔，以及萨克勒的第一任妻子埃尔塞，有资格成为博物馆“金钱和证券”的重要捐赠者。“萨克勒收藏”将被列为“艺术品出借人”。萨克勒即将成为22个“捐赠人”之一，而玛丽埃塔和埃尔塞则被列为“永久会员”。这为其慷慨捐赠打下了基础。之后萨克勒提出了不同寻常的想法：“他要求博物馆给他一个储藏室来存放其私人藏品，免租金，只有他和私人馆长才能进入。”博物馆行政主管约瑟夫·诺布尔说。[28] 在这一飞地，萨克勒的私人馆长将承担对其收藏的数千件藏品进行编目的艰巨任务。

罗里默起初犹豫不决，但几天后决定这对博物馆和萨克勒都有好处。这种前所未有的安排可能会鼓励萨克勒有一天将其中国收藏品捐给大都会艺术博物馆。如果其藏品存放在博物馆，将它们从储藏室转移到大都会美术馆永久展出也不是一件难事。[29]萨克勒不置可否。然而，萨克勒足够聪明，说如果他能拥有储藏室，一切都可以商量。

最终的交易不仅仅是“一间储藏室”，而是一个大约60平方米的存储空间，属于远东部。博物馆负责安保，并承担保险和公用事业费用。在萨克勒的要求下，博物馆安装了一条电话线路，绕过主交换机，仅供那个房间独有。值得注意的是，博物馆的大多数工作人员不知道这个房间的存在，因为工程图或平面图上都没有标明。[30]

根据约瑟夫·诺布尔的说法，萨克勒赢得的不寻常让步虽说合法，但总是隐约透出“诡诈”的意味。[31]萨克勒选择路易斯·卡茨作为其在大都会艺术博物馆的藏品的策展人时，总体看法并没有改变。卡茨是布鲁克林博物馆亚洲艺术部的助理策展人，开始时是教育部门的讲师。[32]尽管对古代中国的青铜器颇有研究，但她并不是一个经常发表论文的常春藤盟校博士，而这正是大都会艺术博物馆津津乐道的背景。后来萨克勒坚持让保罗·辛格担任其藏品的研究员顾问时，大都会艺术博物馆的董事们同样感到不爽。[33]

亚瑟·萨克勒希望得到他所尊重的机构和企业的认可。他暂时无视了那些背后中伤，将其归因于嫉妒。1963年11月15日，总统顾问委员会发布最终报告时，他刚刚敲定为二楼画廊命名的初步协议。报告包含一张药品列表，列出了“与身体依赖有关”的药物。[34]毫无意外，列表中包括阿片类、吗啡类和巴比妥类药物。更加令人震惊的是，眠尔通和利眠宁也位列其中。委员会十分关注眠尔通和利眠宁，敦促建立一个特殊的联邦机构“来监管……如此危险的药物”。[35]报告将苯丙胺、可卡因和大麻归类为不会上瘾的药物，这加剧了混乱。[36]

罗氏和萨克勒担心，将当年美国销量第一的药物利眠宁列为成瘾性、危险性和风险性比可卡因及苯丙胺更高的药物，会引起广泛的新闻报道和患者焦虑。报告发布一周后，罗氏和萨克勒正在敲定公开反驳的策略时，李·哈维·奥斯瓦尔德在达拉斯刺杀了约翰·肯尼迪总统。整个国家沉浸在震惊和悲痛中。对罗氏和萨克勒来说，这带来了一个好消息：约翰·肯尼迪被刺杀后，报告中关于利眠宁的令人震惊的结论消失了。

21 瞄准女性

很少有人关注有关利眠宁的结论，虽然罗氏对此感到欣慰，但内部备忘录显示，公司高管们准确预测到这只是制药公司与联邦监管机构和麻醉药品执法机构之间斗争的第一枪。咨询委员会报告引发了一场持续多年的斗争，在这场斗争中，联邦政府试图控制非法药物使用和药物滥用。1964年，康涅狄格州参议员托马斯·多德提出《精神药物管制法》，这是一项旨在加强反毒品法的全面法案，是自1914年《哈里森麻醉药品税法》禁止鸦片进口以来的首次努力。[1]为了控制流入黑市的巴比妥类药物和苯丙胺类药物，法案规定，如果制药公司、药品批发商和药剂师未能保留生产、分销和销售的详细记录，则构成犯罪。食品药品监督管理局估计，制药业上一年已经生产了80亿粒药丸。有鉴于此，保留所有记录将是一项艰巨的任务。[2]法案将增加食品药品监督管理局的执法任务，由武装检查员没收非法药物并实施逮捕（美国缉毒局是9年后才成立的）。

医生和药剂师反对《多德法案》，理由是文书工作过于繁重，同时也担心泄露患者隐私。法案增添的内容拓宽了药物的定义，于是制药公司派出了全部游说团队。[3]《多德法案》被搁置了。然而，第二年国会通过了《药物滥用控制修正案》，扩大了政府监管巴比妥类药物和苯丙胺的权力。[4]尽管该修正案赋予了食品药品监督管理局监管任何“有可能被滥用”的药物的权力，但制药行业的强力施压让修正案没有任何地方明确提及苯二氮䓬类药物。[5]

新法倡导者担心已经满负荷运转的食品药品监督管理局能否行使新权力。在许多情况下，食品药品监督管理局似乎都处于被动，士气低落。卫生、教育和福利部组建了一个咨询委员会，其任务是提出重振食品药品监督管理局的建议。42 岁的医生詹姆斯 · 戈达德被任命为该委员会主席，他拥有公共卫生硕士学位。戈达德于 1951 年加入公共卫生服务机构，他曾率先在联邦范围内研究强制汽车安装安全带的好处。1962 年，戈达德成为传染病中心（疾病控制与预防中心的前身）有史以来最年轻的主任。戈达德毫不掩饰自己想成为卫生局局长的野心，所以他接受了食品药品监督管理局咨询委员会的职位，因为他知道这只是暂时的。[6]

戈达德认为，制药公司将拉里克局长的低调监管方式解读为软弱的表现。制药公司把一切都当成一场战争，因为它们认为拉里克宁愿妥协也不愿卷入一场恶战。这已经发生过，当时是 1963 年 8 月，拉里克宣布取消对非那西丁和其他抗生素类抗感冒药物的认证，结果遭到制药公司和美国医学会药品委员会的强烈反对。拉里克认为这场战斗不值得，决定撤回命令。[7]

令人难以置信的是，食品药品监督管理局甚至没有对仍向公众出售的 4 000 种 1962 年以前的药物疗效进行《基福弗修正案》所要求的审查。该法律从颁布到食品药品监督管理局可以开始审查之间有两年的等待期。这一等待期旨在给制药公司一个机会来进行一些测试和收集数据，以说服食品药品监督管理局其早期药物是有效的。国会中没有人认为食品药品监督管理局会不堪重负，无法完成《基福弗修正案》规定的任务。戈达德不知道食品药品监督管理局本该监管的行业会如何对待这件事情。戈达德并没有像拉里克那样专注于跟其他机构在公共教育和科学领域合作，而是认为食品药品监督管理局的首要任务是监管。

1965 年底，戈达德的委员会已经收集了一长串改革建议。林登 · 约翰逊及卫生、教育和福利部长决定最重要的改变是由谁来管理食品药品监督管理局。掌管食品药品监督管理局 11 年后，乔治 · 拉里克卸任，詹姆斯 · 戈达德上任，他是这一代人中的第一位医生，也是第一位从食品药品监督管理局之外挑选出来的局长。

戈达德决定向制药业发出一个强烈信号，即食品药品监督管理局高层的变化是实质性的。他上任后的第二天，食品药品监督管理局宣布对眠尔通、甲丙氨酯片、利眠宁和维利目是否有“滥用嫌疑”举行正式听证会。如果确实存在滥用，制药公司将受到对巴比妥类药物和苯丙胺的严格控制。[8] 在戈达德发布闪电指令后不久，有争议的行政听证会开始了。数十名专家证人在政府和行业的支持下，就何为上瘾展开辩论。戈达德得到的教训是，在食品药品监督管理局的官僚政治中，很少有事情能够进展迅速。听证会将持续数年（眠尔通和甲丙氨酯片一直在市场份额上输给罗氏的利眠宁和维利目）。[9]

戈达德意欲将食品药品监督管理局重塑为一个更强有力的公共卫生卫士。作为总体计划的一部分，在其上任的头几周，戈达德还专注于该行业失控的药物推广。戈达德担心制药公司“鼓吹有利的研究结果，而对不利的结果却避而不谈。它们夸大了不重要的临床证据，并用情感诉求代替了科学诉求”[10]。对医疗广告的监管是由联邦贸易委员会负责的，直到《基福弗修正案》将这一责任移交给食品药品监督管理局。仅在医学期刊上，每年就有超过 400 万页的广告。[11] 戈达德知道食品药品监督管理局没有足够的资源来完成这一任务。尽管如此，他仍希望尽早采取行动，至少向制药公司强调这是优先事项之一。

在任期的第一个月结束时，戈达德已经收到了卡特和华莱士实验室的“不抗辩”申诉，这是食品药品监督管理局根据《基福弗修正案》提出的首次起诉。卡特和华莱士实验室宣传了一种联合药物——Pree MT，这是一种由眠尔通和氢氯噻嗪混合而成的强利尿剂。《美国医学会杂志》的广告中写着“禁忌：无已知禁忌”。事实上，卡特和华莱士实验室清楚，除了从痛风到血管收缩的其他副作用之外，Pree MT 有时会导致致命的血液疾病。卡特和华莱士实验室支付了新法律规定的最高罚款，但也才 2 000 美元。[12]

受到这个案子的鼓励，戈达德开始调查其他“虚假广告”案件。默克和惠氏在对一种实验药物二甲基亚砜（DMSO）进行动物实验时，未能报告导致短暂视力丧失的不利影响。二甲基亚砜是一种用于转基因植物的防腐剂。汽巴被指控隐瞒了秘密报告，该报告证明抗癫痫药格鲁米特（Elipten）会导致年轻女孩增加雄激素。默克已与费城的沙东合并，在对 6 只狗进行组合口服避孕药实验后，隐瞒了其中 4 只在实验后患有乳腺癌的“令人震惊”的发现。[13]

戈达德想要解决的另一个优先事项是，限制制药公司向女性提供她们通常不需要的药物。[14] 几年前管理传染病中心时，戈达德就意识到了这个问题。1963 年，戈达德读了贝蒂·弗里丹的畅销书《女性的奥秘》，这本书被认为是发起了第二次女权运动，销量超过 100 万册。[15]“女性的奥秘”指的是这样一种观念，即女性只有作为慈爱的母亲和忠诚持家的家庭主妇才是圆满的。从弗洛伊德精神分析学家到麦迪逊大街的广告商，再到顶级编辑都是男性的女性杂志，都在强化这种观念。[16]《女性的奥秘》一书有力反驳了这样一种根深蒂固的刻板印象，即那些追求事业的女性神经质且不快乐。引起戈达德注意的是弗里丹的结论，即由于厌倦和缺乏个人成就感，数千万女性是理想的药品顾客。

“你在早上醒来，”弗里丹写道，“感觉这样的日子没有意义。所以你吃安定药，因为它能让你不那么在乎。”[17]

其他女权主义作家追随弗里丹，竭力消除她们认为几个世纪以来社会对女性身份的扭曲和自我价值的贬低。[18] 当时由弗洛伊德精神分析学家主导的美国精神病学受到了很大指责。作家们谴责弗洛伊德的理论厌恶女性，尤其是他认为男性与女性的根本差异是生理上的，而不是文化和环境的副产品。[19]

戈达德研究了严峻的美国医学史，发现在疾病护理方面，美国医学史对女性和男性的治疗大不相同。18、19 世纪的医生认为，只有女性患有歇斯底里、神经紧张、过度情绪等可治疗的疾病。[*, 20] 医生给她们分发强效镇静

---

* 单词“hysteria”（歇斯底里）来自希腊语“hysterika”，意为“子宫”。古希腊人认为，不快乐和“漫游的子宫”会导致女性特有的痛苦。这一概念持续了几个世纪，并已成为西方医学公认的“原则”。

药。如果这些都不起作用，美国 20 多个州的法律允许丈夫在没有听证的情况下将妻子送进精神病院。[21] 更进一步的措施是进行脑叶切除术。美国将近 2/3 的脑叶切除术是在女性身上实施的。[22] 20 世纪 40 年代末 50 年代初，脑叶切除术达到顶峰，绝大多数患者都是以前的家庭主妇或待在家里的未婚女性。[23]

戈达德对现代制药公司是否瞄准和塑造女性的兴趣恰逢其时。他就职食品药品监督管理局局长时，维利目正成为美国最畅销的药物，大多数使用安定药的顾客是女性。[24] 就维利目和利眠宁而言，其成功正得益于亚瑟·萨克勒的策略和手段。亚瑟和两个弟弟一样，是弗洛伊德学派的精神病学家。[25] 罗氏认识到，相比于非专业的医药大道竞争对手，亚瑟更有优势。作为一名积极参与实验并为科学杂志撰稿的医生，亚瑟为如何向其他医生推销药物提供了独特视角。

1965 年，罗氏将一本长达 80 页的精装书《焦虑面面观》发给了近万名美国顶尖的处方医生，书中详细阐述了医生应该如何给以及为什么给男性和女性开出不同的安定药。[26]《焦虑面面观》中的内容大多来自亚瑟的主意。没有一家制药公司制作过这种东西。书中有 12 个简短章节，列出了焦虑的不同原因及其生理和心理创伤。图书印刷精美，包含大量醒目的图表，不仅可以作为医生的便捷参考工具，还可以用作办公室展示的收藏品。

当利眠宁还是市场上唯一的罗氏苯并类药物时，亚瑟就有了这个想法。该书出版时，罗氏已经发布了维利目。此时改变对利眠宁的关注为时已晚，但是亚瑟认为该书仍然是一个颇具价值的医生指南，可以帮助理解焦虑，尤其是指导医生使用罗氏的苯二氮䓬类药物作为大多数患者的最佳治疗方法。这是一次伪装成"信息工具"的聪明营销策略，避开了食品药品监督管理局和联邦贸易委员会的所有规定。[27] 亚瑟说服美国精神病学会主席查尔斯·亨利·哈丁·布兰奇教授写了序言（他们在 1953 年相遇，当时分别研究内分泌精神病和抑郁症可能的治疗方法。第二年，二人都在医学期刊上发表了关于各自研究的文章。）[28]

罗氏没有标出《焦虑面面观》的作者，但亚瑟在其中的工作显而易见。[29]这本书既有详细的医学和心理学专业表达，也夹杂着轻快的段落，看起来如同今天的畅销书《男人来自火星，女人来自金星》中的基本世界观。

两性都有许多同样的担忧，承受重大生活事件带来的同样压力。然而，男性所承受的压力——被称为“管理者神经症”，是因为背负着必须养家糊口的期望，没有表现出任何导致溃疡和高血压的压力。类似的对女性的强烈压力并没有转化为任何器质性疾病，而是产生了行为障碍，如神经症、癔症、焦虑和抑郁。[*, 30, 31]

在《焦虑和女性心理》一章中，书中介绍了为什么妇女容易产生女性特有的“不稳定的情感平衡”。“在最严重的情况下，经前紧张可能表现为惊恐、自杀倾向和精神疾病发作期间的决策障碍。”那些遭受痛经的人通常“疼痛阈值低……这种敏感增加了焦虑预期”。随着女性年龄的增长，“更年期确实代表着深刻的心理创伤，因为女性气质的标志——月经，已经不可挽回地消失了”。女权主义者鼓励女性获得家庭之外的工作会“导致对她生物学上的女性角色（生育和育儿对社会的贡献）的更大否定”。事实上，“大量研究表明，拒绝承担妻子和母亲角色的妇女发病率更高”[32]。

亚瑟和罗氏引用了 80 项对照研究及 162 项临床试验，鼓励医生为报告“焦虑和紧张”的患者以及那些抱怨紧张性头痛、痤疮（罗氏称，相关证据表明，激素对压力有反应）、胃肠和心脏问题、“儿童行为障碍”和“妇科疾病，包括经前障碍”的患者开出大量利眠宁。[33]谈到经前紧张时，《焦虑

---

* 亚瑟认为，陆军一系列实验为其理论提供了支撑证据，即未经治疗的压力和焦虑会导致器质性疾病，而且导致的疾病因性别而异。沃尔特·里德陆军研究所在 20 世纪 50 年代中期对数百只猴子进行了为期两年的实验。在一个名为“执行猴实验”的系列中，两只猴子被绑在一个名为“约束椅”的装置上，这是一种金属和玻璃构成的装置，只允许被绑者的头部和手臂进行有限活动。附着在其脚上的电极每 20 秒就会发出剧烈电击。其中一只猴子旁边的操纵杆被按下，就能保护两只猴子免受电击。“执行猴”是负责操作杆以防止电击的猴子。每次实验进行后，尸检显示执行猴出现急性肠道疾病和胃溃疡，而对照组猴子并没有。亚瑟及其同事总结道，执行猴实验揭示了压力对人类的影响。

面面观》对男性医生进行了无耻游说。当时男性医生占了美国医生总数的95%："据说许多女性都知道这种情况，但其丈夫和孩子可能更了解这种情况——他们是每月性格变化的受害者。"[34]

亚瑟和罗氏并不是第一个在药品营销中打女性牌的制药公司或广告公司。苯巴比妥是20世纪60年代最畅销的通用巴比妥类药物，其广告中总是有一个苦恼的家庭主妇，仅有些细微差别。一则广告是一个女人对其女儿尖叫，另一则是一个妇女因为拖地板而筋疲力尽，还有一则是一个妇女在炉子上辛苦劳作，面临崩溃。[35]与此同时，广告强调，由于女性必须抚养孩子，保持房子整洁，为辛勤工作的配偶做饭，她们可能需要借助药物的能量来做这些事情，同时还要关注丈夫的需求（性要求总是通过暗示，从未直接提及）。此外，制药公司增加了一个诱因：苯丙胺可能有助于保持身材苗条。

亚瑟对利眠宁（尤其是维利目）的推广，与众不同之处在于，它重新包装了相同的性别成见，但采用了更时髦、表面上更聪明的宣传方式。翻阅20世纪60年代的医学杂志，似乎对于任何一个有进取心的人来说，溃疡都是成功的代价。罗氏生产的苯并类药物可以缓解压力这一罪魁祸首。维利目广告的主角是来自商界、体育界和娱乐界的男性，他们都讲述了自己的成功故事。一个典型是："你听说过那个旅行推销员的故事吗？对一个对压力反应过度、易患十二指肠溃疡的男人来说，追踪顾客和拎着行李箱过日子的压力（家庭问题在家里没有解决）不是开玩笑。"通过这种方式，亚瑟将维利目作为精明商人上升过程中另一个不可或缺的工具。[36]

而女性则被描绘成以情绪爆发来应对压力，从而对她们自己以及她们的丈夫和孩子的心理健康造成了负面影响。因此，亚瑟将维利目提升为全能的女性"修复者"。罗氏广告鼓励医生为筋疲力尽的母亲、无聊的家庭主妇、仍希望结婚的大龄单身女性、月经周期中喜怒无常或者易怒的女人，以及任何抑郁或焦虑的更年期女性开出维利目。一则广告称，维利目可以驯服"不可预测的情绪"。萨克勒虚构出一个"35岁、单身、神经质"的女性形象，维利目减轻了其"疏离感和敌对感"及"神经质的失败感"。维利目还能治疗绝望的“无子女寡妇”。[37]

亚瑟的维利目宣传活动在各个层面都十分有效。整个20世纪60年代，随着销售额每年激增并创下行业纪录，给女性分发这种药物的可能性是男性的两倍。[38] 女性服用了63%的巴比妥类药物、68%的抗焦虑药物、71%的第一代抗抑郁药物和80%的苯丙胺。[39]

与此同时，罗氏和其他制药公司将目标锁定在服用精神药物的女性身上。萨克勒三兄弟的同事，妇科医生罗伯特·威尔逊正准备推广一种激素类药物。威尔逊没有利用男性医生的潜意识偏见，强调女性情感和脆弱心理，而是利用了她们随着年龄增长，对于失去女性特质和性感的恐惧。像萨克勒家族一样，威尔逊出生在布鲁克林，后来举家迁往曼哈顿。他出售的产品是普瑞马林（Premarin），这是一种从怀孕母马的尿液中提取的富含雌激素的药品，品牌名称于1942年被食品药品监督管理局批准，之后用于治疗更年期症状。普瑞马林由加拿大制药公司艾尔斯特、麦肯纳和哈里森开发。1943年，美国家用产品公司收购了该公司，并更名为艾尔斯特实验室。[40] 除了妇科实践，威尔逊在20世纪60年代还从埃尔斯特和其他制药公司获得了130万美元，用于激素和避孕药的临床研究。[41]

弗罗里希这位萨克勒在医药大道的同事，有时略显沉默的商业伙伴，为美国家用产品公司的两家药物子公司艾尔斯特和惠氏推广了许多药品。该公司关于威尔逊有着更好的安排，而不是仅仅让他在弗罗里希的一个广告中对普瑞马林进行褒奖。艾尔斯特和威尔逊策划了一个秘密计划，亚瑟·萨克勒后来承认，这种绕过食品药品监督管理局禁止直接面向消费者的广告令他深受启发。威尔逊曾为医学杂志写了几篇文章，赞扬雌激素能在更年期抵消骨质流失并保护心脏。[42] 1962年《美国医学会杂志》的一篇文章中，开篇写道：“没有令人信服的证据表明雌激素曾经在人类中诱发癌症。”在同一篇文章中，威尔逊成为第一个认为雌激素实际上降低了宫颈癌和乳腺癌发病率的医生。[43]

1966年，戈达德成为食品药品监督管理局局长的同一年，威尔逊出版了《芳龄永继》。封面文字声称它是“医学上最具革命性的突破之一”：更年期是一种激素缺乏症，可以治愈，完全可以预防，每位女性，不管年龄大小，都可以始终过着性感的生活。[44]

没有人知道艾尔斯特资助了《芳龄永继》，支付了威尔逊的所有费用，甚至还赞助了全国宣传之旅。[45]几十年后，威尔逊的一个儿子披露了制药公司购买他父亲代言的详情。他们支付了威尔逊位于派克大街的办公室和同名研究基金会，并补贴了给医生和妇女团体的讲座。[46]西尔列和厄普约翰都有自己的激素品牌，它们付给威尔逊“咨询费”，让他推销它们的产品。

亚瑟已经对最著名的更年期症状进行了医学治疗。数百万女性服用大量利眠宁和维利目来抑制潮热，对抗忧郁，治疗睡眠障碍。此前一年，罗氏制药的书《焦虑面面观》发给了一万名医生，成为医生的“圣经”——从中能够寻找到配制苯二氮䓬类药物的十几个理由。然而，这些药物不能解决许多妇女在更年期经历的一些纯粹的身体变化，包括阴道干燥、头发稀疏、肌肉松弛、皮肤干燥和性欲丧失。

威尔逊把注意力集中在每个女人生命中的更年期。他避免微妙的戏剧性夸张。他写道，更年期是一种“衰退”，在这种衰退中，女性被“解除性欲”并“变得迟钝”。对于 50 岁以上的女性来说，这是一场“飞速的灾难”。[47]妇女不仅是“中年后不能生育的唯一哺乳动物”，威尔逊还列举了 26 种令人沮丧的“减肥症状”，这些症状让未服用此药的更年期妇女成为“缺少生命价值的温顺生物”，只能“生存而不是生活”。

威尔逊写道，他目睹了自己的母亲更年期的转变，从“一个充满活力的出色女人、我们家庭的焦点，变成一个饱受痛苦折磨的任性病人”。然而，威尔逊并不完全悲观。他报告说，他的一位病人，一位 52 岁的无名女士，已经开始接受一份“珍贵的礼物”，即普瑞马林。两个月后，威尔逊检查这个病人的时候，她看起来更年轻、更有活力。

如《芳龄永继》中所述，威尔逊不仅治疗了更年期，还治疗了女性衰老。普瑞马林是一天一粒药丸中的青春之泉。“乳房和生殖器官不会萎缩。这样的女人会更容易相处，不会变得无趣，没有吸引力。真正利害攸关的是一个微妙且几乎形而上学的因素——女人的全部女性特质。”正如威尔逊反复强调的那样，女性并不是在向她们的身体引入一种新的药物，而是在替代进化过程中产生的一种激素——忘记了如何让这种激素持续更长时间。[48]正如《纽约时报》所描述的那样，威尔逊的观点是“女性将会重获其在更年期失去的激素，就像糖尿病患者重获其胰腺无法制造的胰岛素一样”。[49]

《展望》和《时尚》杂志连载《芳龄永继》。在头3个月里，该书售出了10万册。[50]其他女性生活方式杂志，有一些称雌激素为“青春丸”。[51]《芳龄永继》从一本简单的“关于更年期的医学书籍”变成了17个国家的畅销书。[52]

威尔逊的《芳龄永继》创造了对普瑞马林的巨大需求，因为女性向她们的医生索要该药。后续出版物进一步刺激了这一需求。其中一篇《四十之后》是女演员兼公共关系主管桑德拉·戈尼写的“雌激素赞歌”。就像威尔逊一样，艾尔斯特为其服务付费，通过纽约市的一个前沿组织——成熟女性信息中心雇了戈尼。[53]

《芳龄永继》出版的这一年，戈达德给威尔逊贴上了“不可接受的调查者”的标签，并罕见地禁止其进行任何后续的激素研究。[54]这促使纽约出版商和食品药品监督管理局取得联系，以确定《芳龄永继》没有违反联邦法规。食品药品监督管理局表示，由于这本书推荐了针对未获批准的病症的特定药物，唯一的限制是，如果这本书在药店出售，它就不能与促销挂钩，也不能成为处方药销售的一部分。[55]戈达德的沮丧之处在于，食品药品监督管理局没有任何其他方法来限制威尔逊推销其图书。

《芳龄永继》引发了整个雌激素革命，但问题是威尔逊的观点是错的。然而很少有人怀疑这一点。纽约癌症研究员索尔·古斯伯格发出了早期警告：“近年来，通过向绝经后妇女广泛使用雌激素，我们建立了一种人体实验。”[56]20世纪40年代末，古斯伯格在哥伦比亚大学工作时，震惊地发现29名服用雌激素药丸的女性子宫内膜增生，9名随后发展成癌症。他怀疑雌激素可能是罪魁祸首。

主流媒体从未报道过古斯伯格的警告。与此同时，惠氏和罗伯特·威尔逊帮助更年期激素市场起飞。在《芳龄永继》出版后的10年里，雌激素类药物的处方翻了3倍，达到每年3 000万张，平均品牌价格翻了一番。[57]普瑞马林创下公司销售纪录，占雌激素处方药市场的75%～80%。[58]这是该公司迄今为止创造的最大盈利。艾尔斯特在庆祝，而此时古斯伯格正在警告同事，所有的剂量都可能导致癌症的爆炸性增长。他预测普瑞马林和其他雌激素药物是定时炸弹，可是大部分人对此置若罔闻。[59]

22 有尊严地死去

当戈达德在寻找能让食品药品监督管理局更好地监管药物批准和营销的方法时，在英国展开了一场公开辩论：晚期癌症患者是否应该对其临终关怀拥有发言权？他们有权要求医生帮助他们自杀吗？当时安乐死在欧洲所有国家都是非法的（荷兰在2000年首次将其合法化）。[1]而在美国，直到1969年伊丽莎白·库伯勒-罗斯博士的开创性著作《论死亡与临终》问世，人们才开始重新评估安乐死。[2]

然而，英国的政策辩论将改变西方世界对待临终关怀的方式。牛津大学毕业的护士西塞里·桑德斯后来转做医生，带头倡导对癌症晚期患者进行人道治疗。桑德斯偶然发现了一家最近被萨克勒兄弟收购的英国制药公司。随后的辩论引发了对阿片类药物用于控制疼痛以及绝症患者坚持治疗的权利的重新评估，提出了“有尊严地死去”这一概念，这也导致了现代临终关怀运动的诞生。

桑德斯理所当然地被认为几乎是单枪匹马地引入了垂死者的权利。20世纪40年代，桑德斯还是伦敦的一名护士，她坚信一定有更好的方法胜过“繁忙的大医院令人难受的习惯，每个人都踮着脚走过病床，垂死之人很快学会装睡”。在那里，她目睹了主流医学风气只关注治愈病人，那些身患绝症且无法治愈的人被认为是失败的标志。医生一再对绝症患者撒谎，隐瞒任何关于他们预后的可怕信息，对此桑德斯深感震惊。很少有人质疑他们的医生。[3]

1948 年，30 岁的桑德斯取得了医务社会工作者的资格。此后不久，她遇到了一名从华沙犹太人社区逃出来的 40 岁波兰犹太难民——他快死于癌症了。[4] 在他生命中可怕的最后几周，在惠廷顿医院的癌症病房里，两人形成了一种纽带。桑德斯向朋友们描述这是一种精神上的挚爱。他的死让桑德斯陷入了“病态的悲伤”，但她在一种新的信念中找到了安慰，那就是上帝召唤她来照顾临终之人。

接下来的几年里，桑德斯在伦敦北部的一家医院照顾垂死的病人。一天晚上，她告诉一名外科医生，她的梦想是为绝症患者建一个医学知识与同情、博爱相结合的家园。这位医生告诉她，病人和医生都不会听她的。作为一名普通护士，桑德斯在僵化、等级森严的英国医学界没有任何地位。

“那好吧，”桑德斯告诉他，“我将成为一名医生。”[5]

桑德斯花了 5 年时间在医学院学习，并于 1957 年获得学位。她获得了奖学金，在伦敦圣玛丽医学院的药理学部门学习疼痛管理。[6] 她还自愿在圣约瑟夫医院当救济员，这是一家天主教经营的诊所，为预后不足 3 个月的癌症患者提供 45 张病床。[7] 桑德斯记录了她的观察。所有的病人都处于剧烈疼痛中，她认为他们正在遭受不必要的痛苦。在与他们的交谈中，桑德斯发现这种痛苦的恶性循环让人衰弱、恐惧、焦虑和绝望。桑德斯总结道，未经治疗的疼痛是所有慢性临终症状的原因，包括深度抑郁。

对阿片类药物成瘾的恐惧，意味着同事们很少给癌症患者分发镇痛药。[8] 他们最多只提供缓解疼痛 4 个小时的剂量。病人抱怨疼痛复发时，医生们不会给他们额外剂量，而是千篇一律地在表格上写上“p.r.n”（拉丁语“pro re nata”的缩写），意为“按需要”。同一天服用 2 次镇痛药十分罕见。

桑德斯告诉病房里的护士：“持续的疼痛需要持续的控制……以及定期给药。”根据桑德斯的说法，如果一个病人因为最后一片镇痛药已经失效而感到不适，那么治疗就失败了。[9]

桑德斯遇到了圣玛丽医院医生的顽强抵抗，这让她得出结论：没有顽固的疼痛，只有顽固的医生。然而，桑德斯强调其积极治疗病人疼痛的理念可能与天主教坚决反对安乐死的立场相辅相成。通过这种方式，她确实在圣约瑟夫医院取得了进展。桑德斯认为"要求结束生命，几乎总是等于要求结束痛苦"，通过减轻其身体不适和精神压力，病人不会再想结束自己的生命。[10]桑德斯说，另一个附带的好处是，如果病人不再要求更多的药物治疗，其对工作人员的依赖就会减少，这样护士就可以腾出时间来做其他护理。[11]圣约瑟夫医院管理层很快批准了这个方法，看看是否像桑德斯所预期的那样起作用。[12]

减轻剧烈疼痛最有效的是海洛因，桑德斯发现这一点纯属偶然。圣约瑟夫医院接受桑德斯治疗的前500名患者中，有42名对吗啡反应不佳，他们因此转向海洛因。[13]"没有其他药物能让这些病人看起来和感觉如此舒适，"桑德斯写道，"在我们使用的剂量范围内，它不会导致个性改变、明显亢奋或'毫不在乎'的态度，但对我们的目标有很大帮助，那就是尽可能长时间地让患者保持尽可能好的感觉。"[14]

桑德斯的结论是，阿片类药物并不像医生所担心的那样容易上瘾。[15]"病人可能确实在身体上依赖于药物，但对我们来说，耐受性和成瘾并不是问题，即使对那些延续时间最长的人来说也是如此。"桑德斯的发现震惊了许多医生，"我们没有发现海洛因比任何其他类似药物更容易成瘾。病房里的几个病人目前已经完全戒断，没有任何戒断反应"[16]。

桑德斯报告说，对一些病人来说，生活质量的提高不可估量。她在给皇家学会的信中写道，圣约瑟夫医院的几名患者表现出了"惊人般改善"，他们"可以回来接受进一步的姑息性治疗，或者回家一段时间"。[17]

在桑德斯看来，海洛因的主要"缺点"是"作用可能相当短暂"。她试图对病人增加剂量。高剂量非但不能更长时间地缓解疼痛，反而会产生更多副作用。经过反复试验，桑德斯得知，在服用海洛因的同时最好添加镇静药和安定药。她有时也使用布朗普顿鸡尾酒，它由可卡因、杜松子酒和氯丙嗪混合而成。[18]

一些医生担心重度麻醉疗法会将绝症患者变成镇静的“僵尸”。相反，它让一些人短暂地“活了过来”。恢复的活力和清醒的头脑可以持续几个小时到几天，甚至几个星期。

到 1959 年，桑德斯已经完成了一份长达 10 页、关于建立一个拥有 60 张床位的临终关怀医院的提案。这是一个隐秘机构，桑德斯最初考虑只限于英国圣公会的病人。尽管这种医学观点不同于已有的观点，但也坚持了英国的传统：即使是临终病人，也需要科学研究人员证明了的最好的治疗方法。

桑德斯在 1961 年注册了一个慈善机构，并在第二年开始筹款。她证明了自己是一个不知疲倦的资金筹集者，飞到美国游说人道主义组织和福特基金会，并在英格兰四处寻找捐款。有时，桑德斯似乎是早期临终关怀运动中的“一个人运动”。那时她已经在《护理时报》上写了 6 篇关于疼痛管理的文章。这让她成为全英国同情临终关怀的代表。到 1965 年，她已经筹集了惊人的 38 万英镑（1965 年相当于 86.8 万美元）。这足以在伦敦南部开辟一片天地。[19] 同年，伊丽莎白女王授予桑德斯大英帝国官佐勋章。[20]

1967 年，世界上第一家现代临终关怀医院圣克里斯托弗医院开业，共有 54 张床位。这看起来不像是绝症患者的最后一站，其通风和开放的设计反而像一个安静的农村家庭，有一个宽敞的聚会室、一个社区餐厅，甚至还有一个工作人员子女的托儿所。

作为医疗主任，桑德斯完全控制着她对病人的姑息性治疗研究。临终关怀医院给了她一个机会，以观察海洛因作为镇痛药的优越性。[21] 桑德斯邀请了另一位内科医生和研究员罗伯特·特怀克罗斯进行临床研究。圣克里斯托弗的病人一半用海洛因，另一半用吗啡。由于临终关怀医院的高转院率，仅在两年多时间里，这项研究就纳入了 700 名患者。结果显示，镇痛药之间没有显著差异。[22] 这些发现让桑德斯肩负起寻找比海洛因或吗啡更好的镇痛药的使命。桑德斯想要一种镇痛药，一次剂量就能长期减轻疼痛，而且副作用较小。

在圣克里斯托弗医院开业的前一年，亚瑟、莫蒂默和雷蒙德买下了位于剑桥的纳普制药。纳普制药于 1923 年由一位瑞士化学家和药剂师创立。由于英国经济增长放缓和自身产品线低迷，纳普已数年严重亏损。[23] 纳普财务状况不佳使萨克勒家族获得了控制权，莫蒂默后来透露这是一笔划算的交易。[24] 萨克勒家族早在 11 年前就在伦敦创立了萌蒂制药，但当时只是作为瑞士的姐妹公司的药品经销商运营。通过收购纳普，三兄弟希望认真打理其国外业务。莫蒂默很快在伦敦最时尚的一个街区买了一套豪华公寓，以便花更多时间监督计划的执行。[25]

他们将公司更名为纳普制药集团有限公司。几个月后，兄弟俩收购了总部位于苏格兰的巴德制药公司（与他们 1955 年在纽约创建的制药公司同名）。他们将巴德设置为纳普的“生产、供应链和质量部门”。考虑到纳普公司销售额很少，这是萨克勒家族在英国经营野心的一个标志。[*, 26]

一家英国小型制药公司——施乐辉制药为圣克里斯托弗医院提供吗啡和海洛因。伦敦国王学院档案中的原始信件记录了桑德斯和施乐辉在寻找更好的麻醉镇痛药方面所做的努力。[27] 他们与桑德斯共同制作调查问卷，发给临终病人，判断不同镇痛药的效果。[28] 施乐辉对医生进行了广泛的调查，寻求他们对诊断和治疗疼痛的意见。[29] 桑德斯不仅追问特定药物是否减轻了病人的身体疼痛，还想知道这些治疗是否会影响“患者和亲属的精神压力及情绪问题”。[30] 在发给 26 000 名医生的最终问卷中，涉及一些关于患者及其亲属

---

* 在英国，萨克勒家族创建了和他们在美国一样复杂的商业网络。我们依靠公开文件解开了这个家族的迷宫。他们成立了听起来相似的公司，通常注册相同的地址，并且都用于相关制药事业。以纳普为例，萨克勒家族只对最初的名字做了一点小小的修改就开了一些公司，包括纳普研究中心有限公司、纳普制药控股有限公司、纳普制药有限公司、纳普实验室有限公司（英国）、纳普化学公司和纳普技术公司（美国）、纳普有限公司和纳普有限公司（泰国）。以巴德为例，萨克勒家族建立了英国巴德制药有限公司、加拿大巴德制药有限公司，以及后来改名为伊库瓦控股公司的巴德制药有限公司。萨克勒家族有时会创建不同名称的新公司，以一种难以遵循所有权的方式转让股份。例如，1970 年成立的特拉华州纳普化学公司在新泽西的业务是 195-203 松树产品，然后是莱姆克化学公司，接下来是纳普-罗提公司，最后是纳普化学公司，后来改为纳普技术公司。在纽约，纳普化学公司改为普渡制药技术公司。

"士气"的基本问题。[31]

在开发更有效的麻醉镇痛药时，当时公司面临的主要障碍之一是对阿片类药物缓解疼痛的无知。再过 6 年（即 1973 年），研究人员才会发现阿片类药物与大脑受体的关系。[32] 1975 年，科学家了解到大脑受体可以产生天然阿片类物质（内啡肽和脑啡肽）。这些物质可以阻断疼痛，具有镇静作用。天然阿片类物质产量极为有限，无法缓解中度至重度慢性疼痛。[33] 合成阿片类药物最初有效，因为它能够欺骗大脑，使大脑将其识别为天然神经递质。它附着在神经细胞上并释放多巴胺，给病人带来一种欣快感。通常疼痛几乎完全可以得到缓解，至少在多巴胺饱和之前是这样。持续接触阿片类药物会导致受体开始误发信号，唯一的弥补方法是增加剂量。药物治疗停止时，受体不能产生天然镇痛物质，疼痛变得更加剧烈。病人渴望阿片类药物产生的快感。研究人员指出，这就是为什么它会上瘾（与尼古丁、酒精和可卡因一样的感觉和滥用周期）。[34]

然而，对于施乐辉来说，与其说是关心阿片类物质如何以及为什么会在体内起作用，不如说关心这对处于剧烈疼痛中的绝症患者有何影响。重点是在单一剂量下提供足够的麻醉药品来减轻疼痛，而不会引起失眠、运动失调和记忆衰退等问题。与获得合适药力同样重要的是，它们希望能够让每一剂药物持续更长时间。

施乐辉试图开发一种镇痛药，但未能实现桑德斯想要的效果。他们没有完全承认失败，而是重拾 1960 年研发的药物那尔芬（Narphen）。施乐辉声称那尔芬比吗啡的药效强 3 ～ 10 倍。[*, 35] 最初销售那尔芬时，施乐辉推销的

---

* 制药公司和政府机构（食品药品监督管理局）经常使用吗啡作为基础药物，以此来衡量其他麻醉性镇痛药的药效。这种比较很困难，因为药物的治疗效果因个体代谢速度不同而有很大差异。有些药物只能制成药丸，而有些则只能用于静脉注射或透皮贴剂。可待因通常被认为比吗啡的药效弱，然而它可以在等效剂量强度的 1/10 ～ 1/3 区间变化。氢可酮大致相当于吗啡，但很少能有效缓解疼痛。它几乎总是被开成一种含有像对乙酰氨基酚这样的非阿片类药物的药丸。对非阿片类的限量（对乙酰氨基酚每日不超过 3 000 毫克）限制了可开出的氢可酮的量。氢考酮的药效比吗啡强 1.5 ～ 2 倍，比海洛因强 3 ～ 5 倍。

理由是它不仅很强大，而且“比吗啡副作用更少，……药效更快，持续时间更长……以及产生较少的身体依赖”。[36]那尔芬的活性成分是吩唑嗪，这是一种合成阿片类药物，由美国斯特林药品公司授权（1967年，食品药品监督管理局才批准其在美国销售）。[37]

西塞里·桑德斯开设圣克里斯托弗医院的同一年，一项对那尔芬的双盲实验的研究报告显示，它确实提供了快速和充分的轻度至中度疼痛缓解，没有恶心或呕吐（吗啡最持久的问题之一）的副作用。遗憾的是，它对病人呼吸系统的危险抑制相当于或超过了吗啡[38]，也很快有报道反驳了那尔芬不会上瘾的说法。[39]

施乐辉可能未能开发出更好的临终镇痛药，但这并没有阻止他们利用从邮政调查中收集的信息，为那尔芬创造有效的宣传。该公司在《英国医学杂志》和其他主要医学出版物上刊登了整版广告，并标注了打上商标的“无镇静作用的强效止痛剂”字样。通过解决医生在疼痛调查中列出的最关注的问题，广告做了调整以覆盖不同的市场。[40]

桑德斯认为那尔芬是一种足够好的镇痛药，但肯定没有达到她所希望的治疗疼痛的效果，这一点变得越来越明显，因为施乐辉公司推出了“在紧急情况下和事故后”使用的药物，“作为麻醉剂的替代品”、治疗“术后疼痛和不安”的药物，以及用于“减少分娩时的疼痛和恐惧，不影响子宫收缩”的药物。[41]

在独立的英国制药世界里，有消息传出，桑德斯想用一种新药来改善疼痛控制。这是其病人有机会在家度过最后时光的唯一方法。当莫蒂默·萨克勒得知其追求时，他向桑德斯保证纳普有能力和技术来开发想要的镇痛药。[42]莫蒂默和纳普的高管不知道他们能否兑现那个大胆承诺。尽管如此，他们希望至少有机会这样做。施乐辉的失误，给了萨克勒家族一个他们不想错过的机会。没过多久，桑德斯和新加入的纳普科学家们通过邮件和电话改变了想法。纳普与巴德的研究突破还有好几年才能实现。然而，当它终于实现时，不仅兑现了亚瑟的承诺，彻底改变了对绝症患者的疼痛护理，而且无意中提供了后来会加剧美国阿片危机的技术。

23 “进击的戈达德”

在英国，引起争论的焦点是临终关怀。在美国，食品药品监督管理局局长詹姆斯·戈达德引起了全国大型烟草公司的焦虑，因为他试图扩大机构权力来监管其产品。仅在18个月前（即1964年1月），美国卫生局发布报告，警告吸烟会导致肺癌。美国40%的成年人经常吸烟，而国会只要求所有的香烟包装都贴一个通用警告标签。[1]就像禁酒令曾经的经历一样，立法者不愿做任何可能严重限制巨额烟草税的事情。烟草税每年给联邦政府增加80多亿美元的收入，约占全部预算的6%（另外30亿美元的税收归地方所有，给到自己征收卷烟税的州和城市）。[2]戈达德主张食品药品监督管理局应该对香烟拥有管辖权，因为吸烟已经造成健康问题。但是，如果没有明确证明尼古丁成瘾的科学证据，他就不可能胜诉（食品药品监督管理局花了44年才获得监管烟草的权力）。[3]

尽管戈达德未能控制烟草，但他在员工会议上引用烟草作为他意图结束所谓的“食品药品监督管理局屈从时代”的证据。戈达德说，该机构拥有所需要的法律权力，但一次又一次未能使用这些权力。食品药品监督管理局总法律顾问威廉·古德里奇认为，戈达德与其前任有着天壤之别。受到“公众利益运动”的启发，戈达德“非常热心”，决心“准备击败制药业”。[4]

关于这个暴躁的新任局长的消息很快在华盛顿传开了。《纽约时报》将其描述为“一个睁着大眼睛、挥舞着战斧的‘战士’”。[5]在机构内部，员工称他为“进击的戈达德”。[6]

戈达德并不仅仅满足于跟烟草业或罗氏及其畅销产品苯二氮䓬类药物斗争。任职几个月后，他在年度大会上对行业领先的药品制造商协会进行了前所未有的抨击。

“太多的药品制造商，”戈达德说，“掩盖了行业的首要使命：帮助人们康复。”[7]虽然戈达德并不反对利润，但他警告说，公司应该停止试图在新药申请中“从我们这里蒙混过关”。在短暂的食品药品监督管理局局长任期内，戈达德对如此多的药品申请质量低劣和不专业感到“震惊”。他承诺将确保“业余的和不专业的”申请都被拒绝。食品药品监督管理局将不再容忍这些公司长期以来对审查部门施加的“持续、直接的个人压力”[8]。

戈达德坦率且尖锐的语气震惊了制药商协会。他们认为戈达德精心挑选了几个负面典型来抹黑整个行业。大多数离开大会的人都认为戈达德对商业不利，他们对其最后警告议论纷纷：如果制药业不尝试重新解决他提出的问题，制药公司将“被改变，远超现在担忧的程度”[9]。

事实证明，戈达德说到做到。回到华盛顿后，他重新开始了其前任对抗生素组合感冒药的召回。很快，食品药品监督管理局将需要从市场上召回的药物数量，从几十种增加到了300种。[10]戈达德创建科学调查处来检查“涉嫌进行不当研究的临床调查人员的工作”，这使制药公司又受到了一次冲击。[11]令该行业更加焦虑的是，戈达德提拔弗朗西斯·凯尔西成为部门的第一任主管，他认为在阻止沙利度胺在美国销售时，凯尔西扮演的角色就是“救世主”。当戈达德提出新药应该在临床试验中与市场上已有的同类药物进行对比时，他给制药公司带来了恐慌。戈达德认为此举可以确保新药比现有的更好。

戈达德没有如愿以偿，制药公司很快阻止了他测试药物的想法，证明药物有效性存在着种种障碍。[12]令戈达德感到沮丧的是，如果医学期刊刊登的药物广告后来证明存在误导性，他也不能追究其法律责任。[13]《美国医学会杂志》发表了一篇文章，列举了35例由帕克–戴维斯药厂生产的药物，这些药物会导致新生儿存在生理缺陷，但是帕克–戴维斯药厂刊登了三个月的广告对此只字未提（这些广告是比尔·弗罗里希的杰作）。[14]

戈达德也无法要求临床研究人员从所有药物试验参与者那里获得详细的签名同意书。这一要求曾包含在《基福弗修正案》的草案中，但在立法之前被删除了。制药公司抗议说，在实验性试验中全面披露所有风险会吓到志愿者。戈达德之所以对此感兴趣，源自18个月前的一桩丑闻。当时临床研究人员被调查是否已经向数百名患者进行了全面披露，其中大多数是癌症患者，这些患者被注射了活的癌细胞以检查其对新肿瘤的免疫反应。[15] 这项研究并不涉及什么秘密。一个由权威人士切斯特·索瑟姆博士领导的癌症专家小组，在纽约著名的斯隆–凯特林癌症研究所进行了10年的研究。团队中的许多研究人员已经发表过演讲或主持了研讨会，其成果已经在18种同行评议的医学期刊上发表了多年。[16] 除了斯隆–凯特林癌症研究所的那些病人，该小组还向纽约纪念医院、布鲁克林犹太人慢性病医院的病人，以及俄亥俄州监狱的志愿者囚犯注射了活的癌细胞。这项研究出现在纽约报纸头版，是因为犹太人慢性病医院的三名医生拒绝参与，他们发现病人签署的知情同意书没有披露被注射的是活的恶性癌细胞，知情同意书也未包含任何关于风险的内容。三名持反对意见的医生和一名医院董事辞职，以抗议索瑟姆继续进行治疗。“我不希望重蹈纳粹利用人类做实验的做法。”一个人在辞职时说。纽约的小报报道了这件事，好像复制了纽伦堡审判一样。[17]

纽约州总检察长的一项调查导致该州督导委员会认定索瑟姆犯有欺骗、欺诈和违反职业道德的行为，其执照被吊销了一年。[18] 索瑟姆的许多同事认为他受到了不公平的嘲弄，因为药物游说团体反对戈达德全面披露的意图：患者可能对“活的恶性细胞”之类的词感到害怕，或者被告知所有的风险，甚至是那些不明确的风险。医疗机构中的大多数人并不认为索瑟姆违反伦理道德的行为令人震惊，最好的证据是，当其在1964年再次获准行医时，美国癌症学会选举其为执行副主席。[19]

在第二年由食品药品监督管理局发布的最终条例中，该机构没有提到戈达德试图用更严格和更透明的指导方针来保护研究志愿者。[20]（6 年后，在贫困的非裔美国人身上进行的令人震惊的 20 世纪 30 年代塔斯基吉梅毒实验宣告结束，迫使食品药品监督管理局对知情同意规则进行针对性修订。）

尽管戈达德有一份雄心勃勃的待办事项清单，但他认识到有一件事是最重要的：由《基福弗修正案》授权，启动对 1938—1962 年批准的数千种药物有效性的全面审查。这种努力超出了食品药品监督管理局的能力，尤其是因为他希望该机构投入更多资源来扩大现有法规的执行力度。成为局长仅几个月后，戈达德就向美国国家科学院（NAS）和美国国家研究委员会（NRC）寻求帮助。1966 年 6 月，他们达成了一项被称为药物疗效研究的协议。作为从食品药品监督管理局获得 834 000 美元的交换，NAS 和 NRC 指派医学科学部门对所有 1962 年以前的药物进行广泛评估。他们将药物分为抗生素、激素、磺胺类和安定药，由 185 名科学家和医学专家组成的 30 个小组判断药物疗效。[21]

哈佛大学的马克斯·芬兰估计，如果专家们使用基福弗的"实质性证据"并以此为标准，那么专家组将需要 25 ～ 50 年来完成其工作。[22] 戈达德是一个现实主义者，他同意对医学专家的"明智判断和经验"采取更宽松的标准。[23] 专家组将分析每种药物的公开研究和数据，而不是进行新的独立研究。240 家制药公司向评审者发送了超过 4 000 种药物的大量信息。[24] 各小组对如何实现治疗主张进行排名，分别是有效、很可能有效、或许有效和明显无效。被认为无效的药物将被禁止进入市场，除非制药公司重新配制并重新证明其有效性。[25]

由亚瑟推出的辉瑞制药固定剂量抗生素联合用药最具争议性。接受审查的所有药物中有 20% 是联合用药。[26] 在随后的辩论中，审查小组又补充了一项调查结果："联合用药无效。"这意味着没有证据表明联合用药比单独用药更有效。[27]

就在戈达德等待药物疗效研究报告给出最终建议时，1967 年 4 月，食品药品监督管理局弱安定药行政听证会的审查员带回来了部分判断。[28] 根据1965年《药物滥用控制修正案》，眠尔通和甲丙氨酯片都符合“潜在滥用”的定义，应该受到与苯丙胺和巴比妥类药物类似的控制。[29] 制药商卡特和惠氏已经准备好接受不利裁决，并立即在联邦法院起诉食品药品监督管理局。

与此同时，食品药品监督管理局关于利眠宁和维利目的听证会远未结束。罗氏的辩护才进行了一半，它有一长串专家证人，大多是杰出研究人员和著名精神药理学家。他们做证，如果这两种苯二氮䓬类药物按计划使用，不会产生使人虚弱或危及生命的副作用，不会上瘾，也不会导致自杀率上升。罗氏的律师否定了食品药品监督管理局关于病人痛苦停药的陈述，认为这是罕见的，并不是潜在问题的证据。[30]

接下来一个月，戈达德重新关注医疗广告，他提出用一份包含完整标签信息的年度汇编来取代所有医疗广告。[31] 戈达德希望制药公司补贴成本。没有任何一家制药公司对此提案感兴趣。制药公司高管认为以放弃自己的广告为代价来购买政府赞助的“百科全书”是荒谬的。[32]

1967年5月17日，食品药品监督管理局根据“公平公正”的要求发布了一套新的推广条例。除非食品药品监督管理局在出示“实质性证据”后批准该声明，否则任何药物都不能被宣传为优于其他药物。这一规则是由两个例子引发的：一家公司（美赞臣）宣传其避孕药更安全，另一家公司（礼来）宣称其产品能够帮助减肥，而两家公司都偏离了事实。[33] 食品药品监督管理局也制定了更严格的要求，即在广告中列出副作用——它们必须显示在宣传材料中，而不是隐藏在底部一行几乎无法看见的文字中。[34]

最后，戈达德提出了一些措施，以防止亚瑟和弗罗里希重演对非那西丁所做的事情。在推广这种抗生素感冒药时，亚瑟和弗罗里希引用了1933年的一项临床研究来夸大预期效果，而无视20项更新、更全面的研究，这些研究表明情况恰恰相反。在一系列“该做的和不该做的”新规定中，过时的数据不能再用于推广，发表的副作用报告不能被忽视，动物研究不能被引用为有任何临床意义。[35]

制药公司强烈反对新规定。麦克亚当斯广告公司的总裁在医学大道上代表许多人发言，他说这些提议“危害了新闻自由”[36]。戈达德没有让步。相反，食品药品监督管理局扣押了一些药品，认为这些广告具有误导性。华纳·兰伯特公司生产的用于缓解心绞痛的长效硝酸甘油（Peritrate）就是第一种被扣押的药品。该公司依靠不靠谱的研究吹嘘其功效，超出了向食品药品监督管理局证明的范围。[37] 没收药物引起了争议，并引发了制药公司的抗议，它们指控在戈达德的领导下，食品药品监督管理局的角色已经从保护公众转变为滥用权力。

戈达德给制药公司制造的问题，超出了食品药品监督管理局的权限。他说服约翰逊总统在监控药品行业方面需要增设更加强有力的联邦角色。1967年，约翰逊总统支持立法，限制制药公司每年只能向医生寄送1亿美元的免费样品。然而，那年通过的《食品与药品安全法案》的最终版本，并不像戈达德所希望的那样内容广泛。虽然新的法律禁止制药公司未经医生请求主动邮递药物样品，但其对团队可以分发的详细信息数量没有限制。[38] 为了弥补失去寄送未经请求样品的权利，制药公司开始采用一系列新方式为医生提供额外津贴，比如安排医生周末去巴哈马群岛旅游，参加高尔夫锦标赛和鸡尾酒会等。[39]

涉及制药业时，就连总统也无法获得他想要的所有立法。两年前，国会通过了第一个由政府资助的医疗保健项目——医疗保险和医疗救助。[40] 两者都是约翰逊总统社会改革的一部分。医疗保险将65岁以上的人从个人医疗保险市场中剔除，该保险侧重于支付住院费用。处方药福利包含在早期法案的草案中，但在最终投票前被取消，“理由是不可预测和潜在的高成本”。[41] 另外，医疗补助的资格并不依赖于年龄，它是为收入有限的美国人设计的，这些人被界定为生活在贫困线以下。同时，医疗补助也将处方药囊括在内。[42]

约翰逊政府对药品成本的快速增长以及药品超出政府预算的程度感到震惊。为了控制失控的价格，一项由约翰逊总统支持的法案将设立“合理成本”

作为定价标准。另一项法案将要求政府只购买仿制药。[43] 那些提案点燃了制药行业。美国医学协会也加入进来，认为这些提案会侵犯医生的用药自主权。[44] 药品制造商协会向国会办公室大量发放小册子，警告仿制药不安全。[45] 这两个法案在被委员会通过之前就已经胎死腹中。作为回应，约翰逊总统任命了一个处方药特别工作组来决定药物覆盖是否应该加入医疗保险。*

与此同时，戈达德也听取了一些主张改革的民主党参议员的意见，包括威斯康星州的盖洛德·尼尔森、路易斯安那州的拉塞尔·朗和新墨西哥州的约瑟夫·蒙托亚。尼尔森接替埃斯蒂斯·基福弗担任反托拉斯和反垄断小组委员会主席。戈达德一再敦促他接力基福弗继续前行。从 1967 年 5 月开始，尼尔森展开了一项调查——制药业中的竞争问题，焦点是“美国公民的健康和钱包”。[46] 这是 12 年来创纪录的 34 次听证会中的第一次（得到 17 000 页的最终报告）。[47] 在接下来的 10 年中，尼尔森尝试了 6 次，试图制定一些强制性仿制药立法的变体。制药公司每次都成功阻挠了相关立法。

1968 年 1 月，药物疗效研究小组最终向食品药品监督管理局报告了结论。他们审查了 1962 年以前 4 000 种药物的 16 500 多项治疗声明。只有 434 种药物，约占被调查药物的 12%，兑现了承诺的所有要求。[48] 769 种药物被标记为“无效”，其中包括大部分固定剂量组合抗生素。[49] 精神类药物受到重创，超过一半的药物被标记为不适用于分发条件。[50] 最大的制药公司——厄普约翰、辉瑞、立达、礼来、惠氏和默克被评为“无效”产品的数量最多。[51]

最终报告中包含海量信息，戈达德甚至在药物局内部成立了一个药效研究实施方案（DESI）特别工作组。[52] 特别工作组的任务是建议食品药品监督管理局取消某些药物的认证，它还负责审查制药商提交的上诉评级的额外证据，特别是近 1 800 种标记为“可能无效”的药物。最终，只有 1/8 的药物

---

* 在尼克松政府执政初期，林登·约翰逊委员会几乎有两年没有提交报告。它建议联邦医疗保险应该包括药物福利计划，尼克松因疏忽而把这个想法扼杀了。30 年后，将药物保险纳入医疗保险不再被认真考虑。

被药效研究实施方案特别工作组升级到“有效”。[53]

如此多的药物未能通过科学审查小组的审查，这对成千上万的服药患者来说是个坏消息。尽管许多人早已开始相信制药公司将利润置于公共健康之上，但制药业曾经吹嘘的杰出疗效和出色研究将再次蒙上更深一层阴影。一些全国性报纸刊登了“无效”药物的整版摘要。[54] 如果 1962 年以前的所有药物有超过一半的治疗声明不成立，那制药公司还能正常运转吗？在这些排名之前，很少有人知道许多制药公司在广告中兜售的“科学证据”是简单的有偿证明。

当药效研究实施方案特别工作组的工作正在有序进行时，戈达德又在新的战线上对抗制药公司了。1968 年 2 月，在参议院关于快速增长的减肥药行业的听证会上，戈达德做证“没有药物可以安全控制肥胖问题”[55]。这是对大约 5 000 名专门用减肥药治疗肥胖症的医生的直接挑战。参议院调查发现，美国人每年在这些医生身上花费 2.5 亿美元，另外 1.2 亿美元用于“彩虹药丸”，这种药丸是以减肥诊所标志性颜色鲜艳的药片命名的。[56] 戈达德在做证时宣布，他已下令食品药品监督管理局没收 12 家制造商的 4 300 万片药丸。[57] 他瞄准的彩虹药丸是一种非常受欢迎的甲状腺激素和强心药物洋地黄的脱水混合物。

戈达德瞄准的药物已经在市场上销售了几十年，但是食品药品监督管理局最近才把几起死亡事件与其联系起来。总部设在得克萨斯州的兰帕公司总裁说：“一种已经成功销售了 30 年的药品，一夜之间成为食品药品监督管理局的目标，这是不可思议的。”联邦探员从这家公司查获了价值 50 万美元的药品。[58] 戈达德告诉参议院小组，那些药物存在致命危险。他引用彩虹药丸，作为食品药品监督管理局审查 1962 年以前哪些混合药物应该被召回的重要原因。[59]

戈达德查封彩虹药丸成了头版新闻。业内许多人认为他在哗众取宠。《生活》杂志派了一名瘦瘦的记者到 10 家减肥诊所做卧底，只有几家诊所告诉她不需要减肥，其余诊所在两周内给她开了 1 500 片苯丙胺。[60] 尽管彩虹药丸的制造商是少数几个专门成立的小公司（新泽西的克拉克公司、达拉斯的兰帕公司、丹佛的西方研究实验室和圣路易斯的米尔斯制药公司），但这次没收行动使整个行业蒙上了污点。[61] 1968 年 3 月，12 名马里兰妇女死于彩虹药丸的消息，促使参议员盖洛德·纳尔逊在其正在进行的药物调查中增加了减肥药。[62]

所有制药公司一致同意：必须摆脱戈达德。一年多以来，它们一直在进行一场耳语行动，旨在贬低、削弱戈达德在国会的支持度。他们把戈达德描述为永不满足、被野心驱使、只对权力感兴趣的人，而不是为公众和制药业做最好的事情。《巴伦周刊》警告说："食品药品监督管理局已经成为美国健康和福利的威胁。"《巴伦周刊》称问题的严重性在于，该机构处于"局长詹姆斯·戈达德的教条之下"。其政策阻碍美国医药研究实验室开发救命药物，"食品药品监督管理局的医务人员或许都是不明智的，他们是死亡天使"。[63]

戈达德无意中帮助敌对者说了一些削弱其在约翰逊政府内部支持的话。1968 年，他在众议院一个小组委员会做证时激怒了执法人员，这个小组正在考虑将致幻剂定性。戈达德是唯一一个来自联邦政府的反对声音，相反，他更愿意资助公众教育，让他们了解毒品有何危害和如何对瘾君子进行治疗。他认为当地药店缺乏竞争力，终将走向消亡，这一观点惹恼了他最热心的支持者之一，前药剂师、副总统休伯特·汉弗莱。[64]

1968 年 5 月，四面楚歌的戈达德递交了辞呈。

《纽约时报》称其离开是"因为他与政府对食品纯度和药物安全性及有效性的监管存在分歧……他在对抗制药商和许多医生"[65]。制药公司欢欣鼓舞。接替戈达德的是哈佛大学公共卫生学院流行病学和微生物学系主任小赫伯特·莱。[*, 66] 但是戈达德的离开没让制药行业高兴太久，他们以为赫

---

* 戈达德已经受够了在联邦政府的处境。离开食品药品监督管理局后，他最初在总部位于亚特兰大的 EOP 技术公司（一家私人数据处理公司）找到一份工作，后来转到福特基金会，甚至为制药公司做过咨询工作。

伯特将回归不太激进的拉里克时代的做法，可是赫伯特很快打消了这种幻想。赫伯特也明确表示，决心贯彻戈达德大部分雄心勃勃的议程，包括关于1962年以前药效研究实施方案的建议。

美国国家科学院的30名成员都曾在药物小组任职，他们与赫伯特分享了一篇学术论文的草稿，结论是食品药品监督管理局应该取消所有固定剂量组合抗生素药物的资格。组合药物几乎从来没有比单独成分药物的药效更好，甚至在某些情况下明显更差。[67] 制药公司使用组合药物来延长即将到期的药物的专利，或者有时开发组合产品，对这些产品收取的费用远远高于每种药物本身的费用。[68]《美国医学会杂志》拒绝发表这篇文章，认为这会削弱医生的力量。（直到第二年，该论文才在《新英格兰医学杂志》发表。）[69]

学术专家的主要目标是厄普约翰的帕纳巴（Panalba），这是通用抗生素四环素和新生霉素的专利组合。[70] 它曾是厄普约翰的一个巨大成功。自药品上市以来的10年里，医生开出了超过7.5亿张处方，这款药品的收入占该公司美国总收入的20%。[71] 药物疗效研究得出结论，帕纳巴实际上比任何一款独立抗生素的有效性都低，因为药物成分经常相互抵消。至于副作用，帕纳巴比四环素更明显，1/5的患者表现出过敏现象。[72] 十几名患者死于帕纳巴并发症。[73] 与四环素相比，患者为此至少多花了1 200万美元。很少有人知道的是，厄普约翰的内部测试揭示这种药物具有较大的副作用，会导致肝脏损伤。[74]

帕纳巴成功的原因是什么？自问世以来，其推广一直是由亚瑟·萨克勒以及麦克亚当斯公司来负责的。亚瑟在基福弗小组委员会面前已经陷入麻烦，因为他对厄普约翰的皮质类固醇进行了误导性的宣传。

通过帕纳巴，亚瑟开发了一种所谓的“合理开抗生素处方的方法”。正如医学历史学家斯科特·波多尔斯基所说，这是一种“先开枪，后提问”的哲学。广告敦促医生使用“帕纳巴迅速获得宝贵的治疗时间”。由于进行组织培养以确定是否为细菌感染并不总是可行的，“一个合理的临床选择是立即用帕纳巴进行治疗，这种抗生素提供了最佳的成功机会”。亚瑟称帕纳巴是一种“强强联手的抗生素”（新生霉素的加入有助于“抵抗耐药葡萄球菌”）。[75]

1968年圣诞节前夕，赫伯特局长依靠其药效研究实施方案特别工作组的建议，宣布了食品药品监督管理局取消帕纳巴认证。赫伯特知道，如果食品药品监督管理局成功阻止了最成功的固定剂量组合抗生素的销售，那么该局可能会与市场上的数百家制药公司展开斗争。赫伯特允许对方在30天的时间内进行评议或反馈。就像几年前眠尔通和惠氏竞争时所做的那样，厄普约翰要求举行一次全面听证会来质疑这一决定。

赫伯特拒绝了这一请求。如果每家制药公司都进行听证会，对药效研究实施方案特别工作组的决定重新提起诉讼，食品药品监督管理局将陷入多年的困境。赫伯特确信《基福弗修正案》授予的审查1962年以前药物的权力范围如此之广，乃至制药公司不得不遵守该机构做出的任何决定。赫伯特失算了。帕纳巴试水，演变成一场比赫伯特想象中更大的战斗。这引发了参议院的一项调查（最终判定固定剂量的抗生物制剂是无用的，甚至是危险的）。[76] 厄普约翰提起诉讼，声称食品药品监督管理局超越了法定权限。厄普约翰坚持认为，为了公平起见，法院应该命令食品药品监督管理局对每一种想退出公开销售的药物举行行政听证会。与此同时，帕纳巴继续留在了市场上，诉讼正在向联邦最高法院推进。当时，厄普约翰的一些竞争对手已经提出了诉讼或辩护，支持撤销食品药品监督管理局要求1962年以前药物有效性证据的努力。

关于国会是否打算让食品药品监督管理局在召回药品方面拥有如此广泛的行政权力的争论，一直在联邦法院进行。在四年的时间里，联邦最高法院的四次判决没有解决这个问题。大法官威廉·道格拉斯在帕纳巴主体案件中给予食品药品监督管理局坚定的支持。[77] 这是食品药品监督管理局的一个里程碑，是对机构权力的有力支持。法院的结论是，国会在1962年的法律中说得完全正确：它打算给予食品药品监督管理局广泛的权力来清除其认为无效的药物，而不仅仅是那些被认为不安全的药物。任何药品被召回时，法院裁定该药品自动适用于所有创新药品（包括在其他药物基础上改良创新推出的药物）。至于行政机关是否可以利用“行政简易判决”撤回“用于保护公众”的药物的问题，法院给予了肯定回答。当制药公司新提交的证据符合该机构的“严格证据”标准时，食品药品监督管理局所要做的就是“举办一个正式听证会”。[78] 联邦最高法院支持食品药品监督管理局扩大权力，为食品药品监督管理局针对 300 000 种非处方药物的药物功效研究的第二阶段奠定了基础（该研究历时 20 年完成）。[79] 社会医学历史学家爱德华·肖特总结道，它还将食品药品监督管理局“从一个沉睡的小型警察机构转变为一个官僚机构”。[80]

制药业的许多人警告说，法院的裁决将削弱研究和创新，此前每一部重要的药品法通过后都发生了这种情况。制药公司的问题是，它们已经丧失了对“天塌下来”的投诉的可信度。美国市场上撤下的每一种药品，制造商都会在拉丁美洲、亚洲、欧洲和非洲销售多年。[81]

24 “来，吃‘根’”

自从基福弗小组委员会重点关注辉瑞四环素-竹桃霉素复合剂的缺点以来，消除帕纳巴和其他固定剂量抗生素的斗争已经持续了11年，这种药物是亚瑟·萨克勒用8名幽灵医生的证明做的广告。媒体对食品药品监督管理局取得胜利的大部分报道，都是关于节省大众数百万美元的，否则这些钱会花在不必要和毫无价值的药物上。联邦最高法院的裁决意味着食品药品监督管理局在取消一种药物的资格之前，不必要求更新安全资料。食品药品监督管理局松了一口气，因为它认为那样做大可不必，且费时费力。然而，对1962年以前的药物不要求安全特性带来了意外后果，那就是该机构错过了解决抗生素耐药性的先决机会。

食品药品监督管理局的误判是将耐药性报告斥为影响少数患者的异常现象，生物医学界的普遍信念又强化了这种误判。20世纪40年代末到20世纪50年代的实验室测试，预测抗生素耐药性很少会出现。[1]测试表明，细菌要获得耐药性会消耗太多能量，最终导致自我毁灭。在少数情况下，细菌确实表现出耐药性，但其培养物生长缓慢。这让研究人员确信，即使抗生素耐药性在人体内发展，“也将是不稳定和短暂的”[2]。他们引用这一点作为证据。

发明青霉素的两位先驱对此并不认同。在1945年诺贝尔奖的获奖感言中，亚历山大·弗莱明警告说：“如果青霉素的分发过于宽松，随着时间的推移，其杀死细菌的能力会不断降低。无知的人很容易给自己注射过量药物，并通过将微生物暴露在非致命剂量的药物中使其产生耐药性，这种危险是存在的。”[3]

恩斯特·钱恩提出一个更严厉的警告。他担心细菌病原体的适应性如此之强，一旦它们开始进化以抵抗抗生素，就没有药物能阻止它们，这只是时间问题。

大多数研究人员和学者拒绝了这些可怕预测，认为其过于夸张且未经证实。[4]一份20世纪50年代中期的报告称，一群日本患者由于对病原体耐药而对抗生素没有反应，这并没有引起科学家的太多关注。他们认为这是一个无法解释的异常现象。医生没有技术来诊断为什么这些病人对药物治疗没有反应。[5]

早期的科学家参考两个不正确的假设。首先，他们认为要产生抗生素耐药性，人体的一些细菌必须产生耐药性。他们利用在受控实验室环境中获得的结果，来预测当抗生素被广泛和反复分配给数百万人时会发生什么。

几十年后，研究人员通过“随机机会”证明了一些人的细胞具有天然抵抗抗生素的基因。当病人没有完成处方治疗的全部疗程时，耐药菌的概率也会增加。抗生素用于治疗病毒感染，如普通感冒。尽管对病毒无效，但将药物引入体内会激活所谓的抗性基因（R基因）。生物学家估计，人类大约有2万个潜在的R基因。[*, 6, 7]

从20世纪50年代中期开始，医生们大量发放强效广谱抗生素。它们在体内四散，意味着除了杀死病原体细菌外，也会杀死有益微生物。剩下的细菌是那些带有天然耐药基因的细菌，在与药物斗争并存活下来后变得更加

---

* 20世纪90年代末，世界卫生组织发表了一首名为《医学史》的打油诗，总结了细菌将永远占上风的进化观点：“公元前2000年：来，吃‘根’。公元1000年：吃根是异教徒，来，祈祷就行。1850年：祈祷是迷信，来，喝下这瓶药水。1920年：药水是蛇油，来，吞下这颗药丸。1945年：药丸无效，来，服用青霉素。1955年：哎呀……虫子变异了，来，服下四环素。1960—1999年：39个‘哎呀’，来，服用这种更强效的抗生素。2000年：虫子赢了！来，吃‘根’。”

强大。1956 年，固定剂量组合抗生素的引入，加剧了这种过度开药的流行病。医生给普通感冒、鼻窦炎、喉咙痛和流鼻涕的病人开药。这些不必要处方中的每一个处方，都增加了产生更多耐药菌的概率。直到 1973 年食品药品监督管理局将它们从市场上撤回，数十亿剂量的组合抗生素已被出售。在 20 世纪五六十年代，美国人每年服用的抗生素比所有其他处方药加起来还要多。[8]

20 世纪 50 年代以来，每年有 1.36 万吨抗生素用于养肥鸡、牛、火鸡和其他肉类动物，保护养殖鱼在过度拥挤的养殖环境中不被常见疾病感染，许多人因此摄入额外的抗生素。抗生素在农业领域也变得普遍，每年春天在水果和蔬菜作物上喷洒一周，就可以抑制破坏性病原体的扩散。[9] 持续暴露于不同来源的抗生素，会提高耐药基因的数量和增殖速度。[*, 10, 11]

战后几十年处方狂热的结果是什么？研究人员现在已经确定，抗生素药物耐药性的起点是 20 世纪 60 年代早期的美国。一个耐药菌株的“核心”群体在易受感染的患者中发展并占据了一席之地。科学家们已经意识到，在一些人身上，能够自我复制的 DNA 分子（即质粒）发生了变异。带有抗生素抗性基因的质粒，变成能够传播耐药菌的超级生物载体。科学家认为，这些质粒是抗生素抗性从美国传播到其他大陆的原因，包括很少使用抗生素的地方。[**, 12, 13]

食品药品监督管理局决定不更新 1962 年以前抗生素的安全状况而产生的这一可怕后果，直到十年后才变得明显。问题的第一个迹象是关于发展中国家常见肺炎和性传播疾病的流行率的新闻报道，这两种疾病都与药物无关。[14] 在 20 世纪 60 年代中后期，大约 35 000 名在越南作战的美国士兵感

---

* 几十年来，美国疾病控制与预防中心和世界卫生组织一再警告医生，应该限制抗生素的使用，这样做是明智的。尽管如此，疾病控制与预防中心估计，美国每年开出的 25 亿张抗生素处方中，约有 30% 是不必要的。另外还有 500 亿美元的抗生素在疗养院和医院中滥用。

** 直到 2010 年，英国科学家才得出结论，耐甲氧西林金黄色葡萄球菌（MRSA），一种由耐药菌株引起的机会性超级细菌感染，也是在 20 世纪 60 年代早期出现的。

染了一种耐药性菌株，陆军医生称这是一种“常见疟疾类型的新变种”。它引发了一个由国家科学研究所、沃尔特·里德陆军研究所和未能研制出有效疗法的热带医学医生发起的速成项目（今天，这种突变株引起的恶性疟疾仍然是世界上最致命的疾病之一）。[15]

领先的微生物学家花了30年才得出结论：“人类抗生素的使用可以被视为一个巨大的进化实验。”[16]现在显而易见的是，这个实验从20世纪60年代的美国开始，无意之间有利于病原体的生长和扩散。

25 “她们自己清洗笼子”

然而，对于另一种仅针对女性研发和销售的畅销激素药——避孕药，有一些不能忽视的早期预警信号。在获得食品药品监督管理局批准后不到10年的时间里，西尔列的避孕药安无妊就已经取得了巨大成功。美国有1 000万名女性经常使用安无妊，另外400万名女性顾客分布在其他20个国家。西尔列喜欢吹嘘每四个美国已婚女性中就有一个服用安无妊。[1]

避孕药无疑是一项医学突破，让女性通过一天一片来控制其生育选择。最初几年，医生们大量开具安无妊，就好像它跟阿司匹林一样没有多少副作用。西尔列的广告吹嘘道：“在相同人群身上和更多女性身上对安无妊进行了比其他药物都更彻底、持续时间更长的研究。”[2]

当病人开始抱怨头痛、腹胀、恶心和乳房触痛时，医生大多不屑一顾，认为女性的身体必须适应避孕药导致的假怀孕阶段。然而，到了20世纪60年代中期，报道的副作用增加了。这促使食品药品监督管理局任命了一个由9名男性医生组成的小组来研究避孕药是否更有可能造成血栓。这种副作用引起了最大关注，因为它具有潜在致命性。他们发现272例使用安无妊的女性出现血栓，其中30名女性已经死亡。该小组建议西尔列在标签上增加一个警告，提醒那些风险最大的人，即35岁以上的女性，她们有可能出现血栓。在西尔列的强烈反对下，食品药品监督管理局否决了委员会的建议，声称医生在计算血栓死亡率时犯了一个数学错误，服用避孕药的人的真实风险“没有统计学意义”。[3] 1966 年，在西尔列的游说下，食品药品监督管理局做出了另一个让步，取消了女性服用避孕药 48 个月的限制，不再有用药时长限制。[4]

从 1966 年到 1969 年，食品药品监督管理局记录了 1 034 例严重不良反应，包括 118 例死亡，大部分死于血栓，也有少数死于脑卒中和肝炎并发症。[5] 食品药品监督管理局不能确定致命疾病是由避孕药引起的，还是仅仅是巧合。到 20 世纪 60 年代末，发给药剂师的处方说明书是一本 3 000 字的小册子和 5 张复杂的系统性表格，上面列出 50 多种副作用，包括一些潜在的致命副作用。

避孕药安全性的问题并没有影响其商业成功。一项为期 5 年的研究得出结论，80% 的女性之所以停止服药，是因为她们被腹胀、绞痛和积水等副作用所困扰，而不是因为担心这会让她们病情加重。避孕药市场不断扩大，因为越来越多 15 ～ 44 岁的新患者取代了那些不再服药的人。[6] 服用避孕药的人数平均每年增长约 50 万。

患者从未见过处方包装说明书。只有提出要求，药剂师和医生才能得到说明书。大多数医生在开避孕药时都会给出一个保证：“如果有什么不寻常的事情发生，打电话给我。”医生们普遍认为，如果患者收到太多关于副作用的信息，许多人“不会理解”或者“会吓得半死”。[7] 在随后的参议院听证会上，堪萨斯州参议员鲍勃·多尔质疑告诉女性健康风险是否会导致这种焦虑，她们可能最终会“吃两片药……一片安定药，一片常规避孕药”[8]。

肯塔基大学的戴维·克拉克博士认为，大多数同事不愿批评避孕药的原因是它具有“豁免权”。避孕药的支持者认为，从控制人口过剩到消除贫穷，从降低离婚率到通过消除对意外怀孕的恐惧来改善性生活，以及通过生育自由来解放妇女，避孕药在每一件事情上都至关重要。[9]《妇女家庭杂志》的编辑彼得·威登拒绝任何关于口服避孕药的批评性报道，因为他相信杂志的读者不想听到坏消息。[10] 在1965年世界卫生组织的一次会议上，医学研究人员非常担心人口过剩问题，以致在最终报告中忽略了提及避孕药的副作用。[11]

大多数女性手中的唯一信息是她们从制药公司印刷的“关于避孕药”的小册子中得到的。这些小册子在计划生育组织、妇女健康诊所、医院和私人医疗诊所分发。每本不超过几十页，强调副作用几乎总是轻微和暂时的，这使人放心。西尔列无视食品药品监督管理局的连续警告，不断越过医生教育的红线进行过度宣传。在其发行最广的小册子《计划生育的处方——安无妊的故事》中，西尔列完全忽略了数百万服用者中令人不安的不良反应。[*, 12, 13]

避孕药无害观点的第一个裂缝慢慢出现。1967年7月《避孕药的可怕麻烦：你应该立即停止服用吗？》刊登在《妇女家庭杂志》上，数百万人第一次读到关于长期安全性的累积问题。这篇文章聚焦血栓风险的新证据以及与宫颈癌的可能相关性。著名医学期刊的社论猛烈抨击这篇文章，“耸人听闻……半真半假……断章取义”[14]。

1968年英国一项研究得出结论，服用避孕药的女性出现血栓的可能性是不服用者的9倍，致死可能性是不服用者的7倍。主流媒体鲜少对此加以报道。[15] 避孕药的倡导者驳斥了这一发现，认为与妇女在怀孕期间有时会罹患的其他严重疾病相比，每十万名服用避孕药的患者中仅有三人死亡，风险还是很小的。[16]

美国计划生育协会的第一任医疗主任马尔科姆·波茨博士说：“服用口服避孕药的女性，比选择生孩子的姐妹们，更有可能多活一年。”英国的研

---

* 许多口服避孕药的处方都是由妇科医生开具的，这些妇科医生也负责调配大多数雌激素药物。更年期和生育控制药物对同一种激素的使用量不同。避孕就用雌激素和孕酮，而早期更年期药物就只用雌激素。“改变生活”的药物后来加入了孕酮。避孕药的设计是为了让避孕药抑制女性雌激素的自然分泌，而那些针对更年期的药物则增加了女性体内正在下降的激素水平。然而，就风险而言，二者没有什么区别。

究断定，分娩时死亡风险是死于血栓的 15 倍。[17]

公众舆论的潮流，尤其是那些服用避孕药的人，在 1969 年转向了。由于避孕药被认为是女性解放的科学进步，女性评论家向广大观众揭露这种危险似乎更有说服力。一位知名医学作家芭芭拉·西曼出版了《医生访谈录：避孕药》。[18] 封面上的粗体标语为内容提供了所有必要的预览："100 多名医学专家报告称，对避孕药的热爱会导致瘫痪和死亡。"[19] 西曼对医生和研究人员的采访无异于严重的警告，对那些已经使用了几年的人来说，"假装避孕药安全……的公众科学丑闻"正处于癌症海啸的边缘。[20]

《纽约时报》医学和生物学记者简·布罗迪跟随西曼的脚步，在第二年以一篇完整的头版报道为后来的全国性媒体报道定下了基调。布罗迪指出："除了患有抑郁症或性欲丧失的患者越来越多之外，避孕药还与一长串严重疾病有关，包括血栓、脑卒中、眼疾、不育、癫痫、类似糖尿病的糖耐量异常，甚至癌症。"最令人震惊的是，布罗迪纳入了"两项高度争议的未发表研究"，这两项研究是由纽约妇科医生和斯隆–凯特林癌症研究所以及芝加哥大学的研究人员开展的。在研究了 35 000 名计划生育客户的记录后，纽约的两组研究人员得出结论，服用避孕药的女性宫颈癌变（原位癌）的可能性是其他女性的 2 倍。芝加哥研究人员发现，35 岁以上的女性患同样疾病的概率是其他女性的 6 倍。[21]

布罗迪提出的问题是美国数百万女性很快就会问的："服用避孕药的妇女是为了这种避孕方法的安全性和方便性而在冒生命危险吗？"[22]

1969 年春夏之交，紧接着布罗迪的文章，媒体报道充斥着避孕药带来的危险信息。国家卫生研究院内分泌研究所所长罗伊·赫兹博士在《新闻周刊》的封面故事《避孕药和癌症》中预测，避孕药将在今后几年引发乳腺癌危机。[23] 5 月，美国乳腺癌会议警告，如果研究表明避孕药会导致癌症，那么这些研究适用于女性："世界正站在由避孕药引起的癌症流行的门槛上，这将使沙利度胺导致出生缺陷悲剧相形见绌。"[24] 斯坦福大学著名药理学家萨姆纳·卡尔曼说："仅在美国，就有 800 万妇女被当作'实验鼠'。"[25] 内分泌学家告诉记者，由于避孕药通过脑垂体起作用，因此“认为长期效应可以有效避免是不现实的”。[26] 一位纽约妇科医生在另一篇封面故事中告诉《妇女家庭杂志》：“她们都不再服用避孕药。”[*, 27, 28]

所有有关世界末日的报道都为政府监管者亮起了红灯。到 1969 年，食品药品监督管理局妇产科咨询小组的主席路易斯·赫尔曼已经从一个狂热支持者，转变为公开告诫人们警惕长期使用“强力合成激素”的未知影响。负责国家卫生研究院避孕研究的医生菲利普·考夫曼承认，除非女性别无选择，否则他不会在私人诊所预开避孕药。[29] 到 1969 年 6 月，加利福尼亚州的一家医疗事故保险公司率先要求 16 000 名医生在开避孕药之前，从病人那里获得信息确认表格的签字版。[30]

不是每个人都对越来越多的副作用和严重疾病感到不安。至少有一家在市场上没有避孕产品的制药公司认为避孕药是一种“入门药”，它们可以销售 6 个自己的品牌药物来减轻避孕药的副作用。有利尿剂、抗焦虑和减轻消化不良的药物、抗凝血药、消除焦虑或易怒情绪的安定药和苯二氮䓬类药物、消除疲劳的甲状腺补充剂或苯丙胺，以及治疗越来越多的酵母菌感染的抗生素。医药大道一则抗生素广告直接推销治疗避孕药副作用的业务：“如果她在服用避孕药，她可能需要这个药片。”[31]

然而，媒体和公众关注的焦点并不是制药公司是否用一种唯利是图的策略来利用口服避孕药的困境。相反，到了 1969 年秋天，公众的注意力集中在食品药品监督管理局身上，质疑为什么它没有更好地提醒公众注意不断积累的危险。政府在前一年制定了更为严格的标签警告。食品药品监督管理局在那年 9 月发布第二份关于避孕药的报告时，对其副作用充耳不闻。尽管承认

---

* 1966 年，在 340 名妇女身上进行的新避孕药临床试验“由于接受该产品的试验动物（狗）的癌症证据而停止”。值得称赞的是，亚瑟·萨克勒的《医学论坛报》是第一个报道该事件的刊物。当时，许多医生认为动物研究结果不适用于女性，因此断然否定了这些结果。又过了三年，关于避孕药是否致癌的警报才成为主流。当然，萨克勒总是非常愿意破坏不是其客户的制药公司的业务。彼时，麦克亚当斯尚没有销售口服避孕药的制药公司客户。

每年有“少数”女性死于该药物，但该受益风险比足够高，足以被列为安全药物。[32]

食品药品监督管理局承受着巨大压力，要采取一些有力措施来弥补其看似自由放任的监管。国会和消费者权益倡导的批评者一致认为，赫伯特·莱局长对食品药品监督管理局未能更加积极主动负有责任。压倒赫伯特的最后一根稻草并不是避孕药，而是食品药品监督管理局于 1969 年 11 月 10 日宣布，它在两年内未能召回 200 种固定剂量抗生素和感冒药中的任何一种。制药公司曾将食品药品监督管理局卷入诉讼中，但这些诉讼大多在新闻报道中消失了，越发显示出食品药品监督管理局在赫伯特领导下的无能。[33]

12 月初，赫伯特以及排在他之后的两位高级官员副局长和合规主管被免职。执政不到一年的尼克松政府决定改变的不仅仅是最高层的几个职位。卫生、教育和福利部长宣布对 4 200 人的食品药品监督管理局进行彻底改革。食品药品监督管理局的科学、医学和合规局被解散，取而代之的是两个精简的部门。像拉尔夫·纳德这样的支持者指责食品药品监督管理局与制药公司过于亲密。整个机构被提升并被赋予了更大的权力。最后选出了一名新局长：查尔斯·爱德华兹，一名普通外科医生，他在美国医学会担任领导职务，同时在乔治敦大学医院兼职教学。爱德华兹也是管理咨询公司博思艾伦汉米尔顿控股公司（Booz Allen Hamilton）的副总裁。

爱德华兹被誉为一名“精明、没有废话的决策者”，他认为混乱是一次机会。[34] 他知道随着食品药品监督管理局的权力被重新定义，有时会获得新的权力，偶尔则会失去部分权力。前一年，食品药品监督管理局失去了对违禁药物的管辖权，由司法部新成立的麻醉品和危险药品管理局接管，但也获得了对药物饲料和动物药的控制权。食品药品监督管理局刚刚从卫生及公共服务部获得批准，可以为贝类、牛奶和食品服务制订卫生计划，并在一定程度上防止跨州旅游设施导致的中毒事故。食品药品监督管理局还负责监督牛奶、鸡蛋和食用植物中抗生素的含量；食品安全检查局的任务是检测家禽和肉类中的抗生素水平[35]；环境保护局负责监督食用植物外部的抗生素残留，包括水果和蔬菜。[36]

事实证明，爱德华兹擅长官僚政治。他使食品药品监督管理局获得了监管生物制品的权力——血清、季节性（抗原性）疫苗和一些血液制品，这是从国家卫生研究院手上拿来的。让国会将食品药品监督管理局的预算增加一倍后，爱德华兹建立了国家毒理学研究中心，专门研究化学物质在环境中的生物效应。几年内，最重要的新权力将由《医疗器械修正案》赋予，通过该修正案，食品药品监督管理局获得了对医疗器械和诊断产品安全性和有效性的监督权。[37]

另外，爱德华兹不可能在每一场冲突中获胜。食品药品监督管理局输给了环境保护署，失去了对杀虫剂设定限量的权力。国家卫生研究院生物制品标准司接管了外国血液产品的进口和分销。非医疗消费品，如家用电器、玩具以及家用化学品，被新成立的消费品安全委员会接管。然而，微波被列入食品药品监督管理局管辖范围，因为它们发出了低水平的辐射。最大的打击是，卫生、教育与福利部和国会阻止食品药品监督管理局管理以及制定维生素、矿物质和补品的标准。[38]

随着权力斗争的展开，爱德华兹知道他已经控制了局面，而此时国会正打算对食品药品监督管理局因避孕药引起的骚动进行问责。参议员盖洛德·尼尔森从 1967 年就开始关注制药业，他接替基福弗成为参议院打击大企业滥用权力的斗士。尼尔森认为，食品药品监督管理局应该为保护美国女性免受避孕药健康危害的“彻底失败”负责。[39] 这是他在 1970 年 1 月调查的焦点。接下来两个月的公开听证会吸引了全国大部分目光。年龄在 21 ～ 45 岁的女性中，有近 90% 的人关注听证会。

尼尔森的首次听证会有专门研究节育的 8 名医生和研究人员（都是男性）。[40] 1 月 14 日的第一个证人是休·戴维斯，他是约翰斯·霍普金斯大学的妇科教授，也是该大学避孕诊所的主管。他做证避孕药不仅可能导致乳腺癌，而且当一名妇女或其医生发现肿块时，它可能已经存在很多年了。

食品药品监督管理局细胞生物学部门的负责人马文·莱格托博士，在戴维斯之后警告小组委员会，避孕药造成了细胞和基因的改变，可能导致癌症，甚至是可遗传的突变。这些变化很难确定，因为它们与其他疾病引起的变化没有显著区别。因此，莱格托得出结论，避孕药带来了比沙利度胺更可怕的危机。[41]

赫伯特·拉特纳博士是一位杰出的医生和作家，女性因服用避孕药而面临如此巨大的未知风险，他无法掩饰自己对此做法的鄙视："实验室里的科学家从未有过如此完美的体验……女性作为完美试验品——她们什么都不用花。女性自己清洗'笼子'，自己喂养自己，自己付钱买避孕药，还付给临床观察员报酬。"[42]

对医学研究人员来说，血栓、可能引发乳腺癌和心脏病的披露并不陌生。然而，大多数女性是第一次从参议院听证会听到这些消息的。当国家卫生研究院科学家罗伊·赫兹向委员会证明"雌激素对癌症的作用就像肥料对小麦作物的作用一样"时，所有关于风险与收益的事实和数据都变得无足轻重。[43] 妇女们感到震惊和愤怒。盖洛普民意调查显示，2/3 的女性称医生从未给过她们任何可能的危险警告。[44] 为什么她们的医生保持沉默？

局长爱德华兹意识到，食品药品监督管理局必须尽快采取行动。听证会开始后的第四天，食品药品监督管理局给全美 38.1 万名医生发了一封信，敦促他们告知病人避孕药潜在的严重副作用。[45] 批评者认为这一做法太晚，收效甚微。几个星期后，爱德华兹无意中告诉一名记者，根据医生的不同建议，女性应该继续服用"避孕药"。在与一个激进组织的争辩中，华盛顿妇女解放组织的成员向他大声提问，为什么在食品药品监督管理局没有更多的女性掌权，为什么食品药品监督管理局没有推动制药公司开发男性避孕药。会议结束前，爱德华兹就气冲冲地离开了。[*, 46, 47]

---

* 毕业于巴纳德学院的爱丽丝·沃尔夫森创建了华盛顿妇女解放组织。五年后，她成为非营利性的美国妇女健康网的创始人之一。到 1975 年，大约有 1 200 个妇女权益倡导团体专注于妇女的保健权利。

制药业试图推翻参议院的说法，散布谣言说尼尔森听证会是政府禁止避孕药和扭转妇女生殖权利时钟的前奏。[48] 一系列反驳证人在尼尔森小组委员会面前展开攻势，指责调查制造了“不必要的危险警报……和恐慌”[49]。他们重复了几个关键主题：避孕药比宫内节育器和子宫帽更有效；没有任何其他形式的节育措施能让妇女完全有能力在没有意外怀孕的情况下规划自己的生活；从统计数据来看，避孕药导致血栓死亡的风险，低于分娩或车祸中死亡的女性人数。[50] 其他证人没有说明避孕药是否安全，而是强调其压倒一切的社会效益。

大多数关注听证会的女性对遏制人口过剩的重大政策问题不感兴趣。她们担心，10 年来，制药公司对副作用轻描淡写，从而将数百万人置于风险之中。避孕药不安全吗？两周后进行的一项民意调查显示，相当多的女性回答“是”，有处方的人中，18% 的人已经停止服用，另外 23% 的人正在“认真考虑”。[51] 超过 30% 的计划生育诊所停止向经济窘迫而无力支付的妇女发放避孕药。在一个月的公开证词后，产科医生和家庭诊所注意到“子宫帽走俏”。[52] 简 · 布罗迪在《纽约时报》上报道说，对纽约周围药店的调查证实“避孕泡沫、凝胶剂、清洗液和避孕套的销量显著增加，口服避孕药的销量明显下降”[53]。

一名纽约产科医生后来在小组委员会做证时严厉批评小组委员会制造了“数十起不必要的怀孕”[54]。1970 年 3 月，听证会的两个月当口，人口危机委员会主任菲利斯 · 皮特洛博士斥责参议员们“吓死妇女”，因为很多人放弃了口服避孕药。皮特洛预测到当年年底将会有 10 万个“尼尔森婴儿”意外降生。[55]

10 万个“尼尔森婴儿”的警告完全是夸大其词。一年后，即使是市中心的大型家庭诊所也才报告仅仅数百例意外生育，而不是数万例。许多妇女已经转而使用不同的方法，但她们没有放弃避孕。避孕药恐慌的最大受益者不是另一种药物，而是一种被称为达尔康盾（Dalkon Shield）的设计独特的宫内节育器。该节育器由约翰斯 · 霍普金斯大学的休 · 戴维斯在 1969 年研发，到尼尔森听证会时，已经卖出了 60 万套。[56] 就在那一年，查普斯蒂克、罗比托辛和迪美塔普的生产商 A.H. 罗宾斯公司从戴维斯手中购买了专利，并将其作为避孕药的“安全替代品”推向市场。在参议院做证时，戴维斯严厉批评了避孕药，后来他被同事谴责没有披露财务利益冲突。[*, 57, 58]

尼尔森听证会后，公众对食品药品监督管理局的信心急剧下降，尤其是女性。8 年前的沙利度胺灾难中，食品药品监督管理局因未批准一种在欧洲留下可怕出生缺陷的药物而受到欢呼。[59] 食品药品监督管理局成为尼尔森听证会上的罪魁祸首。它不仅在 1960 年批准了安无妊，这是全新药物类别的第一个，而且在没有任何长期安全性数据的情况下批准了。更糟糕的是，随着负面影响报告涌入，食品药品监督管理局一直未能采取任何措施。尽管许多人预计制药公司会隐瞒有关产品的负面消息，但令人不安的是，制药公司竟如此轻松地搪塞了食品药品监督管理局的监管者。

许多女性想知道，如果政府监管机构在节育这样的基本问题上辜负了她们，那么市场上的许多其他药物还会有哪些遗漏呢？尼尔森听证会几个月后，一个不太好的答案浮出水面。研究人员将己烯雌酚（1940 年以来第一种用于预防妊娠期女性并发症的合成雌激素）与发生罕见迷走神经癌（透明细胞腺癌）的风险增加 40 倍联系起来。超过 1 000 万名妇女在怀孕期间使用了 100 多种己烯雌酚药物。食品药品监督管理局匆忙给全国医生写信，要求停止开具己烯雌酚处方。研究人员后来得出结论，口服避孕药也是导致出生畸形甚至生殖问题的原因，并且服用此药的女性的女儿患癌的

---

* 在高峰期，80 个国家的 350 万名妇女使用达尔康盾，其中大多数之前都使用口服避孕药。1970 年底，食品药品监督管理局收到了第一批血液中毒、盆腔感染和妇科并发症的报告。1974 年，有四人的死亡与达尔康盾有关后，罗宾斯暂停了销售。20 万名妇女最终起诉，迫使罗宾斯破产（美国家用产品公司以达尔康盾之前价值的一小部分收购了该公司）。西尔列召回了广受欢迎的铜-7 宫内节育器。达尔康盾灾难的一个意想不到的好处是，和过去一样，它迫使国会两党采取行动。1938 年，《医疗器械修正案》赋予了食品药品监督管理局对医疗器械的审批和安全监管的权力。

概率也会增加。[*, 60, 61]

爱德华兹认为需要采取大胆行动来恢复公众信心。他引用了1966年的一项关于精确标签的法律，要求在处方插页上添加一条强调该避孕药主要健康风险的信息，并分发给患者。爱德华兹遭到了医生们的强烈反对，医生认为这侵犯了他们给病人提供建议的自主权。计划生育组织对此表示反对，声称这种避孕药的好处远远超过了危险性，而且这种插页可能会吓跑病人。由美国医学会和药品制造商协会领导的支持避孕药的游说团体，让爱德华兹将警告信息从600字削减到100字。尽管如此，最终版本还是对可能的血栓提出了警告。然而，制药公司和美国医学会毫不留情，并在最后一刻强迫食品药品监督管理局做出妥协。食品药品监督管理局允许医生仅仅告诉其病人，而不是强制要求在每一包口服避孕药中都要有插页。[62] 爱德华兹以及像作家芭芭拉·希曼这样的活动家有理由担心，许多医生的插页会"落在废纸篓里"。他们担心得对。1970—1975年，医生仅向1 000万名患者分发了400万份食品药品监督管理局警告插页。[63]

爱德华兹对标签的惨败非常愤怒，出于安全和质量考虑，他下令两种避孕药退出市场。此举旨在向制药公司表明他不会受欺负，但收效甚微。两家公司都是销售额微薄的小公司。[64] 食品药品监督管理局充满攻击性质的备用计划似乎与口服避孕药无关。爱德华兹召回了全国最畅销的9种漱口水，这些漱口水都在广告中宣传"对抗感冒症状，消灭细菌"。食品药品监督管理局宣布其"预防或治疗声明无效"。9种产品中的2种，必妥碘漱口水和碘酊是普渡·弗雷德里克公司的产品。[65] 大型制药公司从最畅销的处方药中获得丰厚利润，却很少注意全国药店中漱口水被撤回。[66] 1970年11月，爱德华兹随后对数百种处方药和非处方药进行了更广泛的召回，食品药品监督管理局认为

* 这一观念认为男性主导的医疗和制药行业低估了女性，这是1967年出版的《我们的身体，我们自己》一书获得巨大成功的原因之一。该书由波士顿妇女健康丛书出版社出版，由十几个年轻的女权主义者倡议并帮助妇女成为有教养的消费者，关心自己的健康。这本书卖了400多万册。

这些药物“要么无效，要么有害”。[67]

产品线有限的小型制药公司，如萨克勒公司旗下的普渡公司，在食品药品监督管理局的强制执行中受到短期收入冲击（普渡公司的一种抗菌剂也在11月被召回）。[68] 然而，整个行业并未受到食品药品监督管理局行动的影响。美国主要报纸整版转载召回药品，数量之多，足以令普通大众印象深刻。然而，制药公司知道这些被召回的药物大多无关紧要。名单上没有一个重磅炸弹，不包括100种最畅销处方药中的任意一款。[69]

就制药行业而言，它赢得了这场关键战役，没有让服用口服避孕药的女性知晓大部分健康风险。然而，接下来的几年表明，这是一场得不偿失的胜利。对于这些公司的底线而言，还有一个重要得多的战场。避孕药销售连续五年直线下降，而后才稳定下来。食品药品监督管理局对口服避孕药进行了更严格的动物毒理学试验。避孕药吸引了专门从事消费者集体诉讼的律师（在1966年联邦民事诉讼法律改变后，合并成千上万原告的诉讼才有可能）。[70]

监管者、律师和不断下降的销售额意味着制药公司没有动力花钱研发创新节育技术。接下来的20年里，在大多数制药实验室，这一领域都处于停顿状态。例如，先灵在20世纪60年代曾投入大量资金开发一种可注射药物，可提供三个月的避孕作用。在尼尔森听证会引起轩然大波后，先灵搁置了这项工作。同样的情况也发生在20世纪60年代惠氏和非营利组织人口委员会关于皮下植入的合作研究中。对那些并不总是记得每天服用避孕药的女性来说，这本该是有用的方法。参议院调查之后，这项研究也停止了。[*, 71]

最终，国家卫生研究院说服制药公司停止生产任何雌激素含量超过50微克的避孕药。到这时为止，临床医生估计1945年后出生的80%的美国女

* 制药公司花了20多年时间重启暂停的20世纪60年代的研究。1990年，惠氏获得了食品药品监督管理局对第一个皮下植入物诺普兰的批准。1992年，食品药品监督管理局批准了先灵的可注射避孕药。20世纪90年代，激素类贴剂和宫内节育器获得批准。在某些情况下，传递激素的新方法并不是没有给病人的健康和制药公司的底线带来风险。5万名妇女状告惠氏，声称诺普兰导致感染和疲劳。最终，惠氏赔偿1亿美元摆平了这件事。

性都至少尝试过避孕药。制药公司开始寻找“新一代避孕药”，这种避孕药可能含有更少的雌激素。15 年后，随着研究表明添加低水平的孕酮可以降低患卵巢癌的风险，制药公司开始混合两种激素。

芭芭拉·希曼后来写道：“只有在数百万女性服用安无妊后，数千人因血栓死亡或致残，人们才发现避孕药中的激素含量是所需剂量的 10 倍。”[*, 72, 73]

---

* 西尔列第一颗避孕药“安无妊”出售 40 周年之际，芭芭拉·希曼在《纽约时报》上写道：“我仍然时常想起那些服用第一颗避孕药的早期女性——她们不知道自己在一个仍在进行的实验中扮演的角色，并为爱而死。我还想到对患有梅毒的黑人进行的塔斯基吉实验，克林顿总统为此道歉。也许那些死于安无妊的家庭也应该得到同样的道歉。”

26 “溅落！”

参议员盖洛德·尼尔森 1970 年关于避孕药副作用的听证会吸引了自 8 年前沙利度胺恐慌以来对制药业故事最密集的新闻报道。然而，媒体对尼克松政府承诺引入全面立法，以消除妨碍联邦机构执行国家药物法律的乱象几乎没有兴趣。尼克松说“美国的头号公敌是药物滥用”，他已经把他在违禁药物问题上的斗争转变成一场更大的关于法律和秩序的斗争。一些政治分析家认为，这“可以说是他险胜的决定性因素”[1]。

这个问题引起了选民的共鸣。在大多数选举前的民意调查中，法律和秩序一直是最令人担忧的问题。自 1960 年以来，全美暴力犯罪率翻了一番，许多中产阶级选民对政治和社会动荡加剧感到不安。[2] 反主流文化拥抱违禁药物，尼克松对此进行了猛烈抨击。他认为，反战活动人士、地下气候组织的激进分子、嬉皮士，以及那些支持使用迷幻药扩展思维、支持吸食大麻而退学的人，是犯罪激增和致命过量吸食激增的背后原因。纽约市吸食海洛因过量的患者在 10 年间增加了 5 倍，达到 1 000 人。大城市近 1/4 被逮捕的人与毒品有关。当美国大兵从越南回来时，成千上万的人对一种纯度高、易吸食的海洛因上瘾了。在总统任期一年后（1971 年），尼克松呼吁“向毒品开战”。[3] 尼克松热衷于用“战争”来解决公共卫生问题；1971 年，他还宣布“向癌症宣战”，并签署了《国家癌症法案》。[4]

认为现有的联邦法律和药物法规的大杂烩无效且支离破碎的想法并不新鲜。林登·约翰逊在担任总统的最后一年总结道："不断恶化的麻醉品和危险药物问题……威胁到美国民众的健康、活力和自尊。"他敦促国会改革联邦药品法，这些法律使"前后不一的做法和迥然不同的制裁交织在一起"[5]。国会的回应是，将财政部禁毒局和 FDA 药品滥用管制局合并为司法部新成立的麻醉品和危险药品管理局（BNDD）。虽然这巩固了联邦官僚机构中的一些执法职责，但远未达到尼克松的设想。[6]

尼克松不仅想限制非法药物的进口和使用，还想加强对广泛滥用处方药的监管。之前的打击集中在苯丙胺和巴比妥类药物上，一系列严厉的州法律限制药物补充量和剂量。然而这两种药物仍然很受欢迎，它们广泛出现在娱乐场所。兴奋剂和镇静药无疑会得到另一个评价。1969 年 1 月尼克松上任时，一个悬而未决的问题是其政府是否会限制弱安定药，包括该国最畅销的安定药——维利目。亚瑟·萨克勒和罗氏的高层对此可能性感到不安，并在 1969 年春季召开战略会议，讨论如何防止这种情况发生。[7]

罗氏是亚瑟最重要的客户，亚瑟承诺自己将有求必应。这一承诺让他承受了相当大的压力，因为与此同时，他正在发展自己最伟大的营销理念之一，这一理念可能会对他的兄弟和他们的制药公司普渡产生变革性影响。普渡公司聚焦于必妥碘，这是一种独特的橙褐色液体，将聚维酮与碘结合在一起，在接触中杀死细菌。萨克勒家族在 1966 年收购匹兹堡医师产品公司时，在普渡的产品中加入了必妥碘。匹兹堡医师产品公司是一家家族经营的药品公司，拥有多种抗菌产品专利。[8] 亚瑟随后有了一个聪明的想法，将必妥碘作为一种廉价的消毒剂推销给医院，医生和护士可以在所有外科手术前或者在重症监护室、急诊室和康复室与病人接触时使用这种消毒剂清洁双手。1968 年，亚瑟赢得了一份利润丰厚的陆军合同，为越南战争中的美军批量供应必妥碘。[9]

然而，就连亚瑟也意识到新想法成功的概率不大。尼克松当选一个月后，他得知美国国家航空与航天局（NASA）对其计划中的夏季太空飞行有着非同寻常的担忧。如果成功，两名宇航员尼尔·阿姆斯特朗和巴兹·奥尔德林将成为最早登上月球的人。科学家担心他们可能将某种外星微生物带回地球，进而引发一场末日大流行。美国国家航空与航天局计划用超级漂白剂对返回舱和所有设备进行消毒，并对宇航员进行为期三周的隔离。[10] 在与被隔离的宇航员相邻的密闭房间里，一群无菌老鼠将暴露在月球土壤中。如果老鼠生病或死亡，美国国家航空与航天局预计同样的情况可能会发生在宇航员身上。[11]

这些预防措施足够了吗？答案可能受到阿波罗 11 号任务前几个月出版的一本书的影响。这是一位开始写小说的医生写的第一本畅销书。迈克尔·克莱顿的《天外来菌》讲述了一个可怕的故事，一种致命的微生物被一颗卫星无意中带回地球。美国国家航空与航天局决定采取额外的保护措施。亚瑟·萨克勒设法在航天局的高级科学家之前得到必妥碘。他们认为这是理想的消毒剂。

1969 年 7 月 24 日，宇航员在太平洋溅落时，穿上了由创新的尼龙材料制成的生物隔离服，这种新材料旨在防止外来微生物附着在他们的皮肤或头发上。具有历史意义的阿波罗 11 号将普渡制药的必妥碘喷洒在宇航员的宇航服、舱盖和膨胀的橡皮筏上。美国国家航空与航天局确信必妥碘能杀死附着在宇宙飞船或人身上的外星微生物。

任何一个对萨克勒推销药品的天才稍有了解的人，都可以预测下一步会发生什么。普渡在美国领先的医学杂志上刊登了引人注目的全年龄段广告。打出“阿波罗 11 号溅落！”的醒目标题。“美国国家航空与航天局选择必妥碘抗菌剂，以帮助防范可能的月球细菌污染。”[12]

美国国家航空与航天局给了普渡一个无价的销售机会。阿波罗登月任务之后，美国政府对驻越美军的医疗队增加了大宗采购。[13] 依赖必妥碘的美国医院数量增加了两倍，使其成为美国最常用的消毒剂。对萨克勒家族而言，更棒的是必妥碘制造成本很低，每升只需几便士。尽管对医生和医院来说价格似乎合理，但没有人意识到巨大的利润率。必妥碘立即成为普渡最赚钱的产品。

莫蒂默和雷蒙德对必妥碘的成功欣喜若狂，尽管他们知道既然这是亚瑟的主意，他们将不得不忍受亚瑟提醒他们为什么这是一个如此大的成功。购买普渡7年后，莫蒂默和雷蒙德仍然在哥哥的阴影下工作。玛丽埃塔观察到，亚瑟喜欢把一切都变成一场比赛，尤其是在家庭方面。[14] 亚瑟鞭策自己总是比任何人承担更多的工作，然后坚持说他这样做是因为他做得比任何人都好。一旦结束，亚瑟就以自己的成就激励他人。

例如，莫蒂默和雷蒙德已经停止研究，不再向医学期刊投稿（他们几乎在1949—1959年与亚瑟出版了他们所有的论文）。相反，亚瑟继续其实验室研究和写作。[15] 亚瑟告诉弟弟们，他从来不知道什么时候会出现一种新的普渡产品。而且，无论如何，这让他扎根于他热爱的科学。亚瑟在1957年创建了治疗研究实验室，并作为其主任寻求私人和政府的研究资助。[16] 亚瑟后来聘请了斯坦利·威尔特曼博士作为高级研究员。[17] 在整个20世纪60年代，他们不仅获得了丰厚的临床试验的资金，还在著名的医学杂志上发表了研究结果。许多人跟进了亚瑟早期关于行为和内分泌水平变化如何影响精神疾病的研究。[18] 在必妥碘月球项目之前，亚瑟成为国际卫生组织国际特别工作组的主席。国际卫生组织预计亚瑟将专注于“精神疾病药物治疗的进展”。国际卫生组织严重低估了亚瑟对其授权的理解。亚瑟进行了研究，以确定哪些工作场所的干扰会对员工的心理产生负面影响，从而影响其生产能力。亚瑟获得了环境保护署的资助，用于研究工作场所的噪声。[19] 亚瑟在提交给联合国的另一项研究中得出的结论是，缺乏训练有素的医务人员每年将导致1亿人死亡或残疾。这让亚瑟再度被《纽约时报》报道。[20] 他向莫蒂默和雷蒙德详细介绍了他在日内瓦世界卫生组织世界工作场所健康日的年度主题演讲。[21]

治疗研究实验室收到约80万美元的政府或私人基金会临床试验拨款。没有关于亚瑟如何使用资金的记录。然而，亚瑟并没有得到他所申请的所有东西（他后来对1971年未能从援助残疾儿童协会得到一笔慷慨的资助感到恼火）。[22]

一位研究科学家享有一定的声望，尤其是他曾担任国际卫生组织国际工作组的主席。亚瑟从未让莫蒂默和雷蒙德忘记这件事。他经常通过讲述实验室正在进行的项目细节来刺激他们。在后来的一项研究中，亚瑟告诉弟弟们和玛丽埃塔他是如何选择50只老鼠的，这是一种“自发性高血压的特殊品种”。然后，一天两次，亚瑟和威尔特曼把一半的老鼠绑在一个面包盒大小的塑料笼子里，再把它们绑在一个电动摇床上，每分钟摇晃它们150次，持续半个小时。在这半小时里，老鼠遭受着录下来的纽约地铁噪声的狂轰滥炸。四个月后，其中四只老鼠死亡。尸检显示，它们的肾上腺体积增大，当个体面临压力时，肾上腺通常会分泌激素。[23]

这个结果并没有让莫蒂默或雷蒙德感到惊讶，他们认为这是浪费时间。但是亚瑟的诀窍是，他知道什么时候以及如何推销在别人看来平常的东西。亚瑟获得了环境保护署噪声消减和控制办公室的资助，研究“交通（铁路和其他）、城市噪声问题和社会行为——生理和心理影响”。[24] 最终，威尔特曼将其发现提交给美国实验生物学会联合会。《纽约时报》刊登了一篇著名的文章，因为亚瑟已经知道如何让公众对结果感兴趣。《纽约时报》称：“科学家建议老鼠不要乘坐地铁。”[25] 大致内容是：“患有高血压的老鼠不应经常或长时间乘坐地铁。噪声、振动和拥挤带来的压力，可能会让其提前死亡。根据测试老鼠的科学家的说法，对患有高血压的人进行类似的研究十分必要，有助于揭示人类是否面临同样的危险。”报道引用了亚瑟的话，包括他的观察：“我不认为人类应该被禁止乘坐地铁。”[26]

当亚瑟把《纽约时报》的文章交给莫蒂默和雷蒙德时，他不需要说“我早告诉过你”。他不仅在继续临床研究，还在不停地对他们进行说教。亚瑟甚至催促这两个人申请更多的药物专利。他有几项获得批准的发明，都与大脑和中枢神经系统的创新及解剖学模型的改进有关，这些发明对医学生和研究人员都有用。莫蒂默和雷蒙德申请了一系列专利，都与普渡产品有关。即使在那时，亚瑟也讲了一两个关于他们如何能做得更好的问题。1966

年，雷蒙德申请了一种化学技术，这种技术可以使栓剂的吸收速度大大加快。亚瑟向他讲述了为什么将这些权利转让给国外的一家分公司是明智的。如果专利变得有价值，它可能会提供更多的法律保护，甚至更高的税率。雷蒙德的确将“新型氢键化合物和药物组合”转让给了萌蒂制药，这是萨克勒兄弟在 1957 年创建的瑞士公司。[27] 虽然雷蒙德主要是为了阻止亚瑟解释他为什么要这样做，但后来证明，当在普渡公司的麻醉镇痛药奥施康定的缓释包衣开发中发挥作用时，这一手段起到了惊人的效果。将商标、专利、设计和版权（即所谓的有形财产或知识产权）放在避税天堂的想法，不仅是在制药业广泛传播，后来当奥施康定取得巨大成功时，也帮萨克勒家族省下了数亿美元的税费。[28]

27 “告诉他，他的律师来电话了”

1969年11月，亚瑟·萨克勒的注意力突然转回安定和罗氏制药。弗吉尼亚州里士满的美国联邦第四巡回上诉法院对药品制造商卡特和华莱士实验室做出了不利裁决。此前食品药品监督管理局认定眠尔通具有“被滥用的可能性”[1]，而在长达两年的诉讼中，卡特和华莱士实验室一直想要推翻这一裁决。第四巡回上诉法院指出：“本案的证据出现了严重的冲突。卡特和华莱士实验室的专家做证，滥用糖果或阿司匹林的可能性比滥用眠尔通大。但是政府的证人却表示，酗酒者非常喜欢眠尔通，因此他感到不安，于是不再为他们开此药。”[2]法院承认，食品药品监督管理局的行政判决虽然“没有直接证据”，但有足够多的“间接证据”来证明“眠尔通在未来会被滥用或有可能被滥用”。[3]巡回法院的一致裁决对卡特非常不利。这对罗氏制药来说也不是什么好兆头。食品药品监督管理局对利眠宁与维利目做出了类似行政裁决，于是罗氏制药提出了上诉。

在上诉受理期间，尼克松政府能否监管苯二氮䓬类药物，罗氏制药和亚瑟都不确定。他们不知道司法部有位叫作迈克尔·索内里希的30岁律师正在为此努力。索内里希正在起草一项法案，这项法案将成为罗氏的噩梦。索内里希和亚瑟当时并不认识对方。然而，几年后，这位年轻的律师在亚瑟的生活中扮演了重要角色，成为亚瑟的知己，甚至比亲兄弟还亲。

1938 年索内里希出生在一个中产阶级犹太家庭，是家中的次子。他家在曼哈顿最北端的马布尔希尔，所在地区的大部分居民都是意大利人。母亲费伊当过老师，17 岁时就以优异成绩从大学毕业。费伊是曼哈顿以色列圣殿的第一位女性行政管理人员与执行秘书。[4] 索内里希的父亲伊曼纽尔是古代语言学博士，曾学过阿拉伯语，后来在纽约一些社会机构工作。伊曼纽尔是世界最古老的犹太人服务组织圣约之子会的会员主管。当全家人都沉浸在犹太教时，索内里希却上了一所公立学校。

索内里希自称是“优秀考生”，在布朗士高中科学课上名列前茅。虽然他获得了康奈尔大学的学术成就奖学金，但还是选择了威斯康星大学：“我不想留在纽约，我非常喜欢罗伯特·马里昂·拉福莱特。”[*, 5]

由于没有奖学金，索内里希打了好几份零工。后来，还是他在复式桥牌和台球上所展示出来的才能，让他刚好付清了账单。索内里希修过应用工程、数学和历史，是第一个在西班牙大学留学一年的美国人。[6] 在那里，他沉迷于艺术史和托马斯主义哲学，经常去普拉多博物馆翻阅档案。大四时，索内里希回到了威斯康星大学，与小他四岁的儿时玩伴结了婚。[7]

索内里希原本想攻读历史学博士，但从威斯康星大学毕业时，为了让父亲高兴，他还是选择了法律委员会的职务。索内里希回忆说：“我买了一本有关法律考试的教科书，有这本书就足够了。”[8] 索内里希通过了考试，并被哈佛大学、耶鲁大学和哥伦比亚大学录取，最后他选择了哈佛。1963 年，他以拔尖的成绩从法学院毕业，随后就去服兵役。美国陆军看中其学位，便派他到夏洛茨维尔的军法署学校。[9] 两年后，索内里希转业，申请了纽约的一些大律所。

索内里希回忆说：“当时，许多老牌的律师事务所都不雇佣犹太人，所

---

* 拉福莱特，也被叫作“斗士鲍勃”，是进步党的创始人。西奥多·罗斯福曾于 1912 年代表进步党竞选总统，这也是他最后一次参与竞选。在前威斯康星州州长、美国国会议员兼参议员拉福莱特的领导下，进步主义者和社会主义者曾为类似问题而斗争。拉福莱特反对虐待工人，抵制富有工业阶级的腐败和种族不平等，争取妇女选举权。1924 年，拉福莱特参与总统大选，获得了 17% 的全国选票。1925 年他去世后，进步党就解散了。

以我的选择很有限。”[10] 中上层新教徒白人律所雅培和摩根都想雇佣索内里希，但他对破产、兼并与商业诉讼不太感兴趣。然而，在 20 世纪 60 年代，这些却是许多大所的支柱性业务。最后，索内里希选择了司法部刑事司。就像上学时那样，他学得很快。不久，同事们就注意到这位年轻的律师。索内里希的记忆力非常强，能够将复杂问题分解为易懂的谈话要点。刑事司司长助理弗雷德·文森把他拉入了处理民权案件的小组。

索内里希的同事已经习惯了他的办公风格。在需要处理大量文档的时候，很少有人跟得上他的速度。他每分钟可以阅读 1 000 多个单词，并且可以全部记住。那时，索内里希已经引起了威廉·比特曼的注意。威廉·比特曼因 1965 年成功起诉美国卡车司机工会领袖吉米·霍法而声名远播。[11]

索内里希很快就会在改革美国毒品法律的辩论中扮演核心角色。大约一个月后，时任司法部副部长约翰·迪恩走进了索内里希的办公室。迪恩是司法部长约翰·米切尔的手下，曾在林登·约翰逊就任总统期间做过联邦刑事法全国改革委员会的副主任。在那个时候，他们两人认识了。

“我听说你重新修订了毒品法。”迪恩说。

“是的。”

这并不是吹嘘。过不了几个月，政府就会发布《联邦麻醉药品和危险药物法律手册》。[12]

“您愿意去见司法部长吗？”

“当然愿意。”[13]

见面时，索内里希告诉司法部长约翰·米切尔：“毒品法过时了，其执行与监管框架糅合了数十年来的法律与修正案，非常混乱，有时还自相矛盾。”1951 年，国会首次对毒品犯罪执行最低刑期，并禁止初犯缓刑。[14] 五年后，当时的国会提高了最低刑期。[15]1965 年，随着大量未知致幻剂的出现，国会将制造或拥有这些致幻剂定为犯罪行为，并赋予美国卫生、教育和福利部执法责任。[16]

索内里希告诉米切尔，这些法律都没有涉及治疗。他认为，改革不足以遏制供应，他们还应减少人们对毒品的需求。[17]米切尔问他是否愿意去见尼克松。

索内里希回应说："当然，我非常愿意。"

几天后，索内里希在椭圆形办公室见到尼克松，并谈到自己的一个设想，即委员会在提出最终建议之前，要先检查现有的法律。

尼克松很喜欢这个提议。后来，索内里希离开刑事司，成为麻醉药品和危险药物管理局的副首席顾问。任职期间，索内里希起草了《管制物质法》的核心内容。他根据自己制定的附录，将药物一一列出，以平衡其医疗效用（如果有的话）与药物滥用的可能性。

那年索内里希31岁，非常喜欢工作，他期望能一直从事政府服务方面的工作："我和妻子很开心，我们想要什么都没问题。我们已经完成所有想做的事情。一天，这个家伙带着一些罗氏制药的人进来，并对我说'如果你把利眠宁或维利目列入附录中，我们就会挑战这个，挑战那个'。"

这个人就是亚瑟·萨克勒，索内里希之前根本不认识他。

索内里希回应道："欢迎来挑战，我一定奉陪到底！"

亚瑟再次警告说，任何想要打压罗氏药物销售的行为，罗氏都会与之斗争到底。

"我还有一招，"索内里希说，"我会采取行政措施来管制罗氏的药物，让其遵守三倍的处方规则（受管制的药物最多只能再加三次药）。"[18]

索内里希后来如约举行了行政听证会，以确定罗氏制药的苯二氮䓬类药物是否应该列入《管制物质法》的附录之中。他回忆说："罗氏叫来了所有大律所，华盛顿特区最牛的那些律所的律师。如果他们认为这样做能吓倒我，那他们就错了。他们不知道我乐在其中。他们让我那么恼火，但我仍然可以得到7 900美元的年薪。这对我没有任何影响。"

最后，索内里希和司法部赢得了这场行政诉讼。他回忆说："亚瑟显然极其沮丧。"[19]

索内里希的《管制物质法》草案是《综合药物滥用预防和控制法》的核心。尼克松政府于1970年初，向国会提交了这份意义深远的重组法案。[20]

在制定“管制物质”的四个附录时，索内里希部分借鉴了世界卫生组织同一年早些时候的广泛研究和指南。[21] 最初，公众误认为附录中的药物是根据危险程度排列的。相反，索内里希平衡了药物滥用的可能性与它当下的医疗用途。尽管西塞莉·桑德斯曾说海洛因是一种有效的镇痛药，在其伦敦的临终关怀医院发挥了积极作用，但附录却认为海洛因没有任何医学益处。有证据表明，由于滥用海洛因，有病人入院后因过量服药而死。它与迷幻药、摇头丸一起被列在附录 I。大麻也是如此，尽管这是一项政治妥协。卫生、教育和福利部长助理曾建议说，在尼克松指派委员会确定大麻的最终属性之前，先暂时将它列在附录 I 中。

对于可卡因、冰毒、羟考酮与芬太尼来说，虽然使用者有可能会对其产生“严重的心理依赖或生理依赖性”，但至少它们都被证明是具有医学用途的（可卡因可作为局部麻醉剂用于口腔手术中），因此也就被列入附录 II 中。附录 III 中的药物具有公认的医疗益处，但同时也具有“产生生理依赖性或严重的心理依赖”的中等风险，其中包括眠尔通、苯丙胺和巴比妥酸盐。附录 IV 列出了“滥用可能性较低”的复方药物。

提交给国会的法案中并未提到利眠宁和维利目。索内里希预计，它们之后会被添加到附录 III 之中，与温和的镇静药眠尔通做伴。然而，罗氏制药却认为这不可能发生，尽管当时他们还在与食品药品监督管理局打官司，反对食品药品监督管理局加强对苯二氮䓬类药物的管制。[22]

后来他们又举办了一场听证会，试图一劳永逸地解决此事。尼尔·查耶特是波士顿大学法律医学研究所的创始人，也是美国国家卫生研究院麻醉品和药物滥用委员会的委员，在听证会上被称为“法律医学专家”。查耶特阐述了罗氏的立场，维利目和利眠宁不是“通常意义上的易滥用药物”。罗氏制药甚至还出示了警方提供的 11 封信件，表明未曾出现过与维利目和利眠宁相关的刑事案件。[23]

罗氏制药的游说成功了。1970 年的秋天，国会通过了这部法律，却在原来的基础上新添了一份附录名目，即所谓的“罗氏附录”[24]。它涵盖了滥用可能性最低的药物，如维利目、利眠宁和一些含有可待因的止咳糖浆。*

在国会对该法案进行辩论时，尼尔·查耶特曾致电索内里希，他们俩曾是哈佛大学法学院的同学。查耶特说他在帮亚瑟·萨克勒做法律方面的工作，并建议索内里希下次到纽约时去见见萨克勒，因为亚瑟想和他“探讨一下有关罗氏药物和联邦监督方面的事情”[25]。

“我为什么要和那个白痴见面？”索内里希这样问道。（“当时太年轻了，才会这样说。”索内里希说。）[26]

这通电话结束没过多久，索内里希就去了纽约。查耶特在亚瑟位于联合国广场的豪华公寓里安排了晚餐。这座双塔式建筑共有 38 层，仅几年前才向公众开放。这栋楼的建筑师还曾设计过联合国大楼。索内里希知道，这里住的都是纽约名流。

“我们一起吃了晚饭，”索内里希回忆说，“在交谈过程中，亚瑟变得非常懊恼，开始对我大吼大叫。好吧，我没能控制住情绪，也对他大吼大叫。玛丽埃塔也在场，她站起来直接离开，尼尔则继续安静地坐在那里。我和亚瑟连续吵了几个小时。当时我还很年轻，自信满满，甚至有些自负。我一直说他是个老家伙，跟不上潮流，落伍了，而他则不停地想说服我，指责我的做法不对。最后，我俩都没有成功说服对方。”[27]

第二天，索内里希回到司法部，亚瑟的秘书给他打了一通电话。

“我接了。”

“你知道我喜欢你，”亚瑟说，“如果你离开政府来为我做事，我会很喜欢你的，考虑一下吧。”“我不会离开政府部门的，”索内里希告诉他，“我喜欢我现在的工作和我所在的部门。”[28]

索内里希的职业晋升道路走得很快。他提出应当建立美国全国委员会来

---

* 虽然尼克松于 1970 年 10 月 27 日签署通过了该法律，但之后国会仍多次修正了附录并定期更新：要么增添或删除某些药物，要么将某些药物转移到另一附录中。巴比妥类药物最初被列在附录 III 中，在 1972 年移到更加严格的附录 II 中。1973 年，美国缉毒局成立，它将苯二氮䓬类药物与眠尔通移到了附录 IV 中。

研究并辅助政府解决大麻问题。尼克松采纳了他的建议。[29]私企的工作并没能吸引他。

在大麻与毒品滥用委员会的13位成员中，总统任命了9位，包括医生、学者、精神病学家和律师。国会分别任命了2位参议员和2名众议院议员。宾夕法尼亚州的共和党前州长雷蒙德·谢弗担任主席（即后来所称的“谢弗委员会”）。尼克松任命索内里希担任执行主任，管理76名职员。[30]

尼克松希望索内里希能与谢弗委员会大部分共和党人一起找到铁证来证明大麻的危害性。然而，经过数十位专家18个月的努力，索内里希和谢弗委员会成员得出了尼克松不太可能接受的结论：没有证据证明大麻会让人产生生理依赖性，也没有证据表明大麻是诱导性毒品。

“我在白宫告诉他们我们的决定时，”索内里希说，“他们以为我疯了。我们想将大麻合法化，但他们不能理解。”

“你得让大麻合法化，”索内里希徒劳地争辩说，“这些年轻人不是罪犯。你们在破坏刑事系统。它根本处理不过来这些事情。”[31]

索内里希虽然不支持大麻，却认为将它定罪是错误的。他指出，尼克松上任后，政府“为打击药物滥用共花费了6 640万美元”。到1972年，这一数字已激增至7.963亿美元了，而在下一年预算中，这个数字将会超过10亿美元。[32]

政府中的强硬派对谢弗委员会的中期报告感到非常愤怒。他们担心公众会误认为大麻合法化就是支持使用大麻。“从那一刻起，”索内里希说，“我就被白宫抛弃了。”[33]

直到1973年，谢弗委员才完成了这份共有3 700页的终期报告[34]，但是尼克松却无视其建议。[*, 35]

---

* 一旦尼克松拒绝采纳委员会的建议，那大麻、海洛因、迷幻药和摇头丸就不再是被“暂时地”放在“附录I”中，而将是永久地列入。由于数十年来坊间传言大麻可能具有某些药用性质，于是大麻的支持者就不再争取将其归入受管控程度较低的附录。相反，从20世纪90年代开始，美国兴起了药用大麻合法化运动，从而带来更广泛的讨论。截至2019年12月，已有33个州允许使用医用大麻，其中10个州甚至批准了大麻的娱乐用途。由于科学家们就其镇痛功效争论不休，阿片类药物危机为医用大麻创造了潜在的市场。

那时，参议院特别委员会已经开始调查水门事件。索内里希回忆说：“那年秋天，迪恩告诉我事态恶化了。”[36]

因为那年晚些时候，尼克松总统陷入了困境。

“有一天，我接到了亚瑟·萨克勒的电话。他说：‘还记得我之前告诉过你，想让你成为我的律师吗？你现在有兴趣吗？’”

“然后，我就说出了我说过的最蠢的话，我告诉他：‘就算我有兴趣，你也雇不起我。’”

“那我试试。”亚瑟回答道。

“我说了一个数字，这个数字不方便透露，”索内里希说，“第二天，我的桌子上就多了一张支票。”

索内里希不知道的是，这时的亚瑟比以往任何时候都更急着雇他。这不仅仅是因为索内里希非常聪明，亚瑟很欣赏他身上的这种特质，还因为亚瑟在 8 个月内接连失去了 2 个知己：比尔·弗罗里希和马蒂–伊瓦涅斯。1971 年 9 月 28 日，弗罗里希因脑瘤逝世，终年 58 岁。去世前，他创建了一个前沿的地下调频广播电台网络，并将其命名为“国家科学网络”。[37] 几年来，在其监督下，艾美仕市场研究公司成为最大的私人医疗与药物信息汇集者之一，并在 32 个城市设有办事处。弗罗里希将自己的同名医疗广告公司从纽约扩张到 7 个国家，共有 340 名员工。[38]

弗洛里希去世后仅 8 个月，伊瓦涅斯死于心脏病，那时他才刚满 60 岁。在意外去世时，伊瓦涅斯已是 5 种国际医学期刊的编辑，也是纽约医学院的医学史系主任。伊瓦涅斯写过数十本有关医学、科学与哲学的历史图解类书籍；除此之外，还有 6 本小说，几百篇学术文章、商业短篇小说和散文（他留下了 11 本未完成的手稿，内容各异）。[39]

玛丽埃塔曾希望弗罗里希和伊瓦涅斯的意外死亡能向萨克勒发出警告，但是萨克勒却反驳说，他们的死与拼命工作无关。弗罗里希患有癌症，而伊瓦涅斯是个老烟民，每天唯一的运动仅限于晚上端起马提尼酒杯。萨克勒并不认为自己应该为密友的去世而放慢生活。他有这种想法，玛丽埃塔并不感到意外。

尽管亚瑟没能从弗罗里希和伊瓦涅斯的过早去世中吸取教训，但他和兄弟们仍为二者感到哀痛。二者是自己最信任的朋友，亲如兄弟。他们五个人私下里互相持有彼此公司的股份，并且都比当初想象中的情况还要成功。但现在，弗罗里希和伊瓦涅斯的死造成了空缺。

索内里希意外地收到了萨克勒的支票，随后就给萨克勒的办公室打了电话。亚瑟的秘书接起这通电话。

“我想和亚瑟·萨克勒博士谈一谈。”

“请问您是哪位？”

“告诉他，他的律师来电话了。”[40]

28　畅销药的新定义

在“多任务”这个词还没从国际商业机器公司（IBM）带来的大型计算机用语演变成人类行为之前，亚瑟·萨克勒就已经展示出这方面的天赋，能同时处理多个项目。在活动于纽约艺术界的同时，萨克勒仍像往常一样忙着处理普渡药业的工作、医疗广告和出版事务。制药行业正在发生巨变。萨克勒和他的弟弟们都在密切关注着这个变化，谁都不想落后于人。

在尼克松向“癌症”宣战之后，国会于1971年通过了《国家癌症法案》。肿瘤学那时还不属于医学专业，医生们对这种疾病知之甚少。在20世纪70年代之前，大多数医生都认为癌症是一种单一疾病，由病变的器官来定义（例如乳腺癌、脑瘤或肺癌）。没有人了解基因突变的作用。如今，癌症涵盖了大约200种不同的疾病，不管出现在体内的什么位置，都可以通过独特的分子变异识别出来。[1]

此前，制药行业从未主动参与过癌症治疗。医学界都认为癌症是无法治愈的。然而，联邦政府的“抗癌战争”却极大地诱惑了制药行业，因为它们可以从中得到大量的科研经费。在该法案通过一年后，美国国家癌症研究所（NCI）的预算首次超过了10亿美元（国家癌症研究所在1950年的第一笔预算仅有210万美元）。[2]其中85%的资金都花在了科研上，主要用于先进化疗药物的临床测试。一些有前景的研究早前因缺乏资金而停滞不前，现在也得以重启了。[3] 研究表明，要治疗早期的乳腺癌，术后化疗比单独化疗或做手术要有效得多。[4] 后续研究表明，结直肠癌和睾丸癌也是如此。[5]

有些促销执行官的想法与亚瑟·萨克勒相近，委婉地将化疗称为“抗肿瘤抗生素”。但相关研究并未就此停滞不前。然而，根据这项新研究，科研人员开发了 7 种新型化学药品，第一种药品于 1973 年投放市场。

除了药物，联邦资金还催化了其他方面的突破。科研人员开发了新的诊断工具，包括用于结直肠癌早期检测的结肠镜检查和 CT 扫描。他们还改进了乳房 X 线摄影术，以获取更精确的肿瘤图像。另外，他们在微创与无创治疗方面取得了显著进展。在治疗前列腺癌时，放射性粒子替代了部分手术，治疗早期乳腺癌的部分乳腺切除手术和治疗睾丸癌的靶向放疗也是如此。[6]

有些发现的意义短时间内还不会显现出来。例如，1975 年，科学家们在实验室内发现了单克隆抗体，可用于克隆免疫细胞。直到 20 世纪 90 年代，它们才被证明具有临床作用，可增强机体对某些肿瘤的免疫反应，两位科学家由此获得了诺贝尔生理学或医学奖。

尽管与几十年后的靶向基因治疗相比，20 世纪 70 年代的癌症治疗还很不成熟，但科学家们对癌症病因和治疗方法的研究却为后来的延长寿命、降低死亡率奠定了基础。

并不是每个制药公司都对生产抗肿瘤药有兴趣，有些公司志不在此。1968 年，施贵宝公司开始研究是否有可能制造出一种合成化合物，以模拟巴西毒蛇毒液中的肽——它能让血压下降，十分致命。研究人员发现，毒液抑制了调节血压的肾脏化学物质的产生。施贵宝公司的研究人员测试了数百种化合物，最终在 1974 年成功合成了能模拟毒液的分子。他们将一个又一个原子组合起来，最终制作出一种口服活性药物。[7] 临床试验显示，该药物有望控制血压，治疗充血性心力衰竭。

施贵宝公司的卡托普利（Capoten）是有史以来的第一个血管紧张素转换酶抑制剂（ACE inhibitors）。[8] 在卡托普利进入市场之前，对充血性心力衰竭患者的医疗建议通常是卧床休息，以及服用利尿剂（帮助心脏泵出液体）

与地高辛（缓解胸痛）。虽然卡托普利不能根治疾病，但它却可以降低大多数患者的死亡率，并改善其生活。[9] 不到 10 年时间，就又有 6 家制药公司在市面上销售自家的血管紧张素转换酶抑制剂，开辟出了新的市场，如今每年都要开出超过 1.5 亿个处方。[10]

尽管血管紧张素转换酶抑制剂是个大新闻，但与治疗消化性溃疡的新药相比，它们却显得微不足道。多年以来，医生们都认为溃疡是由消化道中过多的酸所引起的，有时会伴随着疼痛，有时甚至致命。然而，要治疗溃疡，研究人员却束手无策。大多数医生会建议患者清淡饮食，但结果却无济于事。像"我可舒适"（Alka-Seltzer）这种非处方药可以暂缓疼痛。[11] 在严重的情况下，外科医生会切除部分胃体，以达到切除溃疡的目的。[12]

溃疡是萨克勒和罗氏的苯二氮草类药物的适应证之一，取得了食品药品监督管理局的批准，但是自 20 世纪 60 年代初以来，越来越多的研究人员认为，溃疡主要由有机因素导致，而非情绪因素。他们发现，当组织胺分子刺激到胃壁上的受体时，就会促进胃酸分泌。[13] 数十年来，医生们已经对组织胺非常熟悉了。组织胺是免疫系统分泌的激素，大多具有保护作用，但有时也会引起发炎、心率加快、过敏和花粉症，甚至肺部并发症。瑞士医生达尼埃尔 · 博韦曾分离并制作出"组织胺拮抗剂"，也被人们称为"抗组胺药"。这项开创性成果让他在 1957 年获得了诺贝尔生理学或医学奖。[14]

但是史克必成公司的研究人员却认为，没有什么能够阻止组织胺刺激生成胃酸而引起消化性溃疡。该研究团队由苏格兰药理学家兼内科医生詹姆斯 · 布莱克博士领导。布莱克在 1962 年研究肾上腺素对心脏的影响时，研发出了世界上第一种 β 受体阻滞剂。这项发现让他闻名于世。普萘洛尔是世界上第一种能够控制高血压的药物。史克必成公司曾要求布莱克研制出能够治疗溃疡的药物，这就意味着要发现、分离并合成一种有效的组织胺拮抗剂。但问题是，导致溃疡的组织胺所对应的受体（H2）对抗组胺药没有任何反应。五年之后，在 1968 年，他们已经制造出 700 多种化学复合材料，但仍没有任何成果。[15]

从来没有人生产过针对生物路径的药物。直到最后，当布莱克团队隔离出一些次要的拮抗剂特性以重新测试早前的化合物时，该项目才得以幸免被终止。随后，他们又花了两年的时间（1971 年），研发出了一种名为甲酰胺的药物。1973 年，在为期数周的临床试验中，大多数患者的溃疡都完全愈合了，布莱克对此感到惊奇。然而，有三分之一的病人却患上了严重的血液疾病。患者的白细胞数量直线下降，这让他们很容易受到感染。[16] 回到实验室，布莱克团队对分子进行了改造，使其化学成分接近原始的化合物。[17]

他们将其命名为西咪替丁。西咪替丁通过了临床试验，产生了与甲酰胺同样的治疗效果，而且不会带来任何不良反应。在畅通无阻地获得了食品药品监督管理局的批准后，史克必成公司分别于 1976 年 11 月和 1977 年在英国和美国上市了西咪替丁（Tagamet）。西咪替丁的“TAG”取自“antagonist”（拮抗剂）一词，而“MET”则取自“cimetidine”（西咪替丁）一词。这是数百万溃疡患者所渴求的灵丹妙药。西咪替丁重新定义了“畅销药”，布莱克获得了诺贝尔生理学或医学奖，而史克必成公司也因此大赚一笔。西咪替丁成为有史以来第一个年销售额达到 10 亿美元的药物。[18]

在下一个十年里，受体药物将带来一批突破性新药，其中就包括降低胆固醇的他汀类药物、治疗艾滋病的核苷逆抑制剂、治疗胃肠道反流的质子泵抑制剂以及治疗抑郁症的选择性血清素再吸收抑制剂。[19] 然而，在这些受体药物到来之前，位于加利福尼亚北部的一项研究即将打开通往技术和科学进步的窗户。对于制药业而言，它比任何畅销药都重要得多。

自从科学家发现青霉素以来，实验室中的药物创新就一直是基于有机化学的偶然结果。所谓的随机药物发现成为实验室的常态。随后，科学家们花了数月的时间在植物、土壤或其他自然资源中寻找生物活动的迹象。他们将可能有用的分子分离出来，制成化合物。每 5 000 个化合物中，平均会有 250 个进入下一阶段，用于动物测试。动物测试又会淘汰一半的化合物。在所有用于人类临床研究的药物中，只有 20% 的药能通过食品药品监督管理局的批准，向公众出售。[20]

1971 年，斯坦福大学的生物化学家保罗·伯格研发出一种基因剪接技术，叫作“重组”。伯格利用两个不同的物种创造出了新的分子（研究结果直到 1972 年 10 月才得以公布）。[21] 一年后，另一位斯坦福大学的教授斯坦利·科恩与加州大学旧金山分校的生物化学家赫伯特·博耶共同合作，依靠伯格的基因剪接技术在外来细胞中克隆出转基因生物。被改造后的细胞开始复制接入的 DNA，就好像它是原生的一样。重组基因（rDNA）技术就这样诞生了。[22] 科学家们将科恩与博耶的发现标志为基因工程的开端，它带来了生物技术革命。

但是，许多研究人员却担心将重组基因从一种生物插入另一种生物存在未知危险。科学发展得如此迅速，实验室中的研究如火如荼。如果某些重组基因分子后来被证明具有生物危害性该怎么办？一开始，研究人员把大部分精力都集中在了大肠杆菌上。它是一种肠内细菌，能引起食物中毒。大肠杆菌的基因组很小，它的单倍染色体也不复杂，而且复制速度还很快，这些特点使它成为各种重组基因研究的实验对象。如果大肠杆菌与致病细菌交换基因，是否会导致无法预料的结果，从而引发人类灾难呢？

美国国家科学院为此成立了重组基因分子委员会。该委员会由 11 名世界前沿的生物技术研究人员组成，其中包括科恩与博耶，保罗·伯格担任主席一职。在 1974 年 7 月的《科学》期刊上，他们签署了一封引人注目的公开信，标题为“重组基因分子的潜在生物危害”。这封公开信警告说，“这项新技术”可能会生成“新型传染性基因”，存在较大风险。比如，包含致癌基因的重组基因变异为可传播的人类细菌，从而危害人类。[23]

因此，遗传工程被叫停了。[24]

萨克勒家族坚信，基因研究的成果能为任何制药公司带来丰厚回报，只要他们能够掌握重组基因技术。他们愿意寻找机会，以投资者的身份参与项目。他们能做的也就只是开一张支票来支持初创企业。萨克勒兄弟几乎不能满足自己的业务需求。

亚瑟和雷蒙德的长子找到了一种办法，可以让雷蒙德父子有更多的时间相处，那就是为他们工作。1971 年，雷蒙德 29 岁的大儿子理查德加入普渡制药。他还是一名医生，毕业于纽约医学院，通过了纽约和康涅狄格州的执业医师考试。在担任普渡制药的新职位“总裁助理”之前，理查德参加了哈佛商学院为期两周的管理发展计划。这个速成班旨在培养学员“在复杂的角色中取得成功，并改变企业制度与文化”的能力。其第一个任务是处理食品药品监督管理局对普渡制药滴耳剂产品的认定。食品药品监督管理局认为，该产品中含有的抗生素效力不足，无法治疗感染。于是，食品药品监督管理局召回了这些滴耳剂。普渡制药则指责该产品的制造商，即位于扬克斯的巴德制药。巴德制药实际为萨克勒家族秘密拥有。

萨克勒的儿子小萨克勒从威斯康星大学的劳伦斯学院毕业后，就决定加入家族企业，他在麦克亚当斯的市场部工作。在父亲的指导下，理查德在公司发展得又快又好。然而，小萨克勒却与之相反，他并不像萨克勒那般发奋努力，也难以满足父亲对自己的厚望。玛丽埃塔认为萨克勒对儿子太苛刻了。不久，小萨克勒就离开了麦克亚当斯，加入了《医学论坛报》。这条路也走不通时，玛丽埃塔让其家族企业卡德博士制药赞助小萨克勒申请纽约大学的工商管理课程。后来，小萨克勒成为卡德博士制药的主管。[25]

理查德和小萨克勒都知道父亲工作很辛苦，其成长缺少了父亲的陪伴。直到进入普渡制药后，他们才了解到父亲平时有多少工作要忙。与其他制药公司一样，萨克勒家族正在考虑在波多黎各开设一家分公司。20 世纪 70 年代初，美国税法发生了变化，制造业企业在美国本土产生的利润可抵企业所得税。[26]“很多制药公司都急于在那里开工厂，”葛兰素史克和惠氏的前营销总监理查德·斯珀伯说，“他们会在波多黎各生产药物的活性物质，然后抬高价格，把它‘卖’给另一家子公司，由这家子公司生产最终的剂型。药物的有效成分非常昂贵，几乎赚不到钱。”[27] 几年后，萨克勒家族在波多黎各的首府圣胡安开设了分公司。*

他们通过开设子公司来钻纳税的空子，以获得更大的利润。然而，萨克勒兄弟的野心不止于此。他们一直对口服药和直肠药的创新释放颇感兴趣。20世纪60年代，他们就已经开始研究可以减慢药物在体内扩散速度的技术了，即药物释放时间配方。[28] 雷蒙德和莫蒂默已经申请了10项与栓剂和片剂缓释有关的专利。无独有偶，除了普渡制药，其他制药公司也在寻求药物控释的方法。[29]

1969年至1970年，萨克勒家族还将生物化学家和药理学家派遣至瑞士的子公司蒙迪法制药，去研发药物缓释技术。莫蒂默和雷蒙德将20世纪60年代获得的所有专利都转让给位于巴塞尔的蒙迪法制药。其中四项专利的共同发明人阿尔弗雷德·哈珀恩博士，也将自己的法定权利转给了蒙迪法制药。哈珀恩博士任职于亚瑟·萨克勒的药物研究协会，该协会位于东62街17号，萨克勒的其他六家公司也在这里。[30]

萨克勒家族转让的专利帮助蒙迪法制药团队在实验室中取得了成果。1971年，蒙迪法制药申请了自己的专利。即使在制药业内部，这项专利也很少引起关注。与医学和科学专利一样，它的名称让人摸不着头脑："含有可溶载体的药物组合物的缓释制剂及其制备方法。"蒙迪法制药很快就获得了"固体剂型组合物"的两项专利。[31]

这项专利以及蒙迪法制药的基础研究正好契合了当时萨克勒家族旗下的两家英国公司——纳普制药和巴德正在进行的研究。次年，纳普制药研发出第一种有效的化合物。萨克勒家族认为，该化合物也许可以做口服药物的控释剂。[32]

1980年，纳普制药推出了首个含有该缓释涂层的药物。这时，蒙迪法制药的专利以及纳普制药后来申请的专利才显现出自身价值。该涂层是一种肉眼不可见的化学层，由双效混合聚合物制成，一遇胃酸就会变成凝胶。这样一来，美施康定就能在12个小时内稳定释放吗啡了。[33] 纳普制药可以通

---

* 莫蒂默希望他儿子罗伯特（20岁）在大学毕业后也能为这个家族工作，然而罗伯特却于1975年在一次事故中去世，终年25岁。

过微调涂层水基聚合物的密度来调节药物的释放速率。[34]

美施康定取得了重大的突破，这是西塞里·桑德斯自20世纪60年代中期以来一直在寻找的镇痛药，可以用于癌症晚期的她和临终关怀患者的身上。20世纪90年代，在该涂层技术的帮助下，普渡制药的阿片类镇痛药奥施康定成为广泛使用的处方药。医生期望缓释麻醉药不容易让人上瘾或滥用。

29 “顺从”

出任萨克勒的律师后，刚开始的一段时间，迈克尔·索内里希在纽约东62街15号的办公室里工作。自20世纪50年代以来，萨克勒十几家公司的地址都在这里。索内里希擅长快速学习，很快就了解了萨克勒兄弟及其企业的情况。[1]

离开司法部之前，索内里希遇到了比尔·弗罗里希（“聪明，他想让我成为他的律师”）和马蒂–伊瓦涅斯（“我发现他在浪费时间”）。萨克勒兄弟意识到，如果想要新律师担当重任，那他们就必须对他坦诚。他们让索内里希参与了秘密交易。不管是萨克勒拿到MD出版公司的股份，还是他“基本掌控了弗罗里希机构”，索内里希都参与其中。[2]

在与萨克勒兄弟的交谈中，索内里希意识到他们之间存在潜在摩擦，随着时间的流逝，兄弟三人的关系有可能会恶化。玛丽埃塔注意到他们争吵已经有好几年了。1963年6月萨克勒兄弟的母亲索菲因肺癌去世，享年69岁。玛丽埃塔说，索菲是唯一一个萨克勒“倾向于与之保持距离”的人，因为他“担心自己会受到控制”。[3]

“母亲生病的时候，兄弟三人还亲密无间，”玛丽埃塔后来回忆道，“但自从母亲索菲去世后，他们就开始彼此疏远。在我看来，是强势的母亲维持着家族的和睦。她走后，和睦的气氛就开始消失了。”

在索内里希看来，家庭关系紧张的原因很明显。

“从高中到大学，从爱丁堡医学院到实习，两个弟弟一路走来，几乎全靠萨克勒。因为萨克勒，他们才能走到今天；因为萨克勒，他们才能进普渡制药，顺利地拥有后来的一切。像所有长兄一样，萨克勒希望两个弟弟能一直顺从他。20 多岁的时候，没有问题；30 多岁的时候，也还可以接受。终于，他们长大了，不愿意服从哥哥了，这时萨克勒变得非常生气。他们有时会大吵一架，接着就是冷战，甚至闹分家。后来，大家都冷静下来，事情也就翻篇了。”[4]

不光是莫蒂默和雷蒙德会与萨克勒吵架，索内里希回忆说：“萨克勒每周都会去见埃尔斯（他的第一任妻子），去瞧瞧俩人的孩子。他挺喜欢埃尔斯的。玛丽埃塔常常因此大动肝火。”[5]

尽管小打小闹，萨克勒家族仍然非常团结，对外界保持警惕，但索内里希却赢得了他们的信任，尤其是萨克勒的信任。两人之间存在着特殊纽带，他们非常相似，有时候会发生冲突。[6]然而，二人成败的关键时刻却并非与其共同点有关。相反，索内里希在出任律师仅几个月后就冒犯了萨克勒。

“你不懂怎么做生意，”一天早上，索内里希突然对萨克勒说，“你需要的不是律师，而是一个帮你打理公司的人。”

“你认为你可以？”

“萨克勒，我闭着眼睛都可以做得比你好。”

“好，你去试试。就这么办。”[7]

在此之前的一次谈话中，萨克勒表现出广开言路的意愿。“萨克勒曾经对我说过，人们在照镜子的时候，是看不到另一面的。他们只看到镜中的自己，不愿意接受新的想法。”索内里希认为萨克勒是“广告天才”，但是，他也意识到自己的局限性。萨克勒勤于打造企业网络，但他很快就会兴致索然，最后一个项目还没完成就转向了其他领域。这就是为什么一些十年前成立的公司如今仍然不活跃的原因。索内里希认为，萨克勒建立的业务网络是能赚钱的，但它还没有充分发挥潜力。他回顾了萨克勒迷你帝国的发展历程，并制定了最高目标。

萨克勒雇用索内里希的前提是，只要他始终把萨克勒家族放在首位，那他就可以在制药行业做其他工作。索内里希出任国家毒品教育协调委员会的主席，这是美国最大的非营利性私人毒品教育网络。[8] 在国会委员会调查吸毒和酗酒时，索内里希出庭做证。[9] 除了萨克勒，索内里希还有其他客户，其中最著名的是辉瑞制药部门总裁谢尔登·吉尔戈尔博士。辉瑞当时是萨克勒最大的广告客户。10 年后吉尔戈尔离开了辉瑞，成为西尔列的首席执行官，而索内里希则作为谈判方参与了这笔利润颇丰的交易。[10]

索内里希向萨克勒家族保证，他们的公司业务与个人事务永远是首要的。萨克勒对这位 35 岁的年轻人充满信心，为他重新组建《医学论坛报》开了绿灯。索内里希精简了部分业务，在降低成本的同时提高了利润，从而给萨克勒三兄弟留下了深刻印象。索内里希很有眼力，能识别出不必要的开支，并果断地将其剔除。后来，当萨克勒决定解散《医学论坛报》工会时，这一特性显得非常必要。尽管萨克勒在很大程度上放弃了年轻时的左翼政治激情，但他对那些曾被列入黑名单的记者仍有好感。在冷战时期，他曾为这些记者提供过避难的工作。由于大多数人都在美国报业协会下的日报工作，因此他们要求萨克勒把他们纳入工会。结果，《医学论坛报》是美国唯一一家建立工会的医学期刊。起初，萨克勒并不想做任何改变，至少在梅尔文·巴内特还在的时候。[11]

索内里希开始为萨克勒工作时，《医学论坛报》只剩下一个记者了，他就是梅尔文·巴内特。巴内特曾是《纽约时报》的文字编辑，20 世纪 50 年代中期被解雇，原因是他拒绝就其经历向国会做证。巴内特是《医学论坛报》的副编辑。那时萨克勒“出于仁慈，在巴内特双目恢复至可以正常工作之后，仍让他在这里工作”。又过了一年，巴内特退休了。萨克勒雇用自由作家，以便“解散工会”。9 名员工被解雇，因为他们被认定与报业协会关系过于密切。他们甚至试图说服哥伦比亚大学新闻学院的学生向他们投稿，以便获得学分。[12] 报业协会发起了罢工。萨克勒没有动摇，尽管索内里希承认，这对萨克勒来说“是一段非常艰难的时期”。最终，萨克勒所有出版物的工会都被解散了。[13]

在重整《医学论坛报》的过程中，索内里希还在处理弗罗里希留下来的亟待解决的问题。为了保护萨克勒在弗罗里希广告公司的投资，长期跟随萨克勒的路易斯·戈德伯特成为该公司三位董事之一。萨克勒还派出了自己公司的另一名会计劳伦斯·埃夫曼。早在10年前，萨克勒就曾派他俩去做大都会艺术博物馆的捐赠人，后来又派埃夫曼帮助弗罗里希购买西海岸的独立广播电台。两位会计接管董事会后不久，弗罗里希的总裁就辞职了。他抱怨说，公司董事会在耍“花招”，任命一位不了解公司业务的会计，实在是“有勇无谋”。智威汤逊广告公司是麦迪逊大街最大的广告公司之一，正准备收购弗罗里希公司，但由于客户冲突，这笔交易失败了。[14]没有了弗罗里希，这家广告公司如同一盘散沙。弗罗里希去世一年后，三位高管离开了公司，成立了自己的广告公司：拉维、沃尔夫与斯威夫特。[15]1973年，十几个部门负责人跳槽到了其他大公司，这些公司都希望成立专门的子公司来推广药品和医疗保健品。[16]20世纪70年代，随着弗罗里希公司土崩瓦解，麦迪逊大街又多了好些新公司。[17]

索内里希至少成功挖到了弗罗里希的一些大客户，例如，麦克亚当斯接手了汽巴价值数百万美元的慰欧仿（氯碘喹啉）-氢化可的松案子，[18]索内里希和萨克勒促成了弗罗里希与一家小型医疗广告公司苏德勒轩尼诗（Sudler & Hennessey）的合并，还在弗罗里希与扬罗必凯（Young & Rubicam）的收购项目中发挥了重要作用。[19]

另一个亟待解决的问题与弗罗里希遗愿及遗嘱中的巨额遗产有关。萨克勒指示，无论艾美仕市场研究公司何时上市，莫蒂默和雷蒙德都可以从其价值185万美元的股份中获得85%的收益。索内里希获悉，虽然“没有明文证明”，但艾美仕市场研究公司的创立“花的都是萨克勒的钱”。为了避免利益冲突，萨克勒没有进入艾美仕市场研究公司，“但他把莫蒂默和雷蒙德安插进了公司，安排他们照看自己的投资”[20]。尽管遗愿里只提到了莫蒂默和雷蒙德，但他们还是打算把萨克勒纳入其中，不管最后能拿到多少钱。[21]

弗洛里希去世一年后，艾美仕市场研究公司开始计划首次公开募股（IPO）。[22] 当时没有人会想到，一个看似简单的遗嘱认证问题，会变成长达25年的错综复杂的股票问题。[*, 23] 在首次公开募股时，股票价格为每股25美元。扣除承销商的费用后，弗罗里希的妹妹索菲代理的遗产达到了625万美元。莫蒂默和雷蒙德持有85%的股份，每个人都拿到了3 700万美元。索菲对此非常不满。[**, 24] 今天，艾美仕市场研究公司市值200亿美元，是世界领先的医疗数据收集和销售公司。

亚瑟·萨克勒和迈克尔·索内里希不仅在商业上有着共同兴趣，在艺术上也是如此。这位年轻的律师购买艺术品已有十多年时间了；而萨克勒也明确表示，对于这个问题，他不需要任何建议。索内里希喜欢前哥伦布时期和非洲的艺术，与萨克勒的兴趣相去甚远。他回忆说："我不想别人对我指指点点的。"[25]

索内里希注意到，萨克勒"几乎不会公开展示其藏品"。萨克勒忙着搜罗新藏品，根本没有时间展示。

索内里希了解到，在早期捐赠时，萨克勒家族会把自己的名字印在捐赠物上。他们之后还会这样吗？答案是肯定的。索内里希非常在意这一点，因为他坚信"如果你将自己的名字印在捐赠物上，那就不是做慈善了。你从中得到了一些东西。如果加上自己的名字，那就变成了一笔生意"。[26]

---

* 索内里希曾向萨克勒保证："你会买回艾美仕市场研究公司的。"我们发现，索内里希让萨克勒先买艾美仕市场研究公司10%的股份，然后翻倍。"我去找了杜博（艾美仕市场研究公司总裁），"索内里希说，"并告诉他，我们要安排两位董事来打理这20%的股份。"其中一位是鲍勃·贝贡迪，他是索内里希哈佛法学院的同学；另一个是罗伯特·路易斯·德雷夫斯，他是同名商业银行帝国的继承人。1998年，在德雷夫斯的监督下，艾美仕市场研究公司以17亿美元的价格出售。

** 萨克勒在艾美仕市场研究公司首次公开募股的时候就去世了，莫蒂默和雷蒙德显然忘记自己曾保证说要照顾哥哥。萨克勒的子女对遗嘱存有怀疑，辩称"萨克勒与比尔·弗罗里希达成协议，他（萨克勒）享有四分之一的股权"。莫蒂默和雷蒙德说，他们对此一无所知。法院驳回了萨克勒子女的申诉，因为找不到书面文件来支持这份"协议"。

萨克勒家族想让索内里希帮他们打理艺术遗产与馈赠。在不谈生意的时候，索内里希则鼓动萨克勒兄弟去成为美国顶级博物馆的主要捐助者。

“有一天玛丽埃塔给我打电话，”索内里希回忆道，“把我骂了一通。‘你还不如情妇！他把所有的时间都花在你身上了！’”

“他在做生意，玛丽埃塔。”

她回答说：“他应该退休了。”

得知这件事后，萨克勒笑了。他说，让玛丽埃塔生气是件好事儿，这说明他的新律师兼顾问正在赚钱。[27]

30 丹铎神庙

1973年6月3日，《纽约时报》（周日版）的房地产版面上，有一篇文章标题为“出售威廉·格兰特房产”，内容简短，很容易被读者忽略。房产位于康涅狄格州的海边，占地5万平方米，为折扣百货商店大亨威廉·格兰特于1948年所建。几个月前，它以180万美元的要价面市，最终以132.5万美元的售价出手，创下了格林尼治富人区单套住宅的最高成交价。[1]这座房子由美国现代建筑大师爱德华·杜瑞尔·斯通设计，他在纽约的标志性作品包括现代艺术博物馆和无线电城音乐厅。《纽约时报》将其描述为“纽约和纽黑文之间最壮观的私人海滨房产之一”。格兰特在一年前去世，临终前，他将房产赠给当地一家非营利性医院。随后，医院立即将其出售。[2]

但是，没人来买。这座房子需要巨额的维修费。格兰特雇了9名专职园丁来照料他那获过奖的玫瑰花园。1973年的春天，低迷的经济数据预示着衰退即将来临，一些有意愿的买家都推迟了购买。失业率高，通货膨胀失控，股市在18个月内下跌了40%。经济学家将随之而来的经济衰退看作二战后经济扩张的正式结束。

在经济受阻的时候，谁还有钱和勇气来支付这笔创纪录的交易呢？没有人知道他的身份。匿名买家躲在一家房地产控股公司后面，这家公司为这笔交易创建了一个专门的邮政信箱。当地记者找到这家控股公司在格林尼治的律师，但律师拒绝透露客户的身份。[3]他说，这家空壳公司为这笔交易支付了32.5万美元的现金。剩下的100万美元来自一家名为萌蒂国际（Mundi-Inter）的公司所提供的抵押贷款。从房契中看出，这是一家纽约的公司，地址是康涅狄格州诺沃克。[4]《纽约时报》记者拨打房契中的电话号码时，接线员回答："早上好，这里是普渡·弗雷德里克公司。"[5]记者问起萌蒂国际时，被告知这是普渡的曼哈顿总部。打完电话后，记者拿到了纽约律师的电话号码。律师"拒绝透露有关交易的任何信息"[6]。记者没能从普渡·弗雷德里克公司联想到萨克勒家族，它的名字没有出现在任何相关报道中。

房子是雷蒙德买的。莫蒂默大部分时间都在国外打理迅速扩张的海外业务。萨克勒则一直住在曼哈顿。他在曼哈顿中城有一套公寓，在萨顿广场东57街还有一栋四层联排别墅。别墅是1960年萨克勒在一次房地产买卖中"当场"买下的。玛丽埃塔·萨克勒后来写道："我们很惊讶，萨克勒竟然买了这么小的别墅，一家人根本住不下，他一个人住还差不多！"[7]

萨克勒家族买了这么多房产，足以证明他们雄心勃勃的企业有多赚钱。他们满足于做成功的资本家，没有人因为这些财富感到内疚。其财富并非源于某种聪明的发明或突破性的药物，而是来自其努力。普渡制药最畅销的产品是泻药草本通便丸和杀菌液必妥碘。[8]

萨克勒的麦克亚当斯公司所拥有的客户人数达到了历史最高。除了辉瑞和罗氏，随后萨克勒将瑞士跨国公司汽巴-嘉基纳入客户群。这两家原本独立的公司于1970年合并。麦克亚当斯公司当时有近150名员工，其营业额创历史新高，每年接近5 000万美元。[9]萨克勒的《医学论坛报》在国际上获得了成功。萨克勒偷偷给了比尔·弗罗里希一小部分股权。弗罗里希利用其在德国的极佳关系，在1967年发行了第一期外国版《医学论坛报》。[10]随后又有7个国家加入其中。萨克勒邮件列表上的医生数不胜数。[11]每周联系两次，遍及全球超过100万名医生。在美国，其广告版面的成本为7 000美元，年利润估计为 100 万美元。[12]

萨克勒还将一系列有关精神病学、心脏病学、过敏症、妇产科、儿科和性医学的专刊拆分成 6 份独立的杂志。为了管理所有的出版物，他创建了世界医学出版社、世界医学新闻社和国际医学论坛，随后又将国际医学论坛更名为“神剑国际股份有限公司”与“神剑国际集团”。[13] 其中，最成功的出版物是《性医学杂志》，由萨克勒担任出版人，其儿子小萨克勒在后期担任执行编辑。《性医学杂志》以精神科医生为目标读者，既有介绍近期医学发展的文章，也有各种有伤风化的小报式报道。[14]

普渡 · 弗雷德里克公司的总部从纽约迁到了康涅狄格州的诺沃克。康涅狄格州的人口在 20 年内翻了一番。当地的经济发展部门大力吸引其他州的企业搬迁到康涅狄格州，或在这里开设分部。这里企业所得税更低，新办公楼租金还很便宜，于是萨克勒兄弟把公司搬了过来。新办公楼比格林尼治的总部大了近三倍，于是他们大量招聘员工。普渡的员工数量首次超过了 200 名。

1973 年春末，萨克勒买下了格兰特房产，这笔创纪录的交易并不是家族财务亨通的唯一证据。慈善基金会的遗赠数量和规模也进一步证明了其成功程度。尽管在格兰特房产交易中，萨克勒家族竭尽全力不让自己的名字出现在相关报道上，但 20 世纪 60 年代中期，萨克勒家族开始赞助艺术、教育与医学事业，并在主要捐赠物上印上大名。

萨克勒兄弟涉足医学出版和药物制造的诸多领域，因此他们的第一笔重大捐赠针对医学和教育也就顺理成章了。1964 年，他们资助了特拉维夫大学萨克勒医学院的建设（其美国“招生办公室”一度与萨克勒的麦克亚当斯公司共享同一个地址和电话号码）。[15]1966 年，萨克勒医学院对外招生，吸引了许多以色列的学生。这些学生在自己国家至少学了三年医学，他们可以在萨克勒学院学习，然后在特拉维夫大学的其他医学院进行临床培训（截至 2018 年，特拉维夫大学萨克勒医学院是以色列最大的医学研究与培训机构。学院与纽约方面达成协议，萨克勒医学院的学生可以获得纽约的医师执照）。[16]

1963 年，萨克勒家族向纽约著名的大都会艺术博物馆捐赠了 15 万美元。这是他们在精英慈善界的首次亮相，距离萨克勒与大都会博物馆馆长詹姆斯·罗里默达成协议已经过去 10 年。10 年后的今天，萨克勒得知博物馆又有困难了，需要一位赞助商来资助建造埃及丹铎神庙的新侧厅。这座神庙已经有 2 000 年的历史，是埃及为了答谢美国帮助修建阿斯旺大坝而赠送的。如果不把神庙移走，那它就会被大坝的湖水淹没，从此永远消失。

美国各大博物馆和大学都想拥有它，美国国家艺术与人文基金会还专门成立了委员会来审查所有申请。从一开始，大都会博物馆就在那张简短的名单之上。[17] 大都会博物馆出色地解释了为什么保护神庙最好的方法，是从零开始建造一座宏伟的博物馆侧厅，让丹铎神庙在那里重建并永远展出。[18]

1967 年，在大都会博物馆接手丹铎神庙时，老馆长已经不在人世。一年前，詹姆斯·罗里默因脑出血逝世了，受托人委任托马斯·霍文为新馆长。霍文是一位魅力超凡的艺术史学家，也是纽约公园委员会的一员。他获悉埃及将神庙拆成 647 块，分封在板条箱里，用货轮运往美国。自从这座重达 600 吨的神庙运抵美国以来，它就一直被搁置在南部停车场的露天场地。[19] 大都会博物馆几乎什么都没做，但这并不是因为不想。霍文经常出入纽约的上流社交圈，不厌其烦地游说那群超级富有的慈善家，劝说他们出资建造新的侧厅。

所有的可能都试过了。纽约银行家族继承人罗伯特·雷曼曾将自己的 2 600 件欧美艺术珍品捐赠给大都会博物馆，但这次他却拒绝了。迈克尔·洛克菲勒也没答应，此前，他曾将自己大部分的艺术藏品捐赠给大都会博物馆。其他主要赞助人也都纷纷回绝，包括拉扎德公司的安德烈·迈耶，投资银行家杰拉尔德·坎特及其妻子艾里斯，以及私募股权巨头亨利·克拉维斯。[20]

有一次，霍文差一点就成功说服《读者文摘》的联合创始人莱拉·艾奇逊·华莱士给他们开支票。她甚至都答应了，后来却改变了主意。霍文后来回忆道："有时候，丹铎神庙就像是被图坦卡蒙国王诅咒了一样。"[21] 随后，霍文开始游说那些不太可能捐赠的富豪。最终，他找到了亚瑟·萨克勒。在霍文接任馆长后不久，两人就认识了。霍文很喜欢萨克勒，认为他“敏感、古怪、专横，而且很脆弱，能让游戏变得更好玩”。在某次会议上，萨克勒宣布自己准备再捐15万美元作为收购基金，馆长可以随意处理这笔钱，这让霍文大为惊讶。萨克勒还想赞助翻修一间特殊的展厅，这间展厅与二楼的萨克勒厅相邻。他没有别的要求，只希望展厅能以妻子玛丽埃塔·卡德·萨克勒博士的名字命名。[22]

一筹莫展的时候，霍文突然想起萨克勒在6年前某次会议上说过的话。萨克勒当时“提及团结埃及和以色列的梦想”[23]。霍文已经走投无路，于是他给萨克勒打了一通电话。令人意外的是，萨克勒“说他会来找我，而且不到半小时就到了”。霍文夸赞萨克勒有胆识、有远见，说他是“唯一一个可以”赞助丹铎神庙与埃及侧厅的人。尽管萨克勒知道自己不是第一人选，但他并没有拒绝，而是等着霍文继续夸赞他。几分钟后，霍文说出了自己的真实意图——大都会博物馆需要350万美元（相当于今天的2 150万美元）。

霍文只希望萨克勒能掏一部分钱，并帮助博物馆筹集剩余的资金。霍文甚至不确定，即使萨克勒真有这个想法，他到底有没有这么多钱可以捐赠。

萨克勒沉默了足足20秒。霍文认为萨克勒不说话，是因为他“很尴尬，在思考应该如何拒绝我，同时又不会伤到我”。

“这笔钱我来出。”萨克勒宣布。

霍文盯着前方，一瞬间竟然不知道该说什么。他不知道萨克勒需要向两个弟弟求助。莫蒂默和雷蒙德共同承担了350万美元。他们同意这笔钱将从他们在普渡的利润分成里出。[24]为了避免给公司带来太大压力，萨克勒兄弟希望尽可能少用现金。索内里希证明了自己是一名坚强、得力的谈判者。双方经过一年的艰苦谈判才达成最终协议。[25]大都会博物馆最大的让步是，允许萨克勒兄弟20年分期付清这笔钱，并且不收取利息。霍文后来回忆说，这为他们减免了20年的税款。[26]由于钱来得很慢，大都会博物馆不得不“借用几次捐款付给承包商”[27]。

萨克勒兄弟同意，除了丹铎神庙，他们还会资助建造埃及艺术馆、考古与古生物实验室以及博物馆工作人员办公室。雷蒙德与贝弗莉·萨克勒亚述艺术馆位于博物馆正门左侧的黄金地段。[28] 莫蒂默与特蕾莎·萨克勒馆（他的第三任妻子）位置极好，位于大阶梯的顶部，馆内挂有三幅巨大的提埃坡罗油画。丹铎神庙位于萨克勒侧厅的一楼。三兄弟的名字会被一一列出来，他们对新闻稿拥有最终决定权。大都会博物馆同意，未来萨克勒兄弟的所有捐赠物都会立刻被博物馆永久收藏。所有目录、展览、照片以及展馆都要标有他们的名字。[29] 博物馆副馆长亚瑟·罗森布拉特回忆说："他们坚持要在馆内安排医学博士。"他后来半开玩笑地说，只是他们的工时被忽略了。[30]

老纽约圈子一直嘲笑萨克勒家族，说他们是爱占小便宜的暴发户。大都会博物馆当时急需用钱，他们便趁火打劫，以低廉的价格从罗里默手中抢到了命名权。[31] 在埃及侧厅与丹铎神庙的这笔交易中，并没有人要求他们捐赠自己的艺术藏品。甚至他们的捐款（350 万美元分 20 年付清且不带利息）在其他赞助人面前也显得微不足道。杰拉尔德·坎特为侧厅捐了 700 万美元，莱拉·艾奇逊·华莱士甚至捐了 2 300 万美元。[32]

亚瑟·萨克勒没能加入大都会博物馆董事会，因为现任董事会认为他太爱出风头。[33] 萨克勒告诉两个弟弟，自己没加入是因为董事会的反犹太主义思想，他还指责博物馆的总顾问阿什顿·霍克斯。[34] 大都会博物馆的某些权贵显然对于萨克勒这样白手起家的犹太人抱有轻蔑和刻板的看法。大都会博物馆的首个犹太受托人乔治·布鲁门塔尔，在几十年前曾担任拉扎德公司美国分部的负责人。布鲁门塔尔是个精致的德国人，他在曼哈顿建了一座豪宅，占据了整个街区，因为他需要很大的地方来展示他那令人惊叹的艺术藏品（他将大部分藏品都捐赠给博物馆）。布鲁门塔尔还是一位慷慨的慈善家。1928 年，他给大都会博物馆开了一张价值 100 万美元的支票（相当于今天的 1 500 万美元），还给了纽约公共图书馆和西奈山医院同等价值的捐赠。

萨克勒永远不会有这样的血统。有一次，大都会博物馆董事会副主席道格拉斯·狄龙邀请萨克勒和索内里希到他家共进午餐。狄龙住在东 80 号街的联排别墅里。[35]那时的狄龙不仅是一家国际银行的董事长，还在艾森豪威尔总统任期内担任驻法大使，在肯尼迪和约翰逊时期担任财政部长，在洛克菲勒基金会和布鲁金斯研究所担任主席。

索内里希回忆说："我们的到来好像让他（狄龙）很难受。如果不是为了陪萨克勒，我会直接走人。"[36]午餐过后，他们离开了，索内里希对萨克勒说："我就直说了，'带犹太人去吃午餐'就是这种感觉，仅此而已。"[37]

萨克勒从未告诉索内里希，他想当博物馆馆长。萨克勒知道索内里希会说他在浪费时间。"萨克勒一直试图淡化其犹太血统，"索内里希说，"他有段时间甚至假装自己是天主教徒。"索内里希明白为什么这个话题会如此敏感。之前在制药公司开会，索内里希发现："会议里净是犹太笑话。你还必须和其他人一起笑，不然别人就会奇怪你为什么不笑。"[38]

然而，在与萨克勒共事不久后，索内里希告诉他："萨克勒，我想告诉你，如果有场大屠杀，我才不会管你跟他们说你是什么人呢，我们是同一条船上的蚂蚱。别再逃避了，因为这根本没用。你可以娶所有想娶的基督教女孩，但这根本行不通。他们仍会介意你是犹太人，就是如此。"[39]

索内里希的话激励了萨克勒，虽然没有特意告诉别人他是犹太人，但他再也不会回避这个话题了。

大都会博物馆的二把手亚瑟·罗森布拉特是犹太人。罗森布拉特认为，当时的大都会博物馆特别需要"富有的犹太房地产大亨"，因为他们"已经花光了白人新教徒的钱"。[40]尽管如此，大都会博物馆的权力捐客的变革步伐依然缓慢。

尽管萨克勒没能成为受托人，但他说服霍文聘请普林斯顿大学艺术史学家方闻来担任亚洲艺术部的特别顾问。[*, 41]几年前，方闻说服萨克勒将 17 世

* 1973 年 7 月，在萨克勒承诺为丹铎神庙捐赠 350 万美元后不久，霍文从香港艺术家兼交易商手中购买了 25 幅 10 世纪的中国绘画和卷轴画。方闻是中间人，他也因此被卷入舆论旋涡之中。多年来，公众一直在争论方闻和霍文是否买到了高级赝品。方闻为大都会艺术博物馆购买的另一幅画作《旅人》，也被一些顶尖的亚洲艺术专家怀疑是赝品。

纪艺术大师石涛的绘画作品捐给普林斯顿大学。[42] 普林斯顿大学专门为这份价值百万美元的礼物建造了中国艺术馆。萨克勒认为，也许是时候提醒大都会博物馆，告诉他们自己还没想好要把存放在博物馆地下室的中国艺术品捐赠给谁。[43] 萨克勒毫不避讳自己曾和想要这批藏品的大学与博物馆馆长见过面。美国国家美术馆和哈佛大学佛格艺术馆坚持最久。

后来，萨克勒捐了 200 万美元给长岛大学的治疗研究实验室，捐了 800 万美元给克拉克大学的萨克勒科学中心，捐了几百万美元给纽约大学的萨克勒生物医学科学研究所，以及塔夫茨大学的萨克勒卫生信息交流中心。

与此同时，莫蒂默和雷蒙德还在向其他国家捐赠藏品。[44] 莫蒂默最先这样做。1959 年，他与第一任妻子穆里尔·拉扎鲁斯·萨克勒离婚，然后娶了一位奥地利娇妻，叫格特劳德·威默。莫蒂默管理着家族的纳普、巴德和萌蒂制药，在伦敦、格斯塔德和法国里维埃拉都有房子。

很快，莫蒂默在奥地利阿尔卑斯山买了一座滑雪小屋，在英国鲁克斯内斯特买了一栋房子，占地 20 多平方千米。房子建于 16 世纪，距离伦敦有 90 分钟的路程。次年，莫蒂默交出美国护照，变成了奥地利公民。他的兄弟们震惊了。莫蒂默斥责他们说，美国税率那么高，他们偏偏还要留在那里。[45] 不管他们将来取得什么成就，他都会比他们做得更好，因为他不用向美国纳税。当时，收入超过 18 万美元的夫妇最高要承受 70% 的税率。[*, 46]

虽然萨克勒主要向中国和美国捐赠，但莫蒂默和雷蒙德却慷慨地向伦敦的泰特现代美术馆、大英博物馆和皇家艺术学院捐赠。1995 年，雷蒙德因其对英国艺术和科学的支持，而被伊丽莎白女王封为爵士。后来，他成为“融合科学”这个新兴领域的主要赞助人。“融合科学”即“数学、工程学、物理科学和生物医学的交叉学科”。[47]

---

* 在随后的离婚诉讼中，格特劳德指控莫蒂默放弃美国国籍是为了避免双重征税。后来，夫妻俩达成和解，并封存了离婚诉讼记录。之后，格特劳德声称，莫蒂默放弃美国国籍根本不是因为税收，而是出于对奥地利的热爱。

为了不被弟弟超越，萨克勒大肆购买吸睛藏品，仿佛是在戏弄大都会博物馆和两个弟弟一样。玛丽埃塔知道这不仅仅是在戏弄他们。“这些藏品让萨克勒感到安全与舒适，”玛丽埃塔后来写道，“它们无法伤害他，也无法向他要这要那。当然，可笑的是，他却成了藏品的奴隶。”[48]

31 “维利目狂躁”

托马斯·霍文和大都会博物馆埃及艺术展的负责人都低估了丹铎神庙的实际造价。神庙由建筑师凯文·罗奇（Kevin Roche）和约翰·迪克洛（John Dinkeloo）共同设计。展馆北侧有一面壮观的点彩玻璃墙，倒影池在玻璃墙的衬托下尤为好看。这样的设计是想告诉大家，丹铎神庙原本坐落在尼罗河附近的山坡上。仅这一项设计就超出了预算。员工的地下停车库、加固后的装卸码头、保护易损坏古物的展室，以及支撑神庙的液压升降机也大大超出了预算。

但是，由于不想疏远亚瑟·萨克勒，霍文并没有催萨克勒兄弟赶快付钱。由于萨克勒家族想独占新侧厅的命名权，因此霍文不得不寻找有意愿又不要求高调命名的捐助者，从他们那里筹得数百万美元。在萨克勒兄弟同意捐赠350万美元后近两年时间里，新侧厅的建设甚至还不到1/3。萨克勒兄弟并不着急。他们手头的事情很多。[*, 1]

尽管萨克勒兄弟在纽约报界和艺术出版界表现得越来越高调，但其制药

---

* 1975年，亚瑟·萨克勒再次成为新闻焦点。纽约总检察长因萨克勒和玛丽埃塔是美国印第安人博物馆受托人的身份起诉夫妇二人。他们被指控没有为自己拍下的博物馆文物支付足够的费用，而且还私下交易，将萨克勒的一些藏品免费存在博物馆。萨克勒夫妇获胜了，诉讼被撤销了，但纽约艺术界却更加肯定萨克勒投机取巧，不是真心热爱收藏。

企业却不为公众所关注。萨克勒仍然沉浸在文艺帝国里，沉迷于麦克亚当斯及其顶级药物公司客户。莫蒂默关注海外业务，雷蒙德则担任普渡总裁。[2]

萨克勒的摇钱树是罗氏和维利目。随着时间的推移，他改进促销活动，使维利目不受所有竞争对手的影响。自 1968 年以来，维利目一直是美国最畅销的药物之一。在克服重重困难之后，平均每年增加超过 700 万新客户，遥遥领先于竞争对手。[3] 利眠宁紧随其后，与艾尔斯特制药的倍美力不分胜负。1975 年，罗氏的畅销药苯二氮䓬类药物出现在 1.03 亿张处方单上，销量超过 20 亿片。[4]

萨克勒加强了营销策略，使该药物卖到脱销，但这并不便宜。罗氏在 1963 年投入 1 000 万美元来推广维利目，创下了行业纪录。1975 年，萨克勒为畅销药苯二氮䓬类药物设计的宣传活动总共花费了 4 亿美元，占整个行业市场宣传资金的 40%。

为了支付这些巨额开支，罗氏和其他公司在美国销售的品牌药定价颇高。这对萨克勒来说是意外之财。迈克尔·索内里希说："萨克勒一开始赚了很多钱，因为他拿到了销售提成。后来改为固定费用，但数额非常高。"由于药物非常畅销，这家瑞士制药商对萨克勒心存感激，还给了他数百万美元的无息贷款，作为未来广告业务的预付款。萨克勒把这些钱都投到股市里了。[5]

罗氏不介意向萨克勒支付巨额费用，因为他们深知其重要性，他能让自家的产品无比畅销。1975 年，《时尚》杂志援引一位纽约精神病医生的话："很难找到不定期服用维利目的中产阶级女性。"[6] 患者告诉医生说，这种药物有助于治疗肌肉痉挛、关节红肿与疼痛、抽搐、睡眠不好以及焦虑等症状。其治疗范围很广，这让它成为"万能安定"。[7] 在维利目的推广期间，萨克勒和罗氏还补充了良性副作用的相关信息，这让人们看到了维利目的其他治疗用途。

数百万患者服用维利目，确信它是安全无害的，医生也向他们保证了这一点。那么多朋友都在服用维利目，这更让人们坚信这种安定药安全好用。20 世纪 70 年代的家庭主妇是维利目的核心用户，她们从母亲那里听到了许多有关巴比妥类药物的可怕故事。女权主义心理学家菲莉丝·契斯勒（Phyllis Chesler）在1972年的开创性著作《妇女与疯狂》（*Women and Madness*）中写道，安定是一种药物束缚，运用化学手段既让妇女获得幸福，同时也让她们始终处于屈从、次等的社会地位。[8] 虽然这本书在商业上大获成功，并且广受好评，但并没有影响到维利目的销售。

由于维利目占据着大部分市场，医学研究人员开始争论患者会不会产生耐受性，从而需要更高剂量才能达到相同的治疗效果。在20世纪70年代初，每隔6个月似乎就要进行一次新的研究，每个研究都与前一个结果相矛盾。科学研究的反复并没有引起公众的注意。就像口服避孕药一样，维利目也曾让女性活动家和记者敲响了警钟。最终，女性出版物和女性记者使罗氏放慢了统治步伐，并改变了人们之前普遍赞成的观点，即维利目和利眠宁是无害的幸福药。1971年秋天，《麦柯》杂志的文章《过度用药的妇女》与《妇女家庭杂志》的文章《妇女与药物》引起了公众关注。[9] 直到1975年，英国一项临床试验表明，在长期服用维利目的患者中，如果突然停药，有很大比例的人会出现戒断反应。这时，3 000万服用维利目的美国妇女终于坐不住了。她们再也不能忽视这一争议。虽然罗氏认为这项研究有缺陷，却被主流声音淹没了。主流媒体开始集中报道药物的风险。[10]

《时尚》杂志刊载了《前方危险！维利目——你的挚爱之药可能毁灭你》一文，引起了公众注意。纽约精神病医生兼成瘾专家玛丽·尼斯旺德认为，维利目可能比海洛因更容易使人上瘾。[11] 据《时尚》杂志报道，尼斯旺德这样说，是因为她专门用美沙酮帮助患者戒掉海洛因。《女士杂志》紧随其后，刊登了《你在服用维利目吗？》一文，从第一人称清晰地描述了郊区中产阶级妇女在停药后的身心痛苦。[12]

《时代》周刊的医学编辑吉尔伯特·坎特点评了《纽约时报》的封面报道《维利目狂躁》，并指出其利弊。[13] 坎特指出，维利目已成为一系列问题处方药的象征，这些药物被指控"将美国变得过度平静，人人都像僵尸，从小瓶子里寻找心安"。坎特是第一个质疑罗氏"过度宣传"的人，尤其是针对妇女的大肆宣传。

坎特还引用了尼斯旺德的话，即她在《时尚》杂志中提到的“维利目是比海洛因更易上瘾的药物”。坎特写道，她是“一位备受推崇的曼哈顿精神病医生”，并指出“在常见的合法用药中，维利目是最容易让人上瘾的。她几乎是在孤军奋战”。尽管如此，尼斯旺德还是加强了她的悲观预测，警告说最终可能会有200万美国人沉迷于维利目，是海洛因成瘾者人数的4倍。她预测维利目最终会夺人性命。[14]

由于与其他许多处方药和街头药物相比，维利目似乎更加温和，因此这一观点在当时听起来非常惊人。1970年，歌手詹尼斯·乔普林死于海洛因，歌手吉米·亨德里克斯死于巴比妥类药物。二人的死亡时间前后不超过一个月。次年，巴黎的一名医检人员推翻尸检报告，断定大门乐队主唱吉姆·莫里森死于心脏病，终年27岁。然而，有谣言称莫里森死于海洛因过量，并在几天内就传开了。[15] 与此同时，里根总统的国家安全顾问罗伯特·麦克法兰试图服用了30枚维利目自杀。这更让公众认识到，维利目的效力不是太强。麦克法兰陷入昏迷，最后在当地的医院中醒来。[16]

大多数医生认为，尼斯旺德公开抨击本国最受欢迎的药品是在哗众取宠。有人认为她想“利用维利目出名”，并斥责她是在毫无根据地夸大其词。[*, 17] 亚当·勒温伯格博士是纽约药物成瘾治疗中心的医学主任，他后来开玩笑地说：“什么是维利目成瘾？不过是患者服用的安定剂量比医生的指示更多罢了。”[18]

出现戒断困难的患者虽然很少，但人数却一直在增加。他们请求联邦机构对苯并类药物进行干预。[19] 食品药品监督管理局处于观望状态，但并非出

---

* 用了将近20年的时间，学界才证明尼斯旺德的主张基本上是正确的：苯并类具有成瘾性，患者服用超高的剂量就会上瘾。苯二氮䓬类药物与巴比妥类药物、镇静剂、镇静药和阿片类药物一样能抑制呼吸系统。若将它们与其他延缓呼吸的药物大量混合服用，此时的致命性最强（1996—2013年，与苯并类有关的死亡案例急剧增加，很多时候都是因为死者将它与阿片类镇痛药混合使用）。

于意志不足。此前，由于食品药品监督管理局提出对维利目和利眠宁的处方药限制，它与罗氏进行了多年法律斗争。[20] 由于《管制物质法》允许司法机关限制易被滥用的药物，因此食品药品监督管理局向司法部寻求帮助。[21] 食品药品监督管理局公布了它收集到的数据，证明患者有可能依赖和滥用维利目。[22]

1975 年末，司法部做到了食品药品监督管理局无法完成的事情。司法部将维利目和利眠宁升级到附表 IV，从而限制了医生的开药剂量。它还对转移与非法销售维利目施加了刑事处罚。[23] 拥有维利目却没有医生处方，可能意味着锒铛入狱。伊利诺伊州监狱的一名访客在警卫人员进行安全检查时被查出携带 7 片安定，最终被判处 6 年以内的有期徒刑。亚拉巴马州一名男子获刑 4 年，因为警察发现他从室友的处方药中拿走了 9 片安定。[24]

食品药品监督管理局命令罗氏在发给医生和药剂师的插页上加上“日常生活压力无须使用抗焦虑药物治疗”。政府希望这样可以减少开药过量的现象。[25] 罗氏一如既往地将食品药品监督管理局告上了法庭。打破这一僵局需要五年时间，因此食品药品监督管理局妥协了，同意罗氏使用语气稍弱的词句，将“无须”改成了“可能不需要”。[26] 虽然罗氏在插页问题上击败了食品药品监督管理局，但它却无法改变公众对维利目的态度。媒体警告说，维利目存在潜在依赖性与危险性，这激起了人们的恐惧。在美国缉毒局对数百种所谓的合法处方药进行调查之后，药剂师对待苯并类药物更加谨慎。[27] 各州开始将苯并类药物从联邦医疗补助的药物清单中移除。[28] 政府对补充剂量的限制，让那些忠实用户不得不去找医生购买。由于难以获得处方，一些患者开始用风险较高的药物来替代维利目，例如巴比妥类药物。[29]

各种因素加在一起，迫使罗氏放慢了步伐。虽然维利目仍是美国最畅销的药物，但市场却不再扩大了。

1975 年，当媒体对维利目的攻击达到顶峰时，另一款畅销药的转折点也随之而来，它就是艾尔斯特的倍美力。在美国约有一半的更年期女性都在服用倍美力（3 000 万张处方单）。[30] 12 月 4 日，《新英格兰医学杂志》的一份报告登上了主要报纸的头版，成为晚间新闻的头条。[31]

两项广泛的临床研究得出了令人震惊的结果。[32] 服用雌激素 1～4 年的女性得子宫癌的概率是未服用激素的女性的 5.6 倍。服药时间长达 7 年的女性，患病风险甚至增加了 14 倍。在一篇相关社论中，波士顿妇女医院的肯尼斯·瑞安评论说，研究表明雌激素引起子宫内膜癌的风险，等同于每天吸烟 20 支及以上所引起的肺癌风险。[33] 指导其中一项研究的哈里·齐尔告诉《纽约时报》："这不是一种无害的药，不可以像盐和胡椒粉一样使用。医生只能把它开给具有失能症状的女性，因为它会危及生命。"[34]

食品药品监督管理局在妇产科咨询小组召开了紧急会议。他们花了一年时间来制定新的标签要求。药剂师需要将一份很长的说明书发给患者，以便他们了解子宫内膜癌、乳腺癌和胆囊癌异常凝血的潜在风险。[35]

健康活动家兼作家芭芭拉·希曼和加里·诺尔罕见地约到了医生罗伯特·威尔逊进行采访。威尔逊一直是治疗更年期与推广倍美力的先锋。在三人会面之前，《美国医学会杂志》上的一篇文章引发了第二轮全国性猜测，即倍美力是否存在隐藏的健康危害，因而患者不能长期使用。希曼和诺尔询问威尔逊对最新研究的想法，特别是如何看待"服用雌激素的女性患子宫内膜癌的风险会大大增加"这一观点。威尔逊不屑一顾："那是世界上最糟糕的谎言。我和 40 多位来自世界各地的医生一起合作，不论来自瑞士、捷克斯洛伐克，还是来自世界其他地方，我们还没有见过一例患癌案例！"但事实并非如此，并没有医生与他合作。

威尔逊是否仍然相信女性应该从 50 岁开始，服用倍美力和其他雌激素药物呢？

"他们的意思是，我们不应该采取任何行动来阻止更年期。想一想，这不是很可怕吗？雌激素疗法应该从 9 岁开始，持续到 90 岁。从那时开始很有必要。各个年龄段的女性都得检查自己的雌激素水平，这样雌激素才不会消失。不能让它消失。"[36]

威尔逊极端地认为，上至 90 岁的老人，下至 9 岁的女孩都需要雌激素。这一观点没有任何医学依据。在其帮助下，这种药物获得了巨大的成功（1975 年开出超过 3 500 万张处方单），但现在它却成了支持者争论的焦点。他们认为，倍美力利大于弊，能减轻症状，强健骨骼，或许还能起到保护心脏的作用。不久，又有研究进一步指出倍美力的危害。有一项研究提出倍美力与乳腺癌有关，另一项研究则指出服用倍美力的人得冠心病的风险更高。[37]

1975 年的各项癌症研究使倍美力的销量在 5 年内被腰斩。[38] 由于没有可以识别早期子宫内膜癌的疾病筛检，妇女们感到脆弱无力。[*, 39] 然而，随着时间的流逝，制药公司花费了数百万美元，成功推广了罗伯特 · 威尔逊"永远的女性"这一论调，于是妇女的恐惧逐渐消退了。制药公司邀请模特劳伦 · 赫顿和歌手帕蒂 · 拉贝为其代言，将倍美力吹捧为能够改变一生的药物。[40] 热门的女性杂志再次报道激素如何帮助 40 多岁的女性保持健康，容颜不老，拥有"性"福生活。[41] 许多妇科医生收下艾尔斯特的贿赂，重新开始使用这种药物。1990 年，倍美力再次成为美国最畅销的药物，并且持续了十年，销量比 20 世纪 70 年代中期高出 1/3。[42]

倍美安（Prempro）进入市场花了近 20 年的时间。倍美安是倍美力的改良版。那时，惠氏和艾尔斯特已合并为惠氏–艾尔斯特公司。倍美安是第一个雌激素与孕激素二合一的药丸。孕激素由天然激素孕酮合成，被证明可以有效预防子宫癌。惠氏坚信，只有联合激素替代疗法才能打动那些由于担心患癌而不敢使用倍美力的女性。尽管倍美安并未进行随机临床试验，但也获得了食品药品监督管理局的批准，很快成为畅销药。[43] 由于手握倍美力和倍美安这两大畅销药，惠氏主导了激素替代疗法市场。这两种药物在每年 9 000 万例激素替代疗法处方中占了 2/3。[44] 倍美安一直卖得很好，直到后来，学界揭露它与避孕药和倍美力一样，会对几百万妇女的身体造成危害。[45]

---

* 当时美国癌症学会（ACS）唯一推荐的疾病筛检是每年一次的宫颈涂片检查。次年，即 1976 年，美国癌症学会还加上了乳腺 X 线检查。2013 年，研究人员发现，在某些情况下，宫颈涂片检查可以发现卵巢癌和子宫癌的早期迹象。

罗伯特·威尔逊没能活着见证激素传奇的终章，1981 年就去世了。他以为自己把家族秘密带到了坟墓里，如果他的妻子西尔玛不把这个秘密告诉小儿子罗纳德，他就得逞了。

西尔玛是一名护士，曾与丈夫一起从事妇科工作。1963 年，这对夫妇合著了论文《未接受治疗的更年期妇女的命运：从青春期到死亡都要维持充足的雌激素》，并发表在《美国老年医学会杂志》上。第一句话就定下了基调："我们都要面对这一让人不快的事实：所有更年期妇女都是被阉割过的。"他们的建议是，让每个女性从青春期开始就服用雌激素，直到死亡。[*，46，47]

考虑到夫妇二人的合作，西尔玛一生中大部分时间都在服用倍美力，这并不奇怪。丈夫去世后，她告诉儿子她正在与乳腺癌做斗争。罗纳德经常去纽约冷泉港的家中看望西尔玛，正如后来他告诉作家特丽莎·波斯纳的那样：

"这不是我患上的第一种癌症。"

他以为自己听错了。她可以看出他似乎很困惑。

"我还患过其他癌症。"

"我听见了。"罗纳德缓缓说道。他离开家乡上大学，后来加入空军，在佛罗里达州生活多年，一直远离家人。但是他一直与母亲保持联系，因此他无法想象她以前患过癌症并且从未告诉过他。

"什么时候？"

"10 年前，"她眼睛看着下方说道，"我患有乳腺癌。那时我切除了乳房。"

罗纳德满脸惊讶。

"你爸爸想要我，不，是需要我，成为他的工作的光辉案例。"

这对夫妻担心，一旦外界知道她患过乳腺癌，那她丈夫的名声就毁了。

---

* 威尔逊并不是第一个使用"阉割"来指代女性的人。享有盛誉的《新英格兰医学杂志》在 1960 年发表了三位医生的著作，他们提出雌激素可能帮助更年期女性预防心脏病。他们把更年期女性称为"被阉割过的女性"。

是谁决定不告诉自家孩子呢？

“我们。”

“我们是谁？”

“我、你爸爸，甚至还有惠氏的人，他们要我俩不告诉你们。”*

* 西尔玛·威尔逊于 1988 年因乳腺癌并发症去世。

32 猪流感

从1962年开始，共有1亿美国人接种脊髓灰质炎疫苗。在此之前，每年大约有15 000例脊髓灰质炎病例，其中大部分是儿童。疫苗接种计划结束三年后，每年只有不到500例新病例。到20世纪70年代，这一数字下降到每年仅10个。除了1993年在美国发现一名患有脊髓灰质炎的游客以外，北美再也没有出现一个病例。[*, 1, 2] 在全球范围内根除这种严重疾病，是世界卫生组织长期以来的主要目标，但是脊髓灰质炎在一些发展中国家很难消除。[3] 在中非国家，尤其是尼日利亚，有谣言称注射疫苗会传染艾滋病，还会致癌，这引起了人们的恐慌，接种疫苗的卫生工作者遭到袭击与杀害。[4]

虽然脊髓灰质炎已经过去很久了，但它有可能像麻风病、腮腺炎和风疹等致命性传染病一样卷土重来。现代反疫苗运动是由1998年发表在英国著名医学期刊《柳叶刀》上的一项研究引起的，受到了医生们的指责。12位医生作者研究了伦敦因消化道炎症和孤独症而住院的12名儿童的病例。9名儿童在接种了针对三种疾病的综合疫苗后丧失了语言能力。于是，医生作者们得

---

* 2014年暴发了类似脊髓灰质炎的疾病，即急性弛缓性脊髓炎（AFM）。感染者大多数是10岁以下的儿童。美国疾病控制与预防中心仍在努力寻找暴发的原因。有三种常常引起手足口病的肠道病毒（A-16、A-71、E-68）值得怀疑。截至2019年12月，美国50个州已有601个确诊病例。医学界尚未研发出疫苗，无法治疗该疾病。其中，90%的感染者是儿童。

出结论："可能的环境诱因"（疫苗）与"发展退化"存在某种联系。[5]

许多媒体在报道的时候将"可能的"诱因改成了"疫苗会引起孤独症"。该研究的主要作者安德鲁·韦克菲尔德（Andrew Wakefield）博士更是煽动了舆论。在公开露面和演讲中，在谈到疫苗与孤独症的联系时，韦克菲尔德表现得比《柳叶刀》上那篇同行评议过的论文更具挑衅性，也更有信心。不久之后，一些好莱坞明星和替代疗法的医学拥护者就发起了反疫苗运动。[6]在文章发表后的一年时间里，恐慌蔓延到各个角落。英国药物安全委员会重新评估了证据，并得出结论：疫苗与孤独症之间没有任何联系。[7]又过了四年，另一个英国医学委员会发现，参与这项研究的十几个孩子，还有部分资金，都来自"那些对疫苗制造商提起诉讼的父母的代理律师"。[8]于是，与韦克菲尔德最初合作的10位作者在《柳叶刀》上发布了一篇撤稿声明，他们在声明中说："由于数据不足，无法在麻腮风三联疫苗（MMR）与孤独症之间建立因果关系。"[9]2010年，《柳叶刀》采用匿名形式发表了一小段话，仅以"所有编辑"署名，这是非同寻常的。[10]该期刊罕见地撤销了论文，并承认其中存在严重错误。英国医学总会得出结论，韦克菲尔德在研究中存在失实陈述和违反道德的行为。[11]

《英国医学杂志》披露韦克菲尔德及其合著者伪造了一些支持数据，并且只选择了能支持其结论的结果，这给了他们致命一击。[12]自那以后，许多其他临床研究未能证明疫苗与孤独症或其他精神疾病之间存在因果关系。韦克菲尔德在英国的执业资格被吊销了。[13]然而，反疫苗运动仍然势头强劲，许多父母犹豫要不要给孩子接种疫苗。[*, 14]

---

* 2019年3月，在暴发了30多例水痘之后，肯塔基州北部的卫生官员禁止未接种疫苗的学生上学。有一个家庭以他们儿子的名义提起了诉讼。此前，他们的儿子出于宗教理由拒绝接种疫苗。这个家庭是虔诚的天主教徒，他们说这种疫苗"来自流产的胎儿，与我们的天主教信仰背道而驰"。实际上，水痘疫苗依赖于1964年和1970年两名流产胎儿的细胞系，并且没有再做流产来保持这些细胞系的完整性。梵蒂冈勉强批准了风疹疫苗，并称父母最重要的考量应该是"避免将孩子和其他人的健康置于危险之中"。不过，法律专家认为此案可能是先例。因为许多人可能会出于宗教原因，声称他们有权不接种疫苗，而地方政府或学区无法核实此类要求的真实性。

尽管现代反疫苗运动有可能是由1998年那篇伪造的科学论文引发的，但是早在20多年前，公众对疫苗就已经开始失去信心。1976年2月4日，18岁的陆军新兵戴维·刘易斯在迪克斯堡服役。在8千米的徒步训练中，他晕倒了。刘易斯和一些战友一直在与呼吸系统疾病做斗争。在医疗人员的建议下，刘易斯参加了冬季行军。他晕倒之后，中士马上对他进行人工呼吸。虽然当时把他救了回来，但刘易斯当天还是因肺炎去世。[15]

一名陆军医生将刘易斯和18名患病士兵的喉咙培养细胞样本送到新泽西州卫生署。结果显示，大多数是普通流感病毒。[16]但是，他们无法鉴定其中5种培养细胞（包括来自刘易斯的）。[17]研究人员认为流感病毒发生了突变，然后（错误地）断定这是一种严重的流感，大概每10年暴发一次。1957年，在美国，死于亚洲猪流感的人超过2万人。自从1968年禽流感夺去4万美国人的生命，又过去了8年。[18]

新泽西卫生署担心他们可能偶然发现了一种新的强力流感病毒株，于是将这个神秘病毒送到了亚特兰大的疾病控制与预防中心。疾控中心研究人员惊恐地发现，在猪流感病毒检测中，样本呈阳性。尽管直到20世纪30年代科研人员才在实验室中分离出了猪流感病毒，但大多数研究人员认为，该病毒导致了臭名昭著的西班牙流感。1918年，西班牙流感暴发，1亿多人丧命，是有史以来最大的流行病。[19]西班牙流感使50万至70万美国人丧命，是一战中死亡人数的10倍多。[*,20]

在消失了那么久之后，又出现了西班牙流感的变种，这就意味着50岁以下的人没有天然抗体。最重要的是，要确定这种病毒是否可以人传人。1974年和1975年分别有两例猪流感，但两名患者都在农场工作，存在密切接触。其朋友、同事和家人都没有生病，两个人最后完全康复了。[21]要确诊还需要更多的数据。医院接到通知，要对所有急诊室患者进行猪流感抗体

---

* 自1918年西班牙流感以来，美国最致命的流感出现在2018年。据估计共有8万美国人死亡，其中大多数是老年人，且免疫系统受损。部分原因在于，疫苗并不是针对那一年出现的毒株而研发的，因此几乎无法提供任何保护。

检测。

在迪克斯堡的数千次血液测试中，有近500个猪流感抗体呈阳性，其中包括为刘易斯做人工呼吸的中士，不过还没有人生病。与刘易斯同时感染猪流感的四个人也已经康复，刘易斯是目前为止唯一的遇难者。[22] 尽管如此，疾病控制与预防中心流行病学专家仍然得出结论，数百次接触意味着他们分离出来的细菌肯定是可以人传人的。

1976年2月19日，疾控中心召开了新闻发布会，首次向公众告知此事。疾控中心的助理主任布鲁斯·杜尔博士宣读了一份事先准备好的声明，告知大家他们在迪克斯堡的一些患者中发现了猪流感病毒。杜尔说，这种病毒几乎不会引发大规模疫情。[23] 该声明丝毫没有提及1918年的西班牙流感，没有人想传递负面情绪。[24] 在回应记者提问时，杜尔承认，疾病控制与预防中心已确认迪克斯堡的病例很像1918年的流感病毒。

这一回答打开了媒体的闸门。第二天，《纽约时报》的头版头条是“美国对可能复发的流感病毒发出警报”。健康与科学记者哈罗德·施密克写了一篇文章，开头便是：“如今，现代历史上规模最大的流感——1918—1919年的大流行病毒有可能卷土重来。”[25]

3月10日，美国疾病控制与预防中心免疫咨询委员会召开了会议。彼时，迪克斯堡以外的地方还没有出现猪流感病例。1月和3月是流感的高发月份。从3月开始，新增病例逐渐减少。尽管当前似乎不会暴发大范围疫情，但下个季节又会如何呢？所有人都认为无法精确计算猪流感暴发的概率。他们认为，唯一“负责任的方法”是假设“可能会暴发流感”。

疾病控制与预防中心免疫咨询委员会得出结论，预防大流行万无一失的方法是推行大规模免疫接种计划。然而，这项计划要通过审批，可能得花几个月时间。完成安全性测试并生产数千万剂疫苗是一项浩大的工程。[26] 民众必须赶在12月中旬流感高发季来临前的几周注射疫苗（要激活身体对猪流感的免疫得花2～3周时间）。[27]

疾病控制与预防中心主任戴维·森瑟发布了一份备忘录，警告说如果不进行治疗，美国范围内暴发猪流感将带来毁灭性恶果。对此，世界卫生组织采取“观望”态度。[28] 虽然大流行并不是无法避免的，但森瑟认为政府必须在公共安全方面有所作为。[29] 底线是“联合方针”：制药公司负责利用疾控中心分离出的猪流感病毒生产疫苗，生物制剂局负责所有安全性和有效性测试，而国家过敏和传染病研究所负责监督现场试验。在疫苗生产出来之后，联邦政府将从制药公司购买 2 亿剂。联邦、各州、地方以及私人医疗机构和诊所将为 80% 以上的美国人接种疫苗。这是一个雄心勃勃且非常复杂的计划，背后的花费同样不菲，大约为 1.35 亿美元。[30]

美国卫生、教育和福利部长将森瑟的建议转发给白宫。福特总统急忙召集了由著名传染病专家组成的顾问小组，其中包括两种脊髓灰质炎疫苗的发明者乔纳斯·索尔克和阿尔伯特·萨宾。[31] 他们认为，猪流感在下一个流感季节有可能暴发。他们无法量化暴发的概率，有可能是五分之一，也有可能是百万分之一。一些人建议现在立刻生产疫苗，等有了更多数据之后再给公众接种。不幸的是，没有时间来探索更为谨慎的方法了。为了生产疫苗，制药公司必须将分离出来的病毒注射到数百万枚鸡蛋中，然后再在那里复制和提纯。森瑟认为，最多只有几周的时间来决定到底“做还是不做”。[32]

时间如此短促，科学家投票决定是否要继续推进大规模免疫计划。他们得出的结论与政治家相同：鉴于大流行所带来的灾难性后果，他们宁可失之于安全。[33] 福特的科学顾问后来告诉《科学》杂志，他们感觉，在提出建议之前，总统就已经倾向于同意了[34]。

福特采取大胆行动并不是出于公共卫生和健康的考量。再过四个月就是签署《独立宣言》200 周年纪念日了。美国政府策划了庆祝 200 周年纪念日的盛大活动，福特希望可以通过庆典来扭转糟糕的支持率。福特是二战以来民众支持率最低的总统，也是历史上唯一没有荣登盖洛普“最受尊敬人物”榜单的总统。[35] 美国人期盼着好消息。臭名昭著的越战结束还不到一年。当载着平民的武装直升机最后一次从美国大使馆起飞时，这场历经 19 年的恶战终于迎来了大结局。1975 年，福特发布了一项有争议的赦免令，赦免尼克松总统任期内可能犯下罪行的人。加利福尼亚州州长罗纳德·里根认为福特在政治上非常软弱。里根曾与福特竞争提名的机会，福特起步强劲，一举拿下了六轮初选。[36]

1976年3月23日，里根在北卡罗来纳州击败了福特。这让总统的竞选团队大惊失色。第二天，福特在白宫发表全国讲话："他们告诉我，除非我们采取有效对策，否则美国很有可能在明年秋冬暴发这种危险的疾病（猪流感）。"他要求国会"在4月休会期前拨出1.35亿美元用来生产疫苗，让美国的每个男人、女人和孩子都接种上疫苗"[37]。

福特算准了国会不会反对该法案。1976年4月15日，在没有任何异议的情况下，国会拨了1.35亿美元用于"综合流感免疫计划的预防卫生服务"。当天，福特在椭圆形办公室里签署了该法案。[38]尽管钱是拨出去了，却没有后续。美国疾病控制与预防中心提交了一份时间表，计划从6月份开始生产疫苗，平均每月生产2 400万～3 000万剂疫苗。[39]食品药品监督管理局的生物制剂管理局开始筛选成千上万的志愿者来完成所谓的"最大的现场试验"[40]。

制药公司开始"培育种苗"。首先，它们需要在鸡蛋中复制数百万份病毒。[41]几天后，检查人员发现帕克-戴维斯错误重组了部分病毒的遗传要素。这意味着生产出来的260万剂疫苗全都作废了。美国疾病控制与预防中心花了数周时间来仔细检查每家公司的技术程序。[42]

在进行审查的同时，被选中生产疫苗的四家制药公司提出了意想不到的严峻挑战。[43]默沙东、梅里尔、惠氏与帕克-戴维斯的高管以及药品制造商协会担心猪流感疫苗不良反应的责任归属问题。政府同意"负责"警告所有接种疫苗者可能面临的风险。然而，就在18个月前，联邦上诉法院要求惠氏赔偿20万美元。此前，得克萨斯州的一个婴儿接种了惠氏生产的口服脊髓灰质炎疫苗，随后出现了瘫痪。该判决令制药业不寒而栗。得克萨斯州公共卫生署从惠氏购买了疫苗。得克萨斯州的法律要求父母必须为孩子接种疫苗。伊达尔戈县卫生诊所的一名护士为孩子接种了疫苗，孩子母亲签署了免责协议。后来，孩子出现了脊髓灰质炎症状。于是，这位母亲提起了诉讼，声称她主要说西班牙语，并且只上到了七年级。

惠氏表示，作为制药商，它已经履行了“警告责任”。每 10 剂疫苗都附上了一份详尽说明，警示用户疫苗可能带来的副作用。接种疫苗的护士没有告知潜在风险。惠氏专家做证说，疫苗导致婴儿患病的概率是 588 万分之一。尽管如此，法院仍裁定惠氏“警告义务”的时间应延长至疫苗出售给私人或政府机构之后。法院认为，这位母亲得知了接种风险是否会改变主意，这个问题并不重要，重要的是，惠氏没能让她轻松拿到副作用说明书。[44]

这也难怪制药公司会认为，不管政府承担“警告义务”的范围有多大，原告律师都会找到一种创造性的方式来起诉它们。主要保险承保人达成了一致意见，他们告知制药公司，自己不会为猪流感疫苗承保任何责任。鉴于该计划规模庞大且时间紧急，保险公司没有时间计算自己可能承担的风险。[45]由于没有保险，一旦有患者因疫苗的副作用提起诉讼，制药公司坚持要求由政府全额赔偿。[46]

国会这 1.35 亿美元的紧急拨款包含了测试、生产和管理疫苗的费用，却没有涉及责任索赔。让政客在选举年为制药行业签一张空白支票并不容易。于是，这四家制药公司开始大量生产猪流感疫苗以表诚意，但是在达成赔偿协议之前，它们是不会把疫苗卖给政府的。制药公司的律师与卫生官员为此召开了 30 多次夏季会议，但立场都没有动摇。[47]

政府最终让步，起草了法案，规定除了因制药公司的过失所造成的索赔以外，其他索赔都由政府承担。但是国会却并不买账，这一举动激怒了制药公司。

1976 年 7 月 31 日，制药商已经生产出 1 亿剂疫苗，但它们仍然拒绝向政府出售。[48]美国卫生、教育和福利部长戴维 · 马修斯写信给福特总统说：“如果没有解决责任归属问题，制造商将在几天之内停止疫苗生产。”梅里尔和帕克–戴维斯药厂已经停止购买生产所需的鸡蛋了。[49]梅里尔宣布自己很快就会退出该计划。[50]

福特和疾控中心的官员担心，随着疫情暴发的可能性越来越小，国会不会像之前那么着急了。除了刘易斯与六个月前确诊的四个迪克斯堡士兵外，就没有猪流感新增病例了。一些卫生官员认为，国会可能会以赔偿要求为借口取消疫苗计划。公众大多认为，疫苗计划延期执行是因为政府效率过低，很少有人意识到制药公司才是问题的关键所在。

正如 1962 年沙利度胺打破了《科夫沃-哈里斯修正案》的僵局，这年仲夏暴发了一场与猪流感无关的传染病，引发人们的恐惧，也改变了猪流感疫苗僵持不下的态势。1976 年 8 月 2 日，宾夕法尼亚州卫生署宣布，有数十名退役军人出现了高烧、肌肉疼痛甚至肺炎症状。他们都参加过 7 月美国退役军人协会在费城举行的大会。在退役军人居住的四家酒店中，只有一家发现了这种病例。一周之内，有 221 名退役军人病情转危，有 34 人不幸离世。[51] 这场传染病深深地困扰着当地的卫生官员，媒体称其为“美国军团病”。

这一消息引发了人们的担忧，猪流感可能已经蔓延，而上头还在争论到底谁应该为不良反应所造成的伤害买单。疾病控制与预防中心向费城派遣了 20 名流行病学家。《纽约时报》将其称为“联邦机构历史上规模最大的疫情调查医疗小组”[52]。

国会终于清醒了过来。没有政治家想被大众误解，仿佛自己眼里只有金钱争议，而置国人生命于不顾。福特总统开始了幕后游说。在 8 月 4 日的信中，他敦促国会领导人“不要再拖延了”，并称“现在没有借口了……临床测试表明疫苗是安全有效的”，“许多美国人的生命”正在受到威胁。[53] 距“军团病”的报道出来不到 72 小时，国会就准备好批准疫苗的责任条款了。就在投票之前，疾病控制与预防中心主任宣布了初期实验的结果，以减轻公众的恐惧。实验表明，费城的死亡病例极有可能与猪流感无关。因此，国会推迟了投票。

福特的顾问告诉他，只剩一周时间了，之后疫苗生产就很难重启。[54] 8 月 6 日，就在国会夏季休会的前几天，福特向公众公开了想法。他曾考虑让制药公司为此负责。福特的顾问认为责任赔偿问题太过复杂，很难向公众解释清楚，而将其归咎于国会要简单一点。福特在众议院待了 24 年，1973 年被尼克松任命为副总统，因此他具有良好的政治直觉。

“坦白来说，国会震惊到我了。他们花了大量时间和精力来制定不明智的法律，以免除某些成员的所得税。然而，在猪流感面前，他们却毫不作为，不顾 2.15 亿美国人的生死……现在没有任何借口了……疫苗计划不该拖延。”[55]

福特的全国讲话激起了公愤。国会有时间为某些成员专门制定税收优惠法案，却没有时间采取措施来保护公民。《纽约时报》和少数报纸编辑委员会援引一些持不同意见的医生的话，敦促各方进行“真正的公开辩论，讨论……那些鲜为人知的事实，而不是浪费口舌做出耸人听闻的血腥预言”。但是为时已晚。公众的强烈抗议意味着国会几乎不敢有反对意见。[56] 就在夏季休会的前一夜，共和党全国代表大会的前一天，《国家猪流感免疫计划法》以压倒性优势通过了。福特在电视上直播签名。[57]

该法案首次让联邦政府在疫苗问题上扮演核心角色。所有因疫苗接种而造成的人身伤亡由政府独自负责，司法部长负责提供辩护。

为了减少提起诉讼的可能性，所有患者都必须签署知情同意书，其中详细地列出疫苗的益处和风险。[58] 这份同意书是由疾病控制与预防中心设计的，上面写道：“猪流感疫苗已经进行了广泛测试。”只有少数人知道由生物制剂局与国家过敏和传染病研究所共同测试的这些疫苗无法为儿童提供免疫的抗体。最后，给全民接种的疫苗选的是 X–53a，其强度几乎是临床试验中的两倍，但是 X–53a 从未经过测试。[59]

政府要承担全责，制药公司倒是很高兴，但有项条款让它们感到恼火：疫苗生产无利润……作为交换，政府授权它们可以从每年常用的流感疫苗中获得“合理利润”（“合理”一词定义不清，在后来引发了制药公司和政府官员之间的争端）。[60]

一项盖洛普民意调查显示，在美国，虽然有 94% 的成年人熟悉猪流感，但可能只有一半的人愿意接种疫苗。[61] 许多人都对疫苗的副作用有所顾虑，人们更害怕神秘的“军团病”。疾病控制与预防中心的调查人员追踪了成千上万条线索，并尽可能地做了测试，仍然不清楚传染病的元凶是什么。四个月之后，即 1977 年 1 月，疾病控制与预防中心确定了“军团病”的微生物元凶是脏水或活水中的细菌，是通过酒店空调机组喷出的透明水雾传播的。[62]

1976 年 10 月 1 日，除了迪克斯堡，其他病区已经没有新增病例，但是猪流感疫苗接种仍在进行。[63] 老人、小孩以及任何免疫系统较弱的人都是重点对象。10 天后，《匹兹堡邮报》在晚间头版报道了三名老人因在阿勒格尼县卫生部门接种了猪流感疫苗而死亡的事情。报道的主线是猪流感疫苗致死的人数，可能比九个月前在迪克斯堡因猪流感病毒而丧生的人数还多。事实确实如此。[64] 美国各地又新增 22 个死亡病例。疾控中心的回答是“统计异常”，“死者的平均年龄在 72.1 岁；除一个人之外，其他死者都有心脏病史”，但这并不能让公众安心。[65] 福特及其妻子贝蒂公开了他们接种疫苗的照片，希望能减轻公众的焦虑情绪。[66]

截至 10 月中旬，全国不到 1/5 的人口（4 000 万人）接种了疫苗。尽管这个数字似乎很庞大，但卫生官员知道，如果大流行真的发生，那这个人数就太少了。他们要将人数增加一倍，并且还要给公众留出足够时间来形成抗体。[67]

但事态对他们不利。11 月 2 日，佐治亚州州长吉米·卡特在总统大选中击败了福特。阿尔伯特·萨宾是福特疫苗小组最知名的成员之一。四天后，他为《纽约时报》写了一篇专栏文章。他说：“联邦卫生机构需要公众的信任……但他们正在摧毁它。”萨宾认为，政府将猪流感与 1918 年西班牙大流行进行比较“是不负责任的，不应该用这种恐吓手段”。萨宾质疑该疫苗对某些年龄段的有效性。萨宾认为：“今年冬天很有可能不会暴发这种病毒。”这意味着如果次年暴发猪流感，现在接种的疫苗将“在很大程度上无效”[68]。

11 月的上半月，美国各城市报告的流感病例很少。这不是因为猪流感疫苗，而是因为美国那年很偶然地没有出现流感病毒，与流感有关的死亡和肺炎是多年来最低的。随着人们对大流行的担忧逐渐消退，他们越来越怀疑疫苗的作用。

11月1日之后，只有不到500万人接种了疫苗。11月的第三周发生了一件事情，让那些仍在观望的人下了决心。一名明尼苏达州男子向医生抱怨，在接种疫苗之后，腿和手臂变得无力。起初，脚和手感到刺痛，但后来就麻木了，他的反应能力很差。医生诊断出了原因，他得了急性炎症性脱髓鞘性多发性神经病，俗称“吉兰–巴雷综合征”。这是一种罕见但严重的疾病，病因是免疫系统攻击健康的神经细胞。大多数人可以康复，但有些人会出现永久性神经损伤和瘫痪，在某些情况下甚至致命。[69]

尽管疾控中心意识到大规模的免疫会让某些人产生不良反应，但政府的流行病学家并不希望看到吉兰–巴雷综合征。[70] 即使那些怀疑两者之间存在关联的人也认为，每接种100万人，就会出现一两个病例。疾控中心设计的接种疫苗之前需要签署的同意书，并没有提及神经系统方面的不良反应。戴维·森瑟后来声称，出现这个疏忽是因为自己不知道有这项风险。疾控中心疫苗监管小组的负责人迈克尔·哈特威克博士在7月的一份备忘录中指出，任何流感疫苗都有可能导致“神经系统并发症”。由于某些官员认为这会吓退很多人，因此就没有将这句话写入同意书中。[71]

森瑟敦促医院、医生和诊所注意吉兰–巴雷综合征。但问题在于，没有办法能检测，并且医生们也不确定到底哪些症状可以确诊。[72] 直到12月14日，森瑟才发布了一份新闻稿，披露有54个人在接种疫苗后患上了吉兰–巴雷综合征。有许多人呼吁叫停疫苗计划，计划暂停了一个月。

与此同时，疾病控制与预防中心一直在调查疫苗与这种罕见的神经系统疾病之间是否存在联系。[73] 考虑到有数百万人接种了疫苗，政府试图将不良反应案例解释为“正常的概率事件”，“在他们的预期之中”，但这并没有减轻公众的恐慌。[74] 在接种计划暂停四天之后，《纽约时报》一篇题为“猪流感的惨败”的社论总结道，由于所依赖的依据根本站不住脚，因此整个计划很遗憾地失败了。疾控中心利用“华盛顿的恐慌”来“扩大帝国的规模，增加预算”。[75]

1977年1月20日，吉米·卡特就任美国第39任总统。吉兰–巴雷综合征的病例超过了 1 100 例，其中大部分是猪流感疫苗造成的。有 100 多名患者挂着呼吸机，有 58 人因病去世。[76] 卡特很快就组好团队来管理美国的医疗监管机构，指定林登·约翰逊的顶级私人顾问小约瑟夫·卡利法诺担任美国卫生、教育和福利部长。两周后，卡利法诺解雇了戴维·森瑟。

卡特上台当月，针对疫苗副作用的第一批诉讼出现了。最终一共发起了 4 181 起索赔，赔偿金额高达 32 亿美元。根据《国家猪流感免疫计划法》的规定，司法部雇了 10 名全职律师为政府辩护。白宫管理和预算办公室批准了数百万美元的紧急拨款用于法律辩护。赔偿条款中的缺点变得很明显。由于各州法律规定的责任条款不一致，这些案件不宜合并为集体诉讼（合并只是为了审前查证）。[77] 相反，司法部的律师不得不在 50 种渎职标准和产品责任法规之间辗转来回。

政府支付了 3 800 万美元，解决了数百起案件，还有 1 600 多起在进行中。诉讼持续了 16 年，在此期间，政府输了 109 起诉讼。纳税人资助的判决金额超过 1 亿美元。[78]

猪流感实验花费的不仅是时间和金钱。原告首席律师后来评论说："允许政府进入药品制造商的私营世界，并为猪流感诉讼辩护，意味着政府已从公民的保护者变成了对手。"[79] 这场诉讼风波对国会也产生了寒蝉效应，此后很多年，国会都没有批准联邦免疫计划。它还打开了"潘多拉魔盒"——随后，一些负责猪流感诉讼的律师为客户起诉了其他种类的疫苗。[80]

20 世纪 50 年代参与研发疫苗的科学家希望大规模免疫不仅可以预防大流行，避免 1918 年的惨剧，还可以消除斑疹伤寒、脊髓灰质炎、白喉和百日咳。在猪流感事件之前，美国每年生产的疫苗占全球的 80% 左右。[81] 科学作家劳里·加勒特写到，保险公司、政客、制药公司和司法系统都遵循以下基本原则：免疫社会的权利取代了少数人的权利。[82]

但是，猪流感诉讼打破了这一原则。随着个人权利与公共健康的争论不断扩大，联邦法院成为争论的焦点。地方法院有时会驳回家庭的反对意见，要求公立学校的孩子或养老院的老人接种疫苗。2019 年初，由于麻疹暴发，疫苗和免疫问题使几个州陷入了公共危机。纽约郡（罗克兰）惨遭重创。当地的官员禁止未接种疫苗的儿童进入公共场所。[83] 华盛顿州和俄勒冈州的立法机构考虑推翻之前允许个人出于“个人、宗教或哲学原因”选择不接种疫苗的法律。[84] 截至 2019 年 12 月 5 日，31 个州共报告 1 276 个确诊病例，这是自 2000 年疾控中心宣布疫情结束以来的第二高的纪录。[85]

猪流感诉讼吓坏了制药公司及其保险公司。之后几年，先前从事疫苗研究和生产的十几家制药公司纷纷放弃了该领域。到 1993 年，只剩下四家美国制药公司。大多数人都松了一口气。最近，在菲律宾首批接种登革热疫苗的 300 万儿童中，出现了重大健康问题，这提醒他们危险疫苗的生产商是法国的赛诺菲（Sanofi）。自 2015 年以来，登革热疫苗接种就一直在进行，每个人的剂量为三剂。疫苗导致的不良反应和登革热症状很像。对于那些最终还是染上登革热的人来说，接种该疫苗使病毒的感染性更强、毒性更大。2019 年，患者提起诉讼，指控赛诺菲的疫苗导致了“失控的免疫反应”。[*, 86, 87]

卡利法诺在接手卫生、教育和福利部后，下令进行外部调查，以确定到底是哪个环节出了问题。调查结果显示，并没有出现任何错误。毫无疑问，决策者太急着下结论，所用的数据太少了，仅凭五个感染案例和一个死亡案

---

* 佐证诉讼能对疫苗行业造成影响的还有一个例子，那就是莱姆病，这种传染病能使关节炎症恶化。1976 年，人们首先在康涅狄格州的一群儿童中发现这种病。1998 年，在史密斯 · 克莱恩的努力下，LYMErix 疫苗获得了食品药品监督管理局的批准。在临床试验中，它能有效防止蜱虫将莱姆病传给人类，成功率可达 78%。美国每年感染莱姆病的有 2 万人，有 10 个州占了其中的 90%。在这几个州，史密斯 · 克莱恩在 18 个月内安排了 150 万次疫苗接种。接种疫苗后，有数十名患者要么得了关节炎，要么关节炎病情恶化。除此之外，一切良好。一些主张引起了媒体的注意，例如“疫苗可能会引起问题”“疫苗的不良反应引发越来越多的关注”“疫苗的安全性受到质疑”。反疫苗宣传小组成立了。尽管后续试验显示，疫苗和关节炎之间没有直接关联，但患者还是在 2002 年提起了集体诉讼。史密斯 · 克莱恩取消了疫苗接种计划。从那以后，又有 369 000 人感染。慢性病患者每年的治疗费用和因残疾造成的生产力损失，估计可达 750 亿美元。在疫苗计划取消之后，奥地利的巴克斯特制药公司（Baxter Pharma）就放弃了疫苗研发。当时，疫苗研发已经处于 I/II 期联合试验阶段。2018 年，法国制药公司瓦尔内瓦（Valneva）宣布，它将对一种疫苗进行早期试验，该疫苗与 20 年前史密斯 · 克莱恩推广的疫苗相似。几年之内，在审批通过之前，疫苗都没有研发成功。

例就预测出大流行的可能性。他们没能进行系统评估，而是重点考虑一旦低估大流行发生的可能性，会导致怎样的严重后果。

人们担心部署疫苗的时间会很短，因此就更加急迫。当话题转向疫苗生产和接种排期时，政策制定者就不再去想疫情暴发的可能性了。著名流行病学家福田敬二说出了人们的心声：他们最大的错误是，没有意识到迪克斯堡的猪流感病例只是个例，其他地区并没有发现一例病例。

“如果出现的不是猪流感，而是一种新的病毒，那他们就不会过早地认为会暴发疫情了。”[88] 许多传染病医生和研究人员对此表示赞同。疾控中心的政府官员承认，猪流感是一次惨痛的教训，他们充分吸取了此次教训。遗憾的是，他们吸取教训的时机不对。10 年之内，“不要过早地认为会暴发疫情”这条准则，使人们对待通过性传播的致命病毒人类免疫缺陷病毒（HIV）/ 获得性免疫缺陷综合征（AIDS）变得迟缓和犹豫。

33 “黑河”

1976年秋天，刚果民主共和国的一个小镇传来一条消息，当地村民纷纷出现高烧、寒战、头痛和胸痛症状。[1] 小镇校长患病一周后就离世了，其死法让偏远小镇弥漫着恐惧气息。照看他的人描述说，他的眼睛充血，脸和胸部长满了可怕的水疱，咳嗽和呕吐时还会抽搐。他们不知道病原体破坏了宿主的免疫系统，使其反过来攻击宿主自身，微生物的入侵使人体器官被液化。尸检显示，死者的器官都化成了黑色液体。没人知道，从他嘴巴和鼻子里流出来的血液携带了致命微生物，具有很强的传染性。一个月内，318 个村民中有 280 人死亡（死亡率接近 90%）。南苏丹边界上的一个偏僻村庄，疫情再次暴发，死亡率达到 50%。[2]

死者的血液样本被送到比利时安特卫普医学研究所。[3] 研究人员发现，疫情的罪魁祸首是一种长得像蠕虫的病毒，很像 9 年前发现的马尔堡病毒，后者是出血热的致病源。比利时人不确定这是不是一种新的病毒株，于是将样本送到英国军事实验室和美国疾病控制与预防中心（CDC）。CDC 的流行病学家认为，这种能如此迅速并残忍杀死人的病毒是“全新病毒，完全不同于以往所见”[4]。

来自美国、比利时、南非和法国的医生、流行病学家和微生物学家组成团队，奔赴刚果（金）。[5] 刚果（金）政府宣布了戒严令，军方强制居民隔离。不久，在这些被称为“热区”的鬼城中，唯一能看到的就是穿着防护服的科学家和医生了。病毒学家将病原体缩小到果蝠特有的六种相关病毒。这些病毒虽然源于果蝠，但随着时间的推移，已经传播给大猩猩、黑猩猩和猴子。[6] 医疗小组认为，病毒之所以传染给人类，很有可能是因为人们食用了被感染的野生动物，[7] 也有可能是因为猎人在触碰生肉时，病毒通过伤口进入了人体，从而传给了更多的人。[8]

通过空气传播的病毒感染率更高，但专家认为这种病毒是通过人类体液传播的。这就意味着，这种病毒不仅可以通过性和血液传播，还可以通过汗水传播。如果汗水渗进了伤口，或是碰到了鼻子、嘴巴和眼睛中的黏膜，人就有可能被传染。[9] 当地的丧葬习俗，让人们与死于瘟疫的亲人尸体密切接触，从而将病原体传染给活人。[10] 研究人员当时还不知道这一点，但是后来他们确定，摧毁这两个村庄的病毒在幸存者的血液和精液中仍活跃了 40 多天。[11]

研究人员终于明白了疫情是如何意外暴发的。比利时修女给当地的孕妇注射维生素时，由于医疗器具不足，她们会重复使用同一组注射器和针头。[12] 一旦某个孕妇携带了致命病毒，那后续的孕妇都会被感染。

一天晚上，在喝了几瓶肯塔基波旁威士忌后，这个医疗团队决定给这种新病毒取名为“杀手”[13]。巴斯德研究所的一位法国微生物学家建议以村庄命名，叫作“扬布库病毒”，其他人则不赞同，说那将永远给这个村庄带来污名。这种事情曾经发生过。1969 年，一种病毒袭击了尼日利亚的拉沙，于是人们将其命名为“拉沙病毒”。后来，许多拉沙人逃走了，因为他们认为拉沙会比其他地方更容易暴发这种病。[14] 疾控中心的一位研究人员建议，如果用当地河流之类来命名，会使它具有通用性，所有人都拍手叫好。刚果河是个不错的选择，它是非洲第二长河，从刚果（金）穿境而过。但问题在于，几年前学界刚把蜱虫传播的传染病命名为克里米亚–刚果出血热。[15] 一名医生拉开地图，寻找离扬布库最近的河流。最近的是埃博拉河，意思是“黑河”。[16]

埃博拉病毒不是唯一通过性与血液传播的致命性新病毒。在欧洲，一些曾在中非工作过或去过中非的人，因为被感染而前往医院或诊所就医。有个葡萄牙人曾在几内亚比绍这个西非小国经营一家餐馆，数年后返回家乡，1976 年末被送往伦敦的一家医院。他因慢性腹泻引起了脱水。检测结果显示，这是一种由微小隐孢子虫引起的肠道感染，在饮用生水或食用受污染食物的游客中很常见。[17] 然而，这名患者的腹泻几天后就好了。医生感到很困惑，因为所有的止泻药对他都不起作用。

几个月后，一名出生在里斯本的出租车司机，因胸痛和呼吸困难被送往巴黎的一家医院。此前，他曾在安哥拉和几内亚比绍驻扎的葡萄牙海军服役。诊断结果是什么？卡氏肺孢子虫肺炎，这是一种罕见但并不致命的真菌性肺部感染，源于下水道的老鼠，但在 20 世纪 40 年代，医生在波兰一家孤儿院的免疫缺陷儿童身上发现了这种疾病。这些儿童是大屠杀的幸存者。[18] 医生再次对为什么抗真菌药不起作用而感到困惑。

与此同时，一名患有隐球菌性脑膜炎的希腊渔民被送到了安特卫普医院。致病的真菌常常出现在土壤和鸟类的排泄物中，很少影响人类。医生得知，他曾在刚果（金）境内的坦噶尼喀湖的一个商业渔场工作。于是，他们赶紧给 27 岁的微生物学家彼得·皮奥特打了电话。皮奥特是被派往刚果（金）的研究人员之一，是埃博拉病毒的共同发现者。安特卫普的医生们希望他丰富的经验可以帮助他们诊断问题所在。皮奥特知道，侵袭患者大脑和脊髓的这种真菌只会攻击免疫系统受损的人。这些人通常是做过化疗或移植手术的癌症患者。医生必须减弱人体免疫反应，这样患者的身体才不会产生排斥反应，但这个渔夫却不存在免疫系统受损问题。皮奥特很困惑，因为没有一种抗真菌药可以减缓感染速度。[19]

几个月后，在刚果（金）的两家诊所工作了五年后，丹麦外科医生玛格丽特·拉斯克博士回到了哥本哈根。回来之后，她因呼吸困难前往医院就诊。她告诉医生，她与疲劳、慢性腹泻和淋巴结肿大抗争了一年。她做了血液检查，寄生虫抗体呈阴性，但是确诊了鹅口疮（念珠菌感染上呼吸道引起的疾病）。葡萄球菌在她的体内繁殖，天然免疫防御机制 T 细胞。这位 47 岁的医生很快就患上了罕见的卡氏肺孢子虫肺炎，和那位在巴黎被感染的葡萄牙司机一样。[20]

一位德国音乐会小提琴手到科隆医疗诊所进行检查，因为他发现自己的胸部和手臂上长满了深紫色的斑块。医生花了一周时间才诊断出病因，他得了卡波西肉瘤（KS）。这种肿瘤很少见，只出现在教科书中。总体来看，它是良性的，并且大多数患者是意大利人和犹太人。1976 年，一架加拿大运输机在刚果（金）坠毁。飞机上唯一的幸存者也受到相同疾病的折磨。他曾在当地输入两个单位的血液。一年后，他也得了卡波西肉瘤。哥伦比亚大学的病毒学家夫妇花了将近 10 年时间才发现，年轻患者，比如那位小提琴手，得的其实是一种新型疱疹。与肝炎和埃博拉病毒一样，它可以通过精液或血液传播。[*, 21, 22]

不幸又巧合的是，美国和欧洲对血液制品需求旺盛，为传染病的传播奠定了基础。血浆在血液制品行业中占主要地位。血浆是一种淡黄色的液体，大约占人体血液的一半。血浆富含重要的蛋白质，所含凝血因子具有出色的凝血作用，血浆负责将血细胞运送至全身。医生明白血浆为何如此重要，同时也意识到血浆的制备或分配不当会带来危险。

第二次世界大战期间，血浆的重要性不言而喻，因为在紧急情况下，血浆比全血更好用。血浆无须冷藏便可保存很长时间，而且运输时还不会降解。最重要的是，它可以治疗休克，帮助伤口愈合，并且不要求血型配对。野战医院在战时没有时间给病人查验血型，寻找匹配的血液。血浆不仅速度更快，而且可以通过非常规手段输入体内，比如注射到肌肉中，甚至是皮肤里。

二战之前，人们很难从血液中分离出血浆。35 岁的查尔斯·理查德·德鲁是唯一在战时血液项目中担任高级职位的非裔医师。德鲁在 1938 年解决了血浆分离的问题。（在获得输血医学专业的医学博士学位后，成为哥伦比亚大学第一位获得医学博士学位的非裔美国人。作为“血库之父”，德鲁的博士论文是《血库：血液保存研究》。战争结束后，德鲁建立了美国第一个

---

* 早期患者于 1979 年离世。在大多数情况下，他们的组织样本都会被保存下来供以后研究。在 20 世纪 80 年代，这些人都被确诊为艾滋病。

国家血液收集中心。）*

德鲁从血液中提取血浆的方法虽然缓慢，却十分有效。这种方法需要对血液进行离心分离（分离出沉淀物），过程中会用到紫外线杀菌，再用无菌溶液保存。[23] 在前线，政府想用血浆代替血液。血液替代品委员会是在美国国家科学院的主持下成立的。数以百万计的液体血浆成套运往国外，其中就包括用于前线的血浆。意外的是，在输入血浆后，士兵患肝炎的可能性增加了 14 倍。为了制作足量血浆，工作人员找来了大量捐献者。

陆军意识到肝炎问题后，下令捐献者不得超过六个，并禁止有黄疸病史的人献血。尽管如此，肝炎感染率仍然很高。为了杀死病毒，实验室尝试过加热或冷冻血浆，虽然有时能成功，但无一例外总会降低血浆的愈合性和凝血性。

与青霉素不同，血浆虽然在战时是巨大的医学突破，有重大前景，却存在太多风险，不能广泛应用于医疗实践。1950 年，朝鲜战争爆发后，美国政府再次尝试去除血浆中引起肝炎的致病因子，这次依靠强紫外线的新方法。战后统计数据显示，在朝鲜战争期间接受血浆的士兵中，有 1/5 感染了肝炎，是二战感染率的 3 倍之多。[24]

美国普通民众也受到影响。20 世纪 50 年代，几乎 1/3 的血液来自囚犯，其余的则来自全国各地的非营利性采血中心。三家制药公司（卡特、海兰德和默沙东）垄断了血浆的制备。[25] 六个大城市的肝炎感染率与使用血浆的比例总体成正比。[26]

20 世纪 60 年代中期，随着技术的革新，血浆收集也发生了改变。美国国家癌症研究所采用了一种更快速的方法（称为现代血浆置换术）来分离细胞成分。[27] 医护人员从捐献者身上抽取全血，将其放入血浆分离器进行分离，然后在冷冻血浆的同时把红细胞重新输回捐献者体内。[28] 整个过程耗时两三个小时，比过去的采血分离法快很多。在血浆置换之前，男性至少要等 12 周才能抽血，女性至少要等 16 周。红细胞需要时间来修复，过度频繁献血

---

* 尽管德鲁的发现有助于美国红十字会的蓬勃发展，但他因为黑人的身份被禁止献血。20 世纪 40 年代后期，亚瑟·萨克勒曾反对这项种族隔离的血液政策。

会增加贫血风险。贫血是一种使人衰竭的慢性疾病。献血者每周可以献血两次，由此可以捐献一升血浆。[29]

然而，这一科学突破却带来了意想不到的后果。由于献血频率上升，有些捐献者就可以赚更多的钱了。医学史学家道格拉斯·斯塔尔认为，血液行业充斥着“新兴阶层……买家更黑心，卖家更绝望”。[30]

欧洲国家大多禁止有偿献血，因为它们担心酬金会吸引很多不健康的献血者，包括酗酒者和吸毒者。美国允许“有偿献血”，全国共有几百个独立的采血站，每次提供4～8美元的补偿。他们知道，穷困潦倒的人最有可能受到几美元的诱惑而去献血。结果，采血站扩散到了大城市的贫民窟。在纽约、洛杉矶和芝加哥，采血站向成瘾者、酗酒者、流浪汉和穷人发了成千上万张传单，告诉他们赚快钱的门道。[31]以洛杉矶医生血库为首的几家医院在宣传中更加明目张胆：捐献者可以在当地的酒类商店获得可兑换的优惠券。急需现金或酒精的人，每天一大早就排起了长队。*

专用血液制品取得了突破，血浆由此变得供不应求。1965年，斯坦福大学的一位教授在研究血浆中的凝血因子时取得了重大发现。她在检查冷冻血浆解冻后留下的沉积物时发现里面富含凝血因子Ⅷ。在此之前，血袋底部沉积的这种浓缩物一直被认为无用，所以常常会被血库扔掉。[32]这些残留物成为治疗血友病的关键成分。不久，由凝血因子Ⅷ浓缩制成的白色结晶粉末，改变了血友病患者的医疗保健，其凝血效果是普通血浆的100倍。[33]这样，美国的一万名血友病患者就不用再去诊所或医院取血浆了。[34]一小瓶药丸的生产成本为每单位11美分。[35]

除了这种药物，医生和医院还用专门的血浆来治疗自身免疫疾病和感染，甚至将其作为移植手术的辅助手段。血浆分馏技术变得更简单，它从血

* 最终，食品药品监督管理局要求血液中心将采到的血液标记为“无偿”或“有偿”。1978年的变化让“有偿血液”失去了市场，因为医院和诊所只收“无偿”血液，它们担心有偿血液出问题。然而，我们得知，有些医院怀疑，许多信誉较差的血液诊所会将所有血液都标记为“无偿”。这就意味着一些医院购买的仍然是“有偿”血液，却要支付更高的“无偿”价格。

浆中提取专门的蛋白质（如白蛋白和 γ-球蛋白），这些蛋白质被制成浓缩物，需求量很大。要获得足够的治疗剂量，就需要大量的血浆。[36]

采血站提供了专用血液制品的原料。由于越来越多的药物需要用到血浆，血浆需求激增，每年高达数百万升。除非汇集所有捐献者的血浆，否则他们无法足量应对。采血站收到来自不同献血者的数百甚至数千个单位的血液，再以三四倍的利润率将血液出售给医院和制药商，后者用它们制造出凝血因子、γ-球蛋白、白蛋白等血液制品。

美国国家卫生研究院和一些有名的血液学家担忧，无法对“有偿血液”进行筛查会带来重大风险。尽管 1964 年科研人员研发了检测 HBV 表面抗体的基本方法，但血液说客却阻止食品药品监督管理局采用该方法。美国血液中心、美国血液资源协会和美国血库协会代表了美国营利性血液中心、非营利性血液中心、医院和社区血库。它们认为，筛查的额外费用给家庭采血者带来了负担。[37]

在没有任何证据的情况下，血液说客争辩道，被感染的血液可以被采血池中的健康血液稀释。按照这种逻辑，采血池越大越好，因为它降低了传播病毒的风险。几年后，事实证明，这一观点是错误的。研究人员证实，一名肝炎患者可以感染超过 100 万名捐献者。[38]

从 20 世纪 60 年代中期开始，美国肝炎感染率激增。1968 年，《美国医学会杂志》的一项研究报告称，当献血人是“疑似吸毒者”时，单次输血导致肝炎感染的可能性是原来的 70 倍。[39]1968 年，联邦政府撤销了血浆销售许可证。1972 年，食品药品监督管理局要求对血液和血浆供应进行肝炎筛查，但最终有效率仅为 15%。[40]因此，许多独立采血中心都倒闭了。剩下的采血中心大多被主导血液贸易的四家制药公司收购。[41]

政府错误地认为，关闭大部分采血中心能规范美国的血液行业。制药公司既能监督血浆的收集，又能加工成药品。它们尽可能地降低成本，没有花一分钱来提高产品的安全性。考特兰和海兰德仍然没有放弃贫民捐献者。海兰德还在美国和墨西哥边境城镇建立了采血站，以此吸引贫困移民来献血。

卡特与一些医院在“献血囚犯”的权利问题上发生了冲突。[42] 后来在调查的过程中，美国国会从这些公司和私营采血机构那里获得了机密文件，证明在接下来的 20 年里，它们经常无视或至少延迟了现成的安全测试。[43] 只有在 20 世纪 90 年代，当艾滋病问题使输血关乎生死的时候，一切才有所改变。

让少数几家制药公司垄断血浆的采集甚至没有带来更多供应。它们没有弄清楚应该如何吸引更多美国人来献血，因此对血浆的需求依旧大大超过了生产。美国最大的三个血液组织（美国血库协会、美国红十字会和社区血液中心委员会）发起了一项运动，以鼓励更多人献血，可影响微乎其微。[44]

这些组织在十几个国家最为贫穷、最受压迫的城市贫民窟开设了采血中心，由此填补了血浆供应缺口。在私营诊所倒闭后，一些老板又在这些地方建立了新的中心。到 20 世纪 60 年代末，哥斯达黎加、萨尔瓦多、多米尼加共和国、墨西哥、伯利兹、哥伦比亚、海地和尼加拉瓜的血液中心满足了美国血浆市场的需求。最大的两个采血中心位于尼加拉瓜和海地——位于马那瓜的中美洲血浆公司和位于太子港的加勒比海血浆公司。它们每月在美国的销售额远远超过所有海外竞争对手。

海地采血中心有一些独特之处。当艾滋病毒在刚果（金）四散传播的时候，它是唯一一个与当地有联系的第三世界采血中心。1960 年，刚果（金）宣布脱离比利时独立后，一场长达四年的内战使其满目疮痍。联合国秘书长发起了一个雄心勃勃的项目，招募讲法语的工程师、医师、护士、教师和技术人员来帮助这个刚刚起步的国家。[45] 尽管许多比利时专业人员留在了刚果（金），但联合国教科文组织希望援助的专家来自非殖民国家。教科文组织提供了住房和慷慨的补偿金，要求援助时间长达 1～4 年。最大的援助队伍是一批数量在 4 500～6 000 的海地人。[46] 返回海地之前，他们平均在刚果（金）待了 24～36 个月。返回家乡后，有些人在不知不觉中成为西半球最早感染艾滋病毒的人。[47]

加勒比海血浆公司的血浆置换中心于 1970 年底成立，位于城墙小路的一幢两层楼建筑中。城墙小路是一条肮脏的街道，位于海地首都臭名昭著的港口贫民窟的边缘。迈阿密的美国股票经纪人约瑟夫 · 戈林斯汀投入 25 万美元来建造这个采血中心，奥地利生物化学家担任技术总监。[48]拉克纳·坎布罗纳是臭名昭著的国家安全志愿军前负责人，曾担任海地内政部长，他秘密入股该公司。在海地，最有权势的是“爸爸医生”弗朗索瓦·杜瓦利埃总统，接着就是坎布罗纳了。[49]

在杜瓦利埃的支持下，坎布罗纳绕过卫生部长，亲自与加勒比海血浆公司签订了为期10年的“血浆农场”独家合同。[50]采血中心给贫困的海地人开出的价格是每升血浆3美元。那些在每天早上6点半开门前排队的，都是海地最贫穷的人，绝大多数是文盲，大部分是失业者，平均年收入为75美元。通过定期献血，他们可以让这笔钱翻一番或涨三倍。[51]

采血中心平均每天接待350名捐献者。通常，在晚上8点关门的时候还有一些人在等待献血。由于想要献血的人太多了，加勒比海血浆公司在海地首都太子港建造了第二个采血中心，每天可多接待500名捐献者。[52]

尽管一些血液学家批评采血中心卫生状况很差，安全测试随机，但它每月可向美国制药公司出售5 000～6 000升血浆。这些制药公司获得了美国国家卫生研究院生物制剂标准部门的许可。[53]冷冻血浆的利润是500%。血浆由海地航空公司（坎布罗纳持有部分股份）运送到迈阿密。加勒比海血浆公司在太子港广泛开展的血浆项目为坎布罗纳赢得了一个绰号：“加勒比吸血鬼。”[54]在迈阿密，制药公司把血浆加工成一系列利润丰厚的治疗性血液制品。[55]

加勒比海血浆公司的技术总监维尔纳·蒂尔告诉记者，血液中心的6 000名献血者中有1%～2%会被拒绝，因为他们要么太虚弱，要么血红蛋白含量过低。那些可能感染肝炎、疟疾或性病的捐赠者怎么办？蒂尔辩称：“没有必要担忧采血质量，因为海地不存在吸毒问题。在美国，大多数献血者是瘾君子，一些人还有肝炎。”[56]对于那些“被漏检”的海地人来说，蒂尔声称，加勒比海血浆公司有一种独特冷冻技术可以“杀死细菌”（这是错误的）。[*, 57]

---

* 实际上，可能杀死这种传染性病毒的唯一方法恰好与之相反，需要集中干热与溶剂洗涤剂。在20世纪80年代，一项新技术被用于加热血浆。于是，食品药品监督管理局将早期的血液制品撤出了美国市场。尽管食品药品监督管理局明确警告那些血液制品可能被艾滋病毒污染了，但百特医疗产品股份有限公司和拜耳仍将召回的血浆出售给亚洲、拉丁美洲和欧洲一些国家。

蒂尔还断言，即使出售的血浆被污染了，“购买血浆的公司最终还是会对产品负责”。相反，美国的制药公司和生物公司需要国家卫生研究院的生物制剂标准部门，来随机检查从贫穷的离岸国家那里有偿采集到的血液制品，而且没有严格的医疗标准。1972 年，《洛杉矶时报》的调查引起了人们对加勒比海血浆公司安全流程的担忧。加利福尼亚州议员维克多·维西向生物制剂部门提出了疑问。联邦监管机构告诉他：“没有任何进口血浆会被直接输给患者。”在压力面前，他们承认这个说法并没有人去验证。[58] 相反，其依据仅仅是海地血浆公司给出的保证。最初，生物制剂部门还说血浆不会传播肝炎（尚未发现艾滋病毒），因为它被细分成多个部分，以便进行专门治疗。在维西的质疑下，监管机构承认“这道程序并未完全消除肝炎或其他传染病的传播风险”[59]。

为了削减成本，加勒比海血浆公司重复使用未消毒的针头，有时候导管也重复使用。[60] 几乎可以肯定，这就是在诊所献血的人注射部位感染率很高的原因。至少会有一名工人因为抽血不当而感染肝炎。[61] 加勒比海血浆公司的前实验室技术员（在公司鼎盛时期，200 名员工中有 22 名是技术人员）后来回忆说，有时，工作人员本应该扎静脉，却不小心刺破了捐献者的动脉。有时，在抽完血后，捐献者出现了肚子痛或呼吸急促的症状，加勒比海血浆公司没有把这些情况上报。[62] 还有些时候，第二次轮班结束时，实验室技术人员和护士太累了，导致把血液“错输”给另一个人。这可能会导致严重的肾脏功能受损和呼吸问题，因为人体会攻击外来细胞，将其当作入侵者。

加勒比海血浆公司的献血者中有相当一部分是性工作者，包括定期与男性游客发生性关系的人，以及刑满释放后搬回附近的囚犯。[63] 世界卫生组织和流行病学研究表明，海地近 3/4 的性病都发生在相同的群体中。[64]

巧合的是，就在加勒比海血浆公司开业的 18 个月前，高浓缩Ⅷ因子生产取得了重大突破。1968 年，美国联邦政府出于对肝炎的担忧，禁止出售混合血浆。但Ⅷ因子却可以销售，因为血友病患者除此之外别无其他途径。加勒比海血浆公司将原本在美国销售的混合血浆制成Ⅷ因子，从加利福尼亚运到纽约，再运到印第安纳州。

1979 年至 1980 年，海地有十多名男性被诊断出卡波西肉瘤。据报告说，其中有 10 个人是加勒比海血浆公司的献血者，但无法证实真实性。[65] 1979 年，一位法国地理学家在太子港工作时发生车祸，需要做截肢手术。在手术期间，医生给他输了近千升的血。18 个月后，该地理学家患上了卡波西肉瘤（美国同年出现了第一例通过血液传播的新病毒，受害者是匹兹堡一个 18 岁的血友病患者）。[66]

孕妇群体中开始出现另一种与疱疹有关的病毒——巨细胞病毒（CMV）。疲劳、发热、淋巴结肿大和视力减退等症状导致了严重的妊娠并发症。比利时鲁汶的一家健康诊所接诊了扎伊尔航空公司一位 34 岁的秘书，她患有严重的巨细胞病毒感染和弓形虫病。弓形虫病通常发生在猫身上。其两个女儿在六个月大时，死于呼吸道感染，而她三个月大的女儿感染了口腔念珠菌，药物不起任何作用。她不顾医生劝告，去了扎伊尔探亲。返回比利时后，医生打算对她进行检查，但她却拒绝了，没有任何紧迫感，也没有后续行动。对于她的情况，医生们觉得令人费解。

有群年轻患者得了某种罕见的疾病，所有传统疗法都不起作用。虽然小刊物报道了这一情况，但是还没有人将这些令人费解的报道联系起来。没有人能想到他们就是艾滋病的祸根。艾滋病是最致命的现代流行病。[*, 67]

---

* 政府无法阻止采血中心吸引穷人有偿献血。血浆没有合成替代品。现在对血浆的需求量是 1970 年的好几倍。《大西洋月刊》2018 年的一项调查显示：“涌入血浆捐献中心的美国人比以往任何时候都要多。他们希望以此来弥补低工资或微薄的福利，在极度贫困时期，献血甚至是他们唯一的现金收入来源。血浆大多来自美国的贫民区，他们的血浆推动了全球价值数十亿美元的产业。”

34 “任何药物都可以滥用”

萨克勒家族很少关注埃博拉病毒的发展，也没有注意到困扰着非洲游客的不明疾病。作为医生，他们对任何新病原体的出现都会有着天然的兴趣。但是由于这种病原体不会给他们带来任何商业机会，他们也就很快失去了兴趣。普渡从来没有研发过治疗传染病的产品。由于这类产品研究费用巨大，因此只有大型制药公司才会深入这一领域。萨克勒的大客户甚至也让其科学家放弃抗生素研究，转向治疗慢性疾病的新药，因为这类药物更加有利可图。

1978 年，萨克勒家族在美国成立了纳普化学公司，在英国推出了制药技术公司（公司文件中没有列出他们的名字）。[1]第二年，他们在德国开设了萌蒂制药分公司。自 1957 年在瑞士成立以来，萌蒂制药已经遍及 10 个国家了。[*, 2]

在莫蒂默和雷蒙德为家族制药业务工作的时候，萨克勒正忙着想办法帮助罗氏扭转维利目销量首次下滑的趋势。[3]萨克勒并没有向罗氏粉饰维利目

---

* 1978 年，萨克勒家族中任职时间最长的律师之一马丁·格林（Martin Greene）独自开业了。他在纽约州律师协会注册的地址为纽约东 62 街 15 号，电话为（212）8327900。萨克勒名下的许多新公司也是这个地址和电话号码，包括特拉玛研究所（Terramar Research）、血管学研究基金会以及雷蒙德和贝弗莉·萨克勒基金会。隔壁的东 62 街 17 号列出的有莫蒂默·萨克勒基金会、萨克勒·勒夫考特儿童发展中心、萨克勒家族基金会以及特拉维夫萨克勒医学院的美国办事处。尽管随着时间的推移，一些公司已经发生了变化，但东 62 街 15 号和 17 号仍然是 1960 年基福弗小组委员会调查人员强调的“萨克勒帝国的秘密部分”。

的前景，它昔日的成功如今成了问题的一部分。在美国所有成年女性当中，约有 20% 的人会定期服用维利目。萨克勒说，尽管 1976 年收入有所下降，罗氏还是卖出了 20 亿片维利目。[4] 即使没有《有毒物质控制法案》和食品药品监督管理局的限制，维利目的市场也已经饱和，可能接近其天然的最大渗透率。[5]

萨克勒说，既然维利目的专利还有八年，他们就必须采取一切努力来阻止销量下滑。维利目的光环意味着它已经渗入流行文化，并在美国人的心中占据了一席之地。根据一位医学作家的说法，这是"历史上最受赞誉的药物之一，也是最受诋毁的药物之一"[6]。滚石乐队的歌曲中曾提到过维利目。10 年后，维利目还出现在了尼尔·西蒙的戏剧和伍迪·艾伦的电影之中。一群上东区的纽约人称自己为"维利目女孩俱乐部"。喜剧演员罗德尼·丹杰菲尔德夸口说这是他日常养生的一部分。

当维利目出现在广为流传的名人吸毒或药物过量的故事中时，其高知名度也对自身造成了损害。伊丽莎白·泰勒承认自己沉迷于维利目和杰克·丹尼尔（美国的一种威士忌酒）。塔米·法耶·巴克声称，她每天都喜欢用定制的维利目鼻腔喷雾剂，因此花销巨大。电视制片人芭芭拉·戈登讲述了她如何在突然停止服用维利目后进入精神病院的悲惨故事，这个故事后来成了畅销书的素材。[7]

1977 年 8 月，42 岁的猫王埃尔维斯·普雷斯利逝世后，尸检结果包含了那个时代滥用最多的各色药物。维利目中混有"大量"的可待因、安眠酮与乙胺酯。除此之外，还有一种流行镇静催眠药和一种巴比妥类药物（虽然没有证实，但据说是苯巴比妥）。普雷斯利还服用了杜冷丁和吗啡、另一种镇静剂、乙氯维诺和抗组胺药氯苯那敏。[*, 8]

维利目销售下滑。对于竞争对手来说，这是一个引入新型苯二氮䓬类药物的机会。它们声称新药只有好处，没有坏处。萨克勒知道罗氏有"更好

---

* 几年后，当更强力的街头毒品卷土重来时，维利目的部分恶名就被淡化了。1993 年，被好莱坞称为"下一个詹姆斯·迪恩"的 23 岁男演员瑞凡·菲尼克斯在好莱坞夜店外倒地抽搐，其兄弟惊慌失措地拨打 911 时说道："我认为他服用了维利目。"菲尼克斯因吸食过量的海洛因和可卡因最终在医院去世。

的”产品：氯安定（氯硝西泮）。它是科学家里奥·斯特恩巴赫研发的一种“备用苯并类”药物，利眠宁和维利目都是他发现的。罗氏在1964年为其申请了专利，并投放到市场。三年内，罗氏公司先后将利眠宁和维利目推向市场。由于担心新药会挤占前两种苯并制剂的销量，因此罗氏公司推迟了氯安定的上市。然而，随着维利目受到的攻击越来越多，罗氏同意了萨克勒的看法。维利目问世13年后，罗氏投了2 000万美元在美国推广氯安定。[9]

氯安定的上市也促使其他制药公司将自己的苯并产品投到市场。1977年9月，惠氏推出了阿提万（Ativan）。这是一种多功能苯并物，对失眠、焦虑和癫痫有效。与维利目相比，其优势在于半衰期更短，能减少一些病人所抱怨的宿醉效应。[10] 华纳·兰伯特随后一个月服用了另一种短效抗焦虑苯并药物——环丙安定（Prazepam）。

萨克勒调整了维利目的广告策略。IMS收集的数据表明，医生更倾向于为优质制药公司开出处方，因为某类药物的研发处于前沿地位。[11] 因此，罗氏公司强调了维利目的悠久历史，以及数以百万计的案例研究证明了正确使用维利目是安全有效的。难道医生们想拿病人的健康做赌注吗？将那些在临床试验中看起来不错，但实际上没有什么经验的新药开给他们？[12]

接下来的一年里，也就是1978年，维利目卖出23亿片，创下了新纪录。[13] 维利目成为制药行业历史上第一款累计销售额超过10亿美元的药物。[14] 同年，前第一夫人贝蒂·福特因吸毒和服用维利目成瘾而住进了康复中心。[15] 参议员泰德·肯尼迪宣布在健康小组委员会召开听证会，讨论维利目给数百万美国人造成的“可怕依赖”。[*, 16, 17]

然而，萨克勒无法挽救维利目。公众认定维利目存在“健康风险”，要扭转这一局势不太可能。不过，萨克勒设法推迟了最后的清算。到1980年，维利目年销量已减少一半，降到了3 000万片。但这一数字仍然使它稳居美

---

* 1980年3月，一位精神病门诊病人试图暗杀罗纳德·里根，这一件事让维利目“留名史册”。约翰·辛克利服用了15毫克（日常剂量）维利目。在枪杀里根之前的几个小时里，他又服用了20毫克。辛克利的一位律师指控说，给辛克利更多的维利目安定就好比“火上浇油”。

国十大畅销处方药榜单。萨克勒曾告诉罗氏高管，如果他们想重现当年苯并主导温和镇静药的辉煌岁月，答案就藏在他们自己的实验室里。[18] 罗氏曾希望氯安定可以代替维利目，但它却没有维利目那样的吸引力。

食品药品监督管理局批准了两种苯并药物，萨克勒认为它们在商业上前途广阔，但都不是罗氏的产品。二者均来自密歇根州卡拉马祖的厄普约翰公司。厄普约翰认为它研发出来的酣乐欣（Halcion）能匹敌维利目。[19] 酣乐欣药效快，没有宿醉反应，少量服用有很好的镇静效果，大量服用可作为催眠镇静药。1976 年 5 月，随着反对维利目的声音不断，厄普约翰将酣乐欣提交给食品药品监督管理局审核。食品药品监督管理局审查办公室对它所声称的一些功效表示担忧，但主要是担心其副作用，包括精神错乱、健忘症和反弹性失眠（突然停药会加重患者的睡眠问题）。[20] 尽管食品药品监督管理局的精神药物顾问委员会在 1977 年建议批准出售酣乐欣，但食品药品监督管理局还是决定下令进行额外的临床测试。五年之内，酣乐欣都不会被批准。

厄普约翰还有另一种药物阿普唑仑（alprazolam）。该药物在 1971 年获得了专利，公司原本打算将它定位为助眠药品。临床试验表明，它还可以有效减轻焦虑，有望成为抗抑郁药，并减少惊恐发作。酣乐欣被驳回后，厄普约翰就将阿普唑仑提交给了食品药品监督管理局。令厄普约翰感到惊讶的是，1981 年 11 月，阿普唑仑获得了批准，而酣乐欣还在进行测试。厄普约翰将阿普唑仑投放到了市场，并将其命名为“赞安诺”（Xanax）。[21]

亚瑟 · 萨克勒说得对。维利目走到今天不是因为大量的忠实用户对每日剂量感到不安。萨克勒预测，他们会接受自己认为更好的药物。赞安诺很受欢迎。与酣乐欣一样，赞安诺在人体中代谢所需时间仅为维利目的一半。厄普约翰宣传说赞安诺不会让患者第二天感到昏昏欲睡。在另一条战线上，他们也很幸运。在食品药品监督管理局放行赞安诺的前一年，诊断和治疗精神疾病的圣经《精神疾病诊断和统计手册》（DSM）更新了第三版，新增了“恐慌症”[22]。这是《精神疾病诊断和统计手册》（DSM）自 1968 年以来的首次更新。

尽管大多数研究人员认为其他苯并物（利眠宁、维利目、氯安定）在治疗恐慌症方面可能也同样有效，但厄普约翰是唯一一家测试了其药物并证明其有效的公司。[23] 当食品药品监督管理局批准赞安诺成为第一种治疗恐慌症的药物后，一些竞争者讽刺恐慌症为"厄普约翰病"。没有任何一家制药公司低估将恐慌症医学化所带来的后果。[24] 赞安诺销售猛增。[25] 到 20 世纪 90 年代中期，单是赞安诺就占了厄普约翰全球销售额的四分之一。考虑到该公司还有其他三种大卖的药物，这是一个不小的成就。[*, 26, 27]

厄普约翰所做的，不仅是研制出一种取代维利目的药物，它还转变了《精神疾病诊断和统计手册》的焦虑诊断，并获得了食品药品监督管理局批准的生物解决方案专利，以此为竞争对手树立了榜样。1980 年版《精神疾病诊断和统计手册》被一些弗洛伊德式精神病学家批评为"屈服于计算机和保险公司的要求"。它将公认的精神疾病从 182 种增加到 265 种。[28] 更为广泛的情感抱怨似乎突然就被列入《精神疾病诊断和统计手册》目录，纳入了保险范围。哈佛大学精神病学教授萨克勒 · 克莱曼认为，新版《精神疾病诊断和统计手册》以"治疗正常的不快乐情绪"为代价，贬低了患有严重精神疾病的人的痛苦。[29] 作家兼精神病学家彼得 · 克莱默称其为"诊断的税级攀升"[30]。

第三版《精神疾病诊断和统计手册》将抑郁症与焦虑症区分开来，然后单独列出焦虑症下的精神疾病。它将厄普约翰的恐慌症与广泛性焦虑症（GAD）、强迫症（OCD）、社交恐惧症（SAD）和创伤后应激障碍（PTSD）并列在一起。

越南老兵和他们的支持者曾努力游说将创伤后应激障碍纳入其中。一本前沿的心理健康杂志估计，在越南服役的 300 万人中，超过 70 万人患有精神障碍。[31] 后来的一项联邦研究认为，真正患有创伤后应激障碍的退役军人人数接近 150 万，其中 85% 曾参加过战斗。在过去几年中，家暴、强奸和虐待儿童的受害者患有创伤后应激障碍越来越普遍了。

---

* 赞安诺没有被加到《有毒物质控制法案》附表中，所以其销量有所放缓。1988 年，它是世界上最畅销的药理药物。在 20 世纪 90 年代，它主导了市场上 100 多种苯二氮䓬类药物。

几家制药公司开始研发治疗这种精神疾病的药物。21世纪的前10年，随着百忧解问世，我们看到了一些引人注目的效果。百忧解是一种新型抗焦虑药和抗抑郁药，叫作血清素再摄取抑制剂。

1982年发生了两起截然不同的事件，将美国人对维利目的爱恨交织表现得淋漓尽致。苯二氮䓬类药物的发明者里奥·斯特恩巴赫因其开拓性工作而获得约翰·斯科特奖章。该奖章自1816年起每年颁发一次，旨在表彰“增强人类舒适感、福祉与幸福感的发明”。之前的获奖者有居里夫人、乔纳斯·索尔克、托马斯·爱迪生和尼古拉·特斯拉等。就在斯特恩巴赫获得这一荣誉的同时，拉尔夫·纳德的健康研究小组发表了一篇题为《停止服用维利目》的文章，指责维利目与同类化学物质苯并化合物是造成“前所未有的上瘾问题和健康危机”的罪魁祸首。[32]

亚瑟·萨克勒认为，斯特恩巴赫获奖和纳德的文章没有任何矛盾。纳德关注的是最为糟糕的统计数据，并且广加指责，这一切都是为了扩大消费者倡导影响力。纳德和其他人指责制药公司研发并积极推广其药物。药物越成功，就越应该受到指责。在萨克勒看来，这太过简单。萨克勒同意斯特恩巴赫的说法。斯特恩巴赫曾被记者问道，如果可以及时召回，他是否会改变药物？“我无法为药物的使用负责，我负责这类化合物。但是至于它的使用，我的意思是，任何药物都有可能被滥用。因此，你无法创造出一种不会被滥用的药物。”[33]

萨克勒剪下了1976年吉尔伯特·坎特在《纽约时报》发表的封面报道，标题为“维利目狂躁”。文章的最后一段写道：“道德学家和一些社会学家抱怨说，维利目滋生了享乐主义和享乐主义文化，让人在一小瓶药片中寻求涅槃。如果真是这样，那么服用维利目只是一种症状，而不是原因。如果医学专业人员正确使用维利目，那它只会有药用价值。药物本身不涉及道德，只有药物的使用或滥用才应当受到道德评判。”萨克勒强调了最后两句话，他认为，这不仅适用于维利目，也适用于任何药物。[34]

35 生物技术时代

从1975年起，五年时间里，报纸、杂志和电视上成千上万的报道都以维利目为主题，内容包括罗氏和联邦政府之间的诉讼、街头非法使用激增，以及竞争对手盘算着如何消灭维利目。[1] 相比之下，与苯二氮䓬类药物无关的消息几乎没有任何曝光，因为大多数新闻编辑认为对外行读者来说涉及的技术性太强了。胚胎生物技术产业正在孕育着一项新技术。该技术对制药业的长期影响，远比温和镇静剂成为美国最畅销药物要大得多。

在自愿暂停重组基因研究一年之后，人们对基因检测可能引发世界末日病毒的担忧开始消退，但实验室缺少安全和控制指南。于是，美国国家卫生研究院最终填补了这一空白。直到1976年7月，也就是基因检测暂停近两年之后，美国国家卫生研究院才发布了《重组基因分子研究指南》。[2] 这份指南详细地给出了基因实验室测试和研究的参数。由于国家卫生研究院无权监管制药行业，因此这份指南并不是强制准则。然而，当国家科学院重组基因分子委员会批准国家卫生研究院的指导方针时，对研究和测试的禁令就足以被解除了。

国会中一些人认为，无论新技术导致灾难性事件的可能性有多小，法规都得是强制性的。很快就有16份竞争法案，虽然内容有所不同，但都是为了在卫生、教育和福利领域设立新的垄断性生物技术和管理部门。1975年，唐纳德·弗雷德里克森博士成为美国国家卫生研究院的负责人。弗雷德里克森劝说卡特政府反对任何相关立法。他恳求说："让我们用自愿的手段来发展新技术。"白宫任命的一个委员会对此表示同意。弗雷德里克森松了一口气："他们认识到，不能用法规的手段来规范科学。"[3]

20 世纪 70 年代中期之前，只有非营利组织才有资格获得国家卫生研究院的研究补助金。即使这样，它们必须接受附加条件：国家卫生研究院对其资助的实验室研究进行微管理。国家卫生研究院认为，监督是确保纳税人的钱花得有价值的最佳方式。1975 年，国家卫生研究院新一届领导坚信，这种严格控制对有创造力的科学家有害。[4]很快，规则发生了变化，国家卫生研究院只能"稍微联系"实验室，不得进行微管理。同时，国家卫生研究院允许私人营利公司申请研究补贴，这还是第一次。[5]这些变化是生物技术出现的最佳时机。

与风险资本家和学术研究中心一样，国家卫生研究院对生物技术行业的出现发挥了重要作用。与此同时，这门新科学也将国家卫生研究院重塑为强大的联邦机构。虽然 20 世纪 70 年代早期尼克松的"抗癌战争"使其预算增加了 1/3，但生物技术却让国家卫生研究院成为世界上最大的生物医学 / 基因工程实验室。在解除禁令的 10 年内，国家卫生研究院共有 3 000 名科学家，监管 1 000 多个实验室的生物技术研究，而且它仍然设法将大部分资金捐赠给大学和医院的研究。其预算从 20 世纪 70 年代中期的 10 亿美元激增到今天的 370 亿美元，增长率是预算庞大的国防部的 10 倍。[6]

国家卫生研究院甚至对进行生物技术和基因研究的大学提供了奖励。对于那些具有商业潜力的发现，这些学校拥有申请专利的优先选择权。然后，它们可以将专利授权给制药公司，专利使用费归学校所有。[7]

一些早期的生物技术初创企业并不依赖联邦资金。1976 年重组基因研究重启之前，29 岁的硅谷风险投资家罗伯特·斯旺森给旧金山加州大学生物化学教授赫伯特·博耶打了一通电话。[8]斯旺森是硅谷一家风投公司的合伙人，该公司是四年前由惠普和仙童半导体公司的前高管共同创办的。[9]博耶和斯坦利·科恩合作了一项基因重组研究，斯旺森希望博耶能考虑将该研究投入商业开发。博耶和科恩为基因重组研究成果申请了专利。[10]由于一些大学和科学家认为学术研究的成果应该向所有人公开，因此此举引发了一些争议。为了转移批评，两位科学家将其权利分配给各自学校——斯坦福大学和加州大学旧金山分校。斯旺森打来电话时，专利正在申请中。

博耶所在的中型实验室是世界上研究基因重组最先进的实验室之一。当时，他对如何将生物技术从实验室推向市场这一商业挑战毫无兴趣，但是斯旺森恳求博耶能留出 10 分钟和他见面讨论这个事情。他们聚在一起谈了三个小时，聊生物技术研究会如何改变制药行业。交流结束时，二人决定成立第一家生物技术公司。他们将利用博耶–科恩专利申请了基因重组技术。[11] 每个人出 500 美元，以“正式”签署协议。博耶甚至还为公司想了一个名字，他将基因工程技术（GENetic ENgineering TECHnology）三个单词的第一个音节组成了基因泰克（Genentech）。[*，12]

那年 4 月，基因泰克公司刚成立时似乎并不强大。尽管斯旺森的风险投资公司投了 100 000 美元，但基因泰克没有实验室设备、资产，甚至没有秘书，只有很好的想法。[13] 几个月前，麻省理工学院生物化学家哈尔·葛宾·科拉纳合成了第一个人工基因。[14] 他因研究遗传密码而获得 1968 年诺贝尔奖。博耶知道，加州大学旧金山分校的另一个实验室，还有哈佛大学的生物实验室，都在用啮齿动物的胰岛素来推进各自的基因测序研究。是否有可能找到一种创造人工人体胰岛素的方法？那年秋天，《科学》杂志上的一篇文章指出，将胰岛素基因剪接到自我复制的细菌中，人工胰岛素就有可能实现。尽管听起来很简单，但博耶知道它是多么具有开创性。

---

* 这些项目经过六年的争论后，1980 年，博耶–科恩的专利生效了。那一年，联邦最高法院对一项吸收原油净化剂的转基因生物专利申请做出了裁决。专利局拒绝了该申请，但联邦最高法院却推翻了这一决定，因为该生物体是“人造的”，因此可以申请专利。这让人想起 20 世纪 40 年代默克公司的链霉素专利战，专利局最初否认这是“自然产物”。博耶–科恩专利成为制药史上最成功的案例。在长达 17 年的专利周期里，它被授权给 468 家公司，其中包括礼来、默克和安进等顶级制药公司。以它为基础，科研人员研发出治疗心脏病、癌症、糖尿病和艾滋病的突破性药物。截至 2019 年，管理这项专利的斯坦福大学和加州大学已经赚取 3.2 亿美元的许可费。

三个研究团队都在争先恐后地开发可销售的合成胰岛素，基因泰克失败了。哈佛大学生物实验室由沃尔特·吉尔伯特管理，他是一位杰出的物理学家，也是发现 DNA 测序的先驱之一。加州大学旧金山分校的团队由霍华德·古德曼和威廉·鲁特指导，他们都是著名的生物化学家，鲁特是该校生物化学系主任。

尽管基因泰克必须赶上对手，但博耶知道这个领域太新了，其领先优势不会太大。博耶和斯旺森动用了 10 万美元储备金。他们联系了南加州希望之城国家医疗中心的两名有机化学家：日本科学家板仓圭一和阿瑟·里格斯。这对搭档自基因重组技术出现以来就一直在研究。他们当时正在研究如何合成生长抑素，这是一种比胰岛素更容易修改的肽激素。这个项目举步维艰。

博耶不知道他们已经为基因研究申请了国家卫生研究院资助。在国家卫生研究院通过申请后，他们与基因泰克公司签了一份合同，以便继续开展工作。他们说服了博耶和斯旺森，尽管生长抑素目前还没有市场，但其研究可以为成功合成胰岛素提供技术指导。他们二人没有搬到基因泰克简陋的总部，而是继续待在洛杉矶的实验室里。

博耶选择他们并非出于偶然。他非常了解顶尖大学的基因研究项目现状，相信板仓圭一和里格斯比哈佛大学或加州大学旧金山分校都要走得更远。尽管如此，博耶和斯旺森还是不想冒险。1976 年，基因泰克举行了第一次全职招聘会（到年底它已经有十几名员工）。25 岁的生物化学家戴维·戈德尔刚拿到生物化学博士学位就加入了公司，他是基因泰克的第三位员工。29 岁的丹尼斯·克莱德是一位有机化学家，曾在斯坦福大学从事 DNA 克隆工作，后来成为基因泰克的第五名员工。他们被分配去了板仓圭一和里格斯的研究团队。这意味着他们每天要往返于湾区和洛杉矶，需要牺牲睡眠时间，三餐不定，与家人相处时间减少。

1977 年春天，板仓圭一团队制作出纯化的合成生长抑素 DNA，这一成果花了他们一年时间。随后，他们又花了几个月时间来完善该技术，并将合成这种激素的时间从几年缩短到几周。[15] 到了仲夏，他们将合成的人类蛋白质植入大肠杆菌，这还是历史上头一次，博耶知道它有多重要。这个过程完全是合成的，不依赖任何人类遗传物质。这意味着它可以不必遵守国家卫生研究院为人类基因克隆实验制定的安全规定。由于防护措施非常严格，这种实验几乎只能在国防部的生物武器实验室进行。[16]对于基因泰克公司来说，遵守这些准则的成本太高了，其胰岛素项目可能会流产。

然而，到1978年初，博耶已经准备好让基因泰克进入下一阶段的研究和测试。合成生长抑素的突破带来了一轮新的风险投资。

基因泰克的竞争对手并没有闲着。哈佛大学胰岛素基因重组项目的负责人沃尔特·吉尔伯特合伙创立了瑞士渤健公司，该公司自称“注重生物医学突破的制药公司”。渤健接受了来自三家风险投资公司的雄厚资金，并且几乎立即签署了协议来支持哈佛的这项研究。[*, 17]

加州大学旧金山分校实验室与礼来签署了一份重要的资助协议。自20世纪20年代以来，礼来就一直持有人类胰岛素专利。礼来不仅对合成胰岛素感兴趣，而且给钱支持加州大学旧金山分校研究人体的生长激素。[18]礼来将加州大学的一些研究小组派往法国的一个实验室，那里允许进行人类基因测试。由于意外污染，其实验失败。

1978年8月，基因泰克的丹尼斯·克莱德参观了礼来在印第安纳波利斯郊区的一个胰岛素生产工厂。

克莱德后来说道：“有一列火车车厢装满了冷冻的胰腺。”[19]储存牛和猪的胰腺并不让人意外，产生1 000克胰岛素需要8 000千克胰腺。这家工厂的经理告诉克莱德，这相当于23 500只动物。礼来每年需要大约5 600万只动物，因为它迫切想要合成胰岛素。尽管礼来已经与加州大学签署了协议，但博耶相信，如果基因泰克取得了突破，礼来马上就会和他们合作。

---

* 渤健是最成功的生物技术公司之一。一年后，该公司的研究人员克隆出首个具有生物活性的人类干扰素，并与先灵葆雅达成一项获利丰厚的全球授权协议。同年，渤健成为第一个合成乙型肝炎抗原的公司。乙肝抗原后来对血液和血浆的筛查测试至关重要。1980年，沃尔特·吉尔伯特因其在DNA测序领域的开拓性研究而获得诺贝尔奖。

博耶猜对了。基因泰克团队克服了一系列棘手的实验难题，终于在1978年8月28日，将人类胰岛素基因插入大肠杆菌。他们合成的样品足够进行测试了，随后他们把样品发给了礼来公司。返回的报告同样值得庆祝：基因泰克创造的胰岛素与人类胰岛素相同；与动物胰岛素相比，带来的过敏反应甚至更少。礼来同意资助他们接下来的基因技术研究。

然而，人们都不清楚基因泰克的胰岛素能否做成有用药物，又或者仅仅是一项没有实际用途的科学里程碑。没有人知道如何处理这种细菌，使其产量达到平常的五六十倍。要转化成患者买得起的商业产品，这是必要的。在目睹了生产胰岛素需要多少动物胰脏后，克莱德情绪十分低落。他告诉斯旺森，他认为不可能达到这个量。

增加胰岛素产量成为基因泰克1979年的重中之重。随着强大的“控制基因”出现，他们取得了突破——控制基因会向肠道细菌发出信号，让它大量复制基因重组胰岛素。礼来对基因泰克公司的合成胰岛素非常有信心，因此同意关注该药物在食品药品监督管理局的审批，并开始建造两座试点工厂，为合成胰岛素的生产做准备。

礼来与基因泰克之间的交易是制药业的转折点。礼来签订了许可协议，可以生产和销售重组胰岛素。为了推广合成胰岛素，它付出了巨大成本。基因泰克不承担财务风险，礼来公司卖产品，基因泰克负责向礼来收取专利使用费。

1980年，基因泰克进行了首次公开募股。那时，合成胰岛素仍未通过食品药品监督管理局批准，公司也没有收入。然而，正如10年后的互联网公司一样，投资者对合成胰岛素抱有很高期待，即使他们一点都不了解这个产品。首次公开募股是10年来最成功、最疯狂的一次。在第一个交易日，仅用了20分钟就卖出100万股股票。在当天的交易中，该股股价高达88美元，随后以56美元收盘。

基因泰克和礼来的许可合同为其他想要在制药业立足的生物技术公司提供了参考。进入制药业的主要障碍一直都是巨额启动成本，最低要5亿美元。

1982年，食品药品监督管理局批准了基因泰克的合成胰岛素。次年，礼来公司就开始销售胰岛素。合成胰岛素畅销一时。

基因泰克只是众多生物技术公司中的第一家。在基因泰克首次公开募股后的一年中，有180多家生物技术初创公司成立，所有人都希望生产出一种能够"中大奖"的基因重组产品。[20]来自顶尖大学的科学家带领许多初创企业进入了药品行业，风险资本汹涌而至。在一次投资者会议上，投资者争先恐后地给生物技术初创企业开支票，因基因重组研究而获得诺贝尔奖的保罗·伯格问道："20世纪五六十年代，基础科学研究急需用钱的时候，你们这些人在哪里？"[21]

早期成功使许多风险投资家相信，投资生物技术能赚大钱。华尔街证券包销商排着队帮生物技术公司上市。高盛公司一位资深经纪人告诉《纽约时报》："这还远远不够。"[22]下一个是鲸鱼座（Cetus）公司，它有望研发出白介素-2，以减少移植排斥反应的可能性。首次公开募股带来了1.2亿美元。虽然还没有产品，但是这家初创公司的估值达到了50亿美元。当时，鲸鱼座公司是"美国历史上最大的工业首次公开募股"[23]。后来几年时间里，又有数十家生物技术公司上市，平均筹集2 000万～3 000万美元。[24]

这些公司总是承诺要做出复杂的科学创新。这些创新表面上听起来令人兴奋，但所有人甚至连公司自己都不敢肯定它们一定会实现。在华尔街，虽然投资人买进生物技术股票的速度极快，但很少有人明白"抗体形式""T细胞的细胞毒素潜能"或"结缔组织间充质前体细胞"是什么意思。所谓的冲动型投资人，不必理解产品具体的运作方式，他们只需要一个可以直线交易的市场。许多投资者早期赚了很多钱，因此就忽略了行业出现调整的可能性，更不用说熊市了。投资者投资那些没有收入的公司，是因为他们有一个共同的信念，那就是未来他们可能会在制药业和医学领域获得巨额利润，而这是大多数人无法想象的（比如10年之后互联网的繁荣）。指数投资之父约翰·博格尔警告称："所有投资者都应该明白的第一条规则就是，上涨之后一定会下跌。"但生物技术的牛市并没有因此放缓。[25]

那些风险投资家，即使不像斯旺森那么老辣，没有在基因泰克公司任职，也几乎不了解自己公司的价值，还是进行了大量投资。他们知道，在接下来的10年中，有一半的诺贝尔奖都授予基因工程和生物技术的前沿研究人员。这也是他们开出支票的动力。除了保罗·伯格的基因工程研究外，巴塞尔大学和约翰斯·霍普金斯大学的科学家们，后来还因为绘制出第一张基因图谱而共获诺贝尔奖。斯坦利·科恩因神经和表皮生长因子研究也获得了诺贝尔奖。与此同时，基因泰克还在研究生长激素、肝炎疫苗、干扰素和刺激人体抗病细胞的激素。生物技术的进步，证明了1975年发现的单克隆抗体在增强对某些癌症的免疫反应方面的重要性。这项研究为一种新型靶向药物打开了一扇窗。这种药物有望在未来产生与20世纪青霉素和抗生素一样大的影响。

我们无法预测投资者何时会惊恐地逃离这个热门行业。1987年，食品药品监督管理局拒绝批准基因泰克用于溶解血栓的激活酶，于是股票在下一个交易日蒸发了10亿美元，相当于总价值的1/4（激活酶在1996年获得了食品药品监督管理局的批准）。[26] 投资者对生物技术公司的承诺失去了信心。该行业经历了三年的熊市，而美国其他行业却热火朝天。[*, 27, 28]

1990年，基因泰克以21亿美元的价格，将56%的股份出售给罗氏，创下了当时的纪录。19年后，罗氏为购买基因泰克剩余44%的股份花费了470亿美元。届时，罗氏收入的2/3都来自基因泰克开发的抗肿瘤药物。就在20年前，罗氏的苯二氮䓬类药物也占了这么大的份额。在过去20年中，罗氏最畅销药物的变化证明了生物技术的变革性影响。

---

* 生物技术行业充斥着这样的例子：投资银行发布买入建议，几天后，由于公司的药品出现问题，股价跌至谷底。即使最精明的生物技术风险投资人，也可能盲目迷恋这些让人眼花缭乱的产品。最近一个典型的例子是血液检测公司 Theranos。这家初创公司的核心是一项已经获得专利的血液检测设备，被誉为“未来实验室的心脏”。媒体将创始人伊丽莎白·霍尔姆斯奉为生物医学行业的乔布斯。一些大型的私人投资机构在行业专家的建议下投资 Theranos，总额高达7亿美元。沃尔格林的制药部门和斯坦福大学生物技术学院院长是主要的投资者。Theranos 在巅峰时期估值高达90亿美元。在它倒闭后才有消息披露称，没有一个投资者要求独立的公共会计公司来审计 Theranos 的财务报表。2018年6月，美国加州北部地区的联邦检察官起诉霍尔姆斯和该公司的总裁犯有多项电信欺诈罪，审判于2020年8月举行。

36 “‘同性恋’癌”

1980年6月，就在基因泰克点燃华尔街前几个月，萨克勒的纳普制药在英国发布了首款长效口服麻醉镇痛药：美施康定。20世纪60年代中期以来，西塞里·桑德斯一直在寻找突破性镇痛药。经过数年反复试验以及数十项缓释专利技术调整，纳普才研发出这款新药。美施康定含有隐形双作用聚合物化学涂层，涂层能在12小时内稳定释放纯吗啡。吗啡在体内的释放速度取决于胃酸进入药片所需要的时间，纳普针对这一特性进行了微调。

美施康定的发明意味着那些非晚期的癌症患者可以回家治疗，每天仅需服用两粒药。医学期刊认为，该药物在治疗临终疼痛上具有重要意义。肿瘤科医生和善终服务机构似乎并不担心药品包装上的小字警告：“美施康定必须整个吞下且不能咀嚼。”隐含的意思是，用户如果咀嚼药丸，则可以立刻释放出全部剂量的吗啡（每粒最多100毫克）。英国药品和健康产品管理局（相当于美国食品药品监督管理局）要求这排小字是明智的，但可能没有必要。大家都不觉得重症癌症患者会无视纳普设计的缓释涂层。

1980年6月，旧金山州立大学举办了一次同性恋医生会议。同月，纳普的美施康定在8 000千米外的英国开售。这次会议恰逢旧金山同性恋自由日游行。[1]这场一年一度的游行是为了纪念1969年6月爆发的为期三天的示威活动，起因是警察突袭石墙酒吧（一家同性恋酒吧）。大多数社会历史学家将石墙酒吧事件和公众的强烈反弹视为20世纪70年代性解放运动的催化剂。

旧金山也许只有70万居民，但其同性恋自由日游行却是全美最大的游行，观众和游行者人数达到了25万。1980年，该市约2/5的男性公开了身份。迄今为止，旧金山是美国同性恋人口占比最高的城市。[2]当时在旧金山公共广播电台（KQED）担任记者的兰迪·希尔茨在一篇报道中指出："10年后，旧金山成为代表同性恋自由的城市。"[3]

许多人恣意表达自己新获得的自由。他们的自由来得很晚，直到1975年，加州才将"私人自愿行为"排除在法律之外。[4]20世纪70代初期，旧金山的意大利裔美国市长曾大举打压。他是个道德保守的天主教徒，垂涎州长位子。警方以公开性犯罪的罪名逮捕了约3 000人，许多人被判为性犯罪者。[5]

对于许多首次公开的人来说，这在社会和政治解放的大背景下似乎是可以被原谅的。1980年，许多俱乐部和浴室生意红火，年收入可达1亿美元。在此之前，这些都是地下活动场所。[6]

旧金山会议上的许多医生参加了声势浩大的游行。然而，其首要任务是分享有关性病传播的信息。浴室是传染病的温床。娱乐药物的广泛使用也增加了健康风险，尤其是硝酸戊酯和硝酸丁酯。其出现原本是为了缓解心脏疼痛，但在街头流行却是因为能带来短暂刺激，增强快感。它们被叫作"芳香剂"，价格便宜，在许多城市有售。在常规情况下，它们会抑制免疫系统，使病毒更容易进入，然而当时并没有人知道。[7]

1980年，在美国，男同性恋者占性病报告病例的一半以上。[8]在旧金山颇受欢迎的综合诊所，2/3的男同性恋者检测出乙肝呈阳性。乙肝是通过性或血液传播的。在搬到旧金山的男同性恋者中，有20%在最初12个月感染了肝炎。四年之内，感染率几乎达到100%。[9]还没有人意识到这不仅仅事关乙肝患者。血库官员估计，1980年，在旧金山，男同性恋者的献血占该市全部血液的5%～7%。在献血之前，他们并没有做检测。[10]

西雅图的一项研究表明，异常多的同性恋者感染了志贺氏菌病。这是一种细菌感染，通过被污染的食物、水或粪便传播。70% 的感染者在浴室找到了性伴侣。丹佛市一项研究发现，男同性恋者每次去浴室时，平均会发生三次性接触。在浴室，他们患病的可能性达到 1/3。[11] 芝加哥的霍华德·布朗纪念医院记录了乙肝的感染率，男同性恋者中大约有一半感染了乙肝。在纽约男同性恋者健康项目中，1/3 的人患有胃肠道寄生虫。在旧金山，当地诊所报告说，7 年来肠内寄生虫患者数量竟然增加了 80 倍，其中大多数是 30 多岁的年轻人。到 1980 年，这种现象非常普遍，医学期刊将其称为“同性恋肠道综合征”[12]。

参加旧金山会议的医生知道，感染者的粪便中滋生了志贺氏菌病、阿米巴病和贾第鞭毛虫病等寄生虫病。无保护肛交（UAI）是肠道细菌传播的一种方式。另一种高风险但又普遍存在的方式，医学期刊将其称为“口肛交”。[13]

1980 年，正如兰迪·希尔特后来在《世纪的哭泣》一书中所写的那样：“20 世纪 60 年代末开始的解放运动取得了成功，但到了 1980 年，却因为之前的成功而……失败了。”这本书讨论了艾滋病以及联邦政府的致命失误。[14]

那个夏天，医生发现越来越多的男同性恋者患有多种免疫疾病。在纽约、洛杉矶和旧金山，诊所发现一些看起来健康的年轻男同性恋者莫名其妙地患上肺结核和罕见的非典型间质性肺炎（肺部小气囊的慢性肿胀）。[15]

28 岁的加坦·杜加斯是加拿大航空公司的一名空乘人员，他去多伦多找专家看他背部和面部的紫斑，其淋巴结已经肿胀了一年。活检显示，他患上了卡波西肉瘤。杜加斯每年飞行数千千米，遍及美国、加拿大和海地的十几个城市。后来他告诉医学研究人员，在 20 世纪 70 年代，他大约有过 2 500 个性伴侣。*

---

* 由于杜加斯有过很多性接触，而且在感染期间还四处旅行，后来人们称他为“零号病人”，调侃他“单枪匹马”将艾滋病传遍北美。实际上，艾滋病研究人员标记的不是“0”，而是英文字母“O”，是“加州外”（Out of California）的缩写。杜加斯在旧金山和洛杉矶待了很久。一些早期的研究人员认为，他携带的病毒是美国西海岸特有的，不存在零号病人。科学家和流行病学家说，如果杜加斯不是一名被感染又滥交的空乘人员，那他传播病毒可能不会这么快、这么远，但他并不是美国第一个感染该病毒的人。

一个月后，旧金山居民肯·霍恩也被诊断患有卡波西肉瘤。验血结果显示，其白细胞极少，还有某种未知的东西抑制了免疫系统。

1980年7月，在海地工作了三年的33岁德国厨师被送进曼哈特坦的贝斯以色列医院急诊室。“他是在海地患病后来到纽约的，当时他体重下降，还得了无法控制的带血痢疾。”唐娜·米尔德万博士回忆道，当时她是一名35岁的传染病学家。粪便测试显示该厨师体内有阿米巴原虫，这是一种旅行者常见的肠道寄生虫。

“他的病情并没有好转。这一点颇为奇怪。”米尔德万说。

在接下来的6个月内，这位厨师不断进出医院。米尔德万说：“经过治疗，他的病情会稍微稳定一些，但是回家一段时间后他又会回来。”其体重不断下降，长溃疡，一只眼睛也看不见了。[16]

米尔德万及其团队就像侦探一样，努力破解病人的患病之谜。他们进行了数十项测试，并研究了罕见疾病。他们讨论了各种治疗方法，包括大剂量的抗生素，但他们担心如果这是一种免疫疾病，抗生素会加速崩解。[17]

到了秋天，米尔德万怀疑病毒是元凶。贝斯以色列医院没有病毒学实验室。她和一位同事从患者的眼睛和直肠病变中抽出了液体，将其送到布朗克斯的蒙特菲奥雷医疗中心实验室。报告显示，通过性传播的疱疹引起了直肠病变，眼睛分泌物中还存在着与疱疹相关的巨细胞病毒。这些病毒并不罕见。令米尔德万惊讶的是，这些病毒几乎从未引起过如此严重的疾病。在接下来的几个月里，患者病情不断恶化。当巨细胞病毒感染了另一只眼睛时，这名厨师彻底失明了。CT扫描结果显示，其大脑像老年失智患者的一样萎缩。

“他蜷成一团，”米尔德万回忆道，“茫然地望着远方。他失禁了，后来就死了。”

两周后，米尔德万又接诊一名男同性恋患者。他是一位护士，不曾出过国，眼睛里有相同的巨细胞病毒，但他却死于卡氏肺孢子虫肺炎。米尔德万知道这是一种罕见病，只会影响免疫系统受损的人。该患者在医院治疗10天后就死了。

在纽约大学医学中心，一名顶尖的皮肤科医生开始诊治那些患有卡波西肉瘤的年轻男性，这些男性其他方面都很健康。阿尔文·弗里德曼·克莱因博士已经从业25年了，纽约大学医学中心的皮肤科也是全美规模最大的。尽管如此，在其职业生涯中，他只见过15例。彼时，在短短不到一个月的时间里，就有24名年轻患者，但没有一个是目标人群——年长的犹太人或意大利男性。

“就在那时，我们恍然大悟，”米尔德温回忆说，“这是一种新的疾病。有什么事情正在发生。”

1981年1月，里根就任美国第40任总统。他能当选总统，部分是因为他承诺会缩小政府规模，弱化政府作用。刚上任不久，他提议大幅削减支出，疾病控制与预防中心的拟定预算削减了一半。

但当时却不是削减预算的好时机，因为疾控中心是唯一一个负责收集数据、应对致命新型传染病的机构。接下来四年中，医学界几乎无法达成共识，甚至无法确定罪魁祸首是病毒还是细菌，这并不总是那么容易分辨。病毒和细菌都会引起脑膜炎、肺炎和慢性腹泻。水痘是一种病毒，天花曾是一种病毒（已经成为过去，因为它是人类在20世纪用疫苗消除的第一种致命疾病）。

如果这种让米尔德万和其他医生迷惑不解的“新疾病”是由细菌引起的，那就意味着某种与人类和平共处数千年的单细胞微生物，以某种方式变异成一种致命病原体。14世纪就曾发生过这样的事情，当时鼠疫夺走了5 000万人的生命，占欧洲人口的60%。抗生素对细菌有效，因为它们会干扰细菌的细胞壁，阻止细菌复制或迫使其自我毁灭，而且不会抑制或破坏人体细胞。[18] 流行病学家估计，如果在鼠疫期间存在抗生素，死亡人数将减少90%。[19]

然而，抗生素对病毒无效。病毒不具备抗生素能破坏的内部生长机制，它们不能独自生存，必须寄生在人类细胞内，劫持这些细胞的生殖机制。1918年的西班牙流感造成近1亿人死亡。[20] 制药公司自1972年以来就发现并销售了一系列抗病毒药物，但这些药物只有在感染初期使用才有效。即便这样，它们也减缓了症状，缩短了感染时间。

另一种武器是疫苗，它能诱骗免疫系统识别病毒并提供某些“获得性免疫力”。即使这种病是病毒导致的，米尔德万和同事也熟悉抗病毒药的局限性，知道疫苗开发需要花费很多时间。有时候，如果病毒表面的蛋白质定期突变，疫苗甚至都拿它没有办法。例如，如果流感病毒的蛋白质出现些微变化，去年的疫苗可能就无法有效抵抗今年的流感病毒株了。

不管是什么原因，大家都同意男同性恋者是第一批受害者。1981 年初，只有同性恋报纸、《纽约本地人》《旧金山哨兵》和澳大利亚的《悉尼星报》报道了“‘同性恋’癌”和“‘同性恋’肺炎”。7 月，《纽约时报》的医学记者劳伦斯 · 阿特曼写了关于该问题的第一篇文章。这篇文章的标题为“41 名同性恋者罹患罕见癌症”。阿特曼开头写道：“这是一种在男同性恋患者中诊断出的罕见癌症……往往很快就会夺人性命。”阿特曼引用疾控中心发言人詹姆士 · 柯兰博士的话：“目前还没有在同性恋以外的群体或女性群体中发现病例，这一点可以证明这种病不会大范围感染。”柯兰认为这种病是一种“‘同性恋病’”。[21]（《乡村之声》谴责了阿特曼的文章，认为《纽约时报》是在企图破坏东北部所有同性恋者的国庆假期。）[22]

人们开始讨论这个话题，又有很多关于这种“怪病”的文章出现。在乌干达，人们把这种病叫作“消瘦病”，因为患者看起来骨瘦如柴。在里克斯岛监狱治疗病人的医生，称这种病为“里克斯岛腺病”（淋巴结肿大）。[23] 大多数媒体仍将注意力集中在怪病与同性恋的联系上。有些人写文章，说它是一种“瘟疫”。[24]

1981 年 6 月，美国国家卫生研究院的医生治疗第一位艾滋病患者时，将其命名为 GRID，即“同性恋相关免疫缺陷”（gay-related immune deficiency）。这位患者去世前 4 个月，国家卫生研究院的 7 个部门试图解决免疫系统的这一谜团。患者于 10 月去世了。在他去世后，主攻免疫缺陷的 3 个部门启动了一个联合项目。该项目由国家卫生研究院临床肿瘤科主任塞缪尔 · 布罗德、国家癌症研究所和国家癌症项目主任文森特 · 德维塔以及免疫调节实验室主任托尼·福西主持。[25]

1982 年 7 月，这个病有了一个新名字，医学界统一叫它为“人类免疫缺陷病毒”。人类免疫缺陷病毒感染最关键、通常也是最致命的阶段，被称为“获得性免疫缺陷综合征”。同年 9 月，疾控中心在公报中首次使用艾滋病（AIDS）一词。[26]

艾滋病病毒可以通过性传播，男女都有可能被感染。在非洲，科学家后来发现了一种几乎完全相同的灵长类病毒，将其命名为“猿猴免疫缺陷病”，这种病在异性之间传播。[*, 27] 欧洲早期病例以及后来的瘾君子以及血友病患者情况都是如此。同性恋并不是艾滋病在美国流行的原因，这类人只是第一批受害者。病毒擅长“投机取巧”，它专挑免疫系统弱的人。这些人要么有多个性伴侣，要么经常吸毒，要么反复感染性病。[28]

在美国，异性恋者非常害怕自己会被同性恋同事或邻居“传染”。同性恋群体，尤其是男性，成了这种未确诊疾病的替罪羊。后来几年中，谣言四起。人们的恐惧助长了恶劣的偏见。

---

* 1992 年，记者汤姆·柯蒂斯在《滚石》杂志掀起了一场轩然大波。他的一篇文章指出，非洲的艾滋病病毒是 1959 年在比属刚果 100 多万人身上进行的脊髓灰质炎活疫苗试验造成的。研究人员斥责他为了杂志销量而散布毫无根据的阴谋论，双方闹得一发不可收。1999 年，英国广播公司（BBC）记者爱德华·霍珀写了一本资料翔实、长达 1 000 页的书籍《河流》（*The River*），由利特尔 & 布朗出版社出版。霍珀得出了与柯蒂斯相同的结论。但是，除此之外，他还有一项爆炸性发现：在比属刚果，一种艾滋病病毒的前体意外地混入了口服脊髓灰质炎疫苗中。霍珀说，这种疫苗是在非洲黑猩猩的细胞中培养出来的，其中一些细胞感染了猿猴免疫缺陷病，与艾滋病病毒几乎相同。参与疫苗研究的医生否认使用黑猩猩细胞。发表在《自然》和《科学》杂志上的论文检查了 1959 年的疫苗存样，分子分析显示疫苗中并没有黑猩猩的基因，也没有人类艾滋病和猿猴艾滋病病毒的痕迹。2004 年，《自然》的一项研究发现，即使疫苗用了黑猩猩的细胞，当地的灵长类动物所携带的病毒在基因上与人类艾滋病毒株也截然不同。随后的流行病学研究表明，早在口服脊髓灰质炎疫苗出现前 30 年，艾滋病病毒就已经隐藏在人体内了。牛津大学杰出病毒学家和进化生物学家爱德华·霍尔莫斯从新数据中得出结论：“从科学上讲，这是口服脊髓灰质炎疫苗理论的终结。”2019 年，科学家从刚果共和国一名已故患者在 1966 年留下的一小块组织中提取出了艾滋病病毒的遗传密码。通过基因测序，他们判定，早在一个世纪前，人类就已经染上了艾滋病病毒。

疾控中心帮不上忙。它向公众解释艾滋病会通过"体液"传播。关于"体液传播"，即使是最资深的记者，也不清楚其中的含义。2014年，《纽约时报》的劳伦斯·阿特曼曾告诉《大西洋月刊》："很长一段时间里，新闻界也不了解'体液'到底是什么意思，公共卫生官员同样不清楚。那个时代，有些字眼不会摆上台面来讨论，可能只出现在私人谈话中，不像今天这样开放。"[29]

在美国国家卫生研究院，布罗德、德维塔和福西组建了一支医疗急救队。[30] 尽管这项工作并没有引起公众注意，但布罗德说："在艾滋病流行的前三到四年中，美国国家卫生研究院做了许多关键性工作。"在后来的口述中，他表示自己很失望，因为"一些有作为的科学家和组织并没有对艾滋病的蔓延做出反应"[31]。

一些人认为艾滋病病毒不会广泛传播。当疾控中心确认艾滋病可以通过静脉注射传播时，这种观点得到了强化。[32] 这些患者绝大多数是异性恋者，但是由于他们是瘾君子，人们只会更加肯定，艾滋病是一种影响社会边缘人群的疾病。传染病专家谢尔顿·兰德斯曼博士问道："人们总是问艾滋病什么时候会传给普通大众。这个问题很荒谬，好像艾滋病患者不属于普通大众一样。言下之意，病人在将病毒传染给我们。"[*, 33, 34]

布罗德回忆道，从1982年到1984年，国家卫生研究院的研究人员研究众多理论时，"感到压力很大，也非常紧迫，因为知道得太少，总是无能为力。随着患者数量增加，他们身上的压力越来越重，社会上充斥着不信任和困惑，这让每个人的生活更加困难了"[35]。布罗德说："让国家卫生研究院更加焦虑的是，出现了各种'疯子'。用安迪·沃霍尔的话来说，这些人不仅能获得15分钟的名气，还可能通过散播没有科学依据的想法，而成就自己的事业。这极大地混淆了公众视听，并在一定程度上破坏了科学的严肃性。"[36]

国家卫生研究院研究人员研发了一些检测方法，用来识别可能在组织培

---

* 血液感染将全美10 000名血友病患者置于危险之中。最终，一半的人感染了艾滋病病毒，4 000人死于艾滋病。血库没有筛查捐献的血液是否携带可传播的病毒或细菌。即使有，当时也无法检测出艾滋病。

养中抑制艾滋病病毒的药物。尽管进行了数百次测试，但他们却一无所获。

1984 年，布罗德的研究小组将重点放在抗逆转录病毒药物上，希望它们能阻止病毒在人体中的复制。宝来威康、辉瑞、默克和罗氏也研究了这类药物。制药公司的高层没有一个支持布罗德。“我走投无路，去了一家享有盛名的公司，”布罗德后来回忆道，“一位高管给了我大约一分三十秒的时间，我非常失望。这只是一个典型的例子，这家公司其实根本没兴趣。”[37]

杜克大学的外科医生丹尼·博洛涅西安排布罗德与科学家们在宝来威康公司会面。布罗德对一种叫作“齐多夫定”的化学疗法很感兴趣。“齐多夫定”也被称为“叠氮胸苷”（AZT），问世已有 22 年。一位受过国家卫生研究院资助的学者在 20 世纪 60 年代中期研发了叠氮胸苷，但后来宝来威康公司买下了专利。宝来威康公司并没有出售过叠氮胸苷，因为它既有毒又无效。

宝来威康公司与国家卫生研究院的合作并不顺利。公司高管承认，虽然艾滋病很可怕，但市场太小了。

“他们明确表示，如果只有 3 000 名患者，他们基本上不会参与其中，”布罗德回忆说，“临走时，我说，‘你知道，我们的患者将不止 3 000 个。你们想要的市场就要来了’。”[38]

他们把布罗德叫回会议室。布罗德将疾控中心的灾难性预测告诉了他们。他说，除非国家卫生研究院与药企达成合作，否则他们根本无能为力。

宝来威康最终同意与国家卫生研究院合作。尽管宝来威康公司拿到了叠氮胸苷的许可，但由于研究不足，起初甚至无法生产样品，因为缺少了关键的基因成分。国家卫生研究院将缺失的基因链发给宝来威康公司，最终它才制造出足够的药物。国家卫生研究院对药物进行了测试，测试结果还不错。布罗德说，这是第一种可以“抑制艾滋病病毒复制”的药物。[39]

一些活动家希望可以尽快开始人体试验。他们争辩说，每耽搁一天，就会多一批人死去。他们抗议里根政府没有告诉公众艾滋病可以感染所有人，情况十分紧急。[40] 在艾滋病病毒暴发的最初几年，1976 年对抗猪流感的惨败，给政府留下了阴影。戴维·森瑟曾是疾控中心的要员，在猪流感风波中饱受诟病，后来辞职了。森瑟说，如果他不确定传染病是否真的会发生，他宁可谨慎行事。森瑟重新回到公众服务领域，担任纽约市卫生专员。活动家指责森瑟在艾滋病问题上“拖拖拉拉”。必须采取尽快行动的时候，森瑟又一次失败了。

过去，主流媒体在报道艾滋病病毒时行动迟缓、毫不在意，将其视为边缘人群的流行病，但到了 20 世纪 80 年代中期，它们却争先恐后地称艾滋病即将暴发。全国性杂志的封面引发了新一轮恐惧。“没有人能幸免于艾滋病”（《生活》）；“艾滋病是致命且无法治愈的传染病”（《人物》）；“最致命的疾病”（《时代》周刊）。[41] 一位美国医生在《柳叶刀》上撰文，将艾滋病的影响力与 14 世纪的鼠疫进行了比较。[42] 奥普拉·温弗瑞在她关于艾滋病的首场脱口秀中预测说：“现在的研究表明，三年后，1/5 的人，听我说，这难以置信，可能有 1/5 的异性恋者会死于艾滋病。1/5 啊！”[43]

当然，接下来三年里，这 5 000 万美国人并没有死去。在纽约市的 15 000 例艾滋病病例中，仅 8 例发生在异性恋之间。[44] 实际数字似乎并不重要，恐惧常常压倒理性。停尸房拒绝处理尸体，医院将患者拒之门外，或者把他们隔离开来。人们议论是否应该把病人送到疗养院或现代麻风病人收容所。还有一种说法是给艾滋病患者文身，以便起到警示作用。[45]

1984 年，全国知名专栏作家帕特·布坎南为《美国观察者》撰文称，艾滋病是“一种致命疾病，特别是在发生过性解放运动的纽约和旧金山”。根据布坎南的说法，这是同性恋解放运动的重要组成部分。“性解放结束了，它的真实面目也显露出来了：对人体生态的严重侵犯。把它叫作自然的报应也好，叫作神的旨意罪恶的代价或生态反冲也罢，无论哪种叫法，事实都表明，它完全破坏了人类健康。”布坎南预测：“如果不彻底改变他们的行为，这个群体可能会走向自我毁灭。”布坎南警告说，他并不是在散播“恐慌言论”，而是艾滋病病毒可能会变异，成为威胁“所有人”的“终结性流行病”。[46]

5 个月后，里根任命布坎南为白宫通信主任兼总统助理。[47]

激烈的言论产生了真实的结果。男同性恋者失业了，甚至疑似同性恋者也受到了影响。人们发起运动禁止他们担任教师或体育教练，一些社区请求当地医院不让他们从事医疗保健工作。[48]

人们疯狂排挤艾滋病患者。而与此同时，塞缪尔·布罗德及其国家卫生研究院小组于 1985 年 7 月开始进行叠氮胸苷人体临床试验。测试可能需要 8～10 年的时间。仅用了 20 个月，食品药品监督管理局就批准了叠氮胸苷，创下了纪录。许多有亲朋好友感染艾滋病病毒的美国人，忍受不了现代药物批准的慢速度。对他们来说，20 个月实在是太久了。[49]

为了避免在法律和商业营销权利上进一步拖延，政府允许宝来威康公司申请专利。宝来威康将药物更名为立妥威（Retrovir）。从叠氮胸苷面市的第一天起，宝来威康就把它标榜为一项“突破性”成果，是“隧道尽头的曙光”。[50] 全国性媒体报道称，叠氮胸苷对任何艾滋病病毒抗体测试呈阳性的人都有效。[51] 宝来威康忽视了食品药品监督管理局的建议。食品药品监督管理局建议，由于该药物具有较大副作用，只有那些病情最严重的患者才能服用。

当时该药的定价为每位患者每年需要支付 10 000 美元（不包括输血和血液检查）。这一价格震惊了艾滋病患者、活动家、医学界，以及开发该药的国家卫生研究院团队。它是制药史上最昂贵的药物。在公众的强烈反对下，宝来威康将价格下调至 8 000 美元，但它仍然是世界上价格最高的药物。35% 的艾滋病患者没有医疗保险，或是医保不报销这种药物，但宝来威康仍然坚持高价。[52] 后来，联邦政府介入了，为许多原本会被拒绝治疗的患者提供了补贴。

1989 年，《纽约时报》编辑委员会写道：“难以接受叠氮胸苷的高价，是因为所有发明和大部分风险都是由联邦政府承担的。”[53]

当一家非专利制药公司宣布将仿制生产廉价版的叠氮胸苷时，宝来威康向联邦法院起诉了这家公司，并且最终获胜了。这起诉讼最终闹到了最高法院那里。宝来威康辩称国家卫生研究院无权享有专利。宝来康威认为，布罗德实验室只是“帮了公司的小忙”，仅此而已。

尽管宝来威康因叠氮胸苷的定价受到媒体的猛烈抨击，也因其强抢药物发明的功劳而受到学术界和政府的批评，但公司股东们却很高兴。叠氮胸苷是该公司唯一获得巨大成功的药物。在叠氮胸苷发售前一年，公司上市了。1987 年 2 月，宝来威康将叠氮胸苷投放到市场上，该公司的股价立刻飙升了 500%。叠氮胸苷如此昂贵，以至投资者都期望获得创纪录的收益。他们算是押对宝了。1989 年，宝来威康的股价再次翻番。届时，该公司利润达到了 4.25 亿美元，而叠氮胸苷就占了 1/3。1994 年，叠氮胸苷的销售额超过了 20 亿美元。[54]

在旧金山，艾滋病肆虐了卡斯特罗社区，那里是男同性恋活跃的中心。1988 年 1 月 25 日，成千上万的人聚众游行。他们不是在庆祝同性恋解放，而是在抗议叠氮胸苷的高昂价格。抗议者制作的标语反映了他们的心声——“宝来威康的叠氮胸苷丑闻”“贪婪嗜命”。[55]

宝来威康经常会见艾滋病活动家和患者家属。其新闻发言人谈尽了仁义道德，却没有提到过定价，也没有满足公众的要求披露过叠氮胸苷的生产成本。

1989 年，百时美公司开始对第二种治疗艾滋病的药物双脱氧肌苷（DDI）进行临床试验，该药物有望减慢病毒的复制速度。美国国家卫生研究院和美国国家癌症研究所显然是从宝来威康的价格敲诈中吸取了教训。根据合同，如果百时美公司没有设定“合理价格”，政府可能会强迫其许可仿制药生产商生产双脱氧肌苷。

“哈利路亚，”这是剧作家拉里 · 克莱默的反应，他是艾滋病解放权利联盟（ACT UP）的创始人，“我祈祷百时美公司树立的伟大榜样能被其他救命药制造商效仿。”[56] 由于 1983 年颁布的一项鲜为人知的法令——《孤儿药法案》，制药公司每一种药物都能多赚数百万美元。要是克莱默和其他活动家知道这一点，那他们可能会对那些突然热衷于开发艾滋病药物的制药公司感到不满。该法案旨在鼓励制药公司开发药物来治疗罕见的疾病，包括多发性硬化症、亨廷顿舞蹈症、肌肉萎缩症、肌萎缩侧索硬化等。[57] 在 2 000 多种罕见病中，有许多是遗传病，也有一些是传染病和自身免疫系统疾病，以及罕见的癌症。它们之所以被称为“孤儿病”，是因为制药公司不生产相关药品，因为市场很小，它们很难获利。食品药品监督管理局的孤儿药研发办公室建议，一种药物要符合法律规定，它所治疗的患者数不应超过美国人口的0.05%，当时最多为 10 万名患者。然而，当食品药品监督管理局意识到多发性硬化症、图雷特综合征和嗜睡症被排除在外之后，该机构取消了按人口百分比的衡量方法，而是将最大人口数定为 20 万。但是实际上，孤儿病患者的数量通常要少得多，常常少于一万人，甚至有些在全球范围内只有数百人。[58]

赞成《孤儿药法案》的国会议员认识到，政府需要提供大量激励措施，以激发制药公司兴趣。该法案在孤儿药研发的每一个阶段都设立了经济刺激，随后的修正案还提高了税收抵免和研究补贴的额度。该法案要求纳税人提供高达 50 万美元的资金来资助早期研究，时长为 4 年。公司在研发上的所有支出，都可以得到 50% 的税收抵免，剩下的 50% 作为可扣除的业务费用。这意味着联邦政府为孤儿药支付了大约 70% 的研发费用。[59] 法案还简化了学术界和国家卫生研究院共同赞助的申请流程，免除了手续费，加快了食品药品监督管理局的批准速度。三项严格的试验被大大简化了。[60] 食品药品监督管理局还为它认为重要的临床试验提供竞争性资助。

《孤儿药法案》的撒手锏——为期 7 年的独家销售垄断，是为了确保制药公司有足够的时间赚钱，而不用担心竞争对手。[61] 尽管比普通药品的 17 年短，但该法案禁止所有竞争。它不仅禁止仿制药，也禁止派生药，除非这些药物在安全性或有效性方面有“重大”改进。一些制药分析师称之为“白金迷你专利”。这是制药公司最独特、最强大的定价工具之一。[62] 该法案的起草人错误地认为孤儿药永远不会盈利，而艾滋病却改变了这一状况。[63]

1985 年，宝来威康申请将叠氮胸苷指定为“治疗艾滋病”的孤儿药，7 月份，食品药品监督管理局批准了申请。这就意味着，除了宝来威康从国家卫生研究院那里获得的资助外，它还有资格获得大量额外的补贴和税收抵免。其他制药公司意识到，为了获得同样的利益，它们必须人为地将艾滋病患者分成小于20万人的子群体，这样就创造出了符合要求的罕见病。10年之间出现了17种不同的抗艾滋病孤儿药，12种治疗艾滋病相关的卡氏肺孢子虫肺炎药，9种治疗腹泻和消瘦的药物，5种治疗卡波西肉瘤、脑炎、贫血和肺结核等疾病的药物。[64]

食品药品监督管理局抗病毒部门负责人艾伦·库珀抱怨说，制药公司任意划分"艾滋病相关综合征"人群，但食品药品监督管理局却无法阻止它们。《孤儿药法案》明确规定，只有国会才能做出改变，而任何官员都不愿支持任何可能会被解读为减缓艾滋病治疗进程的举措。

制药公司已经熟知怎么钻空子了。后来的一项研究表明，它们"将同一药物的7年垄断权叠加在一起，因为适应证的差异可忽略不计"。另外，它们还为那些"几乎未做任何改进或只有微小改变的药物"申请孤儿药的权利。[65]这些公司利用了一个巨大漏洞，即一旦其药物获准用于少数处于艾滋病晚期的病人，它们就鼓励医生忽略说明书的要求，将其开给更多的艾滋病患者。"标签外用药"是指医生将药物用于治疗食品药品监督管理局未批准的疾病。[66]例如，在1984年，利福米德（LyphoMed）公司的喷他脒（pentamidine）获准用于预防和治疗临终艾滋病患者的卡氏肺孢子虫肺炎。然而，超过80%的销售额都来源于标签外用药。利福米德在两年内将价格提高了400%。7年垄断期满时，它因新的气溶胶版本，又获得了7年的垄断期。

30年后，情况并没有太大改变。生物技术公司推出了新一代艾滋病药物，接着就申请孤儿药保护。2019年最引人注目的案例是吉利德的特鲁瓦达（Truvada）。这款药物取得了突破，可用于提高安全的性行为，但它不是新药。[67]吉利德是位于加利福尼亚的一家生物技术公司，2004年获得了食品药品监督管理局批准，以减缓艾滋病病毒在患者体内蔓延。

在政府和私人的资助下，吉利德生产出如今的畅销药。2006年，疾控中心正在研究阻止艾滋病病毒感染健康人的药物。吉利德将特鲁瓦达免费发给疾控中心。疾控中心花了两年时间研究此药，并在灵长类动物身上做实验。最后，他们取得了重大突破，并为此申请了一系列专利。旧金山一位艾滋病研究人员用 5 000 万美元的联邦拨款进行了类似研究。国家卫生研究院赞助了双盲实验与安慰剂对照人体临床试验。比尔及梅琳达·盖茨基金会捐款 1 700 万美元，吉利德再次免费提供了该药。[68] 2010 年，临床研究结果表明，该药使艾滋病病毒的感染风险降低了 44%，这一成果在美国引起了轰动。[69]

2015 年，美国政府为特鲁瓦达的新预防应用申请了专利。吉利德公司提起了诉讼，要求阻止此项专利申请，称公司免费提供了测试所需的特鲁瓦达，而且自己的科学家在世纪之交就已经发明了这种药物。

迄今为止，法院一直支持吉利德。特鲁瓦达的制造成本为每月 6 美元。吉利德以每月 1 600～2 000 美元的价格向患者出售药物（涨幅高达 250 倍）。[70] 自从作为预防药物面市以来，特鲁瓦达每年都位列美国畅销药榜单前 20 名。每年销售额超过 30 亿美元，面世以来大约赚了 300 亿美元。吉利德的专利于 2021 年到期。

2018 年，两名艾滋病活动家和一名医生为《纽约时报》撰写了一篇专栏文章："美国在扩大特鲁瓦达使用方面惨遭'滑铁卢'。实际上，在 120 万可能受益于暴露前预防的美国人中，只有不到 10% 的人真正得到了它。原因很简单：定价太高。特鲁瓦达是美国唯一一种暴露前预防药，标价超过每年 2 万美元，实在太贵了，无法在 40 年间成为公共卫生药物。死于艾滋病的美国人，比我们在所有战争中牺牲的人数加起来还要多。科学已经给出了答案，但是吉利德的贪婪和政府的无所作为，使它无法救助那些最需要它的人。有一种药可以阻止艾滋病，我们可以让每个需要它的人都能得到它。"[71]

37 “与公众无关”

20世纪80年代初期，亚瑟·萨克勒虽然跟进艾滋病病毒的消息，但兴趣却不大。普渡从未研究过抗病毒药，它研制不出让国家卫生研究院满意的抗艾滋病药。同时，在萨克勒的药企客户中，似乎没有一个急于研发药物。

对于萨克勒来说，克服政府、制药公司与合作伙伴在艾滋病研究上的障碍似乎是一件很自然的事情。二战期间，萨克勒在先灵制药工作时，目睹了政府和一些制药公司的合作，将青霉素从一种前景光明的实验室化合物转化为一种特效药。萨克勒为这种社会积极性感到自豪。这一特质可以追溯到20世纪40年代，当时萨克勒为结束红十字会的血液隔离付出了努力。萨克勒有时会指责里根政府不愿将抗击艾滋病作为公共卫生事业的优先事项，因为里根政府对早期的受害者（男同性恋者和静脉注射瘾君子）抱有偏见。未能引起萨克勒注意的不仅限于艾滋病以及与之相关的政治争议。萨克勒对自己的大部分业务几乎都不感兴趣，因为他一心一意地想着一个问题：他那1 000多件珍贵艺术品应该遗赠到哪里。

自大都会博物馆的萨克勒侧厅与丹铎神庙开放以来，萨克勒兄弟对自己都有很高的看法。第一场展览展出的是来自图坦卡蒙少年法老墓中的珍宝。即使是以大都会博物馆、纽约圈层和艺术界的标准来看，这也是一场引人注目的展览。[1] 萨克勒认为这是“史诗级的首次亮相”，莫蒂默称这次展览“催生了'畅销'展"一词。[2]

托马斯·霍文在与萨克勒兄弟交往的过程中一直很体贴，也很和蔼。他辞去了博物馆馆长的职务，他让萨克勒兄弟觉得自己就是洛克菲勒家族和雷曼兄弟那般的大人物。霍文的接班人是大都会银行的副行长菲利普·德·蒙特贝罗。蒙特贝罗出生在巴黎，父亲是法国伯爵，参加过战争，他家的遗产可追溯到拿破仑时期。[3]

温文尔雅的蒙特贝罗对萨克勒家族没什么耐心。蒙特贝罗最初在大都会艺术博物馆担任欧洲绘画的助理馆长。后来，1966 年，萨克勒完成了第一笔交易，拿下了以其名字命名的画廊和地下室，用来存放藏品。蒙特贝罗的前任们曾多次试图说服萨克勒将大部分顶级亚洲藏品捐赠给大都会博物馆，但都以失败告终。蒙特贝罗觉得萨克勒很粗暴，萨克勒暗示蒙特贝罗要把藏品捐赠给别人。在被萨克勒激怒之后，蒙特贝罗决定不再被萨克勒要挟。很少有博物馆能与庄严的大都会博物馆相媲美，萨克勒应当感到荣耀才对。

蒙特贝罗认为，萨克勒无休止地"抱怨"博物馆对神庙的安排。萨克勒认为新馆长是"一个保守、亲欧的精英主义者"。[4]

就在丹铎神庙开放之前，《艺术新闻》上的一则报道加剧了萨克勒与大都会博物馆之间的紧张关系。它揭露了萨克勒在大都会博物馆地下室有间特殊的储藏室。[5]在接受采访时，博物馆的总顾问告诉记者，大都会博物馆发生的一切都"与公众无关"[6]。然而事实并非如此，大都会博物馆是由公共资金资助的。这篇文章引起纽约总检察长的兴趣，他开始调查为什么这么多年来博物馆花费将近 100 万美元来储存萨克勒的藏品。[7]尽管没有证据，但萨克勒坚信向媒体泄密的是蒙特贝罗。[*, 8, 9]

---

* 迈克尔·格罗斯在 2009 年出版了一本介绍大都会博物馆社会历史的书籍，叫作《罗格斯画廊》(*Rogues Gallery*)。他在书中写道，在此期间，让萨克勒感到恼火的还有一件事：在博物馆工作人员中同性恋占多数。萨克勒的一位前同事告诉我们："萨克勒对人不对事。如果他喜欢你，不管你做了什么，他都喜欢你。但是，如果他不喜欢你，那么你的一切他都讨厌。"

玛丽埃塔深信，萨克勒迫切想要“得到认可”，并深受其折磨。[10] 两人离婚后，萨克勒就开始追求比他小 25 岁的英国女孩吉莉安·莱斯利·塔利。[11] 1981 年，他们结婚后不久，萨克勒买下了纽约最具标志性的住宅之一——位于派克大街 666 号的一套带有 27 个房间的三层住宅。房子最初是由威廉·范德比尔特夫人于 1927 年委托建造的，但她却没有搬进来。《纽约时报》将其描述为“纽约有史以来最伟大的豪宅……把它称为‘豪宅’，就像把布加迪称为小破车一样”[12]。

萨克勒雇了四位全职策展人来负责亚洲藏品。1980 年，他们已经将 90% 的艺术品整理成 10 卷照片、介绍和出处汇编了。次年，萨克勒开始与梵蒂冈进行谈判，商讨如何展览他在美国的历史收藏品。萨克勒称之为“艺术与信仰”之旅。大都会博物馆和国家美术馆最初同意共同出资。然而，大都会博物馆改变了主意，和梵蒂冈协商自己的展览事宜。萨克勒怒不可遏。[13]

萨克勒和大都会博物馆的关系逐渐破裂，国家美术馆馆长卡特·布朗从中看到了机会。华盛顿特区的弗瑞尔美术馆向萨克勒抛出了橄榄枝。弗瑞尔美术馆建于 20 世纪初，当时实业家查尔斯·弗瑞尔捐赠了大量美国藏品和亚洲艺术品。[14] 1923 年，弗瑞尔美术馆向公众开放，但在此之前，史密森尼学会就已经接手了。作为美国第一家由纳税人资助的博物馆，它不允许外界通过借钱筹款或私人捐助的形式来换取命名权。20 世纪六七十年代，这些限制使它很难像私人博物馆那样购买重要的私人收藏品。弗瑞尔美术馆也渴望获得更多的展览和储藏空间。50 年过去了，其设计局限性渐渐暴露出来。

“实际上，就像《远大前程》中郝薇香小姐的豪宅一样，弗瑞尔被时间冻住了。”卡尔·迈耶写道。他写了一本书，专门介绍 100 年来美国对中国艺术的兴趣。[15]

1980 年，国会拨了 50 万美元给史密森尼学会，用于在国民广场建造两栋建筑，以储藏非裔美国人藏品和亚洲艺术作品。该项目在第二年就被搁置，因为它缺少资金来维护现有建筑物，更不用说扩建了。

萨克勒看到了机会，他让索内里希去谈判。1982 年，萨克勒宣布向弗瑞尔美术馆捐赠400万美元，并捐赠了1 000件他最珍贵的收藏品，价值5 000万美元。这让蒙特贝罗和大都会博物馆震惊不已。作为回报，史密森尼学会同意直接在弗瑞尔美术馆附近的国民广场建造亚瑟·萨克勒美术馆。这是国民广场上第一个以私人名字命名的现代建筑。在史密森尼学会的监督下，国会就这笔捐赠举行了听证会。最终，联邦政府中没有人愿意站出来阻止这笔交易。

一个月后，萨克勒又捐了750万美元给哈佛大学，用于建造萨克勒博物馆（最终为1 070万美元），补充了哈佛大学现有的美术馆——福格博物馆和布施-赖辛格博物馆。[16]

38 疼痛管理革命

在制药业中，公司通常会研发药物来治疗疾病。糖尿病、高血压、传染病等疾病带来了许多赚钱机会。然而，人们经常抱怨的慢性疼痛影响了无数美国人，也使制药公司陷入困境，找不到有效的治疗方法。

失败原因不是这些公司不想研发新药，而是它们束手无策。许多药物可以暂时减轻疼痛。吗啡、羟考酮、氢可酮等阿片类药物能有效镇痛，但是由于容易让人成瘾，它们被列入了《管制物质法》。

美国国家卫生研究院的一位药理学家和一位化学家在《科学》杂志上发表了一篇文章，概述多年来学术界和私企是如何致力于寻找一种不会上瘾的镇痛药的，但他们都失败了。二人得出结论，这种药不存在。

然而，一些医生打算颠覆传统医学对疼痛及其治疗方法的看法。他们重新评估了阿片类药物是否受到不公正对待，以及是否应该更广泛使用这类药物。这一运动无意间为萨克勒家族 1996 年研制的畅销镇痛药奥施康定的问世奠定了基础。

20 世纪 80 年代初期，医学院一直都告诉医生，疼痛只是一些潜在疾病的症状。医生总是寻找疼痛的原因，而不是把它当作一种单独疾病来治疗。那时还没有“疼痛管理”这一专业。[1] 约翰 · 波尼卡（John Bonica）是挑战传统观念的领军人物，后来被《时代》周刊称为“缓解疼痛之父”。波尼卡出生于意大利，曾是职业摔跤手、嘉年华大力士、轻量级世界拳击冠军，后来成为麻醉师。由于其运动生涯，波尼卡不得不忍受肩膀和臀部的慢性疼痛。他在 1953 年出版了一本长达 1 500 页的专著，叫作《疼痛管理》。

波尼卡认为，医生严重低估了疼痛，让数百万患者遭受了不必要的痛苦。1973 年，波尼卡组织了一场为期 7 天的会议，邀请来自 13 个国家的 350 名研究人员。[2] 次年，波尼卡联合创立了国际疼痛研究协会，《疼痛》（*Pain*）是该领域的重要刊物。[3] 三年后，医生和临床研究人员根据波尼卡的研究组成了多学科小组，创建了美国疼痛学会（APS）。[4]

1980 年 1 月 10 日，《新英格兰医学杂志》刊登了一封只有 5 句话的"致编辑的信"。这封信促使人们开始反思传统医学对阿片类药物风险的看法。不久，人们就意识到疼痛的重要性。这封信的作者是赫歇尔·吉克（Hershel Jick）博士和简·波特（Jane Porter）。他们检查了波士顿大学医院 39 946 名病人的记录，并做了总结。吉克是著名的波士顿协作药物监测计划的首席医生。该计划接受了国家卫生研究院和食品药品监督管理局的资助。判断数百种广泛使用的药物有多大可能会出现不良反应和滥用成瘾，这是美国所做的最大努力。[5] 两位学者报告说，近 1/3 的患者（11 882 名）"至少使用过一种麻醉制剂"，但他们只发现"4 位没有成瘾经历的患者对药物上瘾"。其结论非常明确，同样也有些"异样"："尽管医院广泛使用麻醉药品，但真正成瘾的人却很少。"[6]

吉克和波特的信引用了之前的两项药物监测研究。两项研究均只涉及住院患者，所有患者均在受控环境中服用小剂量阿片类药物。只有少数患者服用阿片类药物会超过 5 天。所有患者在出院时都没有镇痛药。[7]

著名的《新英格兰医学杂志》因发表同行评审过且具有开创性的健康研究而享有盛誉。那封只有 99 个单词的信之所以引起人们的注意，恰恰是因为它发表在这本期刊上。然而，即使最忠实的读者，也没有预料到它在未来会如何影响学界用阿片类药物来治疗疼痛的评估。鲜为人知的是，《新英格兰医学杂志》几乎从未有外部专家审阅过"致编辑的信"。[8] 如果他们将吉克和波特的信送去评审，编辑们会得出一个更加精确的结论：在医院的控制下，成瘾极为罕见。相反，在接下来20年里，这封信在教科书、医学期刊和其他出版物中被引用了600多次。[9]超过80%的人在引用这封信时没有提及研究对象是只服用过几天阿片类药物的住院患者；相反，人们广泛引用这封信来佐证阿片类药物的安全性。[*, 10, 11]

每当媒体提及吉克和波特的研究时，它们总是错误地夸大其权威性。一位加拿大心理学家在《科学美国人》上撰文称，1980年的那封信是“一项广泛的研究”，并将其结果改为“患者服用吗啡来镇痛时，很少会出现上瘾现象”。[12]《时代》周刊写道，“对药物上瘾的恐惧继续支配着美国医学界，但是这种恐惧基本上是毫无根据的”，它称这封信具有里程碑式的意义。但《时代》周刊的记者不太可能读过这项研究，研究的发表时间说是1982年，实际上是1980年；文章说研究追踪了波士顿近12 000名患者，实际上并没有；文章还说它“排除了那些有成瘾史的患者”，实际上也没有。[13]1986年，世界卫生组织的一份报告《缓解癌性疼痛》引用了这封信，以挑战几十年来的医学教条：广泛使用阿片类药物弊大于利。[14]

这份报告发表6周后，《疼痛》发表了一份令人吃惊的报告。31岁的罗素·波多尼（Russell Portenoy）是论文《阿片类镇痛药在非恶性疼痛中的长期使用》的第一作者，他是斯隆-凯特琳癌症中心的医生，专门研究麻醉学、神经病学、疼痛管理和药理学。另外一位作者是凯瑟琳·弗利（Kathleen Foley），他是疼痛管理领域的著名专家，是姑息性治疗的领头人。[15]

正如世卫组织的报告一样，波多尼和弗利也引用了吉克和波特的信，却

---

* 2017年，6名研究人员在《新英格兰医学杂志》上发表了他们对1980年那封信的所有后续引用的审查结果：“总而言之，我们发现那封信被大量并且不加批判地引用，以佐证‘长期使用阿片类药物很少会让人成瘾’的论点。我们认为，这种引用方式催生了一种叙述模式，减轻了处方医生对上瘾风险的担忧，从而加剧了北美的阿片类药物危机。”随后，《新英格兰医学杂志》发表了一篇罕见的编者按，附上了吉克与波特信件的原文：“出于公共卫生原因，读者应该意识到，这封信被‘大量且不加批判地引用’，以佐证服用阿片类药物不易上瘾。”吉克博士在2017年告诉美联社：“那封信被制药公司当成借口，这让我很难堪。”

没有依赖它。相反，他们介绍了自己的临床研究结果。该研究涉及 38 位使用麻醉性镇痛药的患者，有 1/3 的人使用羟考酮长达 7 年。斯隆–凯特琳癌症中心是美国少数在神经科提供“正规疼痛治疗”的医院之一。[16] 弗利是其负责人，波多尼在那儿见证了西塞里 · 桑德斯在伦敦看到的一切：阿片类药物改善了许多癌症晚期患者的生活质量。在研究中，有 2/3 患者的疼痛明显或完全缓解了。两位医生报告说阿片类药物“没有毒性”，只有两个患者有成瘾问题，他们均有“药物滥用史”。[17]

“我们得出结论，对于那些有顽固非恶性疼痛并且无药物滥用史的患者来说，服用阿片类药物是一种安全、有效和更人性化的选择，比做手术或放弃治疗都要好。”[18]

开始研究时，波多尼和弗利期望发现与那封信相悖的结果：较高的成瘾相关性。他们得出结论，国家癌症研究所和联邦政府没有兴趣对医生进行阿片类药物的教育。相反，正如弗利后来说的，制药公司成了“我们的教育伙伴……是制药公司想要改善疼痛管理”[19]。

波多尼和弗利的论文引发了争论，有时还相当激烈。人们纷纷讨论阿片类药物是否被打上不公正的标签，因此在疼痛管理领域未得到充分利用。[20] 当弗利专注于姑息性治疗和临终关怀时，魅力超凡的波多尼开始为重新评估阿片类药物而奔走。[21]

波多尼是一位聪明的医生，喜欢临床研究，他相信自己站在了重新评估关于阿片类药物陈旧观点的前沿。通过这样做，数百万未治疗的患有慢性疼痛的患者可能会得到帮助。尽管波多尼在 1986 年的研究中曾指出，在进行进一步临床研究之前，研究人员应将阿片类药物视为“替代疗法”，但这种谨慎往往会被其热情淹没。波多尼有时称阿片类药物为“大自然的馈赠”，有时还严厉斥责那些因“阿片恐惧症”而不敢开药的医生。

纽约的神经学家、加州的精神病学家以及北卡罗来纳州的疼痛医生组成了非正式医生网络，为重新评估工作做出了贡献。美国疼痛医学学院成为第一个专门研究疼痛管理的医师组织。其次是美国成瘾医学会，口号是“成瘾是一种慢性脑疾病”。打前锋的医师们鼓励慢性疼痛病人组成宣传团体，请求食品药品监督管理局和国会放松对阿片类药物的分配限制。

1990 年，美国疼痛学会会长米切尔·马克斯（Mitchell Max）博士在《内科学年鉴》上发表了一篇广受读者欢迎的社论。在这篇文章中，马克斯抱怨诊断和治疗疼痛方面没有看到医学进步。马克斯写道：“与‘生命体征’不同，疼痛不会出现在图表的显眼位置，也不会出现在床边或护理站。”医生很少因未能治疗疼痛而“被追责”，“没人做缓解疼痛的工作”。[22]

失败的部分原因是，患者经常不告诉医生他们的疼痛。马克斯认为，最简单的解决办法是要求医生每次诊病时询问患者是否疼痛。几十年来，医生在检查患者时一直注意四个生命体征：血压、脉搏、体温和呼吸。詹姆士·坎贝尔（James Campbell）博士建议“将疼痛列为第五个生命体征”[23]。

医生不愿单独治疗疼痛的其中一个原因是，没有像测血压或胆固醇那样的诊断。这类似于精神障碍评估，是一种基于医生观察与病人描述的主观评估。对于抑郁症、焦虑症与其他精神病患者而言，一些人的日常生活受到轻度影响，而另一些人则完全无法正常工作。疼痛也是如此。一位患者口中限制其行动力的中度疼痛，可能在另一位患者口中就是“重度疼痛”。

随着越来越多的人开始用 20 世纪 60 年代的汉密尔顿抑郁量表来衡量焦虑和抑郁，一些“评估疼痛”的工具在 20 世纪 80 年代中期开始流行起来。麦吉尔疼痛指数用了 78 个单词来描述疼痛，分为 20 个部分，患者可以选择最能描述其疼痛状态的单词；纪念疼痛评估卡有 8 条简化的描述，分别标明了疼痛强度；俄克拉何马州一名儿科护士兼儿童生活专家绘制了一张图表，上面有 10 张手绘的脸，表达了高兴、大笑、愤怒和哭泣。脸谱疼痛等级量表使孩子们很容易挑选出最接近他们当天疼痛感受的面孔。这个量表很快就出了成人版，分为 1～10 级，1 级表示“非常轻微，几乎没有感觉”，10 级表示“难以言喻的疼痛”。

尽管疼痛量表依赖患者的主观评估，因此很容易出错，但它们被认为是第一批疼痛的基本测量方法，医生可以用它们来判断患者的疼痛是否好转。

从这个意义上说，患者的疼痛阈值高低都无关紧要，重要的是，他们的疼痛是否会随着时间的推移而改善。联合委员会是一个独立的非营利性组织，负责认证美国96%的医院和诊所。该组织认可了“疼痛应该是第五个生命体征”这一概念，这还是首次。后来，退役军人事务部也认可了这一说法，私营部门紧随其后。[24]

波多尼在1986年的一篇文章中总结道：“阿片类药物维持疗法是一种安全、有益且更人道的选择。”在这篇文章之后，医生倡导者在接下来几年内又发表了数十篇。他们的论文总是基于小型试验或传闻。他们支持“阿片类药物不应臭名昭著”，也支持“它们对治疗长期慢性疼痛非常有效”。[25]在其论文脚注中，“长期”通常意味着12～16周，“有效治疗”意味着“优于安慰剂”。[26]

专门从事疼痛管理的麻醉师兼牙医戴维·哈多克斯用一种独特而又有争议的理论推动了疼痛评估运动的发展。哈多克斯在《疼痛》中提到医生未能治疗17岁白血病患者的疼痛。哈多克斯曾担任美国疼痛医学科学院院长，后来还在普渡制药工作过。哈多克斯说，医生医术不精，“导致了与特发性阿片类药物依赖症（上瘾）相似的变化”。哈多克斯认为，假性成瘾是患者无法控制的。医生未能开出足够镇痛药时，无意中就会造成假性成瘾。这改变了患者的行为，但大多数医生却将其误解为药物上瘾。哈多克斯认为，这只能表明患者渴望获得足够的药物来缓解疼痛。要解决假性成瘾的问题，医生得开出更多麻醉性镇痛药。[27]

美国三大疼痛协会都接受假性成瘾这一说法，它们在一份联合声明中宣布：“假性成瘾与真正上瘾的区别在于，只要能有效治疗疼痛，那些行为就可以消失。”[28]过了25年才有一项全面的研究，揭示了在引用“假性成瘾”的224篇科学论文中，只有18篇提供了依据，甚至还是最肤浅的传闻逸事。该研究得出的结论是，假性成瘾本质上是一种“虚假上瘾”，并且“在文献中大量出现，以作为阿片类药物治疗非晚期疼痛的理由”。[29]

就在“假性成瘾”一词出现的同一个月，十几位著名的内科医生在《新英格兰医学杂志》上发表了《医生对绝症病人的责任》。尽管文章针对的是绝症患者，但其结论成为重新评估运动的口号："适当剂量的镇痛药足以缓解疼痛和痛苦。让患者体验难以承受的疼痛或痛苦是不道德的。"[30]

要了解这项运动的进展，可以看看有多少个州立法通过了"顽固性疼痛治疗"。这些法律承认患者有权治疗自己的疼痛，如果医生开的麻醉药导致药物上瘾，他们可以使医生免受刑事或民事责任。1984 年，新泽西州是第一个通过这项法律的州。几年后，又有 18 个州加入其中。[31]

波多尼及其同事争辩说，阿片类药物应该是"顽固性非恶性疼痛且无药物滥用史的患者的首选治疗方法"[32]。他们没有确定最大剂量，而是要求阿片类药物的剂量足够缓解患者的疼痛。[33]

对于积极疼痛管理这一新兴领域来说，随意开阿片类药物是一种完美的补充。阿片类药物通过阻断大脑受体发送和接收疼痛信号来减轻疼痛。他们没有采取任何措施来治疗引起疼痛的潜在疾病。"不治疗疼痛是玩忽职守"和"阿片类药物几乎是所有人的可靠选择"两个主题互相加强。[34]

为了推出阿片类镇痛药奥施康定，萨克勒兄弟焦头烂额。但是，20 世纪 80 年代中期，重新评估运动轰轰烈烈的时候，奥施康定尚未面世。当疼痛成为第五个生命体征之时，它还处于研发的最早阶段。一些人怀疑普渡制药和主要的医生倡导者之间的合作，因为这些人发现很难相信他们在降低成瘾概率的问题上是完全错误的。然而，他们错了并不意味着他们不真诚。医学与制药行业的历史，充斥着从高级底座到废弃垃圾箱的实践和产品。[35]

接下来 10 年中，普渡制药做了其他使用阿片类药物的制药公司会做的事情：花费数千万美元来为运动最前沿的医生、宣传团体和疼痛学会提供保险及资助。[36] 这些先驱来公司当讲师，获得了丰厚报酬。普渡制药和其他制药公司资助了医学院的课程、专业会议、公费旅游，甚至还赞助了以疼痛为重点的继续教育课程。同时，与推广其他重要药物一样，一些政府官员，甚至食品药品监督管理局的政府官员在一番迂回之后，最终还是为普渡制药等销售自有阿片类药物的公司工作。普渡制药及其竞争对手为这些倡导者花钱，仅仅是因为他们推广了公司有关疼痛治疗的想法。[37]

制药公司的大量资金是否会让早期支持者更不愿意承认其错误，因为很久以后才有报道称，普渡制药的阿片类镇痛药比预测中更容易上瘾。这是个很难评估的问题。他们读了相同的新闻报道，内容包括过量服用处方阿片类药物的案例不断增加，非法转移、住院人数以及与阿片类药物相关的犯罪激增。让他们不愿承认错误的不仅仅是制药公司的钱。倡导疼痛管理的医生受人尊敬，因为他们勇于挑战古老的医学教条，而承认这一错误会给其职业生涯抹上污点。

至少在公开场合，他们仍然坚持旧观点，即使自己私下其实另有想法。重新评估运动的主要支持者罗素·波多尼似乎从未动摇过早期的想法。2010年，波多尼登上《早安美国》这一电视节目。这时再回顾过去的10年，有30万美国人死于阿片类药物过量。不过，当被问及上瘾风险时，波多尼向美国广播公司（ABC）的400万观众保证："治疗疼痛时，药物上瘾显然不常见。如果患者既没有吸过毒，也没有严重精神疾病，那么大多数医生可以确信，患者不会上瘾。"[38] 但是，就在那年，波多尼怀着一种更加深思熟虑的心情私下向另一名医生透露："我在20世纪80年代末和90年代做了无数次关于成瘾的讲座，但那些都不足为信。"[39]

39 仿制药时代

在英国销售六年后，1986 年，美施康定在美国仍然没有面市。由于其有效成分吗啡是附表 II 的管制物质，因此它受到食品药品监督管理局的特别关注，审批时间比正常流程长很多。雷蒙德和莫蒂默暗中抱怨过龟速一般的审核。困扰他们的是所有制药企业都会遇到的问题：将药品投入市场的时间会影响专利保护。[1] 1962 年，《科夫沃-哈里斯修正案》让临床试验变得更加严格。在此之前，超过 90% 的药物提交给食品药品监督管理局，不到一年就获得了批准。由于药物一问世，专利就开始生效，因此食品药品监督管理局的审批会折损销售价值。[*, 2]

20 世纪 80 年代，一种药品从发明到通过批准需要 6 ～ 8 年的时间 [3]，其研发成本达数亿美元。[4] 传统制药公司认为，花了这么多钱，却只得到这么点专利保护，实在不划算。[5] 调查显示，一旦药物专利过期，高端品牌药物的销售额一年内下降达 80%。[6] 10 年后，辉瑞公司降胆固醇的畅销药立普妥

---

* 美国是最后一个使用“首次发明”（FTI）专利标准的国家。判定依据是发明人申请的专利 / 商标 / 版权，有时也根据发明创造的时间，至于是否有其他人申请专利则不重要。只要发明人能够证明他最先有了这个想法，他就可以获得专利权。2011 年，奥巴马总统签署《美国发明法案》，将美国的专利标准转换为“首次提交”（FTF）。对于 1995 年 6 月 8 日之前提交的专利，专利期限为首次提交之日起 20 年或颁发之日起 17 年，以时间较长者为准。生物制品（12 年）和小分子药物（通常是具有简单有机成分的药丸，5 ～ 7 年）也有不同的专利期限。

就是典型。受到专利保护时，其销售额高达 53 亿美元一年；次年专利失效时，销售额就骤降到 9.32 亿美元了。[7]

制药公司曾试图缩短药品从研发到上市的时间。在最大的 12 家制药公司中，一半公司花费了数十亿美元在结合化学和基因组学领域进行技术研发，这两个领域都有望加速药品研发速度。[8] 另外 6 家公司并未从头进行技术研发，而是选择收购生物科技领域的创新公司。长达 10 年的制药业并购热潮由此展开。[9]

然而，花数十亿美元开展新的研发，或者是以高昂价格收购生物技术公司，对于像普渡制药这样的小型制药公司而言，一点也不现实。不出所料的是，它们和大制药厂一样，也找到了方法来扩大对于畅销药品的专利垄断。它们没有斥巨资开发新药，而是在旧药上做手脚。它们通常通过改变药物的使用方式、涂层的化学成分甚至药物的分子结构来获得专利延期。

这样的非治疗性修改可以获得 3 ～ 5 年的专利延期。有时候，制药公司会成功说服医生和患者，为这些微小修改支付额外费用。值得一提的是，要想获得一项新专利，并重新计算专利生效日期，不仅需要非治疗性变更，更需要药品展示一种“二级医疗用途”，以证明具有与最初批准时不同的疗效。

制药公司的研究部门一直在寻找现有产品线的其他治疗用途。然而，出乎意料的是，这些医疗用途大多不是在实验室里发现的。相反，大多数突破是医生标签外用药所产生的。法律认为，医生具有足够专业的知识，可以使用他们认为合适的药物。他们可以更改批准剂量，将一种已批准的药物与其他药物合用，或者在药品公司未经临床测试的条件下使用。[10]

据估计，在美国，医生开出的所有处方中，有 1/4 到一半是标签外使用的。[11] 那些标签外使用药品的医生实际上在进行他们自己的非正式临床试验。况且，没有规定要求医生告知患者他们正在违规使用药品。美国医学会和其他专业医学协会已酌情披露了这一情况，但它们仍担心要求医生告知患者违规使用会使许多患者感到不安。[12]

但至少，标签外用药规避了食品药品监督管理局对药品安全性和有效性的测试。[13] 哈佛医学院的两位教授在《新英格兰医学杂志》上指出，标签外使用绕过了制药公司和临床试验的所有严苛测试……而正是这些测试，保障了药物对于特定用途的安全性和有效性。[14]

1938 年，当医生刚被授予药品标签外使用权时，美国销售的处方药还不到 20 种。当时包括抗生素、镇静剂和降压药在内的一类药物还未问世。当然，普通药物并不复杂，远比不上后来的生物科技药物。1938 年以来，食品药品监督管理局批准了大约 1 500 种药物。[15] 如今，医疗和制药行业更加复杂多变。哈佛大学研究人员警告说，如果没有食品药品监督管理局，“巨量的‘信息’会将医生和患者吞没，而制药商会借机推销药物”。即使没有任何一条信息存在“技术欺诈性”，但是巨量信息堆叠在一起，也可能会制造药物安全有效的假象。没有一个执业医师有时间在信息浪潮中独自分辨信息的准确性。[16]

然而，制药企业却不能像医生一样拥有不受约束的自由裁量权，因为对于任何制药公司或其雇员而言，建议医生违反食品药品监督管理局批准条例来使用药物是违法的。在食品药品监督管理局批准任何变更之前，药企必须提交补充新药申请，并提供有效性和安全性证据。

对于医生来说，他们不需要为药品标签外使用提供任何理由。肿瘤学家经常在标签外使用化疗药物，因为一种被批准用于某一类癌症的化疗药物，可能在治疗其他类型的肿瘤中会有不错的疗效。心脏科医生有时会用治疗高血压的药物来治疗充血性心力衰竭或者焦虑。此外，针对老年患者，尤其是那些长期护理机构中的老年患者，大部分的抗精神病药都属于标签外使用。[17]

实际上，无论一款畅销药在食品药品监督管理局批准的用途内被使用 1 000 万次，还是半数销售额都来自标签外使用，这都和制药公司的最终盈利没有关系。当涉及标签外使用的处方达到临界点时，制药公司便向食品药品监督管理局申请“另一种医疗用途”。

许多制药公司流传着标签外使用导致药物畅销的故事。两种降压药展现出的副作用，使其出人意料地变成流行的“生活方式”药物。1979 年，食品药品监督管理局批准了厄普约翰公司的米诺地尔在控制高血压方面的应用。在科罗拉多大学，一位一年级的实习医学生请皮肤科主任检查一名皮肤异常的40多岁患者的情况。米诺地尔降低了她的血压，但她的腿、胳膊以及发际线都长出了毛发。主任半开玩笑地说："如果我们可以把头发移植到头顶，那可真是太棒了。"[18]于是，这样的新式生发疗法开始为人所熟知。脱发的人开始询问医生如何才能接受这样的治疗。从20世纪80年代初期开始，美国的皮肤科医生开出的米诺地尔的数量，是心脏科医生开出的两倍还多。美国各地开设了数十家"生发"诊所。当厄普约翰无法满足市场需求时，美国医生就从国外分销商处订购了米诺地尔。[19]直到1988年食品药品监督管理局批准一种名为落健（Rogaine）的全新药物之后，情况才得以改善。

落健上市一年后，辉瑞的科学家发现了枸橼酸西地那非，一种治疗肺动脉高压（肺部血压过高，导致呼吸急促、疲劳和胸痛）的药物。奇怪的是，治疗医师很快便发现，男性患者"并不想退还未使用的西地那非"。一位护士后来回忆说，临床试验期间，她去测量病人的血压时，发现诊所里的男人都趴在床上。直到那时，她才发现西地那非的副作用是引起勃起。

辉瑞公司没有忽略"增强性能力"处方药的蓬勃发展。辉瑞公司随后发现用于"增强性功能"所开的西地那非处方越来越多。在互联网时代之前，很多男性误以为西地那非可以增大生殖器官，这样的误解使西地那非开始为人所知。[20]同时，西地那非在娱乐性吸毒者中也很受欢迎。在巡回聚会中，人们把西地那非和毒品狂喜混合在一起，称其为"性狂喜"。直到1998年，辉瑞公司的万艾可才获得食品药品监督管理局的批准，用以治疗新近出现的"勃起功能障碍"。[*, 21, 22]

---

* 落健的销售从未达到上市前的预期。媒体把它吹捧为一种治疗秃发的方法，但患者使用后却没有显著效果，从而导致销量惨淡。落键刚上市的6个月间，厄普约翰的营收额是7.76亿美元，而其中只有1 100万美元来自落健的销售。万艾可却是一炮而红。1998年5月27日，万艾可开售的第一天，美国药剂师手里都没药了，于是竞争公司称万艾可为"辉瑞功臣"。十多年间，万艾可给辉瑞创造了超过20亿美元的财富，并创造了一个新的药品类别。2003年，礼来公司治疗勃起功能障碍的新药希爱力，一经发布就成为销量冠军。

在斯坦福德总部，有女性向医生询问一种治疗痤疮的药物。这个时候，奥斯麦克尼尔才发现这种三周期节育药物有治疗痤疮的作用。食品药品监督管理局允许巴尔制药公司将其季经避孕药出售给希望减少月经周期（“月经抑制”）的妇女。大量标签外使用使得拜耳公司的口服避孕药亚兹通过了食品药品监督管理局的批准。该药不仅可以治疗痤疮，还可以治疗经前烦躁不安——一种经前期综合征，直到1987年才被确定为单独的症状。

1991年，艾尔建（Allergan）以800万美元价格收购由旧金山眼科医生研发的毒性药品肉毒素时，还只是一家眼部护理公司。[*, 23, 24] 食品药品监督管理局在1990年批准肉毒素可以用于罕见疾病的治疗：良性特发性眼睑痉挛，一种渐进的神经疾病，会导致眼睑痉挛以及斜视；还可以治疗视力丧失。[25] 之后不久，医生发现肉毒素可以改善眼部注射部位的皱纹情况。这时肉毒素已经更名为保妥适（Botox），销量从此大增。当时婴儿潮一代都希望缓解衰老，导致皮肤科和整容医生无法满足其需求［由于10%的保妥适使用者是男士，所以“保妥适”又被称为“伯妥适”（Brotox）］。HBO热播剧《欲望都市》中，资深公关萨曼莎·琼斯的扮演者金·凯特罗尔，使保妥适成为一种流行文化：“我不相信婚姻可以缓解衰老，但保妥适可以。”[26]

在保妥适标签外使用的10年里，不幸发生了。数以万计的患者为了暂时减少面部皱纹，每次花费四五百美金的价格接受保妥适治疗。但他们可能不知道，此种用法没有经过食品药品监督管理局的批准。同样，他们也不知道保妥适的活性成分肉毒杆菌毒素，被疾病控制与预防中心和生化专家列为世界上最致命的神经毒素之一。旧金山的眼科医生在20世纪70年代进行肉毒素研究时，得从马里兰州德特里克堡生物研究中心才能获取。这种毒素和密封不良的罐头中滋生的细菌一样有毒。食用肉毒素可能会导致神经麻痹，甚至死亡。[27]

---

* 眼科医生艾伦·斯科特一直在寻找治疗斜视的方法。在猴子试验中，斯科特注意到在猴子眼睛周围注射药物时，前额的皱纹会减少。几十年后，斯科特对记者说：“我对那些有实用价值的方面不太敏感，我是一个好医生，也是一个不差的实验员，但我不是一个好商人。”

没有比保妥适更好的案例，来证明美国医生拥有不可侵犯的标签外使用处方药的权利。当时，食品药品监督管理局还未禁止在眼睛周围或是额头注射肉毒素。另外，当时也没有研究证明肉毒素会进入并损伤神经系统。那么人体产生的抗体是否会在对抗毒素之后，转而自发攻击其他细胞呢？每隔4～6个月，注射药物是否又会削弱人体免疫力呢？

事实证明，其他一些大规模标签外使用的药品也带来了灾难性后果。20世纪50年代后期，卤代酰亚胺在欧洲获准成为非成瘾性的睡眠辅助剂，但是医生却将此药物用于控制孕妇的晨吐。[28] 正是这种未经批准的使用导致了婴儿出生畸形，终止了沙利度胺的标签外使用。[29] 氟苯丙胺是一种批准用于减轻肥胖患者体重的药物，而医生一般将其和一种相关药物——芬特明（俗称“芬芬”）混合后使用。除了病态肥胖患者，还有200万病人也在使用这种混合药物，而这些人只是单纯想减肥。两年来，大量报道称氟苯丙胺的使用会导致心脏瓣膜疾病和肺动脉高压，氟苯丙胺随即停止销售。[30] 无独有偶，惠氏必须停止激素替代疗法倍美安的所有销售。其宣称可以“预防心脏病”，但随后有一项大规模研究表明，倍美安会显著增加罹患乳腺癌的风险。

2002年，艾尔建的保妥适终于通过了食品药品监督管理局的批准，可以“暂时改善65岁及以下患者的眉间皱纹”。这是有史以来第一个被批准严格用于美容目的的药物。2001年，保妥适仅在不到5万个非手术的美容治疗中被使用，但其销量却突破了4 000万。尽管后来食品药品监督管理局要求必须在保妥适贴上黑框标签，警告会导致罕见且致命的并发症（两名脑瘫儿童在三肌萎缩症治疗期间死亡），也没有影响保妥适的销量。这是由于保妥适只在诊所或医生办公室分发，因此患者从未在包装盒上看到警告，而且几乎没有医生会提到这个警告。在食品药品监督管理局发出黑框警告之前，保妥适就已经成为艾尔建最畅销的药品，并且保持了15年。它稳定占到公司年利润的20%左右（2018年利润为32亿美元）。

辉瑞公司的乐瑞卡（通用名“普瑞巴林”）最初被批准用于治疗癫痫和

重度焦虑症，但医生将其广泛用于治疗脊髓损伤和糖尿病神经病变。在专利到期之前，辉瑞已经获得了食品药品监督管理局的批准来治疗上述病症。[31]这仅仅扩大了乐瑞卡和辉瑞同类非专利药加巴喷丁的标签外使用。它们位列使用最广泛的药物榜单，用于治疗多种疼痛、慢性咳嗽、更年期潮热甚至抑郁症。2019 年 3 月，两名南卡罗来纳大学的医生在《新英格兰医学杂志》上发表文章指出，在“许多严格的对照研究”中，乐瑞卡治疗疼痛的效果并不比安慰剂好多少。[32]

研究人员之一的克里斯托弗·古得曼对《纽约时报》的简·布罗迪说道：“患者和医生应该了解，乐瑞卡在很多使用状况下并不能被证明是安全的，并且可能会产生副作用，例如嗜睡、头晕和行走困难。”[33]

但这些警告并没有影响乐瑞卡的销量。2011 年以来，乐瑞卡销量的一半，基本上来自标签外使用。在这 8 年间，乐瑞卡几乎一直处于世界十大最畅销药物之列，为辉瑞带来了 375 亿美元的收入。[34]

而萨克勒公司并不觉得美施康定会因为标签外使用而成为畅销药。标签外使用的唯一限制是，禁止使用任何管制药物。[35]于是普渡制药必须集中精力谨慎寻找扩展专利的方法。普渡制药和萌蒂制药以及萨克勒一起，开始研究让美施康定获得专利拓展资格的方法。实验室技术人员测试了数十种不同的缓释包衣，希望将服药剂量从每天两次调整到每天一次。研究人员采用了分散法，以便更好地控制药物的峰值血液水平。这将使医生根据病人情况改变用药，而另一个方向的研究是悬浮液技术，它可以将药物溶解为粉末。

一项为期 10 年的研究发现，在最畅销的 100 种药物中，有 80% 通过“更新改进”申请获得了至少一项专利扩展，其中超过一半的产品有多个专利扩展。[36]普渡制药的畅销阿片类镇痛药奥施康定，自 1996 年发布至今，获得了 13 项专利，其专有销售权可延长至 2030 年。

普渡制药和萨克勒联合药品制造商协会，努力让美国国会通过使所有专利延长 7 年的提议。这样的提议会为药品提供长达 24 年的专利保护，并且会为普渡制药节省“更新改进”药品的成本。自 1980 年以来，药品制造商协会的35名董事，在每届立法会议上都会游说美国国会延长专利保护期限。美国国会原本将在1982年通过一项药品制造商协会起草的法案，但仿制药制造商的反对却导致投票推迟。它们主张，任何延长传统制药公司销售药物专利保护的提案，都应该成为更广泛立法的一部分，从而更容易获取仿制药。[37] 正如主流制药公司抱怨《科夫沃-哈里斯修正案》使食品药品监督管理局的审批过程变得痛苦一样，仿制药公司也抱怨延长专利的法律会使其药品难以上市。[38]

沙利度胺灾难发生后，《科夫沃-哈里斯修正案》将重心放在药物安全上。这就是为什么新药上市必须接受更为严苛的临床测试。所有安全性和有效性的测试数据，都为申请专利的公司所有。有一些人会在科学期刊上分享这些测试数据，另外的人则会保密。除了被豁免的抗生素，该修正案使得仿制药厂商生产其他药品困难重重。《科夫沃-哈里斯修正案》要求仿制药厂商提交一份详尽的申请，通过严谨科学的手段，证明其仿制药是安全有效的。如果做不到，那它们只能自己进行昂贵的临床试验。更为棘手的是，对于非专利药制造商而言，食品药品监督管理局堆积了许多名牌制药的申请，于是经常到最后才处理仿制药厂商的申请。[39] 食品药品监督管理局，这个被《纽约时报》形容为"联邦政府中最受批评、士气低落、分裂的机构"，已经无法掌控其在20世纪70年代获得的巨大权力。[40]

参议员泰德·肯尼迪在卡特政府的领导下，致力于解决药物批准程序中的缺陷，1978年的《药品监管改革法》就此产生。除其他条款外，该法赋予食品药品监督管理局更多自主决定权，以便能在临床试验完成之前迅速批准一种突破性的救命药物。该法案还扩大了食品药品监督管理局规范制药厂生产流程的权力，同时要求制药公司在药品上市后进行药品效能调查。另外，在亨廷顿舞蹈症（一种致命的脑部遗传病）的患者宣传小组的鼓励下，肯尼迪在新法规中批准建立了美国临床药理学中心，其任务之一是解决孤儿药研发不足的问题。

但新法律并没有涉及有关加快食品药品监督管理局批准药物申请的内

容。[*,41] 许多仿制药的申请仍旧非常缓慢。同时，食品药品监督管理局也没有办法加快审核速度。罗纳德·里根兑现了竞选时的承诺——削减政府机构的规模。在第一个任期内，里根削减了食品药品监督管理局的预算，并裁员 600 人。[42] 当时的药品批准部门并不是唯一一个人手不足的重要部门。在心理健康服务管理局和卫生与公共事业部的支持下，患者组成的宣传团体多年来一直恳求食品药品监督管理局对巴比妥类睡眠辅助药物安眠酮（甲喹酮）采取行动。罗勒公司最著名的产品是非处方抗酸药美乐事，它是安眠酮的前身，于 1972 年开始销售。不到 10 年时间，这种白色药片成为俱乐部中最受欢迎且滥用的药物。药厂借着“压力诊所”的名义，转移了数以千计的药片。到了 1980 年，超过 3/4 的安眠酮是由不到 12 家药厂开出的。[43] 安眠酮被称作安眠药、迪斯科饼干和四方形，导致住院人数激增、迷奸案甚至用药过量致死等情况。然而，食品药品监督管理局从未设法通过一些实质性的措施来限制配药过程，只是在药物标签上做一些可有可无的改变。1984 年，美国缉毒局迫使食品药品监督管理局将安眠酮列入《管制物质法》附表 I，使其无法在美国合法销售。[44]

同年，加州国会议员亨利·瓦克斯曼和犹他州参议员奥林·哈奇开始与仿制药贸易协会和药品制造商展开谈判。他们见面时，许多仿制药制造商已经放弃了仿制药品的尝试，甚至放弃了那些专利已经过期的药品。到 1984 年，已经有近 150 种品牌药物失去了专利保护，却没有相关仿制药的申请通过食品药品监督管理局的批准。[45] 少数尝试违禁生产的仿制药制造商受到大制药厂法律部门的阻挠。1984 年，罗氏制药在一起备受瞩目的专利侵权案中战胜了仿制药公司博拉。华盛顿巡回法院甚至禁止博拉公司在罗氏制药的专利到期之前进行生物等效性试验。随后，博拉提议法院考虑“实验性使用”豁免权，使其和其他仿制药制造商在品牌药物专利过期时，可以向食品药品监督管理局提交申请。法院对此表示同情，但裁决这是一项“仅适用于

---

* 从 1992 年开始，制药厂开始同意向食品药品监督管理局支付“加速批准”和“优先审查”的特殊费用。

国会的立法活动”[46]。

限制仿制药竞争的代价是，患者需要花双倍甚至十倍的价格来购买品牌药。[47]因此，瓦克斯曼和哈奇希望找到折中方案，使患者也能从中受益。

在早期谈判中，制药公司与仿制药制造商之间的僵局似乎牢不可破。不过，食品药品监督管理局发布的报告使得天平向仿制药制造商倾斜。报告显示，仿制药在10年间能为消费者节省超过10亿美元[48]，于是瓦克斯曼和哈奇据此做出让步。仿制药制造商只需要向食品药品监督管理局证明其药品与品牌药具有生物等效性，这意味着仿制药具有相同强度、浓度、释放方式和纯度。它们不再需要证明药品功效，而是可以依据仿制对象的研究报告。仿制药贸易协会对此表示强烈支持，但是许多大型药企觉得这样的提议存在严重缺陷。[49]

为了安抚传统药品制造商，立法者根据药品的配方，为药品提供了长达5年的专利延期——这被称为“专利期限恢复”，最多可以增加5年的专利保护，以弥补监管审查的时间和一半的临床试验时间。1997年，食品药品监督管理局制定了一项规定，向进行儿科使用测试的药企提供6个月的专利拓展；彼时，已有200家公司可以获得专利延长。

在一系列充满敌意的董事会会议上，药品制造商协会的35位董事讨论了他们认为对制药行业未来至关重要的问题。获胜方的观点是，即使该行业组织一致提出反对，国会也会通过法案。公共支持高涨，再加上许多“罕见病”患者团体的游说，使得仿制药法案的两党支持率不断升高，通过在即。如果制药业被认为利益至上、不顾患者安危的话，那么更加严苛的法案将应运而生。

最后，《哈奇-维克斯曼法案》以22∶12票通过。反对票来自制药行业的知名制药商，包括罗氏制药、默克公司、先灵葆雅公司、强生公司、施贵宝公司、汽巴-嘉基、百时美公司、AH罗宾斯公司、美国氰胺公司和美国家用品公司。[50]它们的反对不是基于行业准则，而是着眼于这条法案对底线的影响。艾耶斯特公司在美国家用品公司旗下，它有一款名叫心得安（Inderal）的药品，每年为其带来3亿美元的收入。心得安的专利保护在1984年过期。维利目每年为罗氏制药带来超过2.5亿美元收入，其专利保护在1985年失效。罗氏制药和英国葛兰素公司达成协定，由罗氏制药帮助葛兰素公司销售治疗溃疡的药物善胃得（即雷尼替丁），以此减弱维利目专利过期带来的影响，善胃得由此成为世界上最畅销的药物。[51] 在接下来的10年里，美国最畅销的50种药物中超过一半专利到期。[52]

当时厄普约翰认为，对畅销药打折会挫伤仿制药竞争者。该公司生产的布洛芬胶囊是当时最畅销的非阿司匹林和非甾体类消炎药，其专利将于第二年过期。* 当时厄普约翰年收入为20亿美元，布洛芬为其带来10%的收入和40%的利润。7月，厄普约翰将布洛芬的批发价降低35%，期望可以占领折扣市场，但结果并不乐观。厄普约翰的股票在短期内暴跌。[53]

最后一批反对立法者的努力付诸东流。1984年9月，国会通过了这一项法案，“标志着美国现代仿制药产业的开端”。《药品价格竞争和专利期补偿法案》，也被叫作《哈奇-瓦克斯曼法案》。[54] 反对该法案的公司，都在关注厄普约翰为了维持布洛芬在药店的地位所做的努力是否有成效。很可惜，成效甚微。竞争者们却早已准备就绪。食品药品监督管理局将仿制药部门的雇员从32人提高到54人。它迅速批准了几款药效低的非处方药。没过多久，当地药店的货架上摆满了来自美国家用品公司的艾德维尔（Advil）、百时美的努普兰（Nuprin）、汤普森的伊布林（Ibuprin）以及强生的梅迪普莱恩（Medipren），于是布洛芬销量骤降了40%。

艾耶斯特公司的降压药心得安，其专利在1984年过期。那一年，超过20种仿制药通过了食品药品监督管理局的批准。其中有一些药物的定价不到心得安的一半。艾耶斯特于是向食品药品监督管理局许可的“仿制药”厂商发起了咄咄逼人的攻势。它主要着眼于医生群体，因为调查显示，有80%的医生认为仿制药在质量和药效上与品牌药存在差距。[55]

---

* 布洛芬拥有制药史上最畅销非麻醉处方镇痛药品牌称号，其超过一半的销售额是在食品药品监督管理局批准弱效非处方药的前10年获得的。

艾耶斯特公司还雇了十几名学术研究人员为医学期刊撰写文章，强调使用仿制药的潜在健康风险（其中只有一位披露者获得了艾耶斯特的支持）。它还在《美国医学会杂志》上赞助了一项研究。该研究挑选了几个不相关的例子，认为品牌药让位于仿制药会适得其反。艾耶斯特发布了“致亲爱的药剂师的信”，警告说如果布洛芬的仿制药出现问题，药剂师就必须接受患者的诉讼。[56] 同时，艾耶斯特还为只开布洛芬缓释剂处方的医师提供全美各地的免费机票。这种处方是一种不太受欢迎的拓展配方，只是其专利还有两年有效期。最后，艾耶斯特开始散播消息称，食品药品监督管理局的标准要求仿制药药效和品牌药药效的统计差异低于 30%。在处方药上节约几美元，获得的药效却只有原本的 1/3，这样做值得吗？其实，食品药品监督管理局在 1987 年初将标准提高到 20%，实际上它们之间的差异仅在 5% 左右。[57] 尽管艾耶斯特做了这么多宣传，但在心得安专利过期的 2 年内，销量下降了 1/3。[58]

《哈奇-维克斯曼法案》使仿制药生产商成为制药界的新势力。制药业的销售数据显示，药物专利过期后，艾耶斯特和其他药厂捍卫畅销药地位的努力都付诸东流。在《哈奇-维克斯曼法案》出台之前，在 210 亿美元的药品年销售额中，仿制药占 15 亿美元；法案颁布后 2 年，仿制药的销售额增长了 2 倍多，达到 51 亿美元，占据 23% 的市场份额。[59] 尽管制药商协会努力游说，希望友商能提出关于仿制药安全性和有效性的疑问，但这无法阻止仿制药的成功。[60]

亚瑟 · 萨克勒认为《哈奇-维克斯曼法案》非常糟糕。当然，他这么说是因为法案损害了其利益。萨克勒的广告公司麦克亚当斯从品牌药的宣传中赚取了数亿美元，而仿制药厂商却几乎不做广告宣传。萨克勒试图帮助那些大型制药厂的客户。他在发行量最大的几本医学杂志上发表了一系列文章，讲的是关于仿制药的可怕故事。文章中受到广泛关注的是“低效仿制药‘逼疯’精神病人”。该文发布于 1985 年 9 月 25 日的《医学论坛报》上，免费分发给全美医师。根据该文章，在佐治亚州雅典市的查理 · 诺伍德退役军人医院，精神病重症监护病房将品牌镇静剂氯丙嗪换成仿制药，“11 名之前稳定的患者失去理智，需要增加剂量才能加以控制。一个月后，医院重新用回氯丙嗪，情况才有所改善”[61]。那时，患者恢复了以前的平静状态，“就像开关被摁下一样”。

后来，食品药品监督管理局调查时才发现，其中有一半病人没有使用任何镇静药，另一半病人确实有过行为异常的现象，但没有《医学论坛报》上描述得那么夸张。另外，这些患者在出现不良迹象之前，已经使用了6个月的仿制药，而不是萨克勒故事中所说的一个月。

在那篇耸人听闻的文章中，关于医院事件唯一的引述，来自精神科医生理查德·鲍里森。食品药品监督管理局在调查中得出结论，尽管鲍里森的行为是出于善意，但是这项研究缺乏“科学调查的严谨性”。在食品药品监督管理局，没有人把萨克勒和鲍里森联系在一起。但连萨克勒都没有想到的是，10年后，佐治亚州的一个大陪审团对鲍里森及其同事下达了一份长达172页的起诉书。起诉理由是他们制订了一项计划，窃取超过1 000万美元，并且不断撒谎来掩盖罪行，还威胁了患者和实验者的安全。[62]哥伦比亚广播公司《48小时》报道说，他们俩已经将“人体药物试验变成了赚钱机器”。根据起诉书，最大骗局之一是阿斯利康公司的抗精神病药思瑞康（Seroquel）。鲍里森和同事将其认定为一种有效治疗创伤后应激障碍的药物，但实际上临床试验根本无法证明这一点。[63]鲍里森最终被定罪，法院判处其15年监禁，罚款420万美元，吊销了行医执照。[64]

其实在鲍里森被绳之以法之前，萨克勒早已不发表“仿制药很危险”的文章了。“木已成舟，”萨克勒这样告诉同事，“仿制药开始在这儿生根了。”（如今，仿制药已经占据处方药的80%。）[65]

40 销售智慧

大型制药公司的高管们认为，抵制仿制药的最佳方法是，研发极具开创性的药物并为其申请专利。这样，大型制药公司就会拥有较长时间的垄断销售期。但如果是在价格上和仿制药竞争，则意味着利润率降低。因此，大型制药公司加大了研发新药的力度。自史克公司的西咪替丁取得巨大成功以来，药物研发的重点就一直放在针对特定细胞受体的产品上。商业上成功的药品和品牌药给公司带来的利润差异巨大。默克公司从 1978 年开始，开发了以抗炎镇痛药舒林酸片为首的一系列药品，使得默克公司的销售提升了 15%。第二年，默克公司发布了用于治疗细菌感染的头孢西丁钠。头孢西丁钠同样颇受欢迎，使得公司销售额又提升了 20%。1980 年，用于治疗青光眼的马来酸噻吗洛尔面市，默克的销售额再次提升 15%。

默克公司实验室负责人罗伊·瓦格洛斯表示："尽管这些药物都取得了成功，但它们无法长时间提升公司的销售和利润。"[1] 事实就是如此，在第三种药物面市一年后，默克公司的销售增长就停滞了。此时，净利润的增长也只有销售额增长的一半。

而西咪替丁的诞生和发展昭示了科学技术的突破至关重要。分子建模技术的进步，使山德士的研究人员能够创建 3D 模型，用以研发环孢菌素。环孢菌素可以抑制白细胞介素-2，从而减少器官移植排斥的可能性。X 射线晶体学则为设计受体抑制剂药物提供了精确的结构参数。帕克-戴维斯药厂第一个利用了自动化手段来加速发现潜在药物化合物的过程（平行合成）。葛兰素选择了效果最好的自动化技术，使得科学家能够快速“制造”数百万个结构相似的分子，然后从中筛选好的候选药物。磁共振扫描图像非常清晰，科学家可以用来研究药物如何与组织和细胞作用。

然而，新技术的代价不菲，更新实验室需要数亿美元，只有大型公司才负担得起。一些公司开始收购小型生物技术公司来稳固自己的竞争地位。礼来曾经投资了前沿技术公司阿古伦（Agouron），专注于用计算机模拟技术开发新药；百时美收购了昂克肯（Oncogen）和遗传系统公司（Genetic Systems），两者均拥有分析神经和脑细胞的新技术专利。

制药商逐渐意识到，收购最新科技和生物技术的公司还远远不够，关键在于使用新技术的研究人员的水平。于是最富有的公司争相聘用最优秀、最聪明的科学家。默克、施贵宝和葛兰素前往大学和政府实验室招兵买马，为雇员提供了丰厚的薪水。为了稳固自己的领先地位，史克加入了招聘狂潮中。

排名前 10 位的制药公司在研发上投入巨大，希望出一到两款爆款药物，就像彩票中奖一样，这样的成功概率微乎其微。抗溃疡药西咪替丁自 1977 年推出以来，6 年间都没有直接竞争对手。其销售额占史克公司收入的 1/4，并且利润占到了令人惊叹的 40%。[2] 但很快，史克的遭遇便为业内其他公司敲响了警钟。它没有将利润再投资到研究部门，公司研究员产出的论文数量远远不及默克和礼来公司。正在开发的药物只有 28 种，甚至不及竞争对手的 1/4。

1983 年，葛兰素推出了抗溃疡药雷尼替丁，成为第一个和西咪替丁正面竞争的药物。西咪替丁每天服用 4 次，雷尼替丁每天只需要服用 2 次。葛兰素发起了一场亚瑟·萨克勒式促销活动，强调临床试验的结果是雷尼替丁的副作用比西咪替丁小。[3] 雷尼替丁面市第一年，西咪替丁销量下降了 20%。

史克于是着手开发改进西咪替丁，但是实验一次次失败。雷尼替丁上市三年后，其销量超过了西咪替丁。史克的利润很快腰斩。[4] 雷尼替丁只用了西咪替丁一半时间，就成为第二款年销售额超过 10 亿美元的药物。20 世纪

90 年代初，雷尼替丁的销量已是西咪替丁的三倍。[5] 缺少赚钱药物的史克在财务问题中越陷越深。随着西咪替丁的失败，1989 年史克被迫与英国必成公司合并（同年，百时美和施贵宝合并了）。[*, 6, 7]

如果说 20 世纪 80 年代史克的例子说明了过度依赖畅销药，而未能在研究领域投入足够的资金是危险的，那么默克公司的首席执行官罗伊·瓦格洛斯则是选择了一条相反的路。瓦格洛斯认为，不应只着眼于市场部认为的爆款药物而影响默克的卓越声誉。[8] 默克是当时唯一一家从未召回过药物的大型制药公司。瓦格洛斯认为，正是因为其无与伦比的质量和标准，人们才会选择在此工作。

但瓦格洛斯的思想有一点不合时宜了。他出生于新泽西州，是希腊移民的儿子。他们在大萧条期间失去了小小的糖果店。瓦格洛斯是唯一一位科学家出身的制药公司首席执行官。他更喜欢试管而非电子表格，对行业的长期看法与其竞争对手相悖。人们称瓦格洛斯为"研究员中的研究员"。这位谦逊的医生将其看作一种赞美。1954 年，瓦格洛斯从哥伦比亚大学获得医学学位，并在哈佛大学的首要教学医院麻省总医院实习后，就沉迷于实验室工作。之后他去了美国国家卫生研究院，和一些顶尖的生物化学家一起工作。[9] 20 世纪 60 年代中期，瓦格洛斯离开了国家卫生研究院，将华盛顿大学的生物化学系改造成美国最重要的研究中心之一。20 世纪 70 年代初，瓦格洛斯接受了默克公司研究总监的咨询，以帮助"默克的科学家更好地了解生物化学的前沿技术"[10]。

瓦格洛斯喜欢他在默克实验室看到的东西，并独自为其找到了一种降低胆固醇的药物而感到兴奋，尽管他指出"他们不知道该药物分子层面的作用"。

---

* 一些产品单一的小型制药公司遇到了问题。罗宾斯公司因为避孕药达尔康盾陷入诉讼，不久就被美国家用品公司收购。在《管制物质法》禁止安眠酮之后，罗勒公司只得重新开始销售美乐事。1990 年，罗勒公司被法国罗纳普朗克公司低价收购。墨西哥辛泰克斯公司的非甾体抗炎药 Naprosyn 一上市就成为爆款，它是由辛泰克斯在帕洛阿尔托的子公司生产的。20 世纪 80 年代后期，Naprosyn 的销售额为 8 亿美元。而其专利过期后，销售额只剩下之前的 20%。罗氏制药早在 1995 年收购了辛泰克斯，并在美国分部裁员 1/3。

默克的有机药物研究完善了瓦格洛斯多年来在研究脂质方面形成的复杂科学背景。1974 年，默克公司邀请瓦格洛斯担任研究主管，并指导所有新制药项目。

瓦格洛斯将他汀类药物作为首要任务。瓦格洛斯得知，几年前，一位名叫远藤彰（Akira Endo）的生物化学家曾在东京的三共制药成立了一个小团队，其任务是开发一种降低胆固醇的药物。20 世纪 60 年代开始，研究人员就知道胆固醇主要是由甲基戊二酰辅酶 A（HMG-CoA）产生的。然而，困难的是，没有人能找到一种抑制这种酶并降低胆固醇的化合物。[11]

1975 年初，在测试了 6 000 多种微生物之后，远藤彰发现了美伐地汀。它在抵御其他细菌时分泌的物质，正是人们找寻已久的酶抑制剂。关于该发现的谣言开始在全球的生物和药物实验室中流传。据报道，美伐地汀会导致肌肉萎缩和肿瘤生长，人们的热情开始降温。后来又有传闻说，由于美伐地汀的测试导致许多实验狗死亡，远藤彰不得不停止实验。尽管后来发现这些说辞并不可靠，但它们却足以阻止远藤彰进行人体测试。这也使得多家制药企业不敢与远藤彰签订协议。

而瓦格洛斯在默克公司加倍努力，其团队花费三年时间发明了一种用来测试土壤微生物的高速方法。在一种常见的土壤微生物中，他们发现了抑制转氨酶的生物活性。[12] 在化学家分离出活性物质洛伐他汀之后，瓦格洛斯及其团队发现，洛伐他汀的化学特性和美伐地汀极为相似。多次试验之后，默克团队才确信洛伐他汀是一款独立产品。

大约又过了三年，洛伐他汀才达到瓦格洛斯的严苛标准。人体临床试验从 1980 年开始，洛伐他汀降低胆固醇的效果超过了最乐观的估算。瓦格洛斯回忆说："我们在实验室中欣喜若狂，甚至连营销团队也开始表现出兴奋。洛伐他汀在那时获得了商品名称——美降脂。"

然而，食品药品监督管理局对洛伐他汀的审核极为缓慢。在审核缓慢进展的同时，瓦格洛斯成为默克公司的总裁。

瓦格洛斯的地位较为独特。彼时，默克公司准备发布一系列重要药物。

作为前研究主管，瓦格洛斯比其他药企的首席执行官更加熟悉自己公司的产品。有些人觉得瓦格洛斯是个书呆子，是一个没有胆量在药品销售这个竞争激烈的市场上拼搏的人。然而当瓦格洛斯开始监督产品发布时，他们发现自己都错了。第一个产品是法莫替丁，这是默克公司进入抗酸药和抗溃疡药领域竞争的开端，其广告活动是瓦格洛斯上任之前计划好的。西咪替丁和雷尼替丁比法莫替丁早上市，有着先天优势，但是法莫替丁最后的年利润超过了10亿美元。[13]

马来酸依那普利是一种血管紧张素转换酶抑制剂，是施贵宝公司畅销产品卡托普利的第一个竞争对手，它是在瓦格洛斯的实验室中诞生的。这是瓦格洛斯第一次有机会参与制定药品的营销策略。默克公司低调地向心脏病专家介绍了临床测试结果，结果表明，马来酸依那普利的效果远远优于施贵宝公司的卡托普利。马来酸依那普利在1986年发行后销量暴增，不仅在两年内超过了卡托普利的销售额，而且成为默克公司有史以来第一个在一年内实现10亿美元收入的药物。马来酸依那普利只用了施贵宝药品一半的时间就达到了同样的收入。[14] 当马来酸依那普利进入10亿美元俱乐部时，默克是唯一一家拥有14种其他药物，且年销售额至少达到1亿美元的制药公司。[15]

1987年初，洛伐他汀正处于食品药品监督管理局审查的最后阶段。当年晚些时候，洛伐他汀得到了食品药品监督管理局的许可。从提交最终申请到通过一共过去了10个月，这是食品药品监督管理局审批最快的纪录了。默克公司有一个120人组成的部门，该部门专门收集临床试验的所有数据并负责有关食品药品监督管理局的申请工作。[16]

在洛伐他汀发布之前，瓦格洛斯不得不做有关另一种药物的决定。这个选择可以决定瓦格洛斯的任期，甚至可以决定默克公司的销售额和利润率。这个药就是伊维菌素，一种可以有效治愈盘尾丝虫病和淋巴丝虫病的药物，这些寄生虫是发展中国家的祸害。由于大部分药物都将销往无力支付的贫困国家，默克公司于是向美国政府和世卫组织申请补贴，但没有成功。

瓦格洛斯提议将伊维菌素向贫困国家免费发放，遭到了许多高管的反对。作为一家上市公司，默克需要对股东负责，推行一个削减公司利润的项目很不明智。此外，有一些人争辩说，如果默克公司免费发放伊维菌素，身患疟疾或是艾滋病的群体中无力承担的患者会要求免费药物。反对者说，这样做只会终止任何治疗这类疾病的药物的研究。瓦格洛斯很担心在伊维菌素上的做法，会迫使公司在未来的药物上不断采取同样的行动。然而，他得出结论："如果我们决定出售伊维菌素，那么无论我们将价格定得多么低，它都无法满足那些最需要的人。"[17]

1987 年的秋天，瓦格洛斯宣布默克公司将会向任何有需要的国家捐赠伊维菌素，世卫组织也积极参与了分发工作。这是现代制药史上唯一一例领先的制药公司免费发放由其开发并申请专利的药物。瓦格洛斯认为，这与 1950 年乔治·默克对弗吉尼亚医学院毕业班说的"医学是为病人……而非利润服务的"精神相吻合。[18]（发现伊维菌素的科学家获得 2015 年诺贝尔奖时，默克公司已在 33 个国家和地区分发了超过 10 亿剂量的药物。）[*, 19, 20]

洛伐他汀推出时，创造了新的销售纪录，它是有史以来销售额最快达到 1.5 亿～2 亿美元的药物。[21] 不过，这只是它成为默克公司第二款年销售额达 10 亿美元的药品所创造的纪录之一。

在销售这些药物的同时，默克公司研发团队正在准备替代药物。瓦格洛斯的原则之一就是，任何成功的药物在专利过期时都应该由一种改良过的替代药物来取代。辛伐他汀是洛伐他汀的第二代产品，在 20 世纪 80 年代就已经研发得差不多了；赖诺普利会是马来酸依那普利的第二代产品；当奥美拉唑取代法莫替丁的时候，瓦格洛斯和消费品巨头强生公司签订了合伙协议，二者合力使法莫替丁成为当时最成功的抑制胃酸分泌的非处方药。除了畅销药的第二代产品，默克公司还有几乎 100 种药物蓄势待发，预计将在不同领域占据主导地位。

---

* 一些批评家声称，默克公司通过捐赠伊维菌素获得了税收抵免，它还充分利用了瓦格洛斯的无私带来的正面报道。不管怎样，默克公司至今仍然充满生机。当时，世卫组织预测盘尾丝虫病（又称河盲症）会在 2021 年被彻底消除。

默克在20世纪80年代取得的非凡成就，使瓦格洛斯成为传奇人物。其同行觉得，瓦格洛斯是曾经的那个治愈和利润并重时代的回归。在某种程度上，瓦格洛斯做得确实比竞争对手更好。

瓦格洛斯将很大一部分利润再投资到默克的研究实验室中，每年超过10亿美元。这样的成就是其前任难以匹敌的。这笔投资帮助营造了瓦格洛斯早年在美国国家卫生研究院感受到的创作自由。一些竞争对手认为瓦格洛斯是在浪费默克的利润。它们花钱收购生物技术公司，甚至互相收购。罗氏制药收购了基因泰克；美国家用品公司收购了美国氰胺公司；辉瑞斥资1 150亿美元收购华纳·兰伯特，斥资600亿美元收购当时与厄普约翰合并的法玛西亚公司；[22] 葛兰素收购了宝来威康；不久之后，葛兰素和史克合并为新的葛兰素史克公司。[23]

默克公司的一些高管开始敦促瓦格洛斯考虑与竞争对手合并。随着行业整合，新公司的规模可能会为其带来巨大优势。一家公司的强项会弥补另一家的弱项，因此合并后的公司将更有市场竞争力。瓦格洛斯的决定得到了回报。他曾预言，不同文化的融合远比公司预想得困难。一些公司在没有成效的项目上浪费了数十亿美元；其他公司则搞砸了专利申请和拓展的机会，忍受着内部动荡、优秀研究人员流失，以及自家营销部门与另一家公司的实验室之间冲突不断的麻烦。

制药业的并购并不是瓦格洛斯洞察到的唯一行业趋势。美国制药公司几十年来一直受益于药品定价不受限的特权，雇主提供的医疗健康保险会覆盖90%的品牌药物价格。引起瓦格洛斯注意的是，一群新兴的保险公司开始提供价格更低、赔付更加严格的保险方案。这样的方案开始撼动美国私人保险业务的地位。自二战以来，私人保险一直是美国的主导保险业务。

瓦格洛斯后来指出："默克在国内管理式医疗领域反应太慢。1988年，已经有大约3 000万人加入了管理式医疗，我们的研究表明，很快会有更多美国人加入。"[24]

1973年尼克松政府通过《健康维护组织法案》之前，管理式医疗几乎不存在。这是一项支持健康维护组织的实验计划。健康维护组织是由医生和医院组成的独立网络，通过预付年费的形式提供服务。患者只有在组织网络中的医疗中心接受治疗时，才能享受医疗费用的赔付。

尼克松不断强调类似健康维护组织的计划可以减缓国家不断增加的医疗支出，这在民主党控制的国会获得了两党支持。当时是实行该计划的大好时机，因为不断上涨的药品价格已经连续4年使美国退役军人事务部和联邦医疗补助预算紧张。随着美国在1973年进入经济萧条，滞胀成了当时经济的标志，这个词是经济低迷和价格上涨造成的高失业率的罕见结合。1973年，通货膨胀率急剧上升，从3.4%跃升至9.6%，这给寻求减缓药物价格上涨带来了更大的压力。

在《健康维护组织法案》颁布之前，管理式医疗在医疗市场中几乎可以忽略不计。第一个项目是凯泽永久医疗计划，于二战后在旧金山开展。大部分注册者都是被工会要求加入的造船厂工人。[25]尽管尼克松很好地说明了管理式医疗有着较低的固定成本，但当时没有人会觉得凯泽计划的创始人是亨利·凯泽——一位建筑业、造船业、钢铁业和铝业巨头的首席执行官。凯泽的儿子埃德加主管健康维护组织。尼克松在落败的1960年总统竞选和1962年加州州长竞选，以及成功的1968年和1972年总统竞选中，都获得了凯泽家族的支持。[*, 26]

1973年的法令将数百万美元的联邦补贴、贷款和赠款都拨给了健康维

---

* 尼克松在第一个任期内和助理约翰·埃利希曼讨论了有关健康维护组织立法的想法。1971年，两人谈到埃利希曼所说的“健康维护组织就像是埃德加·凯泽的凯泽医疗集团”。埃利希曼：“埃德加·凯泽通过凯泽医疗集团获取收益。他能这样做的原因是……我让埃德加·凯泽进来……和我谈谈这个问题。我们对此进行了深入探讨。所有激励措施都是为了减少医疗护理，因为……”

尼克松：[听不清楚。]

埃利希曼：“……他们提供的照顾越少，赚的钱就越多。”

尼克松：“好。”[听不清楚。]

埃利希曼：[听不清楚。]“……这样的激励措施没问题。”

尼克松：“还不错。”

护组织。尼克松政府预测，10 年内会有多达 5 000 万美国人加入健康维护组织。为了实现该目标，它要求任何已经提供医疗保险且拥有 25 名或以上雇员的雇主，都必须考虑健康维护组织。美国雇主不知道管理式医疗。一旦法律要求将其视为一种选择，健康维护组织便变得很有吸引力，因为其定价比主导医疗保险市场的个人保单低很多。早期的健康维护组织不覆盖处方药。几年后，有些地方覆盖了有限的几种药物。[27]

制药行业对健康维护组织会影响药物价格这件事反应迟缓，甚至连一些最聪明的首席执行官都低估了其影响力。其中最大的受益者是凯泽医疗机构，前 10 年间，注册者数量占到了总数的一半。《纽约时报》之后称凯泽为健康维护组织之王。[28] 截至 2019 年，它仍然是美国最大的健康维护组织之一，拥有 900 万会员，收入达 225 亿美元。[29]

管理式医疗的普及带来一个意想不到的结果是，它使得处方药行业服务导向的发展成为可能。在国会通过《健康维护组织法案》的前 4 年，一家叫作医药卡系统（PCS）的小公司在亚利桑那州的斯科茨代尔成立。它不是一家健康保险公司，但已经适应了处方药的概念。这一概念是由发薪名单公司提出的，它为公司处理员工工资、税款和预扣税。医药卡系统是第一家为医疗保险公司处理处方、维护处方清单和向药房付款的公司。它消除了与药物福利计划相关的烦琐的官僚文书工作的负担。医药卡系统从它处理的每一笔索赔中收取一部分费用来盈利。如果没有美国最大的药品分销商麦克森的话，医药卡系统可能只是保险行业一家默默无闻的小公司。麦克森在医药卡系统的业务模式中看到了一个可以开创美国制药新领域的机会。1970 年，医药卡系统开张还没有一年，麦克森就将其买下。

麦克森利用这次收购创建了药品福利管理机构。麦克森的业务模式并不仅仅是帮保险公司节省时间和文书工作。在麦克森的设想中，药品福利管理机构能够组成更庞大的患者网络，在药品流通网络中作为中间人发挥独立作用，其利润来源是与制造商协商的折扣价格和付给药店费用的差价。当美国许多《财富》500 强公司努力控制员工和退休人员高涨的药品成本时，药品福利管理机构的出现可谓恰逢其时。面向联邦和州政府工作人员的福利项目，同样面临着成本紧缩的问题。

通用电气、IBM 和通用汽车有超过 100 万人成为药品福利管理机构的顾客。在接下来的 10 年中，数以万计的人加入了药品福利管理机构。药品福利管理机构不仅减少了健康维护组织和其他私人医疗保险公司在处理它们自己的福利项目时的官僚作风，还承担了创建和维护重要药物处方清单的责任。

随着时间的推移，它们引入了邮购药品的项目，这给街角药店带来了压力。这些药店曾经一直是美国人主要的配药来源。药品福利管理机构开发了计算机软件，提高了处理处方的速度和准确性。这一系列举动迫使美国零售药店将药品福利管理机构作为其内部服务供应商。药品福利管理机构作为中间人的不同角色，使它成为数以千万计患者的服药史资料库，能够在患者转院、到新公司工作或搬到另一个州时，向药剂师提供潜在的副作用或禁忌证数据。

默克公司的瓦格洛斯见证了 20 世纪 80 年代药品福利管理机构的不断壮大，他说道："他们颠覆了美国人购买药物的方式。"譬如，1990 年，药品福利管理机构最大的成员是成立 7 年的美可保健公司，它为 3 800 万病人提供了服务。"对于这样一个年轻企业来说，这是一个惊人的数字。"瓦格洛斯惊叹道。[30] 像美可保健公司这样的药品福利管理机构，不仅是为了从制药公司那里争取到优惠价格，它们还可以通过处方清单来决定一款药物的商业前景。每个药品福利管理机构都有着略微不同的批准药物清单。低价最初是决定一种药物列入清单的重要因素。1984 年国会通过《哈奇-维克斯曼法案》并为仿制药竞争打开大门时，药品福利管理机构的职责是为患者提供价格较低的仿制药。如果某一类别没有仿制药，那么药品福利管理机构会找到能提供最大折扣的品牌药制药商。

大型制药公司逐渐明白，药品福利管理机构是对其不受限制的定价权的威胁。[31] 这让瓦格洛斯和制药业其他首席执行官不安。他们担心花费数年和数百万美元开发药品，却在有关药物是否进入保险范围这件事上遇到药品福利管理机构的阻挠。为了药品能被列入处方集而在发售第一天就打折出售，这是大型制药公司无法忍受的。

尽管瓦格洛斯对药品福利管理机构的增长保持警惕，但其增长没能影响默克公司的黄金时代。从1987年洛伐他汀发布开始，《财富》杂志连续7年将默克公司评选为美国最受尊敬的公司（展现非常卓越的管理能力）。[32]《财富》杂志总结道，默克公司是“发现救命药物的先驱”，并指出瓦格洛斯“亲自招募了一些最顶尖的研究人员到其实验室工作”。[33]

瓦格洛斯和默克公司的其他高层都对默克的声誉赞不绝口。默克鼓励医生开具更多默克品牌药物的处方，同时也吸引顶尖科学家的加入。瓦格洛斯6年任期不到一半，默克股票上涨了500%。[*, 34] 由于瓦格洛斯在为发展中国家免费提供伊维菌素来消灭河盲症的同时还能从中获利，他被巴里·沃斯称为“既是施瓦辛格，又是特蕾莎修女”[35]。

---

* 瓦格洛斯使默克的利润在制药业位居前列，其个人收入也非常高。有证据表明，自退休以来，瓦格洛斯和妻子戴安娜已向母校哥伦比亚大学捐赠了4.5亿美元，其中1/3用来资助那些需要贷款的学生。

41 “家丑不可外扬”

《哈奇-维克斯曼法案》为仿制药的激烈竞争打开了大门，这引起了普渡极大的担忧。直到1987年，食品药品监督管理局才批准美施康定在美国销售，但早在7年前，英国就已经开始销售美施康定了。对于美国市场，萨克勒认为美施康定比起拉丁美洲版康定更具有商业价值。普渡制药并不是每隔几年就有现成的药品供应渠道。如果产品大受欢迎，那么萨克勒家族不介意别人说普渡是一家只有一种药品的公司。

根据食品药品监督管理局的规定，药物专利时间是从发现之日开始算起的，在仿制药出现并削减美施康定的利润之前，普渡只有五年的时间。[1]在《哈奇-维克斯曼法案》之前，这种竞争并不是什么大问题。[2]萨克勒涉足制药行业太长了，他知道无论法律制定者的意图如何，任何监管法规都会存在漏洞。他很快就在《哈奇-瓦克斯曼法案》中找到一个漏洞。该法案要求，如果专利持有人在法庭上提出异议，食品药品监督管理局将要冻结任何非专利药的审批。这些诉讼很快就变成了指控，从质疑仿制药生产设施的安全性，到指控制药公司进行间谍活动，再到指控它们侵犯专利。只要制药公司能保持畅销药的专利不变，那么由此带来的利润就将远高于诉讼成本。百时美施贵宝后来输掉了诉讼，但在此之前，该公司曾在两年时间内阻止任何公司仿制其抗肿瘤药泰素（Taxol）。它让仿制药长期陷在诉讼里，诉讼费估计在

2 000万～2 500万美元，但在此期间，百时美施贵宝已经从泰素中赚取了数亿美元。[3] 在其他情况下，各方都避免业界所称"有偿延迟"的诉讼。品牌制造商给仿制药公司钱，以延迟仿制药的销售。拜耳向竞争对手支付了3.98亿美元，以推迟盐酸环丙沙星抗生素仿制药的销售。通过扫除竞争，拜耳获得了近两倍的收入。[4]

虽然美施康定很赚钱，但普渡的成功还不足以让潜在仿制药竞争对手陷入诉讼。理查德·萨克勒在其父亲雷蒙德的支持下，率先发起了一个项目，希望能保护普渡免受非专利药带来的不利影响。理查德想要一种改良过的镇痛药，这种镇痛药可能比美施康定更具有商业吸引力。[5]

普渡的临床研究副总裁罗伯特·凯科博士曾是美施康定的核心研究员，他同意普渡集中精力生产新的"控释阿片类药物"。[6]凯科说，公司非常了解麻醉镇痛药，因此没有理由停止研发下一代产品。

萨克勒和凯科都认为，如果他们要想进入更大的市场，那么美施康定的活性成分吗啡可能会有问题。吗啡已经臭名昭著。普渡的数据显示，医生主要把美施康定开给了晚期癌症患者。[7] "这抑制了产品的广泛使用，"理查德·萨克勒随后证实说，"我相信，……如果大家用吗啡，只是将其当作临终关怀用药，那将是一种耻辱。"[8]

不久之后，普渡的科学小组就选定了另一种阿片类药物羟考酮（海洛因的化学同类物）。另外两家制药公司当时正在研究缓释麻醉性镇痛药，但都没有关注羟考酮。[9]市面上有一些含羟考酮的镇痛药，例如复方羟考酮（羟考酮和阿司匹林）和对乙酰氨基酚，它们都是速释药。如果普渡能够掌握一种只使用羟考酮的缓释药片，那它将开创新的药物种类。

在此期间，萨克勒申请了多项专利，为此类药物提供了化学思路。为了防止竞争对手摸清其行动，他们将一些专利转让给了萌蒂制药，但是大多数都给了一家名为欧罗赛铁克（Euro-Celtique）的公司。我从公司名称一路追踪到了注册地卢森堡。它是普渡生物制药有限公司（Purdue Biopharma LP）的子公司，后者是普渡制药有限公司（Purdue Pharma LP）位于新泽西州的子公司，现已倒闭。[10]

英国的纳普与美国的普渡携手合作。纳普在剑桥有30%的员工致力于研究工作。在美施康定取得成功之后，纳普的科研聚焦还帮助其他麻醉性镇痛药获得了批准。小到速释吗啡片，大到比海洛因还强几倍的合成阿片类药物盐酸氢吗啡酮，都通过了审批。盐酸氢吗啡酮在2005年退出了美国市场，原因是“如果与酒精一起服用……可能会发生严重的不良反应”[11]。

萨克勒兄弟知道，他们开发的任何麻醉镇痛药都会受到医生的欢迎，这是一个好消息。肿瘤学专家欢迎美施康定，认为它有力地推动了姑息性治疗的发展。普渡的医学部门赞助了加拿大和欧洲的9项多剂量研究。药物在美国上市后不久，研究结果就发表在《癌症》杂志上：“在12小时的治疗过程中，药物在93%的癌症患者（承受着中度至重度疼痛）身上……起到了出色的镇痛效果。”其余7%的人“在8小时的剂量下就取得了良好的效果”。最重要的是，“他们认为，美施康定比之前的阿片类镇痛药要有效得多，且副作用要少得多”[12]。

在美施康定之前，几乎没有其他方法可以治疗绝症患者的疼痛。大多数短效的阿片类镇痛药都与阿司匹林或对乙酰氨基酚混合使用。由于癌症患者的免疫系统受到了化疗或放射的损害，因此混合镇痛药可能会危及患者的生命。

除了游说父亲和叔叔优先考虑美施康定的“接班药”以外，理查德·萨克勒还提出了一个更根本的问题。他认为是时候成立一家新公司了。[13]理查德告诉父亲和叔叔，普渡的大多数产品线已经过时，其科研发现在业内也没有什么声誉。聚维酮碘和草本通便丸可能名气最大，但都没有受到竞争对手的尊重。

萨克勒兄弟对普渡有情结，并由衷地喜欢这样的普渡。产品线不依赖于单个爆款药物的命运，而且利润丰厚，这让他们感到满意。从1952年收购一直到现在，公司从未亏损。销售额每年都在增长，纳普和蒙迪法制药带来的国际业务正在迅速扩大。

理查德并不是唯一一个有着远大计划的萨克勒家族的后人。* 萨克勒兄弟的孩子们觉得，要满足自己白手起家的父母的高期待是一种负担。在行业活动中，当有人看着他们的名片说一些类似“哦，那是必妥碘公司”的话时，这会很让人心累。[14] 他们想要建立一个新的普渡，超越父辈的想象和愿景。没有人认为依靠泻药、消毒剂和美施康定等产品可以实现这一理想。

萨克勒、莫蒂默和雷蒙德提醒他们要有耐心。他们建议，等实验室完成下一款镇痛药的时候再做决定。也许现在是时候将纳普制药引入美国了？自1966 年成立以来，它凭借着创新实验室研究和优质产品在英国和欧洲赢得了良好声誉。

萨克勒家族的所有成员都认同，萨克勒、莫蒂默和雷蒙德建立的制药帝国正在迅速发生变化。艾滋病活动家曾为食品药品监督管理局快速审批一些实验药物而感到羞耻。一些制药公司的高管希望，更快批准可能会过滤不太重要的药物。[15] 但是，这似乎不太可能，因为食品药品监督管理局在应对艾滋病问题应承担的额外责任之前就已经被削减了预算。这使得它在后面几年承受了巨大压力，因为它试图弥补之前未能积极应对的失误。食品药品监督管理局的规模缩小了，承担的责任增加了，与制药行业形成了食品药品监督管理局局长弗兰克·杨博士所说的“伙伴关系”。即使它想，也不再有与药企对抗的人员或预算了。

有些失败尽人皆知。直到 1985 年，有关艾滋病病毒抗体的血检才开始实行，当时里根政府精简机构，使血液供应检查员的人数大幅减少。血液行业

---

* 这里的“下一代”是指雷蒙德的儿子理查德和乔纳森，以及莫蒂默的三个孩子——小莫蒂默、凯瑟和伊琳娜。亚瑟·萨克勒的四个孩子与普渡制药没有任何关系。提到普渡制药时，“萨克勒”涵盖了萨克勒家族的所有董事，包括第一代成员莫蒂默、雷蒙德及其妻子贝弗利。他们通过自己的律师或代表拒绝了我的采访。其他家族成员（包括亚瑟的孩子以及莫蒂默和雷蒙德的孙辈）都没有接受采访。雷蒙德的第一任妻子贝弗利·萨克勒是普渡的董事，她在 2019 年 10 月去世了，当时我正在和她的纽约公关商量采访事宜。亚瑟第三任妻子吉莉安的公关要求我提供有关该项目的更多信息，但最终也没接受采访。

的自我监管被证明是不现实的。包括红十字会在内的血库，一再给对艾滋病病毒或肝炎抗体检测呈阳性的血液贴上安全血液制品的标签，并进行销售。[16]制药公司的情况并不好。Armor 公司无视科学家的建议，出售被感染的血液长达两年，在美国、加拿大、荷兰与英国造成了感染和死亡。[17]

理查德·萨克勒争辩说，如果食品药品监督管理局在艾滋病时期没有资源来监管像国家血液供应这样重要的事情，那么非救命药的审批问题只会更加严重。即使普渡研发出能代替美施康定的药物，它也可能因为食品药品监督管理局臃肿的官僚体系而陷入困境。

亚瑟·萨克勒是唯一没有完全否认侄子和侄女想法的老一辈，他建议家族将普渡制药重命名为萨克勒制药，并将其独立出来。然后，亚瑟提出建立一个新的普渡制药来承担未来推出新药的风险和回报。[18]亚瑟认为其解决方案简单又理想，但雷蒙德和莫蒂默并不看好。亚瑟已经有很多年无法指挥他们了。而当涉及普渡制药时，由于这是他们的领地，他们似乎本能地拒绝了哥哥的任何建议。

萨克勒家族在讨论普渡的未来时，亚瑟有好几次想要向他的弟弟们吹嘘。1985 年，《科学美国人》邀请亚瑟加入董事会，董事会中不乏医学和制药界的杰出人物。曾获得诺贝尔生理学或医学奖与诺贝尔和平奖的美国生物化学家莱纳斯·鲍林（Linus Pauling）将他 1986 年出版的著作《如何活得健康长寿》献给了亚瑟。[19]莫蒂默和雷蒙德知道从 20 世纪 60 年代初期以来，他们的哥哥与鲍林就一直是朋友。当时，鲍林的政治激进主义让他被贴上“和平活动家”的标签。1965 年，鲍林曾起诉《国家评论》及其编辑威廉·巴克利，因为后者曾说鲍林是苏联的“同行”，但诉讼没能成功。鲍林和亚瑟都反对越南战争和发展军事。

理查德·萨克勒想成立另一种制药公司的雄心壮志引发了家族争论，但却在美国阵亡将士纪念日后的第二天，也就是 1987 年 5 月 25 日，被打断了。天还没亮，萨克勒家族就被一个紧急电话惊醒。亚瑟·萨克勒在曼哈顿家中昏迷，被送往哥伦比亚长老会医疗中心。当天下午，主治医师宣布：亚瑟死于心脏病，享年 73 岁。[20]

事情发生得如此之快，家中没有一个人为亚瑟的死亡提前做好了准备，就像一位朋友后来说的那样，他们没有机会向亚瑟“正式告别”。那时，莫蒂默 70 岁，雷蒙德 67 岁。也许之前他们常常对亚瑟不屑一顾、无所不知的态度感到不满，但他们却不知道真正失去他是何感受。[*, 21]

亚瑟的遗嘱在次月拿去认证了。他的所有财产和艺术品都转为两个同名的信托。执行者是迈克尔·索内里希（Michael Sonnenreich），他是亚瑟的朋友，也是他的律师和商业伙伴。遗嘱认证法院还任命索内里希担任重要的独立受托人，他的职责是确保信托管理符合亚瑟的要求。[22] 其他受托人还有亚瑟·萨克勒的第一任妻子埃尔塞、现任妻子吉莉安以及他的四个孩子（卡罗尔·马斯特、伊丽莎白·萨克勒、小萨克勒和丹妮丝·马里卡）。玛丽埃塔不在名单之内，这引起了大家的注意。亚瑟·萨克勒坚称她不能担任监督遗产的职务，她也没有获得遗赠。

出于税收的考虑，遗产的保守估值为 1.4 亿美元。据说莫蒂默听到这个数字时笑了。他认为遗产至少是现在的 2 倍，并说：“他们一定减半了。”[23] 欧洲最大的出版商、总部位于德国的施普林格仅仅为了买下萨克勒的《医学论坛报》就花了 7 500 万美元。[**, 24, 25]

亚瑟指示将信托每年产生的所有收入都交给吉莉安，她 6 年前才与亚瑟结婚。那笔遗产使他的孩子们大为恼火，他们每个人只拿到了 60 万美元。

---

* 1987 年底，莫蒂默和雷蒙德对朋友说，遗憾的是萨克勒没能活着看到礼来公司推出世界上首款选择性 5-羟色胺再摄取抑制药（SSRI）——百忧解。它掀起了一场精神健康革命。百忧解及其化学仿制药舍曲林（Zoloft）、西酞普兰（Celexa）、依他普伦（Lexapro）等，改变了人们对临床抑郁症及其治疗方法的看法，就像 1960 年避孕药让女性获得了生育控制权一样。百忧解是第一款年销售额达到 10 亿美元的抗抑郁药。不管是百忧解，还是之后的 SSRI，其化学成分都更先进、更复杂，实现了亚瑟·萨克勒的梦想：他在 20 世纪 50 年代后期寻找的一种精神保健药。SSRI 取代了地西泮、阿普唑仑和苯二氮䓬类药物，成为世界上最畅销的精神药物。

** 2006 年，萨克勒的艺术藏品估值比之前少了 2 100 万美元。该调整是根据 1998 年苏富比的评估做出的。遗产估值更低，遗产税也就更低。

于是，萨克勒的家族成员们开始了长达20年的恼人诉讼。他们为这场诉讼花费了数百万美元的法律费用，并且至今仍相互仇恨。索内里希和亚瑟的孩子将吉莉安告上法庭，要求取消信托，但没有成功。[26]吉莉安后来起诉了该信托，因为当时她想借几件亚瑟的艺术藏品办展览，还想把16世纪中国的古董床和其他几件藏品搬回家中，但是该信托公司都拒绝了。[27]她最初胜诉了，但是信托公司上诉后，判决又被推翻。[28]吉莉安后来也未能阻止一些收藏品的出售，包括文艺复兴时期的马约里卡陶瓷、一些陶器和青铜器。[29]后来，吉莉安最开始的律师布里德、阿伯特和摩根要求她支付350万美元，但是她拒绝支付其中的200万美元。他们没拿到钱就起诉了吉莉安，但她却反诉他们玩忽职守。[30]同时，埃尔塞·萨克勒提起了诉讼，要求从信托公司那里获得200万美元，这笔钱来源于亚瑟死前开出的一张有争议的期票。[31]甚至在前任诉讼监护人提交的一份账单中（指定亚瑟的孙辈在遗产中可能拥有的任何权益），他们还对其中的5.4万美元争论不休（最终法官判了一半给吉莉安）。[32]埃尔塞于2000年去世，在她去世之后，争吵仍然没有停止。亚瑟在婚姻中所生的孩子卡罗尔和伊丽莎白被指定为他们母亲的遗产受托人。2007年，他们卷入了一场激烈的诉讼，因为他们对遗嘱执行人的佣金产生了分歧。[33]

虽然大多数遗产诉讼都发生在亚瑟的孩子和他的第三任妻子吉莉安之间，但他们有时也会联合起来对付莫蒂默和雷蒙德。索内里希告诉我，第一个矛盾就来自比尔·弗罗里希的艾美仕市场研究公司。“这是亚瑟·萨克勒造成的，”索内里希说，“他已经离开了公司，所以他的广告公司和艾美仕市场研究公司之间没有任何利益冲突。但他把莫蒂默和雷蒙德安排进去了。他们都同意，如果弗罗里希卖掉它，亚瑟的股份将分成四份。”[34]然而，1988年，在亚瑟·萨克勒去世一年后，邓白氏公司（Dun & Bradstreet，一家国际企业资讯和金融分析公司）收购了艾美仕市场研究公司，莫蒂默和雷蒙德各分得3 700万美元。对于他的家人是否应该从中分得一笔钱，他们进行了激烈的争论。

索内里希回忆说：“莫蒂默和雷蒙德知道弗罗里希的协议，但他们假装自己不知道。”[35]雷蒙德在某种程度上依赖于纽约查德本·派克（Chadbourne

& Parke）律师事务所给的建议。自20世纪70年代末以来，该律所的合伙人斯图尔特·贝克（Stuart Baker）一直担任普渡首席外聘律师。莫蒂默还聘请了一家美国律师事务所，以防弗罗里希的纠纷闹上法庭。由于莫蒂默住在国外，他一直依赖于一位英国律师克里斯多夫·本博（Christopher Benbow）。本博代表了亚瑟·萨克勒在英国的制药公司。*

最终，由于弗罗里希和亚瑟都去世了，没人能挑战莫蒂默和雷蒙德，因为当初的"握手协议"并没有留下任何文字依据。[36] 亚瑟的孩子并不是唯一被叔叔惹怒的人。吉莉安抱怨说，莫蒂默和雷蒙德从普渡分得了数百万美元的巨额利润，这些钱本应该与亚瑟分摊。吉莉安向索内里希抱怨道："原本应该与普渡达成三方协议，但他们已经从中拿走了巨款。"[37] 亚瑟在普渡的三分之一股份最终以22 353 750美元的高价售出。奥施康定自1996年面市后一路畅销，这笔钱还不到它一周的销售额。由于萨克勒家族做慈善捐赠从来不会一次性结清，莫蒂默和雷蒙德要求并得到了一笔钱：最后一次付款发生在1997年11月，距亚瑟·萨克勒去世已经十余年了。[38]

亚瑟·萨克勒意外去世后的所有家庭斗争都没有引起新闻界关注。他的名声还不足以吸引纽约小报来疯狂报道。索内里希说，这对家族来说是个好消息，因为"家丑不可外扬"。

---

* 在亚瑟·萨克勒去世之前，贝克和本博都是萨克勒公司的董事（贝克于1979年在纽约成立了蒙迪法制药，而本博自20世纪70年代中期以来一直是纳普在英国的董事）。本博在2016年和2017年辞去了他在萨克勒所有外国公司中的近15个董事职位。截至2019年，我们确认斯图尔特·贝克已从约20家公司的董事职位上退休，但还活跃在超过12家公司的董事层，包括英国的2家纳普公司、5家蒙迪法制药公司以及其他在印度、丹麦和缅甸的公司。这两位律师从未出现在针对萨克勒公司的任何投诉中。后来，普渡制药因大肆推销其畅销镇痛药奥施康定而被告上法庭，他们俩也躲过一劫。

42 “吃了兴奋剂的销售部”

理查德·萨克勒一直希望成立新公司来承担新产品的风险，他的愿望实现了。[1]普渡制药成立于1991年。5年后，它推出了美施康定的替代药。雷蒙德·萨克勒的儿子理查德和乔纳森，以及莫蒂默·萨克勒的两个女儿凯特和艾琳成为普渡制药的董事。雷蒙德的妻子贝弗利、莫蒂默的第三任妻子特蕾莎以及莫蒂默的另一个孩子小莫蒂默在新药上市前一年就加入了董事会。[2]莫蒂默共有7个孩子。

这款药物还没有名字，到1989年才完成第一轮临床试验，到1992年，普渡申请了专利。[3]在这款药物上市之前，其开发都是在普渡·弗雷德里克的支持下进行的。后来，它就成了控股公司。[4]同时，药物的市场营销和销售由普渡制药公司和普渡制药有限公司共同承担。[5]后者是亚瑟于1990年创立的公司，他们还合并了普渡·弗雷德里克实验室以作为其制造商。在资产保护和税收减免方面，家族延续了老一辈萨克勒60年代以来的做法，将缓释涂层的关键专利授予瑞士的萌蒂制药公司。

理查德·萨克勒后来承认，不仅外部人员无法理解公司结构，有时甚至连他自己都觉得“困惑和复杂”。多年后，在一次证词中，他不记得许多公司的董事是否相同[6]，也不确定普渡·弗雷德里克和普渡制药是否有销售代表[7]。当被问及“普渡到底有多少实体公司”时，他回答说：“我不知道。”

他甚至都猜不到萨克勒家族到底拥有多少公司。[*, 8, 9]

毋庸置疑，像普渡这般规模的私人控股公司和家族制药公司越来越少。[10] 过去10年间，一波并购与收购狂潮席卷了整个制药行业。10年间的交易额达到5 000亿美元。萨克勒家族羡慕地看着许多比普渡规模小很多的生物技术公司成功上市，而背后的原因不过是因为设计出一款书面产品。到20世纪90年代中期，最大的10家公司占全部药品销售额的一半，而在合并之初仅占20%。[11]

20世纪70年代以来，药物研发费用涨了6倍，只有大型制药企业集团才负担得起。[12] 尽管化学和生物领域取得了重大进展，但科学家仍然无法确定实验室合成的药物在人身上会如何反应。在每千种实验室化合物中，大约只有15种能进入临床试验。[13] 美国审计总署（GAO）的一份报告指出，1976年至1985年间，食品药品监督管理局批准的209种药物中，近一半产生了意想不到的严重的副作用。基于此，该机构制定了更为严格的指导方针。[14] 这就意味着人类研究比以往任何时候都更加复杂和昂贵。到20世纪90年代，每一种投放到大众市场的药物，都需要大约5 000名受试者参与临床试验，这个数字是70年代的两倍多。[15] 然而，试验成功率仍然停留在令人沮丧的10%～20%。[16]

普渡花了4 000万美元来研发与测试美施康定的替代药，并将其命名为奥施康定。[17] 虽然这比大型制药公司的花费要少得多，却是以往产品投入的十余倍。[18] 理查德·萨克勒一直向他们保证，这是一笔物有所值的投资。

---

* 莫蒂默和雷蒙德效仿亚瑟的策略，在推出奥施康定的数年内，合并了多个以普渡命名的实体公司。在写作本书时，我找到近70家“普渡制药”公司，它们都是20世纪90年代之后出现的，大多数集中在美国的东北地区。在特拉华州，普渡有26家公司；在康涅狄格州，有16家公司；在纽约，有5家公司。它们效仿亚瑟的另一个策略是使用相近的公司名称。在6个案例中，公司名称唯一的区别是末尾的字母，用来代表公司的法律地位，就像普渡旗下的三家神经科学公司一样，一家是“公司”（Corp），另一家是“股份有限公司”（Inc），还有一家是“有限公司”（LP）。某些公司经常用相同的业务地址，比如Purdue AO Pharmaceuticals Inc.，Purdue Biopharma，Purdue Healthcare Tech，Purdue Pharma Manufacturing Inc.，Purdue Associates，Purdue Land和Purdue Products。

奥施康定使他们实现了梦想。在1992年11月的专利申请中，普渡宣称新药是一项突破，因为服用一次可以维持12个小时，“几乎可以缓解病人90%的疼痛”[19]。强调“12小时”是普渡将奥施康定与竞争对手区分开来的核心策略。在前期调研中，普渡了解到，对于慢性疼痛患者而言，能否减少给药频次“非常重要”。12小时的效力也是普渡能集中宣传的唯一切实利益点。临床试验表明，奥施康定并不比其他阿片类镇痛药效果更强。随后，食品药品监督管理局得出结论，奥施康定的缓解效果并不比每天服用4次的速释通用药羟考酮更好。[20]

普渡和食品药品监督管理局之外很少有人知道，就连12小时镇痛的说法也在该公司赞助的6个临床试验中遭到了质疑。1/3的受试者需要再次服药才能撑过12小时。[21]然而，根据食品药品监督管理局的规定，只要药效在一半的受试者身上能维持12小时，普渡就可以这样宣传。约55%的受试者试验成功了。

1995年，奥施康定的申请还在食品药品监督管理局受理期间，普渡就为食品药品监督管理局口中的“美国历史上最激进的阿片类药物运动”做好了准备。[22]萨克勒家族甚至在获得食品药品监督管理局批准前就打开了支票簿，助力阿片类药物和疼痛再评估运动。普渡建立了演说事务处，吸引了一些疼痛管理倡导者，包括两位领军人物：波多尼博士与哈多克斯博士。[23]演说事务所只是热身。1996年，奥施康定发布前后，普渡花费了数百万美元来资助患者和疼痛游说团体，并赞助了2万多项疼痛管理教育计划，资助了几十场会议，承包了大约5 000名医生和药剂师的差旅费，让他们聆听公司代表称赞奥施康定是一种“突破性镇痛药”[24]。

普渡最具创新的项目之一是在一流大学开设特殊的疼痛管理课程。在课程中，它告诉下一代医师“疼痛是第五生命体征”以及“并非所有阿片类药物都是有害的”[25]。普渡制药是塔夫茨大学医学院最大的捐助者之一，它资助了一个名为“疼痛、研究、教育和政策”的硕士项目。[26]一年一度的“萨克勒讲座”邀请了国际知名疼痛专家。后来，塔夫茨任命理查德·萨克勒为医学院院长，并授予其父亲雷蒙德·萨克勒荣誉学位，称赞道："被他拯救的生命难以计数。"[27] 在哈佛医学院最大的教学医院麻省总医院，公司在疼痛项目上投入了数百万美元。它还在美国的东北大学、波士顿大学、麻省医药与健康学院推出了类似计划。

普渡制药赞助那些提倡自主分配阿片类药物的医学协会。[28] 它为美国疼痛基金会（APF）提供了80%的赞助资金。美国疼痛基金会是一个疼痛管理组织，波多尼是该组织的负责人。[29] 威斯康星大学疼痛和政策研究小组受惠于普渡的慷慨解囊。[30] 该公司还向美国疼痛学会和美国疼痛医学学会（AAPM）开出了大额支票。在奥施康定发布一年后，普渡给了他们40万美元，2017年又捐了210万美元。[*, 31, 32]

当然，普渡并不是唯一一家因为阿片类药物而赞助专业疼痛学会以及医患宣传团体的制药公司。诺尔制药生产的维柯丁、强生旗下奥尔-麦克尼尔制药生产的曲马多和杨森制药生产的多瑞吉，给它们带来了大约40%的年度预算，他们还花了100多万普及有关疼痛的公共知识，但其实是在宣传自己的产品。[33]

加强细节团队也是售前的优先事项。在药品上市之前，普渡的销售队伍翻了一番，达到600人。[34] 销售代表一对一地向医生推销产品，这成为打

---

* 普渡制药的巨额支出有增无减，直到2016年才出现首次下降。从2013年到2017年，普渡制药在医生咨询费和广泛定义的"研究经费"上花费了4 900万美元，后者主要资助教学医院。经计算得出，其中大约70%的资金直接用于推广奥施康定，而95%以上的资金都用于推广阿片类药物。支付给医生的主要是咨询费，但也包括大约300万美元的"餐饮费"、90万美元的演讲费以及75万美元的"旅行和住宿费"。

同期，制药行业在90万名医生身上花了90亿美元，普渡的4 900万美元只是其中一小部分。根据《平价医疗法案》的要求，制药公司按细分特定药物所支付的促销金的详细信息，已于2013年8月公开（该规定已包含在《医生薪酬阳光法案》中）。联邦政府医疗保险和医疗补助服务中心汇编了庞大的原始数据信息，以供公众审查（https://openpaymentsdata.cms.gov），非营利调查新闻编辑室ProPublica将其输入一个可搜索的数据库中。此外，还有17家制药公司在2009年至2013年间的支付信息。这些公司因达成诉讼和解，而被要求披露支付情况。它们约占美国药品销售额的一半，但普渡并不在其中。

造畅销药的绝妙法子。老一辈萨克勒深知，细节团队是必不可少的。他们回忆起 20 世纪 50 年代，美国布兰兹 / 惠氏公司是如何击败卡特和华莱士实验室最畅销的镇静药眠尔通的。[35] 这两家公司的药品虽然品牌不同，但化学成分却一样。尽管眠尔通先占得市场，但由于没有细节团队，卡特和华莱士实验室无法保持先发优势。另一方面，美国布兰兹有 1 500 名销售员，能够覆盖整个国家。[36] 美国布兰兹的成功使得细节团队开始兴起。20 世纪 70 年代，制药业在市场营销上的投入是研发的两倍。[37]

一对一推销还有一个好处。由于无法记录推销员说了什么，竞争对手或政府监管机构不可能遵守食品药品监督管理局所限定的药物功效，或对药物的副作用提供充分警告。销售人员很小心，不会在医生办公室留下任何记录。普渡内部文件显示，管理层不断向细节团队强调“永远不留下记录”，任何犯此类错误的人都会被“立即解雇”[38]。

1995 年 3 月，市场营销部门聚集在公司总部诺沃克，讨论如何最好地推广奥施康定并制定战略。[39] 首先，他们被告知，奥施康定不仅仅是美施康定 2.0。“我们不想将奥施康定位在治疗癌症疼痛上。”一位营销主管在演讲开始时说道。[40] 他们必须激发人们对这种药物的热情。这就要求把它定位为业界期待已久的神奇镇痛药，一种比此前任何药物药效更久、风险更低的麻醉性镇痛药。

普渡发现，全科医生仍然不愿开阿片类药物，除非治疗临终疼痛。一项独立研究表明，即使到那时，许多病患还是不愿意用药。在医院去世的患者中，有一半即使到了最后一周也没有使用任何镇痛药。另一份报告显示，在疗养院中，只有四分之一的老年癌症患者得到了药物治疗。[41] 阿片类镇痛药甚至在医院和养老院中也没有得到使用，这深刻提醒了销售团队所面临的挑战。令人失望的是，尽管经历了十年的疼痛和药物重新评估运动，许多医生仍然顽固地坚持业已过时的疼痛类和阿片类药物成瘾风险的观点。

由于无法回避这个问题，普渡推销员被要求在医生之前抢先提出“对上瘾的担忧”[42]。患者产生了“一种正常生理反应，但耐受性和身体依赖与成瘾不同”[43]。他们说，只有当“易受影响的个体”拿到药物而无视医生的剂量指示时，这种情况才会发生。[44]可以理解的是，不管一种药有多好，“一小部分”病人都会对麻醉镇痛药表现出“不可靠或不值得信任”[45]的态度。如果医生仍然持怀疑态度，细节团队就会给他们看食品药品监督管理局批准的药物标签，上面写着如果按照规定使用奥施康定治疗中度到重度疼痛，上瘾是“非常罕见的”[46]。

为了强调这一点，公司为销售团队准备了花哨的图表，展示了每片药是如何在12小时内以稳定的速度将羟考酮释放到血液中的。这给推销员提供了推销奥施康定专利控释涂料的机会，奥施康定的涂层较美施康定有明显改进。普渡称，这种涂层使瘾君子不可能获得他们所追求的快感。如果没有快感，随着药效逐渐消失，患者就不会再想要更多药物了。这些图表将被证明是有力的辅助手段，支持了该公司的主张，即几乎不存在滥用奥施康定的可能性。[47]细节团队强调，只要“疼痛患者谨遵医嘱”，上瘾的概率“远低于1%”。[*, 48, 49]普渡最聪明的营销手段之一就是宣传在医生的指导下服用奥施康定……患者得到的是“舒缓”，而不是“快感”。[50]

但是，这些图表存在一个问题，这也是普渡保守了近10年的秘密：淡化成瘾概率的数据被扭曲了。[51]更糟糕的是，尽管普渡自己的临床试验表明，对某些患者而言，在最初的一两个小时内会有高达40%的羟考酮被释放到血液中，但公司还是批准了这一药物。[52]这种速度快到足以引起快感，有些甚至会使人承受不住，不得不用另一种药才能舒缓。

为了增强“成瘾风险低”的销售策略，普渡后来还赞助了几项研究，这些研究都表明长期服用阿片类药物的成瘾率仅在0.2%～3.27%。严格的独

---

* 没有人意识到亚瑟对麻醉性镇痛药的上瘾性得出了相反的结论。我们找到了1966年的《睡眠解剖学》，这是一本讲解睡眠的生理学和药理学的书，全书一共135页。亚瑟帮助罗氏准备了这本书。这本书巧妙地宣传利眠宁和维利目是有效的助眠剂，尽管食品药品监督管理局并没有出于这个目的而批准它们。在讨论其他药物时，它指出：“如果失眠与疼痛有关……首先，开麻醉药是为了减轻疼痛。在我们这个世纪，麻醉药的成瘾性得到了充分认识，但在过去并不是这样。”

立研究从未证实过这些结论是否正确。在制药行业，公司赞助的研究结果与市场营销相符的情况并不少见。在一份针对10年间1 000项临床试验的综述中，研究人员发现，制药公司资助的研究，较政府资助的试验更容易得出有利结果。这些临床试验涵盖了不同类型的药物。根据药物和使用年限的不同，制药公司资助的试验得出有益结果的概率至少要高出50%，而某些药物甚至高达20倍。[53]这些结果解释了为什么制药公司会赞助临床研究。20世纪80年代，这笔钱仅占试验费用的1/4，而到了90年代末，则超过了一半。[54]这也解释了为什么普渡会自己出钱来得出正确的"成瘾风险"数据，这样销售团队就可以告诉医生"奥施康定不会上瘾"。[55]甚至到了2019年，理查德的儿子、普渡的前主管戴维在一次采访中被问及奥施康定的成瘾率时，还提到《英国麻醉学杂志》在2018年的一项研究，称其成瘾率仅为4.7%。"我认为这个数字介于2%～3%。"[56]

据了解，至少有一次，斯坦福德总部的一名员工问道，这些研究有无可能在方法论上存在缺陷，导致人们低估了阿片类药物的成瘾率。部门经理拒绝任何讨论，他说，这个问题反映了失败主义的态度，公司无法容忍。[*, 57, 58]

奥施康定上市后，美国疼痛医学学会和美国疼痛学会帮助普渡宣传"成瘾风险低"[59]。它们都是普渡和其他阿片类药物制造商慷慨赞助和补贴的受益者。[60]它们发表了一份声明，强调阿片类药物对治疗非恶性慢性疼痛有效，并重申成瘾概率"不超过1%"是"确定无疑的"[61]。普渡开发了简化疼痛等级的测量表，从微笑、高兴、皱眉，再到悲伤的面部表情，向医生分发了数万份。[62]普渡的推销员告诉医生，让病人在疼痛未得到治疗的情况下离开，这一行为近乎渎职。

为了让细节团队专注于那些开处方可能开得最多的医生，普渡求助于艾美仕市场研究公司。自从比尔·弗罗里希和亚瑟·萨克勒创立艾美仕市场

---

* 这种担心后来被证明是有道理的。所有研究均排除了先前存在精神障碍或药物滥用的患者，这些患者很容易出现成瘾问题。后来的研究也对这些病人进行了一年或一年以上的门诊治疗。这些研究报告的成瘾率介于32%～80%。

研究公司以来，近40年中，计算机和软件的进步改变了医学数据的收集。[63] 以前，公司需要花一小笔钱买通药剂师，从他们那里获得数据并手动输入。现在，在“信息技术”的帮助下，艾美仕市场研究公司及其竞争对手几乎能从药房和医院收集到所有的处方信息。美国医学会代表美国一半以上的医师，它允许艾美仕市场研究公司查看“医师主文件”中的配药信息，从而达成合作。[64]

最初，普渡只购买按邮政编码分类的医生名单，这些医生大量使用现有的镇痛药，如维柯丁、对乙酰氨基酚、洛他布、氨酚羟可酮等。[65] 这些记录覆盖了美国800 000名执业医生中的大约5 000名。[66] 根据马萨诸塞州司法部长后来提出的指控，这足以让销售团队把注意力集中在公司内部称为“核心配药者”的医生身上，他们认为这些医生“最有可能受到影响，从而开出更多阿片类药物处方”。[67] 后来普渡花了超过100万美元来购买艾美仕市场研究公司的“基石3.0”软件。这是当时唯一能够向销售团队实时更新销售区域内医生开具的处方的系统。[68] 一名助理市场经理回忆说：“这款软件‘让销售部门像吃了兴奋剂一样’。”[69]

普渡并不希望细节团队广撒网，让医生把奥施康定开给所有患者。市场团队仅针对特定患者群体，希望开拓比美施康定更大的市场。老年病位居首位。推销员告诉医生，奥施康定改善了老年人的“生活质量”。就像运动员用合成类固醇来“提高比赛成绩”一样，他们暗示奥施康定可以“提高个人成绩”[70]。但是还没有研究表示该药物真的能提高“生活质量”或“个人表现”。有研究表明，65岁以上的患者服用阿片类镇痛药会增加跌倒和骨折的风险，但推销员对此却只字不提。[71]

关于老年病的第二个策略是把奥施康定和关节炎联系起来，哪怕食品药品监督管理局并未批准。普渡测试了奥施康定在这方面的疗效，但没有找到任何好处。为什么要让医生误认为它能有效缓解关节疼痛呢？因为这种病是最常见的与年龄有关的疾病。在55岁以上的老年群体中，80%的人都受其影响。最后一个策略是将重点放在养老院和长期护理机构上。普渡认为有可能“在那里使需求最大化”，因为它们本质上是“公开的处方”（他们对药品的获取几乎没有限制）。[72]

退役军人是下一个目标群体。普渡积累了大量故事，以此作为证据，证明慢性疼痛是退役军人疗养院里最常听见的抱怨之一。退役军人事务部后来发布的数据证实，从阿富汗和伊拉克返回的退役军人中有 60% 患有慢性疼痛。一半的老兵有着同样的抱怨。普渡单独为退役军人出了出版物和小册子，后来又与一位受勋的退役军人签约，让他写了一本书，敦促从战区回来的退役军人向医生要阿片类药物，并游说那些犹豫不决的处方医生。小册子声称阿片类药物不会使人上瘾，除非有人有药物滥用的家族史。[73]

普渡公司内部的一些讨论认为，退役军人滥用药物的高概率（估计为 20%）可能使他们更容易对奥施康定上瘾。[74] 虽然普渡在退役军人身上赚了很多钱，但退役军人的成瘾率确实远高于其他患者。最终，他们死于过度用药的概率是全国平均水平的 2 倍。

除了老年病患者和退役军人，普渡还有一个目标群体，就是那些从未尝试过阿片类药物的人。市场部称他们为“阿片类药物生手”，细节团队将他们称为“阿片类药物处子”。这是一个巨大的市场。普渡准备了成千上万份小册子，这些小册子表明奥施康定可以治疗许多病症（但都没有获得食品药品监督管理局的明确批准）。其中最受欢迎的内容之一是“如何对抗疼痛并控制疼痛”。它建议患者与医生讨论奥施康定能否有效治疗背痛、偏头痛、膝盖痛甚至拔牙引起的疼痛。

第二代萨克勒高管知道，奥施康定的成败取决于细节团队。但是，这并不意味着他们只有“直销”这条路。普渡也同意使用现代促销策略，以配合药物上市。奥施康定医生电视网提供在线视频服务。拿了钱的医药顾问会在电视节目中大肆宣传奥施康定。[75] 普渡拨出一大笔预算，足以驱使美国数百名医生鼓励同事去了解奥施康定治疗慢性疼痛的好处。它还资助了专为全科医生设置的半天课程。如果要让奥施康定成为畅销药，那一定需要医生开很多处方。[76] 在线推广也是一个优先事项。一个名为“面对疼痛”的网站将目标对准了那些寻找疼痛治疗信息的医疗保健专业人士。这些内容标榜的是“无偏见的专业推荐”，但其实普渡公司偷偷向11位重要的“倡导者”支付了25万美元。[77]还有一个“对抗疼痛伙伴”的网站，对1 000名慢性疼痛患者进行了调查。1/3的受访者认为疼痛“使人衰弱”，而有15%的人表示这种疼痛实在太难以忍受，曾逼得自己想过自杀。[78]普渡公司利用这个网站将公共关系伪装成疼痛管理的公共服务。该公司的“疼痛评估量表”是网站用户最常访问的页面。有一个网页称，阿片类镇痛药（例如羟考酮、吗啡、海洛因或芬太尼）没有“最高剂量”的限制。[79]这就意味着在剧烈疼痛的情况下，患者始终可以多服用一点镇痛药来额外获得舒缓体验，因为这没有剂量上限。[80]由于阿片类药物会抑制呼吸系统，因此大量服用这类药物会增加死亡的可能性。[81]普渡没有在“对抗疼痛伙伴”网站上指明这一点，但是公司内部文件显示，它知道消费者很可能会误解“无上限”的意思，会认为大量服用阿片类药物是安全的。[82]（普渡花了800万美元来资助这一网站。[*, 83]）

随着奥施康定面市日期临近，普渡将促销活动推向了高潮。其中一些策略还是亚瑟几十年前想出来的老路子，后来成为制药公司推出备受期待的药物的标准方法，包括制作精美的宣传册、时事通信、杂志插页、给医生发邮件、在医学期刊上登广告以及赞助医学院的项目等。细节团队给销售区域内的医生、疼痛诊所、医院和疗养院分发了价值数百万美元的小礼品。从行李牌、棒球帽、运动衫、记事本、活页夹、钢笔，到带有温度感应功能的咖啡杯，甚至儿童毛绒玩具，应有尽有。普渡最喜欢且反复使用的两种礼品是计时器与CD。计时器上印有一行字：“奥施康定——走向正确的方向。”CD上

---

* 程序员在“对抗疼痛伙伴”网站中增加了一项功能，使患者更容易找到当地的“疼痛专家”。网站会根据患者的地址推荐医生。但患者不知道的是，该网站只会推荐经常开麻醉性镇痛药的医生，并提供他们的联系信息（这些信息从艾美仕市场研究公司的数据中获取）。在奥施康定发布之前，普渡建立了一个数据库，里面包含了数万个正在寻找疼痛专家的患者。药物开售后，这个数据库就被普渡公司积极用在了特殊促销上。

印着“跟着奥施康定正确转向”，还有一对人偶在巨大的标志上跳舞。[*, 84, 85]

所有的钱都花得很值。后来，纽约州的一项研究表明，每接受 1 美元的促销商品、娱乐或旅行费用，“医生就会多开出至少 10 美元的阿片类药物”。普渡公司期望，它对开药量大的医生的花费和投入越多，回报就越大。事实证明，结果远比内部预期乐观。纽约的这项研究表明，排名前 1% 的奥施康定处方医生获得了普渡 80% 的奖金。[86] 后来发表在《美国医学会杂志》的一项研究表明，即使是像请医生吃饭这样简单的事情，也会导致阿片类药物处方增加。[87]

在奥施康定面市前一周，罗素 · 波多尼和罗纳德 · 坎纳博士出版了一本 357 页的书，书名是《疼痛管理：理论与实践》。[88] 普渡公司一直对它抱有期待。来自风湿病、麻醉、行为医学、外科、精神病学和康复科等领域的十多位知名医生都做出了“贡献”，使它成为公认的权威指南，指导了疼痛诊断和治疗的最新研究。他们认为，阿片类药物由于“与滥用毒品有关”，而受到不公平的嘲笑。[89] 波多尼和坎纳引用 176 篇研究和期刊文章来支持自己的论点，有条不紊地消除了人们对长期使用阿片类药物的担忧。“人们经常误解耐药性与依赖性，并且将阿片类药物污名化。”[90]

尽管波多尼和坎纳承认，“不幸的是，医学界没有系统研究长期使用阿片类药物会造成的成瘾性”，但他们对自己的观点充满信心：有证据表明，对于没有药物滥用史，又想治疗疼痛的典型患者来说，阿片类药物成瘾的风

---

* 其他制药公司的推销员给医生送的礼物成为反面案例。辉瑞的一名推销员曾经送给医生价值 35 000 美元的“无限制教育补助金”。双方都知道，有了这笔钱，这位经常开处方的医生可以在自家后院建一个游泳池。医生是否会受到制药公司的礼赠的不当影响，引起了更大的争议。研究表明，一旦接受了礼赠，医生就更有可能为该公司开处方。捍卫者声称，相关数据只是一个巧合。制药行业贸易组织美国药物与研究制造商组织（PhRMA）的高级副总裁伯特 · 斯皮尔克在《健康事务》的一篇社论中写道：“我很难想象我的同事会放弃对病人的专业关怀……因为一包巧克力豆、几块三明治或者几个甜甜圈而出卖良知。”研究过药物推销团队的社会科学家认为，虽然礼物微不足道，但它们在医生潜意识里带来债务感，促使他们多为这些推销员开处方。

险极低。[*, 91, 92]

在波多尼和坎纳之后，美国疼痛学会出了一本小册子，名为《临终疼痛治疗》。这本小册子得出一个惊人的结论，如果医生能更自由地开出阿片类镇痛药，痛苦的患者就不会那么频繁自杀。[93]

---

* 波多尼和坎纳对一项研究做出了解释，该报告说成瘾率高达19%。他们争辩说，这是因为某个疼痛管理项目中的许多患者“都有药物滥用史与人格障碍，年龄较小，且家庭生活混乱”。

43 “钱钱钱钱钱！奖金到账！”

1996年5月31日，普渡公司发布了一篇新闻稿，标题是“数百万饱受持续性疼痛折磨的美国人的新希望”。该新闻稿还宣布了奥施康定的开售日期。[1]“第一个也是唯一一个能维持12小时的羟考酮”被誉为“治疗持续性疼痛的重大进展”。根据这篇新闻稿，有了奥施康定，患者再也不用苦苦盯着钟表来熬过漫长的疼痛时刻了。（没有法规要求普渡必须披露其临床试验中，奥施康定无法对1/3的患者维持12小时镇痛的疗效。）[2]普渡公司将食品药品监督管理局批准该药物时的疗效虚夸了很多，声称奥施康定能“缓解中等至剧烈疼痛，疗效可持续好几天……例如，奥施康定可以缓解与关节炎、癌症、受伤、下背部或其他肌肉、骨骼问题相关的疼痛”[3]。新闻稿表明：“药物依赖是可以治疗的……如果合法使用阿片类药物来治疗疼痛，‘上瘾’情况基本不会出现。”

细节团队在美国展开了销售闪电战。萨克勒家族知道，金钱是推销员的最佳动力。普渡的方法很简单。大多数制药公司会根据销售代表拜访过的医生实际开了多少处方来决定销售代表的酬劳。但是，奥施康定销售代表的报酬，是根据他们拜访过的医生所开处方的金额来计算的。普渡公司购买了艾美仕市场研究公司的“基石3.0”软件，省去了计算推销员如何影响医生多开处方的麻烦。20世纪80年代，处方的数据都是按季度发布的。奥施康定开售时，制药公司已经能追踪记录医生每天开了多少处方了。

在开药量大的州，销售代表每年最少要拜访“核心处方医生”200次，有些每天都会拜访一次。[4] 一对一拜访的费用约为每次200美元。[5]也就是说，花在每位顶级医生身上4万美元，总费用能到好几百万。2019年，马萨诸塞州司法部长对普渡制药和萨克勒家族董事提起的诉讼中指出，“普渡公司在每个医生身上花费4万美元，并不是让销售代表眼睁睁地看着医生按照自己的想法开处方。相反，普渡公司花钱是为了游说这些医生，因为普渡的推销员会说服他们给患者开更高剂量、更长时间的阿片类药物。多开的处方给普渡公司的投资带来了数倍回报。”[6]

医生兼生物伦理学教授卡尔·埃利奥特回顾了数十年来医药代表与医生之间不断变化的关系。他指出，从1996年开始，即奥施康定开售的那一年，5年内，制药行业医药代表的数量翻了一番，达到了9万名。这个时代出现了一批魅力十足的年轻医药代表，被老一辈贬低为“制药界的芭比娃娃”。对这些人而言，制药知识不如销售能力重要。奥施康定年销售额超过了2亿美元。对于这类畅销药来说，在销售团队上每投入1美元，平均回报就会增加10倍。[7]

普渡公司修改后的薪酬体系意味着，销售团队，尤其是业绩最好的团队，在制药行业中可以拿到最高收入。高额奖金有时会使销售人员的年薪翻倍，这是一种很吃香的激励手段，激励他们卖出最多的奥施康定。[8]药物开售之后，普渡公司履行了在内部会议上对“整个战地部队”做出的承诺。借用《绿野仙踪》中的一个比喻，它向销售团队保证，对于那些业绩最好的医药代表，“在彩虹之上，有一大笔奖金等着你”[9]。两个月后，普渡公司出了一份备忘录，激励销售人员卖出更多的药。这份备忘录的标题为：“钱钱钱钱钱！奖金到账！”[10]

普渡公司并不是唯一一家这样激励销售队伍的公司。许多大公司长期以来都对销售人员的收入设定了上限。1995年，曾任职山德士的化学家安东尼·怀尔德出任帕克-戴维斯药厂总裁时，第一个指示是取消销售团队的奖金限制。面对其他任职多年的高管的质疑，他回答说："为什么不让他们多赚点钱？"他认为，销售团队收入越多，公司收入就越多。他在旧金山公司会议上宣布这一决定时，"销售人员都欣喜若狂！"[11]

没过多久，销售团队就意识到推广高剂量的奥施康定能让公司和自己赚更多的钱。开售时，奥施康定有三种剂量：10 毫克、20 毫克和 40 毫克。一个月后，公司出了 80 毫克的片剂（15 毫克、30 毫克、60 毫克和 160 毫克的片剂几年后逐渐出现）。[12] 普渡公司的生产成本实际上是相同的，因为活性成分羟考酮的制造成本很低。但是，每增加一次强度，药物的价格就会随之增加。[13] 平均而言，一瓶 20 毫克药片的价格是 10 毫克的 2 倍，80 毫克的价格是小剂量的 7 倍。内部文件显示，如果病人每周服用 2 次 20 毫克的药片，普渡的利润就不到 40 美元。如果每周服用 2 次 80 毫克的药片，公司的利润就会超过 200 美元，上涨 450%（在接下来的 5 年里，每瓶药的利润超过了 600 美元）。[14] 医生通常不知道，也不在意奥施康定的成本。由于他们不用支付药费，因此就把这种担忧转移给了病人及其医疗保险公司。[*, 15, 16]

普渡公司发起了一项名为"个性化剂量"的活动，以帮助销售团队推广高剂量药片。医药代表告诉医生，公司研究表明，与其让患者先服用低剂量的药物来看看效果如何，还不如从中剂量和高剂量开始。这样，药物能更快地缓解疼痛，从而让患者早些停止用药。此外，如果医生报告说，由于奥施康定的镇痛疗效没有承诺的 12 小时那么长，因此他们才让患者每天服药 3 次甚至 4 次，那么医药代表就会向医生提出新的承诺，即更高剂量可以延长药物有效时间。[17] 销售团队过去曾收到指示，不要建议医生开出每天 2 次以上的剂量。普渡公司担心那会太快与食品药品监督管理局陷入冲突。医疗保险公司和医院之所以同意将奥施康定纳入保险，是因为其疗效可维持 12 小

* 20 年后，当美国疾控中心要求对最高剂量进行明确警告和自愿限制时，普渡公司计算了如果医生遵循这些建议，自己将会损失多少钱。

时。如果事实并非如此，那保险公司可能会停止赔付。[*, 18, 19]普渡医药代表向医生们保证，他们甚至可以将更高剂量的片剂开给从未使用过阿片类药物的人，而且还不会产生副作用。医药代表声称高剂量不会让人上瘾。[20]

但事实并非如此。后来的内部文件显示，普渡销售团队清楚，更高剂量会增加依赖与上瘾的可能性，甚至可能造成致命的呼吸抑制。虽然该公司的新闻稿声称“阿片类药物过量与剂量无关”，但内部沟通中却充斥着“剂量过量”的危险。[21]

除了鼓励医生开高剂量片剂以外，普渡公司还开展了一项活动来尽可能地延长奥施康定的治疗期限。销售人员告诉医生，患者服药的时间太短是常见错误，因为这会让疼痛再次袭来。[22]延长治疗期限能让普渡制药的销售人员大赚一笔。如果患者每天 2 次服用 80 毫克，那他能带来 200 美元利润。如果用药一年，那普渡可以赚 11 000 美元。内部文件显示，如果服用奥施康定长达 3 个月，患者因过量用药而死亡的可能性要高出 30 倍；如果长达 6 到 11 个月，死亡的可能性要高出 46 倍；如果超过 1 年，则要高出 51 倍。[23]

食品药品监督管理局没有公开反对这些咄咄逼人的营销活动。虽然食品药品监督管理局不需要预先批准广告，但制药公司在打广告之前必须向食品药品监督管理局提交所有宣传材料。当时，负责报审的部门人手不足且不堪重负。39 名员工每年要监督约 35 000 种产品。[24]就奥施康定而言，2 年之内，食品药品监督管理局没有为难普渡公司。而它最终盯上普渡公司，是因为其将一段未经审批的视频发给医生。普渡公司回应称是自己疏忽了，并且补交了视频。过了 4 年，食品药品监督管理局也没有审核这段视频。其间，由于视频弱化了奥施康定的风险且夸大了效益，食品药品监督管理局还命令普渡撤回视频。普渡没有因为虚假声明而受到任何惩罚，只是承诺不会再这样

---

* 2004 年，普渡公司花了 1 000 万美元，来应对西弗吉尼亚州司法部长提起的诉讼。该诉讼要求普渡公司偿还老年人和穷人处方药福利项目所产生的额外费用。司法部长宣称，普渡的 12 小时药效是欺骗性营销。在和解过程中，普渡没有承认任何不当行为。

做了。

销售团队鼓励医生延长奥施康定的服用时间，同时，普渡还推出了一种储蓄卡，鼓励慢性疼痛患者尝试这种药物。第一次开处方时，他们能享受相当大的折扣（后来又获得了一次免费续用）。[25] 普渡公司的一份长期计划文件总结说："90 天后，有更多病人在服用奥施康定。" 这种储蓄卡开始让他们猛赚，其投资回报率甚至比公司最乐观的预测还要好。普渡公司在免费赠品上每花费 100 万美元，留存下来的用户就能带来 428 万美元的额外销售。[26]

奥施康定开售的同一年，普渡公司聘用了戴维·哈多克斯博士。作为公司的医学主管，哈多克斯在医生会议和培训课程上成为奥施康定的代言人。他向同事们保证，上瘾风险只有"0.5%"，这是"极其罕见的"。[27] 许多听哈多克斯演讲的人并不是疼痛专家，而是没有密切关注阿片类药物再评估运动的全科医生。对于他们来说，哈多克斯的演讲新颖且有说服力。

哈德克斯单独制定了一项策略，如果亚瑟·萨克勒听了一定会为此感到骄傲。医生提出自己服用奥施康定的病人中有一个或者多个可能上瘾时，有些医药代表不知道应该如何应对。哈多克斯告诉他们，大多数医生将假性成瘾错当成真正成瘾。[28] 这些医生很可能只是看到患者对严重疼痛与治疗失败的反应。消除假性成瘾的唯一方法就是从根源上消除疼痛。这意味着，只要医生认为病人有上瘾的迹象，医药代表就会建议他们继续使用药物并增加剂量。[29] 被说服的医生数量惊人。有些不愿意增大剂量的医生会选择增加使用频率以达到同样的效果。

普渡公司禁止员工谈论如果有人刮掉了奥施康定的专利涂层或压碎了药片可能会发生什么。普渡公司在发布奥施康定之前自己进行了测试，知道会发生什么。如果去掉缓释涂层，大约 70%（而非有缓释的 10%）的羟考酮会直接进入大脑。药物产生的快感可以与海洛因匹敌。[30] 食品药品监督管理局认为自己已经解决了这个问题，它要求普渡在药品说明书上用粗体字加以警告："药片要整片吞咽，不可掰碎、嚼碎或碾碎。服用掰碎、嚼碎或碾碎的药片，可能会使有效成分快速释放与吸收，对人体造成伤害。"[31] 美国疾病预防控制中心花了 20 年时间才确定该设计有致命缺陷。[32]

尽管没有研究或实证来支持这一说法，但是食品药品监督管理局允许普渡公司在药物说明书上声明奥施康定的缓释设计“可以减少药物滥用的可能性”[33]。这是食品药品监督管理局第一次批准这样的断言。它接受了普渡公司的理论，即由于吸毒者寻求快感，因此他们总是想要维柯丁和对乙酰氨基酚这样的快速镇痛药。“这种说法简直是大错特错。”《纽约时报》的记者巴里·迈耶在报道普渡和奥施康定时这样说道。[34]

普渡公司意识到食品药品监督管理局的背书是无价之宝。一份售前市场营销备忘录说它可能是该药物的“主要销售工具”[35]。难怪理查德·萨克勒如此自信地向家族董事和普渡的高管保证：“奥施康定推出之后，处方单肯定会像暴风雪一样砸过来。”[36] 最初的营销计划设立了一个看起来很夸张的目标，但它却能表明公司的雄心壮志：“普渡制药的目标是在 2010 年以前跻身十大制药公司行列。”

理查德·萨克勒所说的没错，奥施康定横扫市场。[37] 第一年，医生就为非癌性疼痛患者开出了超过 50 万个处方。批准奥施康定的食品药品监督管理局官员柯蒂斯·赖特博士，在奥施康定开售一年后辞职加入了普渡公司。他的加入可能使人们认为奥施康定正在改变医生治疗疼痛的方式。在开售两年后，该药物给普渡公司带来了 80% 的利润，是美施康定最高收入的 2 倍。[38] 销售额从 1996 年的 4 800 万美元飙升至 2000 年的 11 亿美元。这是普渡公司历史上第一个卖出 10 亿级的产品。[39] 销售团队拿到了 4 000 万美元的年终奖金。[40]

44 “会说话的胃”和美钞

1997年，美国食品药品监督管理局做出了一项有争议的决定，解除了对制药公司直接面向消费者的广告的限制，这是制药业的一个分水岭。[1]（美国和新西兰是仅有的两个允许此类广告的国家。[2]）亚瑟·萨克勒没能活着看到其成为现实。他以前发现禁令存在漏洞。制药公司把预先包装好的宣传文章放进报纸和杂志的健康专栏里，伪装成新闻。亚瑟还改进了发行全美的杂志上引人注目的折叠式插页，这些插页很可能会出现在全美国医生的候诊室里。面对参议院小组的质疑时，他表示那则广告是为医生准备的。如果医生把杂志放在候诊室，插页的一边打孔，就可以方便医生将插页从杂志上撕下来。亚瑟当然知道，没有医生会有闲心从《时代》《新闻周刊》《家庭圈》《国家地理》《生活》等杂志上撕下药品广告。[3]

1962年，联邦贸易委员会才有权力监管药品广告。[4]那一年，《科夫沃-哈里斯修正案》将药品广告的监管权授予食品药品监督管理局。[5]直接面向消费者的广告并不是食品药品监督管理局关心的问题。这个概念似乎既牵强又危险。政策制定者认为，消费者没有医学专业知识，很难就处方药做出明智决定。广告会引起混乱，并且许多人可能会因为巧妙的促销活动就买下某种药物。只有医生才足够聪明，可以评估并屏蔽那些过度宣传的广告。20世纪70年代的一些研究表明，从药物广告上来看，医生并没有比患者好多少。

奇怪的是，这成了反对该行业投放消费者广告的理由。[6]

1969年，食品药品监督管理局发布了第一套全面的广告法规。所有处方药广告都必须是“真实的信息声明”，“合理平衡”药物的有效性与风险性。[7]食品药品监督管理局检查了所有广告，以确保它们不会引起误解或避重就轻，其中90%的广告投放在医学期刊上。[8]它们没有向公众提及广告。[9]其中有几段文字，当时并没有引起多少注意，但在几年后却变得重要起来。根据1969年的法规，所有通过电话、广播或电视播放的广告（那时还没有药品电视广告），都必须“在音频和视频中”列明药物的副作用。然而，如果制药公司能够做出“充足准备”，以某种方式在广告中只字不提副作用，那也是允许的。食品药品监督管理局没有定义什么是“充足准备”[10]。第二个看似不重要，但后来却被证明非常关键的规定，便是所谓的“提醒广告”，即如果制药公司省略了商品名或没有明说药品的安全性或有效性，就可以不用提及副作用。

从1970年6月开始，在消费者权益保护组织的努力下，直接面向消费者的广告的大门稍微打开了一些。美国国家福利权利组织（NWRO）当时已经成立4年，致力于扩大政府对穷人的支持。该组织发布了有史以来第一份“患者权利”清单。在26项“权利”中，大多数侧重于隐私和保密、医疗服务的无差别待遇以及社区在医院理事会中的代表权。其核心信息是，应充分告知患者诊断结果和治疗选择。[11] 2年后，代表美国大多数医院的美国医院协会依据美国国家福利权利组织的文件，通过了第一部《患者权利法案》。这在各州引起了一波浪潮。[12]

1975年，在拉尔夫·纳德的市民与卫生研究小组的领导下，几个消费者团体向食品药品监督管理局请愿，敦促该机构下令，要求在给病人的所有处方中都要包含药物标签和说明书。[13]食品药品监督管理局和制药公司经常争执的那些药品说明书，当时只会提供给药剂师。正如理论上医生有义务在开处方前了解所有风险和好处一样，药剂师应当口头总结并告知患者所有警告标签和说明书。

消费者团体要求获得药物说明书使用权的同一年，美国出现了第一起重大的“死亡权”案件。21 岁的凯伦·安·昆兰用酒送服地西泮和安眠酮之后陷入昏迷。她的父亲要求关闭呼吸机，但医生拒绝了，于是其家人提起了诉讼。新泽西州高级法院做出了有利于这家人的判决，次年医院移除了生命维持系统，这件事所引发的激烈公众辩论也得以解决。这场辩论推动了患者维权运动的发展（昆兰在植物人状态下又活了 10 年）。

随着昆兰案落幕，食品药品监督管理局先后举行了 3 场有关“患者药品说明书”的公开听证会。经过 3 年研究，食品药品监督管理局发布了一项规定，要求开出的每份处方都应附有药品说明书。这一规定在制药公司的意料之外，因为食品药品监督管理局官员的公开证词及其问题和评论，都清楚地表明政府监管机构支持“患者权利”。药品制造商协会立即提起上诉，称这一要求代价高昂，而且给制药公司造成了不公平负担，因为，它们已经向药剂师提供了相同信息。最终，这项规定延期了一年，直到 1979 年才开始执行。食品药品监督管理局修改了法令，并限定了 10 类处方药。[14]

1981 年 4 月，罗纳德·里根任命小亚瑟·海耶斯博士为食品药品监督管理局局长。海耶斯再次将目光投向药品说明书的规定。制药公司对此表示反对。它们认为，除了成本，这是不必要的政府干预。医师们也反对这一规定，认为它干扰了“医患关系的神圣性”[15]。医生希望能自行决定应告知患者药品有哪些副作用，因为作为医疗专业人员，他们最了解患者，并不是所有副作用都会出现。（食品药品监督管理局后来认定，医生只会报告最严重的副作用，这个比例仅占所观察到的现象的 1%。）

1982 年，海耶斯取消了患者药品说明书计划。食品药品监督管理局改用了药房推荐计划，该计划要求公司自愿告知患者所有必要信息。[16]1981 年，英国博姿制药公司在电视上播放了一小段广告来宣传仿制药。该药品仿制的是厄普约翰公司生产的布洛芬。这是美国电视上的第一个药品广告。次年，默克公司进入了这个新的营销领域，播放了一系列“你是否知道肺炎疫苗”的广告。市场研究表明，65 岁以上应当接种该疫苗的成年人中，只有一小部分人知道它。食品药品监督管理局对电视药品广告产生了意见分歧。一部分人认为，消费者了解的信息越多，被误导的可能性就越小。另一部分人则反驳说，1969 年的规定没有认真权衡允许制药公司通过电视广告直接向消费者推销产品的利弊。20 个专业医学协会反对这类电视广告。在美国市场营销协会进行的一项民意调查中，有 84% 的医生认为这是个坏主意。[17]

海耶斯局长倾向于支持直接面向消费者的广告。他唯一犹豫的是，在长长的职责清单上再增加一项监督责任，对食品药品监督管理局来说是否太过困难。1982 年，食品药品监督管理局的预算仅有 3.29 亿美元，而每年的处方药销售额却超过 150 亿美元。这还不包括食品药品监督管理局管辖下近 30 万种大力推广的非处方药。食品药品监督管理局 1/4 的员工从事非药物监管工作，如化妆品、食品、医疗设备、诊断产品、兽药等。[18] 1981 年里根的预算削减对食品药品监督管理局造成了沉重打击。[19]

民主党在 1980 年的选举中获得了众议院的 26 个席位，占据了绝对多数。众议院监督与调查委员会主席、密歇根州国会议员约翰·丁格尔举办了好几场公开听证会来审查直接面向消费者的广告。[20] 海耶斯下令，在委员会发布建议之前，暂停任何直接面向消费者的广告。

听证会刚开始时，几乎没什么人对直接面向消费者的广告感兴趣。尽管医生对此表示强烈反对并不奇怪，但由食品药品监督管理局赞助的研究却引起了人们的关注，这些研究表明大多数消费者希望获得更多药物数据，但他们并不认为药物广告是最佳方法。近 2/3 的人认为，通过 30 秒的电视广告就能评估药物风险几乎是不可能的。[21] 当被问及是否有信心在知情的情况下服用处方药时，大部分人回答“没有”。2/3 的人表示，他们怀疑自己能分辨出药品广告具有误导性。[22] 由于对制药行业丧失了信心，许多美国人都对药品广告持怀疑态度。1966 年的民意调查中，3/4 的美国人对医学和制药业抱有“极大的信心”。随着直接面向消费者的广告听证会的举行，这一数字降了一半（到 1990 年跌到新低，还不足 1/4）。[23]

从美国退休人员协会到健康研究小组的主要消费者群体，要求永久禁止所有以印刷品、广播和电视广告形式出现的直接药品广告。他们争辩说，消费者应该获取所用药物的所有信息，而不是通过麦迪逊大街的推销宣传来过滤信息。美国退休人员协会警告说，消费者药品广告上的花销可能会提高药品价格，而公众又很容易认为这些微小的变化十分重要。

令委员会感到惊讶的是，制药行业的高管一致表示反对。先灵高级副总裁认为这“不符合公共利益”；厄普约翰董事长表示，“这不利于制药业的发展，更重要的是，它可能会对我们的医疗体系构成破坏”；礼来公司执行副总裁说，“药品包含一系列复杂因素”，直接做广告“既不明智，也不合适”。[24] 唯一表示支持的行业当然是广告行业。广告行业高管试图把公众“缺乏专业知识”变成推广直接面向消费者的广告的理由。他们认为这会使公众接触到更多药品信息。医药大道提出的最具创意的观点是，掌握信息越多的消费者，甚至可能越早发现疾病。

丁格尔委员会花了两年多时间来完成最终报告《面向消费者的处方药广告》。1984 年 9 月该报告出版时，罗切斯特大学医学院院长弗兰克·杨已经接替亚瑟·海耶斯成为食品药品监督管理局局长。弗兰克对这个行业可不太友好。

该委员会的报告总结说，“普及处方”“创造新的消费者需求”将催生“不必要的处方……还会让原本不需要的人使用强效药”。报告的底线是，“如果行业需要受过良好教育的公众”，还有比产品广告更好的方法。[25] 对大多数行业观察家来说，直接面向消费者的药品广告似乎就此终结。

1985 年，弗兰克·杨取消了对消费者药品广告的禁令，这一举措几乎震惊了所有人。他认为这只是象征性变化，任何面向消费者的广告都必须与面向医生的广告一样，遵守同样的法律要求。[26] 渐渐地，药品标签上的“简要概述”已经变得一点也不简短了。杨认为，这使电视广告变得不可能。只有印刷品才有可能以很小的字体包含所有必要的警告信息。

在接下来的 5 年里，只有 24 种药品可以直接面向消费者推销。就像默克公司向老年人介绍肺炎疫苗的系列产品一样，大多数药品侧重于传递信息，而不是强行推销。杨曾向制药业承诺，只要对公众有所帮助，他会再次考虑放宽广告限制。还没兑现诺言，局长就陷入了丑闻之中。1988 年，国会命令卫生及公共服务部监察长对仿制药批准程序中的腐败报告进行调查。有一群官员落网，他们接受了数十万美元的礼物和现金，作为回报，他们加快批准药品申请。有些仿制药制造商捏造信息，以证明自己的药品和专利药一样。还有的制造商则等到药品获得批准之后，再改用便宜的着色剂、填充剂和增量剂。这些操作改变了药品的化学稳定性，削弱了其效力。[27] 在司法部的裁决下，最终有 5 名食品药品监督管理局官员（3 位审批人员和 2 位化学家）和 24 位仿制药公司高管定罪或认罪。他们被指控犯有欺诈、敲诈和妨碍司法公正等多项罪名。这起丑闻使仿制药审查流程发生重大变化，包括统一的指导方针和处理不合规审批的备用系统。这也使杨丢了饭碗。[28]

1990 年 11 月，乔治 · 布什总统任命戴维 · 凯斯勒为食品药品监督管理局局长。他是在仿制药腐败丑闻之后接手的。那时，食品药品监督管理局混乱不堪，老员工士气低落。该机构仍处于里根预算削减的阴影下，表现得无所适从。凯斯勒拥有哈佛大学医学学位和芝加哥大学法学学位。他坚决主张食品药品监督管理局应积极利用其强大权力，来保护美国人免受危险药物以及不法制药公司和食品公司的侵害。他很有说服力，也很讨人喜欢，而且还很上镜。凯斯勒频繁出现在新闻节目中。在大多数美国人心中，他成为过去那个默默无闻的官僚机构的活招牌。正如《纽约时报》所描述的那样，他能上任是必然的。[29]

凯斯勒不知疲倦地为食品药品监督管理局奔走游说。在与制药巨头或烟草巨头战斗时，即使受到抨击，他也显得活力十足。批评者认为他是一个渴望权力的自我膨胀者，最终将败给赤裸裸的野心。[30] 然而，所有人都承认他很聪明。在出任食品药品监督管理局局长之前的 6 年时间里，他在纽约爱因斯坦医学院和哥伦比亚大学法学院任教，同时经营着一家拥有 431 张床位的教学医院。

上任 5 个月，他就表现出对食品标签准确性采取强硬措施时有多认真。

联邦特工冲进明尼苏达州一个仓库，查获了 2 000 箱宝洁公司的“鲜选”橙汁，因为“这种橙汁是用浓缩液制成的，因此存在误导性”。凯斯勒在一次食品行业会议上说：“现在是时候消灭美国食品标签上的混杂信息和片面真相了。”[31]

其前任们总是用通信的方式友好解决这些标签问题。他们从来没有考虑过追查一家价值 30 亿美元的食品和饮料公司，甚至连作秀也不愿意。但是，对于凯斯勒来说，只有追查宝洁这样的巨头，业内的其他公司才会引起重视。

他叫停的硅凝胶乳房假体引发了成千上万的诉讼，最终迫使道康宁公司申请破产。[*, 32] 次年，他试图规范补充剂和维生素产品的安全性和有效性，惊动了整个行业（国会通过了 1994 年《膳食补充剂健康与教育法案》，结束了食品药品监督管理局的干预；它明确将补充剂从药物和食品添加剂中分离出来）。当他试图将食品药品监督管理局的触手伸向烟草的推广和标签时，引起了轩然大波。[33]

谈到直接面向消费者的药品广告问题时，凯斯勒意识到自己的前任已经将它踢到一边了。他想更新食品药品监督管理局 1969 年的广告规定。他本能地倾向于保护消费者，并怀疑包装精美的麦迪逊大街广告能否真正提供参考。凯斯勒认为，这只是制药公司的推广手段，目的是使美国人购买更多药物。

他不赞成不做研究就彻底禁止。凯斯勒很敏感，因为患者想要更透明的医学数据。他不希望食品药品监督管理局因拒绝消费者的信息需求而显得跟不上时代变化。数千个患者权益团体（其中大多数是针对特定疾病的团体）游说国会寻求一切权利，包括医疗记录的隐私权、增加的疾病研究经费以及更易于理解的手术同意书。[34] 患者要了解信息无疑变得越来越容易。20 世纪 80 年代，美国在线、微软网络和 CompuServe 都是相当初级的在线服务，但到了 90 年代中期，调查显示，消费者开始在线搜索医疗信息，并带着一份

---

* 之后，3 轮独立的政府审查得出结论，硅凝胶乳房假体和任何自身免疫性疾病之间没有联系。禁令在 16 年后被解除。

问题清单去看医生。[35]

凯斯勒增加了药品广告监管部门的预算。1994 年 11 月，他设想的改革策略都被打乱了。共和党人在国会大获全胜。众议院新议长纽特·金里奇攻击凯斯勒和食品药品监督管理局，指控他们故意不批准优质药品和有前景的医疗器械。金里奇指责说，食品药品监督管理局的做法阻碍了创新，并称食品药品监督管理局为“头号就业杀手”。至于凯斯勒，金里奇称他为“恶棍和暴徒”[36]。金里奇甚至提出了一项计划，将药物批准程序私有化，并将其从食品药品监督管理局手中夺走。

越来越多的制药公司希望投放直接面向消费者的广告。1969 年的规定没有考虑电视广告，它们对此感到懊恼。阻止电视广告是因为制药公司被要求必须说明药品的大部分警告标签。警告内容很长，会占用大部分广告时间。制药公司认为，源头上的限制意味着任何推广活动都是无效的。

1996 年，先灵葆雅公司为其刚刚发布的处方过敏药开瑞坦制作了一条突破性的电视广告。在这条长达 32 秒的广告中，有一群魅力四射的人在花丛中跳跃。一男一女伴着欢快的音乐交谈着：“开瑞坦，是时候了，是时候了，不要再等待了。开瑞坦，我要去问问医生。该去看你的医生了。晴天终于到来。我想进一步了解开瑞坦。快找你的医生要开瑞坦的试用版吧，还有免费信息和 5 美元的优惠券。请致电 1-800-开瑞坦。”

在先灵葆雅公司的广告中，每个人都在问：“什么是开瑞坦？”《纽约邮报》进行的一项民意调查显示，大多数人认为这是一种抗抑郁药，因为广告中的每个人看起来都很高兴。这个广告在麦迪逊大街备受好评。它还挑战了食品药品监督管理局。凯斯勒是否会禁止所有直接面向消费者的广告？先灵的广告能够迫使他放松管制吗？

就在食品药品监督管理局特别委员会考虑此事时，凯斯勒在 1997 年 1 月宣布辞职，震惊了整个华盛顿。他说这是出于“家庭的原因”。没错，他的妻子保莱特恳求他辞职。她对记者说，看着他“被所有的负面评论撕成碎片，实在是疲倦了”[37]。

随着凯斯勒离开，之前还持反对意见的制药公司，突然开始游说食品药品监督管理局放宽法规。牵头的是厄普约翰和辉瑞。由于厄普约翰和辉瑞分别成功推出了米诺地尔和万艾可，它们改变了对广告价值的看法。其他几家制药公司也有一些知名的药品即将专利过期，变成非处方药，如西咪替丁、雷尼替丁和法莫替丁。[38]

1997 年夏天，食品药品监督管理局做出了具有里程碑意义的裁决。它没有禁止直接面向消费者的广告，而是放宽了指导方针，让电视广告更加简单。广告无须再解释警告标签。但它必须给观众提供免费电话、网站甚至是杂志广告。[39] 制药行业对电视广告压抑已久的需求终于得到了释放。开瑞坦广告中的一句台词“去问你的医生”成为金句，广泛出现在许多新广告中。

麦迪逊大街的资深广告人回忆说，制药公司纷纷涌向广告代理商，要求他们为自己的产品做电视广告。但是，新规却使广告商措手不及。即使是像麦克亚当斯这样的广告公司，也不确定应该如何将传统印刷品和直接邮寄广告投放到完全不同的媒介上。由于广告时间非常宝贵，没有一家公司愿意花钱让广告公司边学边做。尽管如此，制药公司还是花了很多钱，在电视上推销自己最好的产品。

凯斯勒离开食品药品监督管理局之前，直接面向消费者的广告花销每年在 3 500 万美元左右。规则更改一年后，这一数字达到了 11.7 亿美元，而且几乎全部用于电视广告。[40] 大量资金让广告业应接不暇，以至于最初几年里出现了很多乱七八糟的广告。[41] 广告里有“会说话的胃”，有操场上的亚伯拉罕·林肯和海狸，有称赞神奇药膏的安德鲁·杰克逊，甚至还有变成甲真菌的奇怪的动画角色。

消费者维权人士抱怨说，这些广告依赖名人，重形象、少信息。例如，在降胆固醇药的较量中，百时美请来影星柯克·道格拉斯、西尔维斯特·史泰龙、安吉拉·巴塞特为普伐他汀钠代言；默克公司请来亚特兰大猎鹰队的主教练丹·里夫斯为舒降之（辛伐他汀）代言；辉瑞公司请来奥运会花样滑冰运动员佩吉·弗莱明为降胆固醇药立普妥（阿托伐他汀）代言。足球运动员乔·蒙塔纳向高血压患者力荐诺华生产的苯磺酸氨氯地平，高尔夫球运动员杰克·尼克劳斯则力推金药公司的雷米普利。好莱坞影星黛比·雷诺兹代言辉瑞的酒石酸托特罗定，拿下了膀胱过度活动症市场。[42] 2004年的“超级碗”比赛中，三种治疗勃起功能障碍的药物中有两种针锋相对，一种由前芝加哥熊队教练迈克·迪特卡代言，另一种由前参议员鲍勃·多尔代言。

广告公司意识到有时名人身份能给消费者带来想要的权威和专业。拜耳请来美国家喻户晓的“维尔比医生”来代言阿司匹林，之后，该药品的销售额增长了30%。罗伯特·扬扮演了七季的马库斯·维尔比，他穿着白大褂发表声明：“我不是医生，但我在电视上演医生。”

先灵葆雅公司花了4 000万美元来推广开瑞坦，还签下了《早安美国》的联合主持人琼·伦登。伦登本人也是过敏症患者。她在开瑞坦广告里读广告词，看起来就像是播新闻的可爱主持人。开瑞坦的销售额在第一年猛增50%，达到了23亿美元（在2002年专利失效前，它每年的销售额都超过了20亿美元）。[43]

辉瑞也为立普妥制作了电视广告。立普妥是降胆固醇的他汀类药物，在2001年辉瑞以900亿美元收购华纳-兰伯特公司后加入其产品系列。[44] 尽管立普妥在降胆固醇药物市场起步较晚（默克公司的洛伐他汀和舒降之在当时价值数十亿美元，已经出现快10年了），但是辉瑞公司仍拨出2.58亿美元来推广立普妥，还聘请罗伯特·贾维克来代言。1982年，在人工心脏首次成功植入患者体内后，贾维克登上了《时代》周刊封面，被当成“美国英雄”。立普妥的广告把贾维克描绘成人工心脏的发明者、给患者开立普妥的忙碌医生。在广告末尾，他公开说自己也服用立普妥。立普妥成为制药业有史以来最成功的药物。后来，国会调查发现，贾维克毕业于医学院，但从未获得行医执照。他不是心脏病专家，也从未给任何人开药。他确实服药了，但只是短暂服用。在划独木舟的广告中，他用的是替身。他是负责人工心脏的几位医学工程师之一，而不是发明人。那时，辉瑞的广告已经投放5年了。[45]

阿斯利康公司决定不找名人代言，也不会把某人包装成权威。它利用胶囊的颜色来销售奥美拉唑。这是市场上首个抗酸的质子泵抑制剂。奥美拉唑打上了“紫色小药丸”的标签，在市场上大获成功。[46]其中一个最受欢迎的广告，是一堆巨大的紫色药丸从蔚蓝的天空中轻轻落下，就像从天而降的糖果雨。广告没有提药品的名字。奥美拉唑于1996年开售。2000年，阿斯利康公司已经在直接面向消费者的广告上花了1.08亿美元。奥美拉唑的销售额达到41亿美元，由此成为公司最畅销的药品。

奥美拉唑的专利第二年就要过期了，那阿斯利康为此做了什么呢？它将奥美拉唑作为非处方药来销售，并推出了处方药艾美拉唑。尽管本质上仍是奥美拉唑，但艾美拉唑获得了食品药品监督管理局的批准。两种药唯一的化学区别是，艾美拉唑没有奥美拉唑的对映异构体。这两种药物的疗效几乎相同，临床试验反复证明，同等剂量的两种药物具有相同的疗效。[47]对公众来说，唯一明显的区别是艾美拉唑的紫色比奥美拉唑更亮。[48]

但是，阿斯利康知道这两种药之间有重要区别。艾美拉唑的价格为4美元，比非处方药奥美拉唑高出600%。[49]阿斯利康花了2亿美元投广告，宣传效果非常好。消费者纷纷转向了艾美拉唑。很快，艾美拉唑就成为价值10亿美元的畅销药，速度比其他任何减少胃酸分泌以治疗胃溃疡的药都更快。10年来，艾美拉唑一直在这类药品中独占鳌头，这让许多行业分析师感到困惑。他们认为“价格战的时机已经成熟了”，因为有这么多廉价的仿制药可以与之竞争。[50]消费者团体对阿斯利康提起了几十起诉讼，声称它的广告是假的，因为奥美拉唑和艾美拉唑虽然名字和颜色不同，但是本质却基本相同。阿斯利康在所有诉讼中大获全胜，哪怕花了10年时间。公司辩称，艾美拉唑作为独立的药物获得了食品药品监督管理局的批准。[51]

那么是谁在审查药品广告的准确性呢？没有人。2004年，默克公司撤下了热门镇痛药万络的广告（关节炎患者、花样滑冰运动员多萝西·哈米尔在电视上为其代言），公众抵制直接面向消费者的广告一度达到顶峰。默克公司因为COX-2抑制剂陷入了丑闻，它无视该药品会增加心脏病和脑卒中风险的警告。自1999年开售以来，该公司一直大肆宣传万络可以治疗经期痉挛、骨关节炎和肌肉疼痛，使其每年的销售额达到了20亿美元。[52] 就在食品药品监督管理局发出强制召回的前几天，默克公司将万络从市场上撤下了。万络打破了默克从未召回药物的完美记录。[*, 53]

万络的丑闻引发了公众对消费者药物广告的一致抵制。百时美宣布，它将主动撤回新产品任何直接面向消费者的广告。耶鲁医学院院长戴维·凯斯勒对那些在他任职食品药品监督管理局局长期间极力诋毁他的高管说："你们的公司最终可能会因为在电视广告中为产品所做的声明而面临诉讼。我向你们保证，总有一天，你们中有人会在法庭上播放直接面向消费者的广告。"[54]

消费者团体呼吁再次禁止所有直接面向消费者的药品广告。食品药品监督管理局在举行听证会时考虑暂停此类广告一到两年。然而，短短两个月，食品药品监督管理局就向制药行业低头了。食品药品监督管理局只对指导方针进行了一些微小修改。它吹捧说，为了保护美国儿童，特意要求勃起功能障碍的药品广告只能在晚上10点到早上6点之间播放。[55] 维权人士认为这无关紧要，并预测食品药品监督管理局的退让将重新刺激制药公司对电视广告的胃口。就连消费者维权人士也无法想象，几年之后，失禁和膀胱过度活动症的广告每年会花费2亿美元。[56]

---

* 随着临床试验伪造结果、公司主管掩盖不良反应报告等消息相继透出，万络丑闻愈演愈烈，默克面临着数百起集体诉讼。最终，该公司在2007年以48.5亿美元的代价解决了其中大部分诉讼，然后在2011年又支付了9.5亿美元。

45 “重拳出击滥用药物者”

尽管萨克勒家族和普渡高管们早在1997年末或1998年初，就知道了滥用奥施康定的相关报告，但最早的媒体报道直到1999年才出现，而且大多出现在乡村报纸上。从肯塔基州到缅因州，6个州的小镇警方报告说，被捕时携带奥施康定的毒贩数量激增，药房出现持刀或持枪抢劫。[1]因奥施康定住院的人数也出现了激增。[2]该药物已开始出现在服药过量的尸检毒理学报告中（虽然每年的情况有所不同，但平均每25个急诊病人中，就有1例因服用阿片类药物致死）。[3]

史蒂文·帕西克当时是肯塔基大学医学院疼痛管理和姑息性治疗的临床心理学家，写过有关疼痛和阿片类药物的文章。肯塔基州是早期遭受奥施康定重创的一个州。美国很快就有9个县的阿片类药物过量死亡率超过0.02%。其中4个都在肯塔基州东部。帕西克将这个地区描述为“非常贫困，失业率高达20%，劳动者患有多种慢性疼痛。在这里出现处方药滥用并不奇怪”[4]。

当时，帕西克并不知道普渡公司在多大程度上将美国农村贫困白人劳动阶级作为主要目标。虽然有几个小镇感觉受到了奥施康定的围攻，但几乎没有证据表明这个问题已经从这少数几个州的十几个县蔓延开了。美国卫生及公共服务部的“药物滥用警告网络”依赖医院急诊室的报告。1998年，它报告称“提及羟考酮”的病例增加了 93%。然而，它却被认为是非法药品供求中常见的周期性增长。[5] 当时没有人能想到自己正在见证阿片类药物在全美范围内的流行。

1999 年秋天，缅因州检察官杰伊·麦克洛斯基注意到，因非法拥有或散布处方类麻醉药品而被逮捕的人数在 4 年内涨了 9 倍。麦克洛斯基是第一位意识到奥施康定是背后推手的官员。一半以上的逮捕都牵涉奥施康定。同年 10 月，麦克洛斯基在华盛顿会见了一群公民维权人士，他们试图让人们意识到奥施康定未知的危险。[6] 在这群人中，有成瘾孩子的父母，也有自己是瘾君子的。3 个月后，麦克洛斯基给缅因州内所有执业医生写了一封信，“警告他们非法转移和滥用奥施康定所引起的问题日趋严重”[7]。这封信引起了萨克勒家族和普渡的注意。

奥施康定已经成了普渡公司有史以来最畅销的药物。就在几个月前，首席运营官迈克尔·弗里德曼给理查德·萨克勒发了一封邮件，告诉他奥施康定每周销售额超过 2 000 万美元，正在成为 10 亿美元级别的药物。萨克勒半讽刺地回应说：“废话，瞎话，无聊。”[8] 但实际上，萨克勒一家人欣喜若狂。得知麦克洛斯基的警告信后，他们想确保任何负面新闻都不过是公共关系的小插曲。[9]

在一次战略会议上，萨克勒家族的董事和高管们决定直面缅因州的问题。几周后，普渡公司的医学主管戴维·哈多克斯给麦克洛斯基打了一通电话。哈多克斯似乎真的很想知道为什么他会给缅因州的医生发警告信。他和几位普渡的同事想见麦克洛斯基，但这位检察官却拒绝了，后者后来在参议院做证时说：“我很难想象制造商会如何帮忙制止奥施康定的非法转移和滥用。”[10]

几个月后，麦克洛斯基总结说：“单靠传统执法手段不会有太大影响。”在缅因州北部的县城，因处方类麻醉药品被捕的人数是该州其他地方的 2.5 倍。有很多人都是初犯。入室抢劫和暴力抢劫的案件上升了 70%。[11] 麦克洛斯基询问普渡公司是否会帮忙“联系执法机关通常接触不到的医疗服务中心的受众”[12]。在麦克伦斯基安排的会议上，普渡公司派来了医学主管哈多克斯、首席运营官迈克尔·弗里德曼以及法律顾问霍华德·乌德尔。参与会议的还有检察官、联邦和州级执法官员以及当地警察局长。

麦克洛斯基认为这三人似乎对“药品转移的程度”感到非常惊讶。他们在会议上说，在普渡销售“相似产品”美施康定的 13 年里，他们“没有遇到任何严重的转移问题”[13]。然而事实并非如此，只不过除了普渡这三位高管之外没人知道罢了。几年后，在司法部 120 页的公开报告中，文件显示，早在 20 世纪 80 年代末期，普渡管理层就已经知道美施康定存在转移和滥用问题了。迈克尔·弗里德曼收到了一份备忘录，上面说价值 51 美元的美施康定处方药（共 30 片，每片 60 毫克）在街上能卖到 1 050 美元（约 35 美元 / 片）。[14] 1990 年，辛辛那提警方报告说，美施康定超过海洛因，成为该市使用最多的阿片类药物。其他城市报告称，瘾君子要么口服药片，要么通过注射的方式给药。[15]

麦克洛斯基后来回忆说：“他们保证将竭尽所能，协助执法人员解决奥施康定的非法转移问题。”霍华德·乌德尔在会议上说：“我们想做正确的事。”

“这些话我记得非常清楚，”麦克洛斯基后来回忆说，“尽管当时我并没有特别重视，但后来好几次，当我观察到普渡制药主动出力减少奥施康定的滥用时，我就想起来了。”[16] 普渡公司在一个月内雇了 6 位顾问，要求他们设计出更好的方法来帮助医生识别瘾君子和潜在滥用者。销售团队被告知要结束推销，提醒医生“药物滥用者和瘾君子都想要”奥施康定这样的阿片类镇痛药。[17] 理查德·萨克勒在前一年成为普渡公司的总裁（显然不顾老莫蒂默的反对）。[18] 董事会任命小莫蒂默、乔纳森和凯特为副总裁。第二代萨克勒开始接手公司了。普渡公司必须像所有美国人一样，公开关注有关奥施康定滥用的报道。[19] 在向政府官员保证公司会尽力阻止药物转移的同时，普渡仍然在积极推销药物，这两点并不矛盾。但这样的双重战略不可避免会发生冲突。奥施康定卖得越好，滥用和转移的可能性就越大。然而，2000 年，普渡公司认为自己可以兼顾。

当公关部大力宣传“我们在一起”的口号时，普渡公司向食品药品监督管理局申请了一种160毫克的药片，这是当时最大剂量的2倍。[20]同年春天，食品药品监督管理局批准了该申请，意图是将其分发给少数因长期治疗而对小剂量阿片类药物产生耐受的患者。为了劝阻那些转卖处方药的患者，医生必须警告说，对于不习惯阿片类药物的人来说，如此大的剂量可能很危险，甚至会致命。[21]

7月，160毫克的奥施康定开售时，普渡公司在医学期刊、贸易展览和在线视频上发起了一场广告营销，宣传奥施康定能治疗癌症患者和非癌症患者的肌肉、骨骼和术后各种疼痛。[22]普渡公司希望能利用每年70万例膝关节置换术、65万例跟腱修复术和50万例下背部手术来占领一些市场。后来的研究表明，手术后使用阿片类药物的患者，药物滥用的可能性是普通人的2倍。[23]

普渡公司向顶级处方医生大力推销160毫克的奥施康定，同时它还派出发言人向美国各地的政客和警察保证：“我们强烈支持……执法部门打击奥施康定和其他镇痛药的滥用与误用。”[24]它还发起了一项计划来帮助医生更好地识别药物依赖。在一些惨遭重创的市场，普渡公司在电视和平面媒体刊登广告来警告青少年不要滥用处方药。它还推出一项名为“明显疼痛”的外展计划，向父母和老师提供教育材料。[25]

萨克勒家族的董事们希望奥施康定滥用的新闻只出现在十几家小型地区性报纸和电视台中。尽管奥施康定的共同发明人罗伯特·凯科博士在该药物上市一年后就警告说它“很有可能会被滥用”，但理查德·萨克勒却想把重点放在如何“大幅度提高销售额”上。[26]11月，当普渡的首席运营官迈克尔·弗里德曼得知一名《纽约时报》的记者“嗅到了新闻”时，萨克勒家族第一次意识到自己有多天真，竟然希望奥施康汀滥用的新闻只出现在阿巴拉契亚地区。[27]

《纽约时报》的兴趣让萨克勒感到焦虑。在董事会会议上，他们采用了一种策略，试图“将注意力转移到公司所有者之外”[28]。这是雷蒙德·萨克勒的主意。他曾敦促理查德模仿美国步枪协会的标语：“枪不杀人，人杀人。”[29]《纽约时报》的记者致电时，戴维·哈多克斯代表公司与他们交流。董事会认为，作为医学主管，他应该专注于奥施康定的镇痛效果，避免谈论这种药物令人难以置信的商业成功（处方量在短短 4 年里增加了 20 倍）。[30]

2001 年 2 月 9 日，《纽约时报》发表了《癌症镇痛药的新滥用威胁》的头版报道。这是它第一次提到奥施康定。弗朗西斯·克莱恩斯与巴里·迈尔撰写的这则报道共有 1 200 字，包含了来自 7 个州的一线执法人员和医护人员的第一手资料。“过去 18 个月，我们一直在追踪奥施康定的滥用”，而美国一些最贫困的地区就好像是法律批准的毒品交易所一样。根据《纽约时报》的报道，每一毫克的奥施康定要花瘾君子约 1 美元。成瘾最严重的是那些海洛因价格过高或供应不足的地区。在肯塔基州和西弗吉尼亚州的偏远地区，奥施康定很快就被称为“乡下人的海洛因”（在其他州则被称为“奥施棉花”或“OC”）。[*, 31, 32]

《纽约时报》报道称，短短几年时间，奥施康定从默默无闻变成了瘾君子最喜欢的药品。“他们绕开缓释保护，找到了一种来得突然而且效力强大的快感，很像吗啡。”[33] 在一些城市，奥施康定仅次于海洛因，是过量吸食、交通事故、工伤甚至自杀率急剧上升的原因。[34]

“据我个人统计，自去年 1 月以来，当地警方认为有 59 人死于奥施康定成瘾，”肯塔基州检察官约瑟夫·法穆拉罗告诉《纽约时报》，“而且我怀疑这还是保守估计。”这篇文章引用了哈多克斯的话。他曾辩驳服药过量致死的人数，并警告“这样的煽动性言论”可能会使医生不愿意给患有慢性疼痛的患者开这种药。[35] 看了文章后，理查德·萨克勒如释重负。“还不算太糟，比我的预期的要好。”[36]

---

* 医疗补助计划覆盖的病人和有联邦医保的退休人员很快发现，政府将奥施康定纳入了医保体系。在那些早期受创的州，大量矿工和建筑工人的私人医保也纳入了医保。6 月，英国《卫报》报道，一名医疗补助病人花 3 美元买到了 100 毫克的处方药，赚了 8 000 美元。这是西弗吉尼亚州和肯塔基州人均年收入的 1/3。

尽管如此，萨克勒家族的董事们还是觉得，这篇文章之所以选择奥施康定是因为它非常成功。据一位助理市场经理说，他们认为媒体报道“显然不公平”。执法部门抨击畅销药是为了换得更多预算。[37] 20世纪70年代，苯二氮䓬类和苯丙胺类药物不及安眠酮，然后又是阿德拉。到目前为止，美国人服用的阿片类药物最多（2009年的一项研究证实，美国阿片类药物引领全球：拥有世界上81%的羟考酮和99%的氢可酮）。[38]

尽管奥施康定是普渡公司最畅销的产品，但当时它还不到阿片类药物市场的10%。强生、杨森、瑟法隆和远藤都有自己的麻醉性镇痛药，其广告与普渡一样具有“进攻性”。销售团队还宣传自家产品能治疗脖子和背部疼痛。与普渡公司一样，这些公司资助了许多相同的非营利组织和患者维权团体。杨森甚至在1990年就获得了食品药品监督管理局的批准，推出了第一个用于治疗严重疼痛的芬太尼贴片。芬太尼是当时药效最强的合成阿片类药物，比吗啡强100倍，比羟考酮强1.5倍。[39] 奥施康定获批2年之后，食品药品监督管理局又批准了瑟法隆公司的芬太尼棒棒糖。其形状像“棒棒糖”，针对的是对其他麻醉药无反应的癌症患者。[40] 药贩子非法转移芬太尼贴片和芬太尼棒棒糖以牟取暴利，这两种药有时还会产生致命副作用。业内有传言称，瑟法隆的销售团队将芬太尼棒棒糖定位为“治疗一般慢性疼痛的小棍急诊室”。这也难怪萨克勒家族会好奇为什么媒体没有报道其竞争对手。[*, 41]

普渡公司内部人士普遍认为，如果奥施康定成为媒体争相报道的目标，耸人听闻的报道就有可能成为自我应验的预言。媒体大肆谴责这种相对小众的药物，反而会引起瘾君子的注意，甚至让那些不经常用药的人也跃跃欲试。[42]

就在这篇报道发表前的一个月，美国司法部国家毒品情报中心发布了第

---

* 到2005年，在芬太尼棒棒糖187 076个零售药房处方中，肿瘤科医生只开了其中的1%。80%都不是癌症患者。瑟法隆的一位推销员非常担心销售团队的标签外营销，因此他联系了食品药品监督管理局，后来还带上监控线参加了一场销售会议，为检察官收集证据。2008年，瑟法隆花了3.75亿美元来调解涉嫌联邦医疗保险和联邦医疗补助计划欺诈的民事指控，还花了5 000万美元来调解一项标签外非法营销的刑事指控。法院奖励了1 700万美元给告密的医药代表布鲁斯·博伊西。

一份系统的信息通报，总结说“处方镇痛药奥施康定的转移和滥用是一个重大问题，尤其是在美国东部”。通报警示说，瘾君子常常用它来代替海洛因，而且问题还会恶化。[43]

就在《纽约时报》报道发表的当月，理查德·萨克勒在一封公司内部邮件中写道：“我们必须全力重击滥用者。他们是罪魁祸首，也是问题所在。他们是不计后果的罪犯。”[44] 医药代表们再次收到警告称：“滥用和成瘾是患者的问题，而不是药品本身的问题。”[45] 自 20 世纪 50 年代眠尔通受到审查以来，制药公司就一直用这类说辞来辩护，只不过普渡公司的辩解更加激进一些。[*,46]

然而，一个月后，普渡的希望破灭了，主流媒体开始大肆报道奥施康定。《纽约时报》另一篇头版报道《镇痛药销售增长迅速，但其成功代价高昂》既对奥施康定的商业成功表示惊叹，同时也揭露了它更多阴暗面。[47]“只过了 4 年多，奥施康定的销售额就达到 10 亿美元，甚至超过了万艾可。尽管这种镇痛药已经帮助成千上万的患者，但其成功也付出了相当大的代价。”美国缉毒局一名官员指责奥施康定“造成了至少 120 人死亡，具体数字医学检查人员仍在统计中”[48]。

隔了一个月，《纽约时报》报道的基调就不一样了。第一篇引用了警察和医生对奥施康定过量和滥用的反映。第二篇则质疑普渡公司是否应因其激进的市场营销而对这一日益严重的问题负责。缅因州一位疼痛治疗医生把普渡公司的医药代表拒之门外，他告诉记者说：“这些医药代表毫无原则。”纽约西奈山医院的一位疼痛专家说：“所有公司都在推销……但普渡这些人老是在你眼前晃。”西弗吉尼亚州一名药剂师说：“这种药的问题在于公司。”[49]

《纽约时报》披露，普渡公司为两三千名医生支付了前往佛罗里达、加

---

* 在数百起诉讼辩护中，理查德·萨克勒在电子邮件和备忘录中直言不讳的措辞成为普渡公司的弱点。他的儿子戴维在 2012 年至 2018 年间担任普渡公司的董事。戴维曾在 2019 年的《名利场》采访中为父亲辩护：“他只是不懂自己的话会如何影响别人。对于这样一个人来说，电子邮件是最糟糕的沟通方式，因为除了文字，什么信号都没有。虽然他的话听起来很刺耳，缺乏同情心，但那不是他的本意。”

利福尼亚和亚利桑那的所有费用。还有几百人在普渡赞助的 7 000 个疼痛管理研讨会上获得了高额演讲费。[50] 这篇文章首次简单介绍了萨克勒家族的背景，从亚瑟、莫蒂默和雷蒙德创建普渡公司讲到了萨克勒家族“与艺术、科学的辉煌联系”。

萨克勒家族董事拒绝接受采访。哈多克斯坚持强调，普渡公司对“奥施康定”的滥用同样感到“惊讶”。他透露，普渡正在研究如何“重制奥施康定”，降低成瘾可能。确实如此。普渡公司花了很多钱来研发一种可以阻止或者至少是加大破坏药片缓释保护层难度的方法。它尝试加入少量的麻醉性阻滞剂纳洛酮来抑制羟考酮的缓释效果。这可能会让寻找快感的用户望而却步。研究人员遇到了障碍。无论他们如何调整纳洛酮的剂量和释放时间，都会过度削弱奥施康定的镇痛效果。[51] 接着，普渡公司尝试将奥施康定从片剂做成胶囊，并加入另一种麻醉剂纳曲酮的微粒。哈多克斯接受《纽约时报》的第二次采访时，这种方法带来了一定希望，但它还处于非常早期的研究阶段。[52]

3 月 5 日，《纽约时报》报道中的几句话让普渡内部人士异常焦虑：情况不妙，奥施康定已经引起了几个重要联邦机构的关注。一位不愿透露姓名的美国缉毒局官员告诉记者：“在过去的 20 年中，没有其他处方药在开售不久就被这么多人非法滥用。”食品药品监督管理局的麻醉药、重症监护和成瘾药物产品主任辛西娅·麦考密克博士承认，食品药品监督管理局没有充分考虑过患者会有那么多办法绕开奥施康定的缓释涂层。她承认：“我们从中学到了一些东西。”《纽约时报》最后还说：“上周四，来自 5 个州的官员在弗吉尼亚州里士满举行了会议，讨论应该如何制止奥施康定的非法交易。”

如果记者顺藤摸瓜找到英国，这个消息可能会变得更糟。在英国，奥施康定的前身美施康定从 1980 年就开始销售。英国政府已经指控纳普制药垄断英国的麻醉性镇痛药市场。长达数千页的文件详细说明了纳普高管是如何密谋给英国 90% 的医院打折，以低价优势淘汰对手的。把产品卖给英国国家医疗服务体系时，纳普向每个患者收取了高达标价 10 倍的费用。莫蒂默·萨克勒负责经营纳普制药。一案以 750 万美元的罚款和一份严格的同意书终结，该案也启发了纳普制药应该如何绕开法律走捷径以换取更大利润。[53]

萨克勒家族很快就因为美国普渡公司忙得不可开交。奥施康定的市场营销成为两项初步调查的目标，一项是缉毒局的调查，另一项是弗吉尼亚州联邦检察官的调查。两项调查都会产生广泛影响。

劳拉·内格尔在缉毒局工作了 22 年，前一年刚从刑事司晋升为转移控制办公室主任的助理。负责调查处方药巨额非法交易的特工有政府的背书。容易被滥用的药品此消彼长。当其在黑市上开始大量出现时，缉毒局就介入了。内格尔知道有很多方法可以转移合法药物。医生有时变得很贪婪，自己去经营药厂。消费者伪造或更改医生的处方，或去抢劫制药公司的仓库和药房；医生办公室的免费样品卖给不良药剂师；医护人员从医院或疗养院偷医疗补给；有时候，制药公司的制造和分销中心还会发生盗窃案。

内格尔就任新职位时，奥施康定成为头等大事。[54] 转移控制办公室的资深特工告诉内格尔，普渡公司并没有采取任何措施来警告医生和患者，他们最畅销的药物比广告宣传中更容易上瘾。[55]

缉毒局知道普渡公司位于新泽西州托托瓦的普渡·弗雷德里克实验室出现了问题。内格尔收到报告说，在生产周期结束时曾多出来一批药片，但公司却无法解释。普渡·弗雷德里克实验室是否合规？她知道，1995 年，新泽西州纳普技术公司发生的化学爆炸造成了 5 人死亡，48 人受伤。美施康定就在那里生产。美国职业安全与健康管理局曾考虑就纳普公司蓄意违反安全规定提起刑事诉讼，但最终只提出了行政诉讼，并以 127 000 美元的罚款了结。[56] 除当地报纸外，其他媒体满篇都在报道俄克拉何马州默拉联邦大楼两天前发生的恐怖爆炸事件。萨克勒家族授权法律总顾问霍华德·乌德尔解决纳普爆炸案的所有民事诉求。那时，奥施康定还在等待食品药品监督管理局的批准，而萨克勒家族不希望有任何坏消息推迟药品的发售。[57]

内格尔看了职业安全与健康管理局对纳普爆炸案的报告。公司的消防队没有接受过正规的紧急培训。混合挥发性化学物质的准则被忽略了。[58] 内格尔想知道普渡·弗雷德里克实验室是否也存在类似缺陷。联邦法律对管控物质的生产有严格规程。

4月，内格尔及其团队会见了普渡公司的首席运营官迈克尔·弗里德曼、新任医学主管保罗·戈登海姆和法律顾问霍华德·乌德尔。理查德·萨克勒参与了前半部分的讨论，会议持续了2个小时。当内格尔问到普渡·弗雷德里克实验室时，乌德尔说他不知道出了什么问题。据了解，他在撒谎。他在总部接到了药物转移的报告。[59] 普渡公司原本希望新泽西工厂的转移问题只是内部事务，因为它正准备在北卡罗来纳州开设第二家制造厂，以满足奥施康定日益增长的需求。

缉毒局接着摆出了证据，证明自1996年奥施康定开始销售以来，滥用和死亡人数出现了明显增加。这串令人不安的数字记录的曾是奥施康定的成功。第一年，它仅卖出30万张处方；到了2001年，就卖出了600万张。

会议中，内格尔质问理查德·萨克勒："好些人都快死了，你知道吗？"[60] 普渡公司的所有高管都否认奥施康定是死亡人数激增的原因。会议陷入了僵局，双方无法就普渡应采取什么样的措施达成共识。内格尔最后提出建议：普渡公司应该自愿限制奥施康定在药店的销售，并要求销售团队只向肿瘤学专家和认证的疼痛管理专家推销。但普渡公司的三位高管却茫然地盯着她。最后，乌德尔含糊地说："我们会接受你的建议。"[61]

普渡公司知道，只有食品药品监督管理局才有权监管奥施康定的销售方式。不过，为了表示对美国缉毒局的诚意，会议结束几周后，普渡公司宣布"暂停"160毫克超大剂量药片的销售。新闻稿说，这是因为公司"担心有人可能会非法使用如此高强度的药片"。缉毒局提供的许多证据都涉及该剂量。该药被戏称为"奥施棺定"（Oxy–Coffin）。[62] 由于功效强，它深受瘾君子的追捧，其价格比低剂量的奥施康定街头药高出很多。[63]

内格尔好奇普渡公司的这一决定是否只是出于临时公关需求，审查没那么严格的时候，它会不会重新售卖？为了持续施压，内格尔起草了一份打击奥施康定滥用的"国家战略"。她想记录这场危机，提醒普渡公司不能把它当作“轶事”而忽略或置之不理。她与药物与化学评估部主任弗兰克·萨皮恩扎、转移控制办公室的高级科学顾问克里斯汀·桑纳鲁以及曾担任高级药物科学官员的药理学家戴维·高文进行了协商。他们要求美国法医协会收集过去2年涉及“羟考酮阳性”的验尸报告，并将其送交缉毒局。[64]

科学小组分析这些尸检报告时，内格尔继续对普渡公司施压。5月，她公开了提议，要求普渡自愿限制奥施康定的配给。[65] 不料，这引起了医生们的强烈反对，他们认为这个想法过分苛刻。有执照的疼痛管理专家很少，他们几乎肯定会强迫患有慢性疼痛的患者放弃治疗。

俄亥俄州、肯塔基州、弗吉尼亚州和西弗吉尼亚州首次提起民事诉讼，指控普渡公司的欺骗性营销使得奥施康定配给过度。大多数原告都有亲人因服用奥施康定而死，因此愤怒地将普渡告上法庭。[66] 7月初，普渡·弗雷德里克实验室的两名员工被捕，他们被指控偷窃2 000枚药丸卖到街头，总价值约为16万美元。[67] 此前不久，警方端了一伙伪造处方并换取8 000枚参保药的犯罪分子，逮捕了14人。[*, 68, 69]

7月员工被捕时，萨克勒家族的董事和高管们并没怎么上心，他们当时只在意与食品药品监督管理局的谈判。柯蒂斯·赖特离开食品药品监督管理局到普渡公司担任风险评估医疗官。他与前同事保持了联系，并汇报说食品药品监督管理局正在审查1995年批准的奥施康定标签。一些州检察官和受害人家属请求食品药品监督管理局，根据药物滥用与转移的新证据重新评估标签措辞。普渡公司勉强答应合作，希望自己能影响任何对标签的修正。[70] 公司高管与食品药品监督管理局官员之间的私下会面没有留下任何记录。唯一公开的便是这些谈话的结果。7月份，食品药品监督管理局采取了行动。[71] 食品药品监督管理局似乎重击了这款畅销药，因为当时它下令增加所谓的黑框警告。加粗的警告提醒医生，奥施康定是“列在附表II的管控物质，具有类似吗啡的滥用可能”。没有一家制药公司喜欢在标签上添加黑框

---

* 2名前员工起诉了普渡公司，指控工厂主管有时会强迫他们绕过安全协议，该协议要求所有批次的药物都不能离开生产线。主管甚至还让他们伪造药瓶和瓶盖来掩盖药片的消失。

警告。但是据了解，普渡公司并没有那么苦恼，因为它认为黑框警告是一种很好的折中方案。一位营销主管后来表示说："它只是黑框而已。"[72]它重申了大多数医生都了解的事实。

许多受害者团体和检察官都认为1995年的那版标签有助于提高奥施康定的销量。尽管普渡公司没有进行任何临床试验来证明奥施康定确实比其他阿片类镇痛药更不容易上瘾或被滥用，但食品药品监督管理局却批准了"奥施康定的缓释保护可降低药物滥用的可能性"这一说法。[73]销售小组特意强调了这句话，以说服医生奥施康定比竞品更加安全。最终，在2001年的标签上，食品药品监督管理局要求删除了该句话。[74]

1995年的标签宣称"医源性成瘾（由医生治疗引起）很少见"。普渡公司的营销也很依赖这一说法。食品药品监督管理局在2001年的修正版中加了这句话："用于疼痛管理的患者很少会上瘾。"[75]一些人特别失望，因为他们希望食品药品监督管理局能参考近期证明奥施康定有"中度到重度"成瘾风险的研究。1995年，普渡公司取得了重大胜利，食品药品监督管理局允许标签上写着奥施康定"可以用于中度到重度的持续性长期疼痛"，尽管现有科学只研究了其活性成分羟考酮的短期安全性和有效性。普渡公司引用这句话来鼓励医生给慢性病患者开奥施康定，用于治疗背痛或关节炎。[76]在2001年的修订版中，这句话变成奥施康定"可用于治疗中度到重度持续性疼痛，镇痛效果能维持一整天"[77]。

这激起了受害者家属和患者维权人士的强烈反应。

食品药品监督管理局前官员戴维·凯斯勒说："修改标签是一张空头支票，制药行业从这张支票中赚了几十亿美元。现在，大型制药公司能顺理成章地将阿片类药物推广给美国数千万新的疼痛患者了"。[78]

布兰迪斯大学的阿片类药物政策研究联合主任安德鲁·科洛德尼说："如果你每天都服药，那你很快就会对镇痛药产生耐受性。为了继续镇痛，你需要的剂量会越来越高。"[79]这符合普渡的营销策略，即让医生开药的剂量更大、周期更长，从而使利润最大化。

药品制造商埃德·汤普森在25多年的时间里，为多家制药公司生产了阿片类药物。2019年，他告诉哥伦比亚广播公司《60分钟》节目，食品药品监督管理局在2001年对奥施康定标签做出的这类改动，“决定了一种药物最终是能赚1 000万美元还是10亿美元”。这一决定打开了闸门，就无法回头了。[80]

在普渡公司内部，萨克勒家族的董事和市场销售部门欣喜若狂。“食品药品监督管理局的行动带来了巨大机遇。”这个结论广泛出现在内部备忘录里。普渡公司给医生做的广告，很快就反映出它对长期配药的重视。在接下来2年中，奥施康定的销售额增长了2倍。[81]

标签修订一个月后，萨克勒派首席运营官迈克尔·弗里德曼、法律总顾问霍华德·乌德尔和资深医生保罗·戈登海姆到众议院监督与调查小组委员会做证。执法人员告诉委员会，奥施康定已经超越海洛因和可卡因，成为瘾君子的首选。[82]

三位公司代表按照事先准备好的脚本发言，一半以上的时间都在给奥施康定做广告，宣传它如何历史性地治疗疼痛，改善数百万人的生活。高管们声称，他们不认为奥施康定会引发滥用与转移的问题，因为其前身美施康定就从来没有过：“我们不认为奥施康定会这样。”弗里德曼、戈登海姆和乌德尔表现得很圆滑，不管小组委员会如何施压，他们都能回到普渡正在竭尽全力打击药物滥用的主题上。他们坚持认为，“滥用”这个词过于夸张了。他们提醒委员会：“虽然这场辩论中的所有声音都很重要，但我们必须特别注意有些病人的声音。如果没有奥施康定这类药物，他们就会因疼痛得不到治疗或治疗不当而痛苦不堪。”*

他们在美国做了一百多次类似的演讲，只不过这次的对象是国会。回到普渡总部时，他们因为在国会的精彩表现而受到了热烈欢迎。

“9·11”恐怖袭击转移了公众注意力，普渡公司得到几个月的喘息。然

* 弗里德曼还透露，普渡公司与食品药品监督管理局讨论了在奥施康定中添加拮抗剂的相关问题：“我们开发了多项技术，避免消费者通过口服或注射滥用阿片类药物。”

而，到了12月，奥施康定又上了新闻，但都不是什么好事。价值80万美元的奥施康定，在从工厂运往卡地纳健康集团的途中被盗。[83]印第安纳州一名医生因向贩毒团伙与该州的医疗补助计划非法配售超过100万美元的奥施康定而被逮捕，他曾是普渡公司讲师团的一员。[84]哥伦比亚广播公司黄金档节目《48小时》获得了当年最高的收视率，因为它的调查表明“奥斯康定是一种合成阿片类处方镇痛药，已经成为致命的街头毒品”。音乐电视网（MTV）也做了相同事情，其真人秀《真正的生活》拍了一集节目“我迷上了奥施康定”[85]。纽约、佛罗里达州、内华达州和肯塔基州的医学协会理事长呼吁建立处方药监测计划，以更快地发现开处方过量的医生和药物滥用的患者。[86]纽约市戒毒中心“奥德赛之家”的院长警告说，尽管接受治疗的瘾君子更多会吸食可卡因和海洛因，但如果这种药物得不到充分控制，情况可能很快就会改变。[87]

12月12日，在国会小组委员会面前，普渡公司陷入了低谷。美国缉毒局局长阿沙·哈钦森指责普渡公司激进的营销手段使奥施康定成为一种被“滥用”的药物。[88]在19个月时间里，有182人因奥施康定剂量过大而死。普渡公司派出了8月份在众议院做证的同一批高管。保罗·戈登海姆“强烈反对任何有关普渡不当营销奥施康定的说法”[89]。

奥施康定在肯塔基州遭受了重创，来自该地区的国会议员哈罗德·罗杰斯用一桩桩医生过度开药的案例来反驳戈登海姆。普渡公司为什么不停止向他们供药？“我们无法控制他们的处方，”戈登海姆说，“我们无法阻止他们开具我们的产品。”

罗杰斯说：“我们可以。”

萨克勒并没有轻视政府的限制。他们知道罗杰斯立场强硬，因为他所在的地区出现了许多与奥施康定相关的问题。尽管如此，他们仍然可以找到机会。这就是为什么普渡公司总想给人一种它正在全力打击药物滥用和转移的印象。[90]

尽管2001年对普渡公司来说是困难重重的一年，但有一个方面引人注目。奥施康定的销售和利润创下了新纪录，其销售额同比增长41%，收入达到了14.5亿美元。它在2002年再次打破了自己的记录，销售额达到15.9亿美元，占普渡公司业务的80%。虽然奥施康定受到来自政府机构和愤怒的患者的攻击，但它成为有史以来最畅销的品牌管制药（在2019年时仍然保持这一记录）。[91]

那一年，整个制药行业蓬勃发展。从某些方面来看，奥施康定似乎只是众多销量飙升的药品中的一种。《财富》500强中排名前十的制药公司的总利润超过了其他490家公司。[92]

美国缉毒局不仅使用各种工具来追踪奥施康定的销售，而且还要了解它是由哪些医生和药店开出的，以及是针对哪些疾病开出的。药品执法部门称，这个指标可以更好地体现药物在美国范围内的医疗效果。是收入随着处方数量的增长而增长呢？还是普渡公司因为专利而提高了价格呢？就奥施康定而言，两者都是。奥施康定不仅收入猛增，处方数量也飙升。第一年（1997年），医生开出了92万张处方；2002年，这一数字激增至720万。[93]最让那些认为奥施康定处方开得太容易的人震惊的是：只有100万张是开给癌症患者的，近一半的处方医师都是初级保健医生。奥施康定已经成为主流。[94]

46 给普渡一张“免费通行证”

普渡公司内部文件显示，萨克勒家族认为其明星产品可以让公司变成美国最赚钱的制药公司之一。即使那只是痴心妄想，又或者是激励员工的策略，但也在一定程度上解释了为什么奥施康定销售额突破 10 亿美元时他们仍不满意。那只是第一个里程碑。他们想要的更多。市场调查显示，普渡公司用于推广奥施康定的 4 亿美元中，有 75% 都用在 2000 年以后。那一年，公司的高管们在国会做证时声称，他们还是第一次听说奥施康定滥用的报告。[1]

早在两年前，就有一些药剂师提醒普渡公司，在默特尔比奇有一家治疗疼痛的黑诊所（医生或诊所只收现金，可以给任何人开麻醉药品处方而不过问原因）。[2]普渡公司没有做任何调查，尽管该诊所的销量远远超过了当地治疗所需的数量。普渡公司甚至都没有质疑为什么在 2001 年第一季度，默特尔比奇的销售额又增长了 100 万美元。在美国，这是奥施康定收入增长最多的一次。[3]正如公司高管后来辩称的那样，普渡没有义务提醒食品药品监督管理局或其他执法机构。

2001 年 12 月，美国缉毒局突袭了默特尔比奇的黑诊所，吊销了 6 名医生的执照。他们每周会开出数千张奥施康定处方。[4]当时，公司外的人都不知道，负责那家诊所的 3 名销售人员依旧拿到了相应奖金。这一决定是雷蒙德·萨克勒和一位高管一起做出的……他们认为，即使奥施康定配售不当，普渡公司也通过这家已经关停的诊所获得了收益。他们不可能退还这笔钱，扣发销售人员的奖金可能会挫伤团队士气。[5]

销售团队知道，最重要的是他们卖出多少药。萨克勒家族的董事与高管支持更多的医生开出更多的奥施康定处方，并且剂量越大越好，疗程越长越好。普渡公司的优秀员工不是实验室中研发新药的科学家，而是那些设法达到季度销售指标的销售人员。

他们一往无前，极少会报告自己所在的销售地区有医生或诊所不当分配奥施康定。相反，销售团队专注于“高价值目标”处方医生，公司内部将他们列为“超级处方医生”。拉拢这群医生给公司和销售团队带来了可观的回报，公司收入大增，团队年终奖飙升。在奥施康定的 13 个主要市场中，数百名超级处方医生开出的处方比实际人数还要多。[6] 3% 的医生开出了美国大约 55% 的阿片类药物。[7]

普渡公司并非对开药过量视而不见。它通过对比药物销量与人口，确定了疑似非法配药的销售地区。这些地区私下里被称为“零区域”。执法部门最终会逮捕一些不计后果的处方医生，查封其黑店，但这绝不是为了普渡公司。西弗吉尼亚州一名医生在 8 年内开具 33.5 万张处方，平均每天 130 张，每周开 7 天，但普渡公司并没有警告当地或联邦机构。[8] 马萨诸塞州一位医生在 5 年时间里开出了 34.7 万张奥施康定处方，普渡也对这位明星处方医生保持沉默。直到马萨诸塞州执法人员吊销了执照，他才停了下来。[9] 相反，普渡公司在主办的疼痛和药物治疗研讨会上嘉奖了这类医生一份利润丰厚的发言人合同。[10] 最后，一些人被吊销了执照，一些人被关进了监狱。

报告疑似开药过量的员工遇到了阻力。普渡的高管们拒绝了一名员工的请求。该员工请求公司“遵守道德规范，做正确的事情”，给保险公司提供一份疑似非法开药的医生名单。她在一封电子邮件中写道：“如果它能减少阿片类药物的滥用和转移，那么我们就应该做这件事情。”[11] 还有一次，销售团队的成员马克·罗斯提醒销售经理自己所在地区的一间医生办公室里挤满了瘾君子。经理回应得又快又直接：“罗斯的工作是推销药品，而不是扮演侦探去调查医生是不是毒贩。"[12]

普渡公司没有根据销售数据中得到的警告信号采取行动，但这还不是最令人震惊的。内部文件显示，销售团队有时会迫使那些可疑的医生给被其他医生拒之门外的瘾君子开处方。[13]

2002年1月，奥施康定滥用所造成的问题，在美国政界引起了越来越多的关注。一个政府咨询委员会的结论是，阿片类镇痛药的滥用濒临公共卫生危机的边缘。2月，参议院卫生、教育、劳工和养老金委员会召开了"平衡奥施康定风险和收益"的公开听证会。在接下来几年里，随着奥施康定从"问题"变成"流行病"，参议院和众议院举行了十几次听证会，来探讨危机的起因和可能的解决方案。政府问责办公室发布了多份报告，提供了概要。回想起来，这还是官僚机构对美国现代史上最致命的处方药灾难迟来的评论。[14]

与此同时，缉毒局的劳拉·内格尔安排了一次特别会议，与来自普渡公司和食品药品监督管理局的代表在缉毒局总部会面。2002年4月12日，美国缉毒局的高级科学官员戴维·高文、药物和化学评估部门主管弗兰克·萨皮恩扎，以及转移控制办公室的高级科学顾问克里斯汀·桑纳鲁德也加入了内格尔阵营。食品药品监督管理局派出药物评估与研究中心管控物质的主任黛博拉·莱德曼。普渡公司再次派出弗里德曼、戈登海姆和乌德尔。

普渡高管们没有意识到，内格尔和莱德曼私下就如何最好地应对奥施康定问题出现了分歧。食品药品监督管理局认为，它已经批准了奥施康定，并且该药物对许多患者都有作用。转移和滥用问题是美国缉毒局的工作。但是，禁毒执法的问题在于其权力仅限于追捕毒贩和辛迪加、违法的药厂和医生。内格尔坚信，仅靠逮捕和执法是无法解决问题的。只有食品药品监督管理局有权力限制管控物质的合法生产和销售。内格尔希望食品药品监督管理局能限制奥施康定的配售方式，就像以前对巴比妥、苯丙胺和苯二氮䓬类药物一样，但是莱德曼没有兴趣。

会议开始前，他们还没有达成共识。内格尔希望至少2个机构能形成统一战线，共同应对普渡。她希望，如果这样做，普渡公司可能会同意自愿限制奥施康定，以避免更严格的法律约束。内格尔希望她能帮助各方达成协议，缉毒局的科学团队已经完成了对尸检报告的内部审查。结果显示，之前估计美国范围内大约有 300 例奥施康定过量死亡的病例，但这一数字实际被远远低估了。[15]

会议开始时，高文分发了一份长达 45 页的 PPT 文稿，介绍其研究结果（写作本书时我拿到了未公开的打印稿）。[16] 过去 2 年里，医学检查人员送来了 1 304 份“羟考酮呈阳性”的尸检报告。[17] 高文介绍了科学团队的研究方法。这一点非常关键，因为标记为奥施康定过量致死的尸检报告，通常还包括其他合法或非法药物以及酒精。他和萨皮恩扎已经对信息进行了过滤，排除了那些无法证实与奥施康定“直接”或“最有可能”相关的尸检。[*, 18]

缉毒局对日益严重的奥施康定危机的致命性进行了概述。为了确保结果准确，科学团队重新评估了所有实验室数据、毒理学报告和治疗药物资料。缉毒局展示了五年来急诊室的就诊次数，正好与奥施康定销量的增长相吻合。缉毒局还拿到了退役军人事务部的数据。该数据表明，在所有服用奥施康定的疼痛患者中，有 1/4 的人最终滥用药物。初级保健医生说，滥用人数接近其平民用户的 1/3。根据警察局提供的信息，在美国前 15 个最大城市中，奥施康定是最受欢迎的十大街头“毒药”之一。

高文对冷漠的普渡高管们说，他已经开始审查美国范围内被归类为自杀的奥施康定死亡案例了。这可能会增加奥施康定过量致死的总人数。

在展示的最后阶段，高文介绍了一个意想不到的发现。只有 12 人死于注射、吸食或咀嚼羟考酮。98% 的死者是因为口服。口服用药是食品药品监

---

* 其中有 134 个人死于枪击、交通事故、艾滋病与癌症。虽然其体内都有羟考酮，但高文把这些排除出去了。除此之外，他还排除了 221 个法医的“简要陈述不完整的”尸检。至于剩余的 949 个，高文认为有“ 464 个与羟考酮产品有关。”他将它们分为了两类：与奥施康定“确认有关”和“可能有关”。没有被分类的尸体均显示出中到高水平的羟考酮。尽管科学团队认为这些也与奥施康定有关，但内格尔的指示是宁可保守分析，也要让普渡公司更难忽略这些数据。

督管理局批准的，也是普渡公司想要的。[19]根据缉毒局的说法，这表明过量致死并没有完全反映奥施康定的滥用程度。长期滥用阿片类药物的用户会产生耐受性，从而大大降低他们因口服过量而死亡的可能性。这意味着，顽固的滥用者仍在推动奥施康定的转移与非法交易。

普渡公司的高级医疗官戈登海姆做了简短反驳。他抱怨说，普渡公司没有权限访问缉毒局的所有数据，因此无法发现医学检查人员的错误或误判。他还争辩说，由于毒理学报告通常不会列出其他药物的确切含量，因此无法确定“与奥施康定确实有关”[20]。

药品与化学评估部负责人弗兰克·萨皮恩扎提醒戈登海姆，只有当血液中奥施康定的含量高到足以致命时，缉毒局才会标记为“与奥施康定确认有关的”死亡。[21]

“假设检测是准确的，那我们怎么知道呢？”戈登海姆问。

高文俯身向前。“你认为患者有使用阿片类药物的合法权利吗？他们有不可剥夺的药物依赖权吗？”

3 位高管都同意有合法使用权利，但表示第二个问题是有争议的，因为患者对奥施康定产生依赖不是普遍存在的。

高文给他们看了一份世界卫生组织和联合国条约的副本，其中规定“每个人都有止痛的权利”，但“用阿片类药物来镇痛并不是一项不可剥夺的权利”。高文指着一堆厚厚的尸检报告说：“像你们这样在美国宣传阿片类药物，简直是对现代药理学的直接攻击。”[22]

据出席的缉毒局官员说，就在那时，黛博拉·莱德曼说她比较赞同普渡公司的看法，这让在场的所有人大吃一惊。尸检结果尚无定论，或者至少没有缉毒局展示得那样明确。她说，食品药品监督管理局也没有收到缉毒局分析过的所有数据副本。[23]内格尔和高文面面相觑，不久之后，会议就结束了。

一位知情的退休缉毒局官员说，内格尔和高文因为莱德曼插手普渡一事而勃然大怒，他们就莱德曼是否破坏了他们的调查进行了讨论。他们没有证据来证明她有不当行为，也不认为普渡公司能控制她。[24]相反，他们想知道这是不是莱德曼反击缉毒局的方式，因为缉毒局想越权限制处方药。

为了防止药物执法得不到食品药品监督管理局的支持，内格尔还有一套备选方案，那就是公开发布科学团队的结论："现在可以通过可靠的科学证据，来证实媒体最近关于奥施康定造成'数百人死亡'的报道了。"很少有媒体报道此事。然而，真正成为新闻的是食品药品监督管理局公开质疑缉毒局的结论。

会议结束三天后，《纽约时报》刊登了《奥施康定的死亡人数可能超过了早期统计》的头版文章。巴瑞·迈尔报道了缉毒局的调查结果。有段话引起了注意："但是来自食品药品监督管理局的官员说，他们还没有审查过缉毒局的分析报告，似乎对此保持着小心谨慎的态度。"这位不愿透露姓名的官员说，食品药品监督管理局仍在继续审查奥施康定的相关数据，但迄今为止，还没有证据表明奥施康定对于按处方用药的患者构成了威胁。这位官员说："我们认为没有必要感到恐慌。"[25]

"我们知道它的出处，"前缉毒局官员说，"就好像他们正在竭尽全力给普渡公司发免费通行证一样。那里（指食品药品监督管理局）到底发生了什么？"[26]

《纽约时报》发表那篇文章之后，缉毒局官员知道，他们不仅要赢得与食品药品监督管理局的"拔河"比赛，还要赢得公众和专家的支持。他们花了一个月时间撰写一篇文章，列出了越来越多奥施康定致命的证据。同年夏天，他们把它提交给《新英格兰医学杂志》。参与撰写文章的一位缉毒局官员告诉作者，《新英格兰医学杂志》拒绝了这篇文章，认为它危言耸听。编辑说，"在上市后的检测中，宣称存在风险或危害为时尚早"。[27]

当内格尔、高文和其他人抱团决定下一步行动时，奥施康定的滥用和转移问题吸引了司法部的兴趣。约翰·布朗利是美国弗吉尼亚州西部地区新上任的联邦检察官。旁边的西弗吉尼亚州是受灾最严重的地区之一。在获得布什总统提名之前，36岁的布朗利一直是华盛顿特区的联邦检察官助理。

抵达弗吉尼亚州检察官办公室后，布朗利对部门的规模感到非常惊讶，因为“它非常小”[28]。对比华盛顿的标准，确实如此。华盛顿有350位检察官，有近400名后勤人员。[29]美国共有5 300位联邦检察官，但弗吉尼亚州西部地区只有23位，其中4人负责民事案件；有22位后勤人员，其中只有2人是调查员。[30]虽然部门规模很小，但布朗利在上任后一个月，就开始了2项雄心勃勃的初步调查。其中一项是以国家安全的名义，调查美国国际电话电报公司是否将机密技术非法转让给其他国家。第二项是对普渡公司和奥施康定的调查。布朗利想查明药品制造商是否对这种初露苗头的“流行病”负有法律责任。[31]在接下来几年中，他带领由9个州和联邦机构组成的奥施康定工作小组展开了调查。[*, 32]

起初，普渡总部并没有太关注在阿巴拉契亚腹地展开的调查，而且参与调查的检察官从未指挥过重大案件。普渡公司已经习惯了在同一战线上积极防御。那一年（2002年），在第一波指控奥施康定让人上瘾的民事诉讼中，普渡公司大获全胜，赢得了陪审团的支持。[33]霍华德·乌德尔吹嘘说：“我们从来没有庭外和解过，一次都没有。那些想快点拿到钱的人身伤害案的律师会继续失望下去。”[**, 34]

雷蒙德·萨克勒和他的儿子理查德并不那么乐观。缉毒局是个麻烦。然而，它不能提起诉讼，也不会像拼命的联邦检察官那样制造混乱。

---

* 为了了解奥施康定如何像瘟疫一样袭击西弗吉尼亚州，布朗利读了巴瑞·迈尔的《镇痛药》。后来，他听说普渡公司曾向《纽约时报》抱怨，导致迈尔无法继续报道（他被禁止报道此事长达4年）。这激起了布朗利对这家制药公司的兴趣，想要挖掘出隐藏的秘密。普渡公司的总法律顾问霍华德·乌德尔曾告诉《纽约时报》的公共编辑说，迈尔的报道把普渡塑造成了反派，因为其报道，《纽约时报》会有更多类似文章。自2001年2月9日第一次刊登以来，迈尔的署名已经出现在14篇报道上，其中很多都是头版。普渡声称，很明显，迈尔用最轰动、最具破坏性的新闻来保持报道的鲜活，从而获取经济回报。迈尔后来说：“他们的议程就是想让我闭嘴。”

** 直到1978年，乌德尔一直都是迈伦和马丁·格林的法律合伙人。两兄弟是公司的律师和代理人，这些公司在20世纪五六十年代为萨克勒帝国打下了基础。1978年，迈伦·格林死于心脏病。此后，马丁·格林开始独自从事法律业务。其律师事务所在曼哈顿黄页上的地址和电话号码，与萨克勒旗下的6家公司相同。同年，乌德尔加入普渡制药，并担任该公司的总顾问。

“谁能更好地代表普渡公司？”雷蒙德·萨克勒在诺瓦克总部的一次非正式会议上问。[35] 鲁迪·朱利安尼是“美国市长”。在连任了两届纽约市长后，他神气十足。而就在几个月前，在“9·11”恐怖袭击之后，他因沉着冷静的领导能力受到了广泛赞扬，成为《时代》周刊的年度人物，获得了英国女王颁发的荣誉骑士勋章。2002年1月，他卸任市长一职，开了一家朱利安尼合伙股份有限公司。朱利安尼在推销其人脉和影响力。作为著名的纽约南区前联邦检察官，他与司法部许多高层官员都保持着友好关系。他与缉毒局局长阿沙·哈钦森相识已经20年了。萨克勒家族想，朱利安尼也许能找到一种方法来阻止布朗利对弗吉尼亚的调查。普渡公司的董事和高管并没有异议。

2002年5月，普渡公司聘请了朱利安尼合伙股份有限公司，普渡是这位纽约前市长的第一个重要客户。由于普渡公司和朱利安尼合伙股份有限公司都拒绝透露，这笔费用仍然是个秘密，但后来普渡在诉讼中出示的文件显示，它每个月都要付300万美元的律师费。[36] 当然，它付得起。奥施康定每周收入3 000万美元，约占公司利润的90%。[37]

普渡公司与朱利安尼直接相关，它聘请他来解决华盛顿正在酝酿的风暴。[38] 当劳拉·内格尔听到这一消息时，“我的反应是他们绕过了我，去找了鲁迪。他们以为这样就能用政治手段解决这个问题了。”[39]

朱利安尼派纽约警察局前局长伯纳德·凯里克去监督普渡公司位于新泽西州托托瓦制造工厂的安全事务。凯里克也加入了朱利安尼合伙股份有限公司。这家工厂生产的奥施康定下落不明，引起了警察的注意。8月，朱利安尼与缉毒局举行了会议。

几周后，凯里克告诉《纽约时报》：“我和市长会见了缉毒局局长阿沙·哈钦森及其工作人员，还有普渡公司的人（指法律顾问乌德尔）。”负责禁毒执法的司法部副部长卡伦·坦迪也出席了会议。[40]“我们不希望普渡公司最终被法院接管，”凯里克说，“不然它就倒闭了。我想看到的是，我们通过此事为行业设定了安全标准。”[41]

恐怖袭击一周年的前一周，朱利安尼同哈钦森与司法部长约翰·阿什克罗夫特一起，出席了缉毒局关于恐怖主义和毒品走私的展览的开幕式。朱利安尼发表演讲，为禁毒执法博物馆筹集了2万美元。演讲结束后，哈钦森邀请劳拉·内格尔加入他和前市长一行。一周后，他们聚集在朱利安尼俯瞰时代广场的24层办公室里。朱利安尼的奥施康定团队展示了30分钟的PPT，探讨"如何防止奥施康定误落他手"。其核心理念是，普渡公司有好药，并且尽力遵守所有必要的法律法规。现在需要的是尽早发现药物滥用与转移的工具。缉毒局的两人说得很少。"我们主要在听。"哈钦森后来说。

内格尔急着回总部。同事们回忆说，她回去后痛骂这场"马戏表演"[42]。她很快注意到，普渡公司采取了另一种制药公司常用的把戏：雇批评者来压制批评者。卫生及公共服务部前部长路易斯·沙利文博士成为普渡公司的顾问，负责在医学院开设有关疼痛治疗的课程。缅因州检察官杰伊·麦克洛斯基曾是联邦政府最早批评普渡公司的产品宣传策略和奢华的医生旅行的人，后来他成为公司的法律顾问。负责监管奥施康定审批流程的食品药品监督管理局官员柯蒂斯·赖特博士成为普渡的高级医疗主任。[43]

同年秋天，普渡公司面临着佛罗里达州检察长办公室的一项广泛调查。[44]理查德·萨克勒、迈克尔·弗里德曼和哈多克斯计划了对策。85岁的莫蒂默和81岁的雷蒙德密切关注着事态发展。[45]

11月，普渡公司进行了第二次"大规模招聘"，以反击政府正在进行的调查。伯特·罗森是一位制药业说客，熟悉华盛顿的权力核心，人脉四通八达。罗森在诺华制药担任高级副总裁，负责通信与政府关系。萨克勒兄弟把他挖了过来。和蔼可亲的罗森是在南卡罗来纳大学攻读法律的时候开始对政治产生兴趣的。在南卡罗来纳州，他是资深参议员弗里茨·霍林斯的助手。获得法律学位后，他成为辉瑞有史以来最年轻的政府关系主管。罗森在社交和交易决策方面很有天赋，可以驾驭华盛顿各个机构和立法者。离开辉瑞之后，他在百时美施贵宝负责了3年的政府关系，然后在史克必成公司做了8年的"政府事务"，最后加入了诺华。普渡公司为他设立了一个新职位：联邦政府事务副总裁。

罗森加入公司的时候，萨克勒家族正在增加他们对政客的捐款（自1996年以来，他们向300多名候选人和政治团体捐了230万美元。甚至亚瑟·萨克勒在死后也作为捐赠人出现在公共记录中，有时玛丽埃塔·萨克勒会以她已故丈夫的名义捐款。）[46] 随着普渡公司和其他阿片类药物制药商受到的审查越来越严格，这些公司纷纷掏出腰包，游说国会和州议会。十多年来，销售阿片类药物的制药公司在游说州和联邦政府官员上花了7.46亿美元。除此之外，他们还花了8 000万美元拉拢州和联邦候选人。他们对民主党和共和党的投入几乎相等。[47] 罗森指导普渡公司的游说策略。他领导了一个鲜为人知的组织——疼痛治疗论坛。该组织由多个制药公司组成，在10年内花了7亿多美元，游说扩大阿片类药物的配售范围，并游说食品药品监督管理局放松配药规定。[48]

经过几个月的谈判，朱利安尼设法解决了佛罗里达的调查。佛罗里达州检察长同意放弃调查，作为交换，普渡公司同意支付高达200万美元的费用，用于一项“处方监测计划”。该计划允许佛罗里达州保留所有开麻醉药处方的医生和患者的数据记录。[49] 然而，普渡公司从来没有开发过这种软件。令人费解的是，佛罗里达州退还了普渡为该项目提供的资金。如此轻易地放过普渡公司是一个巨大错误。在接下来的8年里，执法部门给佛罗里达州布劳沃德县密集的黑药房起了个绰号，叫作“奥施速运”。1 000多家诊所配售的奥施康定比美国任何一个县都要多（最高占全美总量的89%）。[50] 2011年《纽约时报》说：“处方药（尤其是羟考酮）的非法销售在佛罗里达州蓬勃发展，因为当地缺乏广泛使用的处方药监控系统。”这是普渡公司在2002年答应州检察长要交付的软件，但始终未能完成。[51]

朱利安尼还帮助普渡公司顺利通过泰德·肯尼迪在参议院卫生、教育、劳工和养老金委员会召开的听证会。医生和患者敦促政府阻止“奥施康定的误用与滥用”[52]。但是，该委员会并没有兴趣把奥施康定单拎出来。康涅狄格州是普渡公司的老家，当地参议员克里斯托夫·多德似乎每次都在质疑声高涨的时候帮了普渡公司一把。他坚持认为，奥施康定滥用程度最高的县长期存在此类问题。[53]

由于参议院的调查没有取得任何突破，伯纳德·凯里克宣布对普渡公司位于新泽西州的奥施康定工厂进行严格的改革。劳拉·内格尔对普渡公司提起了诉讼，指控该公司对管控物质制造态度傲慢。2 年内，她发起了 257 个指控奥施康定滥用与转移的诉讼，只有这一次直接将矛头指向了普渡公司。[54] 但是，朱利安尼仍然设法使普渡公司逃过一劫，只需要应对民事指控。一旦联邦法院批准，普渡公司只会面临 200 万美元的罚款，原因是它存在安全过失，没能执行避免药物流入黑市的法规。在那时，奥施康定的销量已增长了 20 倍，年销售额已达到 20 亿美元。200 万美元虽然不是一笔小数目，但是正如普渡高管吹嘘的那样，“还没有（奥施康定）一天的收入多。”[*, 55, 56]

---

* 第二年，凯里克从朱利安尼合伙股份有限公司辞职了。在朱利安尼的举荐下，布什总统提任他为国土安全部长。凯里克后来在 2010 年承认了 8 项重罪，包括对白宫官员撒谎和税务欺诈，并被判处 4 年有期徒刑。

47 “你不该惹一位母亲”

在监管和法律挑战上取得的一连串胜利，让萨克勒家族过于自信了。普渡公司似乎无敌了。其他制药公司的麻醉镇痛药并没有影响奥施康定的创纪录销售。佛罗里达州已经结束了广泛的调查，食品药品监督管理局几乎完全处于被动状态，缉毒局的调查陷入僵局，受害者家属提起的100起诉讼中有一半以上已被驳回。[1] 弗吉尼亚州的联邦检察官约翰·布朗利是最后一道屏障。尽管刑事调查令人担忧，但萨克勒家族怀疑布朗利能否从他那小小的西弗吉尼亚地区收集到大量案件。

胜利是短暂的。普渡公司的每个人都低估了奥施康定受害者家属的愤怒和奉陪到底的决心。

29岁的吉尔·卡罗尔·斯科勒克是新泽西州菲利斯堡的一位单身母亲。2002年4月29日，她6岁的儿子布莱恩放学后第一次发现母亲没在家附近的公交车站等他。回到家时，布莱恩发现母亲躺在床上，睡得很熟的样子。他吃了些零食，看了几个小时的动画片，玩了一会儿玩具，然后爬到她身边睡着了。第二天早上，母亲仍然没醒。布莱恩摇了摇她，不断地喊“妈妈”。最后，他打了911急救电话。“你们快帮帮我，我觉得我妈妈的心跳停止了。”[2] 当急救人员到达时，他们意识到吉尔前一天就死了。

吉尔的母亲玛丽安·斯科勒克是一名兼职护士，住在距离吉尔30分钟车程的雷丁顿。女儿的意外死亡让她必须照顾自己的外孙。[3] 玛丽安不理解女儿因何而死。她唯一的身体问题是前一年搬动家具引发的椎间盘突出症。3 天后，家人为吉尔举行了葬礼。《信使报》的讣告上有这样几句话："吉尔，我全心全意地爱你。你把儿子养得很好，我真心为你感到骄傲。安息吧，我的宝贝女儿，我们还会再相聚的。爱你的妈妈。"

葬礼结束一周后，在某个早晨，布莱恩吓了他的祖母一跳。

"妈妈变了。"

"这话什么意思？"

"她吃完药后就变了。"[4]

他和妈妈一起去看了家庭医生。他记得妈妈在吃一种被医生叫作"奥施康定"的药后，背部就感觉好多了。

玛丽安周末在萨默塞特医疗中心肿瘤科轮班，她对奥施康定很熟悉。她自己也给临终的癌症患者开这种药。[5]"我转向我的外孙，并告诉他'妈妈没吃过奥施康定，亲爱的'。"[6] 当法医的毒理学报告证实吉尔死于呼吸停止时，玛丽安惊呆了。原因是什么？是奥施康定导致的心力衰竭。吉尔的死被定为意外事故。[7]

她发誓："与这事脱不了干系的人必须对此负责。"[8]

她开始研究女儿身上发生的事情。她想知道为什么医生会把她开给癌症晚期患者的药物开给仅仅背痛的吉尔。玛丽安对研究并不陌生。1991 年，她还是护士班的优等生和班长。她有律师助理证书，曾在当地社区服务委员会为甘尼特的《信使报》工作。她写了许多有关艾滋病患者所面临问题的文章，还在艾滋病患者支持团队做过志愿服务，因此在 1993 年获得了由当地艾滋病毒 / 艾滋病工作小组颁发的社区服务奖。[9]

她找到了熟悉吉尔的医生的其他几个病人。有人告诉她，除了第一次是医生亲自接诊的，后面几次都是接待员负责给病人开奥施康定。于是，玛丽安给新泽西州和宾夕法尼亚州医学委员会写信，这位医生是在这里获得执照的。州调查人员与玛丽安进行面谈并开启了调查。同时，在朋友的推荐下，她去费城的一家律师事务所会见了律师。他们似乎确信，吉尔是过失致死。他们花了好几周时间和玛丽安一起准备诉讼。[10]

就在准备诉讼的前几天，一位律师打来电话。他们没办法继续了。他说他们“没有资源”。

她想不通为什么之前对案件如此热情的律师没有充分理由就仓促退出。那天晚上，她坐在家里的餐桌旁。这张餐桌也是她的办公桌，一半摆满了电脑、打印机和传真机。他们口中的“没有资源”是什么意思？她突然明白了。

“我大声说：‘不是医生，是制药公司！’”[11]

她立马在网上搜索奥施康定的制药公司。每天晚上，她都会在网上搜索有关普渡高管的信息，了解奥施康定的历史。“当我发现这是一个虚假营销网站时，一切变得越来越清晰。”[12]

玛丽安向自己保证不会让女儿白死，于是她开始孤身一人为吉尔和其他奥施康定受害者维权。她研究了这种药物是如何在美国各地配发的。外孙布莱恩有时会问：“你抓到坏人了吗？”[13]

6个月来，她给食品药品监督管理局写了许多信，列举了她认为普渡公司正在大规模销售奥施康定的例子。她还致电新泽西州和宾夕法尼亚州的当地记者，并鼓励他们调查普渡公司及其最畅销的镇痛药。奥施康定重灾区的一些小镇报纸报道说，玛丽安对女儿的死开始了自己的调查。[14]新泽西州的《信使报》让她写了一篇专栏文章，她在文中列出自己的电话号码，并请那些“有兴趣发起草根运动”的人联系她。[15]

那时她还不知道，她的来信促使食品药品监督管理局在2003年1月给普渡公司发了一封警告信。信里有这么几句话：“你们的平面广告避而不谈与奥施康定有关的严重安全风险。你们的推广超出了安全有效的用户范围。”[16]食品药品监督管理局特别强调了骨关节炎，普渡销售团队将其作为一种可治疗的症状，并淡化了药物的潜在成瘾性。普渡的主管还在医学期刊上发了一篇文章，但没有透露公司的角色。文章写道，每天用药量少于60毫克的患者可以“随时停药，不会出现戒断症状”。销售团队大肆宣传这一点。

食品药品监督管理局积累了大量证明普渡行为不当的证据，足以启动有关虚假广告的听证会。这样一来，食品药品监督管理局就可以用严格的标签要求和重复配药的限制来惩罚普渡公司。然而，朱利安尼与食品药品监督管理局官员见了 6 次面，并再次设法打消了他们的念头。最终，普渡公司没有公开承认自己的不当行为，也没有下架奥施康定。它只是承诺不会再这样了。[17]

警告信发出一个月后，玛丽安驱车前往纽约，参加在哥伦比亚大学国家毒瘾和药物滥用中心举办的会议。[18]她在得知普渡医学主管戴维·哈多克斯会出席后便决定参加会议。她后来写道："我想看看这家公司是怎么运转的。"[19]她在会前阅读了有关哈多克斯的文章，了解到他曾经是一名牙医，后来发明了假性成瘾理论。除了哈多克斯，玛丽安还见到了美国缉毒局的劳拉·内格尔，她曾警告"乡下海洛因"可能会被滥用。[20]康涅狄格州的检察长理查德·布卢门撒尔也参加了此次会议。普渡的斯坦福德总部受布卢门撒尔管辖。

玛丽安坐在前排。她在 eBay 上买了一支奥施康定"窗帘笔"。这曾是销售团队送给医生万千礼物中的一种。她之所以买下那支笔，是因为食品药品监督管理局已下令将其从市场上撤出，因为笔上的某些配药信息是错误的。

在哈多克斯的演讲中，他赞扬了奥施康定的镇痛效果，掩盖了成瘾可能性。玛丽安盯着他，手里玩着窗帘笔。"他在一群观众面前说的那些谎话让我很恼火。"[21]

会议结束后，哈德克斯走过几十排折叠椅之间的临时通道。当他们擦肩而过时，玛丽安说，虽然她"没有听到'现在'这个词，却感受到了它'"。一百磅重的玛丽安用肩膀将哈多克斯撞倒在折叠椅上。

她边走边说："现在你知道奥施康定的受害者是什么感觉了。他们陷入毒瘾深渊，跪在地上与戒断反应斗争时，就是这种感受。"[22]

哈多克斯急忙离开了大厅，只留下了普渡的高管罗宾·霍根。他是公司的亲和派新闻发言人（他的正式头衔是公共事务部副总裁）。他目睹了玛丽安的惊人一撞。一群记者围着他。他很容易被认出来，他每天都戴着不同颜色的领结。

普渡公司的新闻办公室很熟悉玛丽安。最初，他们避免公开谈论她。他们总结说，和一位悲痛的母亲公开争吵是不厚道的。然而，在哥伦比亚大学会议召开的几个月前，霍根的副新闻主任詹姆斯·海涅斯对记者说，玛丽安“用错误的信息引发了许多恐惧与担忧。……她的女儿死得悲惨，但我不知道背后的真实情况，也没有看尸检报告。她可能是个好心人，但我不相信她是疼痛管理方面的专家”[23]。

会议结束时，霍根表示，他还有更多关于玛丽安女儿的信息。“我们认为她滥用毒品。”[24]《信使报》记者鲍勃·布劳恩指出，法医的尸检报告并未提及这一点。“对于一个已经去世的年轻女人来说，这是一个沉重的指控，因为吉尔无法为自己辩护。她留下了一个 6 岁的儿子。”霍根耸了耸肩，微笑着说他“真的不知道”[25]。

但是霍根的目的达到了，在公众心里埋下了怀疑的种子。也许吉尔并不像媒体描述的那样，是个可爱又天真的母亲。普渡公司以其咄咄逼人的辩护方式驳回了数十起诉讼，并将受害者送上法庭。普渡称，原告通常是瘾君子，为了满足自己的吸毒习惯而依赖于镇痛药。

几天后，布劳恩在他的《信使报》专栏中写到了霍根的“爆料”。霍根所说的很重要：“因为它可能会让像我这样的记者避免报道她母亲试图让一家大型制药公司负责任的事情”。没有人会同情瘾君子，但是吉尔不是瘾君子。”[*, 26, 27]

如果霍根和普渡公司的其他人认为，要是他们毁了她女儿的名声，玛丽安就会放弃寻找答案，那他们就大错特错了。“我告诉霍根，你不该惹一

---

* 会议之后，布劳恩还采访了康涅狄格州的检察长理查德·布卢门撒尔。在小组讨论中，布卢门撒尔说，其工作人员正在询问普渡公司。玛丽安布劳恩问这是否“构成了调查”。“嗯，是的，你可以称其为调查，”布卢门撒尔说，“这可能不是犯罪调查，只是企业调查。”普渡公司的霍根无意中听到了这段对话，并在几小时后给布劳恩留了一封语音邮件。“目前没有任何调查。”他称布卢门撒尔只是要求拿到普渡公司的一些营销文件，“但这并不构成调查，如果你明天报道说康涅狄格州检察长已经对普渡公司展开了调查，那就不准确了。”

位母亲。”[28] 玛丽安再次承诺要揭露普渡公司是一个“失控又贪婪的制药公司”。[29] 在布劳恩的专栏文章发表两周后，普渡公司的首席运营官迈克尔·弗里德曼给报纸写了信。他的声明写道：“我谨代表普渡制药有限公司发表此文，驳斥我们的员工罗宾·霍根在鲍勃·布劳恩3月5日的专栏中对吉尔·斯科勒克所做的评论。霍根很后悔说了那句话，并写信向吉尔·斯科勒克的母亲玛丽安承认他这样做是不对的。霍根的不当言论不符合我们的价值观和承诺，我们对此由衷地感到遗憾。”[30]

这个身材矮小的祖母成为当地听证会的常客。她打磨调查和写作技巧。在得知普渡公司已经要求食品药品监督管理局批准奥施康定用于治疗哺乳期妈妈的产后疼痛时，玛丽安“给检察长和媒体发了大量电子邮件和传真”。她告诉他们：“我们国家已经有太多惨案了，不要再让婴儿对奥施康定上瘾了。”普渡公司撤回了这一申请。

2002年底，联邦检察官约翰·布朗利的调查员与玛丽安取得了联系。她给50个州的检察长和几十名联邦检察官都写了信，恳求他们调查普渡公司，并提供她所能提供的一切帮助。[31] 这对布朗利来说是个理想的时机。他启动了调查。

玛丽安每天通过电话和电子邮件与他们保持联系，给了研究人员一些早期线索。她在eBay上购买奥施康定的促销产品时发现了普渡公司法律部门的一名员工。玛丽安和儿子驱车前往斯坦福德，在星巴克与她会面。在那里，他们发现普渡公司的一名员工“对奥施康定上瘾，后来被解雇。她在普渡制药工作了将近25年”。尽管这位前员工“被普渡制药的权力吓住了，但她讲的是一个多么可怕的故事啊”。玛丽安让她与“三角洲特种部队”保持联系，这是她给布朗利特别工作组取的外号。

玛丽安似乎无处不在。她建立了一个网站oxydeaths.com，为那些想要分享与药物危险故事相关的人提供资源。[32] 在艾奥瓦州，她与切尔·格里菲斯合作。格里菲斯是两个孩子的母亲，说话直言不讳。她因椎间盘突出症而服用奥施康定，并因此上瘾。她很生气，因为食品药品监督管理局没有要求普渡公司在奥施康定的标签加上“可能成瘾”一词，而只有不痛不痒几个字“类似吗啡的滥用可能性”[33]。玛丽安还让普渡公司从公司官网上撤下了一篇新闻稿。新闻稿的标题为“65-0：普渡制药以创纪录的速度驳回奥施康定案”。她“告诉他们，称其为奥施康定的胜利，并对此幸灾乐祸，是很没品位的表现”[34]。

玛丽安是记者多丽丝·布鲁斯沃思头版新闻的重要消息来源。这篇《奥兰多前哨》的报道分为5个部分，标题是“奥施康定遭到猛烈攻击：通向死亡之路的镇痛药”。第一期发表在2003年10月19日。《哥伦比亚新闻评论》在分析奥施康定的早期媒体报道时指出，《奥兰多前哨》的报道［比其他早期报道］更加雄心勃勃，其核心主张对普渡公司的业务构成了严重威胁：“按处方服用奥施康定可能会导致依赖、上瘾和死亡。”[35]

普渡公司没有反驳，而是在系列报道中寻找错误。“回顾过去，尽管《奥兰多前哨》有先见之明，但记者的粗心大意坏了事儿，因此未能达到目的。几天之内，该系列报道中出现了严重的错误。”两名“无辜受害者”实际上是瘾君子。[36]布鲁斯沃思通过分析尸检报告得到的结论过于夸张了。报道说，2001年至2002年间，佛罗里达州有573起因“奥施康定”用药过量而死亡的案例。然而，实际上只有25%是因为奥施康定。随着《奥兰多前哨报》进行了一系列更正，普渡公司“在公关活动中用‘非受迫性失误’来攻击《奥兰多前哨报》，以避免监管机构的打压，并确保获得巨额利润”[37]。次年2月，布鲁斯沃思辞职了，新的当地主编接任。[*, 38]

2004年，奥施康定在质疑声中正式成为美国滥用最严重的药物。[39]普渡公司前市场营销助理称，他在斯坦福德总部从来没有听过有人提起这一“殊荣”。“好像我们不说，它就不存在一样。”有一次，一位同事开玩笑地对他说，新闻报道好像是在制造一种“疼痛流行病”。“他认为这很有趣。如果主

---

* 《奥兰多前哨》没有撤回这篇报道，但委派了两名资深记者调查此事。3个月后，他们发表了一篇2 500字的文章，内容是关于布鲁斯沃思的报道，以及该报的编辑和核实监督中出现的问题。

管听到了，他会被开除的。这不是在开玩笑。”[40]

同时，萨克勒家族让普渡公司的团队专注于那些避免讨论奥施康定健康危机的新闻。普渡公司大力倡导“全球止痛日”。那是世界卫生组织赞助的一项活动，旨在使缓解疼痛成为一项基本人权。加拿大和瑞典是最早加入的国家。正如一些专家指出的那样，这种新兴的疼痛治疗观是一个“拐点”。在这个拐点上，“医生无法提供疼痛治疗就是玩忽职守……医术不精”[41]。

然而，萨克勒和普渡公司无法永远忽略越来越多的坏消息。约翰·布朗利正忙着给他认定的致命重案添上最后一笔。他专注于《联邦刑法典》的某个方面。虚假宣传或欺诈性营销奥施康定是重罪。该法令不要求证明意图，也不需要证明是否造成损害，只要做了就是犯罪。尽管在布朗利想要控告的罪名中这是最轻的，但特别小组确信，他们已经收集到足够多的证据来指控普渡公司犯有洗钱罪、电信与邮件欺诈罪以及政府诈骗罪。[42]

根据司法部的规定，布朗利在华盛顿的上级必须签署该案。2006 年，他将案子提交给总部。[43]刑事部的职业检察官进行了审查，并提出最严重的指控。他们有信心的一个原因是，布朗利团队准备了一份机密的司法部备忘录，确定普渡公司高管在 1996 年奥施康定开售几个月后就意识到了药品的滥用问题，而不是他们口中的 5 年。[44]

当普渡公司得知布朗利已经向总部递交了草案时，朱利安尼给司法部副部长詹姆斯·科米打了电话。[45]普渡公司的律师收集了证据，证明布朗利的团队滥用调查权力。当科米打电话问布朗利是否属实时，布朗利立即驱车前往华盛顿亲自解释。见面了解到布朗利没有做错事后，科米很满意。他让布朗利回弗吉尼亚，并告诉他：“按你想的来做。”

普渡公司一直在想办法解决这个问题。普渡法律总顾问霍华德·乌德尔说服了美国司法部的一位资深律师，让他在布朗利寻求大陪审团密封起诉之前，在家给他打个简短的电话。他建议布朗利再等等，因为普渡公司希望私了此事。布朗利认定这是他们的缓兵之计。

9 月，布朗利及其团队与朱利安尼和普渡公司的辩护律师进行了 2 天的会谈。作为前联邦检察官，朱利安尼非常熟悉这套流程。因为公众舆论对客户及其产品不利，尽管朱利安尼无意提起诉讼，但普渡公司的辩护团队却咆哮说要让政府在这个案子上输得颜面尽失。布朗利对此不为所动。[46] 几周后，辩护律师在华盛顿会见了司法部高级官员，但却没能说服他们现在还没有足够证据来起诉普渡公司及其高管。[47]

仅仅几年后，普渡公司的内部文件就表明，尽管辩护团队与联邦检察官进行了谈判，但使该公司陷入困境的大多数不良行为仍然存在。2007 年的前三个月，在控辩交易谈判中，萨克勒家族董事得知，普渡公司已经收到了超过 5 000 件“不良事件”的报告。它们来自医生、药剂师、诊所、医院和执法部门。一百多名消费者打了普渡的合规热线，举报从涉嫌非法销售到过量用药的各种情况。这一举报数量创下了纪录，是上一季度的 3 倍多。

食品药品监督管理局将“不良事件”定义为“患者在使用医疗产品时的任何不良经历”。制药公司必须向政府报告“严重事件”，包括死亡、住院、残疾与先天缺陷等。食品药品监督管理局还有一个特定表述：“其他严重事件”，包括任何“需要急诊室治疗以及与药物依赖性或药物滥用相关”的触发事件。[48]

普渡公司的合规团队只调查了其中的 21 个案例。他们专挑那些看上去不是很严重的人。然后，基于这些调查，他们得出结论认为，奥施康定没有广泛的转移或滥用问题。他们没有向食品药品监督管理局报告任何一个热线电话，也没有报告这 5 000 个不良事件，尽管这些报告表明多达三分之二的人要么需要住院或到急诊室就诊，要么有与奥施康定有关的依赖或滥用问题。[49] 他们没有通知缉毒局，也没有告诉其他任何联邦、州或地方的药物与执法机构。[50]

初夏，布朗利接到了总部的坏消息。包括刑事司司长艾莉斯 · 费雪在内的司法部高级官员，都决定不再提出让事态扩大化的指控，而是授权布朗利提起不那么严重的虚假标签指控。[51] 这是一次干净利落的起诉。一名案件调查员透露：“他们决定先摘容易摘到的果子。”[52] 布朗利后来告诉缉毒局官员约瑟夫 · 兰纳西西，司法部的决定让他陷入了难以维持的境地。司法部放弃最严重的指控，这迫使他不得不选择庭外调解。他告诉兰纳西西，如果不这样，普渡公司庞大又有钱的法律团队可能会压倒他们这几个检察官。兰纳西西告诉《纽约时报》："他告诉我，他毫无还手之力。"[53]

5 月 10 日，普渡公司的迈克尔 · 弗里德曼（现任总裁）、霍华德 · 乌德尔及其前医学主管保罗 · 戈登海姆，率领一支由十几名律师组成的团队，抵达弗吉尼亚州阿宾登的一家联邦法院。朱利安尼和普渡的律师已与布朗利达成了抗辩协议。

布朗利同意不起诉三名高管，作为交换，他们要对虚假标签的指控认罪。萨克勒家族的董事一致投票决定，亚瑟、莫蒂默与雷蒙德在 1952 年收购的普渡 · 弗雷德里克公司承认犯有欺骗性和诈骗性营销行为，错误地宣传奥施康定不像即释阿片类药物那样容易成瘾和被滥用。[54]这是一个聪明的策略。普渡 · 弗雷德里克公司认罪后就倒闭了，但它保护了普渡制药有限公司和普渡制药股份有限公司。自 1996 年奥施康定开售以来，这两个实体对其负有主要责任。避免认罪也确保了普渡制药留有与政府医疗保健机构做生意的能力，如退役军人事务部、医疗补助和医疗保险机构。[55]

在弗吉尼亚，普渡公司的律师承认，从奥施康定发售前一年开始，普渡的"主管和雇员出于欺骗或误导的目的，推销和宣传奥施康定，称其比其他镇痛药更不易上瘾、滥用和转移，也更不易引起耐受性和戒断反应。[56]弗里德曼、乌德尔和戈登海姆对在奥施康定营销上犯有刑事欺诈罪表示认罪。[57]普渡公司被罚了 6.345 亿美元。考虑到普渡公司在过去 6 年里卖出 96 亿美元的奥施康定，一些法律分析师质疑这笔罚款数额是否不够大。3 名高管也要交罚款：弗里德曼 1 900 万美元，乌德尔 800 万美元，戈登海姆 750 万美元。

在协议中，普渡公司同意在销售奥施康定时"不得提出任何虚假、误导或欺骗性的书面或口头声明"。法院命令该公司公正地向医生和病人说明这种药物的危险和好处。它同意说明长时间、高剂量服用奥施康定的风险，包括上瘾和死亡的可能性。

在另一份企业诚信协议中，普渡公司同意严格遵守法规，禁止在奥施康定推销中的欺骗行为。萨克勒家族和最高管理层承诺推出培训课程，以确保他们理解并遵守所有要求。该协议规定普渡公司及其董事和员工有义务立即向政府报告任何欺骗性或虚假营销的迹象。[58]

普渡公司还同意创建“滥用和转移检测程序”，用来识别处方量高的医生。普渡公司怀疑奥施康定“可能被滥用或转移”时，它就必须停止向那些医生推销奥施康定，并立即“向适当的医疗、管理或执法机构”报告。[59]

尽管萨克勒家族逃过一劫，全员无罪，但和解协议要求理查德、乔纳森、莫蒂默、贝弗利、伊琳、凯特和特蕾莎出具书面材料，证明他们已阅读并理解规定，并发誓遵守。[60]萨克勒家族勉强同意司法部检察官坚持的判决：“普渡承认犯有以上罪名，因为普渡实际上是有罪的。”（在 2019 年，前家族董事戴维·萨克勒淡化了普渡的罪责：“是的，这是公司行为。许多推销员使用了标签上的文字，并夸大了安全性。我们希望它永远不曾发生。当然，普渡公司应该有更健全的合规框架，淘汰那些给药品误贴标签的销售代表。这是肯定的。”）[61]

布朗利曾要求玛丽安在量刑听证会上陈述受害者的影响声明。她对 3 名被告以自由人的身份离开法庭感到愤怒。“当我走到被告席前时，弗里德曼、乌德尔和戈登海姆怒视着我，那群高姿态的律师围在他们身边。我站在离他们不远的地方说：‘你们太邪恶了。你们就是一群混蛋。’”

她开始朝他们走过去，想伸手扇他们。“这是他们应得的。”但是她没有这样做。[62]相反，她慷慨激昂地说出自己的请求，在整个过程中，法庭一片安静。然而，她没有说服法官改变主意，将这 3 人送入监狱，或者命令他们“不能再在制药行业有偿工作”[63]。

联邦检察官和公共卫生倡导者对 2007 年的判决表示赞扬，认为这是普渡公司犯罪行为的终结。制药行业分析师预测，奥施康定在酿成更严重、更致命的流行病之前就被及时叫停了。[64]

缉毒局的劳拉·内格尔在过去 5 年里一直试图对普渡提起诉讼。她没有参与庆祝。“除非看到他们锒铛入狱，否则我是不会高兴的。”[65]玛丽安也不满意。

“我知道那天我看到的邪恶并没有消失。他们依旧贪婪，还会卷土重来。”[66]

布朗利和检察官同僚对玛丽安的陈述印象深刻，因此邀请她两个月后在参议院司法委员会听证会上再次提交这份陈述。听证会将讨论认罪协议是否足够惩罚该公司。玛丽安和她 11 岁的孙子一同出席。她想要他知道，为他妈妈争取正义的斗争给他们带来了什么。玛丽安在一张大橡木桌旁坐了下来，掏出几张记了笔记的纸，参议院变得安静下来。在她开始之前，她注意到杰伊·麦克洛斯基和她只隔了两个席位。1993 年到 2001 年，他一直是缅因州的联邦检察官。他是第一个注意到奥施康定滥用问题的联邦检察官。“他毫不留情地曝光了普渡制药，”玛丽安对自己说，“但他并没有作为盟友和我坐在一起。麦克洛斯基现在是普渡制药聘用的顾问，他正在为他们辩护。”

她告诉参议员们：“来自各种协会的疼痛患者会谈到奥施康定的优点，以及它是如何帮助他们恢复生活质量的。美国的疼痛协会都接受了普渡制药的资助。”[67]

她的说话节奏在加快。“不管对这些罪犯采取什么措施，吉尔都不会回来了，但我保证普渡制药永远不会忘记吉尔·卡罗尔·斯科勒克这个名字。我想知道为什么食品药品监督管理局给普渡制药连发了 12 封警告信，告知奥施康定的市场营销有问题，但直到今天，奥施康定的标签上仍不用标明‘高度上瘾’或‘上瘾’的字样。我想知道为什么上个月之前，食品药品监督管理局不用看，就把我发的有关奥施康定市场营销的电子邮件删除了。我想知道为什么柯蒂斯·赖特在任职于食品药品监督管理局时，在奥施康定的批准过程中扮演了复杂的角色，而后又被普渡制药公司聘用。我想知道鲁迪·朱利安尼是如何成为普渡制药的‘大明星’，帮助它淡化奥施康定的滥用与转移问题，同时还获得缉毒局的酬劳。我想知道为什么萨克勒家族不用因为参与普渡制药与奥施康定的大众营销而被问责。最终，普渡制药还会推出另一种与奥施康定相似的畅销药。我对普渡制药的建议是，当你们准备推出另一种药品时……看一看你们身后，因为我会在那里。我将努力让霍华德·乌德尔因其犯罪行为而被吊销律师执照，保罗·戈登海姆因白领毒品交易而被吊销行医执照。我将努力让弗里德曼、乌德尔和戈登海姆从此以后再也无法在制药行业工作，因为他们是罪犯，因为他们非法营销奥施康定。我一定会做到的……不用怀疑这一点，我一定会做到！她的名字叫吉尔·卡罗尔·斯科勒克。她不应该因为普渡制药的个人犯罪行为而被奥施康定杀死。请为我的家人伸张正义，调查普渡制药的犯罪行为。”[68]

48 利润与尸体

萨克勒家族签署的认罪协议条件严苛，本应该结束美国范围内奥施康定的毁灭之路，然而，最坏的时刻尚未到来。这个看似持久的问题在接下来十年里将演变成一场全面爆发的全国性流行病，夺去数十万美国人的生命。最致命的时期和最严重的滥用都将发生在2007年普渡公司认罪之后。

普渡显然不想履行对联邦政府的大部分承诺。它没有向政府报告危险的处方医生，甚至没有禁止销售团队去找他们。[1] 相反，它扩大了奥施康定的欺骗性营销活动，只为在更长时间卖出更多的药物和更高的剂量。

在认罪协议达成前的几个月，萨克勒家族的董事们收到一份报告，该报告预测2007年利润将达到4.07亿美元。就在他们达成协议的2个月后，在7月15日的董事会会议上，他们得知这个数字估低了50%。2007年净销售额将超过10亿美元，利润超过6亿美元。[2] 奥施康定占了全部收入的90%。

利润大幅飙升的主要原因是什么？内部备忘录显示为“销售努力”。当时，普渡公司有301名销售代表（但只有34名药物研究人员）。销售小组致力于让医生开出高强度处方，其努力取得了成效。2007年创纪录的营收中，有一半以上都来自当时药效最强的80毫克奥施康定药片。[3] 在过去10年里，普渡公司将销售小组的规模扩大了一倍多，雇了数百名新员工，以满足药品激增的需求。[4]

萨克勒家族的董事们对公司内部发生的事情并非一无所知。内部文件显示，向他们汇报的许多高管和经理对其微观管理颇有怨言，特别是理查德·萨克勒。有一次，他否决了公司一名外聘律师的建议，即普渡应与已认罪的3名高管保持距离。他问为什么？他们已经公开发表了忏悔声明，并且都交了巨额罚款。[5]虽然戈登海姆离开了公司，但弗里德曼仍然定期回来，霍华德·乌德尔回到了自己的大办公室，有时还会帮忙处理公司内部的法律事务。此外，在他们认罪后，卫生及公共服务部禁止这3人在20年内从事任何由纳税人资助的医疗保健业务（医疗保险、医疗补助等）。理查德·萨克勒率先请了一家顶级律师事务所对此提出上诉，并将禁令缩短至12年。（他们本来想取消这一禁令，但2010年被华盛顿特区的法官驳回。）[6]

萨克勒家族给了这3位高管几百万美元的赔偿金（其中迈克尔·弗里德曼的赔偿金最高，为300万美元）。[7]这笔钱可以抵消大部分罚款。马萨诸塞州检察长后来指控，帮助这3个人就是“为了维持他们（3名高管）的忠诚度并保护萨克勒一家”[8]。

在经历了这起刑事认罪案之后，为了保持奥施康定的销售势头，普渡公司越来越依赖于“关键医师意见领袖”。其中一个例子就是在认罪协议达成前后出版的《疼痛管理新进展》。这本书是由肯塔基大学医药学院和雷马地卡（Remedica）医学教育和出版公司联合赞助的。普渡公司为肯塔基大学医药学院的课程提供了资助与补贴。2001年，肯塔基州药剂师协会反对对奥施康定实行更严格的配药规则。[9]雷马地卡是一家总部位于伦敦的医疗出版商，在它成立那年，普渡公司刚好推出了奥施康定。[10]

一家伦敦的出版商最终成为药学院的合作伙伴，而这所学院又位于奥施康定滥用和转移问题的中心。这似乎不太可能。[11]其主编是谁？是罗素·波多尼（Russell Portenoy），疼痛和阿片类药物重新评估运用的重要人物。在第一期的小写脚注中，波多尼列出了42家有“相关财务关系”的制药公司，其中就有普渡。[12]副主编是里卡多·克鲁西亚尼。他是费城德雷塞尔大学神经学系主任，毕业于常春藤盟校。2008年末，波多尼和克鲁西亚尼换了下位置。林恩·韦伯斯特是该期刊的主要作者。他是一名犹他州的麻醉学家，提倡假性毒瘾，并发明了阿片类药物风险工具。这是一种含有五类问题的简单评估工具，旨在找出有滥用阿片类药物风险的患者。[13] 对于那些不了解疼痛管理最新进展的医生来说，这一分钟的筛查会让他们产生一种错觉，认为放宽阿片类药物的配发没有风险。普渡公司和其他阿片类药物制造商在其网站上重点介绍了该风险工具。[14] 疾控中心最终得出结论说，韦伯斯特的筛查测试无效，存在“不够精准”与“极不一致”的问题。[15]

《疼痛管理新进展》有时就像是普渡公司的营销剧本，这难道是巧合吗？[16] 波多尼和克鲁西亚尼从普渡公司和其他阿片类药物制造商那里获得了超过 200 万美元的咨询、讲座和研究费用。[17] 林恩·韦伯斯特在盐湖城的生命树疼痛诊所也获得了数百万美元的研究资金。后来《盐湖论坛报》的一项调查报告说，韦伯斯特从制药公司那里获得的资金可以排到“最大单笔金额”的前 50 名，“仅次于梅奥诊所、克利夫兰诊所、杜克大学和哈佛大学等大型医院”[18]。波多尼和克鲁西亚尼也没有落下多远（2017 年底，三个州 17 名女患者指控克鲁西亚尼性侵犯和强奸后，其资金就断了，第二年他被判了 10 年有期徒刑）。[19]

2010 年，缉毒局突袭了韦伯斯特的生命树疼痛诊所，发现了一个标有“死亡患者”的文件柜，后来这家诊所就关闭了。韦伯斯特给 20 多位患者开了大剂量的奥施康定。在其治疗下，这些患者最后都去世了。（联邦检察官没有提起刑事诉讼。缉毒局特工形容这是“职业生涯中最令人沮丧的事件”[20]。）韦伯斯特的问题并不意味着普渡公司就此与他保持距离，而是继续付给韦伯斯特几十万美元，以回报其坚持阿片类药物自由分配的路线。在普渡公司支持下，韦伯斯特后来成为美国疼痛医学院的院长，并担任了《疼痛医学》杂志的高级编辑。《疼痛医学》仅靠普渡公司和其他制药公司提供的镇痛药广告维持。[21]

在重新评估运动中与关键医生合作，并争取在专业期刊上得到良好的报道，这只是普渡公司在 2007 年认罪之后为防止奥施康定销售停滞而采取的策略之一。次年，它新增了100多个销售代表，并推出阿片类药物储蓄卡，对前5次处方进行打折（由于这些折扣，16万人首次尝试奥施康定，其中4.4万人成为回头客）。营销和推广费用预算翻了一番，达到了1.6亿美元。

尽管如此，萨克勒家族担忧的还不只是奥施康定销售势头放缓。普渡公司只有一种药，其未来的成功在于奥施康定卖得越久越好、越多越好。2008年，理查德向董事会的家族成员发送了一封私人备忘录，警告说“风险来袭”。他提出了出售普渡公司的想法。奥施康定的成功意味着他们可以卖个好价钱。家族其他董事不同意，他们想“榨干利润”[22]。

2008年的4次董事会会议上，萨克勒家族的董事们投票决定从奥施康定创纪录的利润中分8.5亿美元给自己。[23]据《华尔街日报》后来报道，“一些与该家族关系密切的人士”称，在瓜分多少利润以及何时瓜分的问题上，董事们并不总是意见一致。不愿透露身份的线人告诉《华尔街日报》，雷蒙德、理查德、乔纳森以及戴维想把赚来的钱再投资到公司中，而莫蒂默和家人（尤其是凯特和戴维）则坚持要把钱提出来。[24]2008年9月的董事会会议上，萨克勒家族的董事们投票决定分给自己1.99亿美元的利润。在次月的会议上，他们收到了一份报告，承认奥施康定的滥用和转移是全国性问题。上个月，普渡公司通过热线电话收到163条有关过度开药和药品转移的建议。但是，它一个也没有向执法部门或食品药品监督管理局报告。结束了不愉快的讨论之后，萨克勒将注意力放在了“销售精英挑战赛”，在其销售片区实现最大收入增长的5位销售代表，将赢得公司有史以来最高的奖金。[25]

竞争打破了收入纪录，这又转化为巨额奖金，比整个销售团队预期配额的2倍还多。2009年3月的那场董事会会议上，萨克勒家族不仅批准了销售精英挑战赛，还投票决定再分给自己2亿美元。[26]2个月后，他们被告知，公司违反了企业诚信协议，这是2007年认罪协议的一部分。普渡公司的经理们未尽到义务监督销售团队，防止他们向医生做虚假宣传。萨克勒家族的回应是什么？他们解雇了3名推销员。与此同时，他们又批准给自己支付了1.62亿美元。[27]几个月后，他们投票决定分给萨克勒家族1.73亿美元，尽管内部消息显示，理查德和莫蒂默都对销售部门的预测感到担忧，认为奥施康定当前收入持平，可能很快就会下降。为了重振销售，普渡公司在2010年推出了“新型改良版”奥施康定，可以有效防止篡改。戴维·萨克勒后来称，这个为期2年的项目使公司损失了10亿美元。普渡公司吹捧新版的奥施康定更难咀嚼、吸食与注射，但它知道，新配方只在少数情况下有作用，即有人通过咀嚼、吸食与注射来获取瞬时的快感[28]，而超过90%的患者滥用奥施康定都是直接吞下的[29]。

普渡进行了2次小试验，由3名员工和一名付费顾问负责。在其中的一次试验中，娱乐性药物用户认为抗篡改型涂层降低了奥施康定的吸引力。在第二项试验中，29名被试连续7天吸食新版奥施康定，而其他人则服用了安慰剂。普渡公司从志愿者的评级中得出结论，新版“与原始配方相比，造成滥用药物的可能性更小”[30]。

从多年积累的数据来看，食品药品监督管理局知道普渡公司的这2次试验证明不了什么。食品药品监督管理局官员告诉普渡公司，在新版的实地测试中，药物在降低成瘾和过量用药方面“没有作用”。尽管如此，食品药品监督管理局仍然批准了抗篡改型奥施康定。

普渡公司添加新涂层的原因，不是要减少奥施康定的致命影响，而是要获得专利扩展，以防止仿制药的竞争。食品药品监督管理局一批准，普渡公司就推出了一项名为“防滥用阿片类药物”的宣传活动。[31]它花费了数百万美元赞助和宣传抗粉碎配方，称其是有史以来第一个能够降低滥用率和成瘾率的麻醉镇痛药。[32]

普渡的宣传很有效。许多医生相信了，加快了开处方的速度。莫蒂默和雷蒙德早在几十年前就从亚瑟及其药物推广策略中了解到，医生容易受到伪科学的影响。

2010年，普渡公司在营销和推广上花了2.26亿美元，创造了新纪录。这些钱主要用于“新型改良版”奥施康定。还有一些钱是用于发布普渡公司已经研究了3年的新药，该药已通过食品药品监督管理局的批准。丁丙诺啡透皮贴是一种麻醉性贴剂，普渡称其可以提供5天剂量的丁丙诺啡。这是一种合成阿片类药物，药效比吗啡强25～40倍。尽管临床测试表明该药无法有效治疗骨关节炎，但在一次董事会会议上，萨克勒问销售代表是否有可能忽略这项失败的研究。随后，销售团队在1/3以上的医生问诊中都提到了骨关节炎，但却没有提及阴性的试验结果。[33]

萨克勒家族将销售团队逼到了极限。每个代表必须完成不断增加的目标，即拜访医生的频率，平均每天7.5次。2010年，这相当于50多万次一对一的推销。从第二年开始，随着销售代表越来越多，访问量达到了75万次。[34]几十封内部电子邮件和备忘录显示，萨克勒家族的董事们相信销售团队还可以做得更多、做得更好。[35]

萨克勒家族成员从来没有抱怨过的一件事，就是他们从奥施康定的利润中分得了多少钱。2010年举行的4次董事会会议上，他们又给自己分配了8.9亿美元（2月为2.49亿美元，4月为1.41亿美元，9月为2.4亿美元，12月为2.6亿美元）。[36]他们还批准了一项雄心勃勃的10年计划，其中包括将销售队伍扩充一倍，使阿片类药物的销售量每年增加20%。它预计2010—2020年，萨克勒家族“每年将分到至少7亿美元”[37]。

2011年，在普渡公司和3位高管认罪4年后，奥施康定成为美国最致命的药物，致死人数超过了海洛因和可卡因的总和。[38]萨克勒家族担心越来越多的媒体报道会指责普渡积极提升需求，而忽视了“对公共安全的危险”。他们认为，这会鼓励更多的人起诉普渡公司。几个月前，他们批了2 200万美元来调解几十起私人诉讼。这些民事诉讼虽然很麻烦，但更让家族成员担心的是执法部门的再次关注。在2007年的虚假宣传刑事抗辩中，普渡公司使食品药品监督管理局陷入困境，但下次可能就不会那么幸运了。

普渡公司的合规部门告诉萨克勒，因药物滥用或转移问题致电公司热线的投诉数量，在2010年第四季度打破了纪录。普渡公司仍然没有向食品药品监督管理局报告，有销售代表在向医生推销时可能低估了奥施康定的成瘾性。[39]后来，数十名州检察长提起了诉讼，其中一个关键因素就是普渡公司对奥施康定的过度推销。公司的辩护律师将广泛分发与滥用药物的责任转移到了处方医生身上。[40]

萨克勒家族在 2011 年 1 月的第一次董事会会议上讨论了法律问题。他们授权普渡公司支付其管理人员和销售经理的全部法律费用。萨克勒家族想向员工传达一个信号，那就是“萨克勒家族是他们的靠山”。

正是该公司管制物质法案的执行董事约翰·克罗利提醒董事会注意，销售小组的一些关键生产商担心卷入法律纠纷，即使只是作为证人或证词。律师费可能是毁灭性的。克罗利的担忧并非空穴来风。销售经理米歇尔·林格勒在 2009 年曾给他发电子邮件，称她怀疑洛杉矶的一家药坊向分销商订购了过量的奥施康定。莱克医疗是一家“疼痛诊所”，有两个房间，是一名前重罪犯和医师搭档在前一年开的。在林格勒管辖的洛杉矶销售地区，大多数药房平均每月订购 1 500 粒奥施康定，而莱克医疗平均每周就订购了这么多。[41]“我非常确定这是一个有组织的贩毒团伙，”林格勒告诉克罗利，“我们不应该联系缉毒局吗？”

克罗利什么也没做。林格勒的怀疑是正确的。一年后，等到缉毒局关闭了莱克医疗的时候，它已经向瘸子帮和亚美尼亚贩毒团伙输送了超过 100 万粒奥施康定。直到诊所被关闭，老板被起诉后，克罗利才把普渡公司知道的事情告诉了缉毒局。[42]

“他们有义务，有法律义务，也有道德义务，”缉毒局特工约瑟夫·兰纳西西说。2005 年，他接替劳拉·内格尔担任缉毒局转移控制办公室主任，负责监管制药业。[43]在普渡公司内部，对于应该遵守一些定义模糊的道德义务这一想法，销售团队的经理们嘲笑不已。显然，萨克勒家族的董事们认为，指望用道德标准来限制可接受的行业商业行为是愚蠢的。在药品销售的残酷世界中，任何遵守“道德义务”的公司都会被竞争对手碾得粉碎。唯一要遵守的是那些他们没有自由裁量权的少数规则。这一点没有看起来那么简单。几乎每条铁律都需要法律解释。缉毒局的兰纳西西同时拥有法学和药剂学学位，据他解释，《管制物质法》要求制药公司和药物分销商拒绝并报告

“可疑订单”，如果他们有理由认为药物可能会被非法转移。[44] 普渡公司的总顾问菲尔·斯特拉斯博格为克罗利和合规部门的其他人提供了法律掩护。斯特拉斯博格争辩说：“将每段传闻、每个关于不当处方的未定断言，都提交给这些政府机构是不负责任的。”[45]

尽管兰纳西西知道会受到普渡或强生公司的阻挠，但他还是希望分销商、介于制药公司与药房之间的大公司、医院以及医生诊所能自愿遵守这一规定。他说：“卡地纳健康、麦克森和美源伯根可能控制了下游 85% 甚至 90% 的药物。”分销商保留着精确数据，知道每位药剂师订购了多少药丸。兰纳西西知道有经销商无视警告信号的情况，但除非他们是故意的，否则是不可能错过这些信号的。例如，西弗吉尼亚州一个人口只有 392 人的小镇克米特有一家药店，在 2 年内订购了超过 900 万粒奥施康定。普渡公司和分销商都没有及时向有关当局报告该药店的情况。[46]“坏医生太多了，黑药房太多了，不良批发商和分销商也太多了。”兰纳西西说道。[*, 47]

萨克勒家族争辩说，作为某种管制药物的市场领导者，花钱解决法律纠纷是不可避免的。前几年的万洛风波怎么样了？他们反问道。食品药品监督管理局官员曾估计，默克的非麻醉镇痛药夺去了 6 万美国人的生命，比越南战争期间的死亡人数还多。[48] 独立统计学家认为，万络增加了那些基因易感的患者发作致命心脏病的风险，可能导致了 50 万人死亡。[49] 万络确实在

---

* 缉毒局最终对麦克森和卡地纳健康处以 3.41 亿美元的罚款，原因是它为“可疑订单”提供了数百万粒奥施康定。之后，分销商绕开了兰纳西西，直接去找他的上级。兰纳西西回忆说：“他们向国会抱怨，缉毒局法规含糊不清，而且缉毒局还把它们视为外国的贩毒集团。”2013 年，他回忆说：“处理大分销商起诉的方式，发生了翻天覆地的变化……曾经很容易就被批准的案件，现在已经不够起诉条件了。”随后，麦克森、卡地纳健康和美源伯根被联邦法院列为阿片类药物合并诉讼的原告。2019 年 4 月，他们达成了第一个和解协议。麦克森公司给了西弗吉尼亚 3 700 万美元，美源伯根给了 2 000 万美元，卡地纳给了 1 600 万美元。3 个公司只交了罚款，没有承认自己有任何不当行为。10 月底，在俄亥俄州首次阿片类药物庭审前夕，麦克森、卡地纳健康和美源伯根同意向原告凯霍加县和萨米特县支付 2.15 亿美元。与此同时，另一被告以色列梯瓦制药公司以 2 000 万美元现金和 2 500 万美元戒毒治疗药物达成和解。但是，没有任何一家公司承认有不法行为。

美国引起了轩然大波，损害了默克的声誉，也让人们呼吁授权食品药品监督管理局审查之前批准的药物的安全性。诉讼源源不断。2007 年，默克花了 48.5 亿美元来和解上万起诉讼，创下了制药业诉讼的最高纪录。[50]

每篇媒体报道都将普渡公司刻画成阿片类药物行业的邪恶面孔，强化了“严阵以待”的心态。在萨克勒家族和高层管理人员中还有一种理解，即原告的律师和政府调查人员盯着普渡公司不放，因为它是唯一一家出售阿片类镇痛畅销药的私有公司。其竞争对手都是知名的上市公司，出售的产品既有混合阿片类药物和麻醉药的缓释药片，也有芬太尼贴片（包括强生公司的他喷他多缓释片，辉瑞公司的硫酸吗啡缓释片，杨森制药的多瑞吉，瑟法隆 / 梯瓦公司的芬太尼，以及科学国际公司的芬太尼）。上市大公司的产品线多元化，它们出售的阿片类镇痛药只是其中的一小部分。镇痛药虽然利润丰厚，但是这些公司并不依赖它们。但是，如果没有奥施康定，普渡公司就要关门大吉了。这样一来，在舆论法庭上，将普渡公司描绘成受到法律制裁的毒贩就更简单了。

缉毒局的约瑟夫 · 兰纳西西目睹了一些大型上市公司比小公司得到了更好的待遇。麦克森、美源伯根和卡地纳健康均登榜财富 500 强（分别排在第 6、12 和 15 位）。他们抵制兰纳西西的大力执法行动，好几百次都没有报告和拒绝那些“可疑订单”。兰纳西西的司法部上司盘问他对分销商的策略。这“激怒了”兰纳西西。他拒绝改变自己的态度，坚持认为这是一场战争，“我们会对这些人追查到底”。根据兰纳西西的说法，分销商曾游说缉毒局改变做法，而缉毒局也这样做了。缉毒局停止使用最强力的补救措施来对付大公司，不再冻结分销商的药物运输。

“所以问题来了，”兰纳西西问，“这些公司和我们之前处理过几百次的家族式小公司有什么不同呢？区别在于，它们有很多钱，也有很大影响力。”[51]

一位与萨克勒家族关系密切的律师说：“对于私营企业来说，所有者就是企业的脸面。”“你认为萨克勒家族担心什么？如果阿巴拉契亚的陪审团知道纽约一个犹太家庭靠某种药丸发了财，而一些律师告诉他们，这种药丸是

他们社区所有苦难的罪魁祸首，你认为他们会怎么想？”*, [52, 53]

然而，2011 年，最令萨克勒家族董事感到困扰的是，年中报告显示，奥施康定的销量比预期少了数亿美元。关于阿片类药物的坏消息，影响了低剂量医生的配药习惯。剂量最强的两种奥施康定（60 毫克和 80 毫克）减少了 20%，它们的利润是最高的。到年底，萨克勒家族“只”分得了 5.51 亿美元。尽管这个数字也不小，但比上一年少了 3 亿多美元。[54] 因此，萨克勒家族在 2012 年和 2013 年敦促销售团队实现更高目标。2011 年 7 月，理查德的儿子戴维 · 萨克勒成为新的家族董事。理查德 · 萨克勒认为圣诞节期间销量下降是因为许多代表都去度假了。普渡公司启动了一项定量研究项目，重点研究长期使用处方阿片类药物的患者。理查德 · 萨克勒认为，这可能会给销售小组带来一些新想法，以便以更高剂量、更长疗程卖出更多的奥施康定。[55] 普渡公司还制作并推广视频来鼓励医生自由开药。它启动了一项名为“个性化剂量”的新营销活动，聘请麦肯锡顾问来创新营销方式，增加销售额。[56]

销售团队报告说，其一对一推销遇到了越来越多的问题，有时甚至是质疑，尤其是来自全科医生的质疑。2012 年 5 月，参议院财政委员会发起了一项调查，调查普渡、强生和远藤制药的资金对美国 7 家知名疼痛基金会的影响程度。[57] 此次调查是由来自蒙大拿州的委员会主席马克斯 · 博长斯和艾奥瓦州的查克 · 格拉斯利提出的。这两个州都受到阿片类药物的重创。

调查的首要目标是美国疼痛基金会，这是美国最大的非营利疼痛管理组织。它宣扬，问题的关键不是阿片类镇痛药，而是医生开了过量处方。美

---

* 自 2016 年以来，在数十起针对普渡公司的诉讼案件中，州检察长将强生、奥索–麦克尼尔–杨森（Ortho–McNeil Janssen）、远藤健康、艾尔建和华生制药等公司纳入了诉讼范围。2019 年 2 月，俄克拉何马州总检察长提起诉讼，指控强生公司充当了“公共卫生紧急事件背后的主谋，在每个阶段都能获利”。俄克拉何马州总检察长表示，除了生产和销售自己的阿片类药物，强生公司表现得像大毒枭，是因为它利用塔斯马尼亚的外国子公司种植与加工鸦片，然后将鸦片作为原料出售给其他制药公司。2019 年 8 月 26 日，法官裁定强生公司败诉。他认定该公司夸大了阿片类药物的好处，淡化了风险，应当负法律责任。强生公司被罚了 5.72 亿美元。到了 11 月份，这一数字减少到 4.65 亿美元。强生公司提起了上诉。

国疼痛基金会伪装成患者权益倡导组织，实际上是制药行业的代言人。它的90% 多的收入来自阿片类药物制造商。普渡公司给的是竞争对手的 2 倍以上的酬劳。[58] 就在参议院财政委员会宣布进行调查的那一天，美国疼痛基金会关门了。在最后的公开声明中，它声称“由于不可挽回的经济损失”，无法继续“运营”。[59] 广为流传的说法是，美国疼痛基金会宁愿关门，也不愿回应有关文件编制的传票，因为这些文件会暴露普渡公司及其竞争对手对它的控制和操纵。参议院的调查和美国疼痛基金会的倒闭成了国家新闻头条。[*, 60]

2013 年 3 月，普渡公司发布了一份内部报告，其中包含严峻的统计数据和可怕的预测。在美国，不仅药物过量致死人数在 10 年间增加了 2 倍，而且数以万计的死亡人数还只是“冰山一角”。每一个死者背后还有 100 多个人在与阿片类药物依赖或滥用做斗争。[61] 普渡公司高管担心，这样的数字会促使医生本能地进一步减少阿片类药物的处方。

对公司来说，在源源不断的负面新闻中，有一个唯一的好消息。4 月 16 日，普渡总部举行了小型庆祝活动。普渡公司驻华盛顿的首席说客伯特·罗森致电理查德·萨克勒，告诉他食品药品监督管理局已经拒绝了几家制造商生产奥施康定仿制药的申请。[62] 普渡公司在 1995 年获得的奥施康定原始配方的专利在同一天到期。普渡公司已经不生产原始配方了，在 2012 年替换成“新型改良版”[63]。该版本拥有一项新专利，截至 2025 年，同类竞争者都无法使用（根据戴维·萨克勒的说法，所有的时间都是巧合，这似乎不太可能，因为专利垄断带来了数十亿额外的年利润）。[64]

普渡公司有理由担心，仿制药一旦被允许，产品售价就会大幅降低。该公司预测，如果没有无可争议的定价能力，一瓶含有 100 片 40 毫克药丸的

---

* 经过一年的听证会和文件编制，结论草案才准备好，但从未公开。2014 年 1 月，马克斯·博长斯离职，成为奥巴马总统的驻华大使，格拉斯利转到了司法委员会工作。他们的接班人，犹他州的奥林·哈奇和俄勒冈州的罗恩·怀登，继续封存了这份报告。由于它保密了数年，社会上出现了许多阴谋论，其中包括美国政府掩盖了萨克勒家族（奥施康定）与墨西哥锡那罗亚州贩毒集团（海洛因）之间的联盟。实际上，进步党参议员怀登与制药业并无交集。他解释说，参议院规定“禁止在官方报告之外，发布调查过程中收集的文件”。

奥施康定，平均售价将从450美元暴跌至不到100美元。[65] 一些疼痛管理专家和患者权益倡导人士也加入了非专利药制造商的行列。他们辩称，否认就是对普渡公司的奖励，因为在它研发专利涂层之前，不安全的药物已经在市场上销售了13年。

食品药品监督管理局的裁决，不仅有利于普渡公司的利润，而且也是该机构第一次允许制药公司在标签上标明其药品具有“抗篡改特性”[66]。在做出这一有争议的裁决时，食品药品监督管理局表示，它审查了普渡公司提交的额外数据，这些数据“足以表明，在抗滥用性方面，新型奥施康定比原始版本更安全”[67]。

到了仲夏，又全是坏消息了。奥施康定的年销售额比预期几乎少了1亿美元。麦肯锡正好也在8月完成了报告《奥施康定的细微增长机会：首次董事会更新》。它为普渡公司如何“加速销售引擎”提供了建议。在短期解决方案中，它建议将销售代表一对一医生就诊的年度配额增加20%。普渡公司不再专注于吸引“多产的处方医生”。那些试图让低产医生多开处方的访问几乎没有增加收入。根据麦肯锡的说法，“多产医生‘开出的奥施康定处方数量’是少产医生的25倍”。此外，麦肯锡还认为，在销售代表拜访了多产处方医生之后，他们会为阿片类药物开出更多的处方。[68] 2015年，普渡公司加强了销售团队的薪酬制度；销售代表如果没有拜访足够多的“高价值”处方医生就会失去奖金。[69]

最后，麦肯锡建议，销售团队在沃尔格林药店集中的社区推广奥施康定储蓄卡。沃尔格林药房的奥施康定销售额下降了18%。两个月前，这家美国第二大的零售药店连锁承认他们开出了数万张非法的奥施康定处方，触犯了法律。作为认罪协议的一部分，沃尔格林同意设立一长串保障措施，以确保类似事件不再发生。麦肯锡的报告称，提高连锁店销售额的唯一途径，就是让萨克勒家族游说沃尔格林的高管，让他们放宽一些有关奥施康定的新规定。[70]

美国最大的零售药房连锁店西维斯（CVS）处于同样的困境。萨克勒家族在9月的董事会会议上讨论应该怎么办。首先，他们又通过投票给自己分了一笔钱，这样他们在2013年的总收入就达到4亿美元。[71]然后，所有人都同意，如果他们无法让这两家零售连锁店找到办法解决政府实施的安全措施，那么普渡公司应该考虑把奥施康定放到邮购药店，甚至直接销售奥施康定。最后一个想法是不现实的，从未有制药公司获准直接向消费者出售管制药物。

年底以前，普渡公司的内部说客伯特·罗森就一个敏感问题找到了理查德·萨克勒，即“对公司内部文件的担忧”[72]。罗森担心普渡公司的文件可能包含有罪信息。由于诉讼和政府调查越来越多，这些文件有一天可能会被要求呈交法庭并公开。理查德·萨克勒似乎不太烦恼。接着，罗森告诉乔纳森·萨克勒，乔纳森似乎也很镇定。

那时，理查德·萨克勒已经多次发生脑卒中，健康状况并不好。普渡公司引入了5名外部董事，与9位萨克勒董事一起工作。流传最久的谣言是，理查德的儿子戴维·萨克勒可能会接替父亲担任普渡公司的董事长。[73]显然，无论是谁掌管这个家族企业，都将捍卫美国最大的家族财富之一。2014年，萨克勒家族以约140亿美元的净资产，跻身《福布斯》“最富有家族”排行榜。[74]该杂志指出，普渡公司广受欢迎的阿片类药物销售了20年，这才让“他们挤掉了布希家族、梅隆家族和洛克菲勒家族”[75]。

《福布斯》杂志传遍了总部。家族中的一些人认为这非常鼓舞人心，可能会激励普渡公司的高管和销售团队加倍努力。公司里没有人提到，就在萨克勒家族登上福布斯精英榜的同一年，1.9万美国人死于处方阿片类药物并创下纪录，其中大部分死于奥施康定。戴维·萨克勒从2012年开始在普渡公司担任了6年的董事，他是后来唯一一个对这种药物的致命作用发表评论的家庭成员。在2019年《名利场》的一次采访中，他试图为这个备受围困的家庭做一些迟来的损害控制。他说，“我们那么有同理心，感觉非常糟糕。”[76]

49 钻空子

2014年，尽管强生、辉瑞、远藤和杨森都推出了阿片类药物，但奥施康定仍主导着麻醉镇痛药市场。没有一款药物有足够显著的疗效或剂量优势，能诱使患者换个配方。尽管竞争对手试图打破奥施康定在销售市场上的霸主地位，但是它们并没有在价格上进行竞争。剂量相当的缓释型阿片类处方药价格只相差几美分。[1] 折价可能会增加市场份额，但会牺牲利润。

由于大部分销售都在美国，所有麻醉镇痛药都有很可观的利润率。美国是世界上人均处方药消费最多的国家，没有比美国更赚钱的市场了。2013年，处方药占美国医疗保健支出的20%，人均约850美元，是19个发达工业化国家平均水平的2倍多。[2] 美国药房的配售量相当于70吨的纯羟考酮，美国人消费了世界上83%的供应。[3] 更重要的是，制药公司的产品在美国比其他地方要贵得多。在美国，30天疗程的奥施康定平均售价为265美元，而在欧洲只要72美元，在南美和亚洲甚至会更低。[4]

普渡公司在美国的定价比在其他地方要高400%，是美国制药公司的典型代表。2014年，比较收入最高的20种药物（占全球所有处方药支出的15%）时发现，美国的售价平均比欧洲高3倍，比巴西高6倍，比价格最低的印度高出16倍。[5]

自第二次世界大战结束以来，在美国高价销售药品一直是该行业基因中的一部分。1959 年，参议员埃斯蒂斯·基福弗进行了为期 3 年的调查，调查美国公司为何以“低得多的价格在国外”出售其药品。[6]制药业争辩说，国内研发费用更高，因此存在价格差异，基福弗的小组委员会证明了事实并非如此。价格有差异的原因显而易见：美国是唯一允许制药公司自行定价的国家，其他工业化国家会利用价格上限或间接控制来限制价格。

在美国，由于专利带来的垄断销售时间也是最长的，不受约束的定价自主权的后果就更为严重了。迈兰制药的首席执行官希瑟·布雷施是西弗吉尼亚州参议员乔·曼钦的女儿。2016 年，在美国消费者新闻与商业频道（CNBC）的采访中，当被问及为何该公司最畅销的产品肾上腺素自动注射笔（EpiPen）在美国售价为 608 美元，而在欧洲仅为 100 ～ 150 美元时，她坦率地回答说：“我们（美国）确实在补贴其他国家。作为一个国家，我们有意识地做出了这样的决定，而且我认为世界会因此变得更美好。”[7]

肾上腺素自动注射笔是一种用于治疗严重过敏反应的注射器。自 2007 年迈兰从辉瑞的子公司那里买到肾上腺素自动注射笔的专利以来，该公司已将该产品价格上调了 15 次。[8]在这段时间里，收入从 2 亿美元增长到 10 亿美元，翻了 5 倍。迈兰 40% 的利润都来自 EpiPen，其利润率也从 8% 飙升至 55%。[9]布雷施的薪水随着产品价格的上涨而上涨，从刚收购 EpiPen 时的 250 万美元涨到 1 950 万美元只用了 5 年。迈兰公司被指控骗取联邦医疗补助，故意将便宜的 EpiPen 包装成更贵的版本。最终，迈兰花了 4.65 亿美元来了结此案。[10]

大多数美国人将价格上涨归咎于贪婪的药品制造商。这无疑是一个关键因素。在萨克勒家族跻身《福布斯》美国富豪榜的那一年，药品价格上涨了 12.2%，是有史以来增幅最大的一年。[11]然而，这个问题比行业高管设定高价，并在产品离开药店货架时计算利润要复杂得多。美国药品分销系统的独特之处，在于鼓励哄抬毫无竞争力的药品价格。

药房福利管理机构在其中扮演着关键角色，而公众对此知之甚少。他们一开始只是为医疗保险公司处理福利和文书。业内最大的药品分销商麦克森在1970年收购了第一家药房福利管理公司，并将其从简单的服务提供商转变为独立公司。随着20世纪七八十年代药房福利管理机构数量激增，他们开始控制药物配方，直接与制药商协商折扣，并补偿药剂师。制药公司最初认为药房福利管理机构不过是小文员，但是现在却发觉他们威胁到自己的定价霸权。[12] 在20世纪80年代，默克公司首席执行官罗伊·瓦格洛斯曾指出，最大的药房福利管理机构美可（Medco）可以凭借一己之力"将某类药物的市场份额转移给自己喜欢的产品"[13]。制药企业不得不与美可打交道，因为它们已经成为制药公司和医疗保险公司之间的中间人。因此，瓦格洛斯决定，默克拥有自己的"美可"会更好。1993年，默克以66亿美元的价格收购了美可。这引发了竞争对手争相效仿的热潮。礼来公司以41亿美元的价格收购了该行业的创始公司PCS。史克必成公司以23亿美元收购了多元医药服务公司。百时美施贵宝与药品零售商Caremark合作，辉瑞与ValueRx合作。[14]20世纪90年代，剩下的药房福利管理机构之间进行了一连串的合并和收购。[15]1998年，美国连锁药店来德爱认为，要扩张自己在健康维护组织和管理式医疗市场的地位，最快的方法就是收购一家药房福利管理机构。于是，它花了15亿美元从礼来手里买下了PCS。

1999年，药房福利管理机构覆盖了美国一半的受保人。那一年，比尔·克林顿提出了针对联邦医疗保险的处方药福利。30年前，林登·贝恩斯·约翰逊任命的委员会，曾建议向美国老年人提供处方药保险。医疗保健一直是克林顿政府的优先事项。1993年，这项"全国"医疗保险计划失败了。4年后，政府成功通过了儿童健康保险计划（CHIP），并将其作为《平衡预算法》的一部分。它将援助范围扩大到"家庭收入过高而没有资格享受医疗补助计划的19岁以下无保险人士"。

1999年克林顿提出的药品计划将支付首次5 000美元药品费用的一半，以及超过5 000美元的全部费用。与1993年政府提案中广泛的控制相反，药房福利管理机构将参与新的提案。但是事实证明，在克林顿总统任期的最后一年里，不可能取得任何立法动力。又过了4年，经过一系列法案的修正，共和党领导的国会才获得了两党支持，通过了布什总统的《医疗保险处方药改良和现代化法案》。[16]

该法案于2006年生效，这是处方药福利第一次惠及美国4 100万老年人。不幸的是，与克林顿时期一样，药房福利管理机构发挥了核心作用。制药行业四处游说，确保法律明确阻止政府参与定价。[*, 17, 18]

数以千万计的患者能够获得药物，而政府又无法谈判或限制价格，这对那些参与制造、分销和销售处方药的公司来说是个福音。覆盖范围的扩大，使药房福利管理机构处于强有力的地位，因为它控制着处方药清单。

只有名单上的那些药，才有资格获得医疗保险报销。结果便是药房福利管理机构制定了一项复杂又晦涩的“回扣”计划。药品制造商要向药房福利管理机构支付费用，才能将产品纳入处方药清单。品牌药价格越高，药房福利管理机构要求的回扣就越大。

回扣合法，但却存在争议。回扣使得许多药物出现在清单里，却不是为了病人的最大利益，也不是为了限制医疗成本，它形成了一个充满利益冲突的系统。“入表费”系统是激励制药公司提高定价的动力，这样它就可以为药房福利管理机构提供更大回扣。[**]

药房福利管理机构是药品供应链中唯一不受管制的部分，也没有公开透明的要求，更没有任何法律义务向他人透露自己从制药公司获得的回扣。药房福利管理机构不会使用这些折扣，来抵消药品的售价或降低病人的保险费。

---

* 联邦法律禁止美国卫生、教育和福利部部长谈判处方药价格，只有国会才能改变价格。但是，即使政府有权谈判价格，仅靠价格谈判也不大可能带来很大折扣。除非政府有权从业已批准的处方集中，删除某些药品或将价格限制在一定水平，否则制药业就没有动力降低价格。

** 琳达·卡恩是一名律师，她曾帮助医疗保险公司与药房福利管理机构谈判。她说：“假设有两种药物属于同一治疗类别，一种500美元，另一种350美元。哪个制造商可以承诺更多返利？显然是生产500美元药物的制药商。”药品更贵，回扣就更大，它就更能进入处方药清单，同时挤走竞争对手更便宜的药品。将回扣药品价格人为标得越高，医疗保险承包人和共同承担费用的患者掏的钱就越多。

研究表明，给药房福利管理机构的药品回扣使许多常用药的平均费用增加了约 1/3。[19] 然而，在零售药店配药的患者却毫不知情。他们不知道，常常是因为未公开的回扣，药房福利管理机构才会把他们引向更昂贵的品牌药，而不是更适合、更便宜的药品。有时，药房福利管理机构会让患者买其他品牌的药，而不是医生处方上写的药。有时，他们还要求配药医生出具“医疗需要证明”，从而使配药更加困难。[20] 一项“言论限制条款”禁止药剂师告知患者是否有更便宜的同等药物。2018 年，特朗普总统签署了国会通过的两项法案，旨在消除言论限制条款。然而，该法案并没有要求药剂师必须告知患者低价药的情况。病人得自己询问。[21]

2010 年奥巴马政府提出的《患者保护与平价医疗法》(ACA)是美国历史上第一次将处方药保险定义为“基本健康福利”的法案。为了符合《患者保护与平价医疗法》的规定，所有医疗保险公司都必须提供药品保险。在此之前，联邦医疗补助为联邦贫困线及以下的美国人提供药品保险（四口之家为 31 721 美元)。《患者保护与平价医疗法》将收入水平提高到贫困线的 133%，扩大了医疗补助的范围。也就是说，又有 1 000 万人有资格获得医疗补助（总计 7 120 万人)。《患者保护与平价医疗法》还扩大了儿童健康保险计划中的药品保险覆盖范围。《患者保护与平价医疗法》减少了医疗保险处方药计划中所谓的“甜甜圈洞”，这个缺口要求老年人在免赔额或共同保险之外自掏腰包支付一些药品费用。[22] 它还扩大了医疗保险的“低收入补贴”，为 1 300 万几乎没有资格参加医疗补助计划的人提供额外保障。[23] 该法案要求联邦政府在所有药物福利计划中，都要涵盖所有经过食品药品监督管理局批准的药物，无论是廉价的仿制药，还是价格过高的生物制剂。[*, 24, 25]

起草《患者保护与平价医疗法》的人不太可能有意帮助制药业增加收入和利润。然而，扩大药物覆盖范围，但没有限制处方集，也没有赋权政府在

* 对于大多数补助计划，联邦政府购买药品的价格要比标价低 20% ～ 22%。法案还建立了一项复杂的方案，来减少政府未来要支付的药品费用份额。它为各州建立和调整处方药清单打开了大门。

一定程度上控制处方药定价，就会带来这样的结果。难怪制药公司会将《患者保护与平价医疗法》当作意料之外的礼物。

在法案出台之后，处方药的支出急剧增加。仅在医疗补助方面，2 年内就增长了 25%，达到 400 亿美元。2015 年，医疗补助计划超过 90% 的药物支出用于购买专利药而非仿制药。[26] 自 2006 年联邦医疗保险处方药计划生效以来，到 2010 年，医疗保险在处方药上的支出占美国药品总支出的 2%～5%。《患者保护与平价医疗法》出台之后，从 2011 年到 2017 年，医疗保险在全国处方药总支出中的份额猛增到 30%。现在它在药品支出上的贡献仅次于私人保险公司。[27] 如果将医疗补助和其他药品福利计划包括在内，联邦政府每年的支出要占美国所有零售处方费用的 45%，数字非常惊人。[28]

高价格和不断扩大的保险范围的组合，在 10 亿美元药物的数量上得到了很好的体现。2000 年之前，制药业历史上只有 8 种此类药物。自那以后，已经有一百多种 10 亿美元畅销药了，其中一些年销售额通常在 100 亿～ 150 亿美元。[29]

药房福利管理机构也更有影响力了，是制药业的重要一环，每年估值在 2 500 亿美元。目前，药房福利管理机构药物计划覆盖了 2.53 亿美国人，占美国符合条件人口的 95%。快捷药方公司、联合健康集团的卧腾处方药公司和西维斯的凯马克公司在《财富》500 强中排名前 20，仅这 3 家公司就拥有约 1.8 亿客户。[30]

药房福利管理机构处于强有力的地位，因为它是药品分配系统中唯一知道消费者在买什么的机构。它与自己的客户（健康维护组织、大公司、政府补助计划）以及独立的药房连锁店都有单独的合同。这些合同既复杂又晦涩，因此很难知道行政费用和“附带成本”的确切数额。这也为它通过另一个合法但有争议的计划来榨取利润创造了机会。[31] 药房福利管理机构为患者自配的处方开账单，还控制着零售药店配药报销的金额。先进的软件可以扫描数百万个处方订单，进行所谓的价差定价。药房福利管理机构向保险公司收取的费用要高于向药剂师报销的费用，其中的差价就落入了药房福利管理机构的口袋。[32] 出售给政府机构的仿制药中，价差定价最为普遍。彭博社分析了 2017 年医疗补助计划中配得最多的 90 种非专利药：医疗补助保险公司花了 42 亿美元，而药房福利管理机构从中拿了 13 亿美元的差价。[33] 出现价差定价的原因和回扣盛行是一样的：联邦政府没有监管药房福利管理机构。

全美 22 000 名社区药剂师对药房福利管理机构的批评直言不讳。他们开出的处方占美国零售药的 40%。药剂师觉得自己被行业容易捞钱的活儿排除在外了。药房福利管理机构经常将药房报销压到尽可能低的水平，以增加自身利润。有时，药房福利管理机构会威胁滥用审计或处罚手段，为难在保险索赔上出现拼写差错的药剂师，迫使药店放弃报销。迄今为止，独立药剂师仍在游说立法，要求药房福利管理机构报告所有财务数据，但没有取得太大进展。这不仅会结束价差定价，也会终止秘密回扣，或者会对药房福利管理机构施压，迫使它将回扣返还医疗计划中，从而降低个人医疗保险政策的总成本。[34]

美国药物护理管理协会是领头的药房福利管理机构贸易组织。它声称，由于药房福利管理机构简化了药品的发放方式，减少了繁文缛节，在未来 10 年，将为美国人节省 5 亿美元。1970 年，药房福利管理机构进入这个行业时，承诺要为患者省钱，但这个承诺至今仍未兑现。处方药是美国医疗成本中增长最快的部分，自药房福利管理机构开始发挥可衡量的影响力以来，25 年间飙升了 11 倍。[35]

过去 5 年，通货膨胀率处于历史低点，医疗保险和医疗补助的药品成本每年增长了 10% ～ 15%。[36] 在同一时期，美国最大的药房福利管理机构——快捷药方公司——调整后每单利润增长了 5 倍（从 3.87 美元至 5.16 美元）。其劲敌卧腾处方药公司和凯马克公司的利润也有类似增长。[37] 快捷药方的内部文件显示，该公司很清楚自己的利润率远远超过了其他行业。过去 5 年，美国顶级品牌药的标价上涨了 127%，而普通家庭用品的价格只上涨了 11%。[38]

2016 年，迈兰公司 EpiPen 的价格上涨了 6 倍，首席执行官希瑟·布雷施拼命辩护。众议院监督和政府改革委员会对她进行了盘问，其证词中有个很重要的部分被大多数人忽视了。迈兰提供了一份图表作为证据，将 608 美元的标价进行了拆解。一半多的钱都流向了药品福利管理机构、保险公司、零售商和其他批发商。在场的国会议员中，巴迪·卡特是唯一一个药剂师出身。她问布雷施是否知道药房福利管理机构从中收了多少钱。

布雷施承认："我不知道具体的情况。"

"我也不知道，"卡特回答，"我还是药剂师。这就是问题所在，没人知道药房福利管理机构到底收了多少钱。"[39]

记者戴维·戴恩在一篇关于药房福利管理机构的文章中称他们为"几乎无人理解的黑匣子"。制药公司的定价体系神秘又复杂，药房福利管理机构、药房、制药公司和保险公司分别管控其中的一部分。当被问到为什么美国的价格比其他地方要高得多时，它们就可以互相推卸责任。

2015 年，肯塔基州针对普渡公司提起的诉讼中，理查德·萨克勒曾被问及奥施康定。

"总销售额是多少？"由于奥施康定占了普渡收入的 90%，这个问题似乎很好回答。

但是理查德却说不知道。他说，这是因为在制药业中，"很多钱会通过批发商，按照谈判达成的回扣协议退给购买者、保险公司、医院等"[40]。

并非只有品牌药的价格会上涨。美国政府问责办公室 2016 年的一份报告显示，在过去 24 个月里，超过 300 种仿制药的价格上涨了，超过一半的药物至少翻了一番。10% 的药物增加了 10 倍以上。市场上流行超过 50 年的 3 种高血压处方药突然涨价 25 倍。[41]

仿制药价格的飙升对美国造成的打击比其他国家严重，因为它们在美国的配药中占 90%（相比之下，英国占 70%，欧洲其他地区接近 60%）。[42] 如果仿制药在美国的平均价格不是高得多，就不会有危机了。[43]

制药公司竭尽全力让患者在配药时比价更容易。特朗普政府的一项规定命令制药商在电视广告中写明标价。该规定于 2019 年 7 月被联邦法官推翻。制药公司胜诉了，因为卫生及公共服务部无权发布法令，而且无论如何，这都侵犯了它们在第一修正案中的权利。[44]

埃斯蒂斯·基福弗在70年前对制药业进行调查时，发现5家领先的制药公司密谋保持四环素的价格相同，尽管其生产和分销成本不同。2019年5月，历史重演。40位州检察长对最大的仿制药制造商提出了长达500页的诉讼，指控它们多年来蓄意串通，导致药品价格大幅上涨，给消费者造成了数十亿美元的损失。诉讼中列出了1 215种仿制药，其价格在过去一年平均上涨了4倍以上，其中还包括一些救命药。有一种治疗严重哮喘的药物涨了40倍。[45]

州检察长提起诉讼时，制药公司似乎从档案里找到了应对的答案。它们认为指控没有道理。价格上涨是因为在某些情况下出现了药物短缺，比如胰岛素。在其他情况下，则是因为市场原因。康涅狄格州的一位检察长汤伟麟，非常清楚药价飙升对许多患者来说有多难以承受。他用过一种治疗皮肤病的药，仅一年内价格就从每瓶20美元飙升到1 820美元。他后来接受哥伦比亚广播公司《60分钟》节目的采访，当被告知制药业对这些指控不予理睬时，他变得非常激动。“这是一个价值1 000亿美元的市场。我们现在谈论的是美国人为了生存每天都要服用的药物，而他们正在以一种严重违法的方式牟取暴利。他们只是在利用自身优势，和产品短缺没有关系。都是利润，是冷血，是贪婪！”[*, 46]

---

* 高药价是2020年美国总统大选的主要议题之一。每个民主党候选人都有一套计划。一些人希望联邦政府生产仿制药并以成本价出售，另一些人则允许美国人从国外购买便宜的药。伊丽莎白·沃伦和伯尼·桑德斯提议取消所有私人医疗保险，并让政府补贴昂贵药物。

2019年12月，众议院通过了加州女议员南希·佩洛西发起的药品计划。前沿的医药在线期刊《STAT》将其描述为“比预期更具有攻击性”。根据佩洛西的计划，医疗保险将直接与制药公司就250种药品的价格进行谈判，这些药品不存在来自两种及以上非专利药或生物仿制药的竞争。在美国，任何药物的价格都不能超过日本、德国、法国、加拿大、澳大利亚和英国同种药物平均价格的1.2倍。如果不遵守规定，公司将被处以销售额75%的惩罚性税收。最令制药公司不安的条款是，联邦政府有权收回自2016年以来药品价格上涨所带来的利润，前提是药品价格上涨幅度大于通胀率。这可能意味着数千亿美元的利润。一位评论员说，这和埃斯蒂斯·基福弗的尝试“似曾相识”。

共和党主导的参议院预计不会通过佩洛西的法案。参议院两党都支持一项法案，该法案将每年医疗保险的自付药费上限定为3 100美元。

50　10 亿美元的“孤儿药”

当然，药品福利管理机构并不是美国药价过高的唯一原因。即使没有这些机构，药价仍然会涨得令人瞠目结舌。与深不可测的药品福利管理机构相比，制药公司设定的价格高得离谱时，其首席执行官通常就会很不讨喜，被媒体塑造成制药业贪婪的化身。这加深了人们的看法，即药品成本上涨的罪魁祸首是制药公司自身。自 20 世纪 60 年代初以来，公众的观念发生了巨大变化。那时，大多数美国人不受高价药的影响，很少有人关注埃斯蒂斯·基福弗的参议院调查。如今，许多人都感受到药品价格上涨的影响。2015 年，美国人每年在医疗保健上的处方药支出超过了里程碑式的人均 1 000 美元。到目前为止，这是所有发达国家中最高的，药费占所有费用的近 20%。[1]

除了药品利益管理者贪得无厌，制药业的秘密还在于，药价过高往往是因为它们广泛利用了已有 25 年历史的《孤儿药法案》。制药公司眼馋更大的利润，于是这套始于 1987 年艾滋病药的操作只有不断加速。制药业非常熟练地利用《孤儿药法案》带来的一切可能优势，甚至只要听到孤儿药认定成功的消息，生物技术上市公司的股价就会在一天内飙升 30%。[2]

如果衡量成功的标准是食品药品监督管理局批准的孤儿药数量，那么该法案就是成功的。在法案颁布之前的 10 年里，只有 3 家公司推出了 10 种治疗罕见病的药物。颁布之后，200 家公司研发了近 500 种孤儿药，其中有一半都在2012年以后。[3]它们不再被视为制药业"可怜的继子"。过去10年，食品药品监督管理局批准的70种孤儿药都是面向大众市场且专利即将到期的成功药物。制药公司找到了"重新定位"治疗罕见病药物的方法。[4]另外8种获得审批的药物则用于不止一种罕见病。* 过去5年，食品药品监督管理局批准的有一半都是次级药。食品药品监督管理局孤儿药开发办公室称之为"一果多吃"[5]。

截至2018年，孤儿药治疗的年均费用为每人9.85万美元，而非孤儿药为5 000美元。惊人的价格差异，让许多公司纷纷为自家产品申请孤儿药认定。自2015年以来，食品药品监督管理局每年批准的新药中有一半是孤儿药。[6]同年，孤儿药的销售额突破1 000亿美元。[7]分析师预计到2020年将达到1 760亿美元，其增长率是全球处方药市场的2倍。[8]那时，孤儿药将占全球处方药的20%，而2000年仅为5%。[9]

约翰斯·霍普金斯大学外科教授马丁·马克里（Martin Makary）说："制药业一直在钻制度的空子，通过将指征拆分和细化，来被认定为孤儿药，这样它们就能大赚一笔了。"马克里曾写了一篇文章《意外、错付的〈孤儿药法案〉补贴和税收减免是如何导致药品成本飞涨的》。马克里说，《孤儿药法案》的滥用意味着"原本用于孤儿药的资金被分去研发畅销药了"[10]。"将指征拆分和细化"指的是制药商将单个疾病细分成多种类别，并将每一类别都认定为单独的疾病，使其符合孤儿药的条件。最初是从艾滋病开始的，当时制药公司不顾食品药品监督管理局的反对，任意创建与人类免疫缺陷病毒（HIV）和获得性免疫缺陷综合征（AIDS）患者有关的"罕见病"子类。证据是在1983年通过《孤儿药法案》时，科学家和食品药品监督管理局确认了大约2 000种罕见病。如今，罕见病已经超过7 000种了。[11]多次批准也

* 最赚钱的6家制药公司将它们的药物指定为可治疗多达9种罕见病。首次开发完成后，该药的研发成本大幅下降，等待将来的审批。虽然制药公司必须进行临床试验，但由于目标疾病罕见，因此有时他们只需要招募十几个被试来做一项研究。尽管研发成本低得多，但制药公司仍能拿到《孤儿药法案》带来的所有暴利。

给每种疾病的患者人数上限带来了漏洞。只要每种疾病的患者少于 20 万，一种孤儿药可以治疗多少种罕见病是没有限制的。另外，如果某种药物被批准用于治疗罕见病，而这种疾病后来影响的人数超过了 20 万人，那么这种药物仍然属于孤儿药（治疗艾滋病的 19 种孤儿药都是如此；1993 年，当感染艾滋病的人数超过 20 万时，这些药仍然可以享受孤儿药的福利，直至专利到期）。

几家咨询公司可以帮助制药公司和生物技术公司了解《孤儿药法案》和食品药品监督管理局独特的审批流程。这些公司的创始人是食品药品监督管理局管理孤儿药部门的前官员，非常熟悉这个部门的特点。正如食品药品监督管理局孤儿药前主任蒂姆·科特在其公司网站上吹嘘的那样，制药公司付钱买“内圈”[12]。2017 年，他告诉美国国家公共广播电台（NPR），他的科特孤儿药咨询公司（Coté Orphan）向食品药品监督管理局提交的申请比其他任何公司都多。“我们负责所有申请文书。”[13] 哈夫纳公司（Haffner Associates）是其竞争对手，由内科医生兼血液病专家马琳·哈夫纳（Marlene Haffner）于 2009 年创立。哈夫纳执掌食品药品监督管理局孤儿药开发办公室长达 21 年，经常被业界称为“孤儿药之母”。1986 年，她接手该部门时，《孤儿药法案》颁布才三年。[14] 2007 年，她离开政府，出任安进（Amgen）公司全球监管政策执行总监。两年之后，她创立了自己的咨询公司。在领英个人资料中，哈夫纳写道：“在孤儿药认定申请文书、快速通道、儿科凭证以及罕见病新药开发的所有增强审批产品方面都有丰富经验。”[15]

在食品药品监督管理局任职期间，科特和哈夫纳监督了近 300 份孤儿药申请，他俩都知道如何加快孤儿药申请流程。从 2015 年开始，每年美国最畅销的 10 种药物中，有七八种都是孤儿药。比如，基因泰克和渤健开发了单克隆抗体疗法利妥昔单抗，用于治疗滤泡性淋巴瘤，于 1994 年获得食品药品监督管理局的孤儿药认定。这种癌症估计影响了 14 000 名美国人。从那时起，利妥昔单抗又获得了 8 项孤儿药的批准，有些是原发疾病的较小亚群。[16] 2018 年，

它是当年第六大畅销药，销售额近900亿美元。[*, 17, 18]

许多大型制药公司提交给食品药品监督管理局的药物只有孤儿药的名头，其研发不是为了根除罕见疾病，而是为了重新包装大众药品。2013年，食品药品监督管理局批准了安进公司的瑞百安（Repatha）。安进公司开发这种药物是为了治疗一种叫作家族性高胆固醇血症（FH）的遗传病，这种疾病会导致“非常高的低密度脂蛋白（即“坏胆固醇”），从而导致过早的心血管疾病和其他并发症”。在美国，家族性高胆固醇血症患者人数在60万到安进估计的1 100万不等。[19] 安进对瑞百安的定价为每位患者每年1.4万美元。就在同一天，食品药品监督管理局批准瑞百安为孤儿药，用于治疗亚型遗传病纯合子型家族性高胆固醇血症，俗称琥珀症（HoFH）。其受众是从父母双方那里继承了缺陷基因的患者，影响了900至2 200名美国人。[20]

低密度脂蛋白胆固醇极高的基础遗传条件是相同的，治疗也一样。唯一的区别是，绝大多数家族性高胆固醇血症患者只从父亲或母亲那里继承显性基因。[21] 他们的低密度脂蛋白胆固醇水平比医生认为的安全水平高2至3倍。而纯合子型家族性高胆固醇血症患者的低密度脂蛋白胆固醇水平比正常水平高3到6倍。

如果安进没有获得单独的孤儿药认定，那么纯合子型家族性高胆固醇血症患者只需要常规服用瑞百安。然而，通过孤儿药批准后，安进公司获得了数百万美元的税收抵免，还能报销巨额的研究成本。[22]

阿斯利康更进一步，试图将其降脂畅销药“可定”（瑞舒伐他汀，Crestor）重新定位为孤儿药。这是它阻止仿制药竞争的最后一搏。2016年，可定成为美国第二大畅销药（第一名是左甲状腺素钠片）。可定的专利即将到期，其仿制药竞争对手已经做好了准备。但是，当阿斯利康向食品药品监

---

* 2014年，基因泰克公司仅通过专业经销商销售利妥昔单抗，而非常规批发商。另外两种抗癌畅销制剂阿瓦斯汀（Avastin）和赫赛汀（Herceptin）也是如此，它们都通过了孤儿药审批。基因泰克称此举是为了“提高供应链的效率与安全”。事实上，这一决定意味着医院和肿瘤诊所失去了传统的行业折扣，使药价一夜之间每年上涨3亿美元。

督管理局申请用可定治疗小儿琥珀症（pediatric HoFH）时，整个制药业都震惊了。安进公司几年前就申请了，只不过阿斯利康公司将琥珀症“切割”成小儿亚型，受众为300～1 000名儿童。[*, 23]

《孤儿药法案》对制药公司研发治疗儿科疾病药物有特殊激励作用。罕见儿科疾病优先评审券计划给“获得‘罕见儿科疾病’药物或生物制剂批准”的制药公司发评审券。制药公司可以凭此券“获得对不同产品后续市场申请的优先审查权”。这相当于公司下一次药物申请的加急通行证，即使是面向大众市场的药物。

除了评审券计划以外，食品药品监督管理局还有其他两项计划，即孤儿药临床试验补助金和儿科器械联盟赠款计划。两者都承担了儿科罕见病的大部分研究费用。如果药物是针对名单上的小儿疾病，那独家销售期将自动延长6个月，变成7年6个月。[24] 最后，奥巴马总统在2016年签署了《21世纪治愈法案》，旨在鼓励进行更多实验室研究，规定如果现有药物被批准用于治疗罕见病，它将额外获得6个月的仿制药竞争保护期。[25]

食品药品监督管理局批准可定用于治疗琥珀症时，最初这似乎并不重要，因为它只给了可定7年的销售垄断权，而且受众是几百名儿童。然而，阿斯利康却向食品药品监督管理局巧辩道，有了这7年的迷你专利期，面向大众市场（2 100万患者）的可定也应该延长专利期。它提交了来自12 569名患者的27项II/III期临床试验。而面向小儿琥珀症的可定临床研究只有14名儿童被试，其中一半的人服用可定。经过六周治疗后，阿斯利康只测了一次胆固醇，服用该药的儿童的低密度脂蛋白胆固醇水平略低。仿制药制造商和公共权益倡导组织请求食品药品监督管理局驳回可定的申请。他们争辩说，这是公然滥用《孤儿药法案》。[26] 实际上，2002年，国会通过了一项法案，禁止制药公司通过重新申请将其用于儿童而延长原本批准的成人品牌药的专

* 可定很好地说明了食品药品监督管理局对大众市场药的临床测试要求与对孤儿药的要求往往存在巨大差异，即使这种药物治疗的是相同病症。15年前，阿斯利康为了面向大众市场的可定，进行了史上最大一次他汀类新药申请。

利期。[27]但是，该法案并未明确禁止制药公司申请用于治疗小儿罕见病。[28]因此需要联邦法院来裁定该法案是否适用。法院驳回了阿斯利康的请求，但阿斯利康仍将《孤儿药法案》的所有经济激励收入囊中。[29]

无独有偶，大冢制药（Otsuka）的抗精神病药阿立哌唑（Abilify）获得了批准，用于治疗罕见病特纳综合征，从而避免了专利到期。基因泰克利用抗癌畅销药赫赛汀延长了两种孤儿药的专利。[30]

并不是所有的制药公司都满足于为畅销药拿到孤儿药的认定。诺华公司的格列卫（Glivec）是2001年批准的首个靶向性抗癌生物制剂，可治疗慢性粒细胞白血病。这种血细胞癌症始于骨髓，影响了美国9 000位患者。格列卫的定价空前高达每年2.64万美元。[31]2013年专利到期时，格列卫价格翻了两番，达到12万美元。[*, 32, 33]格列卫后来又获得8个相关癌症和免疫系统疾病的孤儿药认定，从而带来了数十亿美元的收入。[34]将某种药物重新定位成9种罕见病用药，并不能带来科学上的益处。它公然违背了《孤儿药法案》的初衷，即治疗一种罕见病的新药。约翰斯·霍普金斯大学教授马丁·马克里声称，该法案从没有想过把格列卫这种药变成孤儿药。然而，格列卫已经开了先例，告诉制药公司如何以治疗相关“新型”罕见病的名义，将同一种药一次又一次送回食品药品监督管理局审批。

阿达木单抗（adalimumab）是近年最赚钱的处方药之一。自2014年推出以来，不到一年，它就变成了价值20亿美元的畅销药。阿达木单抗（类风湿关节炎全人源单克隆抗体）是第一种完全用活细胞而不是合成化学物质来制备的单克隆抗体，2002年获得了食品药品监督管理局的批准，用于治疗类风湿关节炎。阿达木单抗是一群英国学者、一家英国小型生物技术公司（剑桥抗体技术）和德国最大的化学集团（巴斯夫股份）之间多年合资合作的成果。研究资金大部分来自政府资助的英国医学研究委员会。雅培公司斥资69亿美

* 格列卫专利即将到期时，诺华推出了一种在结构上几乎相同的药物尼洛替尼（Tasigna），并发起了大规模宣传活动，诱使肿瘤学专家开出这种药。尼洛替尼的定价为每位患者每年11.5万美元，其专利到2026年才到期。

元购买了阿达木单抗的所有专利，然后通过了食品药品监督管理局的审批。[35]

和大多数生物制剂一样，阿达木单抗非常贵。2003 年开始销售时，其定位为每年 1.32 万美元。雅培公司预计第一年的收入为 2.5 亿美元；市场部预测，其销售额在峰值时可以达到每年 10 亿美元。[36] 阿达木单抗超出了最乐观的预期。与两种生物仿制药竞品相比，它具有剂量优势。阿达木单抗是一种“自我注射笔”，每两周一次，在家就可以使用。强生公司的类克（英夫利西单抗，商品名[1] Remicade）需要每周去诊所看一次。安进公司的恩利是自动注射器，但每周需要用药两次。这三种药物都属于制药史上销量排名前十的药物：恩利第 7 名，类克第 4 名，阿达木单抗第 2 名。这三个公司的销售额超过了 3 000 亿美元。[37]

2002 年首次用于治疗类风湿关节炎后，阿达木单抗获得了 8 项孤儿药批准，几乎创下了纪录。其中三种罕见病都是已经获得批准的成人疾病的儿科亚型（类风湿关节炎、克罗恩病和溃疡性结肠炎）。[38] 阿达木单抗治疗类风湿关节炎的原始专利本来在 2013 年就到期了。2011 年，食品药品监督管理局认定它为治疗小儿溃疡性结肠炎的孤儿药，于是其专利就延长了。那一年，阿达木单抗的价格从每年 1.32 万美元升至 1.9 万美元。2014 年和 2015 年又获得了 3 项孤儿药认定，再次延长了“儿科专利”。2018 年，阿达木单抗的价格翻了一番，达到 3.8 万美元。自 2011 年首次获得小儿溃疡性结肠炎的孤儿药认定开始，到 2018 年，其销售额已经达到 1 085 亿美元。它保持着年度销售额连续超过 100 亿美元的纪录（从 2013 年到 2018 年共 6 年）。[39]

除此之外，还有一种利用《孤儿药法案》的操作。制药公司要么利用孤儿药批准来扩大标签外配药，要么用它来辅助大众市场药的审批。过去 10 年里，已经有 80 家公司这样做了。其中一家叫作艾尔建（Allergan）的公司同时做到了两点。1990 年，肉毒杆菌刚被研发出来时，被批准用于治疗两种与不随意眼肌痉挛相关的罕见病。发明者是眼科医生。次年，艾尔建公司买下了该药的专利。[40] 十年后，艾尔建的保妥适获得批准，用于治疗另一种罕见病颈肌张力障碍。这种疾病的特征是颈部和肩部肌肉痉挛，导致患者头部位置异常。艾尔建借机非法扩大了保妥适的标签外销售。它在全国范围内派出了销售代表，说服医生开出更多的保妥适来治疗头痛和全身疼痛，而这两种均不在孤儿药认定范围。艾尔建断然声称颈肌张力障碍的诊断不充分，而且即使患者没有颈肌张力障碍，保妥适也是缓解“头部、颈部和肩部”疼痛的有效疗法。艾尔建的销售团队把重点放在了最多产的标签外配药医生身上。它举办了研讨会，演示向保险公司开票时应该如何掩盖标签外的保妥适注射，以获得报销。艾尔建承担了周末度假、医生会议、研讨会和晚餐的费用，所有这些都是为了扩大标签外配药。它还建立了“患者信息”在线组织，为保妥适的标签外使用提供建议。医生大多乐于接受，因为保妥适在他们的诊所或办公室中就可以配药。不经过零售药房，医生就可以赚更多的钱。向患者收取的药费还包含了医生的服务费。[41]

2010 年，在经过两年的司法部调查后，艾尔建承认犯有一项轻罪，承认保妥适“错误贴标”。这与普渡公司在 2007 年因滥用奥施康定而认下的罪名一样。艾尔建支付了 3.75 亿美元的刑事罚款，还为与联邦政府和各州达成的民事和解协议花费了 2.25 亿美元。民事和解是因为艾尔建帮助医生向联邦医保、联邦医疗补助、退役军人事务部，以及政府出资的其他处方药项目提出索赔。

和普渡公司的奥施康定民事和解一样，艾尔建也签署了一份企业诚信协议。该协议制定了严格的合规计划。任何进一步的“实质性违规”都会将艾尔建排除在联邦计划之外。[42]但是这份协议并没有禁止艾尔建申请将保妥适用于其他罕见病。在艾尔建认罪之后，食品药品监督管理局批准保妥适可用于治疗其他罕见病，包括严重的原发性腋窝多汗症（腋下出汗过多）、梅杰综合征 / 口腔面部肌张力障碍（嘴唇痉挛）、神经系统疾病所引起的尿失禁（如脊髓损伤和多发性硬化症），以及成人的上肢和下肢痉挛。[*, 43, 44]

---

* 艾尔建创造性地满足了法规，即罕见病的患者不能超过 20 万名。虽然患有上肢痉挛的 18 岁及以上成年人超过了一百万，但艾尔建只对肘部、手腕和一根手指的 7 块肌肉进行了保妥适测试。后来，保妥适在食品药品监督管理局的批准下又可以多治疗两根手指。艾尔建将保妥适治疗的症状切分成一块一块的，使每块都满足罕见病患者的人数限制。

根据《孤儿药法案》的规定，纳税人支付了艾尔建孤儿药的大部分研发费用。每当保妥适获得一项孤儿药批准时，艾尔建都会获得新一轮的政府税收抵免、补贴、费用减免和独家销售期限延长。

接下来，艾尔建利用孤儿药研究，集中火力将保妥适推向大众市场，开了制药行业的先河。随着时间推移，它成功让食品药品监督管理局批准保妥适用于治疗膀胱过度活动症、偏头痛，以及它最著名的疗法——改善面部皱纹。[45] 由于孤儿药认定带来了很多财税优待，艾尔建在美容治疗研发上的花费只是普通药物的零头。

艾尔建还具有应用上的竞争优势。没有竞争对手知道保妥适复杂的化学结构。艾尔建没有以专利形式来保护药品配方，而是把它当作商业机密。保妥适的药品配方就如同可口可乐的汽水配方一样。只有不到 12 名艾尔建员工知道所使用的所有试剂及其厌氧发酵过程的确切设置。只要秘密配方不公开，它就会继续用现有的孤儿药来治疗新的疾病，在法律规定的范围内获得经济利益，以及额外的 7 年销售垄断权。2008 年，由于两名脑瘫儿童患者在保妥适试验中死亡，艾尔建主动暂停了试验。2019 年，它对另外 12 种罕见病进行了保妥适试验。[46]

《孤儿药法案》的问题在于，即使是那些利用基因图谱技术为癌症、肌肉萎缩症和囊性纤维病患者提供治疗方案的生物技术公司，也会受到诱惑，违背初衷，在长达 7 年的垄断销售期间，通过设定令人瞠目的价格来赚取巨额利润。[47] 从 2011 年到 2017 年 12 月，在康涅狄格州，亚力兄制药公司研发的依库珠单抗是世界上最昂贵的药物。食品药品监督管理局批准依库珠单抗用于治疗非典型溶血尿毒综合征（aHUS）。这是一种遗传性疾病，患者的免疫系统会攻击血小板和细胞。[48] 2011 年刚开始销售时，依库珠单抗定价为每剂 1.8 万美元，每年 50 万美元。[49]

2017 年 12 月，获得食品药品监督管理局批准后，卢克特纳（Luxturna）取代依库珠单抗，成为世界上最昂贵的药物，定价 85 万美元。这是一种新型基因疗法，用于治疗渐进性失明的遗传眼疾。有 1 500 至 2 000 名患者患有该疾病。[50] 2019 年 5 月，卢克特纳失去了“最昂贵药物”这一头衔。当时诺华推出了索伐瑞韦，用来治疗小儿脊髓肌肉萎缩症，一次性治疗费用可达 210 万美元（一度高达 500 万美元）。[51] 为其定价进行辩护时，诺华公司称，索伐瑞韦的价格还不到一名患病儿童最初几年长期医护费用的一半。在与 15 家美国保险公司讨论之后，诺华宣布了制药业有史以来的第一个分期付款计划，保险公司会在五年内付清费用。[52]

并不是每一种针对罕见病进行创新治疗的孤儿药，都能以创纪录的价格进入市场。但是，当实践证明该药确实是一项重大突破时，制药公司常常竞相提高价格。例如，健赞在 1991 年推出伊米苷酶来治疗戈谢病（肝脏和脾脏的进行性遗传病）时，每位患者每年只需要花 15 万美元。伊米苷酶大受欢迎，到 2014 年，其价格翻了一番以上，达到 31 万美元。[53] 类似的还有福泰公司的依伐卡托片，这是一种针对基因突变的生物工程药，能治疗 3 000 位囊胞性纤维症患者中的 1 200 位。依伐卡托片在 2012 年通过审批时定价 29.4 万美元，六个月后，价格涨到了 30.7 万美元，一年后涨到了 37.3 万美元。[54]

学术研究人员和科学家对依伐卡托片价格暴涨感到愤怒。28 位治疗囊胞性纤维症的科学家和医师，签署了一封致福泰首席执行官的信，谴责其定价高到离谱。[55] 他们尤其感到愤怒的是，就像许多新型生物相似孤儿药一样，依伐卡托片研究基金的很大一部分，全靠美国国家卫生研究院的资助。2010 年至 2016 年，在食品药品监督管理局批准的 210 种药物中，每一种药的早期研究都得到了国家卫生研究院的资助，总额超过 1 000 亿美元。[56]（自 20 世纪 30 年代以来，国家卫生研究院已经投入 9 000 亿美元，用于制药公司为品牌药申请专利的研究）。[57]

对于野心勃勃的生物技术公司来说，纳税人的钱往往是必不可少的，但这些钱并非用于研发。研究人员发现，尤其令人沮丧的是，这些公司在利用联邦政府拨款和援助的同时，把所有利润都保留了下来。以福泰公司为例，关于依伐卡托片的传闻，使其股价在一天内暴涨 60 亿美元。该公司高管在套现股权时赚了 1 亿多美元。他们一直在提高药物的价格，而非降低。

《孤儿药法案》没有规定制药公司要偿还政府的研究经费，也没要求它们与国家卫生研究院或国家癌症研究所分享利润。立法机构几次试图弥补《孤儿药法案》中的漏洞，但都失败了。[58]

并非所有要价过高的孤儿药都出自生物技术实验室。其中最臭名昭著的已经有数十年的历史了，在《科夫沃–哈里斯修正案》要求食品药品监督管理局看重临床试验之前就已经获得了批准。一些公司因为市场太小而停止生产旧药。精于数字的华尔街企业家们意识到，尽管市场很小，但设定高价就能让孤儿药盈利。

阿克撒就是这样。1952 年获得食品药品监督管理局批准，主要用于治疗西方综合征。这是一种罕见但又致命的癫痫病，患者通常是 1 岁以下的婴儿。阿克撒的主要成分是从屠宰猪的垂体中提取的一种激素，是由肉类加工巨头阿模公司（Armour）的药品部发现的。[59] 赛诺菲 · 安万特集团买下了它，并在 90 年代尝试扩展其疗法，但没有成功。

阿克撒的定价为每瓶 40 美元。[60] 由于每年都亏损，赛诺菲停止了生产。2001 年，一家正在寻找新产品的小公司奎斯特克（Questcor）以 10 万美元低价买下了阿克撒的专利。[61] 接下来几年里，它将阿克撒的价格从每瓶 40 美元提高到 1 650 美元。[62] 尽管如此，由于市场太小，它还是亏了钱，甚至在考虑放弃这种药物了。[63] 2007 年，事情发生了转机，唐 · 贝利成为该公司的首席执行官。他没有制药行业从业经验，但十分擅长扭转公司败绩。对于贝利来说，阿克撒不是什么难题。他知道公司成本与市场大小。他总结说奎斯特克唯一算错的是盈利所需的价格。如果定价太高，药物还是失败，那么至少奎斯特克可以确定阿克撒没救了。

贝利做的第一件事就是将价格提高到 2.3 万美元。他对价格暴涨毫无歉意，还告诉华尔街分析师："我们现在定价这么高，是因为实际上我们的主要市场是婴儿痉挛症患者。每年大约只有 800 名患者，这个市场规模非常小。"[64]

贝利说服食品药品监督管理局授予阿克撒凝胶为期 7 年的孤儿药专利。新产品只做了些微改变。在贝利的领导下，奎斯特克扩大了阿克撒的适用范围，可将其用于19种自身免疫病和炎症性疾病，其最大的希望可能是治疗对传统IV类固醇没有反应的多发性硬化症患者。[65]它还获得食品药品监督管理局初步批准，可用于治疗肾病综合征（肾病）、类风湿性关节炎和狼疮。在涨价后的五年里，奎斯特克股价从60美分升至50美元，是整个市场表现十佳股票之一。（内部人士在两年内卖出了超过1亿美元的股票。）[66]

像贝利这样聪明的首席执行官，知道如何限制或避免来自患者的抗议。就像许多其他药价过高的公司一样，奎斯特克向有需要的人免费提供了一些药物。它有一个独立部门，专门帮助患者获得共付医疗费。70%的药物都卖给了私人保险公司、联邦医疗保险、联邦医疗补助、儿童健康保险计划和退役军人事务部，而该公司的利润就来源于此。[67]

就阿克撒而言，奎斯特克不仅设法将价格从40美元提高到2.3万美元，而且还摇身一变，既赚了钱，又赢得了商界的赞誉。2013年，它在福布斯美国最佳小公司中排名第一。该公司在购买阿克撒专利之前一直亏损，市值仅为35亿美元。

次年，股票价格达到了92.35美元，被马林克罗制药以56亿美元收购了。[68]马林克罗制药以复杂的税务倒置而闻名，总部在圣路易斯，但其税务所在地却是爱尔兰。省下来的税款有一部分交给了首席执行官马克·特鲁多。他的年薪从600万飙涨到了1 400万美元。与此同时，马林克罗将一瓶阿克撒的价格提高到38 892美元，后来又提高到4.3万美元。[69]

《美国医学协会杂志》上的一项研究表明，在极少数医生的推动下，阿克撒在医疗保险中配药量增加了好几倍。这些医生给更多的病人开这种药，而且开的频率也更高，尽管有些仿制药每项治疗要少花几千美元。[70]从2011年至2016年，政府在联邦医保上为4.5多万张阿克撒处方支付了超过20亿美元。

俄勒冈健康与科学医学院神经病学主席丹尼斯·鲍德特博士是这项研究的其中一个作者，他说："我为自己的职业感到震惊。"由于阿克撒的某些竞品价格只有它的1/50，因此鲍德特博士说："我不明白为什么会有人开这种药。"[71]其中一个原因是，加拿大有一种与阿克撒几乎相同的药，叫作二十四肽促皮质素（Synacthen），每份只卖 33 美元。但是它在美国的专利权被马林克罗买下并雪藏了。[72] 阿克撒对老年医保患者的销售激增，其中约 60% 用于治疗类风湿性关节炎等标签外疾病。一位研究人员在 2018 年告诉《60 分钟》栏目组，“没有证据”可以证明阿克撒能治好关节炎。加州大学旧金山分校沙特·沙基尔教授为《美国医学协会杂志》的这项研究撰写了一篇言辞激烈的社论，强调“没有高质量的证据”可以证明阿克撒所谓的好处，并称价格上涨“不合情理”。[73]

2019 年 4 月，由于对阿克撒市场营销的审查越来越多，马林克罗公司宣布更名为响音治疗公司（Sonorant Therapeutics）。两个月后，司法部宣布对马林克罗展开调查，因为有两名告密者举报该公司贿赂医生，让他们多开阿克撒的处方（两个月后，马林克罗用 1 540 万美元解决了此事）。[74] 对马林克罗来说，幸运的是，在制药行业之外，没有多少人知道首席执行官马克·特鲁多是谁，或者他长什么样子。对于那些试图从由来已久的药物中榨干最后一分钱的公司来说，首席执行官的个性会影响大众看法。2015 年，32 岁的前对冲基金经理马丁·史克雷利将一种长期未获得专利的廉价孤儿药提价 5000% 时，一夜之间他就成了人人喊打的过街老鼠。[75] 在主流媒体和社交媒体的谴责下，史克雷利去了国会，在那里他援引宪法修正案第五条来反对自证其罪。在电视直播中，他一直对着议员们假笑。史克雷利花了 5 500 万美元来购买达拉匹林的专利权（1953 年通过了食品药品监督管理局批准），并将价格从每片 13.5 美元提高到了 750 美元。这已经够糟糕的了，更糟糕的是，达拉匹林可以治疗一种罕见的寄生虫感染，患者既有免疫抑制的婴儿，也有艾滋病患者。对于大约 2 000 名患者来说，达拉匹林是必不可少的，因为没有仿制药。

2015 年 12 月，史克雷利因金融欺诈被捕，与达拉匹林的定价无关。美国药品研究和制造企业协会（PhRMA）是制药行业有力的游说机构。它认为，大多数美国人已经不待见制药行业了，史克雷利直言不讳且毫无歉意，就是给制药业雪上加霜（2019 年盖洛普民意调查显示，美国人对制药业的看法比其他任何行业都差)。[76] 该协会主席斯蒂芬·乌布说:“我认为,制药业的形象已经被一些坏分子败光了。我们必须更好地讲述自己的故事。”他发起了一项价值 6 000 万美元的广告宣传,强调“多穿白大褂,少穿连帽衫”(史克雷利被捕时穿着灰色连帽衫)。[77]

史克雷利被判犯有两项安全欺诈罪,判了 7 年,目前正在服刑。[78] 尽管被定罪后,他基本上就从新闻中消失了,但他曾任首席执行官的图灵制药公司仍然将达拉匹林的价格保持在每片 750 美元。联邦政府仍然每月为医疗补助患者支付 35 556.48 美元。[79] 在涨价之前,同一处方只收 608 美元。

达拉匹林事件体现了制药公司的无情,但是,这并不违法。[*, 80] 立法机构和食品药品监督管理局一直在抱怨这一点,自从宝威公司在 32 年前利用第一种抗艾药“齐多夫定”(AZT)进行价格欺诈之后,便一直如此。对于熟悉《孤儿药法案》的行业资深人士来说,不管是齐多夫定,还是保妥适和史克雷利,都不令人惊讶。在创立自己的孤儿药咨询公司之前,玛琳·哈夫纳已经在食品药品监督管理局孤儿产品开发办公室工作了 21 年,她认为这一切都在预料之中。[81]

礼来公司前战略顾问贝纳德·穆诺斯曾在 2017 年凯泽健康新闻调查中审查了食品药品监督管理局孤儿药数据库。他说:“我们所看到的系统,初衷是好的,但现在却被操纵,能运行这么长时间,它已经非常了不起了。”[82]

---

* 某些州曾尝试控制价格,但大多数实质性的药品监管都需要联邦权力。例如,2016 年,佛蒙特州首次要求制药公司解释价格上涨的原因。如果制药公司不遵守规定,它们虽然仍然可以出售自己的药物,但是会被罚款 1 万美元。同年,加州选民否决了一项为退役军人事务部支付的药价设定上限的提案。制药业花了 1.2 亿美元来击退该提案。

51　下一场大流行

2015年，美国排名前10的畅销药中有7种都是孤儿药，却没有主流媒体报道。尽管人们经常讨论高昂的处方价格，但价格欺诈背后的复杂原因只有在行业出版物和患者权益倡导组织才能听到。抗生素耐药性主导了当年关于制药的媒体报道。英国委托进行的一项研究带来了发人深省的消息。在美国和欧洲，每年至少有5万人死于耐药菌感染。[1]超过50%的血流感染都是耐药菌株造成的。[2]既是因为抗生素的使用量增加了（从2000年到2010年上升了40%），也是因为越来越便利的国际旅行将超级细菌传播到了每个国家。该报告预测，到2050年，每年将有1 000万人因为细菌耐药性而死亡，比癌症死亡人数还多。[3]如果各国政府不予以重视，那么严重依赖抗生素的现代医疗保健将“遭到破坏”，并有可能导致“医学回归黑暗时代”。世界卫生组织后来强调：“在后抗生素时代，常见的感染和轻伤……可能会再次具有致命性。”[4]

3月，奥巴马敦促国会将预算增加一倍，以对抗耐药菌株。医生每年给美国人开2.5亿张抗生素处方，是欧洲人的两倍。[5]疾病控制与预防中心表示，1/3都是“不必要的”[6]。5月，联合国和世界卫生组织一致通过一项计划，即开发更好的工具来发现个别病例，并承诺提供足够资金来研发新的抗生素。[7]

英国政府首席卫生官萨利·戴维斯认为，耐药菌带来的威胁不亚于恐怖主义。她监督的一份英国政府报告认为，超级细菌是最严重的公共卫生突发事件。她告诉《纽约时报》："我们可能有点晚。""如果你看到抗生素耐药性不断上升，抗生素使用越来越多，以及缺乏新的抗生素，那可能是一场灾难。"[8]

自从发出警告以来，医学期刊上发表了一系列令人警醒的报告，揭露了耐药菌感染的传播和破坏程度。2017 年，疾病控制与预防中心宣布一名内华达州妇女死于对任何抗生素都没有反应的耐药菌株。同年，超级细菌感染了 300 万美国人，死亡人数超过 2.4 万人。在全球范围内，预计有 70 万人死亡。[9]

疾病控制与预防中心花了三年时间开发了一个用于识别超级细菌的系统。[10] 2018 年，500 名疾病控制与预防中心工作人员在进行随机抽样时，结果并不理想。在 221 个实例中，"噩梦细菌"（具有高度耐药性的细菌）已经发展出"不寻常"和"新奇的"抗生素抗性基因。疾病控制与预防中心研究人员担心，其中 1/4 以上的细菌可能会向其他细菌传播抗性。一旦发生这种情况，抗生素耐药性将不仅仅是面对新药细菌能存活多久的进化问题，相反，超级细菌可能会将原本脆弱的细菌转化为危险的克隆体。[11]

疾病控制与预防中心和食品药品监督管理局也担心抗生素在食物链中的广泛使用。[12] 值得注意的是，美国生产的抗生素中，80% 都不是给患者的，而是给饲养牲畜的农户使用的。20 世纪 50 年代以来，农户就开始用这种药物来加速牛、猪和鸡的生长，在环境拥挤且不卫生的情况下，抗生素成为便宜的替代品。奥巴马政府在 2015 年解决了这个问题，他们要求食品药品监督管理局对生产动物药物的制药公司制定更严格的报告要求。这只是澄清了问题的严重性。2017 年，农民给食用动物用了 14.1 万吨抗生素。当时，联合国发布了两项研究中的第一项，称抗生素在牲畜上的广泛使用导致"动物源性细菌中抗生素耐药性上升，其中包括对撒手锏药物的耐药性。这对人类医学来说是一个重要的挑战，因为它会带来无法治愈的感染"[13]。食品药品监督管理局最终在 2017 年做出了回应，禁止在牲畜上使用抗生素来"促进生长、提高饲料效率"[14]。农业和食品行业通过大力游说得以继续使用该药物“维护牲畜健康”。

抗生素在农业上的使用也同样令人担忧。佛罗里达州价值72亿美元的柑橘业一直在与“柑橘黄龙病”做斗争。这是一种细菌感染，2005年传入美国。受灾的柑橘味道发苦，卖不出去。它最初来自一种飞虫，喷洒农药除虫害有好有坏。2016年，环境保护署批准用链霉素和土霉素这两种老式抗生素进行限量喷洒。但食品药品监督管理局和疾病控制与预防中心强烈反对，它们担心这些抗生素的广泛使用会增加耐药性。欧洲和巴西禁止将这些抗生素用于农业生产。

2019年5月，在特朗普政府的领导下，美国环保署批准将这两种抗生素的使用范围扩大到得克萨斯州、加利福尼亚州和其他柑橘产区，总面积达3 000平方千米。这一决议再次激起了食品药品监督管理局和疾病控制与预防中心的强烈抗议。根据目前的指导方针，美国人每年将消耗约1.5万磅此类药物，而喷洒在柑橘类作物上的则将高达65万磅。[15] 这两家卫生监管机构直接反对。佛罗里达用这药都三年了，却仍不清楚该药物能否防止柑橘黄龙病。研究表明，土壤中的病原菌会随着时间流逝而变得耐药。链霉素能在土壤中活跃数周之久，细菌最有可能对它产生耐药性。[16] 它们通过地下水传播给人类，并加速人的耐药性。[17]

环保署引用了农药制造商的研究，坚持其立场。这些研究声称抗生素会“在环境中迅速消散”[18]。虽然环保署最终认同扩大这种药物的使用范围存在“中等”风险，但仍未禁止使用，因为它认为，对于“加大喷洒是否会影响感染人类的细菌”还没有结论性的研究。[19] 针对联邦卫生监管机构的担忧，环保署表示将对喷洒进行额外监控，并要求每7年更新一次批准。

疾病控制与预防中心在2019年11月发布了一份令人震惊的报告。报告称，耐药菌对“公共健康的威胁”比之前预测的要大得多。其最新分析表明，在美国，平均每11秒就会有人感染超级细菌，平均每15分钟就会有人死亡。[20]

生物学教授凯伦·布什（Karen Bush）说：“没人知道（下一次大流行）的根源。”过去近40年，凯伦·布什曾在许多大型制药公司从事抗生素研发工作。“只有当它真正来临时，我们才能回顾并找到根源。”她的一些同事担心禽流感或猪流感可能会在人类身上演变成更致命的毒株。从黑死病（老鼠和跳蚤）到1918年西班牙大流感（鸟类），再到疟疾（蚊子）和艾滋病（灵长类），跨物种传播是每一场大流行的原因。科学家们已经确定了84种从动物传播到人体的疾病，他们最关心的是尚未跨越物种的疾病。布什说：“只有染病了，我们才会知道。”2019年的报道称，非洲猪瘟在中国造成大量生猪死亡，这引起了流行病学家和传染病专家极大的关注。彭博社的一篇报道称：“好消息是它不会感染人类，坏消息是没人知道它什么时候会停止传播。”[21]

由于很少有制药公司在开发新抗生素，因此人们更加担忧超级细菌的增长。布什指出：“1980年，美国和欧洲有36家从事抗生素业务的公司，而今天还不到6个。”[22]

1968年，史克必成推出了磺胺与抗菌剂合成的普罗普灵（Proloprim），31年后才出现了新型噁唑烷酮类抗菌药。[23]在此期间，每一种用来对抗细菌感染的抗生素，都是与早期药物在化学结构上相似的仿制药。过去十年，食品药品监督管理局只批准了9种新抗生素。[24]相比之下，同一时期，纳米技术、干细胞和微生物组破译技术呈现出爆炸性发展，带来了近100种抗癌新药。[25]自20世纪70年代以来，患者存活率翻了一番。[26]

巴里·爱森斯坦（Barry Eisenstein）说：“创新，尤其是在抗菌领域的创新，肯定不是过去那样了。”爱森斯坦是库比斯特公司负责科学事务的高级副总裁。[27]默克公司负责抗感染项目的前市场主管迈克·斯科恩（Mike Skoien）说：“这个问题部分是因为抗感染药的研制是出了名困难。”

这类药物的利润也更少。斯科恩说：“生产成本高得多，但回报率却总是更低。”[28]2019年，一些备受期待的生物技术抗生素初创企业纷纷申请破产，而其他急需资金的企业则很难找到投资者。“抗生素治疗以前是7天，现在是5天，甚至更短，”爱森斯坦指出，“另一方面，长期来看，用于治疗高胆固醇、高血压、糖尿病、抑郁症和其他慢性疾病的药物利润大得多。”[29]

史蒂文·普罗扬说：“问题是我们治愈了大多数病人，而且治疗速度太快，成本也太低。”爱森斯坦认为：“如果抗生素研发没有复兴，整个社会就危险了。”[30]

由于制药业追逐利润而不顾公众利益，因此对下一场大流行的不断预测并不是夸大其词、缺乏证据的疯狂阴谋论。布什教授警告说：“这不是大流行‘是否会来’的问题，而是‘何时会来’的问题。”[31]

52 “犯罪家族”

2015年，尽管抗生素抗性成为媒体热门话题，但与阿片类药物的泛滥相比就黯然失色了。联邦政府发布了另一项研究，结果很严峻。阿片类药物的处方数是1999年的3倍。[1]这一年医生开出的奥施康定，足够所有美国人吃将近一个月，致死人数超过了车祸和枪击案致死人数的总和（52 000人）。[2]因过量服用奥施康定而死亡的人数，超过了1995年艾滋病死亡人数的巅峰。统计学家指责奥施康定导致美国人寿命下降，这还是20多年来的第一次。[3]美国CDC的报告证实了一些医生的疑虑：阿片类药物使用者变成海洛因瘾君子的可能性是平常人的40倍，因此奥施康定这类药物成为海洛因成瘾的最有效途径。退役军人事务部发布了一份报告，强调了高剂量药物的危险。该研究以过去5年来服用奥施康定的慢性疼痛患者为样本，发现那些死于药物过量的患者，平均每天服用60毫克奥施康定，而每天服用30毫克的患者几乎安然无恙。[4]

日益严重的局面促使疾控中心敦促医生要么“谨慎证明用药合理”，要么“避免”每天开处方超过60毫克。当然，这些仍然是自愿的。只有七个州通过立法来限制处方的时间和数量。[5]同一年，普渡公司斯坦福德总部举办了一场聚会，来庆祝约翰斯·霍普金斯大学发布的一项全美调查。调查揭示了普渡公司的不同讯息在多大程度上造成美国初级保健医生的困惑，而这群人是开处方的主力军——将近一半的人错误地认为普渡公司的防篡改型奥施康定比其他竞品更不容易上瘾。[6]

2016 年，奥施康定与阿片类药物流行成了总统竞选的主题。自打政府 1999 年开始收集数据以来，已经有 20 万美国人死于阿片类药物过量。[7] 普渡公司再次深感压力。尽管奥施康定的销量比 2012 年的峰值下降了 40%，公众却把它与这场危机联系在了一起。负责对医院和诊所进行认证的联合委员会改变了 2001 年的立场，宣布“不认可疼痛是生命体征”[8]。普渡公司认为，食品药品监督管理局加强对镇痛药的监管只是时间问题。因此，它执行了一项应急计划，大力进军海外。萨克勒家族利用了萌蒂制药的关系。亚瑟、莫蒂默和雷蒙德于 1955 年 8 月在伦敦成立了萌蒂制药有限公司。到 2016 年，通过许可协议、分销协议以及有时隐藏在离岸避税港的家族股权，萌蒂制药在一百多个国家拥有 97 家分公司。理查德 · 萨克勒在 2015 年的证词中承认，萌蒂制药公司的所有权属于萨克勒家族。

奥施康定的扩张策略集中在阿片类药物未得到充分使用的国家，中国、巴西和印度位居榜首。普渡公司计划略微调整并推出 20 世纪 90 年代它在美国发起的营销活动。所传递的核心信息依然是“无声的疼痛流行症”没有得到充分治疗。就像普渡在美国所做的那样，萌蒂制药在每个国家都雇了领先的行业说客。斯坦福大学的基思 · 汉弗莱斯非常熟悉萌蒂制药的发展，他说，事实证明该公司“非常擅长拉拢监管机构”。[9] 其成功是有据可查的。过去三年，奥施康定在欧洲和南亚的 6 个国家和地区的销售实现了 700% 的增长。萌蒂制药被评为巴西疼痛市场上增长最快的制药公司之一。[10]

食品药品监督管理局前局长戴维 · 凯斯勒从《洛杉矶时报》上注意到萌蒂制药时，立即意识到普渡的战略。“这和《烟草巨头》的剧情一模一样。当美国采取措施限制国内销售时，公司就跑向国外。”[11]

2017 年，来自 10 所大学的顶级公共卫生专家对未来 10 年阿片类药物致死人数做出了预测，一致认为，“情况会越来越糟”[12]。最可怕的结果是，到 2027 年，将有 65 万美国人死亡，这一数字超过了波士顿的总人口，几乎与同期死于前列腺癌和乳腺癌的美国人一样多。[13]

萨克勒家族的董事们终于有所行动，想要挽回自己与普渡公司的声誉。2017 年 12 月，该公司开始在美国范围内进行广告宣传。在活动中，普渡公司大力支持疾控中心制定的阿片类药物安全处方指南。1 月，它发起了一项将药丸处理盒放入药房和卫生诊所的倡议；开启了一场广播活动，以警示大众滥用阿片类镇痛药的危害。另外，它还制订了培训计划，为紧急医疗服务（EMS）人员提供拮抗用药过量的纳洛酮，并推出一种新药来治疗阿片类药物的常见副作用——便秘。[14] 2 月，就在美国 41 个州的总检察长联合要求其将更多内部市场营销文件呈交法庭后不久，普渡公司宣布将裁减一半销售人员。而且它不会再直接向医生推销奥施康定，而是将精力放在医院和诊所上。行业分析师指出，普渡公司已经弱化了它长久以来传递的信息："我们不是问题所在，瘾君子才是。"[15]

财经媒体报道说，普渡公司试图让自己摆脱对奥施康定收入和利润的依赖。2012 年巅峰时期，奥施康定的销售额占整个公司的 94%；到了 2018 年，占比仍高达 84%。那时，萨克勒家族正在寻求与专攻肿瘤疾病和睡眠障碍的制药公司联盟。[16]

2018 年 3 月，美国重新关注奥施康定带来的致命后果。特朗普总统宣布了解决阿片类药物危机的新举措纲要，称其为"公共卫生紧急事件"。每天都有 115 个人因过量用药而死亡。[17] 过去十年里，国会通过了 60 多个短期补救措施。尽管砸钱也不能解决问题，但政客们能够以此证明，就算自己无法结束这场危机，至少正在大量研究和讨论这个问题。

就在美国政客苦思应对方案的时候，英国政客感到非常尴尬，他们发现萨克勒家族不仅在英国经营奥施康定的国外事务，还钻空子逃了 25 年的税，金额高达 14 亿美元（2016 年英国修改法律弥补了这一漏洞）。纳普制药由亚瑟、莫蒂默和雷蒙德于 1966 年创立，负责生产运往美国以外的大多数国家的奥施康定。算上萌蒂制药，萨克勒生产的奥施康定占了英国对该药物使用量的 70%。根据该计划，纳普生产奥施康定，低价"出售"给百慕大的萌蒂制药。然后，百慕大的萌蒂制药将其“出售”给萌蒂公司的其他分支机构。从纸面上看，所有利润都是在百慕大赚取的，而且利润一直在那里。百慕大的公司不需要为销售收入缴税。

但是纳普从未将奥施康定运往百慕大。所有转移和销售都只是纸面上的幻影。[18]

更让英国人愤怒的是，通过精心安排，莫蒂默逃避了数百万英镑的税收，包括个人所得税、资本利得税和国际遗产税。他辩称自己从未“定居英国”，但是直到2010年去世之前，他已经在英国居住了36年。他的第三任妻子是英国人，三个孩子也在英国长大。（由于人们对莫蒂默利用该制度来逃税感到不满，因此当局修改了个人所得税住所标准。）[*, 19]

事情败露一个月以后，萨克勒家族的7名成员辞去了纳普制药的董事职务。没有人公开发表任何评论。纳普发表声明称：“作为定期业务审查的一部分，纳普公司董事会进行了调整。”

2019年，在美国，反对普渡公司的声浪越来越强。愤怒的患者、数十名顶尖的集体诉讼律师，以及各州检察长和司法部检察官都将矛头对准普渡制药。[20]在俄亥俄州，联邦地区法院合并了由各市县提起的2 000多起民事诉讼。[21]

3月，马萨诸塞州总检察长提交了一份修正后的诉状。[22]与其他诉状不同，这份诉状第一次根据普渡公司自己的记录指控萨克勒家族董事亲自“制造了这场流行，并通过欺骗从中非法获利”[23]。诉状将八位曾担任普渡公司董事的家族成员列为被告，有雷蒙德和莫蒂默的遗孀，还有他们的五个孩子

---

* 在20世纪80年代，莫蒂默在伦敦郊外买下了占地2 000万平方米的鲁克斯内斯特庄园，其妻子特蕾莎现在还住在那里。夫妇俩在伦敦也有一套豪华公寓。英国税务部门试图证明鲁克斯内斯特庄园是莫蒂默的主要住家时，却没有证据能够证明莫蒂默或萨克勒家族拥有其所有权。庄园的所有人是五家公司，其中三家都在百慕大。有些农场合同是与海峡群岛一家公司（灯塔）签订的。百慕大的另一家公司“伯爵府农场有限公司”负责物业管理。克里斯多夫·米切尔·本博律师曾是这家公司的董事，也是纳普制药的董事，代表萨克勒处理英国的事务。

和一个孙子。[24]

“同一家族中 8 个人的选择，造成了阿片类药物的泛滥。萨克勒家族拥有普渡公司，而且还一直占据着董事会的多数席位。由于萨克勒家族控制着这家公司，因此他们有权决定致瘾麻醉品的售卖方式。为了实现其愿望，他们雇了数百名员工，解雇了那些没有卖出足够多药品的人。更多的患者购买其阿片类药物，而且剂量更高，疗程更长。他们赚了数十亿美元。他们应该对成瘾、过量服药和死亡负责，他们应该对所损害的数百万生命负责。现在是他们该负责的时候了！”

马萨诸塞州起诉几周后，纽约州总检察长不仅将萨克勒家族董事列为被告，还首次声称萨克勒家族已经将数亿美元的资产转移到了离岸避税天堂（通过瑞士银行账户转移了 10 亿美元）。诉状中说，纽约“想要追回萨克勒家族过去几十年里赚取的部分利润”[25]。

萨克勒家族通过其律师极力否认指控，发誓要为自己积极辩护。他们打官司不再只是为了数百亿美元的损失，而是为了挽救家族声誉。尽管他们在制药业、艺术和慈善界已经广为人知，但数百万从未用过奥施康定或从没听过普渡的美国人还是通过 2019 年那些诉讼才知道这个名字的。萨克勒家族在阿片类药物泛滥中的所作所为吸引了哥伦比亚广播公司《60 分钟》和公共广播电视公司《前线》的注意，也引起了《纽约时报》《波士顿环球报》《洛杉矶时报》的调查。

在丹铎神庙的开幕之夜，纽约名流曾纷纷向萨克勒家族致敬，但那一晚的盛况现在仿佛早已被人遗忘。八卦专栏作家报道说，纽约上流社会对萨克勒家族避之唯恐不及。普渡公司的财务顾问摩根大通拒绝与该公司和某些家族成员合作，希尔登资本管理公司与他们断绝了联系。

2018 年 12 月，一位不愿透露姓名的原告律师对英国《卫报》说，萨克勒家族“本质上是一个犯罪家族，一群贩毒的衣冠禽兽”。这一说法似乎有些夸张。[26] 然而，在 2019 年，这样的声明只是一种诉讼姿态。哥伦比亚大学法学院的公司治理中心主任约翰·科菲接受了犹他州消费者保护部的聘用。

政府想听听他的意见，看看理查德·萨克勒乃其堂妹凯特对普渡公司的管理是否负有民事或刑事责任。7月，科菲提交了一份长达61页的报告，最初由法院密封保存。报告总结说："萨克勒家族治理的公司……功能失调，他们对普渡的控制和教父对黑手党的控制没什么区别。"[27]

就连萨克勒家族传奇般的艺术慈善事业也不安全。亚瑟的家人试图保护其遗产，使其免受奥施康定风波的影响。奥施康定开售时，亚瑟都已经去世9年了。其二女儿伊丽莎白在一家艺术杂志发表声明说："阿片类药物泛滥是一场全国性危机，普渡制药的所作所为违背了道德，让我深恶痛绝。"

她本人是一位著名的艺术和文化慈善家，与曾担任普渡公司董事的堂兄弟姐妹拉开了距离。亚瑟的第三任妻子吉莉安在《华盛顿邮报》上写道："他（亚瑟）的后人都没有普渡公司的股份，也没有从公司或奥施康定的销售中获得任何好处。"[28] 她说，由于家族中的某些成员参与了普渡制药的事务，因此亚瑟与其他家族成员也被认为有罪。[*, 29, 30] 但是，由于死亡人数不断增加，而萨克勒家族大量敛财又是事实，因此谁都逃不掉滔天众怒。[31] 一些接受了萨克勒家族数百万美元捐赠的机构纷纷与他们划清界限。数以万计的民众向哈佛大学和塔夫茨大学请愿，要求移除萨克勒的名字，塔夫茨大学答应了。俄勒冈州参议员杰夫·默克利要求史密森尼美国艺术博物馆删除萨克勒的名字，因为亚瑟的艺术藏品在那里永久展出。

摄影师南·戈丁正在戒断奥施康定。她组织了声势浩大的示威活动，迫使萨克勒资助的机构拒绝接受其资金。她得到了伊丽莎白·萨克勒的支持。[32] 这场活动在一定程度上成功了。

伦敦的泰特美术馆和纽约的古根海姆美术馆宣布将不再接受萨克勒的遗赠。英国国家肖像画廊拒绝了萨克勒信托计划提供的130万美元捐赠。伦

---

* 1987年亚瑟去世后，吉莉安·萨克勒被授予大英帝国女爵士勋章，并在2005年被授予美国国家科学院的"爱因斯坦世界科学奖"。她以萨克勒艺术、科学和人文基金会理事长的身份，继续着亚瑟的慈善事业。她在2018年2月的一份声明中说："亚瑟去世30年后，因为一场阿片类药物危机就否定他毕生的事业是非常不公正的。"

敦南部的一个小博物馆归还了捐赠。大都会博物馆给了萨克勒家族致命一击，加入了“不收钱”阵营。尽管大都会博物馆表示，它暂时没有重新命名丹铎神庙萨克勒侧厅的计划。

为了扭转负面舆论，2019 年 3 月，就在纽约州总检察长起诉追款的几天后，普渡公司宣布已与俄克拉何马州总检察长达成和解。该案原定于初夏初审。普渡公司同意支付 2.7 亿美元。尽管该案未提及萨克勒，但萨克勒家族宣布向俄克拉何马州立大学健康与康复中心“诚心”捐款 7 500 万美元。[*, 33, 34]

对于大多数美国人来说，尤其是那些有家人死于奥施康定的人，这一姿态似乎是精心策划的，而且微不足道，来得太迟了。萨克勒家族用钱解决了 2007 年的联邦起诉。俄克拉何马州诉讼的和解引发了人们的猜测，认为这家人已经想出了另一个逃避策略。一些法律专家认为，普渡公司准备在宣告破产之前解决一些重大诉讼。有消息称，一些家庭成员已经卖掉他们在纽约的房子，在佛罗里达州买了大庄园，因为佛罗里达州的宅地法保护所有住宅不受债权人的侵害。于是，人们认为萨克勒家族正在试图保护他们通过奥施康定赚的黑心钱。[35]

理查德·萨克勒的儿子戴维是一家有限责任公司的总裁。这家公司以 680 万美元的价格买下了西棕榈滩的一栋办公楼，并打算斥资 740 万美元购买博卡拉顿的豪宅。[36] 在 2019 年夏天接受《名利场》杂志采访时，戴维试图美化家族形象，那时人们还不知道他们在佛罗里达购买的房产。[37] 他说，有一天，其四岁的孩子从幼儿园回来后问他：“为什么我的朋友们告诉我，

* 梯瓦制药也曾在审判前解决了俄克拉何马州的诉讼。强生通过其子公司杨森，成为唯一一家接受审判的公司。2019 年 8 月 26 日，法官裁定强生公司败诉，并责令它向州政府支付 5.72 亿美元，该法官引用了俄克拉何马州历史悠久的公共滋扰法。“它（阿片类药物危机）造成的危害，以及对公众健康、安全和福利持续构成的威胁，使其成为俄克拉何马州历史上最严重的滋扰。”该法律传统上适用于干扰公共财产使用的情况。这还是第一次将其应用于商业活动。康涅狄格州和北达科他州的法官早些时候都拒绝了将阿片类药物制造商当作公共滋扰的主张。其他人则说，考虑到起诉企业董事存在法律障碍，萨克勒家族或许能够保护大部分个人财产。

我们家的工作就是杀人？”根据其说法，他和亲戚们已经厌倦了“尖酸、刻薄、夸张”和“没完没了的斥责”[38]。这次采访并没有美化萨克勒家族的形象，反而增加了人们对他们的愤怒。《每日邮报》标题非常典型：“身家130亿美元的奥施康定继承人说，4岁的儿子问自己家族是不是杀人了，但他拒绝承担阿片类药物危机的责任，并在采访中扮演受害者的角色。”[39]

戴维·萨克勒所坚持的观点呼应了普渡公司长期以来的主张，即奥施康定在所有阿片类处方药中所占份额非常小，不可能是这场危机的罪魁祸首。他说，奥施康定是“非常小众的产品，市场份额很小”。在普渡官网上，一个名为“关于奥施康定的常见误解”的网页说明了奥施康定“只占阿片类药物市场中很小的一部分”。缉毒局公布的一份报告似乎也支持这一说法：从2006年到2012年，普渡公司只占阿片类处方药市场的3.3%。然而，这还包括速释阿片类镇痛药，其中大多数是廉价仿制药。速释阿片类药物占总销售的90%。剩余的10%是缓释阿片类药物，但它们占了所有收入的60%（2018年为254亿美元）。奥施康定是大头。此外，有关市场份额的研究没有考虑到效力。2019年9月ProPublica新闻网站的一项分析显示，根据奥施康定的销量，普渡公司占有16%的市场份额，是美国第三大阿片类药物销售商。[40]

如果萨克勒家族认为一次采访就能平息众怒，那么他们就低估了数十位州检察长所提交的案件的威力。这些诉讼依赖的是普渡公司自己的文件，有力地证明了普渡公司的不当行为并非违规高管未经授权所引起的个例。为了回应法院传票，普渡公司制作了长达5 100万页的文件，详细说明了可能会导致前高管，甚至是萨克勒家族董事遭到民事敲诈和欺诈指控的行为过程。[41]

2019年9月，内幕人士泄露了萨克勒家族在普渡公司与数十名主要原告谈判中提出的报价，大约在100亿～120亿美元。[42]为了结束所有还未解决的诉讼，萨克勒家族将支付30亿美元现金，并让普渡公司走向结构性破产。[43]法院指定的受托人将重组董事会来运营普渡公司，届时普渡公司不再具有营利性质。[44]普渡产品线上用于缓解用药过量和药物成瘾的药品，将免费分发给受阿片类药物流行影响的社区。[45]

主要原告意见不统一。马萨诸塞州和纽约州检察长坚持要求萨克勒家族预付更多现金，大约 45 亿美元。如果萨克勒家族同意立即出售其在萌蒂制药的股份，那他们就可以办到。[46] 但他们却拒绝了，称如果买家知道他们急着卖掉萌蒂制药，那么其售价就还不到几年前的一半。[47]

萨克勒家族不仅拒绝以个人名义支付超过 30 亿美元的现金，而且还坚持要分 7 年支付。最大一笔超过总金额的一半，将在第五年到第七年付清。[48] 同样，他们希望能用七年的时间来出售萌蒂制药的股份。[49]

尽管关于他们应该支付多少现金的争论无休无止，但有一件事是很明显的，那就是萨克勒家族将通过奥施康定获得超过 40 亿美元的利润。几周后，法院文件显示普渡制药已经向萨克勒家族董事支付了 120 亿～ 130 亿美元的利润，由此看来，萨克勒家族能保留的财富远远不止 40 亿美元。[50] 宾夕法尼亚州总检察长乔什 · 夏皮罗说："表面上的和解是对那些失去至亲的受害者的侮辱，他们死于萨克勒家族的贪婪与邪恶。""如果这样，萨克勒家族可以继续做亿万富翁，并且还不用承认有任何不当行为。"[51]

公众对萨克勒所提供的财务数据和预测，也存在相当大的怀疑。尽管其财务状况符合审计人员的说法，但资深律师和调查人员仍然难以准确计算出萨克勒家族在因布林治疗公司和阿德隆疗法公司的所有权范围。这两家公司是普渡于 2019 年初建立的有限合伙企业。两家公司与普渡共用总部，且均由普渡前高管管理。阿德隆公司一种治疗多动症的药物最近获得了食品药品监督管理局的批准，而因布林公司与一家日本制药公司签署了一项联合营销协议，所出售的失眠药还在食品药品监督管理局的审批流程中。[52] 除了他们在美国的控股公司，调查人员不了解的还有海外信托基金、控股公司以及在国际避税地的有限合伙企业。奥施康定的许多国外分销商都是塞浦路斯、百慕大、瑞士、新加坡和海峡群岛的空壳公司。考虑到避税地的公司保密法，调查人员几乎不可能确定萨克勒所持有的股权。就连该家族所持有的非制药资产也很难评估。他们在 Cap 1 有限公司的股权价值接近 20 亿美元。少数人控股的 Cap 1 公司拥有并管理着许多滑雪场。然而，其资产负债表并不公开。[53]

2008年至2016年间，萨克勒家族董事从普渡公司分得了40亿美元的公司利润，接着他们将这笔钱投进了其控制的十几个实体和信托，然后转移给瑞士金融机构。[54]玫瑰湾医疗公司经常出现在其中，并且在澳大利亚、德国等20个国家都上市了。萨克勒家族的一些医疗公司都在其名下。[55]没有人关注这家公司在美国的地址。其办公室位于俄克拉何马，与亚瑟、莫蒂默和雷蒙德几十年前用作某些制药公司的邮寄地址一样，与戴维·萨克勒在2018年花2 200万美元买下贝艾尔豪宅时所列出的地址也一样。[*, 56, 57]

亚瑟·萨克勒非常擅长复杂的企业游戏。这份和解协议据说价值40亿至50亿美元。但是，鉴于萨克勒家族和普渡公司曾经在奥施康定营销问题上谎话连篇，因此很少有人相信这番计算的真实性。[58]例如，普渡公司正在研制两种用于缓解用药过量和成瘾的药物，十年后估值至少在44亿美元。[59]纳美芬有一定年岁了，普渡公司正在研发新的版本，以缓解阿片类药物过量。第二种药物是非处方纳洛酮鼻喷雾剂。[60]问题是，两种药都没有通过食品药品监督管理局的批准。尽管进展很快，但进入市场之后，它们将面临来自那尔肯和梯瓦公司新批准的鼻喷雾剂仿制药的强势竞争。[61]普渡公司的律师所预测的销售数据是不确定的。

马里兰州总检察长布赖恩·弗罗什，对所预测的几十亿美元销售额不予理睬，这些药甚至还没有开售。“想多了，我还没见过哪笔交易能产生如此高的回报。”[62]其他人也对此感到不满，他们认为普渡公司打得一手如意算盘，利用新药来减轻奥施康定的致命影响，以此作为和解协议的资金来源。

---

* 2007年，普渡公司以6.35亿美元的金额与联邦政府达成了认罪和解协议，《同意协议》要求普渡公司列出其拥有所有权的公司。它列出了215个实体。后来，检察官才意识到，萨克勒家族遗漏了20多家负责其投资和财产管理的公司。在达成认罪协议四个月后，罗德制药公司在罗德岛的考文垂开业，开始生产以羟考酮、吗啡和氢可酮为原料的镇痛药。几十年来，萨克勒家族一直通过亚瑟布下的这局棋打理财务。正是由于这种拜占庭式的结构，原告律师和受害者亲属才如此不信任他们。萨克勒家族隐瞒了在罗德岛的所有权。2015年，食品药品监督管理局追踪一项罗德岛转让给普渡公司的专利时，这一点才被曝光。

纽约州总检察长蒂西亚·詹姆斯说："这个家族引发了一场全国性火灾，而纵火犯是永远不会提出防火建议的。"[63]

和解协议还有一点令人震惊。普渡公司可以继续出售奥施康定。尽管只是以前销量的一小部分，而且没有了大肆推销活动，但它仍然是症结所在。由于它是普渡公司取得的唯一一次商业成功，因此在两种新药获得食品药品监督管理局批准之前，奥施康定的销售必须获得公众信任。[64]

萨克勒家族提出来的和解方案具有高风险性。律师曾表示，如果其方案不被接受，那他们可能会申请"自由落体式"破产。如果对重组细节没有达成任何协议，那么原告会就普渡公司的遗留问题展开更广泛的诉讼。州检察长担心"自由落体式破产"最终可能只会给各州市带来 12 亿美元的赔偿，是萨克勒家族出价的 1/10。[65] 双方协商于 10 月 21 日在俄亥俄州法院进行所谓的多区诉讼审判。各市县、医院甚至印第安部落，都用它来反对普渡公司和其他制造商，以及药品分销商和连锁药店。

在 2019 年 9 月 12 日，代表 2 000 名原告的执行委员会建议接受萨克勒家族的报价。除了 30 亿美元现金以外，萨克勒家族还同意在萌蒂制药完全出售后支付超过 30 亿美元的和解费用。[66] 23 个州、4 个美国领土，以及美国大部分地区都同意了。但是，原告在谈判中的巨大分歧引起了公众关注。加利福尼亚、纽约、宾夕法尼亚和其他 24 个州都不同意此项交易。

9 月 15 日，星期日，普渡公司申请了破产保护。这使得对该公司的所有诉讼暂停。资产负债表迅速缩水的普渡公司不可能受到审判。相反，持有异议的州检察官将集中精力追究萨克勒家族的董事。尽管萨克勒家族愿意为全面和解提供资金，但他们明确表示不会承认任何个人责任。此外，他们还会不惜财力来保持普渡家族董事从未参与过民事判决的完美记录。这一僵局意味着各州的调查以及由此引发的私人民事诉讼可能需要好些年。[67]

可以理解的是，受害者家属普遍认为，普渡公司和萨克勒家族必须受到惩罚。普渡公司和奥施康定当之无愧成为近 25 万受害者的代名词。尽管如此，无论他们最终要承担多么严重的责任，很少有人相信这场阿片类药物危机会以正义收场。它不会回答到底有多少人需要为这场致命危机负责，也不会追究其中许多人的责任。将全部的责任推给普渡公司和萨克勒家族会带来一种风险，即真正的罪魁祸首反而可能逍遥法外。这是很多人所希望的，这些人包括竞品公司的销售代表和高管、开药过量的医生、不想限制奥施康定的食品药品监督管理局官员、将处方药卖到黑市的药剂师，以及宣讲阿片类药物不会让人上瘾的疼痛管理专家。

真正的解决方案不仅仅需要金钱和免费解药。自 2000 年以来，除了人员伤亡以外，各州市还花费了超过 1 万亿美元，用于医疗保健、刑事案件、社会服务、药物治疗，以及因死亡所引起的生产力和收入损失。[68] 单靠诉讼解决不了问题。对患者和医生进行教育、研发镇痛药替代品、加强成瘾治疗合起来是可行的，但需要决策者的耐心和投入。

希望政府和公众对普渡公司和萨克勒家族的关注不会消失，不管他们是否被追究责任。阿片类处方药的破坏力太强，每个人都无法幸免，都要为此买单。

致 谢

撰写一本关于美国制药业的书面临着一些独特挑战。事实证明，三年的时间很短，但研究范围远比我想象中广泛。为了获取信息，我向许多人提出了很多要求。我可能需要一章内容来感谢所有帮助过我的人。在此先感谢那些为这次调查做出显著贡献的人。

调查中的一个障碍是制药业内部人士通常不愿意透露行业内幕。几十年来，美国国会调查、刑事和民事诉讼，以及一系列举报人的尖锐批评使得一些人不愿意公开发表意见。几个关键受访者只接受匿名采访。一些不愿意透露身份的人仍然在制药业工作，担心被取消资格或违反保密协议。其他人曾在阿片类药物泛滥的中心普渡制药工作，或者与普渡制药的所有者萨克勒家族存在友谊或职业关系，他们希望避免在调查期间被卷入数千起未决的诉讼。还有一些人由政府前雇员组成，主要是食品药品监督管理局、疾病控制与预防中心的官员以及执法人员，他们不想公开打破依旧在职同事的信任。

书中无论何时从匿名采访中获得的信息，都是通过上述方法获得的。更重要的是，在每一个实例中，我都通过独立的文献来源或者其他知道内情的人证实了。

至于和我谈过原因的几十个人，如果没有一些制药行业老手的帮助，我不可能得到完整的故事，这些人对近几十年来医药业的变化有着个人的见解。我非常感谢巴里·爱森斯坦、迈克·斯科恩、理查德·巴尔茨、普拉巴·费尔南德斯、凯伦·布什、林恩·西尔弗、史蒂文·普罗扬、乔伊丝·苏克利夫、理查德·哈佩尔和理查德·怀特，他们提供的信息有助于理解为什么制药公司在很大程度上放弃了抗生素的研究和开发，以及潜在的药物滥用流行病会导致什么危险。我要深深感激玛丽安·斯科勒克，感谢她同意再次回顾她女儿因过量服用奥施康定而死亡的痛苦情节，还要感谢她与我分享尚未发表的感人肺腑的回忆录。最后，特别感谢迈克尔·索内里希。他在政府部门中担任了不同角色，之后成为私人律师，一度担任亚瑟·萨克勒的商业伙伴，最后成为一名成功的制药业企业家。在我和妻子特丽莎对其进行的数小时采访中，他表现得格外有耐心。事实证明，他对该行业关键人物的见解极为宝贵。我还要感谢彼得·索南赖希向我介绍了他的父亲。

除了访谈，这本书中介绍的历史是对两大洲大量政府和私人档案进行研究的结果。有时，我受益于他人深刻的新闻报道，包括只有在《纽约时报》和《凯泽健康新闻》提起诉讼后才公开的文章。有一次，我得到了一个匿名人士的帮助。2019 年 2 月，一个没有回信地址的棕色信封寄到了我在迈阿密的办公室，上面盖着纽约的邮戳。信封中有食品药品监督管理局和美国缉毒局文件的复印件，这些文件有助于解决一个问题，即为什么政府没有采取更早、更有力的行动来阻止处方类阿片类药物流行病成为美国有史以来最致命的公共卫生危机。

根据《信息自由法》和《隐私法案》，我要求获取许多以前的机密文件，其中包括萨克勒家族为何变得如此显赫的重要背景。数万页的诉讼文件、法庭记录以及食品药品监督管理局的行政听证会记录，包括几十年来关键人物的同期证词，提供了一个相当于医药行业的隐藏口述历史。

在获得文件的过程中，感谢档案管理员的勤奋和耐心，他们为我的多次查询提供了极大帮助。除了参考以前的书，位于华盛顿特区的美国国家档案馆和马里兰大学帕克分校的优秀员工也提供了不可或缺的帮助。特别感谢文献检索主管理查德·佩瑟、立法档案中心档案员亚当·贝伦贝克、特权访问和《信息自由法》档案管理员阿曼达·韦默博士和约翰·佩罗西奥博士、信息专家杰西·哈特曼。感谢华盛顿特区行政部门档案处的公众联络员玛莎·瓦格纳·墨菲，她使得那些文件可能与《信息自由法》相关的问题从未引发争议。

弗吉尼亚州温切斯特联邦调查局记录管理部记录 / 信息传播科公共信息官员妮阿娜·拉姆齐要求我参与制定了《信息自由与隐私保护》。联邦调查局信息管理部的《信息自由法》谈判小组缩小了我的申请范围，帮助我更加精准快速地检索。

食品药品监督管理局历史沿革办公室是一个巨大的信息库，不仅提供了关于该机构本身，还有其前身化学局的信息。研究文件最初由食品药品监督管理局的历史学家苏珊娜·朱诺整理，朱诺向我提供了监管历史和制药业立法提案，以及食品药品监督管理局政策变化的背景。这些记录包括对前局长、早期检查人员、研究科学家、医学出版商、制药业高管和一些重要的药物游说团体官员的采访。美国国家卫生研究院马里兰州贝塞斯达校区国家医学图书馆保存的口述历史记录，有助于重现里程碑式药物安全事件的同期环境。

我很感谢纽约州档案馆的杰克·麦克佩斯。我特别感谢一些大学和私人收藏家：伦敦国王学院档案馆档案员萨拉·科格雷夫和档案项目官员克里斯·奥尔弗协助我参考西塞里·桑德斯的论文；哈佛大学康特威图书馆的医学历史中心；达特茅斯劳纳特别收藏图书馆的摩根·斯旺；迪伦·克劳森帮助提供了玛丽埃塔·鲁兹·萨克勒的手稿；耶鲁大学手稿和档案馆的吉纳维埃夫·科伊尔和杰西卡·杜林提供的费利克斯·马蒂–伊瓦涅斯的论文；史密森学会档案馆的黛博拉·夏皮罗；克莱恩传播公司的珍娜·莫克利斯；美国哲学学会图书馆的咨询人员；牛津大学出版社的雷切尔·古尔德。

虽然我更喜欢在图书馆或档案馆查阅文件，但高质量的在线数据库对大规模的项目来说越来越重要。特别感谢“赛吉知识库”的詹妮弗·伯克；还有 Casetext 公司的塔拉·鲍尔帮助我浏览了在线数据库，包括法律文书、律师辩护词、卷宗材料，以及法律法规。威廉·海因公司的劳伦·马蒂佐同样帮助良多，其数字数据库提供了我所需要的历史上的多场立法听证会。

艾伦·沃尔德和本·哈里斯教授帮助我们正确地看待 20 世纪 50 年代冷战背景下，萨克勒家族对共产主义的同情。已故的华盛顿大学亚洲研究和文学教授罗伊·安德鲁·米勒为我节省了许多时间来评估亚瑟·萨克勒留给史密森尼博物馆的亚洲藏品的价值。

保罗·罗森布拉特对我多次试图找到他父亲的口述历史很有耐心。如果没有众人的帮助，我不可能讲述这么一个完整的故事。他们是莱斯利·鲍曼博士和史蒂夫·曼迪、理查德和朱迪·伍尔曼、维奈·普拉萨德博士、哈利·马丁、戴安·戴蒙德、尼克·斯普利特、维多利亚·纳金、马克·夏皮罗、马克·扎伊德、琳妮·保尔斯·巴伦、杰西卡·帕克、奇普·费希尔、亚当·坦纳和西恩·卡西迪。瑞克·利普潘不知疲倦地在晦涩的医学杂志和博客中寻找相关的故事。

克里斯托弗·彼得森、弗兰克·德尔维奇奥和安·弗洛里奇三个朋友慨允为我阅读早期手稿，其见解为本书锦上添花。戴维·科恩博士和简·科恩博士非常友好，从私人诊所抽出时间来检查书稿是否存在医学错误。

很幸运由爱维塔斯创意管理公司的戴维·库恩和内特·马斯喀托代理此书，其明智的建议和对项目的热情令我赞叹不已。

我很幸运由西蒙·舒斯特出版公司及其下辖的新出版公司——热心读者出版公司出版本书。西蒙·舒斯特总裁乔纳·丹·卡普和热心读者出版公司总编辑本·勒纳在本书的出版上也冒了一定的风险：他们意识到这本书的主题于我而言也是个谜。我从他们那里得到的是这样一种信念：给我足够时间，我会挖掘出一个值得一读的故事。对此，我永远感激。

我还要感谢我的编辑助理卡罗琳·凯利。弗雷德·蔡斯编了我的上一本书《上帝的银行家》，这次又承担起编辑这本书的艰巨任务。弗雷德对一致性和细节方面有着独到的眼光。

文案编辑部的副主任乔纳森·埃文斯不仅监督编辑过程，还时不时帮我核查重要事实，并确保体例一致。其非凡努力和令人难以置信的长时间工作确保了该项目如期完成。

本·勒纳是一位卓越的编辑。他使本书更紧凑、更精练，却从未替我代笔。我寄给他的书稿比他预期的两倍还多，他却不曾有一丝犹疑。他也充满耐心，不曾加以责备。最重要的是，他的编辑建议帮助我专注于故事本身，避免我走太多弯路。没有他，这本书不会是一本好书。

任何熟悉我的工作的人都知道，没有我的妻子，作家特丽莎·波斯纳，《嗜血制药》不可能完成。她在 2017 年完成了一本不同主题的书《奥斯维辛集中营的药剂师》。这是第一本讲述拜耳制药在纳粹死亡集中营经营药房的纪实文学作品。写完纳粹的黑暗故事，特丽莎可能想休息一下，然后再参与写作这本美国制药业令人不安的历史。可她从来没有向我提起过。相反，她再次热情地投入项目中，筛选了数千页的文件，并与我分享每一次采访。她的想法是，把我们家办公室唯一一面空着的白墙变成白板。白板上有几十个箭头、圆圈和分组，看起来更像是复杂犯罪调查的示意图，而不是一本关于制药业图书的大纲。

这有时是非常耗费精力的。一连几天，我们没有离开公寓，而是待在我们的“书洞”里，以满足一系列自我设定的似乎永无止境的最后期限。一个朋友曾经问我们打算在美国制药公司的故事上花多长时间，特丽莎给出一个胸有成竹的答案：“这是一个为期 6 年的项目，但我们将在 3 年内完成。”把特丽莎的名字作为合著者放在封面上才算对她公平。直到有一天她终于同意，这一公开承认足以证明《嗜血制药》是我们两人合作的结晶。

编者按：由于篇幅所限，本书注释和延伸阅读部分以线上电子文件的形式提供给读者阅读，请扫描下方二维码获取具体内容。对于由此给您带来的不便，我们深表歉意。

扫码进入中信书院页面，查看
《嗜血制药》注释与延伸阅读